民国武侠小说典藏文库·还珠楼主卷

蜀山剑侠传

还珠楼主◎著

（第四卷）

中国文史出版社

目　录

1

2

3

第一四八回

茫茫热海　巧拯同枝
烈烈狂飙　生擒异兽

初凤心中大喜,立即持了双剑,带了两件宝物,起身往安乐岛去,行没多远,便即发觉地震。初凤不常出门,还不知道就是安乐岛火山崩陷,震况又那般强烈。又往前走有数十里,忽觉海水发热,迥异寻常,渐渐望见前面海中风狂浪涌,火焰冲天。默计途程,那日去时,沿途并无陆地,那根火柱正是安乐岛的地界。这一惊非同小可,连忙加速前进。好在身旁带有宝珠,寒热不侵。渐行渐近,只见黑云如墨,烟霾蔽空,狂飙中那根火柱突突上升,被大风一卷,化成无数道火龙,分而复合。海中骇浪滔天,惊涛山立。沿途所见浮尸断体,零碎物品,随着海水逆流卷走,更觉声势浩大,触目惊心。

初凤一心惦记同胞骨肉忧危,心胆皆裂,只顾疾行前进,海水已是热如沸汤。行近安乐岛一看,已成了一座通红火山。树木房舍,俱都成了灰烬,哪里还有一个人物的影子。左近礁石遇火熔化,成了红浆,流在海内,犹自沸滚不休。若换常人,休说这样铄石流金的极热溶液,便是落在那比沸汤还热的水之内,也都煮成熟烂了。初凤虽因带有宝物,不畏炎威,这般狂烈的火势,毕竟见了胆怯。绕着火岛边沿游行了半周,烟雾弥漫中,望见山地都被火化成了软包,不时整块陷落。估量自己既难登攀,岛上此时也决无生物存在。冬秀想已遇难身死。两个妹妹俱都会水,如还未死,定然逃向别处。此时在火焰中寻找她二人下落,岂非白费心力?她二人如已逃出,必往紫云宫那一面逃去无疑。只是来时又未相遇,看来凶多吉少。越想越伤心,暗恨都是金须奴拦阻自己,如早两天将她们接回宫去,何致她二人遇此大难?事已至此,留此无益,只得往回路仔细去寻找她二人的下落。

初凤哪知她二人同冬秀事前出游,无心脱险,并未在岛上遇难。只是所去之处,偏向一角,不是正路,一个由正东往西南,一个由正西往东北。二凤姊妹又因冬秀累赘,时上时下,本质已弱,不敢老在狂飙骇浪中挣扎。初凤目力虽佳,偌大海面,哪能上下观察得纤细不遗?常言说得好:"事不关心,

1

关心则乱。"初凤一路搜寻，仍是没有寻见二凤姊妹影子，真是心乱如麻，不由悲痛已极。眼看行离紫云宫不远，猛想起昨日自己曾出宫外，到海底采取海藻，并未发觉地震。看适才海面浮尸神气，这火山震裂，为时尚不甚久。如今自己在海中游行，已比从前快有十倍，她二人说不定还未到达这里。这一路上海水上热下凉，她二人也不会在海面游行。自己只顾注意四外，却未深寻海底。她们如能逃到了紫云宫，定会回去。最怕是逃时受伤，中途相左，需要自己接应。想到这里，复又翻身往火岛那一面的海底寻去。

一会工夫，走出有百十里路，忽见前侧面水中漩涡乱转，颇与紫云宫外漩涡相似。暗忖："莫非这里面又有什么珠宫贝阙？"救妹心急，虽在寻思，并没打算入内去观察。谁知那漩涡竟是活的，由横侧面倏地改道，径向自己冲来，来势更是非常迅疾。方在诧异，已被漩涡包围。初凤也没去理它，仍自前进。猛地身子一冲，已出水面，面前站定一个虎面龙身的怪物，后半身仍在水内，前半身相隔数丈的水，上下左右，全都晶墙也似的分开。定睛一看，正是那年安乐岛为狮群所困，赶来相救，逐走猛狮的怪兽。灵机一动，想起日前天箓上曾说此兽名为龙鲛，角能辟水分波，生来茹素，性最通灵，专与水陆猛兽恶鱼为敌，遇上必无幸理。又能口吐长丝，遇见强敌，或到紧迫之时，便吐出来，将对方困住。那丝和细瀑布相似，通体晶明，却是又粘又腻，不经它自己吸回，无论多厉害的东西，沾上休想解脱。仅鼻间有一软包，是它短处。知道它底细的人，只需将它鼻端用东西紧紧按住，立时蹲趴地上，浑身瘫软，再也动弹不得。相遇时可如法将它制服，用一根丝绦从它天生鼻环中穿过，便可顺从人意，要东便东，要西便西了。此兽一得，不但可充紫云宫守户之用，还可借它分水之力，采取海眼中的灵珠异宝。天箓上并说这种天生灵兽，千载难逢，极为少有，异日相遇，不可错过。

那龙鲛遇见行人，并不走开，也无恶意，只顾低头拣海底所产的肥大海藻嚼吃。初凤心里还惦记着两个妹子的安危下落，急于将它收服。忙将腰系一根长绦解下，拔剑在手，走上前去，仰头用剑指着龙鲛大喝道："昔日我姊妹三人被困狮群，多蒙你赶来相助，颇感大德。似你终日在海陆游荡，难成正果。我姊妹所居紫云宫，乃是珠宫贝阙，仙家宅第。如肯随我回去，乖乖降服，将来造化不小。否则我奉仙箓金敕，少不得亲自动手。我这仙剑厉害非凡，那时你受了重伤，反而不美。"那龙鲛原是因安乐岛地震山崩，热浪如火，存不住身，逃到当地，见海藻繁茂，动了馋吻，正在嚼吃。初凤刚一说，便住了嘴，偏头朝下注视，好似能通人意，留神谛听。等到初凤话一说完，倏地拨转身往侧面逃去。初凤记准仙箓之言，如何肯放过去，连忙随后追赶，一口气追了有二三十里途程。因它以前曾有解围之德，只打算好好将它收服，不愿加以伤害，始终没有用剑，总想赶在它头里，给它鼻端一下。

那龙鲛何等通灵，先前在安乐岛海底已吃过二凤姊妹的大苦头，知道人要算计它的要害之处，一面昂首飞逃，一面将身后长尾乱摇乱摆，竭力趋避，不使头部与人接近。初凤既决计不肯伤它，这东西又如此生得长大，在水中穿行又是异常迅速，初凤追了一阵，只在它身侧身后打旋。有时赶到它头前，刚一照面，它便拨头又往侧面穿去。打算去按它的鼻端，简直成了梦想。长尾过处，排荡起的水力何止数千百斤。如换常人，休说被它长尾打中，单这强大水力，也被挤压成为肉饼了。

似这样上下左右，在这方圆二三十里以内往返追逐，初凤老不能得便下手，好生焦急。末后一次，正要得手，龙鲛因敌人追逐不舍，也发了怒。猛地将头一偏，身子往侧一穿，长尾一摆，照准初凤前胸打来。两下里都是势子太疾，初凤一个躲避不及，眼看就要打中。这一下如打在身上，任是此时初凤得了仙箓传授，也是禁受不起。初凤正想飞身越过龙鲛头前，给它一个迅不及防，纵上去照鼻端来那一下。没料它这次改了方式，没等人越过头，竟然旋身掉尾打来。一转侧间，便觉水力如山，从侧面压到，那条长尾也已离身甚近。知道再像先前一样，沉身海底躲避，万分不及。忽然急中生智，不但不往下沉躲，反顺着水的排力，一个黄鹄冲霄，往前面上方飞起，升约十余丈高下，恰好长尾从脚下扫到离脚不过半尺，居然躲过。百忙中再低头一看，龙鲛身形已经掉转，头前尾后，长蛇出洞般，一颗大头昂出水外，分波劈浪，往前飞走。暗忖："这样前后追逐，何时可以将它制服？并且还有危险。怎不骑在它的身上，慢慢挪向前面，岂不比较可以安全下手？"念头一转，身子往下一落，正骑在龙鲛后半身近尾之处。

那龙鲛见敌人骑上身来，身子摇摆得益发厉害，前蹿更速。走了一阵，倏地将长尾一甩，往自己背上打去。初凤知它野性发作，想将自己打死，此举正合心意。便也将身一起，顺着它长尾之势，一个鲤鱼打挺，蹿出前面水外，落在龙鲛项上。更不怠慢，左手攀着龙鲛头上长角，身子朝前一探，右手举剑，径向它鼻端按去。眼看龙鲛阔口张处，刚喷起半个晶明水泡，被这一按，立时将嘴闭紧，浑身抖战，趴伏在地，丝毫也不动弹。初凤知已将它制服，低头一看，大鼻孔中果有天生的环眼。忙回左手解下云裳上的一根丝绦，右手长剑仍然按紧它的鼻端不放。身子从它头上滑了下去，滑到鼻前，用双脚钩住它的长角。再将丝绦从鼻环中穿过，打了一个紧结。然后松手，跳下身来，将龙鲛鼻端所按之剑收回。龙鲛缓缓站起身来，一双虎目泪汪汪望着初凤,大有可怜之容。

初凤见它已经驯服,迥不似先前桀骜神态,甚是心喜。试将丝绦轻轻一抖,龙鲛跟了就走;微一使劲,便即趴下身来。知它鼻间负痛,忙即停手。又见它经行之处,每遇肥大海藻,便即偏头注视,猜它定是腹饿思食。虽然救妹情殷,毕竟初得神物,心中珍惜,便即对它说道:"我两个妹子也从安乐岛逃出,如今不知去向。你可急速在此饱餐一顿,我自在左近先去寻找她们。如找寻不着,我再回到此地,骑你同去寻找。找着之后,同归仙府,随我修炼,日后也好谋一正果。"

说罢,就在海藻肥盛之处,寻了一个海底潜礁,将丝绦系好。正待穿入水中,先在附近搜寻,猛一抬头,看见上面水漩乱转中有一条白影,随着漩涡旋转而下。心中一动,忙即纵身上去一看,正是二凤和冬秀搂抱在一起,业已气绝身死,仅只二凤胸前还有余温,冬秀已是骨僵手硬,死去多时。二凤既然无心相遇,三凤想必也在近处遇难。同怀良友,俱遇浩劫,虽然身藏灵药,可以希冀还生,到底心酸。况且三凤下落还无把握,怎不难过。悲痛中,匆匆取出身藏灵丹,给二人口中强塞了几粒进去。手足之情,总比外人厚些。因要上去寻找三凤,恐龙鲛无心中移动,海水将二凤冲走,便将二凤尸身放在系丝绦的礁石之上,冬秀尸身却安置在礁石左侧崖洞外大石上面。刚放好,二次待要穿上水去,又见上面水中白影旋转,只是比起二凤下来时长大得多,旋起来时疾时缓,好似在漩涡中挣扎神气。心中奇怪,定睛一看,竟是一条大虎鲨。知道这种恶鱼非常残忍,定是追踪二凤、冬秀尸体到此,不禁大怒。说时迟,那时快,就在初凤注视寻思之际,那条恶鱼已从水漩中落了下来,虽然失水,见了人还想吞噬。大嘴刚一张开,初凤随手就是一剑,剑光过处,立时齐颈斩为两截。

初凤斩鱼之后,便即飞身往水漩中穿了上去,行没多远,便见三凤顺水漂来。因离海底甚近,上面水的压力太大,不易翻浮上去。适才逃命时节用力过度,忽然昏迷,又灌了一肚子海水,业已气绝身亡。所幸人已寻到,还可设法挽救。当时惊喜交集,匆匆抱了回转。因二凤存身之处太窄,便与冬秀尸身放在一处。同时塞了灵丹,先将她姊妹二人救转。回到宫中,互说经过。

初凤因她二人当初不听良言,今番已受了许多险难,只温言劝慰了几句,不再埋怨。一面谈说间,早将玉匣中仙衣云裳取了出来,与她二人更换。又将宫中异果、海藻之类,取些与她二人吃了。二凤一听宫中金庭玉柱果然发现,得了许多奇珍异宝,还有一部仙箓,照此虔修,便可成仙得道,不由欣

4

喜欲狂。只三凤性情褊狭，虽然心喜，总以为姊妹俱是一样，却被大姊占在头里，好生后悔，不该在安乐岛贪恋了这三年，以致闹得几乎耽误仙缘，葬身鱼腹。所幸天书尚在，只要虔心修炼，仍可和大姊一样，否则岂不大糟？她只管如此想，谁知事偏不如人意，以致日后魔劫重重，几乎又闹得身败名裂。此是后话不提。

且说冬秀毕竟是个凡体，元气在水中伤残殆尽，仍无回生之望。初凤见她回宫这么多工夫，面色已逐渐由苍白转成红润，只是仍未醒转。虽不似二凤姊妹般骨肉关心，终以昔日共过患难，是出生以来所交的第一个朋友，既有几许之望，不愿使其独个儿化为异物。欲待寻金须奴商量解救之策，却自从宫外一见，将龙鲛交他前去安置，一直没有进来。龙鲛置放何地，也未来复命。心中诧异，便让二凤姊妹各自观赏宫中所有奇珍异宝，自己起身前去寻找。

刚刚转过外面宫廷，便见晶墙外面金须奴独自一人满面含愁，背着双手，徘徊往来于避水牌坊之下，时而仰天长叹，时而举手搔弄头上金丝般的长发，好似心中有万分为难，又打不出主意神气。初凤因他自从来到紫云宫，每日恭谨服役，总是满面欢容，只有适才初动身去救二凤姊妹时，脸上有些不快，似这般愁苦之色，从未见过，不禁怀疑。知道这宫中晶壁外观通明，内视无睹，索性停步不前，暗中观察他的举止动作。待了一会，见他盘旋沉思了一阵，并无什么异状。忽然跪在地下，朝天默祝了一番，然后起身垂头丧气，缓步往宫前走来。恐被他看出不便，便开了宫门，迎将出去，问道："你怎的这么久时候不进宫来？龙鲛安放何处？我还等你来商量救转一个朋友。"金须奴躬身答道："那龙鲛乃是灵兽，稍加驯练，便可役使。已暂时先将它系在宫后琼树之下，那里有不少花果，如今正贪着嚼吃。小奴也知同来的另一位姑娘仙根本来不厚，周身骨脉脏腑俱被海浪压伤，非小奴不能救转。既是主人好友，不能坐视。怎奈适才拆看先恩师所赐锦囊，知不救此女，纵难飞升紫阙，还可在这贝阙珠宫之内成为地仙；如救此女，虽有天仙之望，但是极其渺茫，十有九难望成就。而且此女正是小奴魔劫之根，稍一不慎，即此地仙亦属无望。但是她又与三位主人非常有益。为此迟疑不决，在宫外盘算好些时，主人想已看见了。"

初凤闻言惊道："我看你动静，并无别意，只缘你向来忠谨，平时总是满脸高兴，自我今日去接二位公主起，你便一时愁过一时，心中不解。我和你虽分主仆，情逾师友。她们三人，两个是我妹子，一个受我两次救命之恩。你日后纵有错处，我已无不宽容，她们还敢怎的使你难堪？至于有甚灾劫的话，我等同学这部天书，本领俱是一样，你的道力经验还比我们胜强得多。休说外来之灾，据你说，只需道成以后，行法将宫门封锁，天仙俱难飞渡。就使自己人有甚争执，也未必是你敌手，何况还有我从旁化解，你只管愁它则甚？"金须奴道："如今主人道法尚未炼成，哪里得知。仙缘俱有分定，这一部天篆虽然一样，并无二册，但是修过中篇，主人能自通解时，便无须由小奴讲解。那时上面的符箓偈语，便视人的仙缘深浅，时隐时现。主人学会以后，也须遵照上面仙示，不能因小奴以前有讲解传习之功，私相授受。便是二、三两位公主的道行本领，也比主人要差得好几倍，怎能由人心意？小奴明知只一推说返魂无方，日后便少许多魔障。一则对主不忠，有背前誓，将来一样难逃应验；二则小奴以荒海异类，妄觊仙业，命中注定该有这些灾难，逃避不脱。就按先恩师遗偈之意，也无非使小奴预先知道前因后果，敬谨修持，以人定胜天罢了。"

初凤闻言，总觉他是过虑，虽然着实宽勉了几句，并未放在心上。当下又问解救冬秀之策。金须奴道："这姑娘服了许多灵丹，元气已经可以重生。将来体质只会比前还好的。不过她受水力压伤太重，五官百骸无法运转。此时她已经有了知觉，但言语不得，所受苦痛，比适才死去还要厉害。小奴既已情愿救她，不消三日便可复原。请主人先将金庭玉柱灵丹再取一十三粒，用宫后仙池玉泉融化，给她全身敷上，暂时先止了痛。小奴自去采取千年续断和红心补碎花来，与她调治便了。"

初凤因两种灵药俱未听见金须奴说过，以为他要出宫采取，便问道："你常说你的对头铁伞道人尚要寻你，此去有无妨碍？可要将宫中法宝带两件去，作防身御敌之用？"金须奴笑道："小奴此时出宫，天胆也是不敢。主人哪里知道，这两种灵药全都在我们这紫云宫后苑之内，其余灵药尚多。小奴起初也是不知底细，自主人今日走后，独自详看天书，才行悟得。这千年续断，与人间所产不同，除紫云宫外，只有陷空岛有出产。虽比这里年代还久，用处更大，但仅由列仙传说，自来无人发现。这红心补碎花，却是这里独一出产，别处无有。这两种灵药，一有接筋续骨之功，一有补残生肌之妙，再加用了若干地阙灵丹，岂有不能回生之理？"初凤喜道："我以前仅觉后苑那种奇异花卉终年常开，可供观赏，不想竟有这般妙用。如此说来，其余那些花草也都是有用的了？"金须奴道："虽不全是，也大半俱是尘世所无咧。"初凤又问道："你说那红心补碎花，我一听名儿，便晓得那生着厚大碧叶，花形如心，大似盈钵，一茎并开的小红花。续断名儿古怪，可是那墨叶长梗的矮树？"金须奴道："那却非续断，乃是玉池旁和藤蔓相似的小树，出产甚少，只有一株。

这两种灵药取法用法俱都不同,少时取来,一见便知。此时救人,以速为妙。"说罢,二人分手。

初凤便照金须奴所说,先取玉泉化了灵丹,与冬秀敷匀全身。一摸胸前,果然温暖。拨开眼皮一看,眼珠灵活,哪似已死之人。只是通体柔若无骨,软瘫在床,知道全身大半为水力压碎,不知身受多少苦痛,好生代她难过。敷完灵丹,金须奴早采了药来,在外相候。初凤将他唤了进来,问明用法。先将周身骨节合缝之处,用续断捣碎成浆涂了。再取红心补碎花照样捣碎,取出丹汁,由二凤、三凤帮同给她全身擦遍。然后取了一袭仙衣与她穿了。

未满三日,冬秀逐渐复原,她的五官百骸早已有了知觉。在她将醒未醒之际,已经得知就里。这一来,不但起死回生,而且得居仙府,有了升仙成道之望,自然是喜出望外,对于初凤姊妹感激到肝脑涂地。由此,每日与二凤、三凤随着初凤,照仙箓传授修炼。闲来时便去宫中各处游玩。贝阙珠宫,仙景无边,倒也享受仙家清福。

只是一件美中不足,仙箓所有道法,俱是循序渐进。四女的天资禀赋有了厚薄,所学的程度也因之有了高下。初凤生具仙质,六根无滓,灵府通明,一学便悟,又是首先入门,自然领袖群伦。二凤因受红尘嗜欲污染,多服烟火,但本质尚可,仅只所学日期较晚,不如乃姊,学时还不十分显出费力。三凤自为猛狮伤了一臂,流血过多,体气已有损耗,再加这几年的尘欲锢蔽,她的私心又重,休说初凤,比起二凤已是不及。冬秀更是本来凡体,从患难百死之际,侥幸得遇仙缘。她为人虽是聪明好胜,饶有机智,因为心思太杂,于修道人反不相宜。先时同学,不甚觉得,日子一多,所学益发艰深,渐有相形见绌之势。她不想自己因资禀有限,反以为是初凤同金须奴对她和二凤姊妹有了厚薄,不肯尽心相传。初凤于己有几次救命之恩,还不敢心存恨意。对金须奴却是嫌隙日深,只是胸有城府,不曾外露罢了。

又过了数月,初凤对于那部《地阙金章》已能自己参悟,无须金须奴从旁解说。并且书上的字也是时隐时现,除初凤外,连金须奴有时也不能看出字来,由此初凤日益精进。

他主仆五人,原本定有功课,每当参修之时,俱在子夜。照例由初凤领了四人跪祝一番,然后捧了仙箓,在宫廷当中围坐。初凤分别传了二凤姊妹与冬秀的炼法,然后由金须奴持剑侍侧,自己对书虔心修悟。等自己习完,再将可传的传给金须奴修炼。

这日习到天箓的末一章,刚刚通悟,还未练习精熟,上面的字忽然隐去。

末章后页忽现数行偈语,将初凤姊妹三人和冬秀的休咎成就略微指示。并有"初凤照所得勤修,不久便可成为地仙。以后欲参上乘正果,全仗自己修持,积修外功,万不可少。余人仙缘较浅,全视各人自己能否虔心参悟,力求正果为定,不可妄多传授,因而自误"等语。

初凤看完,刚刚起身跪谢,那书忽从手上飞起,化成一片青霞笼罩全庭,顷刻消散。初凤知道自己道将学成,仙箓先期化去,便将书上偈语当众说了。二凤虽然失望,知道仙缘注定,还不怎样愤怨。冬秀和三凤俱知金须奴火炼玉匣,抢出天箓之事。这次天箓飞去,见他满面笑容,躬身侍立在侧,并未动手,若无其事一般。猜他已将天箓学全,必有防它化去之策,却故意不让大家学全,由它化去。情知所学还不及初凤的一半,原想只要书在,日久自和初凤一般,能够自己参悟。这一化去,虽说初凤厚爱同怀,情重友深,也未必敢违了天箓偈语,私相授受。越想越恨,越想越难受,竟然放声大哭起来。经初凤劝勉了一阵,才行闷闷而罢。冬秀更因哭时金须奴未来解劝,好似面有得色,越发把他恨在心里。

光阴易过,转眼十年。二凤虽然比初凤相差悬远,因为始终安分虔修,倒也不在话下。惟独三凤和冬秀俱是好强争胜之人,除平时苦心练习,磨着初凤传授外,总恨不能有点什么意外机缘遇合,以便出人头地。初凤受她二人缠绕不过,也曾破例传授。二人意总未足,几次请求初凤准她二人出海云游,寻访名师,以求正果。初凤记着老蚌之言,归期将届,再三劝阻,好歹等恩母回来,再行出外。冬秀表面上还不违抗,三凤哪里肯听,姊妹二人闹了好几次,终究三凤带了冬秀不辞而别。

她二人走没多日,老蚌居然重回地阙,初凤、二凤自是心喜。接进宫中,一问经过,才知老蚌蜕解后,便投生到浙江归安县一个姓仇的富户家中为女。因乃母生时,梦见明珠入怀,取名慧珠。生后一直灵根未昧。七岁上父母双亡,正遭恶族欺凌,遇见天台山白云庵主明悦大师看出她的前因,度往庵中,修炼道法一十二年。大师因她不是佛门弟子,命中只该享受地阙清福,始终没有给她剃度,传了许多小乘法术。圆寂之时,指明地点,命她仍旧回转紫云故里。她领了遗命同几封密偈,寻到紫云宫海面,用小乘佛法叱开海水,直达宫中,与初凤等相见。

此时慧珠已是悟彻前因,一见只有三凤不在,便问何往。初凤便将姊妹三人安乐岛报完父仇,以及二凤、三凤贪恋红尘,在岛上一住三年,自己劝说不听,回宫苦守,玉柱开放得了许多奇珍;后来收金须奴和龙鲛,救回二凤姊妹和冬秀;三凤性傲,不听约束,日前与冬秀私自出走,说去寻师学道,曾命金须奴出宫追赶,也未寻回等事,——说了。

慧珠道:"三凤真想不开。我常听师父说,我们这座地阙仙宫深居地肺,为九地灵府之一。只需等你将那部《地阙金章》中修道之法炼成以后,我同你姊妹三人带了宫中异宝,再出去将外功积修圆满,那时重归仙府,纵不望飞升紫阙,一样可求长生不老,永享地阙清福,比起天仙,相去能有几何? 她这一出去,万一误入歧途,岂非自误仙业? 你说那冬秀一个寻常凡女,遭遇仙缘,也这等不知自爱,跟着胡行,尤其大是不该。我本想回宫以后,从你炼法,道未炼成,不再出世。她这一走,我便放心不下,只好趁她二人迷途未远以前赶去,将她们追了回来,以免一落左道旁门,便无救药。我经此番尘劫,仅学了点小乘法术。在我未把天篆道法炼成,元神重孕婴儿之前,本不愿出海问世。只因你的道力虽已有了根柢,无奈自幼隐居海底,尘世阅历太浅,对于目前正邪各派中人物无甚闻知,恐遇上时难以辨别。二则三凤心性既变得如此倔强,先不听话而去,岂肯出海之后再随你回来? 有我同去,毕竟要听话些。我虽无甚高深本领,但是自幼随了师父云游天下,哪一派的人物差不多都有一半面之缘。就是不认得的,也能一望而知。再者师父临飞升以前,曾传我内照前知之法,为日尚浅,纵难及远,对于目前事物,一经湛定神明,归心反视,便能略知未来。适才听你说话之际,我因思念三凤,潜心默参吉凶,得知她二人已离海岸,漫游中土,行踪当在嵩岳泰岱之间,颇有因祸得福之象,故此非去不可。不过尚有一事为难:地阙仙府根本重地,况有许多不能全数携带的宝物在此,虽说深居海底,暗藏地府,外人不易知晓,终须留一自己人在此,以防万一。二凤留守,自是当然,但她法力浅薄,最好留下金须奴与她同守,再加神兽龙鲛守护宫门,定可无虑。无奈金须奴他对我说,魔障将临,去留于他均有妨害。此人功高苦重,恐误了他的功果,令人委决不下。"

正说之间,金须奴忽从门外走进,面带愁容,朝着慧珠跪下道:"小奴近些日来,忽然道心不静,神明失了主宰。算计先恩师遗偈暗示,想是大难快要临头。就是主人此次不出外,小奴也请假暂离此地,以求免祸。地阙仙府非无外魔觊觎,但是尚非其时,照小奴默参运数,约在诸位主人将来二次出游归来之后,方有一番纷扰。过此,仙府即由主人用法术封锁。从此碧海沉沉,仙涛永静,不到百年后未次劫运降临,不会再与生人往还。此时休说还有二公主与龙鲛留守,纵使全数离开,也绝无一些事变发生。倒是小奴魔劫重重,依次将临。明知逃到哪里都难避免,不过与主人同行,一旦遇上外魔,不能与之力抗,尚有主人德庇,还可脱险。只有这内欲一起,却难强制,一个把持不住，不但败道丧生，还负了主人再造深恩。思来想去，只有同行稍好一些。望求主人俯允，感恩不尽。"

此时慧珠道行尚浅。便是初凤虽然今非昔比，对于金须奴的出身来历和天生的异禀，也是一样茫然。因知金须奴素来忠诚，又善前知，与慧珠、二凤商量了一番，便放放心心由二凤在宫中留守。又将龙鲛唤来，嘱咐了几句，命它就在避水牌坊下面看守门户，不许擅自离开一步。那龙鲛本是神兽，自经初凤姊妹这些年驯练，已是通灵无比，闻言点首长鸣，转身自去。慧珠、初凤便带了金须奴，出宫直升海面，同驾遁光，先往嵩岳飞去。

第一四九回

都火梵呗　毒炼少林僧
撒手烟云　惊逢铁伞道

慧珠等三人到了嵩山，遍寻三凤、冬秀二人踪迹，一点影子也无。慧珠随师多年，熟悉寺庙中规条。因来时算出二女是往嵩岳一带，估量尚未远去。便命初凤带了金须奴在少室等候，以免惊骇俗人耳目。独向少林寺一带庵观中寻觅禅友，打听下落。

那少林寺在元明之际，正是极盛时代，能手甚多。慧珠原从后山赶向前山，因寺中方丈智能以前曾有一面之缘，打算寻他，询问门下僧徒，在每日樵柴、挑水之时，可曾见过像二女打扮的女子。不料行近少林寺还有三数里远近，见前面悬崖陡立，上出重霄。崖侧一条深涧挡住去路，宽约二丈。正欲飞身越过，忽听木鱼之声起自天半，心中诧异。抬头一看，悬崖危壁上面附着一片灰云，云影里映现着一株古怪松，斜坐崖隙，那梵呗之声，便从那里发出。慧珠知道当地异人甚多，见那僧人故炫精奇，来路不正，不愿招惹，装作不知，径直纵过涧去。身才立定，便听洪钟也似的一声"阿弥陀佛"，眼前现出一个红衣赤膊、相貌极其凶恶的蛮僧，左手持着一柄铁禅杖，背着一个大盆般的铁钵，右手单掌当胸，指着慧珠道："此山豹虎甚多，女檀越孤身独行，意欲何往？可要和尚护送一程么？"慧珠知他来意不善，暗中留神，合掌当胸答道："弟子因来此游玩，中途失去两个伴侣，欲往前面少林寺中探听有无人见。自幼曾学过少许薄艺，虽是独行，倒也不畏豹虎。前行不远，即可到达，无须烦人保护。禅师好意，只有心领了。"

蛮僧闻言狞笑道："女檀越竟与少林寺智能贼和尚是旧相识么？我奉大力法王之命，来此已有九日。每日早晚功课完毕，便到寺前寻他。他却缩头不出，弄些障眼法儿将寺门封锁，不敢出面。本当冲了进去，又觉我和尚老远到此赶尽杀绝，未免有些不好。昨日我已递了法牒，限他三日将全寺让出，由我住持。今日已是第二天了，还没见他动静。且等三日过去，仍没回音，我便用佛家禅火将全寺一火烧个精光。昨日我已在寺前大骂，你那两个同伴不知轻重，竟敢出言和我顶撞，被我略施佛法，将她二人锁在后山天荡崖洞底之内。预备这里事完之后，将她二人献与法王享受。我看你生得比她二人还要美貌，又是她二人的同伴，正好打作一路，乖乖由我送往崖洞之内等候，免得丢丑。"

慧珠一听，以智能那般道行，竟由他在本山猖狂胡为，这个蛮僧必非易与，如若力敌，恐怕不是对手。三凤、冬秀被他摄去，又不知天荡崖在后山什么所在。莫如将计就计，等他到了崖前，再用师父所传遁法脱身回去，告诉初凤、金须奴，想主意救人除害。想到这里，刚要张口答话，那蛮僧已好似看出她心意，两道浓眉倏地往上一皱，骂道："你这贱婢！目光不定，想在大和尚面前捣鬼，哪里能够？你这个贱货，好好善说，叫你随我到天荡崖去；若然不听，非出乖露丑不可。"说罢，将袍袖往上一举。

慧珠见势不佳，暗道一声："不好！"正待行法遁走，猛觉眼前一亮，一片黄云已将身子罩住。知道逃走不及，连忙手中捏诀，盘膝坐定，将小乘法术中的金刚住地之法施展出来。先将身子定在山石上面，化为一体，以免被敌人的妖云卷走。然后虑神内照，一拍命门，放起一片银光，将身子护住。这佛门小乘法术专备修道人在深山中修道防身之用，专一以静制动。虽不善攻，却极善守，只要心不妄动，神不乱摇，任你多厉害的邪术也难侵害。

那蛮僧原是滇西大力法王妖僧哈葛尼布的大弟子，所炼邪法妖术甚是厉害。因为路过嵩山，想起少林寺方丈智能为人正直，剑术高强，法王手下红衣妖僧屡次吃他大苦，气愤在心，又觊觎寺中那片基业，仗着自己新近炼成了一种毒火红砂，亲往寺中寻仇。谁知智能早已得了能人报警，知道一时难以抵敌，一面用飞钵传书，各处求救；一面约束手下徒众禁止出外，紧闭寺门，外用法术封锁，以待救援。蛮僧见全寺均被云封，知道内藏奇门妙用，攻不进去。连在寺前辱骂了几日，始终不见人出来。又防中了诱敌之计，不肯轻易施展毒火，好不气闷。

那三凤同了冬秀离了紫云宫，原打算游历天下名山古洞，寻访仙师。无奈一个是自幼深居海底，各地名山胜域均无闻知；一个虽是自幼随了父亲保镖，闯荡江湖，仅知道一些有名的江湖好汉，至于神仙居处，仍是茫然。二人先在海外闲游了几处岛屿，觉得景致平常，不似仙人所居，好生扫兴。末后冬秀想起幼时曾听父亲说起，嵩山少林寺惯出能人异僧，名头高大，有一次曾亲见寺中一个和尚放出飞剑，斩人于数十里外等语。不知事隔多年，寺中还有这种能人无有？便和三凤说了。三凤笑道："我们姊妹几个，哪个不会？何况我们深居海底仙宫，出入惊涛骇浪。大姊曾说我们本领道法已和散仙差不多了，寻常能放飞剑的人，寻他有甚用处？"冬秀道："话不是如此说。天外有天，人外有人。就拿金须奴说，他的本领已比我们二人高强得多，如论道行，还远在大姊之上。但是每一提起他那对头铁伞道人，事虽过去，还在胆寒。我们此次出门，原为争这口气，不成不归，有志者事竟成。且不必单说前往嵩山，你我把天下名山，人迹不到之处，全走一遭，早晚必能遇上。即使我们真个仙缘浅薄，开开眼界，长点见识，也是好的。"三凤本无目的，因在安乐岛时常听冬秀说中土山川雄秀，如何好法，早就神往。既然嵩山常有异人剑仙来往，便先往嵩山一游，到了再议行止。

当下说定，同往嵩岳进发。一入中土，遇见繁华城镇，也曾降下去游览，就便访问嵩山少林寺的途径。冬秀因二人所着都是仙家衣履，惹人注目，想起乃父在日之言，江湖上行走，不宜过事炫奇。虽说现在所学已离仙人不远，到底还怕遇见能手。一落地，首先将从紫云宫中带出来的两枝珊瑚，向大城镇中去换些金银备用。那珊瑚，紫云宫后园中到处皆是，冬秀所带虽是两枝极小的，在尘世上已是无价之宝，立刻便将金银换来。先买了两身寻常衣履，与三凤一齐换了。有了前车之鉴，仗有灵丹辟谷，除打听出附近有甚名山胜迹，必去登临外，大都无甚耽搁。不消数日，已达嵩山。先在山麓降下，商量了一阵，然后往少林寺中走去。

此时少林寺声望虽称极盛，但是山径崎岖，犹未开辟。除慕名学艺和有本领的人来往外，寻常人极少问津。二人在来路上已屡听人说起少林寺的威名远震，寺中和尚如何勤苦清修。有了先入之见，不由起了几分敬爱之心。冬秀更是满心记着昔日江湖上寻师访友的步数。因寺庙中不接待女施主，原打算到了寺前遇着本僧，略显身手，将寺中人引了出来，看看有无真实道法，再行定夺。起初以为这么大一座丛林，纵不接待女客，进香的男子必不在少。谁知入山走了好一程，一个人影俱未遇上。二人也未觉奇异，仍往前走。没有顿饭光景，已经望见前面树林隙里，红墙掩映，知离寺门不远。

正待前行，耳边忽听喝骂之声。再往前几十步，便出树林，半山崖上现出一座大庙，墙宇高大，殿阁重重，看去甚是庄严雄伟，只是庙门紧闭。庙前岩石上坐定一个身背大铁钵，手持铁禅杖的红衣蛮僧，正在戟指朝着寺门大骂。三凤还要前进，还是冬秀机警，忙把三凤一拉，同时止步，躲在一株古树后面，看那蛮僧动静。那蛮僧说话声如洪钟，所骂之言俱都不堪入耳。骂了一阵，想是骂得火起，猛将手中禅杖一起，一脱手，便化成一道半红不黄的光华，龙蛇一般直往寺门冲去。转眼冲到，倏地寺前起了一片粉红色的云烟，弥漫开来，将全寺罩住。光华只管左冲右突，休想前进一步。气得蛮僧口中喃喃念那梵咒，满头须发皆张，状如丑鬼，仍是无用。只得将手一招，收了回来。光华才敛，寺前云烟也跟着隐去，依旧大门紧闭，庙貌庄严，巍立在半山之上，没有丝毫伤损。那蛮僧二次持杖大骂了一阵，又将禅杖化成光华飞起，在云烟中冲突了些时，又重飞回。如是者好几次。

三凤越看越气，大愤。便向冬秀道："这贼和尚同人家有何仇恨？他骂了这半天，人家关上门不理他也就是了，为何这般辱骂不休？待我去问他去。"先时蛮僧脸朝寺门，本不知道二女藏处。骂得正在起劲，忽听二女说话声音，便即回身寻视。三凤本是初生犊儿不怕虎，随说便走了出来。冬秀虽因生长江湖，除聪明机警外，历练也甚寻常，在树后看出了神，三凤说话时节，也未拦阻。及见蛮僧闻声回视，知要出事，想拉三凤，已是不及，只得跟着迎了上去。三凤指着蛮僧问道："庙中和尚，与你何仇？人家怕了你，不出来，为何还要苦苦辱骂则甚？"蛮僧也未还言，睁着一双怪眼，只管上下打量二女。三凤见他神色鬼祟，越发不耐，正要喝问。蛮僧狞笑着答道："听你说话，你莫非与智能贼和尚相好么？我奉法王之命，到处寻找美貌女子，数日以来，并未寻着一个可意之人，不想无心相遇。识时务的，快快归顺，等我破了少林寺，杀了智能，带你二人去到法王那里，叫你快活不尽。"

一言未了，三凤早已怒气填胸，按捺不住，娇叱道："贼和尚！死在眼前，还敢胡言！"说罢，左肩摇处，一道青光直往蛮僧头上飞去。冬秀见三凤业已动手，知道蛮僧凶横，决难善罢甘休，也将飞剑跟着放出，上前夹攻。蛮僧见二女同时放出飞剑，哈哈大笑道："难怪贱婢猖狂，原来还会这些伎俩。禅师面前须容不得尔等。"随说，随将手中禅杖抛起，化成一道半黄半红的光华，疾如闪电，将二女飞剑接住。三凤见飞剑无功，正想探怀取宝，蛮僧口中念动梵咒，倏地大喝一声，手扬处，一片乌黑云烟飞向二女顶上。二女还未及施为，已被云烟罩住，猛闻一股奇膻之气，立时头晕眼花，再也支持不住，只觉身子悬空，半晌方才落地。等到醒来一看，身子已在一个石洞之内，四外阴黑。几次想行法冲出，谁知蛮僧业已用了妖法，将石洞封闭禁制，洞壁比起百炼精钢还要坚硬十倍，一任二女用尽生平本领，休想损伤分毫。

妖僧将二女困入少室石洞以后，因寺门有智能法术封锁，攻不进去。心中贪恋二女美貌，本想先用一个。又因法王这次所须有根基的少女正是两名，恐日后知道怪罪，只得作罢。仍回崖壁上面，算计寺中不见人出，不是等候救兵，便是设有埋伏，想诓自己毒砂。决计再等数日，寺僧不肯投降，便用魔火化炼全寺，逼他出来。那时再用毒砂，一个也难漏网。自己仍不攻进去，以免中了敌人奇门遁法。

14

正在唪诵魔咒，忽见崖壁转角又走来一个绝色美女。慧珠本是千年老蚌转生，丽质仙根，比起初凤姊妹还要美貌得多。蛮僧见了，如何舍得放过。便飞身下去，拦住去路，以为也和前日两个美女一样，手到擒来。不想慧珠虽不善攻，却精于守，坐在地上，身子竟似与山合体，生了根的一般。蛮僧连用妖法，但都未能将她摄走。两下相持了大半日工夫，蛮僧想去少林寺前恶骂，不能分身。崖下面不比崖壁之上，可以远观寺中虚实，又恐智能乘机逃走，就此罢手，心又不甘，好生委决不下。这一面，慧珠虽仗小乘佛法，用禅功入定，屏御百魔。无奈这种法术只能防身，不能冲出妖云氛围逃走，除了静以待变外，别无善策。还算自幼出家，心神澄定，不为恐惧忧危所扰；否则心神一乱，真灵失了主宰，定遭毒手无疑。

两下正在相持，忽听暴雷也似一声长啸，空中飞下四道光华，直取蛮僧。蛮僧见来的敌人是三个绝色少女和一个脑披金发、相貌奇丑的怪人。三女当中，一个穿着一身仙衣霞裳，另外两个正是日前被自己擒住，囚禁少室的女子。那封锁少室的魔法极其厉害，不知怎能到此？心中大吃一惊。那仙女装束的一个，剑光尤其厉害。一面飞起手中禅杖，化成一道红黄色的光华迎敌；一面口诵真言，打算行使妖法取胜。谁知新见一男一女的剑光，疾如电掣虹飞，自己一柄禅杖竟然应付不了，急迫中大有有力难施之势。知道稍一疏虞，被敌人飞剑攻进身旁，不死必伤。不敢怠慢，连忙转攻为守，先将禅杖招回，护住全身，再作计较。

这来的正是初凤、三凤和冬秀、金须奴四人。原来初凤、金须奴自慧珠走后，二人便在山头闲眺，等候慧珠回音。初凤忽然想起金须奴得道多年，便问他嵩山可曾来过，少林寺中可听说有甚能人？金须奴道："小奴生长极荒寒海之地，距离中土甚远，先时所知俱是海外散仙。后来因为心怀远志，也曾数游中土名山胜境，访求正道。这嵩山虽是旧游之所，还在数十年前来过两次，彼时少林寺仅有几个精通武艺的高僧，无甚出奇之处。倒是末次重游此山，在少室绝顶遇见两个矮子在那里对弈，小奴不合欺他们生得矮小，貌不惊人，躲在他二人背后，暗用禁法，将棋子移乱取笑。不料棋子没有移动，如非那两个矮子意在警戒，不肯伤人，险些丧了性命。就这样，还吃他们用剑光将小奴圈住，跪在他二人下棋的石旁七天七夜，直等那一盘残棋终了，才行释放。后来一打听，才知二人是有名的嵩山二矮白谷逸和朱梅。他们年纪不大，学道日子更是不久，却是得了真仙传授，不但剑法高深，彼此已有半仙之分。只恨缘悭眼拙，遇见异人，不去跪求度化，反而意存戏弄，自找无趣，后悔了好些年。如今不知可在那里隐居没有。除此以外，四川峨眉山

15

还有一位极厉害的正派剑仙，名叫长眉真人，宋初已经得道，只为发下宏愿，要创立一个正派教宗，积修十万外功，才行出世，所以至今还未飞升。别的正邪各派异人能手虽多，据小奴所知，当以此人为目前在世正邪各派散仙中的魁首了。"

初凤听得高兴，便想叫金须奴领往少室，一寻仙踪。问他以前曾经开罪，此去可有妨害？金须奴道："小奴被他二人收去剑光释放时，曾听他二人说，小奴虽是异类，平日尚知自爱，看去没有恶意。自随主人在海底仙府修炼天篆秘笈，不仅道行增长，心地愈觉光明正大。这类仙人大都除恶奖善，自问无过，至多无缘不见，否则不在此地隐居，决无别的妨害。不过我们离开这里，恐老主人回来相寻费事罢了。"初凤道："这有何难？"说罢，放出飞剑将路旁大树的皮削去数尺，划上几行字迹，请慧珠回来，前往少室相晤。

当下同了金须奴同往少室飞去。剑光迅速，相隔又近，转瞬便即到达。刚一落地，金须奴首先惊"咦"了一声，同时初凤也看出山顶四围隐隐妖气笼罩。情知有异，再一寻找少室的门户，竟是无门可入。初凤猜是内中必有妖人盘踞，悄问金须奴："洞中潜伏的人虽然路道不正，一则他没有招惹我们，不犯多事；二则我们俱是初次出门，不知外面各派中人深浅，万一抵敌不住，岂非求荣反辱？还是回到原处去等母亲吧。"金须奴闻言，仔细向四外看了一阵，答道："话不是如此讲。仙家内外功行并重，主人此时内功已经修成了十之八九，外功却一件未立，除恶去害，分所当然。这妖气如此浓厚，洞中决非安分之人。如今我们明明算出三公主现在此山，到此却遍寻无着，说不定陷落洞中妖人之手，也未可知。再加我们既然到了他的门户，他在洞中不会不知道，却不出面，又将洞门用妖法封闭，情更可疑。主人不可大意，被他瞒过。万一三公主真个被陷，夜长梦多，如为妖人所害，那时悔也无及了。"

初凤听他说得有理，不禁着起急来。《地阙金章》中原有拨云破雾之法，连忙禹步立定，施展起来。不消顷刻，妖云尽扫，现出洞门。入内一看，里面还有一层门户，门外有一玉屏风，将出入道口堵得严严实实。试用手推了一推，觉出坚固异常。一心惦着同怀好友的生死下落，也不再寻洞中有无能人，左肩摇处，放出剑光，直往玉屏上射去。眼看剑光飞近玉屏，倏地眼前一晃，现出一个矮子，一伸右手，便将剑光接去。初凤大吃一惊，忙又将第二道剑光放出，才一飞近矮子面前，那矮子只笑了一笑，一伸左手，又将第二道剑光接去。初凤痛惜至宝，忙运玄功，打算收回。谁知一青一白两道光华，只管似龙蛇般在矮子手上乱掣乱动，一任初凤用尽心力，哪里收得回来。正在着忙，忽听金须奴在旁高叫道："主人快请住手！这位真人便是我说的那位矮仙师。"一言未了，猛地又听矮子笑道："你们既无本领去破别人妖法，没得将我们这座玉屏风毁去，你们赔得起么？这剑还你，还不快些进去救你妹子。"说罢，影子一晃，两道剑光已经飞回，矮子踪迹不知去向。再看当门的一座玉屏风，已于转眼工夫移向壁间。初凤虽然道法已非寻常，因为初逢异人，似这般神龙见首，也闹了个迷离惝恍，不知如何是好。

金须奴毕竟懂得事多，见初凤还在迟疑，忙道："仙人已走，三公主定在里面，还不快去解救！"初凤被他提醒，不暇答话，匆匆往洞内便走。行没几步，忽听洞内深处隐隐有两个女子怒骂之声，颇似三凤、冬秀口气。心中怦地一动，忙即抢先冲了进去。刚一起身，忽然一道剑光从黑暗中劈面飞来。幸而初凤剑术煞有根底，知道来势太猛，不及迎敌，忙用遁法避过。身刚立定，又是一道剑光接踵而至。跟着冲出两个女子，定睛一看，果是三凤和冬秀二人，已是急得满头大汗，神色甚是狼狈。同时金须奴也由外赶到，彼此认清面目，俱都喜出望外。

三凤道："我们在少林寺前，被一个红衣妖僧用妖法困此洞内，已经二日，用尽法术、飞剑，俱难脱身。本来都绝了望，准备妖僧再来，用剑自杀。适才猛觉洞壁虚软，死中求活，拼命往前一冲，竟然空若无物。不想却是姊姊亲来解救。二姊可同来么？"初凤一听困她二人的果非适才所见矮子，对头是另一个红衣妖人。一同出洞，各将前事一说。金须奴又重将矮子来历及适才所听语气，解说了一遍，这才明白封洞妖法还是矮子所破。只不知这洞既是矮子清修之所，何以又容妖僧将人困入洞内？因听三凤、冬秀说那红衣妖僧正与少林寺中和尚为难，又那般好色作恶，恐慧珠前往遇上，也遭了他的毒手，话一说毕，便即领了众人，直往少林寺前飞去。

行至中途，便望见下面妖云蒸腾。低头仔细一看，那红衣妖僧正站崖下，面前一幢云雾凝聚不散。金须奴目光厉害，断定雾中被困的人正是慧珠，必有防身法术，所以尚未被妖僧擒去，快救还来得及。三女闻言，同仇敌忾，忙即招呼一声，各自将手一挥，纷纷将剑光飞起，直取妖僧。论四人此时的道力法宝，初凤虽然最好，也非妖人对手。偏是占了人多势众的便宜，妖僧猝不及防，又是满腹轻敌之心，这才闹了个手忙脚乱。纵有一身妖法和毒火神砂，不但一时施展不开，收回禅杖护身时，略一心慌疏忽，还几乎为初凤飞剑所伤。好生咬牙痛恨，一面暗想恶毒主意，报仇雪愤。

且缓说妖僧暗中施为。只说初凤等四人用剑光困住了妖僧，忙即行法驱散妖云，与慧珠相见。母女难中重逢，自是惊喜交集。初凤因妖僧有光华护住身体，不能将他除去，正待另想法宝取胜，忽见妖僧身旁飞起一团绿阴阴的妖焰,里面夹杂着许多红黄火星,风卷残云般往上直升。四人的飞剑光华竟阻它不住,眼看飞入空中,布散开来,就要往五人头上罩下。猛地想起仙箓上曾载有各派邪法异宝中,有一种都天毒火神砂,厉害无比,遇上须要速避,一沾身上,立时把道行打尽,化成脓血而亡。但并未载着破法。所说形状与此相似。同时又听慧珠、金须奴同声高喊道:"妖法厉害,你们还不快躲!"

大家正在忙着,忽然身后一阵风声吹到,眼前人影一晃,现出一僧一道。慧珠见那僧人穿着法衣,相貌甚是庄严,正是少林寺的方丈住持智能。那道人不认得,生得形容古怪,凹鼻凸眼,两颧高耸,骨瘦如柴。面目手足比墨还黑,一张阔嘴唇却比胭脂还红。微一张口,露出上下两排雪也似白的密齿,三色相映,越显分明。手持一柄铁伞,一纵到便即将伞撑开,大有丈许。先时伞上起了一股浓烟,烟中火星四外飞溅,布散开来,遮蔽了数亩方圆的地面,恰好连慧珠等四女一男一齐护住。这时上面蛮僧的毒火神砂也自天空布散飞下。两面刚一接触,道人铁伞上的火星黑烟越来越浓,倏地往上一起,立刻烟火消散,化成一片乌光,将毒火红砂托住,往上直升。对面番僧想已看出不妙,急得满头大汗,口中梵咒念个不住。放出去的毒砂兀自收不回转,眼看被敌人那柄铁伞越托越高,变得越来越小,渐渐都附到伞上,凝在一处。

猛听道人大喝道:"大胆妖僧!我师侄智能在此清修,与你有何仇恨,你每日上门欺人?他不与你计较也就是了,你还倚强逼能,限他三日之内献出少林寺,否则便用魔火将全寺僧徒炼化。你不过凭着老秃驴的妖势胡作非为,有何本领道行,敢口出狂言,把数百年清净禅林化为灰尘?今日祖师爷特地从海外追来,领教你佛教中的妖火,到底有多大狠处,原来也只如此微末伎俩。本当暂饶你的狗命,由你归报老秃驴前来送死。只是情理难容,此时想逃,焉得能够!"说罢,袍袖扬处,飞出七道尺许长的乌金光华,直取蛮僧。当道人初来时,初凤姊妹和冬秀三人看出来了帮手,不但未将飞剑收回,反倒运用玄功指挥飞剑,将蛮僧困了个水泄不通。妖僧一柄禅杖护身已觉不支,加上毒火神砂被道人铁伞托住,飞入云空,不见踪影,知被收去,越发心乱着忙,哪里再禁得起道人的黑门散仙多年修炼的至宝修罗神钉。看见七道乌光飞来,刚暗道得一声:"不好!"打算弃禅杖不要,借了遁光逃走,已是不及。被那七道乌金光华分光直入,相次打在身上,"哎呀"一声,翻身栽倒。道人更是狠毒,接着将手一指,那乌光便似七道小电闪一般,围着蛮僧尸首乱闪乱窜,不消顷刻,便刺成一堆鲜血烂肉,才行收了回去。

慧珠忙领众人上前参见时,忽然一眼看到金须奴跪在道人身侧,嗦嗦嗦抖个不住,心中好生奇怪。智能见慧珠朝他行礼,只打了个问讯。那道人竟连理也不理,慢腾腾先从身后葫芦内倒出一些粉红色的药粉,弹向蛮僧死尸的腔子里。然后指着金须奴骂道:"当年我在极海钓鳌,你竟敢无故坏我大事。后来被我用法坛将你封闭,原想将你永埋海底,万劫不得超生。不想海底潜伏着你的同类,将我法坛毁去,潜藏海眼之内。那时我因忙着擒鳌,不暇寻你算账。你这孽畜偏也灵巧,在我禁期之内,居然潜伏了九年没有出世。今日相遇,你以为我的限期已过,可以饶你。谁知我那九首金鳌自从被你惊走,再也不肯上钩,累我多年不能飞升灵空天阙。非用你这千年得道鱼人的灵心,不能将那金鳌钓住。你如知事,等我宝伞飞回,乖乖地随我回转极海,由我取用。我恩开一面,当可助你转劫托生;否则形神一齐消灭,化为乌有,悔之晚矣!"

初凤见道人装束打扮和所用的一柄铁伞,又见金须奴伏地害怕神气,已猜出他是金须奴的对头铁伞道人,闻言正在惊惶无计。旁边三凤不知道人有多厉害,见他神情倨傲,已是不悦,还念在他有解围之德,没有发作。及听了道人这一席话,竟要强取金须奴的性命。平时和金须奴虽有嫌隙,到底是自己人,不由敌忾同仇,勃然大怒,走上前去,对道人说道:"这个金须奴平日在海底潜修,从不出外生事。此番随了家姊来到嵩山,也未做过一桩坏事。你执意要伤他的性命,是甚缘故?"道人朝着三凤冷冷一看,答道:"无知女娃,晓得天有多高,地有多厚?谁不知我铁伞真人言出法随?休说你们这几个小女孩子,便是各派群仙,谁敢与我违拗?念你年幼无知,不屑与你计较,快些住口,少管闲事,以免自找无趣。"

三凤正要发作,慧珠和初凤见智能那般恭谨,及金须奴害怕样子,深知道人难惹,刚在彼此用目示意,一同跪下,代金须奴乞命,一见三凤神色不善,怕她闯出祸来,越发不妙,正要上前禁阻。忽听叭的一声,道人手捂着左脸直跳起来,四下观望,目露凶光,似有寻仇之意,心中不解何故。忙先把三凤拉开时,道人右脸上也叭地响了一下,登时两面红肿起来。气得道人破口大骂道:"何方妖孽,竟敢暗箭伤人?少时叫你死无葬身之地!"随说,袍袖展处,早飞起一片红云,将身护住,睁着一双怪眼,四外乱看。一眼望到地下跪着的金须奴倏地纵身起来,驾遁光便要逃走,益发暴怒如雷,口里喝得一声:"大胆业障,往哪里走!"袍袖展处,一只漆黑也似的铁腕平伸出去,有数十丈长短,一只手大有亩许,一把将金须奴抓了个结实,捞将回来。

慧珠、初凤等人见道人用玄功幻化大手擒回金须奴,知他性命难保,俱都捏着一把冷汗，又想不出什么解救之策。正在忧急，还未上前，道人"哎呀"一声，接着便听一个生人发话道："好一个不识羞的牛鼻子，挨了两下屈打，还不知悔悟，专门欺负天底下的苦命东西，你也配称三清教下之人？"大家循声注目一看，道人面前不远站定一人，正是初凤在嵩山少室外面所见的那个矮子。金须奴好端端地站在矮子身后，面有喜容，并未被那道人的大手抓去，心中奇怪。再朝道人一看，不知何时闹了个满头满脸的脓包，护身红云业已消尽。气得连口都张不开来，手一指，便飞起七道乌光，直取矮子。那矮子却不慌不忙，笑嘻嘻站在当地，眼看乌光飞临头上，也不放甚法宝、飞剑迎敌，只将小脑袋一晃，立时踪迹不见，众人并未看出他是怎么走的。方疑道人不肯罢休，必要迁怒旁人，猛听叭的一声，矮子又二次在道人身前出现，打了道人脸上一巴掌。这一巴掌想是比前两下还要厉害，直打得道人半边脸特别高肿起来。

　　道人连吃大亏，越发暴怒如雷，也顾不得收回飞剑，手一伸处，一把未抓住，眼看矮子一晃身形，从手臂下钻了过去。刚暗道得一声："不好！"噗的一声，背心上又吃矮子打了一拳。拿这样一个天下闻名的铁伞道人，这一下竟会禁受不住，好似一柄重有万千斤的铁锤打在身上一般，立时觉着心头吃一大震，两眼直冒金星，身子连晃数晃，几乎栽倒在地。这才知道矮子用的是金刚大力手法，厉害非常。幸是自己，若换道行稍差一点的人，这一拳，怕不立时打死。情势不妙，不敢再次轻敌。一面收回剑光，先护住了身子，静等那铁伞在空中化完毒砂魔火飞回，再打报仇主意。矮子想已看出他的心意，也不再上前动手，仍是态度安详，笑嘻嘻地说道："你这牛鼻子，全靠那柄破伞成名。我今日原是安心领教，你无须着忙，由那破伞将砂托升灵空二天交界之处，受乾天罡气化尽之后，再行回来与我争斗也不为迟。你的伞如不飞回，我是决不会走的。"

　　此时矮叟朱梅刚刚成道，不过数十年光景，新奉师命下山积修外功。本领虽高，还未成大名，所以铁伞道人不知他的厉害。听了朱梅这一席话，把道人气得咬牙切齿，当时又无奈他何。明知敌人既会金刚大力手法，必已尽得玄门秘奥。适才见他那般神出鬼没，变化无穷，就是铁伞飞回，也未必能把他怎样。不过以自己多年的威望，一旦当着人败在一个无名小辈之手，如不挽回一点颜面，日后怎好见人？越想越恨，越难受。偏那蛮僧的毒砂虽能用铁伞收去，无奈那砂也是魔教异宝，除将它送往云空，任乾天罡煞之气化去外，无法消灭。但是二天交界之处，距离地面约有数千百里。法宝上升虽快，到底相隔太远，往返需时，不是片刻之间可以回转。只得耐心忍辱，饱受这人的冷嘲热讽罢了。

待有半个时辰，那伞仍未飞落。这期间只苦了一个智能。他和嵩山二老同居一山，平时原本相熟。当朱梅刚一现身之际，本想上前招呼，为两下引见。谁知朱梅一到，便叭叭连打了道人两个嘴巴。知道道人性情古怪，素来惟我独尊，从未吃过人亏，万万不肯甘休，哪敢再作和解之想。后来见道人虽吃大亏，暴怒如雷，而朱梅直朝他笑，智能益发吓得低头合掌，休说出声，连人都不敢去看一眼。初凤等四人见矮子如此神奇，个个佩服欣喜。金须奴在奇危绝险之中，凭空救星自天外飞来，一交手便看出双方高下，不禁喜出望外。除智能外，都想看个水落石出，事完之后，上前与矮子拜见。

又候了一会，矮子倒在一块山石上面熟睡起来，人虽矮小，打起呼来却如雷鸣一般，衬着山谷回音，甚是震耳。道人料他存心装睡，不知又用甚法儿诱敌，上前定中他的诡计。一心想等法宝回来，只将剑光紧护身子，不去理他。又相持了个把时辰，那伞却望不见一丝影子，不禁动起疑来。暗忖："宝伞自将毒砂托入云空，先后已有了两个时辰，怎么还不见它回转？看那矮子诡计多端，莫不是他故意装作熟睡，却运用元神升入天空，半路打劫？自己却在这里呆等，倒中了他的暗算？"又一想："那伞经过自己多年心血修炼，别人不知口诀，无法运用。即使被矮子打劫了去，也该有点朕兆才对。"

铁伞道人刚一宽心，忽听身后有人哈哈大笑。回头一看，身后又出现了一个矮子，装束身量均与先前对敌的矮子相似，手里持着一柄铁伞，正是自己的法宝。道人一见大惊，连忙运用玄功，将手一招，打算将那伞收回时，那矮子道："牛鼻子，你可认识嵩山二矮白谷逸与朱梅么？今日叫你见识见识。你不必鬼画桃符，嘴里嘟嘟嚷嚷，我把这伞插在地下，你有本领的，只管来拿了去。"说罢，便将伞朝地上一掷，石火光溅处，端端正正插在地上。道人口诵真言，将手连招。那伞好似灵气已失，不但光焰全无，一任道人施为，竟是动也不动。道人情急万分，不问青红皂白，将手一指，飞出剑光，直取敌人，身子便往伞前飞去。谁知敌人也和先见矮子一样，并未用法宝飞剑迎敌，身形一晃，便已不见。

道人一心顾伞，方寸已乱，竟未想到世上哪有这样便宜的事？见敌人遁走，也没顾到别的，恰好飞临伞前，伸手便要拾取。刚一低头想将那伞拔起，就在这一转瞬间，猛地又听空中呼呼风响，有人高叫道："白矮子，大功已成，牛鼻子法宝已被我劫到了手。我现在月儿岛等你，你打发了他，可去那里，同入火海取那玩意吧。"道人情知不妙，抬头往上一看，一片金霞拥着一团乌光。先前与自己对敌的那一个矮子，正拿着自己的铁伞，在光霞围绕中疾如电掣,往东南方飞去。再看石上熟睡的矮子,业已不知去向。一时情急万分,也顾不得再辨别地下那柄假伞是什么东西幻化,一纵身形,收回飞剑,驾遁光便想去追。身子离地不过丈许,猛地眼前一黑,喊声:"不好!"想躲已是不及,被人打了个正着。立时觉着胸前一酸,耳鸣心跳,撞出去老远才得停止。再看空中,先见那矮子已经不知去向。后出现的那矮子却叉手站在面前,朝着自己笑个不住。

铁伞道人情知法宝已失,再无法追赶,不由把敌人恨到极处。暗忖:"这两个矮鬼虽长于幻化,却始终未见他使甚飞剑、法宝。每遇自己放出飞剑,总是运用玄功,隐形遁去。明来不能伤他,就此罢手,留得他日报仇,一则心里不甘,二则当着智能面子难堪。"心中一横,顿生毒计。便趁敌人叉手不动之际,装出负伤难耐,低头缓气之态,暗使都天罗刹赤血搜形之法,拼着自己真元受伤,去制敌人死命。默诵真言,左右捏诀,猛一抬头,右手一指,剑光先行飞起。接着咬破舌尖,一口鲜血化成无量数豆大火星满天飞洒,径往矮子头上罩去。

道家精血非同小可,用上一回,至少修炼十余年才得将元气修复。这都天罗刹赤血搜形之法更是厉害,不遇深仇大敌,生死存亡关头,从不轻易使用。铁伞道人纵横一世,极少敌手,与人拼命,还是初次。因是炼就真灵元气所化,与本身灵元相为感应,由行法人心神所注,专找敌人下落,不得不止。加以化生无穷,不是寻常法宝所能破。沾身便攻七窍,勾动敌人三昧真火,将敌人化成灰烬。一经发出,顷刻之间,方圆十里内,仇人休想避开,任是遁法多快,也难逃躲。

道人见自己暗自施为,矮子毫未觉察,心中暗喜,且先报了这一半仇,日后再找那劫宝的仇人算账。原打算先飞剑光出去,觑准矮子隐身的方向,再下毒手,比较容易些,以免搜形迟缓。谁知这次剑光飞到矮子身前,矮子并未躲闪,只一伸右手,便将剑光捉住,似一条乌银长蛇一般,在手中乱闪乱蹿。道人满嘴鲜血,刚化成火光喷出,见飞剑被敌人赤手收去,才知敌人不但玄功奥妙,还会分光捉影之法。正在大吃一惊,火星已如雨点飞临矮子头上。说时迟,那时快,就在火星将落未落之际,矮子早将左手也伸出来,捉住道人剑光,合掌一揉,然后举向头上,一口真气喷将出去,再将双手往上一挥,剑光立时粉碎,化作成千累万的乌光银珠飞起,与空中火星迎个正着。只听噬噬连声,两下里一遇上,便即同时消灭,化为乌有。

道人猛想起自己那道剑光为要出奇制胜,乃是采取海底万年寒铁,水母精华,千提百炼而成。不想被人收去毁了不算,还把它化整为零,用真水克制真火，使其同归于尽。自己辛苦修炼，多年心血炼成两件至宝奇珍，一旦遇见一个未成大名的劲敌把它们毁的毁，收的收。更因报仇心急，用那狠毒的法术，结果白白损了自己的真元，敌人一丝也没有受着伤害。这一场惨败，怎不急怒攻心，痛彻肺腑。加上连中敌人金刚大力手法，又在运用元神行法之际受了这般重创，立时灵府无主，神志昏迷，怪啸一声，晕倒在地。

智能连忙上前将他抱住，满脸悲苦，想要回走。矮子将他唤住道："这牛鼻子虽然可恶，却是一向在海外穷荒欺凌异类，总算没有为恶人间；又看在你这秃儿份上，是你焚千年龙脑，引他来此助阵，故而饶他不死。他真元已破，不久必要走火入魔，仍难活命。我讨得有长眉真人仙丹在此，可拿去与他服用。牛鼻子心肠褊狭，我虽然手下留情，他日后也未必知道改悔。你扶他回寺，救醒之后，加以告诫。那蛮僧的妖师终须寻他报仇，命他早晚仔细。铁伞待朱道友用完，必定还他。他如不服，十年之后，我在衡山岳麓峰候他报仇便了。"智能知道白谷逸厉害，哪敢多言。匆匆接过丹药，扶着道人，自驾遁光走去。

第一五〇回

挥宝扇　祥光驱邪眚
服真水　脱骨换灵胎

　　智能一走,金须奴知道矮子必要起身,忙和众人一使眼色,一同上前跪倒在地,叩请收录。白谷逸对大家看了一眼,哈哈笑道:"你们这一群都是海怪,我矮子门下哪能收容? 姑念诚求,相遇总算有缘,且随我同往月儿岛走一回,看你们各人造化如何。如遇机缘,将来休忘了我的好处。"说罢,将手一挥,一片金光红霞将众人拥起,直往天空飞去。别人还在其次,连初凤一部《地阙金章》虽然还未参入微妙,已经炼会了十之六七,道行法术也算不浅,这一起身空中,觉得身子被金光红霞围拥,用尽目力,什么也看不见,直如电闪星驰一般,顷刻千里。不消多时,猛觉一阵热风吹来,光霞收处,身已落地。定睛往四外一看,大家都落在一个寒冰积雪,山形异常危峻的孤岛上面。矮子不知何往。

　　那岛一面濒海,想是邻近北极穷荒之地。海里面尽是些小山一般大的冰块,顺着海潮风势往来激撞,轰隆之声不绝于耳。海中大鱼像一二十丈长的巨鲸,三五成群,不时昂首海面。呼吸之间,像瀑布一般的水箭喷起数十丈高下。加以波涛险恶,靠山那一面红光烛天,把四外灰蒙蒙的天都映成了暗赤之色,越显得凄厉荒寒,阴森可怕。正不明矮子把大家带到此岛则甚,忽见金须奴在前面山腰上高唤道:"主人们,快到这里来!"

　　初凤等闻言,连忙扶了慧珠,驾遁光跟踪过去,落在山头。往山那面一看,那山高有千丈,下面乃是数百里方圆的一片盆地。中间有一火海,少说也有百里大小。因为那火发自地底,那山又高,所以山那边只见满天红云,看不见火。这时全景当前,才看了个大概。只见烈焰飞扬,时高时低,时疏时密。偶然看清一根火柱由地面往下,足有百十多丈长短。再往下看,火已混合在一处,熊熊呼呼,打成一片。连慧珠、金须奴生就神目都望不到底。盆地上石头,近山脚处,比墨还黑。越往前,挨近火海之处越红,仿佛地是铁铸的一般。

三凤好奇，嫌相隔太远，看不甚清，拉着冬秀硬要往火海边上飞去。金须奴忙喊仔细时，三凤、冬秀已经驾遁光往前飞起。才一飞近火海上空，便觉炙威逼人，热不可耐，只得升高往下注视。盘旋了一阵，除火势时大时小外，并未看见其他异状。偶一回顾来路山头，初凤、慧珠俱在招手，唤她二人回去。正待返身，忽见火海中冲起一道亩许大的乌光金霞，甚是眼熟。定睛一看，正是适才在嵩山所遇的白、朱二位矮仙，已从火海中飞出，同执着得自道人那柄铁伞，脚底踏着一片亩许方圆的金霞，落在火海岸上。三凤猛地心中一动，用手朝冬秀一打招呼，不顾炎热，便要往下降落。伞下矮子想已知觉，忽听一个高喝道："两个女娃子要找死么？"二女本觉浑身都似火烤，奇热难耐，还想冒险下落。闻言刚一停顿，下面乌光金霞已经飞迎上来，才一近身，立觉周体清凉。身子被那乌光吸住，一同往来路山头上飞去，转眼落下，乌光便已收去。

那后去的矮子说道："这火海中有当年长眉真人的师叔连山大师遗蜕。当年大师曾发宏愿，想将诸方异派化邪为正，不惜身入旁门，亲犯险恶。不出百十年，居然做了异派宗主。谁知成道时节，万魔嫉视，群来侵扰。终致失了元胎，以身殉道，在这月儿岛火海之中火解化去。未解化以前，用无边妙法，将遗留下的数十件仙箓、异宝，连同遗蜕，封存海底。并留遗偈，每逢五十三年的今日，开海一次，到期准许各派有缘能手入海寻珍。只是此海乃地窍洪炉，非同凡火。每次开海，为期只得一日。每人每次，只准挑选一件，多则必为法术禁制，陷身火海之内。不知底细的人，算不准开海日期；知道底细的人，又须有避火奇珍护体，方能下去。故此连山大师解化三百余年，只有第一次开海时节，长眉真人因见大师宝物中有一双仙剑，是个至宝，恐为外人得去，入海将它取走。此后几次，虽不断有人问津，俱是失望而归。日前我二人方蒙长眉真人指示玄机，各人来此寻取几件待用之宝。因为真火猛烈，只有铁伞道人那铁伞可以相助护身，他本人又非善良之辈，才将它强劫了来。且喜一到，便即功成大半。一则你们该有这次仙缘遇合；二则此次得那宝伞，也由你们身上引起；三则我二人须用之宝，还差一件，须要借助你们，所以才将你们带到此间。如想下去盗宝，单仗那柄铁伞，下虽容易，上来却难。你们五人中，如能选出一人下去代我们将火海中墨壁上连山大师遗容下面那两个朱环取来，我二人便依次用剑光护送其余四人下去，凭仙缘目光深浅，各取一件至宝到手，岂不是好？"

初凤等闻言，退下来一商量，金须奴首先声言："愿为二位仙人效劳，不要宝物。"正打算由他先入火海取那墨壁上面的朱环，三凤、冬秀忽然同时不约而同起了机心,私下计议:伪称情愿放弃所得,让与金须奴,由三凤先下去取那壁间朱环,等到环取到手,交与二矮。实则是想由冬秀末后取了宝物出来,乘二矮不备,抢了铁伞,便驾遁光逃回紫云宫去,等到下次开海,再一同仗伞来取,岂不可以多得?二女只顾利令智昏,止住金须奴,和二矮说了。二矮含笑点了点头,好似并没有看出二女心意。

三凤越发放心,高高兴兴地从白谷逸手上接过宝伞。白谷逸令她驾遁光,头上脚下往海中飞落。然后将手一指,一片金霞将三凤护住,往火海中射去。三凤见身外火焰虽然猛烈,宝伞头上那片乌光所到之处,竟会自然分开,身子也不觉热,心中大喜。及至下有千丈,穿透火层,落到地底一看,地方甚大,也是漆黑,和上面地皮颜色一般。四外空无所有,仅正中心地上,冒起一股又劲又直的青焰,直升上空,离地百十丈才化散开来,变成烈火。三凤更不思索,径往洞中走去。那洞异常高大,洞外立着两个高大石人,手执长大石剑,甚是威武,当门而立。正想从石人身后钻将进去,那石人倏地自动分开,让出道路。三凤本想还在遗容前祷告,试探着多取一两件宝物。一见这般神异,才想起二矮那般本领,何必借助于人?恐怕弄巧成拙,稍息了无厌之想。先朝把门石人行礼祷告了两句,然后入洞一看,洞内甚是光明宽敞,四壁俱如玉白,光华四闪。只尽头处是块墨壁,壁当中印着一个白衣白眉的红脸道人,那一对朱环乃是道人绦上佩带之物。暗想:"这个宝物只是画的,如何取得?"方一寻思,忽然一道光华一亮,当的一声,那一对朱环竟然坠落地上。不禁吓了一跳,连忙拾起,朝道人遗容跪叩了一番。起身再往侧面壁上细看,果然宝物甚多,还有一部天书。心刚一动,猛觉脑后风生。回头一看,门外石人面已朝里,石剑上冒起一道光华,正指自己。不敢怠慢,连忙退出,准备上升。再看石人,已复原位。匆匆飞升,穿出火外,到了山头,将那对朱环交与白谷逸。

第二个轮到初凤。慧珠自知法力较浅,便问二位真人:"可否弟子等二人同下?"二矮含笑点了点头道:"火海法宝俱是身外之物,中有灵丹,不可错过。"慧珠福至心灵,闻言警悟,便和初凤接过宝伞,如法下去。到了洞中一看,除法宝、仙书之外,果有两个碧玉匣子,各盛着一粒通红透明、清香透鼻、大如龙眼的丹丸。二女略一商量,决计不要宝物,各自朝遗像跪谢,将仙丹服了。入口随津而化,立时神明朗澈,周体轻灵,心中大喜。记着二矮之言,不敢再觊觎别的宝物,一同飞升而上。

三凤见了,自不免问长问短。初凤、慧珠便将得丹之事说了。三凤毫不在意,反说初凤、慧珠太不聪明,现放着洞中许多宝物,不一人取它一件。紫云宫金庭玉柱所存灵丹甚多，自己已是仙根仙骨，要它何用？说时金须奴正在旁边，早留了心。这次本该冬秀下去，末一个才是金须奴。冬秀因为早与三凤定下诡计，未安好心，硬要金须奴先下。

金须奴此次离宫出来，本知必有灾劫，果然一到嵩山，便和铁伞道人狭路相逢。正在危急之间，偏巧嵩山二矮赶来相救。虽说脱去险难，无奈命宫魔蝎决无如此便宜，所以逐处都在留心。当众人未入火海以前，见三凤和冬秀这两个命中注定的对头又在鬼鬼祟祟，窃窃私语。他的耳目本灵，略一潜心谛听，早明白了个大半，知她二人必难讨好。一听冬秀让他先下，正合心意。先谢了僭妄之罪，从初凤手上接过宝伞，飞身到了下面。入洞一看，宝物甚多。暗忖："身外宝物，不过用以防身御敌，总不如灵丹脱骨换胎，可以增长道力。何况自己以异类成道，更比别人需要。"便先在遗像前潜心叩祝了一回。起身往四壁寻视，别的宝物全未放在心上，但希冀也能寻它一粒服用。偏偏洞中灵丹只有两粒，已为初凤、慧珠二人得去，哪里还有。金须奴只顾在洞中细找，不由便耽延了好些时候，末后实觉绝望，只得改取别的宝物。金须奴也是审慎太过，因为这种机缘旷世难逢，总想寻着一样特奇的异宝。看这件好，那件更好，总是拿不定主意。末后看到一柄铜扇，金霞闪耀，照眼生缬，悬嵌在洞壁上隐秘之处。别的宝物均少注释，只有这扇柄上不但镌有"清宁"两个古篆文，旁边壁上还注有朱文的偈语用法，说此扇专为炼丹伏魔之用。知是一件至宝，便叩了一个头起来，先用手取，并未取出。后照壁间偈语将手一招，一道金光飞入手内。宝扇刚一到手，那守洞石人便走将过来，石剑上发出光焰，直指自己。金须奴知旨，连忙退了出来，飞身上去。这上时原应手持宝伞，撑向头上，外由白、朱二人的飞剑光霞护住足下，冲破火层上去，与下来时势子顺逆倒置，越迅速越好。否则那洪炉真火异常厉害，稍慢一点，纵有剑光护住下半身，那里奇热，也是难耐。金须奴一手持伞，一手持扇，上时心中高兴，略一寻思，便显迟慢了些。猛觉一股奇热灼上身来，一着慌，不暇寻思，顺手使扇一挥，一片霞光飞起，那火便似狂风卷乱云般，成团往四外飞开，同时身子也在宝伞剑光笼绕之下飞身到了上面。不禁心中一动，又惊又喜。先和众人一般，去见白、朱二人称谢。二矮见他手上持着那把宝扇，面上顿现惊诧之容，彼此互看了一眼。

冬秀早已等得难耐，怒目微睁，瞪了金须奴一眼，接过宝伞，如法飞下。冬秀刚一动身，三凤便踅向白、朱二矮面前，提着心静候冬秀一出火海，便即照计行事。初凤、慧珠各人服了一粒灵丹，俱觉神智益发清灵，心满意足，也没想到三凤、冬秀二人会有什么举动。正在谈论火海中的奇景，忽见金须奴苦着一张脸,悄声说道:"白、朱二位大仙道行高深,无微不照。适才小奴听见三公主与冬姑商量,等到末次在火海中取了宝物出来,便要乘白、朱二仙不备,盗了那柄宝伞逃走。以小奴之见,此举甚是不妥,一个弄巧成拙,大家都不得了。本想事前劝阻,势必使三公主与冬姑更恨小奴入骨。如今事已急迫,转眼就要发生,还请主人早点打个主意,站定脚步才好。"

初凤、慧珠闻言,大吃一惊。一看三凤,果然站在二矮旁边,两眼注定前面火海,面带焦急,神色甚是可疑。正要飞身过去劝阻,忽见火海中一片金霞拥着一团乌光升起,冬秀业已飞身上来。身刚离火,那片金霞倏地向白、朱二矮身旁飞去。冬秀并未朝众人立足的山头飞来,一道光华一闪,竟然带了那柄宝伞,驾起遁光,破空逃走。初凤方喊一声:"不好!"正要飞身追去将她赶回,猛听耳旁有人大声喝道:"且慢起身,到这里来,我有话说。"同时便觉身子被一种绝大力量吸住,不能往上飞起。回头一看,白、朱二矮满面含笑,若无其事般站在原处,正用手相招,叫自己和慧珠、金须奴三人过去呢。再看三凤,跪在二矮身旁,正在不住恳求。冬秀盗伞逃走,二矮既未拦阻,又不许追,不知是何用意。只得硬着头皮,一同飞身过去,跪下听候吩咐。

朱梅道:"你们这群蠢丫头,快些起来说话,我们见不惯这个。"金须奴以前在嵩山尝过味道,知二矮脾气古怪,忙请大家起身侍立。白谷逸先指着金须奴道:"你虽是个冷血异类,却有天良。你三番大劫,已逾其二,还有一劫,回去便当应验。那水乃地阙灵泉,不可枉费,用后可将它觅地保存,以待有缘。三劫完后,自有你的好处。"

说罢,又对初凤道:"地阙三女,只你一人仙根深厚。此番服了灵丹,又得一部天书副册,不出十年,必有大成。如不妄为,地仙有望。望你姊妹好自修持,也不枉我成全一场。你那二妹人较忠厚,虽难比你,将来却也不差。只你三妹天性既是凉薄,惯爱使奸行巧,终将弄巧成拙,惹火烧身。十二年后,你们刚有成就,必有异派能人前去寻事。到时如果紧闭宫门,仗着天篆法术封锁,来人决难混入,他也无奈你们。否则便是异日一个隐患。我二人奉了长眉真人仙敕,特地传谕告诫,须要谨记在心。你们得为地阙散仙,全仗此行。适才你说了许多感恩图报之言,有甚意思?如能饮水思源,须知火海奇珍乃是长眉真人师叔连山大师所遗留,将来峨眉门下后辈如有人入宫侵犯你们,须念成道渊源,留一点香火情面。至于铁伞道人,恶行不多,虽然身在旁门,所杀全是天地间的害物。今日吃了我二人许多苦头,灵元受伤,已算惩治其罪。那把铁伞原说暂借,正无人与他送还。恰好你的同伴生心,乘机盗走,我二人正好假她的手送还。再待片刻,必在途中的铁门岭山头与铁伞道人相遇,她如何是牛鼻子的对手?吃亏原是咎由自取。只是她还在火海中得有一本天书副册,关系着你全宫诸人成败,不可不速去救援,以免落在牛鼻子的手内。你们此番追去,虽然人多,也未必是牛鼻子对手。所幸金须奴新得那柄宝扇,乃是连山大师炼丹降魔的第一件至宝。此扇被大师另用仙法封锁,不比别的宝物悬嵌壁上,一望而知,不遇有缘,不会出现。连我二人两入火海,虽知此宝,俱未寻到。大师既以此宝相传,必然还有深意,应在未来。此去与牛鼻子交手,不可恋战,乘其不备,暗使仙传妙法,举扇连挥,便可将他逐走。你们便即回宫,好好潜修便了。话已说完,急速去吧。"

初凤闻言,方知二矮不追之意。因白谷逸说冬秀有难,又气又急,匆匆拜别二矮,问明方向,正当归途所经,忙即率众追去。三凤弄巧成拙,也是又羞又急,痴心还想急速赶上相助冬秀,不使宝伞失去,恨不得举步便到,才称心意。偏偏那铁门岭和月儿岛虽然一样孤悬海中,却是一东一北,相隔既是遥远,众人又从未到过,冬秀已飞行些时,哪能一说便到?且不说众人心中焦急。

那冬秀原与三凤商量了一条苦肉计:先由冬秀将伞劫走,三凤便照预定步骤,向二矮跪求说:为代二矮取那朱环,众人都得宝物,只自己一人向隅。冬秀盗伞逃走,必是为了自己打算。求二位大仙怜念,将那宝伞借上数十年,以作防身御魔之用。一俟道成之后,定行送往嵩岳奉还等语。原想二矮答应固好,即使不答应,这一纠缠,冬秀飞行已远。万一二矮执意不允,再将冬秀追了回来,念在代取朱环之功,也不好意思把她二人怎样。二人只顾打着如意算盘。及至冬秀末次下了火海,走入连山大师藏宝的洞内一看,宝物甚多,先也不知取那样是好。后来看到那本玉叶天书,见上面有"秘魔三参,天府副册"八个朱书篆文。暗忖:"别的宝物尽足防身御敌。初凤在紫云宫金庭玉柱得了一部《地阙金章》,从此道行精进,可惜还未学会便即化去。这书既是仙府副册,想必还要强些,何不将它取回宫修炼?岂不较比别的宝物强些?"主意一定,便朝连山大师遗容跪祝了一番,那书便从壁间飞下,连忙恭恭敬敬接在手内。回头见守洞石人剑上火光直指自己,不敢贪得无厌,想连忙叩两个头退身出洞。正要冲破火层上升,猛想起:"二矮飞剑何等神奇,自己打算乘机盗伞逃走,怎未想到那片护身金霞?少时飞到上面,二矮只一变脸,指顾之间,性命难保。"不由为难起来。复又一想:"自己奸谋并未被人觉察,且等到了上面再行相机行事,举动放从容些。如愿更好,即使所打主意成为画饼,至多宝伞还他,也不致有什么凶险。"

谁知飞身到了上面,刚刚离却火层,正在迟疑,脚底金霞忽被二矮收去,不由喜出望外。暗想:"此时不走,等待何时?"暗运玄功,驾遁光电驶云飞,拼命往归路逃走。起初还怕二矮剑光迅速,前来追赶,飞行了一会,忍不住一看身后,竟是一点动静都无。冬秀人极机智,虽猜三凤苦肉计成功,还不敢丝毫怠慢,就此减缓速度,反倒越发紧催遁光,加紧飞逃。算计成功顷刻,正在患得患失,忧喜交集,忽见前面海中一座高岭横亘海中,半山以上,全被云封,山顶积雪皑皑,长约千里。下面波涛浩荡,触石惊飞,越显山势险恶。

冬秀虽在紫云宫从初凤修道多年,已能排云驭气,绝迹飞行,到底根骨太薄,不耐罡风。飞到后来,因见始终无人追赶,不由把遁光降低了些。一见前面山高,去路被阻,须要飞越过去。刚把遁光往上一升,眼看就要贴着岭脊飞过,忽听一声断喝,一道乌油油的光华劈面飞来。冬秀一见有人暗算,大吃一惊。也未及看清来人是谁,一面飞剑暂行抵挡,身子早驾遁光纵避开去。等到飞落岭脊之上,定睛朝敌人一看,对面站定两个道人:一个生得又瘦又长,黄衫赤足,手持拂尘;那另一个和自己交手的人,正是嵩山所遇的铁伞道人。明明在嵩山吃了二矮大亏,被少林寺方丈智能救走,不知怎的到此?知道厉害,不由又怕又急。暗忖:"自己这口飞剑虽说是紫云宫仙家至宝,但是月儿岛火海藏珍无算,有了这柄铁伞,将来就能陆续取到手内。"想来想去,还是伞合算。尽自筹思,怎样才能舍剑遁走。忽又听对面铁伞道人喝道:"大胆贱婢!竟敢盗去我的宝伞。快快跪下还我,饶你不死;否则叫你死无葬身之地!"冬秀明知好歹都难脱身,猛生一计,便激怒他道:"你真枉称作前辈有名的仙长,也不想想,你的伞是我盗去的么?自己道行浅薄,遇见能手吃了大亏,眼睁睁被人将宝伞夺去。是我看着不服,跟踪前去,从矮子手内又将它盗了回来。不过是暂借一用,日后少不得仍要送还原主。你没本领奈何仇人,却来欺凌我一个女子。异日传将出去,也受各派道友笑话。"说时,暗从怀中将这次和三凤出走,由紫云宫带出来的几件宝物取出,持在手内。原打算乘一空隙,暗算敌人,能将飞剑同时收回更好,否则便连飞剑也弃了逃走。

冬秀人虽机智,毕竟经历太少。她也不想想,自己遁光怎能有敌人迅速?那伞又经敌人多年心血祭炼,与身相合,除了得伞的人道行胜他许多,否则休想据为己有。冬秀正打算伺隙而动,道人怒骂道:"好一个大胆贱婢!明明两个矮贼怕我日后报仇,命你前来送还,你竟敢昧心吞没。原想由你亲手交还,成全矮鬼面子。你却不知好歹,竟敢信口胡说。不令你乖乖献上,你也不知道我的厉害!"说罢,用手朝冬秀一指。冬秀觉手持宝伞重如泰山,再也擎它不起,伞上光华大盛,喊声:"不好!"连将飞剑收回时,全身已被罩住。乌光闪闪,冷气森森,四外光围,休想动转一步。道人喝道:"贱婢看这柄宝伞,你能劫去么?快快跪下降伏,饶你活命。"冬秀万不料宝伞不在道人手内,一样听他运用。好生后悔,不该妄起贪心盗此宝伞,落得身入罗网。知道道人狠毒,逼着自己降顺决无好意,只得运用玄功,将剑光护住身子,以防意外。一心只盼三凤同了众人回来的时候,也打此岛经过,或者有救。此外除了挨一刻是一刻外,别无善策。

两个相持不多一会,忽然听见黄衫道人说道:"白、朱两个矮鬼,我们终不与他甘休,道友要这虚面子则甚?此女如此倔强,把她擒回山去,交与徒儿他们享受便了。"说罢,手中拂尘一指,发出千万点黄星,直扑冬秀。冬秀眼看那些黄星风卷残云,一窝蜂似扑到面前。正在危急之际,忽然一片红光从来路上飞来。转眼笼罩全山,上烛霄汉,岭脊上罡风陡起,海水群飞,似要连这横亘沧海的千里铁门岭都夹以俱去一般。就在这自忖无幸,惊惶骇顾之间,那万千黄星首先爆裂,化为黑烟消散。紧接着又听一声长啸,一黑一黄两道光华闪过,便觉手上一轻,那柄铁伞倏地凌空飞起。抬头一看,红光中飞下三女一男,正是初凤、三凤、慧珠和金须奴四人。那红光便从金须奴手持一柄宝扇上发出。再看对面敌人,连那柄铁伞俱都不知去向,仅剩遥天空际微微隐现着一点黑影,转眼没入密云层中不见。惊魂乍定,似梦初回。

众人相见,未说经过,三凤先暴躁道:"都是那矮子促狭,要是少说两句话,岂不早些到此?况只略迟了一步,枉用许多心机,那柄铁伞仍被那牛鼻子夺了回去,真是可惜。"初凤看了她一眼,便问冬秀,那本天书副册可曾失落?冬秀忙说:"不曾。"把书从怀中取出,交与初凤。初凤翻开看了看,叹口气道:"昔日《地阙金章》曾载此书来历,此是天魔秘笈。听白、朱二位之言,我等此后虽可幸求长生,也不过成一地阙散仙,上乘正果恐无望了。三妹此行总算不虚。如今凭空添了一个对头,异日还有人寻上门来,不可不加紧潜修。我们急速回宫去吧。"说罢,一行五人同驾遁光,直往紫云宫飞去。

二凤正在宫外避水牌坊下面,用海藻引逗灵兽龙鲛,一见大家安然归来,好生欢喜,连忙迎了入内。金须奴看出三凤、冬秀二人心意,不愿他在侧侍立,便即托词避开。好在重劫又脱过了一关,又得了一件至宝,一心记着白谷逸嵩山少室之约,每日除苦心修炼外,静候到日,取用天一真水,再往赴约不提。三凤、冬秀始终憎恨着金须奴,回宫以后,便提议:那部天书副册可是她和冬秀二人费了许多心血,自己还白丢了一件宝物未要,才得到手。大家空入宝山,只金须奴一个便宜,独得了一柄宝扇,回宫又不交出。此书不能和他一同修炼,方显公平。初凤、慧珠自在火海中服了灵丹,神明朗澈,照白、朱所说，料定金须奴异日别有仙缘。闻言只笑了笑，也未劝说。三凤见大姊不拦，越发逞强，索性与金须奴说明，众人练习，不准入内。金须奴原本志不在此，也未介意。二凤人较忠厚，看了倒有些不服，因为初凤不说话，虽不相劝，由此却对金须奴起了怜意。

众人在宫中潜修到了第三年上，金须奴功行大进，已深得《地阙金章》秘奥。这日开观他师父留的最后一封遗偈，得知还有数日，便是天地交泰，服真水之期，服后便可脱胎换骨，有了成道之分，忙和初凤说了。初凤便告知众人，定日行法，助他服用。这三年工夫，除三凤、冬秀仍是与他不睦外，二凤已是另眼相看，听说他服了真水便可换形，真是欣喜。照这偈上说，服水那一天，须要一人在旁照应，七日七夜不能离开一步。初凤看了三凤一眼，然后问："哪位姊妹愿助他一臂之力，成全此事？"三凤道："他一个奴才，又是个男的，据说服后赤身露体，有许多丑态，你我怎能相助？除非叫他另寻一个人来才好。"初凤也知道此事非同小可，金须奴固是关系着他一生成败，便是在旁照应的人，因为当时法坛封闭，不到日子，无法遁出。金须奴服水之后，要待第三日上才能恢复知觉。醒来这三四天工夫，本性全迷，种种魔头都来侵扰，不到七日过去开坛时节，不能清醒。一个受不住他的纠缠引诱，立时坏了道基。自己要主持坛事，别人无此道力。三凤和金须奴嫌隙甚深，如允相助，金须奴素来畏她，易于自制，比较相宜。偏又坚不肯允，闻言好生踌躇。

二凤见三凤作梗，初凤为难神气，心中不服，不由义形于色道："助人成道，莫大功德。何况金须奴与我们多年同过患难，他是自甘为奴，论道行还在我等之上。当他这种千年难遇的良机和毕生成败的关头，怎能袖手不管？我们以前终日赤身露体，也曾在人前出现，都不知羞，现时都是修道人，避甚男女形迹？以他功劳而论，便是我们为他受点罪，吃点亏，也是应该，何况未必。就是等他初次换形醒转之时，为魔所扰，有什么不好举动，我们也并非寻常女子，可以由他摆布。再说他灵性既迷，平时本领决难施为。事前我们既知那是应有之举，而且彼此有害，更无与他同毁之理。如真无人照应，我情愿身任其难便了。"初凤一想，二凤虽然天资较差，没有三凤精进，但是这三年的苦修，天书副册上的法术已经学会不少，防身本领已经足用。金须奴昏迷中，如有举动，想必也能制住。除她之外，别人更难。便即应了，仍嘱小心行事，不可大意。

金须奴参详遗偈，以为到时有人作梗，不许他使用天一真水，不想只是三凤不肯相助。自信年来颇能明心见性，但能得水，有人照应固好，真是众

32

人不肯相助，又无处寻找外人，说不得只好甘冒险难行事，也决不肯误却这千载一时的良机。见初凤为难，正想开口，不料二凤竟能仗义直言，挺身相助。不由喜出望外，走上前去，朝二凤跪下道："大公主对小奴恩同覆载，自不必再说感激的话。不想二公主也如此恩深义重，小奴真是粉身难报了。"二凤忙挽起道："你在宫中这些年来，真可算是劳苦功高。我姊妹除大姊曾救你命外，对你并无什么好处。今当你千钧一发之际，助你一臂，分所当然。但盼你大功告成，将来与我们同参正果便了。"金须奴感激涕零地叩谢起身。他平日对人原极周到，这时不知怎的，心切成败，神思一乱，竟忘了朝别人叩谢。初凤、慧珠俱都倚他如同手足，只有关心，倒未在意。旁坐的三凤和冬秀好生不悦。尤其是三凤，因金须奴得道年久，此次换形之后，以他那般勤于修为，必能修到金仙地步，比众人都强得多，本已起了忌刻之心。再见他独朝二凤跪谢，不理自己，明显出怀恨自己作梗。好人俱被别人做去，越觉脸上无光，又愧又愤，暗思破坏之策，不提。

初凤分派好了一切，法坛早已预定设在后宫水精亭外，到时便领了众人前往。由慧珠取来天一真水交与初凤，照遗偈上所说，行法将坛封锁。命慧珠、三凤守坛护法。二凤早领了金须奴朝坛跪下，先行叩祝一番，然后请赐真水。初凤道："紫云仙府深居海底，无论仙凡，俱难飞进，本无须如此戒备。无奈诸天界中只有天魔最是厉害，来无踪影，去无痕迹，相随心生，魔由念至，不可捉摸，不可端倪，随机变幻，如电感应。心灵稍一失了自制，魔头立刻乘虚侵入。因此我奉令师遗偈，以魔制魔。照天府秘册所传，设下这七煞法坛，凡诸百魔，悉可屏御。行法以后，你到了这座水精亭内，立时与外隔绝，无论水火风雷，不能侵入。我用尽心力求你万全。你当这种千年成败关头，也须自己勉力，挨过七日，大功即可告成了。"金须奴原本深知厉害，闻言甚是感激警惕，忙称："小奴谨领法谕。"初凤便将真水三滴与他服了，又取一十三滴点那全身要穴。命二凤扶导入亭。

那真水原是至宝，一到身上，立即化开，敷遍全身。金须奴猛觉通体生凉，骨节全都酥融，知道顷刻之间，便要化形解体，忙随二凤入亭。亭中已早备下应用床榻，金须奴坐向珊瑚榻上，满心感激二凤将护之德，想说两句称谢的话，谁知牙齿颤动，遍体寒噤，休想出声。眼看亭外红云涌起，亭已封锁，内外隔绝。同时心里一迷糊，不多一会便失知觉。二凤见状，连忙将他扶卧榻上，去了衣履，自己便在对面榻上守护。

一连两日，金须奴俱如死去一般，并无别的动静。第三日上，二凤暗想："金须奴平日人极忠厚，只是形态声音那般丑恶。这解体化形以后，不知是甚样儿?"正在无聊盘算,忽觉榻上微有声息。近前一看,金须奴那一副又黑又紫,长着茸茸金毛的肉体,有的地方似在动弹,以为日期已到,快要醒转。无心中用手一触,一大片紫黑色的肉块竟然落了下来。二凤吓了一跳,定睛一看,肉落处,现出一段雪也似白的粉嫩手臂。再试用手一点别的所在,也是如此。这才恍然大悟,金须奴外壳腐去,形态业已换过。知将清醒,忙用双手向他周身去揭,果然大小肉块随手而起。一会工夫,全身一齐揭遍。地下腐肉成了一大堆,只剩头皮没有揭动,猜是还未化完,只得住手。暗想:"这般白嫩得如女人相似的一个好身子,要是头面不改,岂不可惜?"

第一五一回

本是双清　翻成投怀燕
剧怜同病　难为比翼鹣

二凤正在好笑，忽听金须奴鼻间似有嗡嗡之声，仿佛透气不出。人中间隐现出一根红线，渐久渐显。猛地心中一动，试用手一撕，哗的一声，从人中自鼻端以上直达头脑全都裂开，肉厚约有寸许。心中大喜，手捏两面皮往左右一分，竟是连头连耳带着脑后金发，顺顺当当地揭了下来。最后才揭向口边，往上微微使力一起，一张似分还合的人面皮便揭了下来。同时眼前一亮，榻上卧的哪里是平日所见形如丑鬼的金须奴，竟变了一个玉面朱唇的美少年。正在惊奇，榻上人的一双凤目倏地睁开，双瞳剪水，黑白分明，衬着两道漆也似的剑眉斜飞入鬓，越显英姿飒爽，光彩照人。二凤呆了一会，只见金须奴口吻略动，似要说话，又气力不支神气。二凤问道："你要坐起么？"金须奴用目示意。二凤便过去扶他坐起，玉肌着手，滑如凝脂，鼻间隐闻一股子温香气息。又见他仿佛大病初回，体惫不支神气，不由添了怜惜之念。及至将他扶了坐起，背后皮壳业已自行脱落，粉光致致，皓体呈辉，真是明珠美玉，不足言其朗润。

这时金须奴脱形解体之后，除身高未变外，余者通身上下俱已换了形质，只是起坐须人，暂时还不能言笑罢了。二凤先笑朝他称贺道："你如今已是换形解体，变了一身仙骨。再有四天静养，便即大功告成了。"金须奴将头点了点，不住用目示意，看向两腿。二凤猜他是要打坐入定，运用玄功，便代他将双膝盘好。起初忙着代他揭去外皮，一见变得那般美好，虽然出乎意外，因为一心关注他的成败安危，还不觉得怎样，仅止赞美惊奇而已。及至扶他安然坐起，玉肤相亲，香泽微闻，心情于不知不觉中已经有些异样。再给他一盘腿，猛一眼望到对方龙穴之下垂着一根玉茎，丹菌低垂，乌丝疏秀，微微有两根青筋，从白里透红的玉肉之中隐现出来，更显出丰润修直，色彩鲜明。不禁心中起了一种说不出的感觉，立时红生玉靥，害起羞来。忙把金须奴适才所脱的衣服取过，因为变体以后，衣服显得肥大，再加元气未复，不便穿着,只得先将他腹部上下围掩。再看人时,已在榻上紧闭双目,入定过去。

　　这才退回自己榻前坐好,好生无聊。知道金须奴初次回醒,这一打坐,须等真元运行新体,满了十二周天,到当夜子时,天地交泰之际,才能言动自如,暂时还不需人照料扶持。闲着无事,便也用起功来。坐了一会,不知怎的,觉出心神烦乱,再也收摄不住。两三个时辰过去,正在勉强凝神定虑,猛想起金须奴入定已经好久,他现时举动须人相助,不知还原了没有?今日心绪偏又这般乱法。想到这里,睁眼一看,金须奴依然端坐在对面珊瑚榻上,鼻孔里有两条白气,似银蛇一般,只管伸缩不定。知他玄功运行已透十二重关,再不多时,便可完成道基。正暗赞他根行深厚,异日成就必定高出众人之上,猛觉一阵阴风袭入亭内,不由机灵灵打了一个冷战。知道这亭业经初风行法封锁,无论水火声光都难侵入。那阵阴风明明自外而入,说不定要生什么变故。一面施展防身法术,仔细四下观察时,什么迹兆都无。再看榻上金须奴,依旧好端端地坐在那里,一丝未曾转动。只是鼻孔间两道白气吞吐不休,其势愈疾。

　　二凤哪知危机业已潜伏,还以为他功候转深,不久便能下榻,言动如常。又待了一会,才看出金须奴浑身汗出如浆,热气蒸腾,满脸俱是痛苦愁惧之容,神态甚是不妙,不由大吃一惊。暗忖:"他已是得道多年的人,虽说这次刚刚解体换骨,真元未固,那也是暂时之事。只要玄功运行透过十二重关,不但还原,比起往日道力灵性还要增长许多。适才见他坎离之气业已出窍往复,分明十二重关业已透过,怎便到了这种难忍难耐的样儿?"越看越觉有异,心中大是不解。看到后来,那金须奴不但面容愈加愁苦,双目紧闭,牙关紧咬,竟连全身都抖战起来。自己没有经过这类事,虽知不是佳兆,无奈想不出相助之法。再一转眼工夫,适才所见那般仙根仙骨的一个英俊少年,竟是玉面无光,颜色灰败,浑身战栗,宛如待死之囚一般。二凤平素对他本多关注,自从解体变形以后,更由赞美之中种了爱根。目睹他遭受这种惨痛,哪里还忍耐得住,一时情不自禁,便向他榻前走去。

　　这时金须奴原正在功将告成之际,受人暗算,偷开法坛,将魔头放了进来。如换旁人,真元未固,侵入魔头,本性早迷,不由自主,什么恶事都能做出。还算他平日修炼功深,当那真元将固,方要起身与二凤拜谢之际,猛觉阴风侵体,知道外魔已来,情势不妙。连忙运用玄功,屏心内视,拼着受尽诸般魔难挨过七日。哪怕误了自己,也不误人,恩将仇报。情知一切苦厄俱能勉强忍受,只为感激二凤之念一起,也和日后宝相夫人超劫一般。这意魔之来,却难驱遣,一任他凝神反照,总是旋灭旋生。二凤如果不去理他,虽然受尽苦难,仍可完成道基。偏偏二凤不知厉害,见他万分可怜,走了过去,想起自己身旁还带有一些玉柱中所藏的灵丹。那丹原是三凤掌管,金须奴日前曾向初凤索讨,以备万一之需。三凤执意不允,自己心中不服。恰巧以前初凤交给三凤时,自己取了十余粒,打算背着三凤相授。后来因自己反正要入亭照料,便带了来,准备金须奴还原时给他。这时他正受苦,岂非正合其用?以为此举有益无害,便对金须奴道:"你是怎么了?我给你备了几粒灵丹,你服了它吧。"

可怜金须奴正在挨苦忍受,一闻此言,不由吓了个胆落魂飞,知道大难将至。虽然身已脱骨换胎,十二重关已透,不致全功尽弃,变成凡体;但是这些年的心血、盼想,稍一把持不住,势必败于垂成。在这魔头侵扰紧要关头,又万不能出声禁止。万般无奈中,还想潜运真灵,克制自己,以待大难之来,希望能够避过。正在危急吃紧之际,猛觉二凤一双软绵绵香馥馥的嫩手挨向口边,接着塞进一粒丹药。当下神思一荡,立时心旌摇摇,顿涉遐想。刚暗道得一声:"不好!"想要勉强克制时,已是不及。真气一散,自己多少年所炼的两粒内丹,已随口张处喷出一粒。同时元神一迷糊,便已走下榻来。那二凤好心好意拿了一粒丹药走向榻前,刚刚塞入金须奴口内,见他鼻孔中两条白气突然收去,口一张,喷出一口五色淡烟,二凤猝不及防,被他喷了个满头满脸。

那金须奴虽和人长得一样,乃是鲛人一类,其性最淫。只为前在北海遇见一位高人,见他生具天赋异禀,根基甚厚,当时度到门下,传授道法,修炼多年。金须奴颇知自爱,自入门后,强自克制,加上乃师提携警觉,从未为非作歹。后来乃师成道兵解时,对他说道:"你后天淫孽虽尽,先天淫根未除。虽然仗你多年苦功,于本元神之外又炼了第二元神,此时可不妨事。将来成道时节,你身在旁门,易为魔扰。如舍弃五百年功行,趁我在这数日内将你本身元神化去,异日可以省却许多阻力。否则到了紧要关头,一个克制不了情魔,难免为所害,那时悔之晚矣!"当时金须奴一则仗着自己克欲功深,二则不舍五百年苦功,三则知道无论正邪各派仙人成道时均免不了魔头侵扰。这事全仗自己修为把持如何,到时有无克欲之功。纵舍元丹,在迟五百年成道,仍是一样难免魔劫。便不愿听从,以致留下这点祸根。那五色淡烟便是那粒内丹所化,无论仙凡遇上,便将本性迷去。

二凤哪里禁受得住,当时觉着一股子异香透脑,心中一荡,春意横生,懒洋洋不能自主,竟向金须奴身上扑去。神思迷惘中,只觉身子被金须奴抱住，软玉温香，相偎相搂，一缕热气自足底荡漾而上，顷刻布满了全身。越发懒得厉害，有一种说不出的难过神气，血脉偾张，浑身微痒，无可抓挠。正要入港，又觉金须奴用力要将自己推下床去。暗忖："这厮怎这般薄情寡义？"不由满腹幽怨，由爱生恨，张开樱口，竟向金须奴肩上就咬。星眼微睁处，看见金须奴那肩头竟似削玉凝脂，琼酥搓就的一般。心刚一动，樱口业已贴向玉肌，莹滑香柔，着齿欲噬，哪里还忍再咬下去，只用齿尖微微啃了一下。爱到极处，如发了狂一般，一双玉臂更将金须奴搂了一个结实。那金须奴灵元还有一点未昧，正在欲迎欲拒，如醉如醒之时，哪禁得起她这么一番挑逗，口里微呻了一声，长臂一伸，也照样将她搂了一个满怀。二人同时道心大乱，双双跌倒在珊瑚榻上，任性癫狂起来。一个天生异质，一个资禀纯粹，各得奇趣，只觉美妙难言，什么利害念头，全都忘了个干干净净。直绸缪到第六日子夜，魔头才去。二人也如醍醐灌顶，大梦初觉，同时清醒过来，已是柳憔花悴，云霞满身。

二人你望着我，我望着你，相对着一声苦笑。彼此心里一阵悲酸，双双急晕过去。等到二次醒转，二凤在榻，猛听耳边金须奴低声相唤。睁眼一看，金须奴正两眼含泪，跪在榻前相唤呢。二凤见他神情悲惨，也甚怜惜。闭目想了想，倏地起身将他拉起道："这事不怨你，都怪我自己不好，累你坏了道基。如今错已铸成，无可挽救。少时便到开坛时候。三公主见我这次助你解化，已是不悦，如知我二人经过，岂不正称心意？你比我道行较深，须想套言语遮盖才好。"金须奴道："此乃前生注定魔孽，无可避免。但是这法坛业经大公主行法封闭，那六魔纵然厉害，怎能侵入？想起小奴坐功正在吃紧的当儿，三阳六阴之气已经透出重关，呼吸帝座，眼看真元凝固，骨髓坚凝，内莹神仪，外宣宝相了。忽然阴风侵体，知道中了旁人暗算，将魔放进。拼受诸般苦难，末了一关仍是不能避过，终究失了元阳，坏了戒体，应了先师当日预示。此事别无他人敢为，说不定又是三公主闹的玄虚了。"

二凤恨道："三丫头害你不说，怎连我也害在其内？少时开坛出去，怎肯与她甘休！"金须奴道："事有数运，公主不必如此。闹将出去，徒称奸人心意，小奴之罪更是一死难赎。小奴与公主真元虽坏，此后勤苦修持，仍可修到散仙地步。三公主与冬姑如此忮刻私心，大非修道人气度，恶因一种，终有报应，此时无须与她理论。嵩山白、朱二仙约定日内前去，必然预知此事。怜念小奴苦修不易，此行定有挽救之方。好在道基虽坏，凡体已经化解，法力犹存，且等去了回来，再作计较。大公主年来功行精进，三公主们所行之事，当时虽不知道，一见我们的面，必然猜出一些，为了顾全公主颜面，决不说出。公主索性装得坦然些。小奴受公主殊恩，此后不但久为臣奴，上天入地，好歹助公主成道。至不济，也要求一个玉容永驻，长生不死。哪怕小奴为此粉身碎骨，在所不辞。"

二凤闻言，愈发感愧道："你不要再小奴小奴的。你的道行本来胜过我姊妹三人，只为想要超劫解体，求那上乘正果，才自甘为奴。平日受尽她的欺侮，如今你道基已坏，还尽自做人奴才则甚？我身已经属你，如仍主仆，越增我的羞辱。现时且不明言，等我暗向大公主说明经过，由她做主，作为你道已成，不能再沦为奴隶。《地阙金章》曾经载明你我二人有姻缘之分，令我嫁你，索性气气她们。好便罢，不好，我和你便离了此地，另寻一座名山修炼，你看如何？"金须奴闻言，先甚惶恐，后来仔细想了一想，说道："公主恩意，刻骨难忘。公主主意已定，违抗也是不准。我金须奴以一寒荒异类，上匹天人，虽然坏了道基，也就无足惜了。"说罢，互相对看了一眼，不由又相抱痛哭起来。两人虽不再作寻常儿女燕婉之私，却是互相关怜恩爱到了极点。似这样深情偎依，挨到开坛之时，彼此又把少时出去的措词，以及日后怎样挽救修为之策，商量了一番。这才分坐在两边榻上，静候开坛出去。也是他二人无这天仙福分，才闹到这般结局。

其实三凤并非存心要害二人，只因第一日见二凤陪了金须奴入内，初凤镇守主坛，瞑目入定，更是郑重非常，本就有些不服。再加自己和慧珠、冬秀分守三方，不能离开一步。头两三日还能忍耐，勉强凝神坐守。及至金须奴在室中坐到紧要关头，三凤因此动了嗔念，同时也为魔头所乘，不知怎的，觉着气不打一处来，暗忖："他一个异类贱奴，过了这一关，道基稳固，日后功行圆满，便可上升仙阙。自己枉具仙根，反不如他。"越想越恨，竟忘了当前利害，赌气离了守位。猛又想起："二姊还在里面，魔头万一侵入，岂不连她一齐害了？凡事均有前定，何必忌他则甚？"这投鼠忌器之心一起，立时心平气和，回了原位。且喜初凤没有觉察，法坛上霞光仍盛，并无动静，还以为没有什么。谁知那魔头来去渺无痕迹，随念而至。全仗初凤等三人冥心内视，远用灵元，代室内之人防守。三凤念头一错，魔已乘虚而入；再一离开本位，只这刹那之间，便被侵入室中。休说三凤看不出来，就连初凤坐守主坛，只管澄神定虑，反虚生明，直坐到七日来复，下位开坛，也以为自己道心坚定，万念不生，魔头决未侵进，金须奴大功告成了呢。

时辰一到，初凤收了禁法，将坛开放。一阵烟光散处，看见晶亭内两边榻上，一边坐定二凤，一边坐定一个赤着上半身的美少年。算计他已超劫化解，换了凡体。地下却堆了一摊人皮金发，好生心喜。连忙带了三凤、冬秀、慧珠等入内。二凤首先下榻说道:"他此时旧衣已不能穿着。恰好那日收检仙衣,竟有一套道装,式样奇异,不似女子所穿。他没化解前,因为大小相差过甚,没有想到他身上。适才方得想起,待我去与他取来,穿了相见吧。"三凤方要答话,二凤已经往外走去。一会仙衣取到,放在金须奴身侧,由他自着。五女便退往别殿,等金须奴坐功完了,自去相见。三凤、冬秀见金须奴一旦变得那般俊美英秀,自是又妒又羡。到了别殿坐定,纷问经过。二凤自是伤心,忍着悲痛,照议定之言,说了经过。初凤、慧珠俱赞金须奴根行深厚,有此仙缘。

一会金须奴穿了新衣来见,叩头谢恩。众人见那装束甚是奇特:上身一领淡红色的云荷披肩,长只及肘,露出两条玉臂;下半身一件金黄色的道裙,长只及膝,赤着一双其白如霜的脚。头上秀发披拂两肩,周身都是彩光宝气,越显出仙风道骨,丰姿美秀。初凤见那身衣服以前置放在玉匣底层,以为都是女衣,不曾取出检视,这一穿上,竟是为他而设,再也无此相称,可见他本是宫中之人,仙缘早经前定。连三凤、冬秀先时还不愿意将仙衣给他,到此也无话可说。当时谁也没有看出异样。

直到金须奴告退出去,二凤才怀着满腹悲酸,偷偷告知初凤、慧珠。初凤、慧珠知是前孽,叹惜了一阵。仔细寻思,二凤心意已决,除了下嫁给金须奴外,别无善法,只得答应。等金须奴赴了白、朱二仙之约回来,再由初凤想好说词,当众宣示,以正名分。商量停妥,二凤又背人说与金须奴。不消多日,便从三凤口中探出受害缘故。从此金须奴夫妻便和三凤、冬秀二人生了嫌隙,以致日后闹出许多事故。这且不提。

等到赴约之日,金须奴带了那柄宝扇,辞别初凤姊妹,径往嵩山飞去。白谷逸、朱梅二人已在少室山顶相候。双方相见之后,金须奴先说了化解入魔经过,哭求指示玄机,有无挽救。白谷逸道:"月儿岛连山大师所藏旁门法宝甚多,火海数十年才一开放,难免不为左道妖人得去。不到日期,想入火海,须要两件防身宝物:一件是长眉真人修道防魔用的九戒仙幢,一件便是你所得的那柄宝扇。仙幢可以护身,宝扇可以消灭守洞石人剑上的真火,相依为用,缺一不可。我二人向长眉真人借宝时,曾闻真人法谕,说紫云三女虽然生具异禀,只是得了一点千年老蚌的灵气,凤根不厚,修到地仙已是侥幸。将来能否避却劫难,尚要看她们修为如何而定。倒是你一个寒荒异类,禀赋天地间至淫戾之气而生,竟能反性苦修,不避艰危,用尽毅力,诚心寻求正果,大是难得。目前道基虽坏,恶骨已换。只要仍和以前一样虔诚苦修,前途成就尚非无望。并且长眉真人还有用你之处,应在三百年后,所以特借仙幢,由我二人与你同入火海。那些旁门法宝,我二人一概不要,俱都赠你。只内中有一册连山大师当年的修道目录,藏在大师的遗蜕之下,须要带往峨眉,交与长眉真人。此书装在一个金函以内,非我二人亲自下手,不能取出。余外还有几粒丹药,与初凤、慧珠二人上次在火海中所服功效相同,俱能增长道力,驻颜不老。那日三凤代为我二人取那朱环,未得宝物,我本另想酬谢。不料她竟起了私心,唆使同伴想劫了铁伞道人的宝伞逃走。我二人才故作不知,使其弄巧成拙。此次将各种法宝取出,俱都给你,以酬此劳。尔等俱是旁门,虽说避完灾劫一样长生,可是异日修炼到了吃紧当儿,一个坎离失了调匀,虽不一定便走火入魔,形神消逝,容颜却立时变成了老丑。如得此丹服了,容颜常似婴儿,亘古难老。我二人俱是玄门正宗,要它无用。你可带它回去,分给未服的人每人一粒。不特你夫妻可增道力,也可与向日对头释嫌修好。从此永驻青春,为地仙中留一佳话,岂非妙事?你回宫后,与众人再在海底潜修数十年,避过一切灾厄。那时道行大进,再行分途出海,积修外功。外功圆满,重返海底。等三百多年后,末次大难再一躲过,纵然不能修到金仙,也成为不死之身了。那月儿岛连山大师遗留仙法,非比寻常。那本修道目录一经取出,埋伏立时发动,厉害已极。连我二人俱是冒着奇险行事。你宝物到手,即要先行逃走,彼时各不相顾。故此事前把话与你说明,以免临时仓猝,不能细说。

　　"从此一别,你与我二人须等三百年后,或能再有相见之期。那时的紫云宫,重重封锁,与世相隔,不论仙凡,俱难擅入,远非昔比。紫云五女勤习那部天书副册魔宫秘笈,必已悟彻魔法奥妙,多半自恃道法,起了骄意。那时如有峨眉弟子擅入宫内,有所营求,你夫妻须看我二人分上,不可使其难堪,相机予以方便。那去的人虽然年幼道浅,大都具有仙根异禀,此时助人,日后也无殊自助。否则地仙也是不足五百年一世,何况五女之中还有两三个平日积下许多恶因,到时收果,势所难免。灾劫未至,先树强敌,一旦相逢狭路,大难临头,悔之晚矣!"

　　金须奴一一恭聆训诲,默记于心。白谷逸把话说完,又和朱梅商量好了步骤,才同驾遁光起身。金须奴随了白、朱二人,飞离月儿岛还有老远,便见前面浊浪滔天,寒飙四起,愁云惨雾中,灰沉沉隐现着一片冰原雪山,迥非前一次所见红光烛天的样儿。及至飞落岛上一看,昔日火海俱被寒霜冰雪填没,不知去向,连山形都变了位置,知道火海业已封闭。正在定睛注视,白、朱二人已轻车熟路般走向一座冰壁前面,只双双将手扬了几下,便带了金须奴一同飞起空中。耳听脚底先起了一阵音如金玉的爆裂之声,接着便是震天价一声巨响，那一排耸天插云的晶屏竟然倒塌下来，立时四山都起了回音，冰尘千丈，海水群飞。左近冰山受了这一震之威，全都波及，纷纷爆散震裂。近海一带竟是整座冰山离岸飘去，砰扑排荡，声势骇人，半晌方止。

冰壁稍静，三人同时飞身而下。地面上又换了一种景象，除了到处是断冰积雪外，冰壁陷处，现出一个深穴，下面隐隐冒着一缕缕的轻烟。朱梅首先走向穴边，手先朝金须奴一挥，命他留意。然后两手一搓，朝穴中一放，便见一点红光飞向穴底。转眼之间，下面轰的一声，一道火焰倏地从穴底升起。三人早有准备，未等火起，早已二次飞向空中。金须奴低头往下一看，那火势真个厉害。先见地穴只有亩许大小，火刚上来，便是万丈火苗夹着一股浓烟直冲霄汉，那穴便相随震裂，越来越大。所有地面上如山如阜的坚冰积雪，立时都消溶成水，波涛滚滚，夹着少许碎冰块，恰似万股银流互相挤夺争驰，往海中涌去。不到半盏茶时，附近数百里内的冰山雪峰全都消灭。只剩下围着火海的一座石峰，仍恢复了当日火海形状，才略止崩裂烧融之势。

三人见火势发泄没有初出来时猛烈，更不怠慢，按照预定方法，由朱梅手持长眉真人九戒仙幢护身，金须奴持着那柄宝扇当前避火。避过火头，下到数十丈深，下面已经无火，除奇炎极热，铄石熔金外，那火的根苗只是尺许粗，其直如矢的一股青烟。三人哪敢招惹，匆匆下落海底。守洞石人早手持石剑，迎了上来，剑头一指，便有千百朵五角火星直朝三人射来。金须奴早得白、朱二人嘱咐，知这石人剑上的火非同小可，漫说轻易不能抵御，就是手中宝扇能够破它，稍一怠慢，被它飞近那根火苗，立刻引烧起来。火头不向直飞，径从横里烧来，立时到处都被这种烈火填满，全岛爆炸，纵是大罗神仙，也要化为灰烬。知道厉害无比，忙将宝扇连挥，迎头扇去，不使火星升起。且喜扇到火灭，如同石火星飞，一闪即逝。约有数十扇过去，石人剑上火星才行发完，方得近前。石人口中忽又喷出一股臭气，触鼻欲晕。正不知如何破法，忽听白、朱二人口称连山师祖，喃喃祷祝了几句，一道金光飞出手去，烧向两个石人，只一转，便已断为两截，倒在地上。三人慌忙越过石人，飞身入洞，先到连山大师遗容前，恭恭敬敬叩祝一番，这才起立，分头行事。

金须奴见满洞壁上尽是法宝，心花怒放，连忙上前摘取，石人法术已破，无不应手而得。刚刚取完，便听白谷逸低喝道："你不快走，等待何时？"金须奴回头一看，正当中那面洞壁忽然隐去，连山大师的遗容不知何往，却现出一个羽服星冠的道士，端坐在一个空床上面，容貌装束与遗容一般无二。白、朱二人俱跪在道人座前。正在这惊惶骇顾之际，猛见道人身旁红光一闪，同时白谷逸好似从朱梅手里抢过一样东西，又喊一声："快拿了走！"早抛将过来。金须奴第一次闻警,业已起立,准备遁走。一看白谷逸抛过一个玉瓶,猜是那丹药,连忙伸手接住,也说了句:"大恩容图后报!"双足一顿,驾遁光飞出洞去。到了洞外,更不怠慢,连挥宝扇,避开火焰,脱出火海,直升上空。白、朱二人取那目录,后文金蝉石生二进紫云宫盗取天一真水时自有交代。

且说金须奴满载而归,好不心喜,排云驭气,往回路进发。暗忖:"白、朱二仙说那丹药共有四粒,除初凤、慧珠已服过外,正好给宫中诸人每人一粒。自己费尽辛苦才行得到,二凤是患难夫妻,当然有份,自不必说。那三凤、冬秀平时相待既是可恶,此次化解又坏在她的手里,再将这种灵丹赠她,情理未免说不过去。如不给她二人,只和二凤一人分吃两粒,一则二凤定要盘问实情,知道不肯;二则多服少服俱是一样,白白糟掉,岂不可惜?那灵兽龙鲛心灵驯善,自己以前也和它相差不多,同是水族,何不将剩余的丹药给它服上一粒?另一粒藏好,以待将来之用?"又觉与白、朱二人之言有违不妥,一路沉思,委决不下。

不觉到了紫云宫上空,飞落海底一看,二凤已在避水牌坊之下相候,手里拿着几片海藻,正与那条龙鲛引逗着玩呢。一见金须奴带着满身霞彩飞来,知道必有喜音,迎着一问。金须奴起初原是想着三凤、冬秀可恼,本不惯于说谎,没料到二凤早在宫外相候,丹药还没有藏过,不便隐瞒,只得将前事说了。谁知二凤竟和他是一般心理,也不愿将丹药分与三凤、冬秀。金须奴经她一说,益发定了主见。就在宫外揭开玉瓶,将丹药先取出三粒,自己与二凤各服一粒,又给龙鲛服了一粒。将余下那粒藏好。这二人一起私心,只便宜了灵兽龙鲛,服丹之后,对着二人不住昂首欢跃,意思甚是感激。二人也觉遍身芬芳,神明湛定,好不心喜。

金须奴因所得宝物共有一十三件,有两件因为行时匆促,尚没看清壁间所载用法。件数太多,不及一一取看,打算见了初凤等人,再行同观。二凤道:"呆子!那两个见你得了许多法宝,岂不又要眼红?她们现时都在后宫黄晶殿内修炼法宝,且得些时才呢。我因心里有事,又不愿和大家炼同样的法宝,才走出来等你。你且把那知道用法的先交给我藏起一半。连能用与不能用的,剩下五六件,算计每人送她一件,也就是了。"金须奴此时对二凤自是言听计从,便将法宝分别取出,与二凤解说,藏起七件。那六件中有一对金连环和一根玉尺,上面虽然刻有朱文古篆,一件叫龙雀环,一件叫璇光尺,俱都不知用法。二人分配好了宝物,将剩的六件,由金须奴拿着同进宫去。在别殿中又谈了一会,初凤等人才行走出。金须奴仍照前行礼,将赴嵩山经过，略说了一说，并将那六件宝物献上，任凭众人挑选。

初凤先将宝物接过，分别传观之后，放在一旁，且不发付，对众说道："我有一桩心事，藏在心中多年，因未到时，总未说出。想金道友生具仙根异禀，此时道行更是高出我等三人之上，只缘劫难重重，难以避免，这才舍身为奴，在本宫中服役多年，劳苦功高，自不必说。他和二凤妹子还有一段凤缘，应为夫妇，同驻长生，《地阙金章》上早有明示。如今二妹道行已非昔比，金道友更是真水换骨，化解凡身，一切灾厄均已避过。我计算仙箓所载时日，金道友嵩岳归来，正是他和二凤妹子圆满之期。我平居默坐，体证前因，知道他二人这段姻缘万难解脱。为此当众说明，使他二人配为夫妻，正了名分。大家与金道友既成一家，不许再存歧视之心。还有慧珠姊姊，本是恩母转劫化身，应为宫中道主，屡经我等请求正位，不但坚执不允，反不许母女称谓，令我权作宫中之主，否则便要离此他去。此事众姊妹业均知晓，毋庸细说。这几日经我熟思切虑，权衡轻重，宫中人渐增多，不可无主，只得恭敬不如从命，同在今日改了称谓。以前我因本宫并无外人，我姊妹三人同胞一体，有甚高下可分？如今已知，除我略有一线之望外，诸人均难修到天仙。不特道行各有深浅，因为无人正经率领，姊妹间常因细故发生嫌隙争执，均非修道人所宜。像上次三妹、冬秀负气出走，几酿大祸。以后我定下规章，共同遵守。我暂为宫中之长，言出法随，诸姊妹与金道友均须随时在意，共勉前修，勿堕仙业，才是正理。"

说罢，便命金须奴与二凤交拜行礼。二凤在旁闻言，触动心事，早已泪如雨下。金须奴虽与二凤有约在先，也是又感激，又惶恐，还待谦谢几句，初凤只说了声："前缘注定，无须再作俗套。"便促二人行礼。金须奴慨然道："小奴以仆当主，妄跻非分，情出不已。此中因果和苦衷，主人俱已洞悉，不必多言。今承主人深恩，正名当主，仍须无废主仆礼数才对。"说罢，便单独向初凤姊妹、慧珠、冬秀五人，行了臣仆之礼。然后起身与二凤交拜天地道祖之后，再行分别与众行礼。

众人除慧珠早经初凤说明外，三凤、冬秀俱都蒙在鼓里。加上金须奴得宝不私，恰好又是六件，正好各得其一，不由减了敌视之心。不料初凤说出这番话。现时初凤不但道力高深，不由众人不服。对于众姊妹更是言温理正，身端容肃，俨然表率，三凤、冬秀本已日益敬畏。再加事起仓猝，初凤又说出本人已为宫中之长，言出法随等语。二人事前没有商量，一心只在盘算宝物，闻言虽甚为骇异，谁也不愿首先发难。见初凤说时，二凤满面泪容，以为她以主配奴，必不甘愿，料初凤决难勉强。满想等二凤一开口，再行群起出言阻挠。谁知二凤只流了两行珠泪，竟是一言不发，就随了金须奴交拜起来。几次想发话，又不好出口。末后想要劝阻，已是不及，只得隐忍过去。

初凤等二凤、金须奴与众人分别行礼之后，又对众人道："后苑之中，已由慧珠姊姊设下酒食。那酒也是慧姊从人间学来方法，用宫中异果制的。我们虽不必效那世俗排场，礼节总不可废。加以妹夫多年劳苦功高，今日总算劫难完满，又新得了许多宝物，正好给他夫妇二人贺喜，就便大家也尝尝新。我还有许多话，且到后苑落座之后再说吧。"

众人便随初凤到了后苑。三凤见一张珊瑚案上，早排满了酒果之类，怪不得适才黄晶殿炼宝，初凤、慧珠俱不在侧。这才知道初凤、慧珠固是早有安排，便连二凤也久已承诺了，所以初凤一说，便无异词，只瞒着她和冬秀二人。越想越气，只是不好出口，不住朝冬秀以目示意，陪坐在旁，一言不发。初凤明白二人心意，不愿大家日后还是犯心，只想不出用甚法儿给双方释嫌修好。二凤见初凤欢饮中间，忽然停杯寻思，偶想起那六件宝物尚在前殿，便问初凤怎样分配。初凤闻言，猛想起适才金须奴献那六宝时，三凤神气甚是垂涎，只要把她一人感动，冬秀自无话说。便命三凤往前殿取来，大家看了，再行定夺。

三凤巴不得自己先挑选一番，便笑道："那些宝物件件霞光闪闪，想必不是寻常。如能知道用法，岂不更好？"金须奴便将得宝时，壁间所载用法，大半俱已记下，只龙雀环、璇光尺两件，原嵌在一处，刚取到手，便听白真人示警，匆匆遁走，没顾得细看壁间符偈用法等语说了。三凤好以小人之心度人，暗忖："白、朱二人既以全宝相赠，怎便忙在一时？偏是自己爱那柄短尺，他却不知用法，哪有这种巧事？分明知道这两件宝物最好，故意不肯说，以便别人不要，据为己有。少时分配，定和冬秀要这两件，豁出去自己再破些时苦功，重行祭炼，也是一样使用。"主意打定，推说要冬秀相陪，以便搬取，拉了冬秀径往前殿。

二人走后，金须奴不敢瞒着初凤，便将宝物实数说了，只灵丹一层未说。初凤正觉宝物乃金须奴所得，他虽谦让，分与众人，于理不合，但又想借赠宝给大家释隙和好，一时难以委决，闻言甚喜。一会三凤和冬秀各捧三宝回席，交与初凤。初凤重给大家传观之后，说道："妹夫亲身犯险跋涉一场，此宝又经白、朱二仙指明赠他一人，论情理原不该分给大家。一则今日妹夫、二妹嘉礼之期；二则妹夫情意殷殷，定要分给每人一件，过分谦谢，反倒不似自家人情分。家庭私谊，俱是以大让小，不比修道守法，以长为尊。这些宝物，俱是新得，我等俱未用过，莫测高深。且由妹夫说明用处，再由冬秀、三妹、慧珠姊姊依次挑取,我与宝主殿后如何?"三凤、冬秀早已在前殿商量好要哪两件,正愁初凤分配不能随心所欲,此举正合心意,高兴自不必说。别人知道初凤用意,更无异词。便由金须奴取宝在手,一一解说试演。

除那两件不知用法以外,其余四件,以一件名为炼刚柔的,看去最为厉害。此宝形如一个鸡心,中有鹅卵大小,颜色鲜红,表里透明,只有许多芝麻大小的黑点,通身细孔密布,其软如棉,也不知是什么东西炼成。一经使用,便飞出一片脂香,万缕彩丝。另由那针眼细孔中射出一种又粘又腻,颜色清明,香中略带腥咸之味的汁水。敌人法宝飞剑,除了一种西方太乙纯金之精炼成之宝,是它的克星外,余下只一沾上,立时百炼钢化为绕指柔,坠落地上。另三件一名销魂鉴;一名烦恼圈;一名遁形符,是两面竹简,可以分合。俱有妙用,且待后文详叙。

三凤、冬秀等金须奴说完,仍是取那预定之宝:三凤取了那璇光尺,冬秀取了那龙雀环。慧珠倒取了那炼刚柔,初凤取了那遁形竹简,将剩下的销魂鉴、烦恼圈仍还给金须奴与二凤。重新开怀畅饮。

众人取完宝物之后,金须奴见三凤只管拿着那璇光尺摆弄,霞光闪闪,幻成无数连环光圈,与别的宝物不同。暗忖:"此宝取时,最后嵌在龙雀环的后面,甚是隐秘,正看偈语用法,便即闻警遁走,仿佛壁间有'璇功万象'几字。起初没打算将宝物隐起一半,适才在宫外和二凤见面,匆匆挑选,只拣那名好和自己略知深浅的藏起,不曾细考。因为这尺不知用法,没有在意。及至出了手,才觉出珍奇有异,偏又落在三凤手中。"不由便对那尺多望几眼。三凤原就留心,这一来,更以为不出自己所料,两下嫌隙始终仍未解除。

初凤在席上又说:"据我连日暗中参悟,众人只能修到散仙地步。既有这样好的珠宫贝阙,等白真人所说的敌人寻上门来以后,大家可分头出海,将那有根基的女孩子度些入宫,以充宫中侍女。一面传授道法,创立宗派;一面积修外功。等外功圆满,使用天魔遁法封锁海底。大家只在宫中潜修,享那仙府清福,再不出宫干预闲事,静俟最后一劫过去,便与海同寿,岂不是好?"众人俱都称善。

第一五二回

犯珠宫　一妖授首
游少室　二女寻真

席散后,慧珠仍想从俗礼,送金须奴、二凤回房。二凤还未及开口,初凤道:"妹夫、二妹婚姻,实由前缘注定,岂同世俗儿女? 一切浮文俱用不着。二妹所居锦雯宫,原有五间,从此妹夫便移居在二妹所居室外面,夫妻二人同在一起修道便了。"二凤明知初凤怕他夫妻又因情欲乱了道心,特想提醒,便看了金须奴一眼,见他满面俱是愧恨之色,不禁凄然。当日无话。

由此大家俱在宫中潜修,杜门不出。二凤夫妻也在暗中练习那些宝物。

光阴易过,不觉多时。这日初凤正和大家在前殿聚谈,忽听殿外灵兽龙鲛长鸣不已,听出声音有异,三凤首先奔出。初凤猛想起昔日白谷逸之言,算计已到时候,知三凤素来恃强任性,忙率众人跟踪出去。才到外面,便觉炎热非常,地阙清凉,怎得有此? 好生奇怪。抬头往上一看,避水牌坊上面,海水业已通红如火,正和那年往救二凤、三凤,安乐岛火山崩陷时的海水情景相似。那灵兽龙鲛正在牌坊下面昂首怒啸,不时往上蹿起,俱为初凤封锁法术所格,旋起旋落。一见主人到来,益发啸个不住。

初凤知事不妙,一面禁止龙鲛吼啸,吩咐大家不许造次。一面忙使窥天测地之法,将手往地下一指,地面凭空起了一个镜子一样的圆光。众人定睛往圆光中一看,只见滔天红浪中,隐现着一个道人和一个头梳抓髻的幼童。道人一手执剑,身背铁伞,类似金须奴以前对头铁伞道人的装束,容貌却又不似。后头那道童骑着一个浑身雪白,双头六翼,长约五尺的怪鱼,手中拿着一个两尺来长的口袋,头朝下,底朝上,只对准紫云宫上面的海眼,发出一股和烈火相似的红焰。海水被它照得通红,炎热异常。红焰所射之处,那些深水里的鱼介之类禁受不住,恰似沸水锅里煮活鱼一般,兀是在热水中乱蹦乱窜,渐渐身子一横,肚皮朝上,便即活生生地烫死。三凤大怒道:"这厮如此杀害生灵,待我上去将他除了!"初凤连忙拉住,悄声说道:"你忘了白真人别时之言么? 这厮正想用妖法煮海,使我们存身不住,和他争斗。这时出去,恰好中了他的道儿。且不要忙,我自有道理。"说罢,收了法术,命慧珠约束众人,金须奴随了自己,用那两面隐形符偷偷上去,看看来人虚实来历,再行下手应敌。

众人在避水牌坊下等候,见上面海水越来越红,下面越发炎热难耐。初凤、金须奴上去已有好一会,毫无动静。初凤又预先将那圆光收去,众人不知上面情形,莫测吉凶。有的愤怒,有的焦急,各人有各人的心事。三凤几次要开了封锁上去,俱被慧珠阻住。平日冬秀总是怂恿三凤出头,这次见初凤面带惊疑,知道厉害,也就不敢造次。众人正在纷纷议论,交头接耳,忽见一道细如游丝的青光从身后飞出,电驶星奔,直射海面。回身一看,偌大一座紫云宫,竟然隐得没有踪迹。慧珠知道初凤已回宫内,布置好了法术,二次飞去与敌人交手,便和众人说了。

三凤一听,又要上去,众人劝阻不听,慧珠一把未拉住,三凤已经行法,破空而上,同时觉着热减了好些。三凤一走,冬秀、二凤也要上去。慧珠无法,只得再三嘱咐:"如今紫云宫已被隐形封锁,除初凤回来,休说敌人,连自己人也无法回宫。初凤如此施为,敌人必然厉害,上去时节,须要见机而行,千万不可造次。"二凤应了,便自飞身而去。慧珠正打算跟去,灵兽龙鲛忽然奔到面前,不住昂首长鸣。慧珠道:"你要我骑你上去么?"龙鲛点了点头。

慧珠刚骑在龙鲛背上,忽见上面一片红光中,猛飞起万点银流,映着四周蔚蓝的海水,顿成奇观。心想:"初凤等人平时并无这种法宝,敌人定是猖獗异常。"正在斟酌进止,坐下龙鲛已是几番腾嘶欲上,知道此兽灵异非常,必有原因。众人俱已上去应敌,如有不测,也难独免。只得开了禁法,骑着龙鲛飞出海眼。一看,初凤不知何往,金须奴独斗那骑着怪鱼的童子,二凤、三凤、冬秀三人合战道人,剑光法宝纷纷飞起,星飞电闪,银雨流天,正在相持不下。

那龙鲛原有避水之能,又在海底潜修多年,服过连山大师遗藏的灵丹,本领更非昔比。才一飞到上面,四外的海水便疾如奔马,纷纷避开,露出方圆数里的一大片白沙海底。双方本在水中交战,经过这一来,二凤、金须奴等人知道龙鲛功能,看惯无奇。骑鱼道童与金须奴敌斗方酣,正在一心专注于法宝上面,猛觉身子一空,近身海水突然消逝。那条六翼双头的怪鱼倏地失水,往下一沉,几乎将自己翻跌下去。幸而那怪鱼也非凡物,忙将六翼展开,飞将起来,才得稳住。道童不禁心里一惊,神微一散,早吃金须奴乘机放起一件法宝,一道白光闪过,一任道童逃避得快,眉头上早着了一下,立觉奇痛非常。忙又使法宝抵御时,金须奴何等机警,知他厉害,早已收了回去,只气得道童骂不绝口。

慧珠这时方才看清那道童，看去虽然年轻，却生得狮头环眼，凹鼻阔口，獠牙外露，赤发披肩，生相甚是凶恶。那道人虽与铁伞道人一般打扮，却要年轻得多，生相也较清秀。因金须奴是一个敌一个，二凤等人却是三打一，道童似比道人厉害，慧珠便想相助金须奴。刚把龙鲛一拍，飞上前去，忽听金须奴喊道："这小妖道扎手。有一个破口袋，已被大公主用玄功变化收去。还有这一个劳什子圈儿，坚利非常，飞剑遇上便折，伤了我们好些法宝，只我这件波罗刀能够制它。适才又被我打了他一丧门铜，已受重伤，少时便要成擒。慧姑还是去助三公主他们除那妖道吧。"同时那道童也怒喝道："你们这群不知死的业障！命你们好好将金须奴献出，紫云宫让我，免却一死，竟敢凭仗人多，与大仙交手。我那归藏袋乃仙家至宝，岂是容易收的？如今虽然被那贱婢用诡计抢去，怎知其中妙用？少时必然作法自毙，化为灰烬。我这仙环乃百炼精钢，千年修炼，任你什么法宝、飞剑也非敌手。少时除去你们这些业障，夺了紫云宫，此宝仍是我囊中之物，夸甚大口？"说时好似益发愤怒，将手连指那一个带着九个芒角的白光圈子，光华愈盛，将金须奴用来抵敌的一道黄光围住，铮铮之声，响成一片。

慧珠闻言，不禁心中一动，想起金须奴所赠炼刚柔专破坚钢之宝，难得这厮自己将法宝来历说出，正好一试。想到这里，也不再向金须奴回言，一探法宝囊，将炼刚柔取将出来，依法行使，往空中飞去。金须奴原因和道童一照面，便连损了两件月儿岛得来的宝物。末后将波罗刀放起，才得敌住，心中痛惜非常。这时初凤仗遁形符，用玄功变化，将敌人用来煮海的归藏袋夺去，一直未曾现身，不知是什么原因。不敢造次再用别的宝物，仅乘道童疏忽之际，打了他一丧门铜，惟恐被伤，占了一点小便宜，急忙收回。见慧珠骑鲛上前，恐又蹈自己覆辙，方才提醒。忽见慧珠并不使飞剑迎敌，径自将炼刚柔放出，这才想起此宝妙用，心中大喜。恐波罗刀又被波及，连忙收回。

那道童见自己的九宫仙环光华越盛，正在心喜。忽见对面飞来一个骑着分水异兽的女子，放起一团夹着无数黑点银星的粉红光华，带着微微呜咽之声飞来，同时敌人的波罗刀便又收去。那光华与自己法宝刚一接触，鼻间微微闻见一股粉香。那光华中又飞起许多淡红的水珠，自己法宝立时光焰渐散。知道不妙，想要收回。谁知那光华竟将九宫环吸住，一任自己用尽玄功，休想动转丝毫。眼看环上九个星角光华由大而小，转瞬之间芒彩全消，才行坠落。这一惊非同小可，心里痛惜已极。强敌在前，竟然忘了厉害，一拍坐下怪鱼头颈，飞上前去想夺。

那金须奴正相机待发,怎肯失此机会,没等敌人的九宫环落地,早二次将波罗刀放起。道童这时连番失利,神志已昏,一面想接宝物回去重炼,一面只防到对面的慧珠,却没想到金须奴来势如此迅疾。催着怪鱼上前,刚一伸手,忽见一道黄光疾如电掣,从斜刺里飞射过来,再取宝行法抵御,已来不及。忙将两足一夹鱼背,往下一沉,满打算怪鱼飞腾甚速,拼着残宝不要,且先避过危机,再想报仇之策。谁知两下相隔已近,慧珠坐下龙鲛何等灵异,见了那条鱼早已眼红,存心缩着长颈待机即动。一见飞临切近,又想往下逃遁,哪里容得,就在怪鱼将落未落之际,猛地一伸长颈,两个大头同时张开血盆大口,恰将怪鱼双头咬住,只一下,便身首异处。那怪鱼名为双首银鳌,也甚通灵,见着龙鲛原有几分畏惧,只为受了道童法术驾驭,不得不听命上前,白白地送了性命。

道童正落之间,眼睛一花,两个血盆大口捷如风翻,突在面前张开,再想驾鱼后退,已是不及,身子一顿,一双鱼头已被怪兽咬住。同时敌人的法宝、飞剑也从四面袭来,情知道人非死即带重伤,再不逃遁,性命难保。只急得把獠牙一错,就着怪鱼尸身下沉,血光崩现之际,将身在鱼背上一扭,径直化道赤虹,怪啸一声,直往海上飞去。饶他遁光迅速,还被金须奴的波罗刀断了一条左臂,又吃二凤用销魂鉴照了一下,终至性命难保。只为一念之贪,受人蛊惑,把多年道行付于流水。这且不言。

众人等道童逃走后,见地下横着一条左臂。那波罗刀伤人,只一见血,便心发甜酸而死,除了瀚海中的千年苦泉,不能救治。知道童已受重伤,逃得又快,便也不去追赶。那同来的道人,早已为二凤等人杀死。慧珠坐下龙鲛,自从咬死怪鱼,几番腾跃,似要摆脱慧珠。慧珠知它心意,纵身下来。龙鲛便衔了那怪鱼的头,往海底钻去。

大家聚在一起,才想这会工夫,怎的不见初凤?起初都以为紫云宫根本重地,初凤收了敌人归藏袋,恐敌人又有别的花样,回宫坐镇,不疑有他。又见敌人死亡逃散,龙鲛回宫,海水重合,上面无可留恋,各自从海眼中飞回。谁知到海底一看,除一座避水牌坊依旧矗立外,偌大一座紫云宫,竟然不知去向,有一片青茫茫的光雾笼罩前面。众人尚以为初凤定在宫中驻守,同声呼喊,不见应声。连进数次,俱被一层软绵绵的东西拦住去路,无门可人。

金须奴猛想起适才在上面,听道童说起那归藏袋妙用无穷,被初凤收去,定要弄巧成拙,化为灰烬等语。当时只说是恐吓之言,初凤道行今非昔比,既能收去,必无妨害,没有在意。此时看出情形蹊跷,知道有些不妙。方在惊疑,忽听龙鲛啸声甚厉,仔细一听,竟在往日宫墙后面龙鲛栖息之所,心中一动。又见青雾层中光射去，前面光雾犹如狂风之扫残云，成团成絮地纷纷分散。不暇和众人说话，拉了二凤循声而往。走到近前，仍为光雾所隔，只听啸声，无法进入。急迫中，二凤忽道："大姊不知在宫里则甚？现在光雾阻隔，走不进去。我们那法宝之中不是有一件能够分光拨影的么？"一句话，把金须奴提醒，忙喊"快些取出，试它一试"时，二凤早把一面透雾分光宝镜取出，运用玄功，照连山大师所传用法，一口真气喷向镜上，立时从镜上现出一道冷气森森的白光将雾照散。二人便照龙鲛啸声寻去一看，地方正是宫苑后面。又前行了几步，光雾消处，猛见龙鲛长尾摆动，转眼现出全身，才看出龙鲛横卧在地，怀中抱着一团赤红色的光镜，正照在上面。光华隐隐中现出一个人影，定睛一认，正是初凤，全身俱被那团赤黄色的光华围绕，手中却抱着那怪鱼的头，从鱼口中发出一片银光护住前胸，脸上神气甚是苦痛。

二人一见大惊。金须奴救主情殷，首先扑了上去。刚一起步，那地下卧着的龙鲛忽然一尾扫来，将金须奴拦住。金须奴猝不及防，几乎吃它扫跌了一跤，知道龙鲛拦阻必有原因。明知是那归藏袋作怪，投鼠忌器，又不敢用别的法宝去破，只得仍用二凤的分光镜去驱散那团光华，谁知竟是无效。眼看光中初凤面容益发惨痛，正在急苦愁闷，忽见面前未散青雾中，无数五彩光圈旋转不停，飙轮旋转般冲将出来。光照处，青雾冰消，比从适才分光镜所照还要来得迅速。顷刻工夫飞到面前，正是慧珠、冬秀、三凤三人，那光圈便从三凤那柄璇光尺上发出。二凤迎上前去，方要述说初凤遭难之事，三凤已经一眼看到初凤在赤黄光华中挣扎，更不答话，径直飞到初凤面前，手中尺往光华中一指，便有无数大小圆光圈子飞上前去。金须奴以为彼此都不知璇光尺的用法，纵知与分光尺一样，有分光拨雾之能，也未必能将归藏袋的阴火破去。正在提心吊胆，那些大小光圈一经飞入赤黄光华里面，只一旋转，赤黄光便如红雨飘洒，金蝶乱飞，发出一阵极细微的呜咽之声。接着又如皮囊破气般，噗的一声，光华消尽，无影无踪。地上却横着一条软绵绵、腻脂脂、长约三尺、似布非布、似肉非肉的无底口袋。

初凤业已昏倒在地，众人连忙扶起，各将身带灵丹取出，分给初凤、龙鲛口中塞了进去。三凤一眼看到怪鱼头口中银光闪闪，一手接过看了看，心中大喜。伸手一拍，将鱼脑拍开，取出一粒珠子，不与众人观看，径自揣向囊内。众人都关心初凤安危，也未在意，匆匆把初凤扶起，由后苑回转宫去。这时封锁全宫的光雾，因初凤被困，失了主宰，又被三凤拿着璇光尺到处一照，差不多消散殆尽，毫无阻隔。众人扶着初凤回到黄晶殿，安置在白玉床上。待有好一会，初凤渐能起坐，言动自如，只是元气受伤，还未复原罢了。

众人才放了心，互相谈起经过。

原来初凤起初本打算封锁海眼，闭门不出，一任敌人在上面猖獗，反正不会攻将进来。及见敌人妖火益发厉害，海水被它烧得奇热，海眼上面成千成万的鱼介之类，活生生成队地被它煮死，不禁动了恻隐之心。暗忖："敌人如是有为而来，决不轻易退走。地阙仙府纵不攻进，那些水族生命何辜遭此惨死？"这才同金须奴商量，二人合用那两面遁形符，先上去窥探了一番。看出两个敌人只是法宝厉害，道行并不甚深。因他们任意残害生灵，无故寻上门来，欺人太甚，这才决计将他们除去。同时想起嵩山白谷逸、朱梅二仙之言，不敢造次，当时并未现身动手。忙和金须奴一同回转宫中，命金须奴将所有法宝一齐带将出去应敌。再由自己行法封锁全宫，准备退路。

一切停妥，二次同了金须奴飞身上去，打算借遁形符隐身，暗中先将那用法宝煮海的道童除了。又因那符不能分用，便命金须奴现身上前，和来人对敌，自己暗中下手。谁知那道童颈间戴着一个圈儿，初凤飞近身前，刚把飞剑放出，打算行刺，那圈儿异常灵应，竟自动飞起九道芒尾般的白光团着一圈光华，绕着初凤那飞剑只一绞，把初凤在金庭玉柱中所得来的一口宝剑绞得粉碎，银光如雪，纷飞飘逝。不由大吃一惊，连忙退下身来。见那道童也在张皇四顾，似在寻找敌人踪迹。知是他的法宝功效，本身并未看出有人暗算。猛一眼又见他手上所持的那条口袋，赤红光华时幻五彩，所照之处，海水如开了锅一般。同时那光圈已朝金须奴飞去。不禁心里一动，恐道童还有别的灵应宝物，便息了行刺之想。忙运玄功飞上前去，暗使天书副册中大搜摄法，一把将那口袋劈手夺去。道童觉着左手虎口奇痛，手一松，法宝忽然脱手飞去。这一急非同小可，定睛一看，那条归藏袋赤红光华已经锐减，隐隐看见一个少女从光华圈绕中往前疾驶。忙和道人追时，金须奴的法宝已接二连三发出。等到自己九宫环将敌人法宝破去，少女连人带宝俱都不知去向。加上对面这个少年并非弱者，法宝连伤，毫不后退。末后又放一件法宝，敌住九宫环，一任道童和同伴任意施为，竟占不了一点便宜。

就在这时，二凤、三凤、冬秀三人相继出敌。金须奴恐她们蹈了自己覆辙，见那道人似乎稍弱，便指挥三人去敌道人，由自己独战道童。三凤、冬秀见初凤不在，本不愿助金须奴，自去和道人交手。二凤见那道童猖獗，丈夫不能取胜，哪肯袖手。才一上前，飞出剑去，金须奴连止不住，一照面，飞剑便被九宫环吸住，一绞两段，这才知道厉害。又见金须奴举手连挥，只得舍了道童，与三凤、冬秀三战道人。那三凤、冬秀先见道人飞剑不甚出奇，只说无甚本领。谁知那道人正是铁伞道人的心爱门徒樊量，不但好色如命，而且凶狡异常。起初见金须奴法宝甚多，不肯冒险，只用一口飞剑助战。打算敷衍一时，由道童去与他拼命，等把来人虚实深浅看清，再行下手。及见对面飞来两个美如天仙的少女，不禁色心大动，便不问青红皂白，除那柄身后背的铁伞，因初得到手，用法不精，尚未急于行使外，所有身带的飞剑、法宝，全都施展出来。三凤、冬秀二人正难抵御，恰好二凤回身来助，才得敌住。三凤一面迎敌，见金须奴夫妇的法宝竟是层出不穷，接连施展了十余件，多半为平时未见之宝，知月儿岛所得，不由旧愤重添，当时也未说破。

那道人起初原想生擒，等夺了地阙仙府，好与道童分享。及斗到后来，见道童无功，自己受三女合攻，运用法宝俱被二凤破去，大有相形见绌之势，不敢再为大意。只得披散头发，脱去衣服，口诵真言，一声大喝，收去飞剑法宝，现出九个赤身女子，连同自己，俱都倒立舞蹈，做出种种丑态。打算用天姤迷魂大法，迷了三女灵智。能全数生擒更好，不然便将最厉害的一个，乘她出神之际，暗放飞剑斩了，剩下两个，不愁不为己有。谁知三女一部天书副册正是魔宫秘笈，早已炼得纯熟，班门弄斧，如何能行，刚一施展，便被三女破了。三凤首先喊声："来得好！"返身朝顶门一拍，满身仙衣自解，露出一个俏生生的赤体，狂笑一声，飞入舞阵之中，照样两手据地，倒立舞蹈起来。

道人情知不妙，连忙站起，想要收法，已来不及，竟被三凤抱住。粉弯雪股，妙态毕呈，玉软香温，腻然入抱。立时神志一荡，迷了本性。又见对面女子一双欺霜赛雪粉光致致的嫩腿，突地朝着自己左右分开，玉脐之下，玄阴含丹，柔毫疏秀，只一翕动之间，早已令人忘却生死关头。刚想鞠躬尽瘁，忽觉玉门中透出几丝丝似有若无的微妙气息。一经闻到，愈觉精摇神散，昏昏沉沉，如醉如痴。就在这销魂荡魄之际，倏地心里一凉一酸，竟被冬秀、二凤两柄飞剑乘隙飞来，斩为数段。道人色魔迷心，还不知怎么死的。

这种魔法最是厉害，除金须奴外，全宫姊妹虽然学会，初凤一则嫌它恶毒，二则自身总是女子，赤身行法，有许多丑态，胜人不武，不胜为羞，再三告诫叮咛，不许大家妄用。如非道人满念淫邪，首先发难，将三凤惹恼，也不致惹火烧身，死于非命。道人死后，剩有身藏飞剑、法宝，连那柄铁伞共是三件，俱被三凤、冬秀二人得去。三凤见那柄铁伞与以前铁伞道人所用形式一般无二，不知这般厉害法宝，道人何以不使用对敌，却来作法自毙？好生不解。二凤因自己法宝甚多，乐得向隅，让三凤多得一件。回望金须奴、慧珠二人与道童斗得正在吃紧，连忙上前去相助。三凤、冬秀相次随上，道童也受了重伤逃走。

众人先俱以为初凤夺那归藏袋时曾一现身，是成心如此。却不料初凤不知归藏袋的用法收法，没有持着袋底，刚一到手，便被阴火将身吸住。知道不妙，袋的主人尚在，恐在宫外被他发觉，施展用法，益发难取。仗着玄功奥妙，连忙运用玄功，先将心神护住，连人带剑飞回宫中。可是阴火照处，遁形符已渐失功效，微微现出一点行迹，被道童识破，只无法分身追赶罢了。初凤到了海底，恐阴火烧了仙府宫廷，不往正门走进。想起那天一真水正与此火相克，自金须奴用过后，曾将余者埋藏在后宫苑内，便直往后苑飞去。走离藏水之处还差一半的路，真灵渐渐抵御不住阴火，浑身炎热欲燃。知道再也不能勉强前进，一个闪失，元气一破，全身便要化成一堆灰烬。只得盘膝坐到地上，将本身元气运调纯一，死命与火支撑，也不知受尽了多少苦痛。还算初凤年来道行大为增进，修养功深，早从静中参悟。姊妹数人，只自己和慧珠收场尚好，纵不能修到金仙，也不致失去地阙散仙之位。这种灾厄，修道人在所难免，一任毒火侵烧，心神未乱，所以元气始终未破。

挨过好些时候，越久越觉不支，渐渐本身灵光被阴火炼得益发微弱。正在危急万分，那灵兽龙鲛忽然衔了鱼头赶来。这东西已有千年以上道行，知道主人有难，一落海底，便嗅着气味，一路狂嘶乱闯。初凤在危迫中，闻得龙鲛啸声，以为众人得胜回宫，无法进入。虽知她们道力不如自己，人到快要绝望之际，总存万一之想。又知金须奴有许多法宝，也许能够破去妖童法宝。虽然有了一线生机，一则自己须用全神去敌阴火，再想全宫封锁收去，力有不逮；二则还恐万一众人并未获胜，引寇入室，势更不妙。就在这存想之间，眼看火势愈盛，危机顷刻，不容少懈。只得死中求活，拼命运起一口真气去敌住妖火，抽空行法，将宫中封锁微微开出一些门户。神一分，灵光突被妖火压得仅剩丝微，转瞬就要消灭。恰巧龙鲛正从那开处冲将进来，见主人为阴火所围，连喷两口灵气，火仍不灭，便奋不顾身冲进火中，将初凤盘了起来。这龙鲛原秉纯阴之精而生，又是千年灵物，虽然道力尚浅，不能灭火，一时却伤它不了。

初凤见只有灵鲛独个冲进，不见众人，以为凶多吉少。刚在悲愁，猛觉奇火极热中，忽然身上透来一丝凉气。定睛一看，龙鲛已将全身环抱，口中还衔着一个鱼头，鱼头口内银光闪闪，那凉气也是从鱼口中发出。暗忖："这鱼正是妖童坐骑，既被龙鲛咬死，众人未必便败，许是为了自己封锁所隔，闯不进来。"不由又生了希冀，便伸手从龙鲛口中将鱼头抓将过来，抱在怀中，护住前胸，那归藏袋与鱼头竟是相生相克。当初初凤将袋得到手时，见袋口阴火厉害，连忙撒手一扔，没有扔掉，反被袋口将左臂吸住，只管发出阴火焚烧。初凤也运行全身真气去抵御。及至鱼头抓到手中，袋口阴火好似磁石引针一般，一个劲齐往鱼头围绕。那鱼口中也放出一团银光敌住。初凤身上才不似先前烧炙得难受，但仍然是苟延残喘，周身骨软筋麻，如散了一般，更无出困之策。直到金须奴夫妇与三凤等相次来救，巧用璇光尺破了归藏袋，勉强脱身回宫，服了许多灵药，仗着根基甚厚，还养息静修了好多日，方得复原。那龙鲛原是水中灵物，当时救主情急，虽然受伤不轻，却好得甚快。

初凤痊愈以后，便在黄晶殿中召集全宫人众，说道："此次妖人来犯，一见面就交手，连仇敌姓名俱未问明，来历更是不知。看三妹所得那柄铁伞，虽然不知用法，颇似当年铁伞道人之物，来人必是他的徒党。那道童既然逃走，必不甘休，早晚终将卷土重来。头一次已经这般厉害，二次约了能手，如何抵御得了？我们这座仙府好处还不仅在贝阙珠宫，乃是因它深藏海底，不为外人所知，利于潜修，不致引起外人觊觎之故。倘被传扬出去，虽说我们有法术封锁，不易攻进，毕竟各派高人甚多，一个抵敌不住，不特此宫难保，便是大家多年苦功也都付于流水。为今之计，莫如乘敌未至，先发制人：由妹夫、二妹出去，先往嵩山少室，寻着白、朱二位，一探妖人来历，并问明除他和抵御之法，急速回宫。大家商量妥当，寻上他的门去，将他除了，省却这一桩心事。好在我们此时道力，出海已差可应付。事完之后，索性分头出海，先期积修一点外功。然后回转宫中，从此闭门不出，潜修正果。岂不甚好？"

众人大都静极思动，闻言无不称善。只不过三凤另存着一副私心，坚持同往，以便寻见白、朱二人，暗探月儿岛宝物是应为金须奴独得，还是他私吞起来？初凤近日已听她背人和自己说过几次，不准她去，疑团难解，势必与金须奴夫妇嫌怨日深；又知白、朱二人性情古怪，既不喜她，去了无益。只得再三嘱咐小心恭谨，不可大意。三凤自是随口应允，当下便随了金须奴夫妇，同往嵩山少室飞去。

到了嵩山少室一看，古洞云封，哪里有嵩山二友的踪迹。三人寻不见白、朱二人，又不知云游何处，恐出来久了，妖童去而复转，初凤等势孤，只得赶回，本想回宫见了初凤，另商妙策。行至中途南海岸侧，忽见下面有一座荒礁，高只离地数十丈，上丰下锐，孤立海边。礁顶平圆如镜，大有数亩，中间放着一个大鼎，鼎前立着一个和尚，相貌古怪，头顶绝大。左手拿着一面铜镜，闭目合睛，面朝着海，口中念念有词。先用右手一指那鼎，鼎中便冒起了一片彩烟热气，分布开来，飘散海面。三人在空中闻见那股气息，仿佛鼎中煮着什么异味，甚是香浓，令人食指欲动。细看那和尚，全身虽隐隐有光华围绕，却又不似妖邪一流，觉着奇怪，不由略一停视。依了金须奴，本不愿多事。三凤执意要看个究竟；二凤也以为隐身云空，并不往下降落，看看何妨？金须奴见二凤也如此说法，只得应了。见离礁石不远，还有一个礁石，虽然形状不佳，却甚隐秘高大，可以藏身，便引了二女往礁石上飞去。

刚一着地，忽听三凤道："二姊快看，这是什么？"原来三人往邻礁上落下时，鼎中热气已化作无量数的彩丝，稀疏疏地将近海岸一带数十里方圆的海面布满，根根似长虹吸水一般，一头注向海中，一头仍在鼎内，千丝万缕，脉络分明，一毫也不散乱，映着日光，鲜艳夺目。同时和尚口中诵咒越急，双目仍自紧合，脸上却带着盼望焦急神气。不多一会，忽听海中风起浪吼，恍如万马千军，在海底骚动了一阵，轰的一声，海水群飞，波涛山立。浪花中涌现出无量数的怪物，三头骈生，形如人面，蓝睛闪闪，宛若群星，半截身子露出海面，个个俱如铁塔也似，成千累万，排着整齐队伍，分波逐浪，疾如奔马，直朝和尚存身的荒礁上冲来。海面上阴云四合，狂风大起。这些怪物转瞬到达，纷纷狂啸，声如儿啼。顶上三头一齐张口，喷出一股银箭也似的水，往上射去。接着身子往上便起。

三人见怪物这么多，和尚又露着手忙脚乱神气，正替他捏一把汗。忽见和尚左手镜往前一举，那一面漆黑的镜顿放光明，宛如一轮明月，寒光凛凛，直照波心。右手连放雷火，连珠也似发出。怪物口中射出的水箭，尽被镜中光华摄去。只是怪物仍然未退，前一排的已快纵到礁上。这时看清全身，每个张着三张血盆大口，獠牙森列，身长有十丈，蟒身鱼尾，形相狞恶。和尚见怪物不退，好似也有些手忙脚乱，倏地浓眉紧皱，一声长啸，声如龙吟。左手仍持着那面镜子，右手往下一伸，竟将那大约丈许的一座铁鼎举将起来，朝着前面一抡。鼎中也不知是什么东西，一团团带着彩烟热气洒向海中，那股香气益发浓厚。怪物更不顾性命地飞抢上来，口一张，衔了两三个鼎中放出的东西便走。来得也快，去得也速，前争后挤，声势益发骇人。再看和尚，已不似先前惊慌神气，手中鼎只管下倒，满脸俱是笑容。三人才看出那些怪物不是与和尚为难，乃是为了鼎中之物，只不知和尚如此施为，是何用意。

三人正在猜想，猛听空中一声大喝道："贼秃驴，你还要这些无辜生物绝种么？"随说，便紧跟着一个震天价的大霹雳，带着百丈金光，从天直下，一闪即逝。只震得山岳崩颓，三人存身的大礁石都摇摇欲倒。同时阴云尽散，海面上万缕彩烟全都消尽。吓得那些黑色怪物纷纷乱窜，齐往海心中亡命一般钻去，转眼工夫，全都没了影子。再看荒礁上，那大头和尚业已趴伏在地，将那面镜子顶在头上，体似筛糠，吓得直抖。过有半盏茶时，三人见适才那雷声金光虽盛，只是突如其来，并没看见一个人影。这时云尽天空，风息浪静，怪物也都散尽，只剩和尚一人在荒礁上挣命，无甚可观。正想飞身走去，

56

忽听左侧有人颤巍巍地说话道："三位道友休走，快请救我一救，日后自有报答。"仔细一听，语声径从荒礁上发来。

三凤生性好奇，想知究竟，本不愿走，便停了步，往荒礁之上飞去。金须奴夫妇料知无甚乱子，只得跟往。落在荒礁上一看，那大头和尚已勉强站起，颤声说道："我吃天乾山小男无意中打我一先天神雷，将我元气震散。幸而有这一面宝镜护身，防备得快，没将全身震成粉碎。目前已是飞行不得，需要经过三天两夜方能复原，离开此地。偏我又有一个生死仇敌，知我在此采取三星美人蚨的阴精，炼这一面水母玄阴镜，去破他阴火，恨我入骨。偏巧他正值害人没害成，反倒受了重伤。新败之后，我又在这荒礁四外设下埋伏，事前并没敢前来寻仇。可是他所居离此甚近，我适才鼎中所焚乃是千年毒蟒之肉，内中放有极毒之药，奇香异味，传出三百里内俱能闻到。他既知我用毒蟒为羹，去招引深藏海眼寒泉中的三星美人蚨，岂肯就此善罢甘休？必乘我宝镜尚未炼成之际，乘我人在行法，不能分神之际，前来暗算。适才听得雷声，定已料出我行法太狠，有人与我为难，少不得要乘机加害于我。这荒礁周围法术已为神雷所破，无计可施。三位道友初来之时，我还有戒心。后来看出是路过好奇，只作旁观，忙着行法，甚是失礼。如今我危难之中求助，自知不妥。务乞三位道友念在我行法虽然狠毒，也是为那无数万万的水族生灵除害，务乞助我一臂之力，在此小住三日。我本身元神虽伤，法术、法宝还在，如那厮来犯，只需代我施为，依然抵御，万无一失。如承相助，事后必有重报。"

金须奴听他说起阴火，不禁心中一动，便问道："老禅师法力适才已曾领教，想必见闻广博。这善施阴火的人，现今共有几人，可知道么？"和尚道："道释两家，三昧真火虽然各依道力而分高下，人人俱炼得有，无甚出奇。魔教中一种魔火，固是厉害，还不如我那仇人的阴火，乃由地肺中千百万年前遗留下的人兽骨骼中，采出的一种毒磷凝炼而成。常人遇上，固是化成飞灰；便是有道行的人，如被火围烧，暂时纵能抵御，久了也将元阳耗尽，骨髓枯竭，烧成一堆白粉。真是厉害已极，能克制的人甚少。以前有一位月儿岛的连山大师，炼了两件法宝，能破此火。后来大师化解成仙，许多宝物俱都埋藏炎山火海之中。听说玄门中有两位能人前往火海探索过两次，那宝物始终未闻使用，不知可曾取出。此外便是现在峨眉派的开山祖师长眉真人炼有两口宝剑和一件采太阳真火所炼赤乌球，可以破得。这世上使用阴火的，除我仇敌外，还有赤身教主鸠盘婆，比他更凶，竟是随手可发，无有穷尽。但是鸠盘婆隐居西方，人不犯她，她不犯人。不似这厮，逞强任性，倚势豪夺。

"其实这厮和我俱是海岛中散仙，他在南海，我在东海，风马牛全不相干。以前从无嫌怨，一样无拘无束，可逍遥自在，度那清闲岁月。他偏于心不足，想为群仙盟主，创立宗派。三十年前，忽然发帖，遍邀天下散仙往南海赴会。席终说明居心，隐然要执众仙牛耳。彼时那真有道行本领的，接着他的请柬，全都付之一笑，没有理他。所去的人，不是道行浅薄，想借此攀附，以便日后有相须之处外，便是像我这样因闻他那里景物奇丽，惯产圣药，一则观光，二则到底看看他有甚惊人法力。他在席上将话说完，有那道力较高的人虽然不服，还未张口，我不合首先发难，要当筵和他斗一斗法。彼时他阴火刚刚采集到手，尚未炼成法宝，吃我和一位姓姜的道友用法宝、飞剑，将他夫妻二人一齐打败，因此结下仇怨。

"他在南海杜门十载，将阴火用千年鲟鳇鱼肚炼成一个袋子，又在海底得了一部邪书，学成了不少妖法，到处找我寻仇。有一次他在黄妙城外寻着了我，我已吃了大亏，险些丧命。多蒙东海钓鳌矶神僧苦行头陀走过，因与我有过一面之缘，将我救走。他气仍不出，非将我置诸死地不可。我万般无奈，才展转设法向鸠盘婆求救，她传了我这破阴火的法术。我明知鸠盘婆也因这种三星美人蚌的内丹是破她阴火的一个硬敌，想借我为名，用恶毒之法，将这些东西灭种，但是为了报仇和自身利害，也不能不允。那三星美人蚌巢穴就在他所居的近处，他虽知道美人蚌内丹是玄阴水母精华，可以灭他阴火，但这千年美人蚌为数甚多，又极通灵，一则没法除去，二则这东西镇年潜伏海眼之中，与人无争，也不会和他为难，所以平时没有在意。如一旦知道我要来此采集，决不甘休。万一到时鸠盘婆所传法术为他所破，岂不自送虎口？为此迟疑多年，静等良机到来，再行下手。这日鸠盘婆忽派一个女弟子传话，说那厮新近受了铁伞道人门徒蛊惑，前去侵犯几个海底潜修的散仙，打算强夺人的珠宫贝阙。交手时弄巧成拙，受了人家重伤，有好些日将息，催我急速下手。想不到眼看功成，却遭毒手。

"我那仇家名唤甄海。其父乃是南宋末年一个福建的舟子，载客人飘洋浮海，遇风浪将舟卷向南海一座岛上。那里天生各种灵药甚多，无有食粮，便以岛中草果为食。有一天，无心中吃了一枝迷阳毒草，原是极热之药，为采补中的圣品。被他误服下去，立时欲火烧身，忍受不住。仗着食了三年草果，内中不少灵药，体健身轻，力大无穷，因为无从发泄，便在海水中泅泳解热。遇见一只母海豹，被他擒住。这舟子一沾生物肉体，越发欲火如狂，当下将那海豹擒上岸来，交合了二日三夜。虽然泄了欲火，人已从此瘫倒，不能行动。那海豹居然还有良心，每日给衔些小鱼虾给他挨命。同时海豹已有了孕，到第九年上，生下一子，海豹随即死去。舟子因此子是海豹所生，取名甄海。此子幼禀异质，不但生而能言，而且出没波涛，行动如飞。由舟子教导，埋了他母亲，照样去采鱼虾草果与乃父度命。又挨过了十余年，舟子方才老死。甄海在南海流荡，忽然遇见异人，爱他质地，传了他许多道法，才有今日。"

正说之间，三凤便接口，将日前来犯紫云宫的道童模样和所骑的怪鱼说出，问和尚可是此人？和尚答道："正是那厮。不知三位怎生认得？"三凤又将前事说了。和尚狂喜道："照此说来，我们同仇敌忾，更是一家人了。难怪连日我在此行法，并无丝毫动静。鸠盘婆明明尽知此事，仍想借我之手，将三星美人蛳除去，好减却异日的对头，害得我差点没被神雷震死，用心也太机巧了。那厮归藏袋已破，同党已死，别的我都能制他。诸位既还不知道他的姓名，想必恐他卷土重来，故想知他的来历踪迹。何不伴我三日，等我复原后，同去他的巢穴将他除了，以免后患，岂不两全其美？"

三凤闻言，首先称善。金须奴见这和尚貌相虽恶，还不似藏有奸诈。打算趁这三日闲暇，分一人回转紫云宫与初凤送信，就便看看妖童甄海日内可曾二次来犯。再将初凤邀来，同去报仇。和尚却力说妖童自受重伤，尚未痊愈，必俟伤愈，另约能人报仇，此时决不会有所妄动。自己所畏者，只有归藏袋，如今此袋既失，他已不是自己对手，只要三人伴他过了三日，一到便可将他除去，无须再约他人相助。金须奴终是持重，起初还当他受了震伤，不能起飞，故此需人相助；后来又说他法宝、法力仍在，甄海归藏袋已失，既是毫无足畏，何以又非三人伴守三日？似乎先言后语有些矛盾。当时也不给他说破，只说："初凤是全宫之长，既然得知妖童踪迹，便须禀命而行，不容不回宫请命。"和尚闻言，方才默然不语。

金须奴又问了他法号，才知这和尚便是东海孽龙岛长风洞的虎头禅师。在未入紫云宫跟从初凤姊妹时，听人说过，他原是异派中一个有名的散仙，生而秃头，所以着了僧装，并非佛门弟子。虽不似别的旁门专作恶事，手段却也狠辣。因所居与苦行头陀相近，不知因甚事做得过了一些，被苦行头陀制伏过一回。适才听他说起与甄海狭路相逢，险遭毒手，还多亏了苦行头陀解救，才得保全性命，大约业已改行归善。知道了根柢，略觉放心，暗和二凤使了个眼色，嘱她留意。便即起身告辞，往紫云宫飞去。

到了一看，宫外封锁甚严，到了牌坊下面，便难再进。幸而冬秀隐身宫门入口，见他独自飞回来，以为出了乱子，忙着出接，才得走进。一问初凤、慧珠二人何在，说是因为前车之鉴，正在黄晶殿中同炼天书副册中所载的一种极厉害的魔焰，要三日后方得完成。当日恰是第二日，法未炼成，不能出殿。如今全殿封闭，谁也不能进见。初凤行法之前，曾留有话，算计金须奴等三人见了嵩山二友，往返也得一二日工夫。回来如有甚事，不过也只隔一日。多一件法宝御敌，毕竟强些。应用之物，早经采集，起初初凤因这种魔法狠毒，没有急需，不愿炼它。自从吃了阴火大亏，恨那妖童入骨，特地炼来报仇。如三人回宫，可少候一日等语。金须奴原想一到，便拉了初凤同走，不想这般不凑巧，偏在这时正炼魔法，须要候上几日。好在虎头禅师原约三日之后，也不忙在一时，便在宫中暂候，等初凤魔法炼成，再定夺行止。

谁知初凤行法时，差一点功候，几乎白费心力，又迟了大半天，直到第三日子正过去，才将法术炼成，开殿出来。金须奴忙即上前相见，说了经过。初凤自是心喜，因时间太促，不能再延，略谈几句，便留下慧珠、冬秀二人看守门户，从宫门牌坊前起，直达海面，都用法术层层封锁。兴冲冲同了金须奴起身前往。

到了那座荒岛一看，虎头禅师和二凤、三凤三人都已不知去向。金须奴回宫时，虎头禅师又未说明甄海所居之处。而且违约先走，其中难免不有差错，不由大吃一惊。二人一商量，甄海巢穴既相隔那荒岛不远，除了在附近海中搜寻外，别无法想。仗着二人都是惯于水行，踏波涛如履康庄，那一带的岛屿又不多，尚易寻找。二人在海中行未多时，忽见前面有一座大岛。近前一看，满岛都是瑶草琪花，珍禽异兽，景物幽秀，形势雄奇，颇似仙灵窟宅。因水上没查见什么异状，猜是到了地头，忙即飞身上去。那岛地面不大，方圆不过百里，高处望去，仿佛一目了然。二人分途搜寻，不消顷刻，便走完了一半，一点朕兆俱无。初凤暗忖："二凤等如果来此，必与妖童对敌，绝不会没有一点踪迹。就说地方不对，这里花草有好些都经过人工布置，怎的没个人影？"正在焦急，忽见金须奴在左侧面山麓之下用手连招。忙着飞过去时，金须奴已不等她到，径往山下面的一个大湖之中钻去。

初凤飞近一看，那湖位置正当岛的尽头，三面俱有山峰围绕，宽有十里，深约百丈，清可见底。水中养着许多海豹，正围着几道光华张牙舞爪，欲前又却，已有几个尸横湖底。初凤一见那光华，业已认出是自己人，无暇多观，正待飞身而下，金须奴已将那两道光华带起，飞上岸来。放在地上一看，正是二凤和三凤两个，被许多形如长带、又白又腻的东西捆了个结实，连试了许多法宝飞剑，俱斩不断。初凤看出那东西是纯阴之质，恐湖中敌人尚在，不便迎敌，只得夹了二人，驾遁光先回紫云宫。与慧珠、金须奴三人围定二女,运用玄功,施展三昧真火,连炼了三日,才将那东西烧断。所幸二女神志尚清,服了点丹药,便即还原,言动自如。一问原因,才知又是三凤招惹出来的祸事。

原来金须奴走后,三凤便不住向虎头禅师探听甄海虚实,除归藏袋外,还有什么宝物。虎头禅师本无机心,便照直说,甄海曾得异人传授,所炼法宝俱无足奇,自己此番前去,一则为了报仇除害,主要还有别的原因,暂时不能明说。三凤知他必还觊觎甄海的法宝,便和二凤以目示意。想是被虎头禅师看出,恰巧金须奴和初凤又去迟了一步。虎头禅师在第三日之前,人便复原,他起初不愿人多,既要别人相助,又恐到时翻脸,和他要那朝夕梦想欲得的一部道书。一见三凤神色有异,急中生智,故意装作入定,忽然失惊,说甄海即将离海他往,去请能人,时机一失,不但制服不了,日后彼此俱有大祸。自己只得冒险前往,与甄海拼一死活,请二女在荒岛上等到金须奴约了初凤回来,再行同去接应。二凤因守金须奴之戒,还在将信将疑,力持等金须奴到来,再行同去;否则便请他说了地方,随后与他接应。三凤却是利令智昏,明知其中有诈,偏猜他只需守过三日,便无用人之处,想一人前去独吞,再三力说:"既是妖童将要他去,你一人势单。彼此都为报仇,无须再候大姊。"非一同前往不可。虎头禅师装作无可奈何,才行应允。二女也未看出。二凤知三凤性拗,拦她不住,又恐三凤有失,只得同往。因虎头禅师说,如能三人同去,手到成功,连催起身,什么都未顾及。

一到海岛上,果是日前妖童出来应战,二女更是深信不疑。谁知刚和敌人交手,虎头禅师忽然隐去。甄海已是觉察,狂吼一声:"大胆妖僧、贱婢,竟敢用诱敌之策,前来盗我仙书!"说罢,也不再和二女交战,径直飞入湖中。二女当然紧追下去。三凤听出虎头禅师果有私心,那仙书必是异宝,越发动了贪心。及至追落湖中一看,虎头禅师已将湖水劈开,左手拿着一个玉匣,另一手放出一道乌光,正和一个女子对敌。那女子已受重伤,兀自不退,见甄海飞落,只喊得一声:"艮、兑带书走了。我受了这贼秃重伤,且去那边等你。切莫恋战,改日再报大仇吧!"说完,一道白烟冒过,便即不见。虎头禅师还想追赶,甄海已红着双眼杀上前去,将他拦住。三凤见虎头禅师手中拿着一个玉匣,也不知他那部道书到手也未。因为还在争斗,便恨不能早些将敌人杀死,好问个明白。偏那甄海虽在紫云宫受伤惨败,失了重宝,依然还有全身本领,玄功奥妙,幻化无穷,不似上次轻敌,一时半时不易取胜。同时又因这里是他巢穴根本重地,不舍丢失,只管拼命相持,并无退避之意。

斗到后来,甄海忽从身畔取出一个透明晶球,一脱手,便连人化成一团黄光，直往三人头上飞来。二凤、三凤的法宝、飞剑竟失功效，只能围在黄光之外乱转，不能抵御。说时迟，那时快，黄光业已罩临头上。那虎头禅师一味敷衍应敌，原为诳他这粒身外元丹。一见诱敌计成，心中大喜，忙将长袖一抬，飞出千百道细如游丝的紫光，朝那团黄光射去。二凤、三凤见黄光临头，方觉一阵心慌神迷，那紫光业已射入黄光之中，只听唿唿连声，黄光立即缩小，只如碗大。接着又听一声怪啸，一道青光直往那座宫内飞去。虎头禅师早已防到，手一抬，先将那团下落的黄光收去，也化作一道青光，从后追赶，转眼同入宫内。等到二凤、三凤心神稍定，想追时，那座宫门业已紧闭，将二女关在外面，不得入内。恼得三凤兴起，连忙指挥空中法宝、飞剑上前攻打。那座宫殿也不知何物制成，异常坚固，二女飞剑、法宝攻上前去，眼看光华飞绕中，黄沙如雨，只管破碎，却是不易即时攻破。

待了一会，宫门自开，虎头禅师笑容满面飞身出来。二凤便问妖人何往？虎头禅师道："仇敌已诛，大功告成，全仗二位道友相助。异日有缘，再图重报吧。"说罢，便要走去。三凤本惦着那部道书，此时又见他胸前袈裟鼓起，猜是又得了什么宝物，便没好气拦道："禅师且慢！适才我见你得了一个玉匣，想是那部道书，可容借我一观么？"虎头禅师早已看出三凤心怀不善，只因人家相助一场，如无二女，怎能分身入宫盗宝？不愿恩将仇报，打算就此别去。见三凤不知进退，满脸俱是怒容，料知善说无效，再加适才见二女法宝也颇厉害。念头一转，猛生巧计，便对三凤道："道友要观此书，这有何难？"说罢，一面装着取书，一面暗中行法。三凤眼巴巴看他将玉匣取出，正要上前，猛见虎头禅师把手一扬，数十道光华劈面飞来。二女方知不妙，想用飞剑抵御时，身子一紧，便被那数十道光华将身缠住，倒于就地。耳听虎头禅师道："道友存心不良，我不能不先发制人。早晚你那同伴必会寻来救你，且在这里安卧一时吧。"说完，便将身遁去。甄海因是海豹所生，原养着许多海豹，宫门一开，便即纷纷拥了出来，看见生人，如何肯舍。还仗二女飞剑没有收起，虽然身子被绑，不能言动，神志尚清，一心还想用飞剑断绑脱险。那些不知死活的海豹，上去一个死一个，余下的不敢上前，只在左近咆哮。直到初凤、金须奴到来，才将二女救回宫去。

那逃走的女子，正是甄海的妻子鬼女萧琇，本领虽不如甄海，却极知进退。起初甄海去犯紫云宫，曾经再三拦阻，说自己在南海修炼，岛宫水阙，仙景无边，大家同是修道的人，何苦贪心不足，侵害人家，一个弄巧成拙，岂不求荣反辱？甄海受了铁伞道人门徒的蛊惑，执意不从。及至在紫云宫海中惨败，失了重宝回来，萧琇越知不妙，力劝甄海敛迹，闭门不出。甄海哪里肯听。这日见虎头禅师带了二女前来叫阵，仇人寻到，分外眼红，立时出去迎战。萧琇本有机心，算计仇敌来者不善，善者不来。他夫妇除这座水阙外，附近岛上本还有一座洞府。甄海一出去，忙将那部道书从玉匣中取出，交与两个幼子带往别洞，以免事败，为仇人所夺。刚打发走了二子，正要准备出宫助战，虎头禅师已抽空潜入宫中，盗了那玉匣便走。萧琇将那玉匣留在宫内，本为诱敌，使来人心愿既达，容易退去。当时故作不知，直等虎头禅师盗了出宫，才行追去，原想与丈夫会合一处，再行应敌。

谁知虎头禅师心辣手狠，因为以前吃过甄海苦头，这次前来，炼了好几件厉害法宝。盗书之时，因恐二女只能绊住甄海，未必能是对手，所以急速退出。一见萧琇追来，忙即回身应战。一交手，便用飞钵断了萧琇一只右臂，接着又打了她一菩提钉。萧琇虽受重伤，因上面敌人还有两个，结局不堪设想，心中惦记二子，当时逃遁，又恐引鬼入室，玉石俱焚，只得咬牙忍痛，勉强支持。幸而为时不久，甄海便发觉敌人诡计，舍了二女赶回。萧琇料知甄海性情刚愎，不会就退，自己委实不能再支持下去，便略微告诫了几句，隐身遁去。痴心还想甄海真个抵敌不住，总会知难而退，他又长于玄功变化，逃走不难。回到别洞，略用了一点丹药，忙即忍痛行法，将全洞封锁，准备甄海回时，万一敌人追来，也好抵御。谁知甄海劫数已到，急怒攻心，竟将身外元丹放出去与敌人拼命，身遭惨死，连元神都被虎头禅师用诛魂收魄之法消灭。

萧琇待了一会，伤处毒发，越来越重，连服丹药，终不见效，望着二子垂泪。等了一日，夫妻情重，冒险出视。见了甄海遗体，一恸几绝。只因二子尚幼，终日忍痛，苟延残喘，传授那部道书。只传了一多半，实在痛苦难支，精血业已耗尽，只得自行兵解。临终以前，再三嘱咐二子将道学成以后，务必寻了虎头禅师与紫云宫一干男女报仇雪恨。

这二子便是现在被困凝碧崖六合微尘阵内，本书七矮中的南海双童甄艮、甄兑。因了这一场因果，三方面结下不解之仇，以致日后七矮大闹紫云宫，金蝉、石生全仗双童相助，巧得天一真水，才能融化神泥，开辟五府。这且不提。

第一五三回

顶礼拜蛮僧　晶球示兆逢魔女
寻仇追野猓　荒崖肆虐遇仙娥

初凤姊妹回转紫云宫后，又修炼了多年，道法越更惊人，便分别出海云游，积修外功。起初打算建立一点天仙基业，用意原善。谁知众人福命有限，只初凤和金须奴努力，不能挽回运数；加上所学道法又非玄门正宗，三凤、冬秀时常在外惹事，任性胡为，有过无功，金须奴、二凤又早失了元阳和元阴，诸多阻滞。二凤、三凤更记着虎头禅师前仇，屡次前往报复，仇未报成，反展转结下许多冤家，中间也不知经过多少险难。初凤为助二妹，无心中也铸了两件大错，这才知道仙业无望，凡事难以强求，于是翻然改计，决心只做一个海底散仙。便告诫众人，从此不准再问外事，专一整顿珠宫贝阙，把一座紫云宫用法力重新改建。又从十洲三岛神仙圣域，移植来了无数的瑶草琪花，收服驯养了许多的珍禽奇兽。在宫前设下魔阵，海面加了封锁，以防仇敌侵入。另由后苑宫门开了一条长逾千里的甬道，由地底直达一座海岛的地面，一层层俱有埋伏，无论仙凡，莫想擅入一步。并将昔日在外面物色来的弟子，一一派了执事，分任炼丹、驯兽、锄花、采药之责。初凤自为全宫之主，更是不在话下。满以为海腹潜修，别有世界，长生不死。

谁知天下事往往微风起于萍末，出人意料，一经种因，终必收果，任你用尽心机，终是徒劳无功。如照当时的紫云三女闭门不出，全宫深藏海底，布置天罗地网，胜过铁壁铜墙，是谁也侵犯不了她们，偏巧又在闲中生出事来。紫云宫那般戒备森严，众人意犹未足。这日初凤升座，按察全宫诸仙使的职司，偶想起那条上通地面的甬道，原本多为石土，虽经法术祭炼，无殊玉石，到底尚欠美观。又闻人言，甄海二子甄艮、甄兑立志给他父亲报仇，从一位散仙门下学了地行神法，透石穿沙，如鱼行水。虽说这两人只说要找虎头禅师寻仇，追原祸始，难免不来侵犯。纵不足畏，这般坚固的甬道被人侵入，也是笑话。见近宫一带海底所产的珊瑚、铁晶、彩贝之类甚多，打算采集了来，用法术炼成一种神砂，将那条甬道重新筑过。那甬道长逾千里，纵是玄门奥妙,筑起来也颇费心力。算计宫中执事人等虽然不少,异日甬道筑成,各层埋伏,均须派人主持,恐到时不敷使用,便命金须奴夫妇、三凤、慧珠、冬秀五人,分头出海去,各自物色一个有根器的少年男女,度进宫来备用。五人领命之后,初凤便率了宫中诸仙使,尽量采集应用之物,建下五行炉鼎,等五人一回,便即开始祭炼。

不消三月工夫,二凤、慧珠、冬秀每人俱寻了一个有根器的男女,回宫复命。只金须奴和三凤因为选择太苛,并无所获。恰巧这日二人在云贵交界的深山中无心相遇,彼此一谈经过,才知打的是一个主意。因未出家而有根器的少年男女寻觅不到,想到名山胜境中寻一个曾经学道未成之士,收服了回去。正在互商如何进行,忽见一道光华拥着一个少女,慢腾腾从前面峰侧飞过,似要往上升起。二人一见,知是业已成道的元神,如能收了回去,胜似常人十倍。见她飞升迟缓,看出是脱体未久,所以觉着费力。只要飞行些时,不遇见外人侵害,一经挣扎,升出云层,便凭虚上升,直入灵空天界,完成正果。二人存身之处,本已甚高,这光华中的女子更高离地面,不下千丈,再升千余丈,便无法能制。这类事如被正派中仙人遇着,不但不去害她,反要飞身上去将护,助她脱险上升。三凤为人任性,自私之心太重,哪管对方多少年辛苦修持,好容易脱体飞升,完成正果。一见时机瞬息,也不和金须奴商量,手一扬,剑光先飞出手去,打算逼迫那光中少女降下。那少女见有人为难,知道是命中魔头,益发奋力上升。三凤见飞剑飞近少女面前,为护身灵光所阻,无所施为,眼看少女又飞高了数十百丈,知此女道力不浅,稍纵即逝。眉头一皱,顿生恶念,口喊一声:"那女子还不投降,休想逃走!"接着便将所炼魔砂取出,朝少女打去。

这魔砂乃近年三凤在外云游时,瞒了初凤,也不知费了多少心力才得炼成,与初凤昔日为报甄海之仇所炼大不相同。除善于污毁敌人的飞剑法宝外,差一点的仙人被它沾上,重则神迷昏倒,任人处置;轻者也要打落多少的道行。那少女平时法力虽然高强,这时一个甬行脱体飞升的婴儿,如何禁受得住。还算那少女见闻广博,知道魔砂厉害无比,一被打中,不但一样身落人手,异日再想飞升,又须借体还原,再行转劫,受诸多灾劫,把这多年石中苦修付于流水,岂非更加不值?明知敌人逼迫归顺,不怀好意,无奈已万分紧迫,再不当机立断,所受更惨。莫如拼着再受数十年辛苦,把所炼护身灵光毁去,以免损及元婴。想到这里,三凤的魔砂已经变成万千团黄云红焰,风卷而来。少女见不妙,眼含痛泪,把心一横,运用玄功,把这护身光华化成一道经天彩虹,迎上前去,将来的云焰拦住,口里连喊:"道友高抬贵手,容我下来相见。"说时，那护身灵光一经脱体，少女的身便不似先前游行自在，飘飘荡荡，御风降落下来。

三凤见魔砂飞上前去，竟被一道长虹拦住，正暗惊少女仅是一个甫行脱体的婴儿，竟有这般神奇的道力。忽闻少女已在答话，离开光华，自行降落，才知她是恐怕毒砂伤了元婴，已有降服之意，不由动了恻隐之心，连忙飞身上去，将她捧住。那少女降至中途，回望空中彩虹为魔所污，业已逐渐减退，即使敌人应允放行，已不能即时飞升，心里一阵惨痛气愤，业已急晕过去。

金须奴见三凤行为如此可恶，委实看不过去。知道这种初脱体的元婴，一任她平日道力多高，此时也是至为脆嫩，什么灾害都禁受不起。恐调护不当，再伤了她，先取出一粒玉柱中所藏的灵丹与少女塞入口中，然后轻轻唤道："道友莫要惊恐，我等并非异派中的恶人，要借道友的元神去炼什么恶毒法宝。乃是宫中需用几位根骨深厚的男女，相助办一件事。我同这位三公主奉命物色，因唤道友降落不听，一时情急，使用神砂，原想逼着道友降落，并无恶意。道友胆小，丧了护身灵光，如今再想上升仙阙，已不可能。不如随我等回转紫云宫海底，同享散仙奇福。宫中现有固元灵胶，道友无须借体，便可复原。只需暂助我们些时，不过迟却数十年飞升。异日遇见机缘，道友仍可成就仙业，岂不是好？"

少女闻言，猛想起："昔年师祖曾说，自己福薄缘悭，虽仗性行坚洁，向道虔诚，可以人定胜天，但仍有两次重大灾劫。经过之后，还要多立外功，始能飞升。后来无辜遭冤，在石壁中幽闭多年，一意苦修，侥幸修就元丹，脱体飞升。当是因祸得福，谁知仍会遇见这种天外飞来横祸。可见事有前定，无法避免。"想到这里，心略一宽，睁开双目一看，自己被一个女子托住，旁边还立着一个仙风道骨的美少年，正在殷殷劝慰。这一男一女虽是一路，那男的却是一脸正气，而不似那女子一望而知是左道旁门中人。身落人手，只好听其自然，一切委之命数。便答道："这也是我仙缘浅薄，命中该有这一场劫难。此番随了二位道友回宫，只要在修道人本分以内，为奴为仆，俱所甘愿。不过事要约定：此劫不过五十年，日后机缘到时，须由我自由，不得强留。如今我护身灵光已失，原来躯壳又毁，本打算借体还原，未必能寻着好的庐舍。适才道友所说的固元灵胶，也须赐我一用。否则既遭罗网，只好任凭二位，宁可形神消散，也不能奉命了。"

三凤见这少女元婴长才三尺，光彩照人，说话不亢不卑，委婉尽致，不禁心折。暗忖："五十年期限虽短，只要她肯相随回去，有宫中那般的景物享受，还怕羁縻她不住？况且她本身躯壳已失，又不愿借人形体，虽有固形灵药,难道除元神之外,又炼成第二元神不成?乐得卖个慷慨,应允了她。"便答道:"我一时莽撞,误发神砂,坏了你的灵光,歉悔无及。我那紫云宫深藏海底,在三十六洞天以外,自由自在,享受无穷,珠宫贝阙,仙景非常。既愿相随同归,足见明识大体。至于五十年后,任你自去之说,虽非我等所愿,有了这五十年工夫,宫中新收诸人的道法想已炼成,留固可喜,去亦无妨。适才只说你旧日庐舍还在,既已失去,想已火解。宫中不但固元灵胶甚多,还有天一真水和各种灵药异宝,此去定然有益,只管放心便了。"

那少女闻言,含愁谢了,仍不下地,就在三凤怀里,略问了问宫中主人姓名、来历和修道派别,知与别的左道旁门不同,益发放心,当下改了称谓。三凤所求既得,又比众人不同,好不心喜,也不管金须奴怎样,略为话别,便独自带了这少女往紫云宫飞去。

金须奴原想寻一深山洞壑中修道未成之士,收回宫去,彼此有益。谁知三凤如此狠毒,阻人升仙,为恶太甚。类此孽因,异日必无善果。大错已铸,无法挽救。三凤走后,坐在路旁树根上,望空咄咄,好生慨叹。因那峰峦灵秀,景物雄奇,不舍离去,便多盘桓了数日,就便物色所求。

这日黄昏以后,正在闲眺,忽见天空飞过一片宝光,恰似群星飞逝,洒了一天银雨。看出是隐居深山异人所用的剑光,想会他一会,忙飞身追去。那银光似有觉察,电闪飙驰一般,直向一座高崖下投去,转眼不见。到了一看,乃是一座参天石壁,平整整四无空隙,苔痕如绣,藤蔓如盘,哪有迹兆可寻。寻到第二日早晨,正在无聊,忽又听遥天云际破空之声。举目一看,一道银光,直往前面飞落,现出一个俊美道童,一见面便问金须奴在此则甚?金须奴因他所用剑光也是银色,以为与昨晚所见是一个人,也忘了问这道童来历,竟先把昨晚发现银光,追踪到此不见之事说了,问是否道童本人。道童闻言,呆了一呆,转问金须奴跟踪之意。金须奴因见道童一身仙气,正而不邪,心爱非常,把那日同了三凤来此寻人,只见一个甫成道的女婴,现已被三凤妄用魔砂,收回宫去,自己因使命未完,尚在寻找等语,通盘说出。

道童人甚机警,闻言心里又惊又急,脸上却未显出,反笑向金须奴说:"在下正是昨晚驾光出游之人,所居并不在这崖下,只为寻找一件药草未得,随即起身,从崖下深谷中绕飞回去,所以未有相遇。既承青睐,可入选否?"金须奴见这道童看上去年纪虽轻,人甚老练,飞剑已有根底,绝非初学之士,如能网罗回去,岂不比那女婴又要强些?只为他穿着道童装束,必有师长,不便出口。难得他一些唇舌不费,自愿前往,正合心意。只是事太容易,引了生人入门,不能不加慎重,便盘问道童的来历和师长的姓名。这道童原有深心,随机应变,造了一套言语。假说姓韦名容,师父原是一位散仙,自己因犯小过,为师逐出。自念学道未成,稍一不慎,误入歧途。终年遍游名山大川,一为访师,二为择地隐修。难得有这种海阔仙景,旷世奇缘,故此降心相从,敬求引度等语。辞色诚挚,极其自然。金须奴那般精细谨慎的人,竟为所动,信以为真。暗忖:"即使万一有点什么,自己也还制伏得他。"便满口应允,度他入门。道童大喜,立时拜倒在地。又略问了问宫中应守规则,以及众人称谓。便由金须奴率领,回转紫云宫去。

那三凤用强逼迫收去的女婴,便是当年兔儿崖玄霜洞陆敏之女陆蓉波。自从感石怀孕,陆敏疑她与人有私,险遭惨死。多亏极乐真人预示仙机,赐了一道灵符,叱开石壁,逃了进去。在壁中生下石生。先后辛苦潜修了多少年,好容易才将婴儿修炼成形,破石飞出,准备上升灵空天界,完成正果。谁知孽因注定,仍难避免,竟会遇上三凤这个魔头,破了护身灵光,迟去数十年飞升。直至日后母子重逢,助石生、金蝉二人脱难,盗去天一真水,巧破朱砂神路,逃归峨眉门下,紫云三女与峨眉结下怨仇,峨眉五府开辟,群仙盛会,两仪微尘阵放出南海双童,金蝉、石生、甄艮、甄兑等暗入紫云宫,双剑斩双凤,夺回蓉波元命牌,石生为母独炼灵丹,才得完成正果。此是后话不提。

那初凤见三凤、金须奴一个收了一个已成道的元婴,一个引进一个有法力的仙童,先后回来,问起经过。因三凤这种行为最干天忌,虽然埋怨了几句,心中未尝不喜。因这五人都是新收,需要经过教练。尤其是后收这一个女婴,出自强迫,不是人家心愿,又坏了人家道基,不能不加防范。错已铸成,索性一不做,二不休,表面上仍好好的,用言安慰,给她服了固元胶和金庭玉柱中留藏灵药;暗中却用魔法立了一面元命牌,把蓉波的真神禁制,如有异图,无论逃到何方,俱有感应。又将其余四人一一分别考查,命他们随众朝参,传授道法。

先收三人,乃是二男一女。一名吴藩,乃福州旧家独生子弟,幼喜方术小筮之学,年才十五,便被异派中恶人引诱,入了魔道,专以采补为事。这年他师父前往云贵采药,一去不归。闻得鼓山来了一个蛮僧,法术高强,便去领教拜门。那蛮僧人却正直,长于晶球视影,一见吴藩,说他资质本来不差,只缘自幼误入歧途,淫过太重,恐难得收善果。吴藩心还不服。蛮僧又拿出晶球,行法透视,说吴藩的师父申鸾,因在苗疆采炼房中淫药,为峨眉门下醉道人飞剑所斩。他本人因为倚仗邪法行淫,坏了好些小女童真,也在三年之内必遭雷击。吴藩听他说起自己经过,宛如目睹。起初申鸾原说过,醉道人是他生死对头,已经遇险三次。这次出门,过期多久不归,便已疑遭不测。

再听蛮僧一说,不由不信。他人甚聪明,师父已死,失了靠山,平素积仇又多,纵不遇雷劫,也难自保。见那蛮僧声如洪钟,容貌奇古,两个眸子寒光炯炯,射出二三尺远,知是异人,再三跪求收录。那蛮僧却力说与他无缘,不能收纳。因怜念他尚有悔道之念,二次用晶球行法视影,命他冥心静观。转眼工夫,别无所见,只有穿云裳霞裙的美女御空飞翔,脚底下的海却变作许多城镇山林,一幕一幕转换。后来飞向一座濒海的山头,看去甚是眼熟,好似以前常游之所。正待往下看去,球上又是一片白雾过去,人物都没了影子,依旧还原,空明无物。蛮僧道:"你想避过雷劫,再享数十年仙福,快去寻那女子,求她携带,便可如愿。"说罢,瞑目入定,再也不见答理。

吴藩无奈,只得拜辞出来。细想那座山头,分明是二年前和申鸾到台湾去采海獭肾,来炼淫药的地方。他原也会许多邪术,便借遁法前去,寻到那座山头,果然与球中景致一般无二。仔细端详好了女子降落之处,地势极险秘,人却不见,只地下有两个土穴,土中生的草木,仿佛新被人连根拔走。有一穴内,还剩下一些断根残须,断处白浆珠凝,尚未干去。沾了点一闻,清香透鼻,猜是两株药草,被那女子新来拔去,刚走不久,可惜来迟一步,错过机缘。正在悔恨欲绝,忽见草丛里有一物闪闪放光。拨草一看,乃是一根簪子,非金非玉,宝光灿烂,映日生辉。知是那女子遗物,不禁又生希冀。隐身石后,守候了一阵,忽听破空之声由远而近,一道青光自天直下。光敛处,现出一个女子,正是球中所见之人,手中拿着两株灵芝,一到便往穴中寻视。吴藩见那女子美如天仙,心更怦怦跳动,诚恐时机稍纵即逝,忙从石后纵将出来,跪在地下,直喊:"仙姑垂怜,援救弟子!"

来的女子,正是冬秀。目前宫中诸人,个个神通广大,只她一人稍弱。自从奉命出宫,云游了数日,俱无所遇。这日行经台湾上空,见下面景物甚美,随意降落,下来游览,无心发现两株灵芝,因是稀见仙草,打算拔了送回去,再出来寻人。采头一株时,心忙了些,折断了许多根须。恐泄了灵气,便将头上一股碧瑶簪拔下,掘那第二株,连根拔起,完好无缺。心中一喜,匆匆飞行,那股簪儿却遗落草内。中途想起,返回寻找不见,正在可惜,忽听身后有人走动,纵出一个十七八岁的少年,装束华贵,丰神丽秀,手捧遗簪,跪在地上,苦求收录。冬秀见这少年根骨仿佛不差,加上拾宝不取,在此守候,更见得是个有心人。益发心喜,把他看中。唤起身来,一问经过,彼此俱符所望,一拍即合。吴藩父母双亡,亲族早已鄙弃,一听紫云宫仙景无边,还有许多仙女,早已神飞,顿萌故念。虽然家中还有姬妾财产甚多,哪里值得留恋。这等人原无天良,径直随了冬秀,往紫云宫飞去。

另一个男的,是个幼童,姓龙名唤力子。乃西山中山民之子,生具畸形,头扁而小,凹鼻上掀,两眉当中多生着一只眼睛,两手六指并生,一般长短。因为相貌古怪,一下地便能言语,父母当他是个妖怪,扔在山沟里去喂虎狼。那山中的虎见了,不但不伤他,反拿乳去喂。到了五六岁时,忽然在山中路遇他的父母为群兽所围,这孩子本具灵性,虽只生时一面,却还记得他父母模样,当下打散群兽,救了出来。他父母也还记得他的异相,他又身量不高,一见便认出是自己儿子。因为他不为虎狼所伤,那般勇猛,上下树杪峰峦,疾如飞鸟,又把他当天神降世,便要带回家去抚养。谁知孩子自幼生长荒山,性子极野,家中居不多日,讨厌四外山人礼拜看望的烦嚣,仍逃了出来。可是天性极厚,每隔些日,总要采打些山果送回家去,看望父母一回。留却留他不住,他父母也没奈他何。到第三年上有一天,他又回家省亲时,他父母俱都不在。一问邻人,才知他父母出外贩货,为隔山野猓所杀,尸骨无存。他也不哭,强逼那邻人领路,到了隔山,仗着身轻力大,连杀了许多野猓。他父母的仇人为他打死,还不肯走,定要把野猓杀完才罢。野猓人多,后来见上去一个死一个,才害怕逃走。一则没有他跑得快,二则性蠢,逃起来是一窝蜂,不知分散四逃。后来被他追入一个两面峭壁千丈,只有一条窄沟,越发无法逃躲。他跳入人丛中,小手一抓,就是一个。抓到手内,连身跃起,先用五指,往胸间一戳,弄死之后,再随手掷向危崖之上,打得鲜血四溅,脑浆迸裂,尸横地上。又如法炮制,再去抓第二个。这最后一群百十个野猓,被他打得好似落花流水一般。

　　龙力子正在杀得起劲,恰值慧珠从空中路过,见下面一条窄山沟里,许多人在拥挤践踏,内中一个怪眉怪眼的小孩,看年纪不过六七岁,不时飞入人丛,手一起,便抓了一人,掷向崖壁之上,死于非命。慧珠生性仁慈,暗想:"这孩子小小年纪,怎的这般歹毒?"先本想惩治他,便将剑光往下一指,落了下去,抓着那孩子颈皮,飞身而上,到了无人之处降下,问他何故如此狠毒。那孩子见神人把他凌空抓走,直上青旻,已吓得哭了出来。及至落地一看,乃是一个从未见过浑身华美的仙女,便跪在地下,结结巴巴哭诉报仇经过。慧珠看出他天生异禀,根骨非凡,知是可造之材,便和他说明,带回宫内。

　　还有一个少女,名唤金萍,原是一个异派中女仙弟子,在相宝山古洞中随师修炼。这日因师父出外云游,一去不归,正在崖前闲眺,遇见二凤,把她收服回来。

第一五四回

珍重故人情　碧海黄泉寻旧侣

深衔前世恨　洪炉宝鼎炼神砂

这五个少年男女，虽然本领不齐，个个资禀特异，只需略加教练，便可使用。初凤先时只见了一面，认为中选，除蓉波由自己去调养教练外，余人俱命金须奴等一人带了一个，去传授道法，先并不觉有异。等到过了些日，众人复命，所教诸人，已能奉命行事。初凤升殿考询分派职司，才看出金须奴所收的韦容，虽是道童打扮，不但一身仙风道骨，与众不同，而且道行法术，俱有根底，所学也是玄门一派，已有散仙之分，怎会降格相从，来做旁门散仙的弟子臣仆？难保不有别的用意。再一细问金须奴收他时情形，除了全出本人自愿外，并没有丝毫其他破绽。一则因为神砂采集齐备，急待升火祭炼，需人之际；二则估量韦容纵有异图，也决非宫中诸人对手。所以只是暗中留了一份心，表面上也未显出，仍然照旧分派职司。为求快些，那炼沙的鼎已添成九口，每口俱都大有亩许，按九宫八卦，分立在宫苑后面，通向甬道广场之上。便命金须奴看守那座中央主鼎；慧珠、二凤、三凤、冬秀四人分守坎、离、震、兑四门；韦容守西北方乾门，蓉波守西南面坤门，龙力子守东北方艮门；又从原来宫中执事诸人中派出一个名唤许芳的守东南方巽门。还选出一男一女两个，女名赵铁娘，是个石女，自幼出家，隐居深山为尼，与慧珠原本相识，慧珠回宫以后，方才引进。男的名唤黄凤。俱是初凤得意心爱的弟子，分任送沙入鼎之役。铁娘在宫中，专任炼丹，此时本来闲着。只把新收下的两个少年男女，去代了许芳和黄凤的职司，便即分派停当。

初凤领了众人就位之后，又嘱咐一番话，走向九鼎后面的太极主坛之上，命赵铁娘与黄凤手持引沙法铲，分侍两旁，然后端坐行法。过有个把时辰，初凤运用玄功，将手朝着二凤所守的离宫位上一扬，离宫鼎内便飞起一团酒杯大小的火星飞舞空中，光焰摇摇，升沉不定。初凤口中念念有词，一口真气喷将出去，将手一指，道一声："疾！"那团火光便似花炮一般，忽然爆散开来，化成九颗弹丸大小的火光，投向九鼎之内，立时鼎中火焰熊熊，九鼎同时火发。这时初凤口中诵咒越急，又将头发披散，倒立旋转了一阵，倏地回到位上，瞑目大喝一声，将手一挥。铁娘、黄风早有准备，手持法铲，分朝两旁早经设备的沙库铲了一下，然后朝着九鼎遥遥一送。那库中的沙便似一红一黑两道长虹一般飞起，到了鼎的上面。再经初凤行法一指，仍和那火一般，各自分化九股，分注鼎内。赵、黄二人随着持铲连连挥送那阴阳二沙，也只管往炉中注入，若决江河，滔滔不绝。那鼎原是初凤采那海底万年精铁，用法术制成，形式奇异，共有九口：三口注火，三口注沙，三口出沙。炼到第七日子时，所有的沙业已炼成合用。初凤早下了法坛，带了预先派定的一干门下弟子，驱遣魔神，将先前甬道毁去，将新沙从出口行法引出，另行筑就。那出口的沙已成了一种光华灿烂的砂浆，从九鼎口中分九股流出，直注甬道之内。这一面随着初凤法术禁制，往前兴筑。那一面的沙，依旧由刘、黄二人分注入鼎，新旧更替。

只四十九日工夫，这长有千里的甬道，居然筑成。众人个个尽职，毫无差错，初凤等自是欣喜。细察韦容，除对蓉波一人似乎比其他同门稍觉关心外，别的并无差错，渐渐消了疑虑，反倒格外宠信起来。

其实那韦容并非真名，所有事迹全是捏造。此来既非投师，也非爱慕海底奇观，贝阙仙景，更不是像初凤所疑的避甚厉害仇敌，乃是为了陆蓉波而来。此人便是前文所说陆蓉波感石怀孕以前所交的好友，即南海聚萍岛白石洞散仙凌虚子崔海客的门下弟子紫府金童杨鲤。那年随了师父和师兄虞重，在莽苍山兔儿崖玄霜洞与蓉波订交，感情十分莫逆。盘桓没有多日，便因聚萍岛中出了神鳄，甚是猖獗，崔海客留守的两个门徒连与它相持数日，制它不了，特地分出一人，将他师徒追了回去。彼时正当和蓉波俱因误唉淫药合欢莲昏迷过去，虽然先后醒转，蓉波业已感石有孕。他师徒走后没有多日，蓉波便遭陆敏疑忌，定要飞剑斩她，以清门户。多亏极乐真人灵符解救，才得逃入石中，保全性命。那快活村主陆敏，也奉师命，前往北海冰解。杨鲤先并不知自己走后，发生许多事故。

这一次出游，承蓉波指点了玄门奥旨。回岛以后，师徒合力，斩了神鳄。又参以师父所传心法，日夕勤苦用功，他的资禀原好，不消多年，道行大为精进。这年崔海客考验众门人道法，看出他所学有异，一问原因，才知是出于蓉波指点，笑对杨鲤道："你陆师姊所学，乃是她师祖极乐真人李静虚的传授。你虽只得了一些皮毛，已是得益不少。不过玄门正宗，内外功行并重，不比我们岛屿散仙，随心所欲，自由自在。你资质本在众门人之上，既然遇此机缘，或者天仙有望，也说不定。你陆师伯乃极乐真人弟子，所学必定渊深。莫如日内径拿我的书信，前往兔儿崖玄霜洞求他指引。他昔日见你资质过人，本甚期许，又重我的情面，想必不致吝于传授，岂非比他女儿口头略微指点，胜强十倍？等到得了真传，再去修炼外功，前途何可逆料？"杨鲤本就时常想起蓉波指点和相待之德，此行正是两全其美。

过不多日，便禀明了师父，径往莽苍山飞去。到了一看，古洞云横，峭崖苔合，旧梦前尘，宛然犹在。只是陆敏父女不知去向，寻遍了玄霜洞内外，始终寻不出一丝迹兆。想起陆蓉波昔时曾对自己说过，陆敏最爱莽苍山景物清奇，除非数百年以后功行圆满，成道飞升，决不会迁居别处。还叫自己时常前去盘桓。如果出外云游，也定以信香相报，以免徒劳跋涉。如有机缘，还要到聚萍岛一游。因此还以为他父女定是出外云游，终须归来。及至细一寻思，陆敏已有半仙之分，纵然出外云游，自己的洞府岂有置之不理，丝毫未用法术封锁，一任它污积尘封之理？断定不是迁居，便是出了别的事故。只得惘然回转海岛，和师父说知。

崔海客一听，便知有异。再一细问洞中情况，越知不妙。暗忖："陆敏与自己虽是新交，极为投契。何况他又说玄霜洞隐居，虽是心爱那里景物，主要还是为了奉有师命，怎会随便迁居？目前各异派甚是势盛，莫非有人与他为难？朋友义重，不知便罢，既已看出有疑，好歹也须查出他的下落才罢。"又加上杨鲤再三怂恿，便用小衍神数，测地参天，因物测象，潜心运神，默察来往。经过三日研究搜讨，方始洞彻前因。便把蓉波误服淫药，在灵石上酣卧，感而有孕，陆敏不察，以为她和杨鲤有了私情，定要置之死地，多亏极乐真人预赐灵符，蓉波方得逃入石壁之中活命。同时陆敏也奉了极乐真人遗柬，往北海兵解成道，并知女儿实是冤枉，悔已无及。陆敏去后，蓉波便在石中参修，现已生下一子，还有十数年，方能炼成婴儿，脱体飞升等语，对杨鲤说了一遍。杨鲤闻言，想起蓉波相待之厚，是自己误采毒草，才害她受此苦楚，越想越觉对她不住。又听崔海客说，蓉波如今出来，险难甚多，极乐真人命她石中虔修，也为避祸，壁上封锁，功用神奇，不到时候，纵是天上神仙，也无法打破。此时前往助她脱身，反是无益有损。思来想去，除了等她到日自开外，决难相见，只得仍在岛中苦修，静等石开之日前往。

驹光易逝，不觉十有余年。屈指一算时日，已离蓉波飞升之期不远。满拟前往见上一面，就便帮助她飞升，以报当日之德。当下禀明师父，直往莽苍山兔儿崖飞去。行至中途，忽然看见下面山谷中法宝、剑光飞舞，有本门中人在内。仔细一看，竟是师兄虞重，和一个师父当年的仇敌拼死相持，义无袖手之理。何况距离莽苍只有一半途程，几个时辰之内便可到达。蓉波

73

破壁飞升，还有两日工夫，迟一点也不至于误事。便飞身落下相助。谁知那仇敌甚是厉害，一连厮拼了好几天，虞、杨二人虽未受着伤害，人已被妖法困住。杨鲤斗得神疲力倦，只是脱身不得。正在危急之间，忽然一个大霹雳，带着一片金光，自天直下，将敌人惊走，现出一个仪容美秀的绛衣少年。一见面，对杨鲤道："二十余年前我受极乐真人之托，来此助你一臂。陆蓉波与你，还有一段尘缘未了，现有柬帖两封：第一封即时避人，可以开看；另一封外面标明时日，到日自有灵验。务须照柬行事，不可大意。"说罢，也未容虞、杨二人答话相谢，一片金光，夹着轰隆隆之声飞起，转眼没入云层之中，不知去向。

　　杨鲤送走虞重，打开一看，才知自己此番途中耽搁，业已过了蓉波飞升之期，蓉波现为魔宫中人劫走。又说此去兔儿崖，如遇一姓金少年，只需设词随他同去，便可相见，日后相机助她脱离魔窟等语。杨鲤看完，好生焦急。暗忖："又是自己来迟，害她遭难。既有仙示，好歹上天入地，也须寻去相助。"恐又错过机会，连忙赶往兔儿崖。恰巧遇着金须奴，仗着胸有成竹，居然用一套言语，将金须奴哄信，引他入宫。其实金须奴先见银光，乃是石生驾剑光出游，见有生人追来，早已躲向旁处，并非杨鲤。偏巧杨鲤剑光与石生的虽有上下之分，颜色却大略相似。金须奴一时疏忽，将杨鲤引进，以致日后私放石生，倒反紫云宫，闹出许多事变。这且不提。

　　杨鲤因是为了蓉波而来，特地改名韦容，隐起真姓名，以免人家搜探根底。到了宫中不久，果然见着蓉波，不禁悲喜交集。只苦初去不久，一切谨慎，不能遽然说话罢了。蓉波他乡遇故，又是当年良友，虽然有些惊异，并不知是为了她而来，还以为凌虚子原是散仙，所学介乎邪正之间，杨鲤是他门下弟子，自然容易与宫中诸人接近，投入门下，原在意中。因为初受切身之痛，反而有些鄙薄。见杨鲤未先朝她招呼，也就置之不理。及至炼沙时节，分派众人执事，一听初凤把他唤作韦容，心想："当年曾与杨鲤在莽苍山兔儿崖盘桓多日，相貌声音，宛然如昨，凭自己目力，万万不会误认，怎么好端端地改了名姓？"正在寻思，忽听金须奴对初凤说："这新来诸人，只有韦容等三人可胜重任。"知道杨鲤也是新来不久，再一想到他改的姓名，竟有一字与自己之名声音相同，好似含有深意，这才恍然大悟，"韦容"乃"为蓉"之意，不禁偷偷看了杨鲤一眼。偏巧杨鲤觑着众人在殿上分派问答，朝她偷看，彼此都机警异常，略微以目示意，便都明白，当时就装作陌生人模样。直到初凤炼完神砂，筑成甬道之路，吩咐全宫中人与新来五人互相见礼，又过了些时，故作日久互熟，闲来常共盘桓，才抽空彼此说了经过。二人共了患难，交情自

74

然更深一层。

蓉波连用宫中真水、灵药，身体早已坚凝，只是形体比起常人要小得多。日子一久，知道元神受了魔法禁制，难以脱身，先时甚为忧急。后来细察宫中诸人，在上几个虽是法力高强，一个胜似一个，但俱都入了魔道，决非仙家本色。初凤、慧珠人较正直，可惜入了旁门，纵有海底密宫藏身，未必灾劫到来便能避免。只金须奴未习那天魔秘笈，没有邪气而已。下面更是除龙力子一人还可造就外，余人不是迷途难返，便是根浅福薄，俱非成器之流。有时潜神反视，默察未来，竟觉出祸变之来，如在眉睫。加以宫中如三凤、冬秀等人，虽因初凤也看出不久必有事变，禁止出宫，但自从神砂甬道筑成以后，益发骄恣狂傲，料定她们运数不能长久。可是自己元神暗受禁制，如不事先设法盗出，一旦出了乱子，纵未必玉石俱焚，于自己二次飞升终是阻碍。几次避人和杨鲤商议，打算预为布置，时机一到，便下手先将元命牌盗走。无奈初凤行法术之所，有极厉害的魔法层层封锁，漫说外人无法擅入一步，便是二凤姊妹不曾奉命，一样不许妄自行近。也不知晓元命牌是否就藏在殿中，一个画虎不成，立时永堕沉沦，哪敢丝毫大意。只得除了应尽职司外，无事时尽力潜修，以待机会，心中焦急也是无法。

那龙力子原具宿根，自从到了宫中，虽然随着众人学习魔法，但他偏以为蓉波、杨鲤所学的道法剑术是他心爱，每见二人无事练习时，便再三恳求传授。二人因宫中规章并不禁止私相传授，便也乐于指点。那龙力子看去粗野，却是一点就透，一学便精，只不过正教道法与旁门妙术同时并学，有些驳而不纯罢了。

那初凤见神砂甬道已成，可以倒转八门，随心变化。如发觉有人擅入，只需略展魔法，那一条长及千里的甬道，立刻化成许多阵图，越深入越有无穷妙用。除非来人有通天彻地本领，金刚不坏之身，还须见机得早，在初入阵时发觉，急速后退，逃离甬道出口百里之外，方可无事；否则也是一样陷入阵内，不能脱身。为了锦上添花，又命金须奴和宫中诸人到处物色珍禽奇兽，驯练好了，来点缀这些阵图。把神兽龙鲛，分派在第三层入阵正门。除头层由门下弟子管领消息外，余下每一层，俱有灵兽仙禽防守。直到快达宫中的五行主阵，才用宫中主要诸人轮流主持。真是到处都是罗网密布，无论仙凡，插翅难飞，哪里把区区仇敌放在心上。金须奴等原有惊人道法，不消多时，一切均已齐备。

初凤分配已定，好不心喜。因当初姊妹诸人在外云游，各自结交下几个异派中的朋友，曾约日后来访，一则恐来人误踏危境，二则志得意满，未免自骄,存心人前炫耀,把神砂甬道尽头处那座荒岛,也用法术加了一番整理,遍岛种上瑶草琪花,千年古木,添了不少出奇景致。把岛名也改作迎仙岛,并在出入口上,建了一座延光亭,派了几个宫中仙吏,按日轮值,以迎仙侣。旧日避水牌坊上面的海眼出口,早已用了魔法封锁,除主要诸人外,余人均无法出入。

蓉波、杨鲤见了这般情状,哪怕异日就将元命牌盗走,也出不去,何况事属梦想,暗中只叫苦不迭。此时初凤对他二人并无疑念,也曾轮流派二人前往迎仙岛延光亭去接待仙宾。蓉波是因元命牌未得,逃也枉然。杨鲤虽可逃走,却又为了蓉波,死生都要助她同脱罗网,决不他去。

第一五五回

友谊更亲情　玉雪仙童双入海
淫娃换姹女　迢遥甬道迭传言

光阴易过,不觉多时。起初并没有甚人前来岛上拜访初凤姊妹,日子一多,因为金须奴等出外,遇见几个旧日游侣,说了经过,才渐渐传说出去。第一次先来了北海陷空老祖门下大弟子灵威叟,看望了一会自去,并无旁事。第二次便是晓月禅师,带了黄山五云步的万妙仙姑许飞娘,慕名前来拜谒。两次都轮着蓉波、杨鲤,分别接引入宫。初凤原本想除三五旧友外,不见别的生人。见晓月禅师与自己不过以前经别的道友引见,一面之缘,径自带了人来,未免有些不乐。只为晓月禅师名头法力高大,不便得罪,没敢形于辞色罢了。

谁知物以类聚,许飞娘一到,首先和二凤、三凤、冬秀三人成了莫逆之交。仗着生就粲花妙舌,论道行本领经历,都是旁门中数一数二的人物,日子稍微一多,连初凤也上了套。她们哪想到许飞娘别有深心,只接连会晤过三四次之后,便把她当成知己。许飞娘早看出她们的心病在最后一劫,时以危言耸听故作忠诚,以便笼络。对于自己和峨眉结仇之事,却从没和初凤提过。把宫中应兴应革,和将来怎生抵御地劫,规划得无微不至。由此宫中首脑诸人,大半对她言听计从。只金须奴觉得此人礼重言甘,处处屈己下人,其中必有深意。也是紫云宫运数将终,二凤平日对于金须奴本甚敬爱相从,这次偏会和三凤、冬秀做了一路,认为许飞娘是个至交良友。金须奴一连警告了两次,反遭二凤抢白,说他多虑:"休说紫云宫到处天罗地网,与飞娘不过是同道相交,她并未约着做甚歹事,而且将来抵御末劫或者还要仗她相助。大姊是全宫之主,道法须比我高深,她都和飞娘相好,难道还有甚差错?现在大家又不出外,怎会惹出乱子?"

金须奴虽被她说得无话可答,毕竟旁观者清,无论许飞娘怎样工于掩饰,一时没有露出马脚,形迹终觉可疑。暗想:"她原是晓月禅师领来,说是云游路过,因慕海底贝阙珠宫之胜,便道观光。可是晓月禅师到了以后,匆匆辞去,便不再来。此后许飞娘倒成了紫云宫座上嘉客,来得甚勤。同道投契,常共往还,原是常事,不足为异。可是她每次前来,必定托词,不是海外采药,路过相看,便是想起宫中有甚应办之事,前来代为筹措,辞色又做得那般殷勤。这紫云宫僻处寒荒极海,除附近那座迎仙岛和以前发火崩裂的安乐岛外,周围数千里,休说可供仙灵居住的岛屿,就连可以立足的片石寸土也没有。头一次晓月禅师说是云游路过,已不近情,更哪里有甚灵药可采?分明心有诡诈,恐人生疑,欲盖弥彰。"又想起前些年出外云游,闻听人言,各派剑仙正当杀劫,峨眉、五台两派争斗尤烈,仇怨日深一日,这许飞娘正是五台派中能手。便是那晓月禅师,又因与峨眉门下作对,惨败几死。遇见他时,他说尚须修炼数年,方能勉强还原。如今尚未到期,好端端引了飞娘远涉荒岛。蛛丝马迹,在在可以察出他的来意,如非觊觎什么重宝,便是虚心结纳,以为异日报仇之助。虽然宫中戒备森严,众人道法高强,杜门虔修主意业已打定,飞娘未必便是祸根,总非善良种子。大家经了多少困苦艰难,好容易才能享受到这种仙福,多一事不如少一事为妙。见众人俱为飞娘所惑,话说不进去。只慧珠虽然平时惟初凤马首是瞻,但比较聪慧明察,便背人和她一说。

　　慧珠到底前生有了千年宿慧,始终没有忘却禅门根本,不但能运用魔法,而不为魔所扰,反从天书副册魔法真谛中,参悟反证出许多禅门秘奥,一颗心空明莹澈。魔法邪术虽非初凤之比,如论修道根行,已远出众人之上。许飞娘一来,早从静中默悟,知道许多前因后果,众人大半仙福将次享尽,劫运将临。左右不能全数避免,反不如听其自然,免生别的枝节。自己只从旁代他们多种善因,到了紧要关头,再行竭尽全力,相机行事,能救一个是一个。一听金须奴也独见先机,便把自己心事和他一说。并说:"初凤以前人甚明白,那部《地阙金章》虽非玄门正宗,也并非旁门邪术,借以修到散仙,却是易事。如今因知天仙难望,劫运难逃,一念之差,专一在魔道上用功,于是道消魔长。一部天书副册虽被她尽穷秘奥,人已入了魔道,性情行事,渐非昔日。自用魔法筑成神砂甬道以后,更与前判如两人,所以易为飞娘所动。此时劝她,定然无效。所幸她慧根未昧,又无积恶,到时当能迷途知返。依我静中观察,除你一人,因三凤忌妒,未炼魔法,异日当能免劫外,初凤或可幸免,二凤纵遭兵解也能再世,至于三凤、冬秀,难脱罗网。其余宫中诸门下,能转祸为福者,至多三四人而已。目前宫中隐患,岂止飞娘一人? 我看不久便要变生肘腋呢。"

　　金须奴惊问道:"慧姑既有先见,怎不对三位公主明言?"慧珠道:"此乃天数。说也奇怪，难道宫中就你我二人明白？休说初凤，便是三凤她们，也都有了许多年道行，哪一个不有智慧？不过当事则迷，只见一斑。我以前也曾略微提醒，她们竟是充耳不闻。又因祸由自取，以前所为已是大干天条，倘如因我一言再生事端，徒增罪孽，于事仍然无补，何苦之尔！就以我说，如非不忘师门根本，回途得早的话，每次初凤行法，均由我为助，只恐陷溺之深，也不在她们以下呢。"

金须奴闻言，轸念忧危，好生惶急。别人不去管他，惟独初凤、二凤两人，一个恩深，一个情重，万一将来有什么不测，自己岂能独生？然而此时劝诫必然不听，说也无益。因此日夜焦思，连素来静止的道心，都被搅乱。这且不提。

许飞娘不久又来紫云宫，给初凤姊妹出主意，劝初凤炼炼颠倒五行大混沌法，以为最后抗劫之用。这颠倒五行大混沌法，乃天书副册末章，以魔炼魔，厉害非常。以前初凤也曾想到，一则因为自己默参运数，将来不是没有生机，这种魔法太已狠毒，没有护法重宝，镇压不住，一个弄巧成拙，反而不美；二则为期尚有五十年，还想另遇机缘，别谋打算，非到事先看出智穷力竭，不肯下手。飞娘几次怂恿，俱未答应。这日恰值三凤和金须奴夫妇，把月儿岛连山大师所遗留的那几件不知用法的宝物俱已炼成，运用自如。别的法宝不说，有那一柄璇光尺，已足供护法镇坛之用。飞娘更以大义责难，说初凤自己将来纵能凭着道力超劫脱险，也不能不给众人预为打算。况且末劫以前，还有许多灾难仇敌，此法一经炼成，岂非万全？二凤、三凤、冬秀三人因是切身利害，也从旁鼓动，说大姊不炼，我们宁犯险难，自行准备。初凤被众人说活了心。因自己学的是魔法，这种法术却专门从禁闭诸天神魔下手，炼时心神微一松懈，反为所乘，故而决不许别人参与，决定独自在黄晶殿中祭炼三年，把宫中事务交派首脑诸人，按年轮值。

飞娘原因劝说他们与峨眉为敌，初凤定然作梗，好容易才说得她入了圈套，有这三年工夫，尽可设法蛊惑。初凤封殿行法之后，飞娘每一到来，必要留住些日，渐渐谈起目前各派剑仙中，只峨眉派不但猖狂，而且把许多天生灵物，如千年成道的肉芝和红花姥姥遗留的乌风草之类，俱都据为己有。只可惜他们道法高强，心辣手狠，谁也奈何他们不得。否则像那千年成道芝血，得它一点，便可助长五百年道力，众姊妹最后一劫，又何足顾虑呢？说时看出众人有些心羡，于是又说峨眉派专一巧取恶夺，幸而紫云宫深居海底，不能轻入，贝阙珠宫，不为世知，否则宫内有这许多的灵药异宝，早已派人盗取了。飞娘说这一席话，原意只要说动一个，前往峨眉盗取芝血，便不愁两家不成仇敌。谁知三凤等人虽是心贪好动,此时尚能守着初凤之戒,又和峨眉素无嫌隙,虽和飞娘相善,闻言也有些心动,并无出宫之想。飞娘知非三言两语可以如愿,再说反启人疑,只得暂时搁开,以待机会。暗忖:"只要我常常来此,反正不怕你们不上钩,何必忙在一时?"便行借故辞去。

又过没多时,正值华山派史南溪同了诸妖人,用风雷烈火攻打凝碧崖飞雷洞,南海双童用地行神法潜入凝碧崖,被擒失陷,不知生死。紧接着便是三英二云相见,紫郅、青索双剑合璧,大破烈火阵。飞娘毁灭峨眉根本重地之策又复失败,反死伤了好些羽翼。正自愤怒,猛想起南海双童乃甄海之子,与紫云三女有不共戴天之仇。峨眉虽然好戮异派,对于素无恶名,又有那么好根质的南海双童,决不至于杀害,已经收归门下也说不定。利用这番揣度,前往紫云游说诸人,岂非绝妙?

当下忙即飞往迎仙岛,由神砂甬道内见了二凤等人,说是果然不出以前所料,峨眉派因闻人言紫云宫有许多灵药异宝,知道南海双童是诸位仇人,特地擒了不杀,反而收归门下,意欲借他地行神法,前来盗宝,并派能手助他报当年父母之仇。自己闻信赶来,诸位需要做一准备。三凤听了,首先冷笑道:"我这紫云宫,胜似天罗地网,海面入口已经封锁。这神砂甬道,看去那么富丽辉煌,却能随心变幻,有无穷妙用。起初我本要往南海寻他们斩草除根,大姊却说人子欲报父仇,乃是应有之义,随他去吧。便是筑这神砂甬道,起因也一半是为了成全这两个孽种的孝思,不愿伤他们性命,使其到此,知难而退。等他们来时,自然叫他们知道厉害,理他们则甚?"飞娘见众人仍打的是以逸待劳主意,不肯轻易出宫,不再勉强往下游说,少留数日,便又辞去。

飞娘来时,所说这一番话,原是凭着己意揣度,姑妄言之,不想竟然被她料了个大同小异。而异日情节之重大,更是彼甚于此。

当她走未三日,奉派到迎仙岛神砂甬道口外把守的,正轮着那吴藩。论他道力,原本不够。只因他善于趋承人意,心虽怀着叵测,面上极为端谨,冬秀最是喜他。又经他几次请求,才命他随班轮值,此来尚系初次。在他以前轮值的,恰是杨鲤,平时见他身带邪气,常与冬秀鬼头鬼脑说话,本就看不起他。一见是他前来接班,自己与蓉波又失了一个私谈片刻的机会,好生烦恼,便含怒问道:"你来此接班,可识得神砂甬道的奥妙么? 莫要求荣反辱,误蹈危机,丧了性命。我看你还是以后和冬姑说,另谋别的职位吧。"

吴藩原因迎仙岛上这两年来移植了许多奇花异卉,内中恰有一种最毒的淫药,名叫醉仙娥的,当年申鸾未死时,常听说起,乃求而未得之物。当初三凤从天山博克大坂经过，无心中发现此草，爱它花大如盆，千蕊丛合，暮紫朝红，颜色奇丽，也不知它的来历，径自移植回来。被金须奴看见，识得此草来历，说与初凤，本想断绝根株，三凤执意不允，才得保留。吴藩自闻岛上有此淫药，知道如能到手，配合别的淫草毒物，炼成丹散，不论仙凡，只被用上，不怕他不丧志迷心，此来别有深意。

一听杨鲤说话，意存藐视；杨、陆二人情好，又早被他看在眼里。不过他为人城府极深，心中虽然怀恨，表面上却不显出，反装出一脸笑容道："小弟明知防守此亭之事，虽然职守是送往迎来，接待仙宾，如有外敌来此，便须引他进入神砂甬道。仙阵神砂，奥妙无穷，稍一不慎，形魂消逝，责任何等重大。无奈冬姑和二、三两位公主之命，怎敢不遵？说不得，只好谨慎小心，勉为其难。师兄道法高强，又在此防守过多日，一切还望指教才好。"杨鲤见他目光闪烁，看透他口甜心苦，不愿多答理，冷笑了一声道："既是她们三位之命，想必能以胜任。我还不是和你一样，有甚可以指教？"说罢，径直飞身回去。

吴藩见杨鲤如此待他，越发愤恨，杨鲤一走，便骂道："你这小狗贼！谁还不知你和姓陆的贱婢鬼鬼祟祟？却在我面前大模大样，这等欺人太甚。早晚犯在我手里时，你两个休想活命！"骂了一阵，便去寻觅那淫药醉仙娥。谁知此草自从移植岛上，初凤因把守迎仙岛的都是宫中后辈，法力有限，万一被外人知道，前来盗走，岂非不美？早用魔法禁闭。除首脑诸人和指名观赏的仙侣外，莫说采了，看都休想看它一眼，吴藩如何能寻得到？海面上不似宫中终年常昼，吴藩费尽心力，遍搜全岛，哪有醉仙娥的影子。过了一会，天色向暮，一轮红日，渐渐低及海面。平波万里，一望无涯，只有无数飞鱼、海鸥穿波飞翔，涛声哗哗，更没停歇。

吴藩所求不遂，心里烦闷，对着当前妙景，也无心肠欣赏。正在无聊，忽见西北方天空中似有一点霞影移动。就在这微一回顾之间，还没转过头去，一幢五色彩云疾如星飞电掣，已从来路上凭空飞坠。刚在惊异，亭前彩云歇处，现出两个英姿俊美的仙童。一个年纪较长的，手中拿着一封书信，上前说道："借问道友，这里是通海底紫云宫的仙岛么？"吴藩却也识货，见这两个仙童年纪虽轻，道行并非寻常，当是宫中首脑诸人的朋友，忙躬身答道："此处迎仙岛，正是紫云宫的门户。在下吴藩，奉了三位公主之命，在这延光亭内迎接仙宾。但不知二位上仙尊姓高名，仙乡何处，要见哪位仙姑？请说出来，待在下朝前引路，先去见过金须道长，便可入内了。"那为首仙童答道："我名金蝉，这是我兄弟石生。家住峨眉山凝碧崖太元洞内。现奉掌教师尊乾坤正气妙一真人之命，带了一封书信，来见此地三位公主。如蒙接引，感谢不尽。"石生方要张口询问乃母蓉波可在宫内，金蝉忙使眼色止住。吴藩一听是峨眉门下，正是以前杀死师父申鸾的仇敌，心中老大不愿。无奈来得日浅，摸不清来人和三女交情厚薄，不敢过于怠慢。便说："二位暂候，容我通禀。"说罢，走向亭中，也不知使了什么法术，一团五色彩烟一闪，立时现出一条有十丈宽大，光华灿烂的道路，吴藩人却不见。

石生问道："我好久不见母亲的面，便是醉师叔也说是到了宫中，请母亲带去引见三位公主，哥哥怎不许我问呢？"金蝉道："你真老实。行时李师叔曾命我等见机行事。你想伯母以前原是炼就婴儿脱体飞升，应是天仙之分。如今去给旁门散仙服役，其中必有缘故。起先我也想先见伯母求她引见，适才见吴藩那厮带着一身邪气，以此看来，宫中决无好人。便是伯母，也如当年家母所说，成道元婴，往往因为外功不曾圆满，易受外魔侵害一样，飞升时节，被他们用邪法禁制也说不定。醉师叔原说，如能找着伯母，才托她代求。如今伯母未见，私话说不成了。先见这种旁门异类，岂可随意出口？反正紫云三女如看重师父情面，留异日余地，允借天一真水，那时客客气气请见伯母多好。否则我们来去光明，她门下中人已知来意，也无从隐瞒，反不如不说出伯母，或许事到难时，多一助手。"石生闻言，方始醒悟。只为母亲飞升，时萦孺慕，只说人间天上，后会无期，不想却能在此相晤，恨不得早进宫去相见，才称心意。偏偏吴藩一去好久，便不出来。二人起初守着客礼，还不肯轻入。及至等到红日匿影，平波日上，仍无动静，二人俱是一般心急。正商量用法宝隐身而入，忽见甬道内一道光华飞射出来，到了口外，现出一个比石生还矮的少女，满身仙气，神仪内莹，比起刚才吴藩，大有天渊之别。金蝉方诧异原来宫中也有正人，未及问询，石生业已走上前去，抱着那女子，跪下痛哭起来。这才明白，来人乃是石生母亲陆蓉波，无怪身材这般小法。忙也上前跪下行礼。

蓉波一见金蝉，又与石生同来，想起师祖极乐真人仙示，料是金蝉，连忙搀起说道："你二人来意，我已尽知。如今宫中情势大变，你二人此来成败难测。所幸这时该我轮值，宫中首要诸人正在炼宝行法，不许惊动。那先前值班的吴藩找不着金须奴，因是初次，不知如何处置才好，和我商量。我一听你二人来了，吓了一大跳。这神砂甬道，何等厉害，连我算是他们自己人，其中变化也不过略知一二，岂是可以轻涉的？恰好轮值时辰将到，我便绕了过来。以前大公主初凤未受许飞娘蛊惑，有峨眉掌教真人书信，还可有望。如今她闭殿行法，许久不出。余人除二凤的丈夫金须奴略能分出邪正外，俱与

82

许飞娘情感莫逆,怎肯随便将宫中至宝送人?不过掌教真人既有飞剑传书,想必成功终是应在你二人身上。我看险难仍不在少,决非容易到手,我们只好量力行事便了。这神砂甬道内,有四十九个阵图,变化无穷。其中奥妙虽不尽知,不过魔由心生,因人起意,而起幻象。你二人万一遇险,只把心神拿定,息虑定神,以阻内魔,一面用自己法宝以御外魔,当能少受侵害。如今事机已迫,几个宫中首要行法将完。我仍装作不知,拿了这封书信,前去回禀,他们如愿相见,再来唤你二人进去;事如不济,还有一位道友名唤杨鲤的,也为助我,投身宫内,均作你二人内应。"说罢,又将甬道中许多机密尽知道的详说一遍,再三嘱咐谨慎行事。然后拿了书信,匆匆往宫内飞去。蓉波去后,二人便在迎仙岛延光亭内静候回音。

第一五六回

久候寂无音　初探紫云穿秘甬
深攻同陷阵　频摧玉柱斩灵鲛

　　头一次吴藩入内时,暗将第一层阵法开动,以防二人入内,看去里面光华乱闪。及至蓉波入内,因恐二人年幼无知,妄蹈危境,便就自己法力所及,将阵法止住。谁知这一来,反倒害了二人,几乎葬身其内。原来这神砂甬道中各种阵法奇正相生,互为反应。奉命把守的人,魔法操纵仅能个人自己出入。虽然初凤为省事起见,略传了众人一些应用之法,以备寻常外敌侵入,可由众人随便发付,其中玄妙,大半茫然。蓉波、杨鲤因为本来道行深厚,所知较多,也不过十之二三,比起吴藩差胜一筹罢了。起初金蝉、石生见甬道内光华乱闪,随时变幻,连金蝉那一双慧眼,都看它不真,还不敢轻易涉险。及至蓉波将阵法止住,看上去清清楚楚,只是一条其深莫测,五色金砂筑成的甬道,看出去十余里光景,目光便被弯曲处阻住,别无他物。加上蓉波也传了出入之法,不由便存了侥幸之心。这阵法是动实静,是静实动,一层层互为虚实。如将头层阵法开动,至多不过闯不进去,即使误入,也比较易于脱险。这头层阵法一经止住,从第二层起,俱能自为发动,有无限危机。此后越深入,越不易脱身。二人哪里知道。

　　那甬道虽然能缩能伸,毕竟长有千里,往返需时。第一次吴藩入内,二人在外面等了许多时候,已是不耐。这时蓉波一进去,又是好些时没有回音。金蝉首先说道:"目前掌教师尊快要回山,五府行将开辟,有不少新奇事儿发生。还有同门中许多新知旧好,也要来到。我们正是热闹有兴的时候,偏巧我二人奉命来此取那天一真水,如取不回去,岂不叫众同门看轻吗?"石生答道:"天下事不知底细,便觉厉害。我自幼随家母修道,除日浅外,所有道法本领,俱都得了传授。我母亲既能打此出入,又说出其中玄妙,我想此行并非难事。好便好,不好,飞入宫中,盗了便走,愁它怎的?倒是取水还在其次,我母亲禁闭石中,苦修多年,好容易脱体飞升,无端被这三个魔女困陷在此,还坏了道行。她好好将水给了我们,还看在师尊金面,只将母亲救了同走;否则我和她亲仇不共戴天,饶她才怪呢!"金蝉道:"话不是如此说。伯母已经脱体飞升,忽遭此厄。虽说道家婴儿将成之际,定有外魔阻挠,不过事前都有严防,受害者极少。这回被难,伯母匆匆没有提到此事。旁门行为,阴毒险辣,以前绿袍老祖对待辛辰子,便是前车之鉴,你我不可造次。"石生虽听劝说,但念母情切,终是满腹悲苦。

又过了个把时辰。二人哪知蓉波因宫中诸首要仍在行法未完,不便擅动,渐渐越等越心烦起来。石生道:"甬道机密,母亲已说了大概,想必不过如此。我们有弥尘幡、天遁镜、两界牌这些宝物,我又能穿石飞行,即使不济,难道这沙比石还坚固? 我们何不悄悄下去,照母亲所说走法,潜入宫中?她们如肯借水,就是我们擅自入内,必不会怪。还叫她们看看峨眉门下本领,向她们借,乃是客气。她们如不肯,此时入内,正可乘其无备。岂不是好?"金蝉近来多经事故,虽较以前持重,一则石生之言不为无理;二则弥尘幡瞬息千里,所向无敌;又盼早些将天一真水取回,好与诸位久别同门聚首:略一寻思,便即应允。二人先商量了一阵,彼此联合一处,无论遇何阻隔,俱不离开一步,以便万一遇变,便可脱身。

一切准备停当,金蝉先打算驾着弥尘幡下去,又因那幡飞起来是一幢彩云,疾如电逝,恐蓉波出来,彼此错过,误了事机,仍同驾飞剑遁光入内。进有十余里远近,二人一路留神,见那甬道甚是宽大,除四壁金砂,彩色变幻不定,光华耀目以外,并无别的异况,俱猜蓉波入内时,已将阵法闭住,益发放心前进。遁光迅速,不一会穿过头层阵图。二人正在加紧飞行之间,猛见前面彩云激滟,冒起千百层光圈,流辉幻彩,阻住去路。因听蓉波说过,那是头层阵图煞尾和二层阵图交界之处,如遇这种现象,外人极难冲过。强自穿入,甬道神砂便会自然合拢,将人困住,不能脱身。只要穿过这一层难关,余下诸层,每七层阵图合为一体,首尾相应,奇正相生,另有宫中首要主持发动,又各有恶禽毒兽防守助威。如要不去惊动,径照蓉波出入之法,照准甬道中心飞行穿入,如无别的深奥变化,便可直达宫中。

当下二人联合,将剑光护住全身,直往彩光中穿去。二人飞剑俱是玄门至宝,那头层神砂竟未将他们阻住。二人只微觉一阵周身沉重,似千万斤东西压上身来,忙即运用玄功,略一支持,便穿越过去。身子刚觉一轻,便见前面又变了一番景象:上下四方,大有百丈,比起头层,固是大出数倍。中间还按日月五星方位,挺立着七根玉柱,根根到顶。当中一根主柱,周围大有丈许。其余六根,大小不一,最小的也有两抱粗细,看去甚是雄伟庄严。再衬着四外五色沙壁,光华变幻,更觉绚丽无比,耀目生花。柱后面阴森森,望不到底,邪雾沉沉。这种景象,却未听蓉波说过。若照往日,金蝉早已穿柱而进。因为来时髯仙等诸前辈再三告诫宫中魔法厉害,尤其这神砂甬道,经紫云三女费过无限心力而成,非同小可。这七根玉柱,按七星位置设立,其中必有奥妙。适才蓉波虽略谈阵中秘奥,只是尽其所知而言,以备万一遇上,知所趋避,而她所知不过十之二三。行时又再三嘱咐谨慎行事,不是万不得已,不可妄入,不可造次。便止住石生,暂缓前进,踌躇起来。

原来这神砂甬道,自从筑成以后,并无人来侵犯。纵有来宾到此,经人与第三层轮值的主持人一禀报,早将甬道全阵停止。因为从未出事,防守的人只知佩着穿行神符,照所传寻常出入之法来往,不但没有险阻,而且除全甬道许多奇景,什么都看不见。这次蓉波因防二人误入,特将阵法闭住,以为那头二层交界处的沙障,可以阻住二人前进,到此便可知难而退,不料二人竟然冲进。若照往日,这第三层原有一个首要人物在此防守主持。自从初凤闭殿炼法以后,二凤、三凤往往擅改规章,许多事都不按预定方略。偏巧紫云三女生日将至,到时飞娘和几个旁门中好友俱要前来庆祝。仗着甬道厉害,无须如此时时戒备。敌人越深入,越易被擒,纵任他进来,也不足为虑。特地先数日由三凤发起,聚集宫中诸首要,各炼一种幻法,准备明日娱宾之用,就便人前显耀,所以无人在此。也是二人命不该绝,才有这等巧遇。可是那二层入口的沙障,乃全阵门户,此障一破,全甬道四十九个阵图,全都自然发动。

二人哪知其中奥妙,商量了一阵,石生力主前进。金蝉因蓉波一去不回,比吴藩去的时刻还久得多,说不定机密业已被人看破,不再放她出来。再退出去,又要经过那层彩障,白费许多心力。想了想,雄心顿起,决计涉险前进,不再反顾。那七根玉柱,却静荡荡地立在那里,不知敌人用意,恐有闪失,便将弥尘幡取出备用,与石生同驾剑光,试探前进。刚刚飞过第一根玉柱,忽见一片极强烈的银光,从对面照将过来,射得石生眼花撩乱,耀目生光。金蝉圆睁慧眼,定睛一看,头一排参差列立的两根玉柱,已经消失。一条虎面龙须似龙非龙的怪物,借着光华隐身,从甬道下端张牙舞爪飞将上来,朝那最末一根玉柱扑去。龙爪起处,那根玉柱又闪出一片最强烈的紫光,不知去向。同时便觉身上一阵奇冷刺骨,连打了几个寒噤。猛一眼瞥见石生被那紫光一照,竟成了个玻璃人儿,脏腑通明,身体只剩了一副骨架,与骷髅差不许多。才知道这七根玉柱幻化的光华,能够销形毁骨,不由大吃一惊。

说时迟,那时快,就这转眼工夫,那怪物又朝余下的几根玉柱扑去。每根相隔约有数十丈远近,怪物爪起处,又是一根玉柱化去,一道黄光一闪,二人便觉身上奇冷之中,杂以奇痒。眼看危机已迫,金蝉暗忖:"这七根玉柱不破,进退都难。"索性一不做,二不休,把心一横,忙取天遁镜往前一照,回腕抱住石生,运用玄功,一口真气喷将出去,霹雳双剑化作一红一紫两道光华,一道直取怪物,一道径往那巍立当中最大的一根玉柱飞去。同时左手弥尘幡展动,便要往前飞遁。这时石生也将身带法宝取出,许多奇珍异宝同时发动,百丈金霞中夹着彩云剑光,虹飞电掣,休说龙鲛不是对手,便是那神砂炼成的七煞神柱,也禁受不住。金光霞彩纷纷腾跃中,金蝉、石生二人刚刚飞起,还在惊慌,不知能否脱险,忽听一声怪啸,前面怪物已往地下钻去。当中那根玉柱吃二人飞剑相次绕到,立刻化成一堆五色散沙,倒塌下来。主柱一破,其余六根被天遁镜和二人的剑光乱照乱绕,也都失了功效,纷纷散落。

此时金蝉、石生业已飞越过去,一见奏功,忙即收了法宝、飞剑。停身一看,光华尽灭,身上寒痒立止,七根玉柱已变成了七堆五色金砂,怪物已钻入地底逃走,地下却断着一截龙爪。一问石生,除先前和自己一样,感觉周身疼痒外,别无异状,才放了心。一看前途,尽是阴森森的,迥非来路光明景象,知道越往前进,其势越险。但是已经破了人家阵法,伤了守阵异兽,势成骑虎,欲罢不能,除了前进,更无后退之理。当下便和石生照蓉波所说,用法宝护身,照着中央的路往前深入。二人不知阵势业已发动,蓉波此时不奉命怎会出来?仍恐彼此途中错过,不到万分危急,不施展弥尘幡。虽然这一来有些失计,暗中却因祸得福。这且不提。

二人过了第二层阵中,前行虽然漆黑,因为二人一个是生就慧眼,一个是自幼生长在石壁以内,能够暗中观物,近处仍是看得清楚。行了一阵,方觉这第三层阵中,四外空荡荡的,并无一物,忽听前面风声大作,甚是尖锐。二人原知敌人阵中如此黑暗,必定潜有埋伏,用天遁镜反而惊敌,俱都隐着光华飞行。听风声来得奇怪,便按着遁法,准备抵御。等了一会,前面的风只管在近处呼啸,却未吹上身来,也无别的动静。老等不进也不是事,依旧留神向前。过去约有百丈左右,风声依然不止,二人也不知是何用意。正待前进,忽听四外轰的一声,眼前陡地一黑。二人忙各将飞剑施展开来,护住身体,以防不测。谁知四外俱是极沉重的力量挤压上来。剑光运转处,虽是空虚虚的,并未见甚东西,可是那一种无质无形的力量,却是越来越重如山岳。不消片刻,把二人竟累了个力乏神疲,而且微一松懈,那力量便要加增许多。二人枉自着急,只管竭尽全力抵御,连想另出别的法宝,俱难分神使用。知道这种无形无质的潜力,定是那魔沙作用,一个支持不住,被它压倒,立时便要身死。幸亏二人俱能身剑合一，不然危机早迫。

又过了一会，金蝉急中生智，猛地大喝道："石弟，我们在这里死挨，不会冲到前面去么？"一句话把石生提醒，双双运足玄功，拼命朝前冲去。这一下冲出去有十里远近，虽然阻滞非常，比起头二层交界处的神砂彩障还难透过，且喜冲出险地。二人俱都累得气喘吁吁，打算稍微休息，身外又觉有些沉重。这一次不敢疏忽，金蝉急不暇择，左手天遁镜首先照将出去。千百丈金光照处，才得看清那慧眼所看不到的东西，乃一团五色彩雾，正如云涌一般，从身后卷将过来。吃金光一照，先似沸水冲雪般冲成一个大洞。再被金光四外一阵乱照，立刻纷纷自行飞散。身上便不再感到丝毫沉重。无形神砂一破，全甬道又现光明。

二人万想不到天遁镜竟有如此妙用，心中大喜，胆气更壮。略一定神，再往前面一看，四壁俱如白玉。离身百余丈远处，正当中放着一个宝座，宝座前有一个大圆圈，圈中有许多尺许来长的大小玉柱。走近前去一看，那些玉柱高矮粗细俱不一般，合阴阳两仪，五行八卦九宫之象。除当中有一小圆圈是个虚柱外，一数恰是四十九根。金蝉生具三世宿根慧业，自幼长在玄门，耳濡目染，见闻也不在少。虽不明圈中奥妙，可是一见外形，便想起蓉波所说，甬道中阵图共分四十九层。这圈中大小玉柱，也是四十九个，加上当中虚柱，分明大衍之数。不禁灵机一动，忙嘱石生不要乱动。又仔细一看，那些玉柱根根光华闪闪，变幻莫测，只外层有一大一小两根，毫无光彩。那根大的，柱顶还有七个细白点，宛然七星部位。不由恍然大悟，这圈果是全阵锁钥，每根玉柱应着一个阵图。如能将它毁去，说不定全甬道许多阵法不攻自破。又想："这般重要所在，却没个能人在此把守，任它显露，莫非又是诱敌之计？"盘算了一会，因为适才急于脱险，不但破了他的阵法，还将怪兽断去一爪，善取终是不成，不如试探着毁他一下，如能成功更好，否则也不是没有脱险之策。便命石生取出两界牌，又将弥尘幡给他拿着备用，自己试着下手，如有不妙，急速逃遁。安排妥当，然后一手持着天遁镜，先不施为，以备万一。另一手指定剑光，去破那些玉柱。默察阵法，知道大衍之数五十，其用四十有九，虚实相生，那个虚柱定是其余四十九阵之母。只是空空一个圈子，如何破法？试拿剑光点了一下，不见动静。心想："管它三七二十一，我把圈子这一块给他削去，看看如何？"

其实这一圈玉柱，果是全甬道的外层枢机所在。除宫中还有一幅全图外，已往均有主要人物在此轮流把守。无论哪一层阵中有甚异常，俱可由此看出，发动行使，困陷敌人。每破一阵，便有一根光华消灭。偏巧今日是三凤接金须奴的班,因三女生日在即,忙于炼法娱宾;又因甬道阵法神奇,自来没事,纵有人来,有那第一层的七煞魔柱和灵兽龙鲛把守,这三层阵中,更有无形神砂阻路,外人到此,非死不可,休想过去,所以擅离重地,没有在意。便连金须奴素常持重,也没料到这等巧法,今日偏有人来侵犯。也是金蝉忽然过于聪明谨慎,如果一到便不问青红皂白,用霹雳双剑将那四十九根长短玉柱排头砍去,虽然其中还藏有妙用不能断完,到底断一根便少一层阻力。这一小心,反倒误事,虽将内中要阵毁去一半,仍然留着许多大阻力,几乎送了性命。这且不提。

金蝉见那虚柱剑点上去没有动静,前后一迟疑,便耽误了一些时候。及至第二次想将有虚柱那一块铲起时,谁知这虚柱虽是全圈枢纽,却与宫中那幅全图相应,只供主持此圈的人发动阵势之用,外人破它不得。剑光连转,依然如故。金蝉见剑光不能奏效,又见没别的迹兆,一时兴起,这才指定剑光,往那四十九根玉柱上绕去。头两根,剑光转了几下便断,并无异兆。说时迟,那时快,及至断到第三根上,才出了变化。剑光才绕上去,便有一蓬烈火从柱上涌起,其热异常。如非二人早有戒备,几乎受了大伤。幸而金蝉手快,一面飞身避开,左手天遁镜早照了上去。那火虽然猛烈,势却不大,只有丈许来高,数尺粗细的火头,镜光照上去,一会便行消散。火灭以后,那柱才被斩断。第四根似乎易些,只冒了一股子彩烟,香气扑鼻,闻了身软欲眠,神思恍惚,也被镜光照散,飞剑斩断。余下几根,俱是有难有易,每根俱有异状发现,至少也须剑光绕转一阵,才行断落下来,并非一遇剑光便折。金蝉因这些玉柱各有妙用,虽然发作起来具体而微,终是不可大意。斩断三四根后,便学会破法,总是先用天遁镜照住,再行下手。约有顿饭光景,居然被他斩了十几根。末后一根,金蝉剑光射上去,也不知触动了圈中什么奥妙。那根玉柱低才三寸,眼看剑光绕到上面,五彩霞光乱闪。适才断的几根中,临将断时,也有这等现象,没有怎么在意,以为也是将要断落。算计自从动手,业已过了好些时候,圈中玉柱还未破完,倘被宫中诸首脑发觉,岂非功亏一篑?益发连用玄功,催动霹雳双剑,加紧下手。转眼之间,忽见眼前一亮,千万点金星像正月里的花炮一般爆散开来。金蝉一上来就很顺手,不由疏忽了些,眼见发生异状,并未害怕后退,仍是一手持着天遁镜,照定圈中,一手指挥两道剑光,照旧行事。

谁知神兽龙鲛在第二层阵内受伤之后,已借神符之力,从地底逃回宫去,不特宫中诸首要得了信,连在黄晶殿行法的初凤也得了警兆,相继用缩河行地之法追来。那千万点黄星,乃是金须奴等到时,路上发现有几层阵法俱都失了作用，知道敌人得了阵中秘奥，正毁那九宫图内的大衍神柱，喊声不好，连忙大家合力，运用天魔妙法，一面颠倒五行转换阵势，匆匆从地底九宫图内追出，一到便想将金蝉霹雳双剑收去。金蝉正在得意施为，猛觉手上一沉，所运真气几乎被一种大力吸住，大吃一惊，连忙收剑。定睛看时，光霞敛处，面前那一个大玉圈，忽然自动疾转，捷如风吹电逝，一连只几旋，便没入地底之内，顷刻合缝，地面齐平，不显一丝痕迹。幸是双剑出自仙传，收得又快，差一点失去。忙用天遁镜四面去照时，上下四壁，都是光彩闪闪，空无一物。再照前面，又复一片漆黑。二人知势不妙，方才惊愕骇顾，猛听连声娇叱，面前人影一晃，现出四女一男，个个俱是容颜俊美，羽衣霓裳，手中各持宝剑、法宝，将金蝉、石生二人团团围住，怒目相视。

　　金蝉、石生俱知不易善罢甘休，仍打着先礼后兵的主意，躬身说道：“诸位道友中可有紫云宫三位公主么？”内中一个女子怒答道：“大胆妖童！既知你家公主大名，为何还敢来此侵犯？”说罢，便要动手。那男的一个却拦道：“三公主且慢下手，反正如今全阵都已发动，釜中之鱼，料他也走不脱，何必忙在一时？我们先问明了他们的来历再说。”

　　金蝉见那男的口出不逊，大是不悦，便怒答道：“我二人乃是峨眉掌教乾坤正气妙一真人门下，今奉师命，带了一封书信，来向三位公主取那天一真水一用。我二人到了迎仙岛延光亭，先遇见贵宫的守者，名唤吴藩，托他持信代为通禀。他信也未拿，只嘱我们在亭中暂候，便自先入甬道，半晌不见出来。等了几个时辰，又来了一个女子，才将书信接去，仍嘱我等暂候。又等过去好些时候，仍无回音。想我们两家虽非一派，总算同在玄门，彼此均有相需之处，允否在你，怎便置之不理？又因峨眉山凝碧崖五府开辟在即，各派群仙俱要来此赴会，门下弟子俱有职司，我二人事完之后，还要急于回山。又闻仙宫神砂甬道奥妙非常，想借便观光，冒昧入内。初意原想到了宫门，再行通名拜谒。谁知甬道中主持人见我等入内，接接发动阵法，意欲将我二人置于死地。这才明白诸位道友是居心要我等自行投入，否则何以接信不出？而起初两位防守延光亭司迎宾之责的门下，道行并不甚高深，何以竟能随便出入呢？既是诸位道友意欲试探我二人是否有此本领涉险入宫，而阵中神砂又那般厉害，师命在身，义无反顾，为防身计，只得竭尽微力周旋。诸位道友有这种魔法妙术，就应该仍在暗中不出，指挥发动，看我等两个峨眉门下的末学后辈，是否有此能力，连破这四十九个大衍阵法，直达宫门才是，怎么我二人才冲入第三层阵内，便恼羞成怒，倚仗人多势众，出来与我等为难？依我之见，群仙五百年大劫将临，神砂甬道阵法虽然神妙，我二人微末道行尚能闯入,怎能抵御最后末劫? 莫如少赠真水,略留香火因缘,异日事到危急,本派各位尊长念在前情,必来援手,岂不甚好? 如果执意当门欺人,胜之不武,不胜为笑,还不要去说它,万一我二人凭了师尊些须传授,取回真水,徒伤两家和气,悔之晚矣!”

原来二凤、三凤和金须奴等,先在宫中各人炼成了一种幻术,正在殿中互相争奇斗胜,试为演习。冬秀因为道行较差,比不过众人,好生无趣,不等看完,便走出殿来。见蓉波拿着一封书信,面带焦急,侍立殿外,便问何事。蓉波知她与许飞娘近来最为莫逆,如先被她知道,必要坏事,想掩藏时,已被冬秀看见,问是何人书信? 蓉波不敢再隐,只得双手奉上。正看之间,恰值三凤出来,冬秀恐信为金须奴、慧珠所见,连忙拖了三凤,走向一旁,将信与她看了。三凤见书信上面仅写派两个门下前来取水,未说出来人姓名。况又有了飞娘先入之言,纵未疑心到南海双童身上,也是不愿。暗忖:“凭自己与飞娘交情,不出宫助她与峨眉为难,已经背了朋友之义,怎还能将宫中圣水借给她的仇人? 峨眉派名头高大,初凤、金须奴如知此事,必允借水无疑。所幸初凤现正闭殿行法,金须奴拗不过自己;再加对方是向自己取东西,允否之权在己,不能说所求不遂,便算开罪于他。莫如派人与来人回信,说天一真水乃宫中至宝,有许多用处,不能借与外人,将他打发,省得飞娘知道不快。”

三凤正和冬秀商议之间,殿中诸人也相继出来。蓉波见三凤拿了书信走向一边,和冬秀密议,知她不怀好意。见众人一出殿,拼着三凤嗔怪,上前向二凤禀道:“适才奉命防守延光亭,遇见峨眉掌教真人派了两个门下弟子,拿了致三位公主的书信,来索天一真水。因二位公主俱在殿中行法,不敢擅入,业已等候多时。现在书信被三公主索去,请示如何回复人家?”金须奴一听,想起近来三女与飞娘交好情形,便知这事稍一不慎,必有差错。正打算劝二凤应允,日后多结一处后援,忽见三凤、冬秀从旁跑来说道:“二姊,你看龙鲛无故回宫,莫非甬道中发生什么变故么?”说时,已闻得龙鲛的啸声。众人回身一看,那灵兽龙鲛正从神砂甬道的地窨中飞身出来,不住昂首悲啸。把守后窨的龙力子面带惊慌,奔将过来,高叫道:“启禀诸位公主大仙,龙鲛被人断去一爪,受伤逃回来了。”众人连忙飞身近前一看,龙鲛左爪果然被人断去,疼得直抖,料定是两个下书人所为。这一来,休说二凤姊妹暴跳如雷,连金须奴也气愤起来。众人正要赶向甬道之中将敌人擒住,碎尸万段,忽听初凤传呼之声。

那初凤闭殿行法之对,原和众人说好,不遇非常紧急之事发生,不许众人入内。那全甬道四十九阵的总图,正在她行法的黄晶殿中,忽在此时传呼,必有重大变故。俱以为神砂甬道中变化无穷,敌人既伤龙鲛,必已深入。第三层阵内,有那无形神砂阻隔,敌人纵不身遭惨死,也要困陷在内,休想走脱,便暂缓起身。三凤匆匆吩咐龙力子,取了些丹药,让他给龙鲛敷治伤处;等到寻着那只断爪,再用宫中灵药,与它接上。说罢,一同往前宫黄晶殿飞去。

蓉波知道乱子业已闹大,不奉使命,启敢妄出,启人疑忌,万一石生等被陷,更少一个救援;何况二人既然攻入二层,全甬道阵图必已发动,自己去已无益。心念爱子,好生焦急。趁宫中诸首要不在面前,径去寻找杨鲤商量。不提。

这里二凤等五人飞近黄晶殿前,见殿中霞光腾耀,殿门业已大开。忙飞进去一看,初凤正对着那总图面带愁容,行使魔法,众人自是不便问询。约有半盏茶时,初凤方转了怒容,回身问道:"今日外层主阵何人主值? 怎便擅离职守? 如今敌人已经深入重地,冲破无形沙障,直达三层主阵,将外层枢纽大衍图内应生神柱,用法宝断了十余根,连破外层十七个阵图。如非我事先谨慎,将内层总图设此殿内,全阵被毁,俱无人知道,岂不枉费我们多年心血? 总算中央主阵未破,还可重新整理复原。不过敌人上门欺人,如此猖獗,必有重大来头。难道一路进来,你们就毫无觉察么?"金须奴便把峨眉掌教真人派了两个门下投书借水,恰值众人为了庆贺三位公主寿诞,炼法娱宾,防守延光亭的人接信之后不敢妄入,想是来人等得不耐,便仗势逞能,硬冲进来,不但冲破两层无形毒沙神障,还将神鲛左爪断去一只等语,略说一遍。

初凤先听是峨眉派来的,颇为惊讶。及要过书信一看,一则上面没提来的两个童子名字,未免心疑;二则来人先礼后兵,不等人回,即行动手,分明是预先得了师长之命,纵非妖童甄海余孽,这般强横,已是欺人太甚;又听神鲛受伤,越觉来人可恶。不由勃然大怒道:"无怪许飞娘说,峨眉门下专一欺压良善。我海底潜修,与他素无仇怨,竟敢纵容门下上门欺人。我此时已将阵法倒转,敌人纵有异宝,也不能再行破坏,不消片刻,便被无极圈锁住。此时必仍在大衍图前卖弄玄虚,不知就里,决难逃走。你五人先出去会他,无须匆忙。到了那里,来人如仍未被陷,先问明了来历姓名,是否妖童甄海余孽,然后和他动手。我这里自有妙用。暂时不可伤他性命,等将他生擒到此,一面尽情惩治,一面派人与峨眉送信,叫他前来领人,羞辱他一场,看他有何话说? 我不信凭仗我这神砂甬道,海底珠宫,他能把我怎样!"说罢,二凤等五人便领命出去迎敌。

这时大衍图中阵法枢纽业经初凤用了魔法,倒转变化,金蝉剑光已是无能为力。只要再过些时,无极圈便要发动。偏巧三凤因今日恰值自己轮值,连被敌人毁去十七个仙阵,愤恨到了极处,竟不等初凤这里妙用发动,匆匆催着众人运用魔法,缩河行地,直从大衍图中赶出。这法行使起来,沧海一粟,户庭千里,何况神砂又是自己炼成之物,那消顷刻,便即到达。五人一现身,便将金蝉、石生团团围住。三凤本来就急于动手,再一听来人出言无理,更是怒不可遏。再一听二人只说是峨眉门下,仍未说出姓名,好像故意隐瞒一般;何况二人身量虽略有高低,却都是仙风道骨,丰神俊朗,装束打扮也差不多,看去颇与同胞弟兄相似,更以为是甄海之子南海双童,越发加了仇恨。便破口大骂道:"大胆妖童余孽,竟敢擅入仙府,今日叫你等死无葬身之地!"言还未了,手一指,剑光先飞出手去。三凤这口仙剑虽是金庭玉柱藏珍,又经过她姊妹三人多年祭炼,毕竟旁门奥妙,哪里是金蝉霹雳剑的对手。碧莹莹一道光华刚飞出去,才一交接,就差点被金蝉双剑绞住。还算人多势众,二凤、金须奴、慧珠、冬秀见三凤业已动手,也相次将剑光放起。金蝉、石生见敌人势盛,暗打一个手势,二人联合一起,红紫两道光华,一溜银雨,夹着殷殷雷电之声,与敌人五道碧光斗将起来,各自耀彩腾辉,不分上下。

第一五七回

四女困双童　异宝护身欣脱险
一心成两用　前言在耳苦求全

金须奴原因初凤有生擒来人之命，又因神鲛受伤，一时愤怒，随众出战。这时一见敌人剑光神妙，变幻无穷，暗忖："来人年纪俱都不大，不过峨眉门下后辈新进之士，已有这般道力本领，掌教诸人可想而知。"正在惊诧，猛又想起："当年嵩山二老两番相助，往月儿岛取连山大师藏珍时，曾说异日如有峨眉门下有事于紫云宫时，务要看在他二老分上，少留香火情面。今日既已应验，如果遽下毒手，不但二老分上交代不过，而且末劫未完，先树强敌，将来岂不更多阻难？再者来的这两小孩，俱都一身仙骨，宿根深厚。南海双童仅是妖人余孽，纵然学会道术，初入峨眉几天，哪有这等气象？三凤不问明来人姓名来历，便自动手，万一误用厉害法宝伤害了他们，此事更难收拾。"越想越怕，便不肯施展法宝，口中大喝道："来人既是峨眉门下，当非无名之辈，不肯通名，却是为何？"金蝉喝道："小爷金蝉，这是我师弟石生。谁还怕你不成！"石生，金须奴还未听人说过。却知金蝉是峨眉掌教真人爱子，几次听许飞娘讲起。今日一见，果是话不虚传，越发不敢冒昧。

斗了一会，三凤连使眼色，催金须奴使用法宝。金须奴心已内怯，故作不解。三凤性情褊狭，贪功好胜，因今日敌人入阵，咎在自己擅离职守，不愿由初凤发动阵法去困敌人，居心要将敌人亲手除去。再一听来人道了姓名，虽非南海双童，却是飞娘大仇之子，更想见好飞娘，卖弄自己本领。见金须奴不肯下手，本有嫌隙，越以为他存心敷衍，不肯相助，不由愤恨到了极处。那金蝉、石生的飞剑，各具玄门真传，疾如电掣星流，稍一疏神，便要吃亏，逼得她匀不出下手工夫。好容易才借遁光纵开一边，已是气到极处。略一停顿，便将那柄璇光尺取将出来。这尺自到三凤手中，便知是一件异宝，当时只苦于不知运用之法。自从甄海侵犯紫云宫，三凤无意中用璇光尺解了初凤之危。暗忖："此尺不知用法，已有如此神妙，如再加一番苦功祭炼，岂不更是厉害？"索性不再研究原来用法，径照天书副册上炼宝之法，重新祭炼。

不消多久工夫，居然被她炼成，专破敌人法宝、飞剑。此时刚一出手，便转起数千百道五彩光圈。二凤等四人知道厉害，忙各将剑光收回，退向一边，以防有损。

金蝉、石生正斗之间，忽见先前一道青光退出，接着便见先动手的那个女子从身边取出一件法宝，飞出无数五彩光圈，余下敌人也都纷纷退出。同时自己飞剑才只与那光圈接触，便差一点被它卷上，幸是二人收转得快。金蝉起先因敌人势盛，恐防又有别的邪法，早取出天遁镜备用。一见来势不佳，一面疾收飞剑，一面早把天遁镜照出手去。两件至宝遇在一起，千丈金光霞彩，竟将那无数五彩光圈扭住，幻成奇观。

三凤先以为敌人手到擒来，谁知那璇光尺虽然厉害，到底只经过魔法祭炼，不是本来面目。那些大小光圈，只在金光红霞影里飙轮霞转，消长不休，一面是转不上前，一面是照不过去，倒也难分高下。这时不但金须奴一人惊讶，便是二凤等人，也觉峨眉门人名下无虚，敌人竟有这样宝物，把以前倚势轻敌之心全都收起。三凤见自己只管和敌人相持，余人俱都袖手旁观，料自己单人独手不能成功，再也忍耐不住，不禁向着二凤、冬秀、慧珠三人大喝道："峨眉小辈如此猖狂，众姊妹还不施展法宝将他擒住，等待何时？"这两句话，除金须奴是故作痴呆外，早将二凤等三人提醒，纷纷从法宝囊内各将法宝取出。正待施为，忽听后面甬道深处隐隐有风雷之声，知道阵法业已发动。回身一看，果见一团红霞，拥着一个与太极图相似的圈子，发出百丈红光，疾如奔马，飞将过来。除三凤一人还在和来人对敌外，余人俱各停手避开，站在一旁，静候成功。

金须奴一见阵法被初凤倒转发动，敌人万难逃走，心中想起二老前言，好生焦急，只得故意大声喝道："大公主已将阵法倒转，敌人万难逃走，三公主还尽自与他相持则甚？"金蝉、石生见连天遁镜都不能奏功，已知这里敌人非同小可，自己身在重地，本就留意。猛见对面甬道深处，一团红霞拥着太极图飞来，忽又听金须奴这么一说，益发心惊。刚在踌躇进退，猛又觉身后一股奇热，觉着适才进到第三层阵口所遇的那一种压力，又从四外挤压上来，才知再不逃走，势便无及。也是二人命不该绝，三凤听金须奴一喝，不知他是存着万一之想，故意提醒来人。心想："阵法倒转，前后埋伏俱已发动，乐得坐观敌人入网。"便将璇光尺收了回去。金蝉、石生都机警非常，一见对面五彩光圈退去，心中大喜，更不恋战。金蝉收转宝镜护身，石生早展动弥尘幡，化成一幢彩云，由金蝉镜光冲破无形神砂阻力，比电还疾，一晃眼，便冲出重围，直往迎仙岛甬道外面逃去。

三凤等人眼看无形神砂与太极图一齐发动，敌人转眼入网，万无逃走之理，万不料敌人身边会飞起一幢彩云，将全身笼罩，往前冲去。金光影里，照见彩幢所到之处，那些无形神砂都将原质显现，数十百丈深厚的五彩金砂，竟被冲成了一个巨洞，宛如滚汤泼雪，立见冰消，再也包围不上。说时迟，那时快，金光彩幢只在众人眼前闪了几闪，便即没入暗影之中，不知去向。纵有阵法宝物，也来不及施展，大家都骇了个目瞪口呆，面面相觑。

　　一会工夫，初凤也自赶到，见敌人一个也未擒到。问起众人，金须奴便抢在头里，说了经过。初凤闻言，才知峨眉果非易与，不由害怕起来。暗忖："自己费了许多心力，炼成这一条长及千里的神砂甬道，只说不论仙凡，俱难擅越雷池。如今峨眉首要并未前来，仅凭两个后辈，就被他闹了个马仰人翻。虽仗自己防范周密，敌人并未得手。可是人家一到，便将外层阵法连破去了十六个，末后又被人家从容退去，一根毫发俱未伤损。似这等任凭外人来去自如，异日怎生抵御末劫？"一面想到强敌的可虑，一面又想到异日切身的安危，好生忧急。深悔自己不该听信飞娘之言，闭殿炼甚法术。今日如果自己在场，得知此事，势必早把来人延接进去，纵不借水，也用好言婉却，怎会闹得骑虎难下？又一想："错已铸成，敌人暂时虽然逃走，天一真水未曾取去，使命未完，必然再来。宫中神兽龙鲛已被敌人断去一爪，如再将天一真水好好奉上，休说太伤了紫云宫体面，众人也必不答应，而在情理上也说不过去。"越想越难过，不知如何打算才好。

　　金须奴看出初凤有些内怯，举棋不定，便乘机进言道："其实这两个峨眉门下也是性子太急，偏巧我们又都有事，守岛的人不敢擅入殿中通禀，以致他们妄行闯入，伤了和气。否则当初月儿岛承嵩山二老相助取宝时，也曾托过我们，看在白、朱二位道友分上，也不见得吝而不与，怎会闹成仇敌之势？"一句话把初凤提醒，决计暂时仍是回宫，加紧防守。万一来人再次侵入，便是擒到了手，也不伤他。只等白、朱二位出来转圜，立刻卖个人情，将天一真水献出，虽然有些委屈，还可两全。想到这里，觉着事情还未十分决裂，心才略宽。便命金须奴专守外层主阵，不得擅离。其余众人回转宫中，重将全甬道阵法整理复兴，以防敌人卷土重来。

　　众人先因初凤阵法未收，前面有无形神砂阻路，无法追赶敌人，只得暂候。及见初凤赶到，听完经过，以为她必如众人一般愤怒，必定随后追赶。谁知她面带忧疑，呆立了一阵，竟命众人回转。阵法被破，龙鲛受伤，吃了许多无理的亏，还不如初次闻警时那等着恼，俱都猜不出是何心意。三凤更是心中不服，怒问道："大姊，我们就眼看两个小辈上门欺了人逃走，就不管

96

么?"初凤知她在火头上,难以理喻,便答道:"据你们说,敌人所用法宝如此神妙,逃时疾如电逝,我来已过些时,怎追得上,何必徒劳? 来人天一真水不曾取去,焉有不来之理? 我们只在宫中等他,加紧准备,到处都有埋伏,又不比先时是措手不及,事出仓促,难道还怕擒不到他么?"三凤早从初凤言语神色上看出是金须奴闹的鬼,恨在心里,当时也不说破,只冷笑了两声。

初凤去寻龙鲛那只断爪,已被来人飞剑绞碎,又经一场恶斗之后,残趾断踵,拼凑不全,心中也甚烦恼,只得拿了断爪,闷闷地带了众人回转宫中。

三凤料定金须奴素来不喜许飞娘,又受有嵩山二老嘱托,初凤命他把守外层主阵,到时必要卖弄人情,去见好于人。想起自己以前和冬秀在月儿岛定计盗宝,结果弄巧成拙,反吃亏苦,只白便宜了金须奴一人,不禁勾起旧仇。打定主意,日后擒到来人,峨眉派讲理服输便罢,如若不然,一不做,二不休,与五台、华山等派联成一气,去与峨眉为难。自己姊妹三人,索性在各派群仙之外另树一帜,有何不可? 如说峨眉势盛,多树强敌,于异日末劫有害,眼前峨眉的大仇敌如飞娘等人,仍是好好的,也未见峨眉派把她怎样。

三凤经过这一番胡思乱想之后,便向初凤讨令,由冬秀去保护天一真水。这时初凤虽已略知轻重利害,无奈运数将尽,又不该听信飞娘之言,闭殿行那狠毒不过的魔法,不料中途出事,法未炼成,人却入了魔道,变了心性,举棋不定,也没寻思,便允了三凤之请。三凤暗中嘱咐了冬秀几句,一面先将天一真水把住,一面由自己专一留心,暗中监防金须奴。静等许飞娘来庆寿时,再行合谋定计。不提。

第一五八回

炼法中魔深　　与拒违衷棋不定

飞行经海上　　救援逢阻遇偏奇

　　且说金蝉、石生见势不佳，飞剑和天遁镜全无功效，四面的无形神砂二次挤压上来，对面那个太极图一般的圈子不知是甚魔法异宝，不但前进不能，再不见机，还要陷身圈内，遭人毒手，双双不约而同，各将法宝挥动，一路将光华乱卷，直往阵外冲去。这次神砂有初凤主持，不比第一次是原设埋伏，自行发动，要厉害得多。二人虽仗着这许多异宝，运用玄功，拼命往前直冲，还被那神砂挤压得气喘吁吁。等到逃出甬道，到了迎仙岛上，已累了个元气耗损，力尽神疲了。料知后面敌人追赶不上，除迎仙岛外，海天辽阔，洪涛万里，无可落脚之处，只得暂在岛上隐僻处歇息，如果敌人追来，再作道理。

　　等了一会，敌人并未出现。喘息略定，石生想起乃母蓉波，自从入内送信，便未出来，不知机密是否被敌人看破，有无凶险，好生焦急。金蝉劝道："听适才众妖人之言，伯母的信必然递到，我们机密决未看破，定在宫中无疑。现时妖人虽未追来，亭内少不得还要派人轮值，只不知有无妖法隐蔽。只等元气稍复，往那亭内探视，如遇有人，将其擒住，且先不进甬道，到那无人之处，当可问出底细。伯母如有甚灾劫，来时各位前辈师尊早就提起。等天一真水取到了手，我们问明伯母能否脱身，再行设法，此时只管忧愁则甚？"石生道："甬道千里，魔法厉害，如今敌人又有了准备，我二人再想进去，恐非易事哩。"金蝉道："不经一事，不长一智。魔法虽厉害，我二人业已经过，使命未完，怎好回去？我们头次下甬道，因为怕和伯母相左，又还打着先礼后兵的主意，顺着路途入内，经过一层，又是一层，我们不知阵中奥妙，只能胡乱相机应付，容易惊动敌人，阻隔甚多。这一来，已看出我们这几件法宝的妙用。二次入内时，只需我二人将所有法宝同时施展，如能闯过这条甬道，到了宫中，便有望了。不过那两层无形沙障却真厉害。头一次无人主持，还觉好些。末后一次竟跟定人挤压，直到甬道口方止，真费尽无穷的气力,歇了这么一会,我身上还觉着有些酸痛。最好能先将防守的人擒来一个,问出一点机密,下手便较易了。"石生道:"我们来时,李师伯早料定善取不易,曾说派两位有本领的同门随后相助。纵然弥尘幡飞行迅速,差不多也出来了一日一夜,怎的还未到来?"

正说之间,忽见一道银光从延光亭那面飞起,沿岛盘旋低飞,似在寻找敌人踪迹。二人存身的地方,在岛边一块凹进去的礁石之内,极为隐蔽,便是宫中诸人,也从无到过,一时不易为人发现。那银光先时飞行较缓,后来越飞越疾,时高时低,从全岛连飞绕了六七匝。有时也飞近二人藏身的近处,却未落下,银流飞泻,一瞥即逝。二人正要准备出去相会,那银光倏地升高数十百丈,又在空中盘飞起来。金蝉方觉那道银光,与石生飞剑家数有些相似,忽见青紫白三道光华如长虹经天,银光便感不支,拨转头,流星飞泻一般,直往延光亭中落去。金蝉认出来的是英琼和轻云,好生欢喜,不等下落,便即迎上前去,接了下来。那与轻云、英琼同来的,是一个女子,看去举动虽然老到,身材却极矮小,颇似七八岁的幼女,相貌也极清秀。穿着一身青色衣服,腰系紫绦,提着一个长约七八寸的紫荷包,背插一口尺多长的短剑。一双星眼,威光显露,迥非寻常新进可比。

大家相见之后,互道姓名,才知那女子乃云南昆明府大鼓浪山摩耳崖千尸洞一真上人最心爱的弟子、神尼优昙的侄甥女神婴易静。金蝉在九华山学剑时,曾听妙一夫人说过,此女生具慧质仙根,不但剑法高强,还精于七禽五遁,道术通玄,本领高强,已经得道多年,身材却异常矮小,所以有女神婴的称号。当她剑术初成时,因为性情刚烈,疾恶如仇,屡次在外惹事结仇,专与异派作对。有一次惹翻了赤身教主鸠盘婆,几乎被敌人用倒转乾坤大法,九鬼啖生魂,送了性命。多亏乾坤正气妙一真人走过,硬向鸠盘婆讨情,才得免难。一赌气逃回山去,立誓不能报复前仇,决不在人前露面,由此再未听人提起她的踪迹。自己闻名已久,不想在此不期而遇,好生心喜。便向英琼问道:"你和周师姊为何这久时候才来,莫非今早才动身么?"英琼道:"哪里,你们一走,我二人没待多时,便动身了。"正要往下说时,轻云拦道:"这里密迩紫云宫,我们在路上已知天一真水还未到手,与紫云三女动了干戈,适才还有一个敌人,一照面,便被他逃走,大家急于见面,也未追赶,此时必入宫中报信邀人。这些话,且等事完再说。还是先问二位师弟,怎样与人动手,宫中情形如何,以便相机下手为是。"

金蝉道:"说起来话长。我二人元气都略受了点伤,周身还在酸痛,需要略微歇息些时。况且此时神砂甬道内防备甚紧,去了未必成功。我们正打算打坐片刻,运转玄功,将真气复原,再去擒来一个防守甬道的敌党,拷问一些虚实,再行入内。恰值那道银光升起,好似四处搜寻我二人的踪迹,我们正要上前擒他,便遇三位师姊到来,将他惊走。甬道中妖法神妙,甚是厉害。我们已知紫云三女寿辰在即,一两日内必有异派中人前来庆寿,可以乘机下手。掌教师尊尚未回山,凝碧崖五府开辟,群仙盛会,还得些日,无须急在这一两天工夫。今天我们入内,遇险逃出,敌人未曾追赶。适才虽有一个敌党出来探视,想是查看我们回山去未,或者是诱敌之意,也未可知。看这里光景,定是仗着甬道厉害,多设埋伏,严阵待敌,以逸待劳。我们不去寻他,不致出来惹事。我二人已受了不少辛苦,正可趁此时机,略谈片刻,打一回坐,等元气康复之后,再行一鼓作气,奋勇入内。再如不成,便等三女寿日,相机下手,忙它则甚?”轻云仍恐有人窥伺,用邪法暗算,不住朝四外留神查看。

女神婴易静见了不耐道:“我们原要寻他,还怕他来么?我正想听二位师兄说甬道中情形,周师姊无须过虑,我自有道理。”说罢,便将秀发披散,拔出背后短剑,禹步行法。一阵清风过处,众人只觉脚底下软了一软,别的也无甚动静。易静笑道:“我已用七禽遁法,敌人不暗算我们还好,否则即以其人之道,还治其人之身,叫他来得去不得。我们索性围坐石上,畅谈一阵,容他听个清清楚楚,再拿他开刀吧。”众人还没听出言中还有别的深意,便依她同在礁石上坐下,互谈经过。英琼性急,先由金蝉说出与紫云三女翻脸动手之事,然后再由英琼说来时经过。

原来轻云、英琼自金蝉、石生一走,便由髯仙李元化略说程途机宜,命她二人同驾仙雕,随后赶去接应。先时英琼以为天一真水有妙一真人书信,还不手到取来,并不心急。及至起身空中,飞行了一会,轻云笑对英琼道:“你还不催佛奴快走,弥尘幡多快,莫要接应不上呢。”英琼道:“这次接应,不过李师伯为备万一起见罢了,难道紫云三女这般不知轻重,吝而不与么?否则何必命我二人随后起身,又骑着佛奴前去,不御剑飞行呢?”

轻云道:“你哪里知道。我们俱是末学后辈,皆因宿根深厚,时机太巧,才遇见这等旷世仙缘,入门不久,便到了今日地步。如按寻常道人,正不知要经受多少险阻艰难,灾厄苦难呢,哪有这般容易?此次之行,如果事情容易,师尊选人时,必要挑灾厄已满的门下,也不会派我们两个打接应。须知五府开辟,门下弟子赐服师祖所遗灵丹之后,我们虽离超凡入圣还远,大半总有半仙之分。石生入门,功劳不多,听玉清大师说,他异日所得甚厚,此次紫云之行,对他必然含有深意。掌教真人那封书信,不过是先礼后兵之意。闻得天一真水乃地阙至宝,与峨眉颇有渊源,三女何人,岂得据为私有?我看飞剑传谕，既有便宜行事之言，这事不但运用全在我们，恐怕还要大动干戈，不只我们四人可了。你没见我们行时，玉清大师曾拿着优昙大师一封手札，交与李师伯，又朝我二人含笑点头么？只不知命我们驾雕前往，故将行迹示人，行又较缓，是何缘故罢了。"

英琼闻言，也觉有理。正要催雕快飞，那神雕佛奴自从轻云说它飞行迟缓，早展动铁羽钢翎，疾如箭射般往前飞驶。二人在雕背上凭凌苍宇，迎着劈面罡风，御虚飞行，顷刻千里，比起驾着飞剑飞遁，也慢不了多少。知道神雕道行日益猛进，甚是代它高兴。

飞行了两三个时辰过去，遥望前面，山峰刺天，碧海前横，已抵海隅，再有数千里远近，便可到达。正自快意，猛觉神雕身子往下一沉，还未及看清下面，神雕一声长鸣，重又往上升起。刚飞到原来高处，倏又往下沉落，这一次竟落有数十百丈高下。

英琼本已听出神雕报警，不由又惊又怒。忙向下面一看，脚底下三面皆是山峦杂沓一面临海，展现出一个大约数百顷的平原。当中建了一所宫殿，琳宇金阙，玉阶朱柱，回廊曲槛，华表撑天，看去甚是庄严华丽。大殿阶前有一大平台，广约百亩。先时目光被山挡住，这时刚刚飞过一条高岭，正临殿宇上空，由高下视，一目了然，看得极其清楚。偌大宫殿，竟不见一个人影。可是神雕双翼，已是吃什么绝大的力量吸住，只管奋力腾扑，不能前进，渐渐还有下沉之势，二人知道定有妖人藏在殿中作祟。眼看神雕飞落越低，鸣声越疾，先没看出神雕双爪已吃人法宝套住。及至二人离了雕背，刚要往下飞落，去寻殿中妖人，英琼慧眼猛然看见神雕脚下似有一股青气，颜色极淡，看得甚真，时隐时现。因见神雕鸣声凄凉，飞腾不起，一时情急，顾不得先寻妖人，将手一指，紫郢剑化成一道紫虹，脱匣飞出，不问三七二十一，便往神雕脚下绕去。

起初英琼心理，不过姑试为之，那青气看上去似有若无，并没确定是敌人法宝。不想竟奏奇效，剑光才绕到神雕双爪之下，便听无数裂帛之声同时发作，那青气由隐而现，哗哗连声，全都变成万千缕长短青丝，雨雪一般满空飞洒，随风飘落，斜阳影里，顿成一片从未见的奇观。那神雕本来拼命往上挣扎，脚底下束缚一去，铁羽翻风，一声长啸，振翼便起。因为用力太猛，直似弹丸脱手，眨眼直上青旻。那些万千缕的青丝，经了这两翼的风力鼓荡，益发似杨花乱飘，翻滚浮沉，半晌还未落到地上。神雕佛奴已有千年道行，何等通灵厉害，两翼神力何止万斤，岂能轻轻巧巧便被人套住，不能脱身？而且一脱网罗，便如惊弓之鸟，直没云空，不再飞回。殿中人的厉害，已可想见。

　　二人如果见机，自己又有使命在身，敌人既未出面，正好赶上神雕，骑了飞去，岂不是好？及至破了敌人法术之后，不但英琼因为神雕吃了大亏，妖人无故寻衅，心中愤恨，便连轻云也觉这般海滨荒寒之区，却有这般华丽的一所宫殿，此中主人决非善类，不知便罢，既已遇上，又无故与人为难，岂能再容他在此猖獗？加上自从紫郢、青索合璧以来，到处纵横，所向无敌，也未免略有骄意。还算是加了一分谨慎，下去时节，招呼英琼，如果敌人厉害，需要合而为一，不可开分。英琼气愤填膺，闻言也没在意。说时迟，那时快，就在神雕振羽高翔，青丝断落，飞舞零乱之中，二人只略一招呼，早同往殿前平台之上飞去。

　　毕竟轻云见闻较广，又比英琼持重，飞离平台还有数十丈高下，猛一眼看出那平台竟是一块整玉所成，不但五光十色，暗藏六合阵法，而且光华隐隐，彩霞腾耀。想起昔日在黄山学剑时，餐霞大师曾经说过，如遇这等境地，定有能人主持，千万不可妄入。忙将遁光一催，拦向英琼前面，口中喝道："琼妹且慢！敌人无礼。我们须守教规，不问明是非，未奉师命，需要叩门而入，不可妄入人室。"英琼心想："教规虽然如此，眼看敌人恶行已露，明明妖邪一流，还与他讲甚礼教？"正要答话，吃轻云剑光一拦，再往前一逼，双双一同降落在平台之下。英琼原本想直入大殿，去寻敌人算账。一落地正待张口相问，轻云忙使眼色，将她止住。英琼方在不解，轻云已朝殿上喝道："我二人奉了师命，骑雕打此经过，并未打扰，尔等无故阻拦，是何道理？还不出来答话，我二人要无礼了。"

　　言还未了，忽见一道青光，从大殿内直飞出来。英琼正要迎敌，来人好似早已知道，在离身十丈以外首先落地，现出全身，乃是一个二尺多高，生得奇形怪状的小孩。轻云看那小孩生得又胖又矮，一双黄眼生在额上，鼻子高耸朝天，加上底下一张阔口和一个又大又圆的蛤蟆头，越显丑陋非常。不过小孩形状虽似妖邪，那道青光来路又非旁门左道；而且小小年纪，便有这等道力。宫殿又这么大，如非妖邪，其中能人必不在少。正在寻思，那孩子如飞也似摇着双手跑了过来，说道："这里是海仙湾玄龟殿。今日全殿的人都各在殿宇中做晨参，只我兄弟两个轮值。起初看见这只黑雕神骏，这东西太大，飞行又高，我兄弟也没看清上面有人，冒冒失失地打算放起青瑶锁，去将它捉住，收服养了玩。一见上面有人下来，知道惹祸，我正想命我兄弟快将法宝收回，已为你们飞剑所毁。好在你们坐骑未伤，我们也是事出无心，伤了一样至宝，已经晦气，悔之无及，何必得理不让人，又寻上门来？你们走你们的,岂不甚好?"

轻云见来人说话不亢不卑,未必好惹;又想起使命在身,急于上路,已有允意。见英琼怒仍未息,正想借势收篷,答言劝走,忽然大殿内又是一道青光飞出,落地现出一个相貌俊美,英气勃勃,年约十六七岁的童子,一见便朝二人说道:"你们在此乱喊些什么?我虽同你们开了个玩笑,我的青瑶锁却被你们飞剑斩断。少时我祖父完了晨参,还不知想什么法儿交代,我不寻你们,你们倒上门欺人。实对你们说,省事的快走,我弟兄认晦气,不与你们女流一般见识;再如迟延,我便把你二人擒住,做我殿中侍女,稍微做错点事,便打你们五百海蟒鞭,叫你们吃罪不起。"

言还未了,英琼一听他出言强横,比先来那个要不说理得多,不由勃然大怒,喝骂道:"大胆妖童,无故开衅,还敢出言无状!"说罢,手一指,剑光便飞上前去。先来那个见英琼动手,口中骂他妖童,也怒骂道:"好个不知趣的丫头,放你生路不走,谁还怕你们不成!"一面说,弟兄两个的飞剑早先后放起迎敌。二童剑光哪是紫郢剑敌手,轻云青索剑还未放出,两下略一交接,已感不支。英琼满心气恨,哪肯放松,一道紫虹如龙飞电掣,把二童的飞剑压得光芒渐减,势颇不支。

轻云也恼那后来童子无礼,不过已从来人言谈动作和飞剑家数上,看出来人不是妖邪左道,知是海外散仙一流,而且"玄龟"两字,又好似在以前听人说过,故不肯轻易动手。无奈双方已成僵局,无法和缓,只得静以观变,相机处置。

三道剑光在空中斗了不多一会,这两弟兄万不料敌人飞剑如此厉害,本想引敌人到那平台之上,无奈剑光被人逼紧,撤不回去,只急得满面通红,无计可施。轻云见双方虽相持不下,敌人业已势败,便劝英琼道:"我们还有事在身,饶了他们吧。"话才出口,内中一道剑光已吃紫光绞住,立时粉碎,青芒飞落如雨。另一道势子略松,被一童收了回去,喊一声,直往大殿中飞逃。

英琼得了胜,怒气稍解,又听轻云催走,本未想追。抬头一看,神雕佛奴仍在空中极高之处往来飞翔。正要飞身上去,猛听大殿内一声娇叱,又是两道青光,一个全身缟素的淡妆少妇,后面跟着先前那两弟兄,一同飞身出来。一照面便喝道:"何方贱婢,敢毁吾儿飞剑?速速通名纳命!"英琼听她一见面就骂人,哪里容得,也不容轻云答话,早将紫郢剑飞将出来。那少妇见了英琼剑光,好似有些吃惊,忙对二子喝道:"让我独擒这两个贱婢,尔等不可动手。"二童会意,径自闪开,袖手旁观。

轻云见那少妇剑光虽非紫郢剑之敌,却比起先前二童要强得多,英琼一时半时取不了胜。暗忖："紫郢仙剑，以前未合璧时，也曾敌过许多异派能人，并未遇上敌手；这少妇的飞剑，竟有如此功力，再若恋战下去，万一又勾出敌人的助手，脱身更是不易。自己忙着往紫云宫去，无端遇见二童，业已耽延些时。莫如还是合力将她打败，好早些上路，省得误事。"想到这里，刚把青索剑放起助战，准备双剑合璧，将敌人飞剑绞碎，只要她一败走，立时便舍了她飞走。等紫云宫事毕归来，向师长问明这宫殿中人的来历，再作计较。谁知那少妇与英琼刚一交手，便知自己飞剑不是敌手，一面喝退二童，暗中早在那里准备擒敌之法。

也是该当英琼、轻云二人要结这场想不到的闲怨。就在少妇法术未及施为出来之际，轻云的青索剑已经飞起。先前轻云敌那二童，因见既不是妖邪一流，殿中人必然不好惹，只想略加警戒，使其知难而退，还留了点情面。这时急于脱身，一出手，便将本门心传施展出来。那少妇单打独斗，尚非对手，如何经得起双剑合璧。二道光华在空中只一绞，少妇便知不妙。一面又在暗中行法，哪里收转得及，立时断虹也似坠将下来。英琼剑光欲要跟着下去伤那少妇，轻云忙喝："琼妹勿伤敌人，我们且走，由她去吧。"说时，青光刚将英琼的紫光拦住，忽听少妇身旁二童拍手笑道："无知丫头，今番看你们往哪里走？"

一言未了，英琼、轻云猛觉天昏地暗，阴风四起，黑影中千万道红光像箭雨一般，夹着风雷之声，四面射来。喊声不好，忙和英琼一声招呼，二人连在一起，身剑合一，想要冲出去时，敌人阵法业已发动，将二人困住。二人刚被陷时，不知敌人早暗用颠倒乾坤五行移转大法，将殿前石台上预先设好的大须弥正反九宫仙阵移向对敌之处，将自己困入阵内，还以为敌人左不过使什么五行遁法而已。凭紫郢、青索两口仙剑，当年华山、五台派史南溪等一干妖人暗袭凝碧仙府，设下都天烈火大阵，有万丈烈火，无量风霜，何等厉害，尚经不起双剑合璧，不消顷刻，全都消灭，在这里岂有冲它不出之理？谁知在黑暗中飞行了一阵，虽然暂时没有别的动作，可是老飞不出去，连神雕鸣声也听不见。

二人正在惊讶，忽听先见那两个童子中，后来的一个发话道："两个丫头，休得逞能，想要逃走才是做梦呢。你们已被我母亲暗用仙法困入大须弥正反九宫仙阵之内。只因你们还算运气，我祖父早参灵空仙阙，神游太清，归途又要往星宿海去看望我太师叔，尚未回殿，我母亲虽将你们困住，未奉法谕，不便伤害你们罢了。依我金石良言相劝，快快将你们所用两口仙剑献出，赔还我母子，我母亲念你二人年幼无知，必能手下留情，饶你们乘雕逃命;否则明日我祖父回来,得知你们上门欺人,必将阵中真假五行发动,叫你们形神消灭,那时后悔就来不及了。"

英琼闻言,只是加了几分愤怒。轻云却因童子之言,猛想起昔日在黄山曾听师父餐霞大师说起,天下群仙首脑源流,正邪各派群仙中,最著名厉害的,除了神驼乙休夫妇之外,在南海边上还有一家散仙。为首的是一个白发朱颜老者,姓易名周。此人在明初成道,因逢意外仙缘,拔宅飞升。只有一个儿子,无此仙福,在他成道前一年,为仇人所害,当时没有成仙外,还有他妻室杨姑婆,女儿易静,侧室林明淑、芳淑两姊妹,以及历劫六世的儿子易晟,儿媳绿鬓仙娘韦青青,孙童易鼎、易震,个个俱精通剑法,自成一家。先在昆仑山星宿海飞鲸岛上修炼,后来将岛宫让给乃子易晟的师叔无咎上人居住,才举家移居南海。曾在那里用千年玄龟、海底珊瑚和那许多异宝,盖了一所宫殿。因知过于炫奇,难保不有能人前去寻隙,又在殿前设了一座大须弥正反九宫仙阵。其中神妙莫测,变化无穷,不知个中三昧的人陷身其中,除了死活由人处治外,休想脱身一步。虽还比不上长眉真人在凝碧崖灵翠峰所设生死幻灭晦明六门两仪四象微尘阵的玄奥,却也厉害非常。适才听童子说了殿名,听去耳熟,这才忽然想起。如果是他,只恐难以脱身,不由焦急起来。

轻云正打不出主意,又听那童子发话道:"大哥,母亲命我们在此运用阵法,这两个丫头兀自不肯服输。她们毁去我们的法宝,衅自我开,情有可原,但不该又将我们的飞剑连毁两口,分明欺人太甚。依我之见,母亲已将阵法发动,祖父回来,好坏都隐瞒不过,左右只有一个不是,不如将这两个丫头处死,得她们这两口好剑,赔我们也是好的。"说罢,那另一个好似不以为然,在那里低声拦阻,两人争执了一会。但轻云、英琼仍然冲不出去,也未见甚动静。

第一五九回

秘阵困英云　海中兀立玄龟殿
片言消误会　天外飞来女神婴

　　且说英琼和轻云在黑暗中乱闯又有好多一会，不时闻得二童谈话声音，就在近侧不远，只是用尽方法，看不见人。几次暗运玄功，飞剑合璧，朝发声之处横卷过去，总是扑空，反遭二童讪笑。只得闷声不语，照着一个方向往前冲。好些时辰过去，忽见四处黑影中有千万道红影，似金蛇一般乱闪。二人不知敌人弄甚玄虚，又想不出脱身之计，心中惦记紫云宫之行，焦急万状。幸而紫郢、青索双剑神妙，那千万道红光虽乱射如雨，一近身前，便自消灭，没有受着伤害。可是无论二人怎样上天下地，横冲直撞，总被黑暗包围，用尽方法，也难冲出阵去。后来轻云因听二童说话声音不离前后左右，知道敌人阵法厉害，自己虽是飞行老远，其实身子仍未离却阵内方圆数十丈之内，枉费许多心力，毫无用处。便招呼英琼，停了飞行，聚在一处，只将剑光运转，护住全身，伺隙观变。身才停飞，又听敌人在那里喁喁私语。

　　英琼气他不过，暗忖："适才几次循声飞剑去斩敌人，俱未得手，反受了人家许多冷嘲热讽，因为屡击不中，便停下了手。如今已有两三个时辰，敌人必料自己不会再去徒劳，说不定此时已疏了防范。再者，前几次飞剑循声斩敌，因恐失事，俱是和轻云做一起，事前彼此示意，容易为人警觉。这口紫郢，乃通灵异宝，昔日自己初得到手，剑术未成，尚能随心所欲，来去自如，何况又经炼过。日前听玉清大师说，因为这剑乃长眉师祖炼魔之宝，万分神奇，妙用无穷。自己虽受峨眉心法，能以飞行绝迹，毕竟年时尚浅，功夫还差，尚未将此剑的本能发挥一半。今日困入妖阵，历久不出，似这样相持，挨到何时方可脱身？何不和从先一样，心中默祝，冒着奇险，乘敌人一个冷不防，将剑发出，任它自去寻找敌人。反正仇已结成，纵难逃脱，伤他一个主体，也可略消气愤。"想到这里，把心一横，心中默祝："师祖保佑，仙剑大显灵异，为我斩敌奏功。"倏地暗用玄功，分开剑光，直朝二童发声之处飞去。

　　那易氏弟兄因乃母绿鬓仙娘韦青青本在殿中有事，抽空出来会敌，一将敌人困住,便即回殿,行时再三叮嘱,只可生擒,夺她们双剑,赔还失剑,不可遽将阵法一齐发动,加以伤害。以为敌人已成网中之鱼,不久自会晕倒遭擒。谁知敌人虽被困入阵内,那两道剑光却是神妙莫测,护住敌人身体,恰似红紫两道光华团成一个彩球,芒彩四射,在阵中电转星驰,滚来滚去,竟不能伤她们分毫。后来易震等了一会,实是不耐,与易鼎争论一番,拼着受责,将离宫上阴阳火箭发动,去射敌人。不料才一挨近敌人,箭光便即消灭,这才不敢大意。又恐乃祖明日回殿,不知嗔怪与否,想再发动阵法,又恐一样无功,反伤异宝,也是在那里着急。

头两次轻云二人飞剑去伤易氏弟兄,一则剑未离身,由着二女指挥;二则易氏弟兄人在明处,一见敌人剑光飞来,即将阵法略一倒转,便即避开,二人也忙着收回。及至屡击不中,二人停手,易氏弟兄果如英琼所料,以为不会再来,敌暗我明,未免略疏防范,再加英琼此次是以意灵运用,由紫郢剑本身灵妙前去寻敌,比较迅速得多。易氏弟兄正在阵中打算擒敌之策,忽见敌人分出一道紫光飞来,才一看见,便已临头,喊声:"不好!"忙将阵法倒转,危机瞬息,刚得避开,那紫光竟是灵异非常,已是随后追到,逼得易氏弟兄走投无路,只得连将阵法倒转,苟延喘息,仗着阵法,变幻不停。英琼、轻云只见紫光在近身不远上下纵横,电射不停,不知敌人如此狼狈。否则轻云青索剑也照样飞起,两下夹攻,易氏弟兄休想活命。轻云先时颇恐英琼鲁莽,及见剑光近侧飞绕,却未闻敌人讪笑,也未见有甚别的动作,猜知不甚失利。

这一来,一方受着紫光追逼,一方又恐有别的失利,彼此都不知如何才好,两下里又经过好些时候。英琼因自己紫郢剑只管在黑影中飞掣,知道此剑灵异,一放出去,如不奏功,非经自己收回,决不回转。时间已很久,也恐闪失,正想收回,忽然一道白光在黑暗中出现,与紫光只略一交接,便听一个女子声音喝道:"鼎、震二侄,还不快收阵法,真要找死么?"一言甫毕,眼前倏见一亮,依旧天清日朗。二人的身子不知何时已移在殿前石台之上。面前不远,站定一个身材极其矮小的少女,手指一道白光,将空中紫光拦住,还在互相纠结。先见那两个童子,满脸愤恨,却在那女子的身后一言不发。轻云一见这般情势,便知那少女定是解围之人,恐英琼飞剑厉害,又出舛错,刚喊:"琼妹且慢!"那少女已含笑说道:"峨眉道友,果是不凡,便连我这口阿难剑,也非敌手呢。我们俱是一家人,二位道友快请停手相见,免伤两家和气。"说时,英琼得了轻云招呼,又看出来人之意,便各自将飞剑收回,彼此相见叙谈。

果不出轻云所料,后来的这一个少女,便是易氏弟兄的姑姑、云南昆明府大鼓浪山摩耳崖千尸洞一真上人心爱弟子、神尼优昙的侄甥女神婴易静。自从被赤身教主鸠盘婆用魔法困住，九鬼啖生魂，吃了大亏，负气回山以后，除了每隔三年到玄龟殿省一次亲外，多年不曾出世。这次出山，一则因接了神尼优昙的飞剑传书，说峨眉教祖在峨眉山凝碧崖开辟洞府，群仙盛会，命她到日前去赴约；一则因自己所炼法宝已成，不久要去寻鸠盘婆算那旧账。故此在往峨眉赴约之前，回殿省亲，就便取一些灵丹和贺礼带去。行近玄龟殿上空，忽见殿前面九宫台上阵法发动。先以为父亲、兄嫂定在阵中主持，暗忖："何人大胆，竟敢来此侵犯？"及至入阵一看，仅是两个侄子易鼎、易震在内，已被一道紫光迫得走投无路，又认出那紫光的来历。父亲兄嫂不在，知道易震素来逞强，惯好生事，峨眉门下决不至无故侵犯，定是他兄弟两个趁着祖父、父母入定晨参之际，惹出乱子。阵法运用，又不能全知，虽将敌人困入阵内，反吃人家迫得这等狼狈。久闻峨眉门下用紫色剑光的只有两人，内中有一口紫郢剑，更是冠冕群伦，现为峨眉三英中一个名叫李英琼的女弟子所有。这被困的也是两个女子，想必是她无疑。又想起昔日乾坤正气妙一真人救命之恩，无论来人是否有理，也须放她出阵才对。

想到这里，一面喝止住易氏兄弟，命他们将阵法收去；一面飞出剑光，去试试紫郢剑到底如何，果然厉害非常，好生赞羡。互相收手，一问起衅原因，才知其咎不在二人。刚想唤易氏弟兄上前见礼，回身一看，只有易鼎一人尚躬身立在自己身后，易震已在双方说话时溜走。易静猛想起嫂嫂素常溺爱护短，与自己颇有嫌隙，必以为是帮助外人，欺压她的爱子，倘如闻信走出，决不甘休。父亲晨参，神游未回，无人制服得了，当着外人，岂不面子难看？忙对英琼、轻云道："二位姊姊既奉师尊之命，有事南海，想已在此耽误些时。紫云三女近来与许飞娘等各异派妖人交深莫逆，决不借水。愚妹原意也往峨眉赴约，便道回家，取些礼物丹药。不想舍侄如此无礼，阻滞云程。现听大舍侄说，家父神游未归，正好陪了二位姊姊前往紫云宫，会那三凤姊妹。事毕归来，家父必已回转，那时便道下来，取了应带之物，随了二位姊姊，同往峨眉。岂非一举两得？"

轻云道："承蒙相助，感谢不尽。愚姊妹一时鲁莽，误伤尊嫂令侄飞剑，心实不安，意欲请出尊嫂，谢罪之后再走，如何？"易静道："既是一家，事出误会，相见何须在此片刻？南海之行，关系重要，还以速去为是。"

轻云、英琼已经耽搁了将近一日一夜，巴不得即刻动身。只因知道了人家底细，易静又是那等谦和，觉得心中抱愧，不能不打个招呼罢了。一听易静这等说法，正合心意。正要道谢起程，易静忽道："二位姊姊先行一步，小妹对舍侄还有两句话儿要说,少时自会随后赶上同行的。"轻云一则急于上路,二则久闻女神婴大名,想试试她的本领如何,便和英琼一使眼色,各道一声有僭,便破空飞去。神雕佛奴本来隐身云空相候,见主人飞起,迎了下来。二人因要和易静比快,连雕也不骑,只嘱咐那雕随后跟去,到了迎仙岛,听命再行下落。说罢,回望下界,易静还在殿前石台上与易鼎说话,殿中有一道青光刚刚飞出。二人也不及细看,彼此一招呼,双剑合璧,化成一道红紫两色的彩虹,电闪星驰,直往迎仙岛飞去。飞行了一会,眼看下面波涛浩淼,水天相连处,隐隐有一座岛屿,浮萍般漂浮在水面,知离目的地不远,易静还未追来。正在心喜,想到了岛的上空,再停着剑光等她到了,一同下去。

就在这催着遁光飞行的当儿,倏地一道白光,如经天长虹一般,从后面直追上来,与自己会合。二人心中暗自惊异,女神婴果是名不虚传。当下三道光华合在一起,同往前途进发。飞行迅速,顷刻之间到了迎仙岛的上空。三人看见一道银光盘岛飞翔,上下不定,易静性子最急,一问不是同道,便迎了上去。那道银光却也知机,先与白光接触,已是微觉不支,再与紫光一碰,更知不是对手,哪敢迟延,一拨头,便似陨星一般,往延光亭那一方飞落下去。三人刚要跟踪追赶,金蝉、石生已迎了上来,接下去彼此见礼。因金蝉、石生元气还未康复,先由易静行法,将存身之地封锁,然后谈说经过。

第一六〇回

迎仙岛被羁　忍耻勉完知己托
紫云宫再入　曲全聊寄解纷书

　　且说彼此说完了紧要之言，金蝉、石生又在石上打坐。一个多时辰过去，二人先后运用玄功，复了元气，跳下石来。金蝉刚张口说，要往延光亭内，去偷擒一个轮值甬道的宫中徒党，来盘问底细。女神婴易静拦道："二位道友且慢。愚妹初来，寸功未立，情愿代劳，擒一个妖党做见面礼如何？"说罢，不俟金蝉还言，猛地一声大喝，将手一指，面前不远，现出一个长身玉立的白衣少年，站在当地，一言不发，满脸俱是羞怒之色。易静喝道："你这厮苦未吃够，还敢对我不服么？再不细说魔宫虚实，看我用禁法制你，叫你求死不得！"那少年也喝道："俺杨鲤也是自幼修道，身经百难，死不皱眉，难道还怕你不成？我原是一番好意，被你错认仇敌擒住，又用法术禁制，出声不得罢了。"言还未了，金蝉、石生自那少年一现身，便看出他与蓉波所说内应好友杨鲤相似，听他道出姓名，忙说："这位杨鲤道友是自家人，因为彼此均是初见，所以容易误会。"易静闻言，忙将禁法撤去，又向杨鲤致歉，才行分别就座，谈说宫中之事。

　　原来先时那道银光，便是杨鲤借着擒敌为名，自告奋勇，出来通风报信。偏偏金蝉、石生藏得隐秘，没有发现。三女一到，看出是外人，便动手，打又打不过，只得暂时逃将下去，意欲等来人落地，到了亭内，再行相见，相机行事。谁知下来时，又见两道剑光迎了上来，一道恰似一溜银雨，一道夹着风雷之声，与蓉波所说相似，才知后来三道是峨眉派来的接应。遥见五人聚在一起，便隐身过去，想听完了来意出面。谁知女神婴易静法术通玄，早已料到逃走的那一道银光决不甘休，暗中用法术下了埋伏。杨鲤身刚近前，便被困住。安静点还好，越想挣脱，越吃苦头，只得耐心等候。易静原知有人被擒，仍然故作不知，不动声色。直到把话说完，金蝉、石生元气康复，要去擒人来问，才将他现出。这一存心取笑不要紧，从此易静和杨鲤又结下仇怨，日后几乎两败俱伤。不提。

杨鲤被释以后,因为素来好胜,又关系着蓉波的重托,恼也不是,好也不是,只得忍怒对石生说道:"令堂入宫交信,因值敌人行法未完,候了些时。不想二位已闯入甬道,伤了神鲛,连破去外层十六个阵图。虽然二位性急,不过不如此,紫云三女受了许飞娘蛊惑,也决不将真水献出。如让她接书之后,好好款待,将二位迎请入宫,用善言婉谢,反倒不好翻脸,倒不如这样硬做为妙。目前大公主初凤正在重新布置已毁阵法,各处均添了法宝和埋伏,益发不易攻进。那天一真水已交给三公主三凤,此女心性狭隘,为人阴险狠毒,最是难惹。现由第三层主阵二公主二凤的丈夫金须奴主持,此人曾受嵩山二老之助,在月儿岛连山大师藏真火穴之内得了许多法宝,虽然人较善良,可是道法厉害。神砂甬道长有千里,阵法随时变幻,妙用无穷。据我与令堂平时留心观察刺探,他那阵法虽属魔道,却是参天象地,应物比事,暗合易理,虚实相生,有无相应。数共五十,用者只四十九,其一不用者,乃阵之母。全甬道阵图,皆由此分化,虚阵不破,纵将四十九阵全阵破去,也无甚大用。再加上各主要人的法宝,经我目睹过的,如烦恼圈、炼刚柔、两仪针、璇光尺等,更是厉害非常,不可轻视。"

金蝉便问道:"此阵如此玄妙,我见先前有一轮值之人,并无甚道行,但他往来无阻,莫非这些阵法俱不怕自己人误蹈危机么?"

杨鲤道:"此阵以海底千年珊瑚、贝壳和许多恶毒水产生物的精血炼成一种神砂,再用魔法筑就,名为神砂甬道,全以神砂为主。全甬道共有三十层,最厉害的是无形沙障,任是大罗神仙,也难随意通过。我冒险泄机,也是为的此事而来。但凡宫中党羽,大半都有初凤给的一面护身通行的神简。那在延光亭外轮值的人,除了这一面神简以外,每人还有四十九粒沙母。这沙母乃当初炼沙时,从五色神砂中采炼出来的精华。得到手的,只有我与陆道友、龙力子、吴藩和宫中一个先来的妖道名叫于亨的五个轮值延光亭的人。除吴、于二人外,我三人均甚莫逆。

"那龙力子只轮值了一次,因他生具异禀,心性好奇,第一次轮值,就故蹈危机,把沙母试去了好几个。被那初凤在宫中总图中窥见阵法时动时止,猜出是他淘气。恰巧我在旁侍立,便命我去替他,将他唤入宫去责罚。我知龙力子年纪尚幼,最得宫中诸首要欢心,罚必不重,当时略留了一点心,把他的沙母索取一半。初凤问时,只说首次误触仙阵,一时害怕过甚,惟恐一粒无效,抓了一把撒去,及至二次又试,才知只用一两粒,便可平息,悔已无及等语。初凤果然被他瞒过。又经大家一求情,念其年幼无知,只训斥了几句。恐他又轮值生事,便将余剩沙母追回,调了防守甬道入口的职司。

111

"事后一数，我共得了二十六粒。诸位有了这沙母，如在甬道中遇见神砂作怪，只需口诵所传咒语，用一粒沙母向上一掷，立时便有一团五色霞光，由小而大，往四面分散出去，便将阵中神砂抵住。等到沙母与神砂相合，身已离了险地。只要把十三层沙障渡过，便可直达宫内了。不过话虽是如此，大阵口全有宫中一二首要人把守，便是寻常地方，也各有灵禽异兽盘踞。我二人所能助力者，仅此二十六粒沙母，仍是有限，全仗诸位道法施为罢了。"

说罢，看了女神婴一眼，愤恼之色仍未减退。易静知他余愤未解，说话意思，似有点激将自己，故作不知，将脸往旁一侧。

英琼要过一粒沙母一看，大如雀卵，乍看透明，色如黄晶；再一细看，里面光霞激滟，彩气氤氲，变幻不定，也不知有多少层数，知是宝物。众人传观之后，杨鲤便将从龙力子手中得来的二十多粒沙母，除自己留下两粒以备万一之需外，俱都交给金蝉去分配。又将用法咒语，一一口传。然后起身作别道："我杨鲤道浅力薄，所知止此，只为陆道友重托，冒险出来，略效绵薄。不料为人误解，耽误了这许多时候。宫中诸人，个个灵敏非凡，前者五台妖妇许飞娘来此，已对三凤说我形迹可疑，须加仔细，此番回宫，吉凶莫测。我原是自行投到，又加遇事留心，不似陆道友受有妖法禁制，就此脱身，本无不可。无奈丈夫做事，贵乎全始全终。想当初随家师往莽苍山兔儿崖访友，与陆道友相遇，承她不弃，下交愚鲁，心甚感激。不料后来闹出许多事故，害她在石中禁闭了多少年，方得成道飞升，又遇恶魔劫持，强令服役。虽说前孽注定，我总是个起祸根苗，追念昔日传我玄门道法盛情，不能自已，才投身到紫云宫门下，本想助她脱难。过了些日，才知三女因她是已成道的仙婴，恐她中途逃走，用魔法炼了一块元命牌，将她真灵禁制。如不背叛三女，在宫中执事，永久可以相安；否则一有异志，只要被三女觉察，无论相隔千万里，三女略施禁法，用魔火魔刀去烧砍那面元命牌，陆道友立刻被烈焰烧身，利刃刺骨，不消两个时辰，化为青烟，形神一齐消灭。

"我与她誓共生死患难，说不得仍然忍辱负重，冒险回宫，一切听之命数。那龙力子生相丑矮，一望而知，此事我已与他明说，诸位如在宫中遇见，他能为力，必定相助。如不得已，为掩敌人耳目，与诸位交手，需要手下留情，留异日见面地步。明日许飞娘同了几个妖党前来祝寿，我等相见固难，见亦无用。诸位道法高强，又得了这些沙母，最好早些下手，要省却许多障碍。天一真水到手之后，诸位既与石生同门，当能为急母难，千万将那面元命牌盗走，将陆道友接返凝碧仙府，掌教真人自有救她之法。这机会一失，陆道友更无超劫成仙之望了。我本拟助陆道友脱难，同入峨眉，寻求正道。

如今无端受了挫辱，无颜同往，此念已消。等诸位这两件大事办完，送走陆道友，便去觅地苦修，侥幸小有成就，再图良晤。这数日内纵使相遇，也与仇敌无殊。此乃形势所迫，不得不尔，还望原谅。前路珍重。"说罢，又看了女神婴易静一眼，脚跟顿处，一道银光，直往延光亭内飞去。

轻云知他记了易静的仇，早晚定要报复，想劝说几句，业已飞走。易静笑道："不想这人性情如此褊狭。当初因他用隐身法前来窥探，形迹诡秘，哪里料到是自己人？再加上他被我法术困住后，又不老实，屡次想用法宝、飞剑暗算我，这才给了他许多难堪。虽怪我做得稍过，其咎也是由他自取，既是一家，何不早点出头露面？他几番朝我示意，我看诸位道友面上，没有理他，谁还惧他报复不成？"轻云笑道："这人倒也满脸正气，只是修道人不该如此恩怨太分明罢了。"英琼、金蝉齐声催道："这些闲事，管它呢，我们快办正经事吧。"轻云也觉许飞娘一来，事更棘手，便命金蝉取出沙母，分与众人，以备缓急。只女神婴易静，因为适才杨鲤辞色不善，嫌怨未解，不便借助于他赠的东西，再三不要。轻云苦劝不从，知她道法高深，既然执意不取，必有所恃，只得罢了。一数那沙母，共是二十四粒，除易静外，四人恰好每人六粒。

分配定后，便由金蝉在前引路，由岛滨暗礁上往岛心延光亭中飞去。到了一看，那圆形甬道中，现出一条直通下面的大路，看去氛烟尽扫，迥不似头一次入内，霞光乱转，彩雾蒸腾之象，便和众人说了。轻云等俱猜敌人门户洞开，藩篱尽撤，必是诱敌之计。易静道："此事不然。紫云三女已知我等此来，奉有师长之命，取那天一真水，不到手，怎肯回去？头一次虽遇伏败走，可是使命未完，无论多么艰难，也须卷土重来，何必再用诱敌之计？其中定然另有文章。小妹当初曾受掌教真人救命之恩，无以为报，此时正应勉效微劳，为诸位道友前驱，一查就里。"说罢，便要越众进去。轻云忙拦道："姊姊且慢。此次前来，重在那天一真水，并非扫灭敌巢。仙府盛会不远，事情以速为妙。杨道友所赠之物，不过留备万一。金蝉师弟携有宝相夫人弥尘幡，心灵所及，瞬息可达，捷于形影。我等还是会合一处，同驾弥尘幡下去。如能穿越甬道，同抵宫中，岂不省事？如真不能通过，再请姊姊当先，施展法力，破他阵势，也不为晚。"

易静道："弥尘幡妙用，小妹久有耳闻，不过紫云三女这大衍阵法，出之天魔秘笈，委实变化无穷，除了精通地行妙术，在他甬道以外循着地脉穿行入宫，不能进去。昨日金蝉二道友侥幸入内，连破了外层十六阵，乃是出其不意，尚且那般烦难。今日敌人已是时刻留意，防备周密。昨日二位道友退出时，必被他看出是弥尘幡妙用，他只需等我深入以后，在内层主阵总图中将阵法颠倒,参伍错纵,随时变化,我等纵仗法宝护身,不致失陷,要想脱身,却是万难。转不如明张旗鼓,按照五行生克,一层层破将进去,试探前进,虽然较迟缓,要稳妥得多。

"其实天魔秘笈诸阵法,小妹也只闻前辈师长们述说,并不能尽晓其中微奥。不过家君在玄龟殿前所设阵法,运用发挥,却所深知。虽然其中施为各有不同,一样也是参天象地,根据阴阳生克五行,倒转八卦,有无相循,虚实相应,本乎数定于一,一生万物之妙,渺乾坤看一粟,缩万类看咫尺。否则以二位姊姊道行那等深厚,又有紫郢、青索双剑合璧,何等厉害,怎会在阵中飞行了半日,依然未离石台数亩之内呢?

"小妹愚见,以为道家妙用,邪正虽殊,其理则一。莫如仍由小妹先驱,相机前进,先将他外层阵法破完,他等愤恐交集,势必只留初凤一人看守黄晶殿中主图,余者倾巢出战。那时诸位只管应战,由小妹一人用法宝护身,借隐身遁法直入宫中,偷偷寻着陆、龙等内应,问明藏水所在,盗了出来。先分出一位,带了真水,回山复命。二次再去盗他的元命牌,连陆、龙二位一齐救走。岂非绝妙?"

轻云虽然素闻女神婴之名,来时玄龟殿只是初遇,不知她道法深浅。一听她说得这般容易,虽是半信半疑,但是论理,也不为无见,只得暂且依允,到了里面,再作计较。

当下便由女神婴易静为首;金蝉、石生一持弥尘幡,一持天遁镜,为易静之佐;自己与英琼为殿。表面上是让易静做先锋,其实无殊五人同进,以防万一有事,仍可借弥尘幡、天遁镜护身退却。易静知道轻云持重,信不过自己的能力,又不好意思违人善意,所以这等布置,暗中好笑。仗着深明诸般阵法玄妙,愈要卖弄本领,使轻云等心服,当时并未说破。一路观察形势,仔细试探前进,顺着甬道飞行了几十里地,沿路平洁,除壁上神砂彩光照耀外,丝毫没有动静,心中好生奇怪,只想不出是什么缘故。

又飞行了十余里,一问金蝉,已快到达昨日金、石二人几乎失陷的第一层阵。正在悬揣,忽见前下面一道光华飞了上来。易静刚要迎敌,光华敛处,现出一个羽衣星冠,面如白玉,丰神俊秀的少年道人,见了众人,也不说话,只将手连摇不止。金蝉认出是昨日会战的金须奴,刚想飞剑动手,金须奴忽又借遁光往甬道下隐去,同时便有一片东西飞来。石生看出似一封束帖,伸手接过一看,果然是一片海藻写成的书信。连忙止住众人,大家聚拢一看,大意说:

阵法玄妙厉害，罗网密布，峨眉诸道友不可深入。他本人受过嵩山二老大德，又承重托，理应稍效绵薄。无奈此时双方已成仇敌，不便面叙，他一人又难以拗众，故将前三层阵法开放，等诸人入内，面交此柬，以当晤谈。此时有两人作梗，诸多不便，请即回转峨眉，等过了三女寿日，定取真水，前往献上，决不失信。否则此水现为三凤保管，藏在金庭玉柱之中，有魔法封锁，即使能达宫中，也恐不能到手等语。

众人刚一看完，那片海藻忽然化成一股青烟而散。

众人看完那海藻上所写的字，略一悄声计议。女神婴易静首先以为金须奴言之稍过，把神砂甬道形容得那般厉害，心中不服。轻云等也觉奉命取水，畏难而退，不特不好交代，又值长幼同门、各派群仙聚集之时，这般回去，脸上无光。石生更因母亲为三女劫持，被妖法困在宫内，以前只当升了仙阙，每想慈恩，犹极悲痛。现在已知为妖人所劫，陷身魔宫，就此舍去，何以为子？一见轻云等沉吟计议，心中一着急，便含泪跪到众人面前，无论如何，要请众人相助，将乃母救返峨眉才罢。金蝉忙一把拉起，轻云已说道："此事还用石师弟重托？休说我等同门之谊，胜于骨肉，便是外人有此苦境，我等见了，也难袖手。事已至此，义无反顾。我不过见那书信看完，便即化去，据我推测，投书人举动如此缜密，顾忌必多。第三层主阵，又是他镇守。他已打了我等招呼，存心不恶。少时到了里面，他为形势所迫，不得不极力拦阻前进。我等到时应该如何发付才好？"石生闻言，转忧为喜，正要称谢。易静道："这有何难？他既不忘二老恩德，打算暗助我等，即使为妖党所挟，力不从心，我等念他良心犹在，动手时节败了不说，胜了也给他留一点生路，放他逃走，也就足矣。看前面黑影中，忽有光霞出现，阵势已经发动，且待小妹上前试它一试。"说罢，便纵遁光往前飞去。石生、金蝉一见，正合心意，即同借遁光跟踪而往。

轻云原想与众人商议，就着金须奴暗中相助机会，到了第三层阵内，用言语示意，表明自己奉命而来，绝无后退之理。金须奴如允相助，便交手一场，暗将出入之法点破；或者一面假装败退，由金须奴再用前法投书，说出盗水之策。自己看在他分上，也不伤害宫中之人，俟得了手，顺便将陆蓉波救走。如果爱莫能助，再凭各人法力，相机行事。不料众人这等心急，又不知易静是否可操必胜，见英琼也要相机追去，忙一把拉住，悄声说道："易道友与两位师弟都甚性急，成败难以预料。我二人如见情况不佳，便将双剑合璧,百魔不侵。且莫急于动手,等他三人不济,也好接应。魔阵厉害,需要慢进快退,方可万全。"说罢,才一同往前追去。

五人剑光本都迅疾非常,就这说几句话的瞬息时间,前行三人已冲入金霞之中。等到轻云、英琼飞到,已不知三人何往。二人便直往金光霞彩中冲去,紫郢、青索双剑毕竟不凡,那么厉害的沙障,竟不能挤压上身,剑光所到之处,那千寻金霞,竟似彩浪一般,纷纷冲开,幻成无数五色光圈,分合不已。二人在金霞中左冲右突,除互相看得见彼此的剑光外,四方上下,全是层层霞彩,氤氲灿烂,照眼生缬,哪里看得出前行三人影子。恼得英琼性起,便回身迎着轻云的青光,运用玄功,将青紫光华合在一起,化成一道青紫混合的彩虹,冷森森发出数十丈寒芒,飞龙夭矫般一阵腾挪卷舞。这一来果然有了效应,不消片刻,耳听极轻微的散沙之声,光霞逐渐稀少。忽听一声长笑过处,眼前一暗一明之间,所有光霞倏地隐去。近身不远,有百丈金光白光一幢彩云,及红紫银白四道剑光,正在往来冲突,刚刚收住,现出易静等三人。二人刚要飞身过去相见,猛听金蝉惊呼了一声:"快追!"回头一看,一团黄光白气,大约亩许,簇拥着一团霞光隐隐的圆东西,星飞电掣般直往甬道前下面退去。这里金蝉为首,石生、易静跟着驾遁光追去,前面一暗,现出一片黄墙,已将甬道去路堵死,哪里追赶得上。

轻云已知阵法厉害,连忙止住众人,暂且缓进,商量妥当,再行下手。一问经过,才知三人在前,易静自恃道法高强,金蝉、石生又因二次重来,知道那金霞是有形沙障,比无形的容易冲过,没有十分留意。谁知刚一冲进数十丈左右,剑光稍一运转迟缓,金霞便挤压上来,看似光华,没有东西,却是挨着一点,痛便彻骨,而且压力极大,迫得人气都难透。幸而三人俱是能手,发觉又早,只金蝉略受微伤。一见不妙,忙将弥尘幡取出应用,护住身体。虽然未受别的伤害,只是这次要厉害得多,敌人早有布置,暗中运用不息,比不得上次阵中无人主持。四面金霞像狂涛一般涌到,三人所经之处,层层彩浪。石生用天遁镜去照,虽不时将近身金霞冲破,一转眼间,依旧浓密,顾了前面,后面又起。金蝉算计轻云、英琼早就该跟踪而至,可是用尽目力,也看不见二人所在。

还是易静比较年长道深,因适才枉夸大口,地遁未成,自己反仗金、石二人的法宝护身,心中未免有些惭愧。只盘算怎么动用法宝,出奇制胜,准备一出手,便即成功。随着金、石二人彩云金光笼护之下,飞行了一会,才决定将多年苦功炼成用来寻鸠盘婆报仇的七件至宝当中的一件,名为灭魔弹月弩的,取出一试。因为这七件专门克制魔教邪法的至宝,炼时固非容易,使用起来,除头一件护身法宝兜率宝伞出手便可运用外,余者大半都是由静生动之宝,用起来颇费一点手脚。易静为报前仇,炼成这七件至宝,大费心力,珍爱非常,今日使用,尚是初次。因恐用出来被仇人展转得去信息,有了防备,所以先时颇为迟疑。后见阵中沙障魔光委实厉害,决非别的宝物所能克破,再四踌躇,方行决定。

她炼成这灭魔弹月弩,采聚三百六十五两西方太乙真金,在丹炉内炼了三百六十五日,先将它熔炼成了无色浆液。后用仙法,借巽天罡风吹了七日。吹得渐冷之后,方放入凭自己心意预先用五方真土炼成的模子以内,放入丹炉,再烧再炼。又是三百六十五日过去,才刺了自己一滴心血,去开炉结火,告成大功。此宝形如弩筒,藏着五颗无色金丸,中有机簧,可以收发由心,专破魔火邪烟,妖光毒沙,神妙无比。只使用之时,须默用玄功,由本身三昧真火发动,方始有力。

易静因知敌人用的是天魔邪法,格外慎重。刚刚取出,准备停妥,将本身三昧真火引入弩中,正要发动,恰值石生手中天遁镜突破一条彩虹,长约十丈。易静原是行家,一眼望到面前光霞分合中,似有一个彩圈,现而复隐,看出敌人阵法是不时倒转,大家枉自飞行了这多时候,一定还没有离开原地。气愤之余,猛地心中一动,暗生巧计。忙将手中宝弩暂时停止不发,飞近石生跟前,说道:"石道友,宝镜暂且借我一用。"石生不知是何用意,迟疑了一下,才行交过。易静接镜在手,又对金蝉道:"道友,我们冲不上去,方向错了,这边走吧。"金蝉因自己入阵始终不偏不倚,照直前进,除石生的宝镜是四面乱照外,虽有时回顾英琼、轻云可曾追到,方向并不曾错;而且自己是一双慧眼,明明好几次看出上次在第三层阵内所见圆形金柱和形如太极的圈子,在前面隐现闪动,怎会错了方向?未免将信将疑,不肯回身。易静又不便说出敌人在那里时时倒转阵法,似这般一步也难上前;自己又看出金须奴只阻来人前进,不愿伤害,故意往相反方向退去。等敌人阵法略停动转,倏地乘其不备,回身一手用宝镜冲破金霞,一手用弹月弩将五颗金丸相次发出,不但消灭敌人魔光,还可破去敌人外层阵图。一见金蝉不肯回身,便说道:"道友但从我言,我自有破阵之法。"金蝉只得依了。刚一回身,易静知道弥尘幡飞行迅速,后退无阻,恐防飞远,猛喝道:"二位道友少停,看我破他魔光!"说罢,倏地回身,刚刚举弩,发出一粒金丸。就在三人借回身略一迟疑之际,英琼、轻云已将双剑合璧,化成一道青紫色长虹卷来。

对面金须奴见来人接了警告不去,仍行先后深入,好生焦急,使用全力抵御,将阵法连连倒转,一心只想来人知难而退。谁想来人护身法宝厉害,一点也不怕那神砂侵体。相持了好一会，又见先来三人退去，后来二人的剑光忽然合在一起，所过之处，金霞纷纷消散。知道不妙，正在着忙，那先来三人中，一个持镜的幼女，倏地回身将手一扬，便有一点深红奇亮的火星飞出。接着爆散开来，化成无量数针尖也似的微芒，光并不大，可是一经射入金霞层里，所有放出去的神砂，立即逐渐消灭。这两起法宝、飞剑，有一起已受不了，何况双管齐下。知道这第三层外圈阵图，当初炼成颇非容易，因想拦阻敌人，外层十四阵的神砂都被自己运来使用。万不料敌人如此厉害，所有法宝、飞剑，俱是神奇莫测。万一阵图玄机再被窥破，不特负了初凤的重托，而且全阵俱受影响。甬道一失，紫云宫难免瓦解。本就打算暂且携图遁往内阵，再想御敌之策。

金须奴忽又想道："一切前因后果，三凤、冬秀两个实是惹祸根苗。即以这次而论，三层主阵，本是自己负着防守专责，偏生三凤、冬秀执意要大家轮值。日前三凤来代自己时，原是留着对弈一局。又是冬秀跑来，提起后日是三位公主降生逢百盛典，几句话，把三凤说高了兴，一面行法请客，一面还要炼宝娱宾。自己不便违拗，也和众人一样无知，以为甬道中阵图神妙，埋伏重重，无论仙凡，俱难飞入，自筑成以来，从未出过些须事变。一时大意盲从，谁知惹出这么大乱子，好端端树下这么一个并世无双的强敌，不论眼前胜败如何，异日俱不得了。否则自己如在三层阵内防守，先遇防守延光亭的报信，先知此事，必想起以前嵩山二老之托，哪怕冒着不是，也要暂时瞒着众人，偷了天一真水，送与来使。即使是三凤轮值，接了信去，也值一局未终，仍得先知此事。姑无论三凤意思怎样，此时来人候的时光不久，必不会擅行冲入，彼此未曾伤了和气，仍可相机转圜，劝说三凤等人。答应给水更好，不然，自己也可借着婉辞来人为名，出去相见，略说苦况，请来人先行回山；或在中途相候，自己等把人打发走，便和二凤商量停妥，盗了天一真水，赶送了去。非但没有这场大祸，有此一段香火因缘，日后还受益不浅。适才第一次来人遁走时，初凤因被自己言语提醒，已有回心转意之念。又是这两个对头作梗，用言相激。一个将真水要去，藏在极严密的所在，用天魔秘法封锁，休说去盗，人一近前，她便惊觉。一个却在内阵入口处坐镇，一则意在监察自己，有无通敌举动；二则因初凤说来人法宝厉害，外阵有无形沙障，俱未必能阻挡得了，特地约了三凤，除原有阵法中种种厉害设施外，又将二人近年所得所炼的法宝，全都带在身旁，准备敌人破了外阵入内，好施辣手。紫云三女应劫在即，二女不知避祸，还要如此倒行逆施，定为灭亡之兆。自己如不见机，初凤、二凤定然殃遭鱼池，自己也难幸免。明知敌人有进无退，何不借了外人力量,能将二女除去更好,否则略施惩戒,使二女吃点苦头,也免得她们事事一意孤行。"

想到这里,便在第四层阵内,运用阵法,照计布置:等来人攻将进来时,将一连十余层的阻力私行撤去,引入冬秀防地。反正来人该胜总是要胜,乐得假手除害。如来人真为二女所败,至多不过被阻不前,单有那几件法宝护身,也决不致有甚伤害。自己乘此机会,用缩沙行地之法急飞入宫,告知初凤,说自己因连施阵法、法宝,俱敌不过来人,恐外层诸阵被来人破完,只得将来人引入内阵。三公主和冬秀能否获胜,实不可料。一面看初凤辞色,相机进言力劝,痛陈一切利害。初凤只是近来朝夕祭炼那不可轻炼的魔法入了魔,一时心里糊涂。只要说动,便由她自去取水,交与来人带回,说明误会之由。这时胜负尚未大分,又是来人等信不及,无知误闯,伤了神兽,不特曲不在我,还可卖个人情与白、朱二老,一点也伤不着面子,岂非善策?为了全宫存亡关系,倘如因此得罪二女,不肯甘休,便偕了二凤,离开这里,去另寻名山修炼,也说不得了。

且不说金须奴独自寻思,暗做准备。那英琼、轻云等五人,相次发现阵图而不曾追上,会合到一处,彼此说明经过之后,女神婴易静便将宝镜还了石生。轻云看出甬道阵法厉害,力主这次前去,五人同在一处,千万不可分离,再有丝毫大意。适才下书人始终不曾出战,颇有留情之意,遇上也须稍留情面。

商量定后,易静细参阵法方向,看出前面正是入路。那片黄墙,不过敌人退走之时,用来略微遮阻,以防窥探他的底蕴而已,并无甚过分深奥之处。虽不算是障眼法,却也容易用法力攻破。众人不测深浅,正好逞能。便请众人少退,只准备遁光,等自己破去那面黄墙,即行入内。众人依言,任她施为。易静禹步站好,暗运玄功,一口气喷在手上。然后双掌一合一搓,朝着那片黄墙只一扬,便有一团火光飞出,落到墙上,一声小小的炸雷之音,那墙便化成一团浓烟四散。烟尽处,眼前又是一亮,那甬道变成了一条玉石筑成的长路,两旁尽是瑶草琪花,琼林仙树。长路尽头,有一座翠玉牌坊。坊后面,是一所高大殿阁。远望霞光隐隐,真是金庭玉柱,琼宇瑶阶,庄严雄伟,绚丽非凡。易静、轻云俱都看出是魔法幻景,也没放在心上,照旧驾着遁光前进。

五人遁光本极迅速,可是那一段里许长的玉路,却老是飞不完。明明看见殿宇在前面,就是到达不了。五人不知金须奴一番好意,暗中行法,缩短甬道,将阵法掩过,引五人去直攻内阵。一见久无动静,当是敌人诱己深入,好生猜疑。

又飞了一会，金蝉首先不耐，暗忖："这道旁琼树花叶虽然灿烂，却似宝玉装成，并无生气，说不定便是阵中门户。左右与宫中诸人成了仇敌，不管三七二十一，且给他毁了，看看有无变动再说。"

第一六一回

飞剑斩琼林　火树银花惊魔女
护身凭宝伞　妖光邪雾困神婴

　　金蝉想好了主意，也没和众人商量，径自一指剑光，直往道旁两排琼树上砍去。石生见金蝉动手，也跟着将剑光一指。英琼近年道行精进，虽不似以往时那般性急，飞行这一会，也是有些难耐，见二人飞剑乱砍，也跟着指挥剑光动手。那些琼林仙树，原是每层阵图的门户和魔法的布置，多系神砂炼成的神柱，虽然厉害，哪经得这三口仙剑同时发动，自然不消剑光连连几绕，便即倒断。三人砍得兴起，准备挨排往前砍去，不问它是不是阵中的玄虚和甬道中的陈设点缀，不管三七二十一，给它来个全体毁坏，毁到尽头，总会有人出来交手。

　　前面易静闻声回顾，刚刚转过身来，后面两排琼树已被三人同时施为，用飞剑砍倒了六七株，还在顺路往前面砍去。金、石二人双剑一起同施，砍那左边的；英琼单人用剑光砍那右边的。先时琼树纷纷倒断，并无动静。砍到第八九株上，易静、轻云也想跟着下手。剑光刚飞出去，易静忽然一眼看到，那边琼树乍看分列两行，不过略有高低大小；这时一经细看，方看出不但树的形状枝叶各自不同，连那生根之处也有参差。有的三五丛生，有的挺然独秀，明明暗藏阴阳奇正。方觉有异，那第八、九两株，正同时被金蝉、石生、英琼三人相次砍断。金、石砍的是末一株，树是独株，不似前几株左奇右偶，几株并在一起而生。树刚砍断，便见树根断处，射出丝丝暗碧火花。易静见多识广，早已心动，一见便认出是魔法中极狠毒的阴火，后面必然还有别的厉害作用。昔日自己被赤身教主鸠盘婆用魔法困住，便是被这阴火所伤，通体寒噤，法宝全污，几乎被她用九鬼啖生魂，丧了性命，所以知道厉害。这时大家搜索前进，持着宝幡、宝镜，准备将来施为，又加上一路无事，金蝉、石生、英琼三人再一停步下手，先断好几株，并无异状，未免分神，有些疏忽。一旦变出仓猝，再用法宝护身，必然无及。幸而三人是先将阴火阵中的副柱全行砍断，等到末一根主柱发动，效力要轻一些；再加金须奴走时，意在将人引入内阵,早将阵法封闭,更失了不少效力;那阴火只是本身之力,自行发动。有此三种原因,所以要轻得多。

易静一见不妙,情知出声示警,未必能保三人无伤。仗着自己炼有这种护身法宝,忙即将兜率宝伞取出,往发火处投去。口中喝道:"魔阵已经发动,妖火厉害,三位道友还不退向我等一处,合力破它!"说时,一幢火云刚刚罩向绿火之上。金蝉等三人也都闻警回身,忽听树根下面的地底下,一阵极轻微的爆音过处,一团碧莹莹的光华飞将出来。待要突起,吃火云往下一压,两下交接,只三起三落之际,碧光倏地雨一般爆散往四面飞射。那团火云,竟具有相克之妙,也跟着绿光飞射处爆散开来,化成一团火网,将碧光包没。眼看火云中碧光乱掣,由大而小,由多而少,转眼工夫,尽行消灭。火云依旧成了一团整的,被易静将手一招,飞将回来。

众人方在称奇歆羡,忽然罡风大作,刺骨奇寒。顷刻之间,黄尘滚滚,两排望不到底的仙树琼林,倏地疾如奔马一般,此东彼西,隐现分合,错综变化,自行移动起来。英琼便招呼轻云,将双剑合璧,上前扫荡。易静忙拦道:"这是敌人因为我们破了他的魔火,必在那里变化阵法,此时还测不透他的深浅。好在我们存身之处,妖法已破,不前进不会有甚危险。索性用宝护身,小心准备,等他部署停当,看明了他的方向门户,生克之妙,再行下手,也还不迟。"众人对易静自是信心越坚,便即依言停手。

约有半个时辰过去,风势忽止,稍现光明。大家运用慧眼一看,尘沙稍息,前面却是黑沉沉的,所有先见的琼林仙树,俱都不知去向。稍微往前一探,那地却是软的。易静仔细看了一阵,昏茫茫一片,休说其中玄妙,连门户也分它不出。知道不撞上前,引阵势发动,一时分它不出。未免心中有些惭愧,红着脸,和众人说了。轻云闻言,仍主张和先前一样,联合前进,不要远离,以防万一。金蝉等三人俱都无话。

只女神婴易静因适才初试兜率伞奏了奇效,暗忖:"自己平日枉负盛名,与众人俱是新交,出手并未怎样获胜。这神砂甬道中诸般魔阵,纵难识透玄妙,难道还比鸠盘婆的魔法厉害?随了众人,联合前进,有他们那几件至宝护身,固是稳妥,但是适才说了大话,没甚表现,到底不是意思。"想凭着身藏七宝与地行仙遁,单人当先破阵,试它一次。便开言答道:"小妹常随家父研讨过正邪各派诸般阵法,像凝碧崖仙府所设两仪微尘阵之类的先天妙道,玄门秘奥,固所难窥,若说各异派中用魔法妖术布成的邪阵,倒也略知一二。适见前面阵势,竟分不出它的门户,必是敌人知道我等厉害,恐被看破,另用什么天魔大掩藏等类的蔽眼妖法,将阵隐起。诸位姊妹道友就此同进,自无一失。为求迅速成功,还是由小妹前驱引导,先相机设法,使他门户现出,再行下手为妙。"

众人对于甬道中的阵法,原无所知,俱把易静当作识途之马。只轻云稍微有些顾虑。易静道:"姊姊不须忧疑。适才所用法宝,名为兜率伞,专破魔火妖焰,乃小妹多年来费尽辛苦炼成的七宝之一。此去纵不能胜,有此一伞,足供护身之用了。"说罢,将手一扬,径驾遁光,往前飞去。轻云等四人也各驾遁光追去。先时无甚异状,眼看易静就在前面相隔不远飞驶。忽然阵中起了沙沙之声,四外一暗,前面易静将适才那团火云放起,知道阵势业已发动。方在准备,一转眼间,易静便不知去向。同时上下四方,俱是一团团的黑影飞舞,朝四人身上打来。四人经历过几次,已有准备。金蝉、石生各将幡、镜取出展动。英琼、轻云也忙运用玄功,将双剑合一,扫荡妖气。天遁镜金光照处,那一团团的黑影里,还有许多奇形怪状的鸟兽鬼怪之类,张牙舞爪,飞扑而来,势虽凶恶,但听不见叫嚣之声。这些黑影,吃金光一照,俱都化为轻烟而散。许多鸟兽鬼怪之类,也都眼看消灭。妖法虽破,阵中仍是黑沉沉的。四人也不管它,仍然照旧前进。不多一会,又和先前一般,阴风骤起,寒飔袭人。接着不是沙障围压,便是阴云鬼怪齐至。

话不烦絮,似这样一连经过了八九次,俱被众人用法宝、飞剑破去。轻云暗想:"全阵只有四十九个阵图,日前已被金蝉、石生破了十几处,纵使被紫云三女用魔法修复,如都照这样破法,至多三五日,必能将全甬道阵图破去。只奇怪这半天工夫,始终未见一个敌人出战,令人不解。"

正在寻思,忽听四面起了轰隆之声,不绝于耳。霎时间,那惊天动地般的大霹雳,夹着一团团的大小雷火,密如冰雹,从上下四方打来,声势甚是浩大。四人虽有弥尘幡护身,那一幢五色彩云也时常被大雷火震动。因为此次比起适才诸阵来得厉害,不敢大意。在五色云幢拥护之中,石生手持天遁镜,放起百丈金霞,到处乱照。英琼、轻云试了试,也退入彩云里面,只得运用玄功,将紫郢、青索双剑联合,化成一道青紫色的百丈长虹,放出去迎敌,一面仍往前冲进。剑光金霞到处,虽然奏功,成团雷火遇上便即消散,无奈这阵法乃是外层诸阵中最厉害的一处,那些雷火全是初凤用天魔秘法,从神砂中提炼出来的精英,其多难以数计。

这时金须奴业已退回黄晶殿,见了初凤,告知敌人如何厉害,凭外层诸阵决阻不住,恐全被破去,枉自损失许多异宝神砂,自己已特地缩沙掩阵,将来人引入内阵。依他之见,峨眉门下仅派来几个无名后辈,已有如此神奇的道法、剑术,怎能与他结仇作对?莫如乘来人在内阵被困时,想一番说词,两

123

方化嫌归好，将天一真水交出，不特彼此脸面无伤，日后多一后援，还可稍报昔日嵩山二老赠宝之德。初凤闻言，方在为难踌躇，一眼望到全阵主图上面起了变化，内中一阵又被破去，便对金须奴道："此事非我固执，无奈三妹现在除去道行稍浅外，所有天魔秘法，已经十之八九学会，又有那柄璇光尺在手。这次峨眉来人太已无礼，她昨日将水要去保管，立誓不与峨眉甘休，此时令她交出，定然不允，徒伤姊妹和气。"说到这里，总图上又有一道光华闪了几闪。初凤惊道："敌人竟有一人当先，已经冲入内阵，少时纵不死伤，难免被三妹等困住。一人后面还跟有四人，俱都不弱，也在继续前进。目前敌我胜负尚属难分，如被他等将全甬道阵火破去，休说三妹，连我也难就此罢手。来人如有伤亡，或全数困入阵内，三妹必下毒手。为今之计，只有用倒阵法，暂时将未入网的四人引出阵去。一面你急速赶往内阵，传我的话，嘱咐三妹，说如将敌人困住，只可生擒，不可伤害，擒来我处自有处治。"金须奴领命自去。

其时，正当轻云等四人紧追易静之际，再进须臾，便入内阵。吃初凤阵法一倒转，四人便与易静背道而驰，只当是前进，谁知却是后退。所经诸阵，均是金须奴退时掩蔽的阵图。一则，末一阵被五人前进时，无心破去阵法，本身自起变化现了出来；二则，初凤近来入魔益深，无甚主见，虽听了金须奴良言相劝，仗着自己所炼神砂取用无尽，只要内阵总图不为人全数破去，外阵纵被敌人破去，也不难立时修复，想借此看看敌人本领；三则，又想使敌人多尝一点厉害，讲和交水时，话好说些。有此三种原因，不但未将阵法止住，反暗中行法，加了功效。谁知总图上连起变化，敌人所到之处，竟是势如破竹，所有沙障法术，全被破去。想起自己连费多年心力，好容易炼成这长及千里的神砂甬道，应用起来，连几个不甚知名的峨眉后辈都抵挡不住，不禁又惊又恨，又羞又恼。这时正值轻云等四人快破到末一阵，初凤知道敌人所用几件法宝厉害，便将内层诸阵中的大五行魔火神雷移向前面。如果这一阵再不成功，除了横下心来一拼，再将敌人引入内阵外，别的更是无效。索性暂且从缓，将外层未被敌人攻破诸阵一撤，将敌人放出去，用神砂将门户堵死，等会集全宫首要计议之后，再定和战之策。主意打定，便即施为。

轻云见阵中魔火太密，比起昔日史南溪所用烈火风雷，还要厉害得多，虽然近不了身，也震得大家头昏目眩。知道再如冲不过去，时候一久，稍一疏虞，也有伤害。见众人都在运用玄功，各施己力，合力抵御，上下四方，都是一片砰嗟轰隆之声，震耳欲聋。几次大声疾呼，俱为雷声所掩。正在这危险之际，内中英琼也是有些禁受不住，猛想起杨鲤所赠沙母，适才因为法宝尽足护身,尚未用过,这时无计可施,何不试它一试?她一取将出来,金蝉、轻云也都先后想起。同时石生更是初经大敌,未免心惊,慌不迭地将两界牌取将出来。大家一齐发动。英琼手脚最快,头一个将沙母按照杨鲤所传用法放出。这东西虽是一个大如雀卵之物,才一出手,便有栲栳般大小。起初是千百层透明五色光霞,荧荧流转。转瞬间遇上雷火,立即噗的一声爆散,成了一团五色彩气,分布开来。千万雷火遇上,便即消灭无声,端的妙用非凡。四人原在弥尘幡彩云拥护之下联合一处,这里三人相次发出沙母,石生也将两界牌施展,金蝉更是时时刻刻准备驾弥尘幡往前急冲。这般诸宝齐施,样样都是凑巧,等到轻云想起那沙母,有一个已经足用。这东西每个只用一次,不比别的宝物能发能收,用了还在。当轻云想到多用可惜时,自己和金蝉已同时跟着英琼发将出去。紧接着雷火一消,前面无了阻拦。云幢飞驶中,一道光华闪过,眼前倏地风清日朗,身已出了甬道,落在岛上。

众人好生惊讶,连忙收了弥尘幡。仔细一看,那延光亭地底又起了飞雷之声,一片五色烟光过处,那甬道入口忽然自行填没。众人忙再驾遁光,施展法宝、飞剑,照原地方冲去时,光华疾转中,只将那五色金砂冲得如雪雨一般飞洒。费了好些心力,才冲成一个长约数丈,大仅丈许的深坑。这般长约千里的甬道,纵使内中没有魔法异宝,似这般开掘,何年何月,才能冲透?刚停手不多一会,沙又长满,与地齐平。二次入阵,再也休想。又想那女神婴易静,自从下手,独自一人向前攻阵,一直不曾再见,也不知她的生死存亡,料已失陷阵中,凶多吉少。大家俱记得明明在甬道内,连破了许多阵法,往前冲进,忽然一转眼间,竟然冲出阵外,好生不解。金蝉以为是误用了两界牌,便去埋怨石生。英琼道:"这事乃是敌人弄的玄虚,休怪石弟。适才雷火比雨雹还密,定是魔阵中最厉害的出入门户,被我们误打误撞遇上。弥尘幡飞行迅速,敌人雷火被沙母一破,已无阻隔,我们只说前进,不想却走了回头路。敌人再用阵法来困我们,已来不及,只得将甬道暂行封闭,另想别的主意,与我们为难。否则我们用那许多的法宝、飞剑,尚且不易收功,单凭一面两界牌,怎能冲出?如今休说水未取到,人未救出,连易姊姊在中途相助我等,好意同来,单把她一人失陷阵内,也难袖手。目前甬道已封,攻不进去。听杨道友说,明日便是三女生日,许飞娘和一些异派中妖邪俱要来此庆寿,难道她们就不派个人出来接引?我们除非埋伏在延光亭附近,守到他有人出来,想要攻将进去,恐非易事。还有一个最奇怪处:除小师兄和石弟头一次入阵,遇见过一次敌人外,今日我等入内,攻破他许多处阵法,不但未遇一人,连退出时也无人追赶,不知是甚缘故?"轻云道:"琼妹之言虽是,只是敌人将甬道封闭，明明注重在守，所以阵中无人应战，只在暗中运用。如说他要接引外来庆祝的宾客，他以前原本就是海底出入，焉知没有别的入口？我们守株待兔，殊非善策，还得另打主意才好。"众人想了一阵，仍然暂时依了英琼，姑且埋伏亭外，守过一会再说，俱想不出别的好办法。

正在焦急，忽听远远天空中有人御剑飞行，破空前进，音声甚是清脆，老远俱听得见。抬头一看，两道青光，如流星飞坠般，正从来路往岛上飞泻。方以为是来与三女祝寿宾客，细看家数，虽是旁门，但是正而不邪，又觉不类。众人刚在猜疑，各自示意埋伏之际，那两道青光已落向岛上。光敛处，现出一丑一俊两个幼童，一到便往亭中飞去，好似胸中早有成竹。那丑的一个，从怀中取出一把东西，往地上一掷，立时满庭俱起云烟，青光连闪几闪，转眼之间，烟光不见。再看亭中二童，俱无踪影。轻云认出来人正是昨日来时在玄龟殿殿前先遇见的那一双弟兄、女神婴易静之侄易鼎、易震。众人忙追过去一看，那甬道仍和先前一样，不知他二人来此何事，凭着什么法儿入内，连一点痕迹不显。金蝉慧眼，也只看出易氏弟兄到时，取出一把光华灿烂的东西，围绕着一道金光，只往地上一掷，身子便穿了进去，随即不见。众人猜详了一阵。英琼、轻云因在玄龟殿易静既请自己先行，又说她有几句话要招呼她两个侄子，也许易氏弟兄此来是与易静约好；再不然是易静被困阵中，难以脱身，行法向玄龟殿告急，召来的救兵。可惜适才没有赶到前面，向他一问。这末一猜，果然料中。

众人又候了一会，忽又听破空之声，好几道青光黄光，比电还疾，从远方飞来，直穿亭内。众人看出是异派一流，满以为到了甬道入口，三女如派人迎候，势须出现，否则必然被阻，且看清来人是谁，再行下手不迟。谁知这几道光华一落亭中，竟似轻车熟路，另有出入门户一般，连人也未现出，径自直入地底，不见踪迹。

众人一见大惊，入宫门户不只这一处，只是外人不知入内之法，这一来简直没了主意。正在着急，猛觉地下又和适才初出时一般，轰隆作响，连全岛也被震动。过了半盏茶时，一团约粗二尺的光华，围绕着一股长有丈许的金光，从甬道入口处飞将出来。才一穿出地面，金蝉、石生疑心敌人又弄玄虚，刚要动手，光华敛处，现出两俊一丑，一女二男，三个矮子。定睛一看，正是易静和易氏弟兄。众人一见大喜，忙上前去询问经过。

易静先给大家和易氏弟兄引见。然后说道："阵中险遭失利，一言难尽。诸位道友姊妹且慢，大家先择一僻静所在，仍照先时行法隐蔽，容我看完家父的书信再说。"说罢，匆匆引了众人同出亭外，仍往上次藏身的暗礁之下，

126

先行法封锁了藏身之处。从怀中取出一封书信,看完喜道:"诸位道友姊妹勿忧,据家父来信所说,此行不但天一真水可得,大家还要另得许多宝物,连小妹也可附骥,列入峨眉门墙。神砂甬道虽然厉害,日内掌教师尊必命二位新入门的能手来此相助。除金须奴和陆、杨二位道友外,宫中诸人遭劫被难者颇不在少呢。"众人闻言,自是心喜。易静又谈起怎生在阵内遇见敌人,被困脱险之事。

原来易静一时好胜,独自当先。谁知众人无心中砍断琼树,将阵破去。三凤在内层阵中已有觉察,不由大怒,忙将阵法倒转,迎上前去。猛又想起敌人护身法宝厉害,上次已要入网,仍是被他逃走,不如引他分散开来,纵不全数受擒,到底擒一个是一个。等易静一入阵,便用魔法将阵分开。轻云等在阵中寻不见易静,在追踪之时,恰值初凤那里也同时发动,只剩易静一人进了内阵。三凤等她到了阵的中央,才同了二凤、冬秀迎上前去。

易静原明阵法,正行之间,忽见暗云高低中,千百根赤红晶柱,从四方八面涌现出来,便知敌人阵势发动,局势看去甚为险恶。再一回顾后面,轻云等所驾的那一幢彩云竟无踪影,众人没有跟来,必为敌人分开。自恃身藏七宝,并未放在心上,仍旧照直前进。正待施为,那千百根晶柱忽然发出熊熊烈火,齐往中央挤来。易静骂道:"无知妖孽!不敢公然出战,专弄这些障眼妖法,济得甚事?"说时,先将兜率宝伞取出,化成一幢红云,护住全身。正在打算用何法宝取胜,那千百根晶柱已挤得离身只有数尺,连成了一团火墙。虽被宝伞红云阻住不能再进,那柱上面发出来的烈火,也是挨近红云便即消灭,可是那些晶柱不计其数,俱一齐往中心挤来。火声风声,轰轰发发,搅成一片,甚是浩大。前面的一被阻住,后面的又跟着拥了上来。等到围成一圈,便互相挤轧排荡,万响齐发,如山崩地裂一般。易静所带法宝虽然玄妙,无奈当初炼时,专为对付赤身教主鸠盘婆报仇之用。除护身法宝兜率宝伞外,其余如用起来,颇为费手,不是当时便可出手。紫云三女虽然无鸠盘婆道力高深,这内阵中的晶柱,却是秉着天魔秘传,用子母神砂炼成,生生不已,变化无穷,多少大小,分散聚合,无不如意,比起鸠盘婆的毒沙邪雾,阴风魔火,还要厉害十倍。易静见四围晶柱兀自不退,几次想仗着宝伞冲将出去,无论冲向何方,仅将柱上所发魔火微微冲散了些,要想冲出重围,哪里能够。而且这面柱上火势才减,其余三面其势又盛。相持了一阵,四面晶柱挤轧之声,越来越密。到了后来,竟和除夕放的花炮一般,爆裂之声,密如雨霰。

易静暗忖:"这些烈火晶柱,俱是神砂聚炼,能分能合,如若爆散,必有别的狠毒作用。想不到内阵竟有如此厉害,万一宝伞抵御不住,岂不身败名裂?除了冒险运用法宝,怎能脱困?"想到这里,眼看四围火柱就要爆炸,忙向法宝囊中取宝,准备一拼时,忽听暗中有人对话,似在争论,为风火之声所掩,听不真切。转眼之间,忽然奇光耀眼,那成千的烈火晶柱竟自行退去,立即火灭柱隐,无影无踪。自身仍在甬道当中,面前站定三个仙衣霞裳的女子。

易静原没见过紫云宫中诸人,方在猜疑,为首一个已发话道:"大胆女娃,竟敢擅闯仙阵! 如非我大姊命人再三相劝,此时业已化成灰烟而灭。快快跪下就缚,由我姊妹三人向你那没有家教的师长答话便罢,否则教你死无葬身之地!"易静笑骂道:"你这不识羞的丫头,便是紫云三女么? 只当你藏头缩尾,不敢露面,居然还敢口出狂言。你仙姑乃女神婴易静,休要有眼不识泰山。有何本领,只管施展出来,谁还怕你不成!"言还未了,侧面一个身穿黄绡女子大怒道:"二姊、三姊,还不动手,这等峨眉后辈,与她有何话说?"说罢,手一指,便是一道青光飞来。易静笑骂道:"原来你们仗着人多为胜么?"说时,一面先将飞剑放出抵敌,一面心中盘算:"来时曾听杨鲤说起,初凤专在黄晶殿内防守总图。除紫云三女外,宫中有一妖女,名叫冬秀,最为可恶,必是此女无疑。何不先下手为强,暗中施展毒手,给此女尝点厉害?"

想到这里,便从怀中取出昔年师父一真上人归真时所赐炼魔之宝乌金芒。此宝与宝相夫人的白眉针大同小异,专刺人的骨窍。虽没白眉针狠毒,也是一真上人初成道时,用那两道修眉炼成,放起来细如毫芒,仅有一丝极细的乌光,比起白眉针还要隐晦,事前如不深知预防,极难逃躲。易静如非深知冬秀、三凤二人最是可恶,也不轻易暗用此宝。该冬秀有此一劫。三凤也是好胜心盛,因听敌人说自己倚仗人多,仗着鱼已入网,早晚受擒,见冬秀已先动手,便不上前。没想到两下里正斗之间,忽然敌人手指处,一丝极细的乌光闪了一下,便即不见。情觉有异,便听冬秀"哎呀"一声,身子几乎跌倒。接着说道:"二姊、三姊,休教敌人逃走,我已中了她的暗算了。"说罢,便将剑光收回,退过一旁。

第一六二回

牟尼珠奏功　一丸独破璇光尺
传音针告急　两矮初乘辟魔梭

　　三凤闻言大怒，忙即飞剑迎战。二凤因金须奴早有暗示，还在迟疑，经不起三凤连声催促，只得也将剑光放起。冬秀中了乌金芒，正打在胯骨之间，痛痒难支，愈把来人恨入骨髓。见二凤勉强应战神气，暗想："金须奴心向外人，他夫妻是一条心。初凤万一再为所动，不特此仇难报，还负了许飞娘重托。幸而上次飞娘别时给有信香，三凤又给过自己几粒沙母，并传了通行甬道之法。明日已是三女正寿，为何今日还不见她们同所约的人到来，难道中途有甚事儿发生不成？且不管它，权用这信香将她催来，一则多一助手，二则可以由她挟持初凤，合力与峨眉为仇。"想到这里，咬牙忍痛，自去行法点那信香。不提。

　　易静独战二凤、三凤，始终不见众人踪影，料定凶多吉少，不敢大意，一面飞剑迎敌，一面仍用兜率宝伞护身，以防万一。过了一阵，见敌人虽是异派中人，剑法却非寻常，不另打别的主意，决难取胜。二次又将乌金芒取出，抽空暗中放出。二凤受了金须奴再三告诫，自无伤害来人之心。那三凤虽也奉了初凤之命，但是心性贪狠，纵不便把敌人置于死地，也要使她吃点大亏。又因以前常听许飞娘说起，峨眉门下多为末学新进，可是所用法宝、飞剑，俱都出自仙传，名贵非凡。先见易静所用的宝伞，居然能将沙柱抵住，已是有些垂涎，还想看看有无别的法宝，当时未施辣手。后来又见易静发出一丝乌光，只闪了一下，冬秀便即受了重伤，知是一件厉害法宝，越想得而甘心，时刻都在打算留神，怎样才能夺到手内。见易静把手一指，又是乌光一亮，忙将手中准备就的璇光尺施展出来。易静方以为乌金芒放出去，三凤必和冬秀一般，受伤败逃。谁知刚一脱手，便见敌人手扬处，飞起无数层的五色光圈，飙轮电转，飞将过来。那一根乌金芒，只眨眼之间，竟如石投大海，卷入光圈之中，极清脆地微微响了一下，料已被它折断。刚在惊异，敌人两道剑光忽然先后收转，那五色光圈竟朝自己剑光飞来。才一接触，便似磁石引针,将自己剑光吸住,其力甚大。忙运玄功,奋力将剑光收回时,已惊出一身冷汗。

易静知道不妙,别的宝物不堪抵御。便趁敌人阵势没有发动,宝伞神妙,尚足护身之际,匆匆伸手去宝囊内将七宝当中比较容易使用的牟尼散光丸取出一粒。潜神定虑,运用真元,把本身所炼先天太乙精气,聚在左手中指之中。用大指托住那一粒黄豆大小,其红如火,光明透亮的朱丸,口诵真诀,猛地一扬手,使中指弹了出去。便有一点溜圆火星,飞入光圈里面,转眼火星胀大有千百倍,只听迅雷也似一声爆炸,光华尽散,坠于地上。此宝专能分光破气,异派魔教中所炼法宝本质不高,遇上便无幸理。还算璇光尺经三凤用魔法祭炼而成,原是连山大师镇山之宝,本是玄门奇珍,不像普通异派宝物,遇上便被炸成灰烟碎粉。日后归到峨眉门下,仍有大用,没有糟蹋这件至宝。

那三凤见璇光尺虽将乌光破去,并未到手,始终也没看出那是什么法宝。便和二凤一打招呼,收回飞剑,打算再用璇光尺去收敌人的剑光和那一团护身的红云。谁知敌人警觉,才一接触,便将剑光收去。璇光尺的五彩光圈虽将红云围住,却吸它不动。敌人竟反攻为守,由遁光托住,盘膝坐在红云之下,闭目合睛,打起坐来。先只当是敌人知道难以脱身,想运用玄功和法宝护身,以待救兵,暗中好笑。正打算另使魔法夺宝,不想敌人倏地秀目一睁,大指和中指捏紧一粒赤红透明的朱丸,打将出来。心想:"我这璇光尺,也不知会过多少厉害法宝,这一粒小红朱丸,还会怎样?"就这微一寻思的当儿,刚觉红光耀目,有些异样,已经射入璇光尺光圈之中,暴长开来。三凤虽然有些惊异,还在迟疑,不知进退。那朱丸已经爆炸,把那无量数层的光圈全部震裂,分成一丝丝的彩云飞散消灭。那璇光尺也还了原形,琤的一声,落到地上。这一来,三凤不由怒发千丈,更不暇再顾到初凤的告诫,决计非将敌人制死不可。二次忙又施展阵法,催动三千九百六十一根赤沙神柱,将易静围困了个风雨不透。

易静所炼朱丸,共只七粒,炼时煞费苦心,如非势在紧急,也决不舍得妄用。先见璇光尺那般厉害,居然一发出去,便即奏功,心中大喜,不由胆子一壮。刚刚定了定神,准备迎敌,忽然一阵罡风过去,眼前一黑,对面敌人早失踪迹,那成千百根的透明火柱,又如乱潮一般飞涌上来。一到护身红云外,便即排成一个大圆圈,互相挤撞起来,声势比起以前还要猛烈得多。易静也是久经大敌,知道敌人至宝被自己毁坏,仇怨愈深,这次必用最狠辣的魔法来拼。经过了一次,只当兜率伞可以支持些时,依旧打定心思,盘膝坐在红云拥护之中。以为适才那些五彩光圈既被朱丸破去，这些发火的晶柱看似厉害，无非是阵中魔法炼成，必能奏功，便又伸手法宝囊中去取。易静这一番揣测，仿佛有理，却没想到，宝物法术妙用不同。那牟尼散光丸虽能分光散雾，惯破魔教中异宝，怎奈这些晶柱全是神砂炼成，又有阵法运转，分合无端，不论分合，俱可应用；不比别的法宝，一经将光华烟雾炸裂分散，便即不能再用。当被宝伞红云阻住之际，依着阵法作用，自身本来就在怒挤强轧，准备自行炸裂，化成无量数的有质火星从上下四方涌来，将那团红云包住，连人带宝，炼成灰烟，哪还再经得起用法宝去炸裂，岂不更促其速？

　　也是易静不该遭劫。第二次伸手法宝囊中取那朱丸时，因见四围火柱势盛，护身红云大有挤压得不能动转之势，心内一慌，恰巧摸着一根子母传音针，正在囊中自行跳跃，不禁心中一动。暗想："来时匆忙，又值老父神游灵空，不曾问过所行成败。自己自从昔年在阿萨河畔吃了鸠盘婆大亏，回山炼宝报仇。父亲知道后，特地费了五年工夫，炼成了两件异宝，一件便是子母传音针，所有易氏门中子女门人，各赐一根，以备异日遇见危难时求救之需，无论是被什么天罗地网、铁壁铜墙困住，只需将此宝往上下一掷，便即发出隐隐雷声，飞回玄龟殿去，哪怕相隔万里，瞬息可至。并且此宝经父亲与使用诸人刺过心血祭炼，能预知警兆。如今在囊中跳动，必然有异。此针一到，老父即派自己人用那另一件法宝来救，万无一失。自己多年不曾出山，尚未用过。今日同来诸人俱都失踪，两个大敌却都在此，眼前形势，越看越无把握，说不定凶多吉少。听说鸠盘婆为了对付自己，也炼了不少邪法、异宝。这内阵未破一处，已用去一粒朱丸，照此前进，怎堪设想？何不先行脱身，到了甬道外面，看看众人是否逃出阵去，再作计较？如若不见他们，必已失陷阵内，那就急速回转玄龟殿，见了父亲，问明破阵之法，一面与峨眉送信，再行会合前来，岂非事出万全？"想到这里，还是求救快些，忙将针取出，朝上一比，又朝地下一掷。那针果然灵验非凡，想是地下行较难，等易静一离手，竟掉转头，往上飞去，一线金光一闪，便从火云中飞逝。

　　易静平素与长兄易晟之妻绿鬈仙娘韦青青本来姑嫂不和，所学道法宗派也各有不同，所以易静除每隔三年回家省亲外，轻易也不愿在玄龟殿多住。这日易氏弟兄闯了祸，韦青青正在殿中，得了警信出来，她也深知峨眉派的厉害；况且曲在自己孩子，不该无故开衅。来人如有伤害，公婆神游回来，必要怪罪。只因护犊情深，飞剑被毁，有些小愤。又知峨眉门下异宝甚多，想给敌人一个警戒，逼他讨饶，答应赔偿，再行放他上路。当时虽将来人用阵法困住，也曾嘱咐易氏弟兄谨慎行事，并未敢下毒手。谁知英琼、轻云二人剑光迥异寻常，阵法只能阻她们前进，不能损伤分毫。末后英琼飞剑追敌，易氏弟兄还几遭不测。恰值易静赶来，解围之后，易鼎自知把事做错，还不怎样；易震素来淘气喜事，径直逃回殿去，朝乃母诉苦。易静猜有口舌，恐外人见笑，忙催英琼、轻云二人先走，自己暂留，与她理论。韦青青二次闻报追出，因是易静将来人放走，越发气恼。易静见她不知轻重利害，更成心怄她道："峨眉掌教以下，与爹爹不少至交，优昙姑姑屡有仙谕，你不是不知道。适才你母子用阵法将人困住，我如来迟一步，鼎、震二侄岂不受了重伤？来的两位道友，乃峨眉小一辈中有名人物，今因奉命有事南海，说好的，紫云宫法宝甚多，她二人得胜回来，自会看我情面赔你。你打量人家怕么么？你也无须不服气，如有本领，且待峨眉五府开辟，群仙盛会之后，我自会陪了她们，瞒着爹爹母亲，约了地方，与你见个高下如何？"两下争论了几句，韦青青一怒回殿，易静也自起身。

那易鼎、易震弟兄二人自从出世，就在玄龟殿随着祖父母修道，从未出去和人交过手。今日与英琼、轻云二人争斗，尚是初次，巴不得有事才好。一听易静说起紫云宫之事，仅只听一些大概，已是眉飞色舞，巴不得随了易静前去，开开眼界；并相助峨眉派破了紫云宫，相机得他两件法宝。无奈母亲、姑姑俱在火头上，不好启齿，闷闷回转殿去。正在想心事，乃祖易周忽然醒转。再隔一会，便接了易静告急的子母传音针。易周掐指一算，掀髯微笑道："我虽举家成了地仙，可惜家人根骨尚薄，只我一人可以得成正果。如今峨眉门户光大，静儿不久便转入峨眉门下，连鼎、震二孙也可附带同往，总算了我一番心愿。如今静儿在紫云宫甬道内为神砂所困，不得脱身。三女阵法厉害，破阵的人尚未到齐，她们还有数日运数。鼎、震二孙可拿我柬帖，带上九天十地辟魔神梭，即时飞往紫云宫甬道之内，将你姑姑救出。先不回殿，脱难后便与峨眉诸弟子相见，照柬行事，随同破阵，取了天一真水，径随众人同往峨眉赴会。我到时前去，再向齐道友面托便了。"说罢，又吩咐了易氏弟兄一番言语，和去紫云宫的方向，与宝物升降之法，命即时起身。

易氏弟兄闻言，自是喜出望外，匆匆领命，就在殿前接了九天十地辟魔神梭，拜辞起身。鼎、震二人驾起遁光，用催光穿云法，将手一指，霹雳一声，二人便起在空中，疾如闪电，往迎仙岛延光亭飞去，顷刻之间，落到亭中。二人受过乃祖指示，一切俱有步骤。一落地，便将神梭取出，施展用法，往地下一掷，立时化成一道光华，直往甬道之中穿去。这时易静四周的火柱尽是一片爆音，眼前就要炸裂。正在危机一发，想不出脱身方法之际，忽然一道光华，其形如梭，从地底冲起，停在面前。有一面的火柱，竟被激荡开了些，爆音愈烈。易静以前并未用过这法宝，又在惊慌忙乱之中，以为敌人又闹什么玄虚。正待想法抵御，忽见光华中间裂了一洞，探出两个人头。定睛一看，正是侄儿易鼎、易震，知道来了救星，心中大喜。这时风火爆炸之声密如连珠，语声全为所掩。也不及再行答话，先将身纵入光华之中，回手一招，刚收了法宝，光洞立即闭上。耳听光外天崩地陷，金铁交鸣。易静把宝伞一收，四围火柱得了空，齐往中心挤轧，立即爆炸开来。等到化成一片毒沙火云，包上来时，易静姑侄三人业已驾着神梭，穿透沙层，由地底逃出阵去。

那九天十地辟魔神梭，乃易周采取海底千年精铁，用北极万载玄冰磨冶而成，没有用过一点纯阳之火，形如一根织布的梭。不用时，仅是九十八根与柳叶相似，长才数寸，纸样薄的五色钢片。一经使用，这些柳叶片便长有三丈，自行合拢，将人包住，密无缝隙，任凭使用人的驱使，随意所之，上天下地，无不如意。如要中途救人，只需口诵真言，将梭中心七片较小的梭叶一推，便现出来一个小圆洞的门户，将人纳入，带了便走。如再有敌人法宝、飞剑追来，那七片梭叶便即旋转，发出一片寒光，将它敌住，一转眼，已是破空穿地而去。易周自信这辟魔神梭纵不能冠绝群伦，高出各家法宝之上，如说用它避祸脱身，可称并世无两。虽然有些自夸，却也真有许多妙用。这且不提。

易静与众人见面之后，说完前事，又把乃父易周的柬帖与大家同看。上面大意是说：

　　紫云三女想避大劫，用天魔秘法炼那狠毒无比的子母如意神砂，伤害了成千成万的生命，到头不但劫运避不了，反因此上干天谴，受祸更速。金庭玉柱底下，有一册此宫旧主遗留的天书，业已备载前后因果，三女运数将终，不久便要伏诛。只有金须奴和慧珠得免，初凤也只暂时逃脱。其余首要和几个临时相助的异派，将同遭惨戮。手下党羽，逃脱的也没几个。昨日乾坤正气妙一真人夫妇，先期回转峨眉凝碧仙府，便是为了此事。那被困在灵翠峰两仪微尘仙阵之内的南海双童甄艮、甄兑，已为真人放出。如今服了真人所赐仙丹，修养一个对时，传了穿沙破阵之法，便即前来，会合先到诸人，入宫破阵。来时必定带有掌教真人仙谕，指示一切机宜。嘱咐易静与众人不可轻易再行入阵，只管在岛上守候。五台派的主干万妙仙姑许飞娘，已往宫中庆寿，得知此事。三女受了她的蛊惑，将在子时以前，命一妖尼同了三凤、冬秀出战。众人如能将来人一齐除去更好,否则那妖尼决不要使她漏网,以免日后生事,于易静尤其不利等语。

众人看完易周的信,英琼、轻云因易静年长道深,易鼎、易震又是她的侄子,便推她为首,发号施令。易静也不推辞,仍以原藏身的暗礁做根据地,由金蝉、石生、易鼎、易震四人分两班轮流在亭侧守候,以引妖人入伏。自己同了英琼、轻云,用乃父易周所传奇门遁甲,驱遣六丁,将全岛封锁,以防少时妖尼逃遁。

一切准备停当,天方交子时,正值天色阴晦,冰轮匿影。只听海面上风狂浪汹,吼成一片。金蝉与易震值班,两人坐在延光亭侧一块大石上,谈得正在起劲,忽听甬道入口的地底隐隐雷鸣,知道妖人将要出来。忙即站起身来准备时,一阵五色烟光散处,甬道忽然开放,和初来时所见一样。二人守着易周之诫,也不去理它。待了一会,甬道中纵出来一个身材矮小,形容奇丑的幼童,径往亭外跑来。易震当是妖人,刚要上前迎敌,金蝉一看幼童模样,便猜来的是杨鲤所说的龙力子,此来必有缘故,连忙一把拉住易震,抢到前头。正待喝问,那幼童也甚眼快心灵,一看见亭外飞来一高一矮两个童子,早猜是峨眉门下,自己身后有人,恐对方不知,说出话来,露了马脚,忙使个眼色喝道:"我是龙力子,现奉紫云宫中三位公主之命,将甬道开放。尔等如能通过甬道,到了宫中,便将天一真水奉上。"一面不住将手连摇,意思是不可入内。说完,回身就走。金蝉何等机警,见龙力子张皇神气,知有顾忌,便不再叫明,反喝道:"无知妖童,速速回去,传话紫云三女,有本领的快些出来纳命,只管这般藏头缩尾,躲在妖窟之中则甚?"说时,龙力子故作诱敌之状,回身便逃。易震不知就里,看出来人无甚本领,还想去擒。金蝉止住道:"小小妖魔,不值我等动手,早晚就要扫荡魔窟,且由他多活一日。我们进阵,三女也不敢出战,还不如在此等候各位道友到齐,再行一同动手,那时一举成功,岂不省事得多?"

这时三凤、冬秀已将万妙仙姑许飞娘请来。初凤劫运将至,人魔已深,举棋不定,被飞娘一席话说动,已经改了初衷,变本加厉,惟恐双方仇怨不深。因敌人从甬道中逃出,许久不见动静,知道是在岛上等候接应。许飞娘便怂恿出战,约了三凤、冬秀和同来的两个妖人,走往甬道出口。先因恐敌逃走,故意将甬道开放,命龙力子出来诱敌,打算等人入内,再凭阵势和妖法,将来人一网打尽。一听敌人发话,果然是在阵中吃了亏,等候峨眉的救兵。听了龙力子挑战之言,只叫骂两句,竟不肯上当。三凤首先忍耐不住,心想:"外面只有几个小辈,何必小题大做?"

万妙仙姑许飞娘最近又受了一位不在正邪各派之中的前辈仙人的再三告诫,依然执迷不悟,来时除自己外,还约了云南西昆山九还岭的桃花仙尼李玉玉,江苏崇明岛的八眼金刚司空虎、三才尊者司空玄叔侄二人,清江浦枯竹庵的无形长老曹枯竹和他门下弟子姜渭、倪不疑等六人,借拜寿之名,前来蛊惑生事。明知紫云三女未必能是峨眉对手,不过慷他人之慨,仗着紫云宫有神砂阵法甬道,能将敌人杀死几个,少泄多年气愤,岂非妙事?如果峨眉诸首脑寻来,那时自己再见机行事。胜了固好,败了,紫云宫有险可守,或者攻不进;真要是看出不妙,便老早远走高飞。吃亏的是别人,与自己无伤。这次出战,因听三女说起,来的仅是几个后辈,犯不着劳师动众。又因峨眉几个新收的得意弟子,自己大半见过,想先看看来的都是何人。自信本领对付得了,便将两个妖法厉害一点的同党留在宫中,由初凤、二凤等去款待,先只自己同了三凤、冬秀出战。那桃花仙尼李玉玉,平时精于玄牝吞吐,摄神收精妖术,听说来人俱是峨眉门下几个生具仙根仙骨的童男女,不由欲心大动,跟了出来。

许飞娘见三凤要出战,外面答话的是金蝉,心想:"此人乃峨眉掌教真人之子,甚得乃母钟爱。虽有几世夙根,仅仗着乃母赐的一双霹雳剑,功法并不甚深,这般厉害的紫云宫,怎会令他涉险?外面定然还有不少同来的党羽,藏在隐秘之处,做他的接应。既要做,索性就做得狠些,但能将此子除去,胜似别人千倍。"念头一转,便准备先将金蝉一人置于死地。忙把三凤拉住,暗中嘱咐桃花仙尼李玉玉,一出去,便用全力独自对付金蝉,摄他元阳。此外不问敌人有多少同党,俱由自己和三凤、冬秀抵挡。李玉玉闻言,正合心意,好生高兴。

第一六三回

渔利设机谋　飞娘祝嘏邀同恶
贪淫排陷阱　金蝉定志战妖尼

　　许飞娘等四人计议好后，一起由甬道中往外飞出。金蝉一见来人有许飞娘在内，便知是个硬敌，不敢怠慢，留神准备。喝骂道："你这不知死的泼贱！我母亲和餐霞师伯几次三番饶你狗命，你却屡屡兴风作浪，蛊惑各异派中妖人，侵犯峨眉。等到害得人家伏诛，你却早已逃走，置身事外。真是丧尽天良，寡廉鲜耻之辈！今日我再饶你，不算是玄门弟子。"随骂，随将手一指，霹雳双剑飞出手去，虽然迎敌，却是暗中准备后退。偏偏易震的飞剑已为英琼的紫郢剑削断，来时向祖姨母林明淑借了一对太皓钩，比起自己以前所用飞剑强胜十倍，一见来了敌人，巴不得试它一试。及至金蝉动手，也跟着两肩一摇，两道形如新月，冷气森森，白中透青的光芒，早飞上前去，一取冬秀，一取三凤。

　　许飞娘初见金蝉带了一个从未见过，又丑又矮的幼童，以为又是峨眉新收弟子，未甚在意。及见这两道流芒四射的寒光，以前见过易周，知是他当年炼魔之宝，不禁大惊。心想："此人早已不问外事，如助峨眉，不但又是劲敌，而且自己刚在天山博克大坂雪狮崖黄耳洞约了一位能人，加入三次峨眉斗剑，敌人那面却添了他的对头克星，处处都是制伏着自己。"不由又惊又恨。见三凤、冬秀已迎着那丑童动手；桃花仙尼李玉玉也指挥着七道粉红色的光华与金蝉霹雳双剑斗在一处，一面正在卖弄风骚，朝着金蝉做出许多荡态。来人仅是两个后辈小孩，目前已是三人对二，凭自己身份道力，不便再上前相助，只是四面察看还有敌人没有。

　　那金蝉原想一交手便诱敌入网，一见易震指挥两道寒光，与敌人杀了个难解难分，丝毫没有准备退走之意，好似把易静忘却。许飞娘不曾动手，自己这面没有不支之状，又不便马上败走。再看对面那个妖尼，只管做那丑态，越往后越不堪，不禁由厌生恨。暗忖："这个妖尼，易仙长来柬曾有勿令漏网，遗祸将来之言。看她这般淫贱，必有其他迷人妖术。易震又不肯退，自己不便单独败走,何不先除去此尼?许飞娘丧了同类,决不甘休,等她动手,再假败诱敌,岂不是好?"

想到这里,运用玄功,将剑一指,那霹雳双剑威力大增,红紫两道光华夹着风雷之声,电掣一般,与桃花仙尼李玉玉的剑光绞着一起。不消片刻,裂帛也似响了两下,李玉玉的桃花七煞剑早绞断了两口。李玉玉起初一见金蝉如天上金童一般,真无愧是几世童身,神光满足,不禁喜出望外。先打算生擒回去,慢慢受用,没有施展毒手。一面施展桃花七煞剑迎敌,一面用媚眼摄神,去荡敌人心志。满以为那桃花七煞剑曾由极秽七物祭炼,专污飞剑、法宝;那摄神妖术一经使用,道行稍浅一点的人,只要彼此目光相触,心便一荡,接连几次之后,定即心旌摇摇,不能自制。那时自己再故意败逃,将敌人引到僻静之处,装作倒地,授人以隙。此时敌人已为所惑,便不忍下毒手。只要敌人的手微一沾着她的肌体,便即失魂丧志,任凭自己摆布,至死方休。不曾想到金蝉既是几世童身,凤根深厚;再加上从九华山得了肉芝起,不特先后多服灵药仙丹,那一双慧眼,又常受芝仙舐润,更是神光湛湛,迥异寻常。目为六贼之首,不见可欲,则心不乱。目既不为妖淫所动,心身怎会受害?霹雳剑又出自仙传,不畏邪污。任她用了许多伎俩,不见生效。

李玉玉方在情急,那桃花七煞剑反为敌人剑光断去两三口。想起当初背师盗宝逃走,被赤身教主鸠盘婆追回,重申五戒,逐出门墙时说:"你既不愿在此苦修,此番离了我门下,成败仗尔修为。异派中能躲去七劫,成了正果的人尽有。谨记着剑在人在,剑亡人亡。"不由又惊又恨。当下怒睁杏眼,倒竖柳眉,张着一个比血还红的香口,朝金蝉大骂道:"不知死活的业障!竟敢毁去你仙姑的宝剑,叫你识得厉害!"一面说,随即掐诀,施展妖法。金蝉见对面妖尼飞剑断了两口,心中大喜,益发催动剑光,如迅雷急电一般卷掣,眼看粉红光华又断了一道,化成满天花雨,四散洒落。忽听妖尼破口大骂,露出两排森森的白牙,恨不得要咬自己两口,甚是情急可笑。刚想回骂两句,那妖尼倏地将残余四道剑光收了回去,一片桃色烟光升处,径直冲霄逃走。金蝉一味疾恶如仇,竟没想到许飞娘在侧尚未动手,即使妖尼剑光被斩也没上前相助。也没想到妖尼即使抵敌不过,也决不会就此逃走。却一心记着易周柬帖所言,放走妖尼是异日的隐患,也跟着破空追去。

金蝉身刚起在空中,妖尼所化的五色烟光,已经由浓而淡,似有似无,如薄雾一般四散分开,转瞬间没了痕迹。金蝉心中一惊,猛想起易震尚在下面,众人藏身的暗礁与延光亭相隔甚远,万一众人还未得信,如何能是许飞娘等人对手?烟光全消,算计妖尼已用妖法逃遁,只得回身落地。及至低头往下一看，并非适才飞起之地，也看不见下面对敌诸人的剑光，只见细草繁花，茂林如锦，地平似毡，景物甚是绮丽。刚略迟疑，一眼瞥见妖尼赤着全身掩藏在一株大树后面，手中拿着一副小弓箭朝着自己，作势欲放。

这时金蝉只当下面是迎仙岛的另一角，妖尼先用幻影引自己追赶，一面隐身逃向别处，抽出空来，用妖法暗算。没看出下面全都是魔境，径直大喝一声，追将下去。身未及地，便觉四外有一片极薄的五色轻烟往上合拢，转瞬不见。立时便有一股子异香袭来，中人欲醉。猛地灵机一动，暗忖："自己是一双慧眼，这一片五色轻烟，比适才所见不同，不是寻常目力所能看见，这香也来得古怪。起初追赶妖尼，明明追出没有多远。迎仙岛虽有数百里方圆，由上往下看，不过是大海中一个孤岛，一目了然，并没多大，凭自己眼力，怎会看不见原来的地方？定是妖尼弄鬼，莫要上她的当。"恰巧弥尘幡带在身旁，刚准备再找妖尼踪迹，忽然不见。脚已落地，觉着地皮肉腻腻地往下一软。

若换以前，金蝉早已中伏入网。也是他大难已满，福泽深厚，目光又与别人不同，真假易分，当此危机一发之际，竟在祸前动念。一经查出有异，再定睛一看，那些木石花草，远望那么繁缛华美，近看却是了无生气，和假设的差不许多，愈知不妙。先不求功，一面指挥剑光护身，想要飞走时，脚底似已粘住，同时全身阳脉偾兴，一股热气正由足心往上升起，心便荡了两荡。喊声："不好！"忙把弥尘幡取出，刚刚展动，将身拔地而起。百忙中偶一低头，看见下面哪有什么草地花木，只是一片亩许大小彩云般的锦茵，妖尼赤身露体，仰面朝天，卧在下面。金蝉恨到极处，一面驾着弥尘幡遁走，还想抽空飞剑下斩时，那妖尼一双玉腿伸处，那五色烟雾蓬蓬勃勃，疾如飘风，往上激射。同时五色彩烟又由隐而现，从天空四外包罩下来，将金蝉所驾云幢围困在内，似有大力吸住，脱身不得。

且不说金蝉为妖尼元阴摄神妖法所困。只说那三凤、冬秀战易震，见敌人太皓钩寒光闪耀，冷气森森，兀自不能取胜，正待施展别的妖术法宝。恰巧礁底下潜伏的女神婴易静、英琼等五人，因为时辰已到，不见金蝉、易震诱敌前来，相隔又远，正在悬揣商议，派一人前往窥探，就便嘱咐金蝉，如见敌人不可恋战，略一照面，速速同了易震往暗礁这面逃来。忽听金蝉霹雳剑风雷之声大作，以为就要逃回，便止住去人缓行。又等了一会，仍不见至。英琼、轻云深知金蝉脾气，恐有差池；易鼎也知乃弟急躁好事性情；石生与金蝉更是深交患难，故俱主张反守为攻，同时杀上前去。易静知道如不将来人诱入伏中，妖尼定然漏网。当时一则恐被人看破，失了功用；二则双方俱在拼命死斗之际,也来不及;三则又不便拗众,又是客礼,只得随了众人,同驾剑光赶去。

到了一看,金蝉不知何往。只离岛不远,有一团烟雾,和初散蜃气相似,暂时也未想到金蝉困在其内。见易震独斗二女,会战方酣。许飞娘背手观望,状甚闲暇,便知不妙。石生头一个着急,因见飞娘一人袖手旁观,以为金蝉已遭了她的毒手,大喝一声道:"贼道姑,我的金蝉哥哥呢?"人到剑到,一溜银雨早向飞娘飞去。飞娘见桃花仙尼李玉玉将金蝉用妖法困住,正在得意欣喜,忽听破空之声,五七道各色光华疾如电掣飞来。当先一个粉妆玉琢、如美金童的小孩,一照面便发出一片雨也似的银光,忙先放起一道青光抵住。再看来人,果有玄龟殿易周之女女神婴易静在内。暗想:"峨眉派真个厉害,怎么这等根器极厚的男女,都被他收到门下?"不禁沉思起来。易静原本见过许飞娘,知道她不大好惹,石生未必能是对手,便喝道:"石道友且上那边去,待我来除去这个泼贱!"石生道:"姊姊且慢,我问她我金蝉哥哥呢。"飞娘见石生纯然一片天真稚气,不知怎的一来,忽然动了怜爱之想,笑答道:"你问金蝉么? 我嫌他太顽皮,已由我一位道友将他擒入甬道之中去了。如今死活,全在我的掌握之中。你如懂事,快快投降,拜我为师,我便饶你;不然,连你也一同送死。"石生闻言,益发大怒,一面运用玄功,将飞剑像暴雨一般杀上前去;一面把贼妖妇骂了个不绝于口。

易静也甚喜他天真,见英琼、轻云、易鼎等三人已分头去助易震,恐防石生有失,又拦他不住,只得将剑光飞出相助。许飞娘一见又飞起一道剑光,喝道:"易道友,我与你往日无冤,近日无仇,你又不是峨眉门下,何苦也助纣为虐呢?"易静笑道:"许道友,不是我说你,自从你师父为三仙无形剑所斩,你逃隐黄山五云步,如果苦心修炼,不但无人侵犯,像妙一夫人、餐霞大师二位前辈,还可随时助你成道,何等美妙! 你却偏生执迷不悟,到处兴风作浪,惹祸招灾,到头来总是害己害人,有何好处? 即以此次而论,紫云三女海底潜修,虽是旁门中人,并未为祸人间;就是她们修筑神砂甬道,多杀生灵,上干天谴,也还未到遭劫时候。如无你蛊惑,将天一真水献出,或者还能转祸为福。如今闹得势成骑虎,祸在目前,都是害在你一人的身上。试仔细想想你一生所行所为,哪一件不是倒行逆施,天良丧尽? 玄门中几曾见有你这等败类? 还敢在此花言巧语,说我多管闲事么?"飞娘闻言大怒,喝骂道:"无知贱婢! 我不过是看在你那老不死的易周老儿份上,不和你一般见识,你竟不知好歹,叫你知道我的厉害!"说罢,将手一指,空中飞剑倏地分化成了数十道青虹,光华满天,顿增了许多威势。饶是石生、易静的飞剑不比寻常,只勉强敌住,休想占得一分便宜。

且说英琼、轻云、易鼎等三人赶到时,正值易震一人独战两个妖女。易鼎同胞关心,知道乃弟本领不济,一时心急,忙喊:"周、李两位仙姑,快帮舍弟一帮。"英琼、轻云也早看见许飞娘站在旁边,只因想起来时,无心中将易震的飞剑斩断,事后成了一家,还承人家远道赶来相助,好生过意不去。再听易鼎一说,二人俱是一般心理,意欲相助易震,将敌人飞剑夺来相赠。又见石生、易静先后与飞娘动手,便各将飞剑一指,上前助战。

轻云一面交手,一面飞近易震,悄问道:"易道友,你可见我金蝉师弟么?"易震曾见金蝉追赶妖尼,一去不回,自己又半晌不能取胜,正觉势孤,恰值众人赶来。闻言惊道:"金蝉道友先与一妖尼交手,后来那妖尼化了一片五色烟光逃走,金蝉道友也驾了遁光追去,便没有见回来。我正想退走,诸位仙姑便同我姑姑、哥哥追来了。"轻云闻言,想起易周柬帖,曾说妖尼厉害淫凶,遇时需要小心,勿使漏网。如真是败退,许飞娘就在眼前,万无袖手之理。倘如中了妖尼道儿,回山复命时,怎好意思与灵云相见? 所幸金蝉近来已多经事变,又有弥尘幡藏在身旁,想来不至于受害,但也须寻出一个着落才好。忙又问易震妖尼逃走时情形和金蝉追赶的方向。当时易震也是迎战方酣,没甚顾及,但方向还知道,便朝左侧一指。轻云顺他指处一看,骇浪滔天,一望无涯,只来时所见离岛不远半空悬着的那一团烟雾仍未消散,闻言心中一动。暗忖:"这团彩雾颇似海中常见新散不久的蜃气,难道金蝉便被妖尼困在其内?"再一想:"金蝉见妖尼厉害,必用弥尘幡与剑光护身。这两件法宝,一个是五彩云幢,这海天空处,不比甬道魔阵,怎会看它不见? 一个是用起来不特光同电闪,还带着风雷之声,相隔再远,也不致听不到一点声息。"又觉有些不类,不禁十分愁急。

对面三凤自从璇光尺为易静所破,便将二凤的烦恼圈强借了来。一见敌人虽是个小孩,那一对形如新月的光华,却是件异宝,虽不知来历名称,估量必是飞剑一类的宝物,不禁又起了贪念。便和冬秀一使眼色,打算两下合力,将那小孩困住,夺为己有,不使那法宝受伤。谁知那太皓钩不比寻常飞剑,只要知道用法,便无关使用人的道力深浅。一任三凤、冬秀怎样运转飞剑压迫,光芒毫不曾减退。引得三凤兀自心爱,无计可施,后悔没将慧珠借给的炼刚柔一试。末后心想:"桃花仙尼引走了一个敌人,未见回转,许飞娘旁立微笑,必已成功。自己和冬秀两人对付一个幼童,许久不胜,岂不叫飞娘耻笑?"便对冬秀道:"小丑儿这般不知进退,我们打发他上路吧。"

冬秀自从上次紫云宫分宝,得了龙雀环后,先也是和三凤一般不知用法。后来见三凤把璇光尺炼得那等神妙,便也跟着学样,用魔法祭炼。二人居心,原是一般贪险阴毒,所炼法宝的用途大致相仿。不过冬秀道行较浅,炼时既不如三凤肯下苦功,那龙雀环原来用法又与璇光尺不同。璇光尺既能敌住敌人法宝,也能收敌人法宝,使其无伤,成为己用。这龙雀环就不然,每一施为,只是一蓝一黄,两个连环光圈飞将起来,敌人法宝如被束住,便往小处收紧,断成数截。冬秀曾自己炼了两件寻常法宝,试过两回,居然奏功,大是心满意足。她却不知此环原是子母两副,专为仙家成道时御魔之用,并非炼来破坏敌人法宝。那母环早已为嵩山二老初入月儿岛火海时取去。第二次带了金须奴重探火海,附带也为寻找此宝,后来不见,一算才知在匆忙中,已为金须奴取走。子母合璧,尚非其时,便即任之。凭三凤、冬秀福泽,焉能承受这两件至宝? 三凤在甬道中虽将璇光尺破去,还未受伤。冬秀竟在这次差点送了性命。

当冬秀得了三凤招呼,正待施为,恰巧英琼、轻云等同时飞来。冬秀不知厉害,斗了不多一会,见三凤已将炼刚柔飞起,当时只想见功,也把龙雀环飞出手去。不知怎的,单会看出那道青光较易对付,竟然直取轻云的青索剑。她却不知对面这几个敌人,不特紫郢、青索二剑冠绝群伦,便是易氏弟兄,一个是借了姨祖母的太皓钩,已是不同凡响;尤其易鼎最得全家长辈欢心,人又纯谨,这次初出茅庐,把他二姨祖母的断金玦要了来,还带了不少厉害法宝。真是哪一个也不好惹。只因轻云急于要知金蝉下落,正与易震谈话,又看出敌人飞剑不过如此,没有放在心上,所以剑光虽放出手,也未怎样加功运用,看去好似弱些罢了。冬秀的龙雀环刚一出手,轻云话已问完,正想主意,忽见敌人飞起一蓝一黄两个光圈,直朝自己飞剑迎来,才一交接,便将青光套住。轻云不知对方法宝分量,心里未免一惊,不由小题大做,忙运玄功,朝青索剑一指,立时光华大耀,竟似蛟龙一般,反卷过来,也成了一环,互相纠结不开。

第一六四回

一念固元关　妖法千般终自毙
双童捧仙敕　神雷一震退群魔

且说轻云的青索剑光与冬秀的龙雀环光华绞在一起,轻云方觉出敌人法宝不如自己。刚想将它绞成粉碎,旁边易静正斗许飞娘,偶一眼看出便宜,忙高声大喊道:"此乃玄门异宝,贱婢不知用法,周姊姊何不将它就势收去呢?"轻云原因那两个连环光圈来得异样,一见飞剑绞住,恐敌人收回,只打算迅雷般将它破坏,没有想到这一着。闻言醒悟,试将剑光往回一招,竟然带了那两个圈一同飞回。仍用剑光逼住,由大而小,缓缓收落。那龙雀环原有的法力,因为冬秀不知用法,无从发挥,仅凭魔法运转,吃青索剑一绞,已经化为乌有,仍变成了一副金连环,轻轻巧巧落在轻云手中。

冬秀仍是不知厉害,当三凤收起炼刚柔,自己施展龙雀环之际,本想将先放出去的飞剑收回,以免误伤己物。偏巧易鼎赶来,恐兄弟吃亏,一见英琼直取三凤,便将断金玦放起助战。冬秀飞剑敌易震的太皓钩,也只平手,再加上一件断金玦,剑光便被一钩一玦绞住,一时难以收回。又见敌人法宝件件厉害,这才改了打算,先破了敌人这道青光,跟着再将初凤所赠金庭玉柱中所藏的两件法宝取出,看三凤炼刚柔奏功与否,再行相机施展出去。不料龙雀环才一照面,便被轻云收去,不由又惊又惜。百忙中再往三凤那面一看,炼刚柔已为紫光所毁,越发心慌意乱起来。

易震先为二女所逼,有宝难施。这时来了生力军,一面交手,暗中早将乃母绿鬓仙娘韦青青行时所给的火龙钗取在手内。易鼎与他同一心理,也在暗中将祖母给的一粒冷光珠取出。弟兄二人,不先不后,俱朝冬秀打去,冬秀怎能禁受。当此危机一发之间,幸而许飞娘在侧,看出形势不妙,一声呼叱,空中飞剑倏地化成一道经天长虹,阻住易静、石生二人的飞剑。自己忙纵遁光,飞将过去,手扬处,一道光华,刚把易震发出来的一溜火光敌住,一把将冬秀挟起时,易鼎发出来的一团白影,已打中冬秀身上。冬秀觉着一股奇寒之气逼向胸头,一个禁受不住,立时晕死过去。同时空中剑光也吃那断金玦、太皞钩双双夹住，一拧一绞，化成万点光芒，坠落如雨。这且按过一边。

那侧面的三凤见敌人忽添了三个帮手，忙把炼刚柔施展出来。因恐伤了自己飞剑，心中还在想那形如新月的法宝，所以单取英琼。哪知英琼紫郢剑不特是西方太乙精华所炼，又是峨眉派数一数二的宝剑，休说炼刚柔，任何法宝也难损它丝毫。当英琼正斗之间，见敌人忽然放起软绵绵、色彩鲜明的一团光华，虽然不知来历，仗着自己紫郢剑是剑家至宝，会过了许多邪法、异宝，从未失事，一毫也未放在心上。估量三凤的剑光吃自己剑光略微交接，光华将顿减，易震尽可从容应战。倒是这新出手的东西，一定比较厉害一些。不问青红皂白，径将空中紫光一指，舍了三凤飞剑，直往那团光华射去。刚一近前，三凤方以为那炼刚柔必和从前一样，射出烟雾法火，去破敌人飞剑。谁知道遇了克星，晃眼工夫，敌人剑光已将炼刚柔圈住，剑光圈越来越往小里缩紧，发出啦啦声音。两下相持不多一会，等到三凤看出不妙，想要收转，已是不及。耳听嘣的一声极清脆的爆裂之音过处，那月儿岛连山大师当年炼就的一件异宝，竟被英琼紫郢剑所破，化为一片粉红的淡烟，似雾縠轻绡一般，冉冉消逝。英琼之意，原是想将三凤那口飞剑夺来，赠与易震，又不愿将飞剑毁损，所以一得手，仍指剑光上前相战，一心只注重在那口剑上。否则舍剑取人，三凤早已不死即伤，吃了大亏。

三凤哪知进退，一见炼刚柔又被敌人毁去，少时回宫，见了慧珠，拿甚相还？不由怒从心起，恨人切骨。一面指挥飞剑应战，暗中口诵魔咒，披散秀发，正待把初凤从金庭玉柱中所得的地阙二十九件奇宝施展出来，制敌人于死命时，正值飞娘救起冬秀，见自己这一方连遭失利，也是怒发如雷，又知紫郢剑厉害，恐三凤寡不敌众，受了重伤，先忙向三凤飞来。才一到达，便从法宝囊中把近年在黄山五云步炼成的修罗网取将出来，倏地收回剑光，往空一洒，立时愁云漠漠，惨雾霏霏，万丈黑烟中，簇拥着无数大小恶鬼夜叉之类，猛从四面八方向英琼、轻云、易静、石生、易鼎、易震等六人包围上来。

这修罗网污秽狠毒，无与伦比。其中鬼魔夜叉全是幻影，敌人只把心神一分，立时便要为飞娘的六贼无形针所暗害。飞娘炼成此宝，原备三次峨眉斗剑之需。实因英琼等年纪虽轻，法宝、飞剑俱非寻常，又知三英二云是峨眉小辈门人中主要人物，所以才下此毒手，准备一网打尽，少解心头之恨。这回使用，尚是初次，惟恐敌人觉察，下手甚速。除自己收回飞剑外，连三凤都未及打个招呼。一看黑云妖雾已将对面六人一同盖住，看不见自身所在，心中大喜。忙又从法宝囊内取出六贼无形针,刚待觑准敌人,乘隙发放,忽听天际破空之声甚疾。抬头一看,长才尺许两道金光,如流星电闪一般,从遥空中飞驶而来,快得异乎寻常。就这闻声昂首之际,眨眨眼,已经临头不远。明知是敌人来的救星,只猜不出是哪一派中人物。就这么一寻思的当儿,忽然一片光华自天直下,照得大地通明,连四面海水俱成金色,奇芒飞射,耀目难睁。才亮得一亮,紧跟着一个惊天动地的大霹雳,夹着百万金鼓之声,从云空中直打下来,只打得妖气四散,海水群飞,恍如山崩地裂一般。飞娘一闻雷声有异,猛地想起一人,不由大吃一惊,吓得连来人面目也未及看清,慌不迭地收转法宝,口唤:"三妹速退!"一手仍抱着冬秀,一手把三凤一拖,径往甬道之中遁去。不提。

这一面英琼等六人正要得胜,忽见飞娘赶来,一照面,便将手一扬,似轻烟一般,激射起无数缕黑丝,转瞬间起了愁云惨雾,千万恶鬼从四外潮涌而来。再看飞娘,已失所在。易静姑侄三人知是妖法,虽用法宝护身,还不甚在意。轻云却识得飞娘厉害,忙喊众人快聚在一处,将青索剑和紫郢剑会合一起。石生也忙将天遁镜取出。正待合力迎敌,猛听破空之声,金光迅雷,接踵而至,岛上妖气尽扫,敌人不知何往,空中来人也降了下来。大家见来人是两个头梳丫髻的道童,心刚一动,未及出声招呼。石生闻得附近风雷之声,猛一眼看见海面上适才所见的那股子蜃气,已被迅雷震散,却现出一幢彩云,和金蝉所用一红一紫两道光华,在那里上下飞舞。还有一团粉红色的彩光刚刚飞起,还未飞远。忙喊一声:"那不是我金蝉哥哥!"脚一纵处,一溜银雨,先自往前飞去。余人也都相继看见。

内中轻云和易静同时想起易周柬帖所言,知道适才海面蜃气,乃是金蝉被困在内。那逃走的粉光,定是桃花妖尼李玉玉,因妖法为迅雷震散,又见飞娘遁走,心中害怕,抽身逃遁,哪里肯舍。互喊一声:"休放妖尼漏网!"双双跟踪追去。英琼和易氏弟兄、新来的两个童子闻言,也都相率追去。到了一看,那桃色光华由浓而淡,转眼间已无踪迹。那弥尘幡所化的五色云幢,仍在海面上升沉不定,也不他往,知道金蝉必然中邪。好在轻云、石生俱知使用宝幡之法,忙将弥尘幡收起。再看金蝉,虽未受着伤害,已是目定神呆,有些昏迷之状。忙由石生代他收了双剑,扶着驾遁光同回岛上。轻云先取一粒丹药与他服了,刻许工夫,才得复原。一问何故如此,才知就里。

原来金蝉有弥尘幡和双剑护身,本可无恙。只因看出幻境时,脚已踏在妖尼妙腿之间,幸是元阳坚定,至宝护身,飞起时又快,虽未被她元阴吸阳之法吸住,人已为妖法所中。总算元神还有主宰,弥尘幡决不离手,加上双剑灵异，只管活跃。人虽逐渐昏迷，妖尼仍是无法近身，遂其所欲。后来邪云被金光迅雷震散，妖尼回望，连飞娘都吓得逃走，知道不妙，径直遁走。她如就此逃回山去，也不至于就遭惨死。偏偏追她的是石生，又是一个特异纯阳之资，再加上金蝉不曾到手，心终难舍，忙用换影移形之法，将身潜入海中，等众人退去，依旧偷偷回转甬道。不提。

众人救治金蝉时，那来的两个道童，早向前一一见礼，报了姓名，原来是南海双童甄艮、甄兑。轻云以前原见过他弟兄二人，余人也早料到，俱都大喜。等金蝉复原，才坐到一处，谈说此来使命。

原来南海双童自从那日被困在凝碧崖灵翠峰峨眉开山祖师长眉真人遗留的六合两仪微尘阵内，当时人便昏昏沉沉，不省人事，和死了一般，不觉过了多少时日。那阵分生、死、幻、灭、晦、明六门，有无穷的奥妙。除掌教妙一真人夫妇和玄真子受过长眉真人遗命，能够运用外，连其余峨眉诸长老，俱都不敢轻易进阵。在妙一真人未回山以前，一直也无人理会。灵云、轻云等各自走后，过了两天，长幼两辈仙侠来得越多，自有玉清大师、长人纪登等分头接了进去。那髯仙李元化正在太元洞内会集群仙，互谈五府开辟之事，算计掌教真人夫妇还得些日才到。玉清大师躬身向众人道："金蝉、石生两个师弟和周、李两位师妹，前往紫云宫取那天一真水，数日不回，定然出了变故。李师伯易数通玄，何不算它一算？"

髯仙道："我昨日本想卜他四人吉凶，后来一想，取水之事，掌教师兄既命人前去接应，必早知中途要生变化，连日未奉仙谕，料无凶险。又值恒山云梗窝狮僧普化，托顽石大师来此借宝，谈话耽搁。之后众后辈门人又纷纷请教，我想无关宏旨，就此搁起。你也能前知休咎，既问此事，可曾算过？"玉清大师答道："那日弟子读了掌教师尊飞剑传书，便猜此事不是如此平常。今日闲中掐算，他四人已连遭惊险，并且还有几个尚未入门的道友在那里相助。但是紫云宫源流长远，此事颇多变化。弟子道力浅薄，只知紫云三女决无幸理。至于怎样破那神砂甬道，取来天一真水，及掌教真人因何向一素不相识的异派中人借宝，仍是算它不出。李师伯与诸位前辈尊长，俱都深通玄奇秘奥，先知先觉，敬请指示仙机，以开愚昧。"

髯仙正要答话，旁坐金姥姥罗紫烟，也是精通易理，善知过去未来，先听大师说，早已澄神内视，定念明心，默运先天神术，体察未来，忽然张目说道："李道友无须算了，紫云宫源流，我本略知一二，适才又加推算，此事不特变化甚大，还关系着三次峨眉斗剑之事。那紫云宫地阙仙府，乃昔年水母五女玉阙章台避祸修真之所。后来五女分封五湖水仙，弃此而去。又过了若干年,有一异派散仙算出就里,坏了五仙禁法,入宫隐居。成道时,多亏长眉真人助他脱了魔劫,无恩可报,所炼许多法宝、飞剑既不能带去,又不舍将数百年心血毁于一旦,便连那部地阙仙书全赠与长眉真人,任凭处置。此时长眉真人已是神通广大,妙法无边,只是外功未完,成道较晚罢了。当下默算未来,已知因果,便领了他的敬意,仍请那位散仙在飞升以前,将法宝、仙书封藏在宫中金庭玉柱里面。柱底藏有柬帖,备载此事。

"以后为一老蚌从侧面穿透海眼,入宫盘踞。这老蚌已有千年道行,略知宫中之事。它与方氏三女之父,有一番救命因缘,又将三女引入宫内,才有今日地步。齐道友一则事忙,又因三女修为不易,神砂甬道虽然多害生灵,也是避劫心重,出于不得已。便借取水为名,试她们一试。她们如恭顺,将水献出,日后还可助她们成道。等开府盛会之后,再派一同辈道友前往宫中,取出玉柱中遗书,与其说明前因后果。金蝉所带去的书柬,其中颇多点化之言。谁知三女入魔已深,歧路徘徊,又受了奸恶蛊惑,竟然执迷不悟,自取败亡。偏巧她们又在月儿岛火海内得了连山大师一部天魔秘笈。那神砂甬道中大衍阵法,委实厉害非常。紫云宫又深藏海底,利用魔法封闭,神仙也难飞进。

"齐道友原知她们不外三条出路。又知三女也有夙根,长女尤厚。第一条,是我们人到,便将水献出;第二条,是献水之后,中途变计,反悔追赶;第三条,是不特吝而不与,反要倒行逆施,与去的人为难。所以将去的人分成两起。先还以为三女已修道多年,或者不致倒行逆施,公然为敌。及至我们的人去后,一则金蝉躁进,石生救母心切,先行擅入,伤了守宫神兽;二则三凤又是有心为难。许多阴错阳差,以致起了争端。即使这样,依了初凤心意,仍有转圜之机。无奈三女运数将终,魔头太重,种种阻碍,终于变志为仇。她们那里有何举动,齐道友业已全知,只因东海之事异常重大,才延到今日。为了此事,提前数日回山,少时一到,便有分派。那紫云宫暗切紫玲和灵云、轻云的名字,日后应为她三人修真养性之所,三女不过暂时盘踞而已。

"如今许飞娘和妖尼李玉玉等俱在彼助纣为虐。齐道友申正回山,明早寅正便开放灵翠峰两仪微尘阵,收服南海双童甄艮、甄兑,取出长眉真人遗藏的至宝,传了双童道法。再过数日,便派双童前往紫云宫接应诸人,取回天一真水。在此时期内,还有一位我们多年不见的道友,带了两个得意弟子前来。那南海双童之父名叫甄海,也是异派中散仙,为三女所杀,与三女有不共戴天之仇。此去带有那位道友灵符,一到便可将飞娘等妖人吓走。到时白、朱二位也要前去。宫中诸人除有两个不在劫的外，初凤或能幸免，余者不死即受重伤，成功无疑的了。"

众人闻得掌教真人少时回山，俱都高兴。有那不曾见过的后辈，更是欣喜若狂。

第一六五回

教主返仙山　　梁孟同收微尘阵
妖尼辞水府　　金石三入紫云宫

　　时光易过,一会到了未申之交。髯仙率领长幼两辈同门和各方好友,俱由凝碧崖前升至前洞崖上迎候。甫交申正,众小辈门人正在引颈东望,忽见空中微微有一道金光,电掣金蛇般微微闪了一闪,髯仙和前一辈的同门已慌忙下拜。同时崖前便平添了男女两位仙长,俱作道家打扮。知是妙一真人夫妇驾到,哪等细看,连忙跪倒行礼时,便听妙一真人道:"愚夫妇来时,原恐惊动各位道友,所以事前未曾通知,连遁光俱都隐去,不想仍劳远迎,曷以克当?"言还未了,金姥姥道:"二位道友真个法力无边,这无形剑遁不但无影无光,连丝毫声息都听不出。若非二位道友下降时特地显示,只恐进了仙府,我们还在此呆等呢。"说罢,群仙俱各粲然。

　　妙一真人夫妇便请金姥姥等各派群仙先行,大家彼此互相略微谦逊,各驾剑光同往太元洞中飞去。到了洞中落座,髯仙率了小一辈的门人上前参拜之后,群仙中有许多年不见的,与妙一真人夫妇各谈了一阵别后之事,方知修为的深浅。妙一真人然后对众人说道:"日前拜读仙师遗札,始得略知两仪微尘阵中秘奥,自审道力浅薄,尚难自信。如今金蝉等诸弟子两入紫云,历久无功。三女不知顺逆,连那老蚌也因历劫一世,忘了本来根源。先时意在成全她们,所以先礼后兵。如今毁书拒使,已成仇敌。区区妖魔,无须我辈前往。那微尘阵中所困的甄艮、甄兑虽是左道旁门,不特没有什么罪恶,为父母报仇,苦心修炼,还有孝行。只因乃师化时遗命说紫云三女厉害非常,不将法宝炼到精深地步,不可以卵投石,妄自入宫行刺,以致迁延至今。正在苦心焦虑,待时而动,却受了妖人蛊惑,侵犯峨眉。如今陷入阵中,身虽未死,至多也只保得旬日。幸俱被陷在晦门上,否则已无生理。此来一则早与诸位道友和长幼两辈同门相见;二则将他二人救出,略加指点,使其改邪归正,径往南海去报亲仇,就便相助金蝉等诸弟子,将天一真水取回。这两仪微尘阵乃恩师长眉真人所设,中藏不少异宝灵药,以为光大本门之用,中分生、死、幻、灭、晦、明六门。此时往收阵法,诸位道友有兴,何不同往观看,相助一臂?"群仙俱愿一开眼界。

妙一真人夫妇便率了长幼两辈门人与各派群仙,同往微尘阵去。刚出太元洞,便遇醉道人飞来,见妙一真人行礼之后,递过一封束帖,说道:"小弟在本山巡游,路遇媖姆,说是她从大雪山盘鸠顶闲眺,看见掌教师兄驾了无形剑遁,往这里飞来,算出为了南海之事。如今许飞娘同了两个妖人,也在那里,恐众弟子费手,趁着她往北极访友之便,带了三道灵符同这一封束帖,命我交与师兄,转赐甄艮、甄兑带去,将飞娘惊走。"妙一夫人微笑道:"媖姆真非常人。我们用无形剑遁在空中飞行,她在相隔千里的盘鸠峰顶上,竟能看见,这双神目,真是举世所稀了。"

说时,妙一真人早已看罢书信,揣入怀内。仍率群仙门人,同往灵翠峰走去。还未到,就望见绣云洞那边瑞气蒸腾,五色寒光凝成一片异彩。那长一辈的仙人久闻此阵之名,今日一见,俱都惊异不置。妙一真人到了阵前,率了两辈弟子,先望着阵门下拜。然后向众微一谦逊,径同了妙一夫人步入阵去。外面长幼群仙看阵顶祥光霞彩,时起变化,瞬息万端,谁也窥察不出阵中玄妙。

待了有个把时辰,忽听阵中起了雷声,隆隆不绝。不多一会,一片极强烈的金光闪过,霞彩全收,现出妙一真人夫妇,手上恭恭敬敬捧着长才九寸的旗门。身旁站定两个梳丫髻的道童,俱都是失魂丧魄,如醉如痴模样。群仙一见,纷纷上前称贺。妙一真人只对众人说道:"贫道幸托恩师庇佑,已将微尘仙阵收去。所藏灵宝仙丹,业已暂时行法封锁,等到开山盛会,再行取出。甄艮、甄兑弟兄二人因被陷多日,虽经救转,元灵消耗太甚,神志已昏,须得调养一日,始能传授道法。如今我等且回洞去,再作计较。"

说罢,一同回到洞中。髯仙早命玉清师太、纪登、朱文、寒萼四人布好筵席,由芷仙管领的仙厨中取来交梨火枣、仙酿灵药这类,待人一回来,便请人入席。妙一真人从怀中取了两粒灵丹,交与顽石大师,吩咐白侠孙南、苦孩儿司徒平领了南海双童,随同前往金蝉、石生二人所居室内,将丹药与双童服了,由大师主持,用玄门度气调元之法,相助双童恢复真灵,再行带来听训。

顽石大师与孙南、司徒平带了双童,领命走后,各派群仙俱愿闻阵中秘奥,请妙一真人夫妇略说经过。妙一真人道:"仙阵委实神妙无穷,愚夫妇如非恩师预示仙机,只恐也难轻易将它收却。此阵三次峨眉斗剑尚有大用,且等盛会之日,玄真子师兄驾到,再请各位道友相助,重布此阵,请诸位道友入阵一游,便知就里。"群仙闻言,俱都大喜。

席散,醉道人使命未完,先自辞去。妙一真人夫妇陪了各派群仙,游览全崖,并将开府之后是何异境,一一说了。群仙自是赞佩不置。

那南海双童初被困入阵中时,知道上了敌人大当,万无生理,想起亲仇未报,无端受了史南溪等人蛊惑,闹到这般田地,死也难以瞑目。心中有了悔意,便想变计投降,一心只求饶命,以便日后好报亲仇,即使任何屈辱,也所甘心。可是心虽如此想法,无奈身不能动,口不能言,除了听其自然,别无法想。时日一多,渐渐失了知觉。妙一真人夫妇将他们救转时,还是有些恍惚。直到顽石大师将他们引入金蝉所居室内,用玄门度气之法运转真元,朝他们口中喷去,由那一股真气打通七窍,经过一十二重关穴,运行全身之后,弟兄二人又各服了一粒妙一真人所赐的灵丹,才得清醒。一见对面坐定一个中年女尼,旁立两个道装少年,知是救他们之人,连忙拜倒,请顽石大师说了经过。甄氏弟兄一听,不但道行无损,亲仇可报,还可投到峨眉门下,怎不喜出望外,立时便请顽石大师带去求见。顽石大师又命双童自己按照平时坐功,运行一周。知道再有一半日,便可复原,才将他弟兄二人带往太元洞内。

甄氏弟兄一见上面坐的是妙一真人夫妇和许多位各派群仙,左右两排乃是髯仙等峨眉派长一辈的同门,在后站的方是小一辈的门人。长一辈的仙人不说,单这些小一辈的门人,无一个不是仙风道骨,凤根深厚,哪里还等多看,忙即上前跪倒,匍匐在地。妙一真人先命向长幼群仙一一拜见。然后传了本门修炼之法。吩咐司徒平将他们带去安置,修养一日,再来领命,前往南海,去助金蝉等取回天一真水,就便报那父母之仇。甄氏弟兄闻训之后,不禁悲喜交集,感激涕零。当下叩辞出来,随了司徒平,走入所赐的石室以内,按照峨眉真传,潜心体会,用起功来。

到了第二日,仍由司徒平领去,叩见过妙一真人之后,妙一真人便将媖姆所赠灵符交与二人,又指示了一番机宜,给了一件法宝和一道催光速电之符,才命起身。甄氏弟兄领命,拜辞出洞,先将催光神符展动,跟着驾剑光升起,破空前进。二人的道行本非寻常,近来又受了顽石大师指点,再加上神符妙用,真是比电还快,不消半日工夫,已到南海。远远望见迎仙岛上仙光法宝,纷纷飞翔,敌我相战方酣。忙照妙一真人仙示,不等近前,便将媖姆所赐的一道灵符取出,朝着下面数人一扬。立时便有万丈金霞,夹着迅雷,自天直下。等到己身落在岛上,与轻云等人相见,万妙仙姑许飞娘早为雷声所震,带了三凤、冬秀先自逃走。

金蝉因追桃花仙尼李玉玉，误为邪术所中，脚沾了李玉玉的法身，等到看出形势不妙，取出宝幡护身时，身虽为五色云幢护住，无奈神志已昏，失了主宰，要想脱身飞走，势已不能。所幸金蝉凤根深厚，迷惘中仍有几分清醒，两手紧持弥尘幡，不为淫邪所动；那霹雳双剑又是妙一夫人未成道时炼魔之宝，出诸仙传，有了灵性，自能发动，保卫主人，外敌收它不去，又不怕邪污，除在五色云幢外飞跃不息，还随时朝着敌人进攻。闹得李玉玉枉自看着一块就口的肥肉，只到不了口内，连用了许多邪法妖术，都奈何二宝不得。所以金蝉除当时心神有些昏乱外，并未遭了毒手。及至神雷震散妖气，金蝉遇救，服了丹药，神志复原以后，益发把李玉玉恨入切骨。

当下众人见面，互相说了来意和当地情形。因为破宫在即，事毕便可回山，参加群仙盛会，俱都踊跃非常。甄氏弟兄又说了破宫取水，惊走飞娘，斩除群孽和救走蓉波、杨鲤、龙力子三人，来时掌教师尊早已事前一一吩咐停妥，应在明晚子时以前。赶在紫云三女庆寿之时前往，先由南海双童在寿筵前，明说奉命破她神砂甬道，并报大仇，各人再行按照掌教师尊仙谕行事。俱恨不得当时就去动手才好。当下众人在岛上，互相计议。不提。

且说那许飞娘会战轻云等诸人，正待施为放出辣手，忽听破空之声来得有异，抬头一看，金光迅雷已打将下来，当是克星已至。暗忖："此人如来，休说三凤、冬秀、李玉玉三人不是对手，连自己也要吃她大亏。"惊弓之鸟，心胆已寒，究竟来人是否如自己所料，都不敢细看，忙展遁光，一手抱着冬秀，一手拉着三凤，微喊一声："来了劲敌，还不先行退入阵去！"三凤原非弱者，虽看出金光迅雷厉害，并无败退之心，还在张皇四顾，准备抵御时，已被飞娘遁光卷走。一入甬道，飞娘便命速将阵法催动，准备迎敌。三凤问她何故如此惊惶？飞娘事出仓猝，惊魂乍定，闻言反倒一怔，来人真假没有分清，不便明言自己怯敌太甚，只得饰词说道："来的这人，乃是峨眉派中数一数二的能手。我等原是出来诱敌，诸位道友没有同来，势力较单，冬妹又为敌人法宝所中，惟恐有失，劲敌当前，不得不小心谨慎行事。故宜退入阵中，以逸待劳，就便将冬妹救治还原，岂不两全？"

三凤因此番出来，原以为飞娘道法惊人，对方不过几个峨眉后辈，就不凭阵法，也操必胜。谁知自己连失异宝，冬秀还受了重伤，桃花仙尼李玉玉不知何往，飞娘又是这等虎头蛇尾。先还以为果是峨眉方面来了劲敌，等了约有半个多时辰，并不见敌人入阵，李玉玉却是垂头丧气而归。下甬道时，因为阵势业已发动，所幸主持的人俱在外阵，预先看出是自己人，如在内阵时，弄巧还要受了误伤。及至见面，问起引走金蝉，可曾得手？岛上敌人添了能者，回时可曾窥见动静？李玉玉却说："金蝉被困时，有彩云剑光护住，不能近身。正在行法，忽为雷声震散，敌人接踵追来。因回望飞娘等退走，人单势孤，不便迎敌，便用粉光障眼之法，隐身遁回。到了延光亭，才见那施放神雷的，仅是两个矮小道童。本想出其不意，隐身上前，将敌人伤害他一两个出气，谁知敌人当中有一女道童，竟在暗中施展出了玄门中最厉害的阵法，只一近前，必为所困。幸是自己以前吃过亏苦，早在远处看破，否则又是弄巧成拙，因此仍旧隐身回来。"

三凤闻言，敌人不过又添了两个峨眉后辈，飞娘却说是峨眉中数一数二的人物，未免有了轻视之心。飞娘何等奸猾机智，早看出三凤不满。暗忖："适才雷声金光，明明是自己克星的家数。如说是她门人，也应是两个幼女，怎会来的是两个道童？这人神出鬼没，变化无穷，就算派了门徒，自己本人未来，也还是不可轻去招惹，且等弄明白了，再作计较为上。"见三凤辞色不善，装作不见，只拿医治冬秀遮盖。一会，冬秀已被飞娘治愈。

又等了好几个时辰，敌人始终未至。三凤闷闷不乐。飞娘正想命人出去探看，慧珠忽然带了蓉波赶来说："初凤新近又和大家商量，仍以坚守为是。现在准备庆寿，请飞娘等回去，由蓉波看守阵门。反正敌人如果进犯，宫中总图也可窥知虚实。这半日工夫，敌人动作人数，想已查知。他既逗留不去，无须诱他入阵，自会前来。因敌人屡次从阵中逃出，今日初凤已将全阵一齐发动，加紧防备，便是大罗金仙，也难飞入。峨眉派虽然厉害，不求怎样有功，但求无过，当不至于有甚差错。"

许飞娘闻言，方在踌躇，三凤早已气愤愤地道："我们适才出战，岛上除了原有一群后辈外，仅添了几个小孩子，却连失异宝，还带伤人，杀得大败。如非许道友看出峨眉派来了一个前辈名手，急速用遁光携带我同了受伤的冬妹一齐败回，说不定还要吃什么大亏。待一会李道友败回，又说并未看见什么大人。只因敌人防备甚严，恐遭暗算，没敢近前窥探，虚实难辨。我因二位道友名满天下，尚且如此，冬妹又是受伤新愈，惊弓之鸟，也不敢冒昧出去，只好听许道友之言，在此耐心等候敌人自己入阵，以逸待劳。谁知过了许多时辰，没见敌人一点动静。我刚猜敌人那些小业障是等救兵，目前或者并无能手到来，要请许道友发号施令，冒着大险出去探看真假，省得为几个小孩所欺，你就来了。"

许飞娘平时虽是深沉阴险，善于忍辱负重，听了三凤这等言语奚落，也难忍受。正待还言，猛一动念，暗忖："贱婢不知轻重，不识抬举，不屑与她计较。何不如此如此，胜了固是高兴，败了也是有益。"想到这里，不但脸上未带出丝毫怒容,反故作没有听出道:"既是大公主相招,仙阵全体发动,万无一失。敌人不退,终须进犯,早晚是网中之鱼,也不忙在一时。三公主失却异宝,皆是贫道防卫不周所致。荒山尚藏有几件法宝,得自崆峒山广成子修道的洞府以内,俱是万年前黄帝成道以前所炼,尚属不恶。待等此番战败敌人,贫道回山,取出两件来奉赠,以酬重劳,聊赎前愆如何?"飞娘所说崆峒宝物,前曾向三女提过,三凤早已歆羡。知她性情极为贪鄙,故为此言。原意是:胜了,自己借用人力,报仇泄愤,送她一件法宝,不但缔交更深,三次峨眉斗剑,更多一个后援;败了,紫云宫必然瓦解,三凤就是老了脸皮索要,自己已经明言在先,有胜了才给的话,尚可反悔。何况自己还打着浑水捞鱼的主意,那时同三女已成仇敌,更谈不到再践前言了。三凤心贪喜得,哪知飞娘深心诈术,闻言不特变愤为喜,转觉自己适才不该出言尖酸过甚,借着称谢,又和飞娘殷勤起来。

飞娘断定来人不是对头,也是她的门下,不到万不得已,不便再行出去。慧珠则听初凤的。三凤虽然言语讥刺,恨敌切齿,可是连失异宝,受了挫折,又见飞娘那般怯阵,知道敌人不是易与,怒气一消,渐渐起了退志。冬秀惟三凤之马首是瞻,又在阵前尝过厉害,更无话说。当下略一商量,俱主三女寿辰在即,莫要辜负了盛会,莫如暂时回宫,等寿辰过后,再作计较。

就中桃花仙尼李玉玉性本淫凶,又复骄暴,在逃回甬道时,见三凤对人礼貌辞色,都不似未出战以前,已是不快。及至后来,慧珠来请众人回宫,三凤所说的话句句挖苦,不由勃然大怒。如在别处,早向三凤质问,翻脸成仇。只因知道神砂甬道阵法厉害,恐吃眼前亏,勉强忍住。就这样,还是在旁冷笑,不发一言。等三凤、飞娘把话说完,诸人要走,才行开口说道:"贫尼道行浅薄,适才寸功未立,实在无颜回去。如凭现成阵地取胜,难免敌人讪笑。诸位道友且请回宫,贫尼愿单人出阵,二次会战峨眉群小。胜了自然擒敌献寿,以博诸位道友一笑;如再失败,从此不复相见了。"

许飞娘深知李玉玉的性情本领,听出言中之意,是不满三凤。知她此番出去,必用炼就多年从未用过的桃花七煞销魂网,与敌人决一死战,以便擒了心上人回山取乐。她如胜了,去掉几个峨眉门下的心爱弟子,正合自己心意;如果失败,既用此网,必难活命,正可借此蛊惑她避祸三劫,隐遁多年不闻外事的父兄——北海铁犁山无底洞的金风老人与散花道长,出山为她报仇,岂不是好?恐众人拦劝,忙即答道:"道友此举甚好,我等在宫中静候佳音便了。"

三凤早看出李玉玉辞色不善,心想:"我倒要看看你一人有甚本领。"便

153

冷笑答道："原来李道友适才出战，竟为我们所误，未展所长。此番出战，为我们报仇雪恨，成功如愿，无疑的了。"李玉玉听她话中带刺，恨在心里，不再多说，勉强道一声"再行相见"，连头也不回，径驾遁光，往甬道外飞去。三凤又故意高声喊道："李道友且慢行一步，阵门还未开放，你不比许道友，已知出入之法，恐怕出不去呢。"李玉玉闻言，知她存心奚落，意在留难，越发愤怒。只是话已说出，势成骑虎，如果回身等她缓缓开放阵门，再行出去，更觉示弱服低，脸上无光。气得把满口银牙一错，正打算拼着冒险硬冲出去时，慧珠早看出二人龃龉神气，平时虽鄙李玉玉为人，毕竟来者为客，三凤行为太不合理，不等三凤把话说完，早做准备，一言不发，手掐魔诀，暗将阵门开放。等到三凤见李玉玉闻声不理，大有反友为敌状，想将阵势发动，用阵之一层门户的沙障，给她尝点厉害，将她困倒，挖苦几句，再行放走时，李玉玉何等机警，已乘机冲出险地，将身隐住。

三凤一见李玉玉飞出阵去，知是慧珠所为，便埋怨道："这淫尼因迷恋峨眉余孽，没有到手，却向我们口出狂言。看她走时神色，分明日后要和我们作对。我正想发动阵法，教训她一番，警戒她的下次，你却放她逃出阵去则甚？"慧珠还未答言，李玉玉早在阵外现出身形，破口大骂道："无耻贱婢！遇见几个峨眉后辈，便不敢明张旗鼓与人相见，只知倚仗些须妖法，用魔阵、邪术暗算，背后出口伤人，有甚光彩？你仙姑此时有事在身，等我除了峨眉群小，再来扫荡魔窟，叫你知道我的厉害。"三凤闻言大怒，一面封闭阵势，想将李玉玉困住，一面便要追去。无奈李玉玉也非弱者，头层沙阵既被冲出，难关已过，又加善于隐形，遁光迅速，未容三凤施为，一片桃花色的烟光过处，只听李玉玉一声冷笑，形影不见。三凤还要追赶时，笑声渐远，人已飞出甬道之外。同时初凤又派人前来催请，说宫中有了变故，请飞娘等人不论如何急速回宫，有要事相商。三凤知道李玉玉隐遁迅速，阵中未将她困住，追出也是无用，气得千淫尼万淫尼地痛骂不绝。除金须奴外，慧珠凤根比较未曾全昧，连日因见三女不听良言，与峨眉作对，常常忧虑。一听宫中有事，便吃了一惊，忙将阵门封闭，交与蓉波防守，催着众人回转。

李玉玉原是许飞娘约来的助手，在先三凤与她口角暗斗，已使飞娘有些难堪。三凤索性想用阵法留难，没有做到，又是一场彼此痛骂，丝毫不留余地，起因又完全曲在三凤，怎不教飞娘恨怒。在三凤以为，飞娘出战没有得手，反累自己坏了法宝，枉负盛名，并无实力。她却不知飞娘近年来处心积虑，勤苦修炼之余，不但道行剑术大进，所炼几件旁门中的至宝，更有惊人妙用。适才出阵，一则轻云、英琼、金蝉、石生和易氏姑侄几人所用法宝、飞剑俱都仙传,非同常品;二则飞娘为要应付三次峨眉浩劫,不肯将所炼奇珍异宝轻于使用,使敌人得知,有了准备。以为三凤、冬秀法宝、飞剑俱都不弱,即使不然,单凭自己剑术法力,对待这几个峨眉后辈,也不难获胜,未免托大了些。再加一出阵,先只遇见易氏兄弟两个能力较低的敌人,休说施展全力,连自己都觉胜之不武,不屑交手。不料想轻云、英琼等救兵来得那般快法,方一照面不久,冬秀先受了重伤。飞娘正忙着救护冬秀,三凤法宝又为敌人破去,使她措手不及。等她抱起冬秀,赶去救援三凤时,更没料到南海双童又是来得那般快法,一到,神雷金光,便捷如闪电,自天直下。飞娘吃过娓姆几次大亏,看出来路,哪敢停留,连来人身影俱未看清,立时遁走,怎还谈得到施为。般般凑巧,碰在一起,把飞娘闹了个虎头蛇尾。

三凤如非轻视飞娘,又贪着她那崆峒至宝,结局固不至于那般惨法。同时如非激走李玉玉,南海双童等第一次偷入紫云宫,到了紧要关头,便要妄用妙一真人法宝,二次入宫,怎会那般容易?固然三凤命该如此,大半也是倒行逆施,孽由自作。当三凤和李玉玉斗口时,南海双童同了金蝉、石生竟在慧珠阵门开放之际,乘虚隐身而入。休说三凤、冬秀、慧珠三人不曾看见,连飞娘那样机警的人,也为阵法一收一放,光霞激漧所乱,又在愤怒头上,当时通没丝毫觉察。一任南海双童等凭着法宝隐护,如入无人之境,尾随在三凤身后,通行无阻,直往宫中飞去。

话说李玉玉骂了三凤几句,带着满腔盛气,出了甬道,隐身往亭外一看,敌人大半仍都聚集在一块石坪之上,互相指点烟岚,谈笑风生,如无其事一般。知道敌人绝非畏惧甬道中神砂阵法,不是等候援兵,便是待时而动。因为看出敌人聚集之处虽然无何异状,却是杀气隐隐,内中一个矮小少女,老是注目亭内,神色举动,尤为可疑。先前在海上,为神雷震散妖法,逃回甬道时,敌人已有防备,正待施为,这半日工夫,必更设置周密。自己仗着练就神目,仅能看出一点破绽,却不知阵法,明知近前无幸。一则就此回山,必为紫云三女所笑,心不甘服;二则敌人除后来二道童不见外,就中几个幼童,生就仙根仙骨,神采奕奕,丰姿夷冲,真是一个胜似一个,不消说都是历劫多世的童男。尤其是先前交手的金蝉,俊美绝伦,此时已不知何往,料是埋伏在侧。回忆适才,越想越爱,哪里舍得丢下。呆看了一会,一时色令智昏,心想:"敌人防卫严紧,众寡相悬,自己既不便上前涉险,只有和先前一样,将他们先引出防地,金蝉必要出现。那时再用桃花七煞销魂网,将心上人困倒,摄回山去享用。此外更无别法。"想到这里,便即现身出去。

那李玉玉看出神色有异的少女,正是女神婴易静。因为先前在暗礁之上设伏诱敌，不但没有成功，还几乎使自己人吃了大亏。自从南海双童来到，用仙府神雷惊走敌人之后，轻云主张既和敌人正式交手，又有许飞娘在内中策动，众人无论在哪里聚集，俱是一样。暗礁地势虽好，但是相隔遥远，呼应不灵。不如就在亭外相机应付，以待时至。又因敌人善于隐身，仍请易静施展仙法，暗中埋伏，以做准备。

那南海双童，从未学会道法时，便立志要手刃亲仇。这次借口妙一真人之命，要到三女生日之时，才行领众入宫。早就想弟兄二人先往宫中查看一回虚实，能得手便将仇人刺死一两个。恐众人跟去不便，知道轻云入门较久，隐然为诸人表率，便向她请命一往。轻云知他们志切亲仇，颇为嘉许，只嘱咐小心行事，不可大意。金蝉、石生本来等得不甚耐烦，尤其石生关心乃母，恨不得早早救出才能放心，更是执意非去不可，轻云拦他不住。易鼎、易震也要偕往，被易静止住。

南海双童同了金蝉、石生去后，易静因适才所见妖尼善于隐遁，行踪飘忽，早晚必有诡计。恐她隐身来犯，除用乃父所传先天易数奇门禁法将众人存身所在四下埋伏，等敌人入阱外，一面运用神目，注视着延光亭内动静，以防万一。易静这一双神目，虽不能像金蝉慧眼透视云雾，洞烛幽冥，因为道力较深，经历宏广的缘故，若论瞩机察微，防患于萌，却是要强得多。一见四人方入亭内，那甬道口外忽然闪过一片五色烟光，还疑是敌人存心将阵门开放。后又见四人入甬道时，倏地将身形隐去，又不似遇敌之状。正在猜疑，不消半盏茶时，甬道口中隐隐飞射出一片极微薄的桃花烟光，颇与妖尼在海上逃走时所见相类。以易静的目力，那般留神观察，仅略看出一丝痕迹。其余诸人，竟是毫无所见。易静断定是桃花妖尼要来作怪，暗中与众人打了一个招呼，各自小心，加紧防备，决计不使妖尼再行漏网。

刚在准备，李玉玉已现身出来，飞至亭外，且不近前，指名要金蝉上前相会。易静见妖尼停步不进，猜她看破埋伏，也甚惊异。正要出战，英琼生性疾恶如仇，早闻妖尼淫贱凶顽，哪还见得这轻狂模样，口中说得一声："易道友和周师姊只防备空中，断她归路，待小妹前去除她。"说时，一指剑，早连人飞上前去，更不答话，一道紫光，直取李玉玉。李玉玉看出这道剑光不比寻常，不禁大吃一惊。暗忖："日前听飞娘说起峨眉门下有两个女子，一名英琼，一名周轻云，各有一口宝剑，一名紫郢，一名青索，乃玄门奇珍，仙家至宝。如是合璧连用，同时施为，无论哪一派的有名飞剑，均非其敌。此女所用紫光，比起先前金蝉的一道紫光，要胜强得多，必是那口紫郢剑无疑。劲敌当前，稍一不慎，便吃大亏，进退都须神速才好。"一面想，不敢轻用自己的剑,早把九九八十一口桃花飞刀放起空中。明知自己飞刀虽多,决不能把敌人飞剑损伤分毫,只不过将敌人剑光敌住,相斗片时,等将心上人引出,好施展那桃花七煞销魂网,也不再有贪多之想,一得手便即逃回山去。异日约了师门能者或约异派的能人,再来紫云宫寻找三凤,以洗今日之辱。

她只管打着如意算盘,对面李英琼见敌人一照面,便飞起百十道粉红色的光华,知道敌人还有别的妖法,不敢轻视,喊一声:"来得好!"一纵遁光,身剑合一,那道紫虹立时光华大盛,直往粉红丛中穿去。后面轻云与易静姑侄相次上前助战。李玉玉的桃花飞刀本就有些邪不胜正,不是紫郢剑之敌,哪里还经得起五人一齐上前夹攻,不禁有些着忙。再一看敌人只出来五个,金蝉与一个生得和玉娃娃相似的道童,却始终不见露面。知道再耗下去情势愈险,就此丢手心又不甘。正在迟疑,一眼看到易鼎,虽不似金蝉根骨资禀深厚,却也生得长身玉立,丰神挺秀。暗忖:"起初一心只注在金蝉身上,没有细看,这少年却也有点意思。"便起了慰情聊胜于无之念。

妖尼一面指挥空中飞刀与敌人混战,暗中早将七煞销魂网取出,手掐灵诀,口诵邪咒,正待隐身施为。易静因乃父再三嘱咐,不可放走妖尼,以留后患,又因她善于隐形遁身,甫有觉察,还未动手,早将七宝中的六阳神火鉴取将出来,暗中准备应用。同时,轻云见妖尼飞刀活跃,变化无穷,虽然看出光华渐减,妖尼有些手忙脚乱,想要大获全胜,还得些时。算计破宫时辰相隔渐近,如能早将妖尼除去,岂不要从容些?便歇了收取敌人法宝之想,也将遁光纵起,将那道青虹,去与英琼的紫郢剑连在一起。周、李二人双剑方才合璧,李玉玉见飞刀光华锐减,益发不敢迟延。一面觑准众人,将桃花七煞销魂网放出,一面又忙着收那九九八十一口桃花飞刀时,那青紫二色会合的一道光华,早似经天长虹一般,伸长开来,倏地龙飞电掣闪了两闪,立时将那百十道桃花刀光一齐卷住。这时阵上诸人,除易静见双剑合璧,便将自己剑光收转,手持宝鉴,专防妖尼逃走和行使妖法外,那易鼎、易震早从旁看出便宜,手指处,各人的剑光、法宝,早分头朝着李玉玉飞去。那李玉玉的桃花七煞销魂网业已飞将出去,一收飞刀,被敌人剑光卷住,没有收回,已是心惊。再见对阵那少年和一丑童又将法宝、剑光迎头飞来,不及抵御。情知自己辛苦多年炼就的飞刀必难保住,危机瞬息,如不及早忍痛割爱,难免受伤。好在只要宝网成功,敌人所用件件都是异宝,休说全数成擒,但能摄走一两个,也不患得不偿失。当下把满口银牙一错,弃了飞刀不要,一片桃色淡烟散处,踪迹不见。

那易静见妖尼正斗之间,忽然手扬处,飞起千万道其细如丝的七彩光华,交织成蛛网一般飞射空中,转眼弥漫全岛,和天幕相似,眼看罩将下来。只以为她又使故智,想要逃走。暗喜自己所用法宝刚巧合适,便将一口真气喷向六阳神火鉴上,朝着空中照去。那宝鉴为易静所炼七宝之一,乃西方太乙真金炼成,形如一块方铜镜,能发六阳真火,专破魔法妖术。鉴光所照之处,任何妖人俱难潜形匿影。原为对付鸠盘婆之用,谁知却成了李玉玉的克星。鉴上一团其红如火的光华刚照向空中,立时便有六个火球飞起,互相才一击撞,便化成一团火云,万丈烈焰,朝那万千缕七色彩丝射去,转眼之间,便燃烧起来。

那李玉玉刚待将身子隐去,再行暗中施为,忽见敌人持一面宝鉴照向空中,放出火焰,还以为自己这法宝乃凝聚天地间极毒极污之气炼成,有形无质,隐现随心,无论仙凡和敌人的法宝、飞剑,只一被这网儿罩住,自己再化身入内,略一施展妖法,便可取舍如意。虽知紫郢、青索双剑不怕邪污,未必能将敌人全部困住,没有作全胜之想,却也未放在心上。却没料到易静宝鉴的火与寻常道家所炼三昧真火不同,专破她这一类法宝。说时迟,那时快,就在李玉玉寻思隐形之际,那一片火云已经布散,将空中千万缕七色彩丝全数托住,燃烧起来。李玉玉见自己七煞销魂网不但没将敌人的烈火灭去,反被它将自己苦炼多年、存亡与俱的至宝燃烧,一时情急,忘了利害,竟然纵身飞升空中。正打算先将七煞销魂网收了回去,另用别的妖法一拼时,那九九八十一口飞刀已被英琼、轻云的青、紫二剑绞成粉碎,粉红色的残光洒布满天,乱落如雨。

英琼、轻云破了飞刀,回顾易静,手持宝鉴,发出烈火,正向空中七色彩烟照去。再看妖尼,不知去向。易鼎、易震正驾剑光上升,却被易静大声喝住,知道那片烟光之中,必有妖尼在内。二人更不寻思,同驭剑光破空便起,直往火云烟光之中冲去。李玉玉见飞刀全失,好不心痛。一收七煞销魂网,竟被下面火云吸住,收不转来。只管咬牙切齿,不舍就走。倏地从下面火云中,又冲起一团斗大的红光,已照到自己身上。知道不妙,想躲已是不及,隐身妖氛先被破去,现出形体。正在张皇不决,那轻云、英琼二人已冲破千层彩丝追来,见李玉玉还在空中弄鬼,哪里容得,惊鸿电掣般飞上前去。李玉玉万想不到隐形法会被破去,敌人剑光来得如此快法,不由吓了个亡魂皆冒。当时逃命要紧,一切不暇再顾,驾遁光破空便起。任是抽身得快,那道如虹似的剑光,已从她下半部绕来。李玉玉"哎呀"一声,身虽侥幸逃出,那一双平时用来迷人,欺霜赛雪,粉致精圆的白足,已齐足踝被剑光斩断。总算是起先易静动手稍快,否则如等李玉玉隐入桃花七煞网中,化身施为,再行发动，便是那上半截残躯，也难保全。等到轻云、英琼二人飞剑去追，易氏弟兄也相次赶到时，妖尼已借血光遁去。

且不说李玉玉负伤逃走，中途遇见朱梅，仍遭惨死。且说南海双童甄艮、甄兑志切亲仇，同了金蝉、石生冒险入宫，先准备隔着上面甬道，从地下穿行而入。好在身旁带着几道应用灵符，又有弥尘幡、天遁镜等至宝，即使遇见险阻，也不妨事。便传了金、石二人潜光蔽影之法同进。刚一行近神砂甬道口外，忽见里面光华乱闪处，阵门开放。甄艮、甄兑恐敌人出来，心中一动，忙拉了众人一下，径自隐身，乘虚而入。身刚到达头层沙障外面，便见光华敛处，桃花仙尼李玉玉带着满面怒容，飞身出来。金蝉恨妖尼入骨，如非关着大局和甄氏弟兄拦阻，当时就要动手。四人乘着阵门开放之际，到了里面，一眼望见许飞娘、三凤、冬秀等人，旁边还侍立着石生的母亲陆蓉波。这第一层阵法，金蝉曾经两次涉险，知道凭着一幡一镜，尽可闯出。休说金蝉跃跃欲试，便连南海双童也几乎想要乘机暗施辣手，先将三凤、冬秀二人刺死，才称心意。只因大敌当前，身虽隐住，不能出声说话，仅能以手示意，此行所关甚大，事先不商量一致，不便为首发难。再者金蝉先虽有些动心，后来一想："飞娘厉害，不比妖尼，此行甄氏弟兄并未施展掌教真人所赐灵符，用的乃是旁门隐身之法，能混入阵来，已是侥幸。再从暗中下手，倘如还没进身，便被窥破，纵不至于失陷阵内，毕竟劳而无功，反不如深入宫中，查看明了虚实，以待时相机下手，方为上策。"念头一转，反转来拦阻双童。方在委决不下，李玉玉已在沙障外面破口大骂起来。三凤发怒要追，人已隐遁。接着便是初凤二次命人催请。

金蝉和甄氏弟兄见飞娘等往宫中退回，始终没有觉察防备，经行之处，毫无变化，心中大喜，忙即追去。只石生一人见乃母独留，早就想现形相见，无论如何，不肯偕往。金蝉连拉几次不听，眼看飞娘等飞行较远，不能再延，只得舍了石生，同甄氏弟兄向前面敌人追去，两下相隔约有十丈远近。事也真巧，四人先进来时，正值阵法一收一放之际，全甬道光华散乱，以飞娘那等目力与道行经验，竟被瞒过。回宫时节，三凤只将甬道路程用魔法缩短，气愤头上，一时大意，并未发动阵势。四人又早得杨鲤指示，照准甬道中心，四面凌空飞行，所以只见前面甬道比电还疾，从足底身旁飞过，也不知见了多少阵中设置的奇禽怪兽，灵境珍物，顷刻之间，已离宫不远。快出甬道之时，三凤才想起全阵门户洞开，连忙施为时，三人已相继随了出阵。

三人定睛往四外一看，到处都是金庭玉柱，琼宇瑶阶，火树银花，珠宫贝阙。那甬道出口处，乃是紫云宫后苑的中心。一出甬道，便是一条宽有数十丈的白玉长路。路旁森列着两行碧树，每株大有十围，高达百丈，朱果翠叶，郁郁森森。时有玄鹤丹羽，朱雀金莺，上下飞鸣，往来翔止。阵阵清风过处，枝叶随风轻摇，发出一片琤瑢鸣玉之声，与这许多仙禽的鸣声相和，如闻细乐清音，笙簧迭奏，娱耳非常。玉路碧树外，是一片数十百顷大小的林苑。地上尽是细沙，五色纷耀，光彩离离。数十座小山星罗棋布，散置其间。也不知是人工砌就，还是天然生成，俱都是岩谷幽秀，洞穴玲珑。有的堆霞凝紫，古意苍茫；有的横黛笼烟，山容浩渺。山角岩隙，不是芝兰丛生，因风飘拂；便是香草薜荔，苔痕绣合。再细看满地上的瑶草琪葩，灵芝仙药，竞彩争妍，灿若云锦。越显得瑰奇富丽，仙景非常，气象万千，目难穷尽。三人身在龙潭虎穴之中，危机瞬息，正事要紧，哪有心情细看，略一经眼，便朝前面敌人跟踪追去。

那条玉路，从甬道出口处计算，长有三里，形如卍字。每头都有一座宫殿，共分四路八殿，暗合八卦。往初凤行法的黄晶殿，还须两个转折。南海双童等三人在未到达以前，便见前面路转尽头处，有一座高大宫殿，通体宛如黄金盖成，精光四射，壮伟辉煌。殿前有数十亩大小的白玉平台，当中设着一座极高大的丹炉，旁边围着八座小丹炉，乃是昔日紫云三女炼那五色毒沙之物，如今移在殿前，当作陈设。

三人正行之间，见前面许飞娘等一人转角，忽然落下遁光。不敢急进，便缓了势子，尾随前行。这时路上所见宫中执事的人渐多，只没见杨鲤和龙力子两个。仗有法术隐身，俱未把敌人放在心上。眼看许飞娘等已到殿前，步级而上，殿中也有人迎了出来。正要跟踪过去，甄艮猛觉目光一闪。抬头一看，那殿前平台当中一座大丹炉，不知何时添了一面五丈许方圆的大镜子，寒芒远射，宛如一个冰轮悬在那里，只是光华明灭不定。光灭时，晦若无物，连镜子的暗影，都几非寻常目力所及；放光时，虽只一瞬，却是远近数十步外的人物，纤微可见，三人前进之状，完全映现。暗忖："自己原是隐了身形前进，怎会照了出来？敌人此镜，异常厉害，决非无因而设。"再往镜中一看，果然站着一个与三凤装束相似，云裳霞帔的少女，手中掐诀，对镜凝视。暗道一声："不好！"拉了金蝉，用地行神法，便往地下遁走。同时金蝉、甄兑也都看见那面怪镜，因为甄艮心思最细，志更坚忍，恐金蝉、甄兑二人不知轻重，来时早就嘱咐停妥，一切依他行事，故此三人差不多是一个动作。

原来初凤自从峨眉来人两次入宫，虽被神砂甬道阻住，未得长驱直入，但是敌人未损分毫，自己这面却连失重宝，阵法又被敌人破了好几处，本就有些着慌。这日飞娘等到来，南海双童已归峨眉，更是心病。想了想，把心一横，一不做，二不休，豁出自已多耗一点精血，一面命人在黄晶殿中大摆寿宴，庆贺生辰；一面将天书副册最后一叶所载的血光返照太阴神镜之法施展出来。这镜并非法宝，乃是一种极狠毒的魔法，最耗行法人的真血元精，不到危急，不敢妄用。紫云三女，初凤道行法力最高，虽然早就炼成，从未用过一次。这次也是因为敌人来势太凶，关系全宫存亡，逼而出此。却不想这种狠毒的魔法，最干天忌，非同小可。当时未暇计及利害轻重，等到身败名裂，已无及了。

那神砂甬道全阵的总图，原在内阵之中。初凤入魔已深，存心在人前炫耀，便请飞娘同来的几个异派中妖人同入内殿，先看了看总图，并无动静。然后对众说道："许、李二位道友同了三妹、冬妹出去探敌这些时，看图中动静，胜负难知。我想许、李二位道友法力高强，久出不归，敌人必定厉害，少不得还要诱敌入阵。我这总图，虽可指挥操纵全甬道的阵势，但只能窥见敌人现在哪一层阵上，敌人面目能力，尚不能知。现在我将这血光返照太阴神镜之法施展出来，便能洞烛隐微。敌人不入阵则已，只要一入阵，便似盆水寸鱼，一举一动，全在我等眼中了。"说罢，双膝盘坐，屏气凝神，默用玄功，将本身真元聚在左手中指尖上，咬破舌尖，一口鲜血，喷了出来；同时左手掐诀，将中指往外一弹。那一口鲜血聚而不散，渐渐长大，化成一片青光，形如满月，悬在空中。初凤又施展魔法，将诀一收，立时光辉敛去，成了一团和古镜相似的暗影。然后对众说道："我这太阴神法颇耗真气，不宜常用。等总图中现了敌人动静，诸位再看便了。"

正说之间，总图中忽然起了一片烟雾。初凤忙掐灵诀，一口真气喷将出去，朝着那团暗影把手一扬，并无敌人入阵。只见飞娘等三人回了甬道，看去颇现狼狈。李玉玉不知何往，冬秀还有受伤模样。初凤猛一动念，忙收了镜法，请慧珠用缩沙行地之法，急速前往，将飞娘、三凤等三人请回。除各阵地上原有防守的人而外，头层阵门上，只需派一个能力较强且可靠的人足矣。慧珠领了机宜自去，她近日极喜陆蓉波，便将蓉波带了同往。

慧珠、蓉波去后，隔了一会，总图上忽然烟雾大作。初凤本疑是有人入阵，施展镜法一看，却是三凤和李玉玉争辩，李玉玉正往外走。猜是三凤开衅，恐生事端，二次又命人催请速归。这时恰值南海双童同了金蝉、石生混入阵来，按说阵中原有反应。一则初凤见自己人似乎起了内讧，心中惊疑；二则又当慧珠、三凤将阵法一收一放之际，烟光缭乱，飞娘、三凤等人动作还可辨出，南海双童等四人身形业已隐过。魔镜固是神秘，毕竟甬道相隔千里，总图包括全阵枢机，看上去人同蚁大，略一疏忽，便被瞒过。那血光返照太阴神镜耗损真元,不宜多用。后来见飞娘、三凤、冬秀三人已随了去人同返,总图中无有朕兆,便将镜法停止。她却没料到三凤、慧珠归途忙乱中,先将阵法收起,没有发动。初凤偏又一心专注那魔镜,以致铸成大错。及至三凤快要走出甬道,想起发动时,初凤忽见总图上似有丝毫动静,那地方已抵出口,乃全甬道的尽头,如系自家人行动,何致有此现象?情知有异,忙又施展镜法。果见有三条极淡的人影,在甬道出口之处闪了一下,那人影竟淡到寻常目光所难及的地步。

千里神砂,敌人如入无人之境,仅在出口之际,略现一丝痕迹。如非镜光所照甚真,敌人业已身入户庭,还未觉察。自己费尽心血所炼的神砂魔阵,要它何用?这一惊真是非同小可,哪里还敢丝毫怠慢,忙和众人道:"现在三个敌人不知用甚法术,竟能隐着身形,安然穿行甬道,深入宫中,必非弱者。他们欺人太甚,事到如今,说不得拼个强存弱亡。这里有两个无形魔障,乃海底万年朱蚕之丝炼成,与这太阴神镜相辅而行。无论来人有多厉害神妙的隐身法术,镜光一照,自现真形。等他们一到,镜光所照三百步内外,便将此障往空中一抛,再经我法术施为,此障立时化成千万缕无影无形的柔丝。敌人只要被缠住,周身骨软如棉,神志昏迷,休想走脱。请一位道友与舍妹夫各持此障,躲在殿前平台两角,我这镜上一现火花,立时如法施为,自有妙用。"说罢,那被许飞娘约同前来的几个妖人俱都各说:"愿效微劳。"初凤说道:"四手天尊江涛道行最高。"便将障交与了他。因为敌人已入腹地,初凤不敢迟延,除江涛外,余人连两句客套话都未顾得说,初凤便急匆匆口诵魔咒,暗运真气,将手一指,那团暗影便随着指挥往殿外飞了出去,到了平台,悬在空中,停住不动。初凤接着行起法来。

这时镜中敌人已出了甬道,随定飞娘、三凤诸人身后,隐形遁进。初凤暗忖:"三凤等粗心不说,许飞娘多年盛名之下,何等机智,怎会从阵中引来三个敌人,通没丝毫觉察?敌人本领,定非寻常,既不能一举成擒,被他逃走,阵中虚实,大概已为所得。为除隐患,莫如等他本人飞上平台,再行动手,方可不致漏网。事在紧迫,就是多耗损一点真元,也说不得了。"一面寻思,不时把镜法展动。不多一会,镜中敌人已到卍字亭路转角,影子越来越真,渐渐眉发毕现。来人又是三个幼童,除金蝉前日在甬道中见过外,那两个竟和当年侵犯紫云宫的妖童甄海生得一模一样,如飞娘日前所说,果是不虚。想起昔日《地阙金章》最末一面,明示异日休咎结局,曾载有"双童报仇,最应当心"之言,未免有些心惊。

回顾金须奴,隐身平台一角,满脸忧色。当初如果信他的话,将水献出,何致闹得这等僵法？事已至此,悔也无用,除了竭尽所能,拼个死活而外,更无善策。想了想,估量敌人将到,又是一口真气喷向镜上,一看,数人紧随飞娘等身后,已到殿前。当时惊愤交集,一面双目注定神镜,暗中默运玄功。准备放过飞娘等几个自己人,等敌人一上平台,台上原设有五方五行天魔锢形遁法,再一施展那两面无形魔障,便无殊上有天罗,下有地网,敌人任是精通什么玄妙的遁法,不论上天入地,俱都休想脱身。

初凤虽然如此着想,但是那太阴神镜悬在殿外,不比殿内,运用起来,那一片皎如明月的寒光,休说金蝉、双童等的慧眼,便是寻常人,也一望而见。起初初凤也想到这一层,用禁法将光蔽住,又有绝大的炼沙炉鼎相隔,外人不能看见。这时一见飞娘等上了平台,敌人眼看接踵而至,百忙中,一面要从镜中观察敌人动作,一面又要施展那无形魔障,心神一分,不及施展禁光闭影之法,早被金蝉等三人看破机密。等到初凤看出敌人要逃,将手一扬,镜上冒起火花,金须奴与四手天尊江涛将两面无形魔障放起时,敌人业已同时遁走,一个也未擒住。这紫云宫中的地面,虽不似平台之上埋伏密布,并非寻常沙石泥土,初凤万不料敌人遁走得如此神速,不由大吃一惊,呆在那里,作声不得。

飞娘刚达殿前,已看出了八九分。暗忖:"自己得道多年,竟被几个小孩子瞒过,跟了一路,都未觉察,岂不惭愧?凭自己法力,破了敌人隐身法,使其现形,原是不难。一则因三凤适才出语讥诮,令人难堪;二则不知敌人在快出甬道时才被发现。以为初凤既知敌人私入甬道,并欲在事前发动阵势,或者志在诱敌深入,别有用意。自己此时返身擒敌,装着早知敌人跟来,故意引他入宫,再行下手,固然可以遮盖失察之羞。但是峨眉这些小辈,大都青出于蓝,敢于深入虎穴,必有所恃。使其现身容易,万一擒他不住,宫中诸人本就有多半怯敌,必说自己引贼升堂,反而不美。再者以前明知紫云三女非峨眉之敌,不过略增自己声势,与峨眉多树几个强敌,能胜固好,不能胜,多少也总可剪却敌人几个羽翼。"及见敌人主要人物一个未来,就凭几个后辈门人,已把神砂甬道搅了个河翻水乱,结局定无幸理,本就想另打主意。再经三凤随便出口伤人,又将李玉玉气走,许多令人难堪,更是羞恼成怒,有了嫌隙。便当时敷衍不去,全是为了垂涎宫中所藏各种异宝,并未存有好心。这时宫中发现敌人踪迹,正好冷眼旁观,相机而动,看看三女的本领。反正敌人通行甬道时,三凤、慧珠等俱是主持全阵之人,千里神砂,被人随便通过,尚且不知,外人不明阵中奥妙,怎能见笑?越想越以不动手为是,始终一言不发。直到敌人业已逃遁,才随众人纷纷与初凤相见。

初凤因自己认为千里铁壁神砂甬道尚且阻敌不住,也不好意思再怪外人,只把三凤、慧珠、冬秀三人暗中埋怨了几句。随即将足一顿,一耸两道秀眉,随即收了法宝,率众入殿。这一来,众人十分扫兴,原以为初凤必要忙着搜敌,谁知却如无事人一般,好生不解。只有金须奴和慧珠看出她满脸戾气,必要逆天行法,知她素来外和内刚,只要动了真怒,谁也拗不转,空自忧灼,又不敢劝。果然初凤请众人落座以后,便发话道:"我们在海底隐居修炼,与他风马牛各不相干。那天一真水乃本宫至宝,借不借由我。他先命门人前来强取,第一次不等回话,伤我神兽龙鲛;第二次大闹神砂阵,又坏了三舍妹的璇光尺。我仍不愿与他结仇,只将甬道封锁,不肯出战。如今几个小辈,竟寻上门来,真是欺人太甚!愚姊妹虽然道行浅薄,也在海中潜修了数百年,自问道行也不弱于他。只因我那几桩大法有天箓示警,不到迫不得已,不能轻易使用罢了。现在敌人乘隙侵入宫中,适才我用无形障擒他,又被漏网。如不再将峨眉门人除却几个,稍杀敌人气焰,以后各派群仙有甚奇珍异宝,俱都予取予求,永无宁日了。三个小业障隐身法已被看破,没有我们自己人引导,绝出不去,必在宫中逗留。到了子时,便是愚姊妹贱辰。诸位道友远来盛意,岂能为小辈所扰?我算他此来定为盗那天一真水。此水已为三舍妹藏在金庭玉柱之内,本有法术封闭。我再施展七圣迷神之法,三个小辈如不去还可多活些时,否则这黄晶殿固是上下埋伏重重,敌人来即入网;便是别处,只一现身,立时被我妙法困住。然后将他擒到殿台之上,凌辱摆布个够,再行处死,以博大家一笑何如?"说罢出位,披散头上秀发,口诵召魔真言,就在殿前倒立舞蹈起来。约有半盏茶时,从初凤身旁,升起红、黄、蓝、白、黑、青、紫七缕轻烟,冉冉往殿外飘去,转眼分散,由淡而隐。

　　金须奴见初凤简直换了一人,竟不畏惹火烧身,连那天书副册中最恶毒狠辣的七圣迷神之法,都毫无顾忌地施展出来,真是忧急恐惧,不打一处来。本想借词出殿,想一善策,釜底抽薪。谁知他只管变颜变色,面带惊疑,早被初凤看破。行完法后,便笑对众人道:"今与峨眉誓不两立,我志已决。少时处死敌人,宴散之后,不等敌人寻来,我便去峨眉凝碧崖,上门问罪。无论是自己人还是诸位道友,未得我言,千万不可离开此处,静候我一人施为如何?"说时,又看了金须奴一眼。金须奴哪里还敢开口,只急得暗中跺足。只有三凤、冬秀兴高采烈。许飞娘和一干妖人,更是合心称意,巴不得有此一举,俱向初凤称佩不置。

　　初凤正说之间,忽见东南方飞鲸阁畔,一片黄烟升起,大喜道:"敌人业已被困,只不知可是全数入网。三妹持我灵符,用太昊真诀防身,速将小辈擒来,听候发落。"三凤闻言,接过灵符,带了两个随侍的女仙官,径往飞鲸阁飞去。三凤走后不久,初凤在殿中遥望,一道金光,像电闪一般掣了两下,那片黄烟忽然消散。不禁大惊失色,暗道一声:"不好!"忙又取了两道灵符,分给二凤、慧珠道:"敌人真个奸猾,不知用甚法儿逃出罗网。幸而这一关,修道人比较易过,还不妨事。你二人速去相助三妹,我这里将血光返照太阴神镜运转,飞向你二人面前。此镜不便常用,每放光明,便向空中注视,自能观察敌人踪迹。凭我七圣大法,再加上你二人的法宝,两下夹攻,决不怕敌人能飞上天去。"说时,正南方彩蜃殿,又有一片青烟升起。初凤指给二人观看,说道:"敌人现在逃往彩蜃殿被困,可速前去。"

第一六六回

人语烟中　三仙逢矮叟
雀环飙转　万里走神砂

　　且说二凤、慧珠领命刚走,先是东方大熊礁红烟升起,紧接着正西的蛞蝓殿,正北方的圆椒殿,西北方的虹光湖,西南方的珊瑚树,相继各色烟光升起。紫云宫碧树琼林,玉宇瑶阶,珠宫贝阙,所在皆是,本就雄深美妙,绚丽无穷,再被这各色彩烟笼罩其上,越显得光华缤纷,蔚为奇景。休说那几个初来妖人平生未睹,便连那经历宏富的许飞娘,也都叹为观止。众人目眩神奇,心惊妙术,哪知就里。

　　其中最难受的,仍是金须奴和初凤。一个知道大乱已开,初凤入魔益深,自己受恩深重,又想不出挽救之方,只好守定身侧,到了万分急难之时,以身相代而已。一个是满拟这诸天世界,七圣大法随心感应,捷于影响,休说三个后进小辈,便是峨眉诸长老到来,也难破解。谁知刚将敌人困住,便被走脱。随着青烟继起,敌人入网,未见逃出,方在庆幸,忽然间四方八面各色彩烟纷纷全数放起。姑无论成功与否,就说一处困住一人,已有六七个之多。适才只见三人偷入,还说是自己人疏忽,引贼升堂,这其余诸人从何而至? 照这样,神砂甬道岂不形同虚设? 真是越想越烦。

　　初凤为人原具深心,自从神砂甬道筑成以后,所学不正,再一多杀生灵,入魔益深,朝夕筹划,惟恐祸变之来,因此她把全宫殿都用魔法封锁埋伏。这座黄晶殿位居中央,又是甬道的命脉,总图所在,指挥操作,全在此地,无形中便成了全宫的枢纽。明知今日事太扎手,再加上适才新召来了魔中七圣,如果伤了敌人回来,还易打发;否则魔头无功而归,便要反攻行法之人。虽然自己能发能收,早有准备。但是这魔头不比圣神丁甲,乃天地间七种戾煞之因。冥冥中若有魔头主掌,似虚似无,若存若有,看去并无形质。非具绝大智慧,不能明烛几微;非具绝大定力,不能摒除身外。一为所动,灵明便失,任其颠倒死灭,与之同归。受害的人虽为烟雾笼罩,只外人还略能看出些许形迹,本身却一无所觉,真个厉害无比。万一侵害了自己人,岂不冤枉?

惟盼三凤、二凤、慧珠等三人能将被困的几个敌人擒来,用魔法禁制讯问,才知对方真相。眼看敌人随意出入,藩篱尽撤。只剩下宫中一些埋伏,及各人法宝,还有这一两桩不能轻易行使的魔法。即使暂时获胜,想和峨眉前辈数十位名头高大、道法宏深的剑仙相抗,怎有把握?

心中刚一明白,三凤等尚未擒回敌人,忽见金庭玉柱间光霞上升,彩雾蒸腾,知有敌人前去盗宝,中了埋伏。念头一转,不由又勃然大怒,忙命金须奴速去查看。

金须奴持了护身灵符去后,先是二凤、慧珠两人空手回转。初凤见她们后去先回,无功而归,惊问究竟。二人便将奉命往大雄礁、蚖蝮殿、虹光湖、珊瑚榭等有各色彩烟升起之处擒敌,远看烟雾弥漫,越是近看,越没一丝痕迹,等到转身,离得较远,烟雾又由淡而浓,不解何故;如今四方八面俱已寻到,皆是如此,那发烟之处,并无一物等语,说了一遍。初凤刚问可见三妹,三凤已同了随去的人狼狈而归,也是一无所获,初凤更是骇异。再一问经过,三凤说道:"我到了飞鲸阁前,还有半里多地,眼见烟雾中还有三个人影,忽然似一朵金花爆散开来,转眼即行消灭。那烟雾也越近前越淡,及至到了阁前,连一点痕迹都无有了。如说被敌人破去,怎又不见敌人踪迹?我因此法厉害,大意不得,不敢去了大姊的护身灵符。等到离阁不多远,不但阁前那片烟雾又由淡而浓,而且四方八面如圆椒殿、虹光湖、珊瑚榭等处,又连起来六七片各样颜色的烟雾。心想此法不将敌人困住,不会露出痕迹,疑心敌人大举进犯。恃有灵符护身,挨次巡视,俱是远观彩烟弥漫,近视杳无踪影。只末一处,行经蚖蝮殿,似闻烟中人语,仿佛说我们'迷途罔返,大限将临。你父母之仇,早晚得报,毋须急在顷刻'。接着便见一个很眼熟的矮子背影,一晃不见。那烟雾也和别处一样,四处留神搜查,别无迹兆。大姊看是如何?"

初凤此时魔法已为高人破去,害人不成,反害自己,正是魔头高照之际。闻言虽觉三凤所说烟中人语有些惊诧,以为这类魔法,被困的人一切幻象,均由心生,千奇百怪,变化万端,常有自言自语的时候。那各色彩烟既未消灭,七圣大法定未被人破去,还不要紧;否则敌人如能随意行动,怎的不敢现形出面?三凤所闻所见,定是敌人刚刚入网。这七处的敌人必非庸流,或者被陷之时有了觉察,遁入地内,也未可知。不过敌人就是分头来,也应是几个做一路,怎会单单按照自己所布的魔法,分成七处,和预先知道的一般,同时发动,同时落网,哪有这等巧法?好在那七圣大法,只一冒起烟雾,必有敌人被陷,决不致空。即使会用甚绝妙的隐形地遁之法,也只掩得两三个时辰耳目。再者,这种无形伤人的魔法,今日这么多的敌人,不见得全数都在事前警觉,个个同时往地下遁去。必还有几个道行深厚的人,虽然中法被困,还在那里运用真灵,以绝大定力来相抵御,神志不会十分昏迷,身又预先隐起,所以看他不见。

想到这里,便问二凤、慧珠道:"你二人去时,血光返照太阴神镜曾在前面查照,我这里连着几次行法,难道也不见一丝朕兆?"慧珠道:"我们初出殿时,原本指挥此镜,注目飞行。先到第一处彩烟前,此镜曾放了一次光明,并未照见敌人行迹。后来连飞巡了六七处,直到回殿,便始终是一团黑影了。"初凤闻言大惊,忙掐灵诀,如法施为,那团暗影依旧是寒光皎皎,纤微俱照,知未被人破去,这才放心。这几种厉害魔法,天书副册原有"互相克制"之言。只缘炼成之后,从未施为,稍一疏忽,便会徒劳无功。想了想,便自丢开,自己还以为万分谨慎。不到烟中有了敌人现形,不去收那魔法,以防万一敌人不曾入网,魔头反攻自己,不易打发。只要有一两个发现,再行收法,便无妨害。那些隐入地下的,更是釜中之鱼,留到最后收拾不迟。却不料七魔害人不成,业已反攻,不久便会乘隙发动。可怜初凤也是仙骨仙根,只缘一念之差,闹得身败名裂,受尽诸般魔难。

初凤等诸人正说之间,金须奴也从殿外飞来。初凤忙问金庭玉柱中可有变故?金须奴答道:"金庭玉柱,远看彩雾蒸腾,光霞辉耀;近视依旧是好好的,并无一物埋伏,也不见有敌人侵入行迹。不知是何缘故。"初凤一点也没想到可疑,暗忖:"自从昔年玉柱开放,取出许多异宝、灵丹之后,数百年来,一直没有想到玉柱底下也藏有宝物。看今日神气,颇和昔年发现宝物时情形相似。莫非因为强敌大举来犯,知我难以抵敌,又有宝物出现不成?"越想越有理,心里一高兴,便连前事也不加重视。因为降生时辰将至,成心想在人前炫耀,施展那近数月来所炼成的各种幻景法术。便吩咐除黄晶殿外,再设一席寿筵在金庭玉柱之间。一则宴请仙宾,犒劳宫众;二则请大家一玩金庭玉柱奇景,当时如真能发现藏珍,岂不凑趣?

金须奴因那金庭玉柱乃宫中禁地,藏珍奥区,平日除了本宫主要人物外,仅有一两个宫中防守执事的人可在里面出入,自己人尚且不得妄进,何况外人?这许飞娘邪魔外道,居心叵测,怎可任其轻入?还有那黄晶殿,乃全甬道总图所在,许多埋伏的枢纽全在其内,平时尚且不可轻离,怎到了强敌当前,这等紧要关头,却如无事一般?闻言好生惊异,便谏劝道:"金庭玉柱,宝库所在。如今敌人业已混入,就擒与否,尚难定准。黄晶殿全宫命脉,万法总枢,正当多事之秋,谨慎防卫犹恐不周。如在两地开宴,相隔辽远,万一疏虞,岂不开门揖盗?望公主稍微慎重。"

初凤笑答道:"妹夫未习天书,不知就里。便是三妹、二妹,也因道力稍浅,难测玄妙。我在百十年前,已将这部天书通体彻悟,洞悉玄奥,运用变化,无不如意了。只因此法太辣,有干天忌,从未轻举妄用。如今峨眉欺人太甚,我已横了心,拼着不成正果,永为海阙散仙,也要将所有妙法尽量施为,与他分个强弱。我岂不知这两处关系重要,特地开放门户,正为引敌入网,无论仙凡,涉我樊篱,必无幸理。敌人满布宫中,俱精地遁,虽为七圣大法所困,因未现形,难知就里,不便收法。恐还有别的余党,未必全数成擒,借此娱宾,兼以诱敌,岂非绝妙?"

金须奴见初凤颇为自恃,总觉她今日神情异常,满脸戾气,不似往日仙灵丰采,疑虑不释。慧珠也看出初凤不似平日谨慎,有点倒行逆施。但见金须奴谏劝无效,当着几个外人,不便再为深说,只有心中焦急而已。除金须奴、慧珠比较明白外,余人俱都深信初凤法力,只知同仇敌忾,不但毫没在意,反巴不得少时开宴,当众逞能,将多日筹备的魔法幻景一一施为,以显自己道法玄妙。

那许飞娘等几个左道妖人,久闻金庭玉柱之名,因是宫中禁地,不便请求入观,每次来时,仅在外面看见金光宝气,霞蔚云蒸,早就心羡。一听初凤要在那里开宴延宾,好不欣喜。别的妖人,知道三女厉害,此时尚无妄念。飞娘早已断定必败无疑,适才在甬道中和三凤口角时,已存了趁火打劫之想。知道金庭玉柱埋伏重重,如不在事前入内窥知底细,三女一败,便为敌有,已是无及。正苦无从下手,这一来可算天夺初凤之魄,正合心意。否则初凤也非根行道力浅薄之人,适才施展那么厉害的七圣大法,连自己都觉必有成功之望,怎么敌人来了许多,从未就擒,就连形影都未见到一个?烟中人语,分明是真,她却自信太深,说是应有幻景,此事出乎情理之外。她连一丝也不觉察,岂非自速败亡?来人定是三仙二老之辈,或者还有自己的克星在内,如非想收渔人之利,此际便应及早抽身,才是上策。哪有这般大意,骄敌之理?几个同党,俱是自己约来,算计峨眉如果大举,当在子时开宴之际,此时当众不便预为示警。好在自己预备有防身脱险法宝,且等到时,胜固可喜,如真见势不佳,再一同逃走不迟。飞娘也是利令智昏,只顾自己如愿,不管旁人。适才李玉玉负气前去,不曾拦劝,也未遁去,以致妖尼惨死,已遭了大怨。这次又因事前不警告几个同类,少时逃走,大半伏诛。自己也仅以身免,一无所获。无意中害了旁人,又结了许多仇恨,后悔已无及了。

且说南海双童甄氏弟兄,同了金蝉,跟在三凤、许飞娘等人身后,隐身通过神砂甬道,偷入紫云宫,已经到达黄晶殿台阶之下。仗着掌教真人所赐灵符护身,事急可以退走,正待暗入宫中,窥探虚实,相机下手行刺。忽然一眼看见殿前玉平台上九鼎后面,悬着一面镜子,放出皓月般的清光,时明时暗,照得三人眉目毕现。知道行藏败露,以为中了诱敌之计,只说进行顺利,不想如此厉害,不由大吃一惊。甄艮素来胆大心细,又因多年薪胆,大敌当前,丝毫不敢大意,忙一拉金蝉,便同往地底遁去。见殿前一带地底放光,恐怕敌人预设埋伏,又恐甬道出口有甚变化,也不敢往原路退回,径往东南方遁去。退有二十余里,不见上面有甚动静。先由甄艮隐身形遁出地面一看,面前复道行空,杰阁高耸,金碧辉煌,霞光闪闪,比起别处所见,又是一番景象,真个是富丽已极。遥望黄晶殿与神砂甬道出口等处,不但不见一人,也没有别的异状,心中奇怪。敌人纵非成心诱敌,适才明明已看出自己踪迹,逃走之时,仿佛已在行使妖法,怎会没有一点动作?莫非因见敌人精于地行,无法擒拿,故示镇静,却在暗中埋伏,以待入网不成?继而又想:"自己抱着不共戴天之仇,涉险深入,不久破宫时辰将至,还得出去约了轻云、英琼等人进来,尽自在宫中徘徊观望,也不是事。"

正要入地招呼同伴,金蝉、甄兑已经等得不耐,遁出地面,互一商量,觉得那面镜子悬在殿台之上,必是一种照影窥形的魔法,未必可以移动。敌人既不能地行来追,索性再冒一次险,仍隐身形,由地底出其不意,绕向殿侧相机行事,看看黄晶殿周围地底那一片放光的地质是否可以通过?如可通至殿上,好歹也立点功回去;如其不能,再看出妖法埋伏厉害时,便决计不贪这一时之功。能好好退出更好,否则便将娭姆所赐的灵符施展出来,给他一个下马威,略寒敌人之胆;再将掌教真人灵符施展,直由海面上升,逃出宫去,会合迎仙岛上诸同门,二次大举,破宫报仇。

正打主意要由地行前往,猛见黄晶殿内飞出七道各样颜色的彩烟,转眼工夫,像雾縠轻绡一般,布散开来,分向七路,离殿不过三丈远近,便由淡而隐。三人俱都看得清清楚楚,知道这七道彩烟必是有为而发,说不定有什么极厉害的魔法,这等无形之物,定难抵御。幸而自己是在地下行走,又将身形隐住,当不至于受了暗算。

三人刚互相打着招呼,要往地下遁走,猛觉身上机灵灵打了一个冷战。甄氏弟兄修道多年,又加在峨眉吃过一回大亏,益发机警谨慎。便是金蝉,近年也是久经大敌,屡闻前辈仙人指教,长了不少的阅历经验,早猜敌人不肯甘休。及见黄晶殿内飞起七道彩烟,有一道正对着飞鲸阁飞来,忽然无影,已是在那里留心提防。再一打寒噤,修道的人好端端哪得有此?三人俱知事情不妙，连忙按定心神时，仿佛神志一昏，万绪如潮，一涌而至，竟忘了往地下遁去。颇觉三女可恶，忽然怒发不可遏止，各自一指遁光，便要往黄晶殿飞去。刚一动念，初凤为首，已率了二凤、三凤、许飞娘和全宫众人杀来，剑光法宝，纷纷祭起。三人盛怒之下，各自指挥飞剑法宝迎敌，过了好些时辰，未分胜负。这些敌人，全是幻景，总算三人道基深厚。一个是几世童身，神明湛定；那两个又是久在玄门，精通道法，身旁又藏有掌教真人和嬷姆的灵符，所以虽然暂时中邪，尚未成擒。否则这七圣迷神魔法，一经被侵，喜怒哀乐爱恶欲，必有一桩中人，能在瞬息之间，现出千万种幻象。身当其境的人，只要觉着事情一称心如意，便即被陷，不得脱身，任人擒去摆布，饶是多大本领道法，也是除死方休。

三人先时哪知中了魔法暗算，只知拼命般迎敌，杀得难解难分。其实身手并没转动，法宝、飞剑也未施为，人是站在当中，如醉如痴，不过尚未倒地昏迷罢了。正在危机密布，不可开交之际，金蝉猛地心灵一动，暗忖："适才明明要由地遁往黄晶殿去，刚要动身，敌人便即杀来，杀了半日，未分高下，这还不说。往常也和妖人对敌，怎的今日这般越杀越有气？"想到这里，盛气一平，魔头自然有些难侵，心中便微一明白。再往四外一看，不但黄晶殿不知去向，眼前人物都如在烟雾之中，随着自己的念头时隐时现。知道自己一双慧眼，可以透视云雾，无微不显，这般鲜明的景象，怎倒不会看清？情知中了敌人道儿，连忙大喊道："二位师兄留神！这是敌人妖法幻景，我们不要理他，快将法宝护住身子，以免受他暗算。"连喊数声，未见甄氏弟兄答话。正在着急，要用手去拉，忽听前面连珠也似起了一阵极轻微的爆音，接着便是一片黄色烟光冒起。经这一来，不但金蝉心灵完全复原，连南海双童也明白清醒过来。但都不知身陷危境，来了救星。一见敌人忽然无踪，面前现出一片烟雾，反以为变出非常，敌人又闹什么花样。

正在张皇骇顾，准备迎敌之际，猛觉身子被一种绝大的力量吸住，凌空而起。金蝉忙取弥尘幡。甄氏弟兄更是情急，竟要将掌教真人灵符启动，以谋出险。俱还未及施为，猛听耳边有人说道："尔等已陷魔网，我奉齐道友之托，来此解救，时机瞬息，休得妄动。"金蝉听出是矮叟朱梅的口音，心中大喜。转瞬落地一看，已是蚼蝄殿侧，现出一个矮老头儿和一个少女，果是矮叟朱梅，同了廉红药。金蝉忙给甄氏弟兄引见，拜倒在地。朱梅道："我今晨同白道友到了凝碧崖，得知你们来此，取那天一真水之事。因为这座紫云宫，原是连山大师别府，天一金母旧居。紫云三女前身，乃天一金母侍女，此番转世重来，仍然误入歧途，难免劫数。她们仅将金庭玉柱中所藏的法宝和

171

道书取去,柱底还有大师、金母每人一匣遗书和许多奇效的丹药,俱未取出。宫中渊源,我知之颇详。此次赶来,便是为了那两匣遗书,就便相助你们取水。三女劫数将至,尔等无须忙在一时。尔等所中魔法,甚是厉害,连我也难破解。幸我事先料到,请媖姆派了她弟子廉红药,持了法宝、灵符前来,不但已将那七道魔法破去,并且还故布疑阵,混乱她的目光,使其觉着来人业已入网,有恃无恐。现在离三女生辰不远,留下红药在此行法,尔等三人可随我由宫前海眼旧道退出宫外,将周、李、易诸人接引进来。乘她寿宴高张,邪术娱宾之际,红药去破她黄晶殿中总图,尔等破宫取水便了。"

金蝉因石生尚在神砂甬道第一层阵内,刚想请问朱师伯见未,朱梅已吩咐众人站定,手掐灵诀,行使仙法,一展袍袖,隐了身形,直往前宫飞去。到了辟水牌坊之下,才驾遁光,飞身而上。那里虽经三女的五色神砂将出口堵塞,外加魔法封锁,却早为朱梅入宫之时,用媖姆一粒无音神雷破去。三女开宴之前,方才觉察,急忙重加封锁时,敌人已用妙一真人法宝、神符,连破四十九阵,从甬道中长驱而入。

金蝉、甄艮、甄兑随了朱梅升出海面,直飞迎仙岛落下。轻云等因时辰将至,还不见金蝉、石生、甄氏弟兄回来,掌教师尊和媖姆所赐的破宫退敌的灵符,又全在二人身上,正在等得心焦。忽见三人同了矮叟朱梅,已由延光亭甬道径从远处海面飞临,知道少时成功无疑,好生喜欢,纷纷迎上前去。易静原见过朱梅几次,忙率易鼎、易震,随了周、李二人上前行礼。金蝉一眼不见石生,不禁大惊,"咦"了一声。朱梅笑道:"石生至孝,根深福厚,无须急他有甚不测。他留在里面,大是有用,但此时尚难退出,尔等少停前去破阵,便可在甬道中相遇了。"金蝉闻言,才略放心。大家便随侍朱梅,请问峨眉开府之事。

朱梅道:"此次凝碧盛会,乃掌教齐道友奉了长眉真人所留法谕,趁这五百年劫运到来之际,光大门户,发扬道宗。除一些左道旁门的仇人外,各派剑仙散仙,届时俱来赴会,推荐弟子,共建仙景。以前武当张三丰道祖虽有过这类举动,却无如此之盛,真乃千百年来惟一盛事。我内外功不久完满,本想将门下诸弟子移荐于峨眉。只因师弟伏魔真人姜庶再三和我说,先恩师当年创设青城宗派,苦修多年,颇非容易,后来兵解仙去,此志未成。临化遗命,虽曾说他自己因收徒不慎,误收了四师弟秦深,造了许多杀孽,以致耽误许多功行,门下弟子异日收徒,务须格外严谨,如无好资质,宁使本门派宗绝传,也不可轻易收录等语,难得目前是五百年群仙转劫脱劫之期,异禀良资甚多,不愿本门宗派无有传人,执意要创设青城一派,以传本门衣钵。头一代,按照先恩师遗偈,共只收男女弟子十九人。准备再传以后,便可发扬光大。我不便强他,所以各派荐徒,惟独青城无有。青城、峨眉同是玄门正统,殊途同归,分合皆可。姜师弟虽不免门户之见,但他眷怀师门恩德,念念不忘,所言也不为无理。只是我闲云野鹤,疏懒已惯,峨眉劫后,便即道成化去,不愿多结尘缘,再惹烦累。现已与他商妥,我只尽力相助,不能为教祖。异日我去之后,将道统传让与他,再由他去传与门下弟子。

"昔日在月儿岛,同了白道友往火海去取连山大师遗留的龙雀环,得见壁上遗偈,方知紫云宫源流因果。青城门下十九人,竟有两个是宫中转劫的侍者。中有两样异宝,本是昔年天一金母所赐之物,现藏玉柱之下,应为所有。我恐落在别人手内,将来又生波折;再加齐道友因我曾经三入火海,备知这里底细,加以嘱托。此来一为破宫取水;二为代那两个未来的门人将此二物取出保存,以备将来物归原主;三为尔等法宝、飞剑俱出仙传,恐那二人兵解之后禁受不起,事前总有一番调度。紫云三女自恃无敌的只有神砂甬道和那七魔销魂之法。此法已为廉红药用媄姆灵符破去,她们如今还在梦中。所剩神砂甬道,少时我等入内,便要瓦解。其余法宝、妖术,均不足为虑。倒是金须奴在月儿岛火海之中得了几件法宝,内有一柄清宁扇,乃连山大师当年采取三才灵气所炼,极为厉害,须我亲自会他。还有三凤手内有一根璇光尺,因她不知运用,另以魔法炼成,日前虽为尔等将它破去,但是此尺神妙仍在,功用仅少逊于九天元阳尺。许飞娘垂涎已非一日,如见三女失败,必要趁火打劫,如落她手,大是异日之患。

"金蝉少时入阵,到了宫中,可小心监察三凤。先由甄艮、甄兑去敌二凤,等她遭劫以后,再去相助金蝉,斩了三凤、冬秀,以报杀父之仇。事成谨防许飞娘乘机下手,先将璇光尺取到手内。再会合前往金庭玉柱之中,取天一真水和那两匣柱底遗书。飞娘夺尺不成,还不就此甘心逃逸,必往金庭盗宝。你四人如觉敌她不过,可将媄姆灵符展动,发动神雷,将她惊走,你四人均非其敌,不可穷追。这时廉红药与石生必将元命牌盗出,同了蓉波、杨鲤来到。尔等只守着金庭,等我到来,再一同回山复命。易静去敌慧珠,此女未入迷途,转劫苦修颇非容易,又未为恶,不得伤她性命,可任其逃走,无须追赶。易鼎、易震同敌余蟀,除龙力子和金萍、赵铁娘二女外,俱是在劫之人,尽可全数诛杀。轻云、英琼双战初凤,她已为七魔反攻,神志已乱,非你二人之敌。金须奴救主情切,必舍死来救。初凤平日为人,尚知自爱,所有恶孽,俱出三凤、冬秀二人蛊惑。不过筑炼神砂甬道,杀孽太重,恐难免劫。可看在金须奴为主忠义,暂时放她逃走,给予自新之路,能否挽救,全在她了。我先去敌那几个异派妖人，胜后再往各处接应。"

分派已毕，便即率众起身，直往延光亭飞去。到了甬道外口，矮叟朱梅吩咐道："易静姑侄，用九天十地神梭，先将甄艮、甄兑、英琼、轻云四人穿行地肺，渡入宫中。如见地质有异，发出青光，那便是珊瑚榭宫中最僻静的所在。那里经我初次入宫时，放有苦行头陀遗赠妙一真人的寂灭神钟。众人到此方可上升，以免神梭出土时，雷声光华惊动敌人，有了觉察。出地面后，隐去身形，再奔黄晶殿，由殿后金门入内。这时总图已为红药用姝姆法宝神雷破去。可会合在一起，同出扰敌寿筵，分散敌人心神，以便这里破他神砂甬道中的四十九阵，可少许多手脚。"易静等领命，施展神梭，地行而去。

金蝉忍不住，又问石生何在？朱梅道："现在二层阵中被困，入阵便可相见。"说罢，带了金蝉，径入阵内。这时总图尚未被红药破去，头三层的有无形沙障，仍和先前一般厉害。朱梅来时，早有准备，到了阵中，见前面五色光华乱闪，笑对金蝉道："这东西却也有趣，将它毁了可惜。好在孽是紫云三女所造，与我们无干，且收下来，留待峨眉开府时，给你们仙府添点景致。"随说，将手一扬，飞起一红一白两个晶彩透明的圈儿，飙轮电转，流光荧荧，直往沙障之中飞去。转眼之间，耳听嗞嗞之声，红光白光越来越盛。对面数十百丈的五色光华竟然越缩越小，穿入圈中，现出甬道原形。朱梅也不收那两个光圈，径率金蝉往前飞去。金蝉道："朱师伯，你那法宝怎不收回？"朱梅道："此宝便是龙雀环，经我与白矮子祭炼以后，第三人休想妄动。他本要与我同来，因五府开辟，群仙俱有奇珍相赠，我二人却想不出什么好礼物，难得有此机会，岂可放却？才商量由他在衡山等我，将这三层无形沙障收了与他送去，以便到时赴会，岂不是好？"说时，已到第三层阵口。朱梅将手一招，后面红白二光圈便飞越上前。不消片刻，和头层一样收了。仍悬空中不动。

二人正往前进，朱梅忽道："金蝉，你一双慧目，可能看出石生母子二人在哪里么？"金蝉闻言，定睛仔细朝前一看，只是一片灰蒙蒙，仿佛轻烟薄雾相似，内中隐隐似有银光青光闪动，却不见人。知石生母子已陷入无形沙障之内，自己尝过厉害，不敢抢前。忙道："朱师伯快发慈悲，救他母子脱困吧！"朱梅道："你先别忙。他二人虽然被困，因有法宝、飞剑护身，并未受着伤害。只缘妄用沙母，被三女识破，知道宫中有了奸细，故意从总图中倒转阵法，先使他们受尽荼毒，等到力尽精疲，再行处死。少时总图便破，我用此环将这头三层的沙障沙柱收去，他母子便可脱险相见了。"正说之间，忽听地底起了一阵极轻微的炸音，顷刻便止。朱梅笑道："总图已被红药破去，大事成矣！"

说罢,将手往后一招,那红白两个光圈又复飞上前去,眼看前面一片浑茫,倏地现出十百丈五彩金霞,噬噬之声响个不绝。起初只见里面光华微微隐现,直到金霞快被宝环吸尽,才现出天遁镜与蓉波、石生二人所用剑光、宝光。金蝉见各种光华围护中,蓉波背上还伏着一个素未见过的少女,与石生闭目相背而立。蓉波母子被困多时,已有些神志昏迷,还不知魔法、神砂已为人破去,只管拼命运转各人的法宝、飞剑,以防侵害。金蝉连喊数声,不见答应,又被剑光、法宝隔住,近身不得,心中焦急。刚喊一声朱师伯,朱梅已手掐灵诀,将手朝前一指,天遁镜原是朱梅故物,首先飞回。朱梅接到手内,递与金蝉。然后将手合拢,一搓一放,立时便有一个轻雷发出去。石生被困之时,因蓉波说看那五色神砂工夫久了,最损双目,便将双目闭上。正在运用玄功,拼死抵敌,猛觉上下四方轻了许多。接着手一松,天遁镜似被人凭空夺去,不由大吃一惊。耳边又听一声雷响,首先警觉过来。定睛往前一看,见是金蝉同了矮叟朱梅。同时蓉波也为雷声惊醒。二人见救援已至,俱如绝处逢生,喜出望外。忙收剑光、法宝,跑上前去,先向朱梅跪倒行礼,再来与金蝉相见。

朱梅道:"妖阵总图已破,只元命牌还未到手。此牌关系蓉波成败甚大,非石生亲手滴血,破了妖法,不能得到。时机瞬息,不可延误,待我将这些神砂送回衡山,速速随我入宫吧。"说罢,手掐灵诀,运用玄门先天妙术,对准空中宝环一指。那一红一白两个光圈,便带起两道粗约丈许,长约千丈,像微尘一般的淡影,直往洞外飞去。

蓉波乘机跪请道:"弟子所背女子,名叫金萍,原是宫中得力执事,与弟子交深莫逆,久有弃邪归正之意,只是无门可入。今日她原防守九宫图,见弟子母子被无形沙障所陷,欲待放起沙母解救,不想三女倒转阵法,沙母失了功效,反将她压倒。幸得弟子看见,冒死上前,将她救起,人已失了知觉,身软如棉,不能行动。望乞真人赐救,感同身受。"朱梅道:"我来时,金姥姥也曾托我,说宫中有一名叫金萍的女子,与她颇有瓜葛,请我手下留情,给她带回峨眉,不想她已能事先觉迷归正。她不过灵窍为神砂阻塞,又被压伤而已,这有何难?你且将她背贴胸怀抱起,索性救她回生再走。"说罢,又给了一粒丹药与金萍衔在口内。蓉波如言施为,朱梅便将口一张,两股细如小指的白气,像箭射一般,直向金萍鼻中钻去,转眼像蛇一般,穿行七窍已毕。然后照头顶就是一掌,喝道:"还不醒来!"金萍"哇"的一声,口中喷出一粒雀卵大小的沙母,立时醒转过来。蓉波匆匆说了经过,同向朱梅谢了救命之恩。

朱梅道:"金萍新愈,不便入宫会敌。总图已破,只需将外图破去,甬道

175

四十九阵即可瓦解。不过此中有不少猛禽恶兽,毒龙大蟒,俱是世上稀罕之物,同归于尽,未免可惜。我的意思,异日灵云、紫玲等来住紫云宫,由海中上下,也是无趣,阵法虽破,甬道不妨留下。他那九宫外图,就在前面,我本想由此图直达宫中,只惜无人代我破那外图。难得金萍在此,正可代我行法,到了那里,我将应用法宝、灵符交你。候我等四人由图中遁去,约有刻许时辰,你可将这面天遁镜照着那图,再将灵符展动,用这粒无音神雷,对准图中主柱发出,自有灵效。此图一破,甬道中所有禽兽蛇龙水怪之类,失了统驭,必定到处游行乱窜,你有此镜在身,足可抵御,只是不可多杀,惩一儆百足矣。事成仍在原处守候,金须奴必保初凤由此图中神穴遁走,你念在随侍多年,也有恩德,无须拦阻,可卖个人情给她,为异日相见之地。"金萍躬身领命。

当下朱梅为首,带了四人前进,前行不远,已到九宫图前。这时宫中总图已破,那阵法看去仍是厉害,图中霞彩缤纷,光华耀眼。朱梅识得厉害,离图丈许,便唤住众人,向金蝉要过天遁镜,连同灵符、无音神雷,一齐交与金萍。然后从身旁取出妙一真人在东海炼成的铁飙仙盾,运用西天太乙真气,照图中主柱掷去。此宝乃妙一真人采取东海底万年寒铁所炼,其形颇似一面护身盾牌,盾的上端是一个飙首,非道法高深的人不能应用。用时人在盾后,以先天太乙真气驾驭前进,那飙口和飙目内自会发出百丈寒光,两条白气。所到之处,无论沙石金铁,遇上便即消融。再被那两条白气一吹,立时成了康庄大道,其疾如箭。真个是石流沙熔,无坚不摧,穿山行地,瞬息千里。矮叟朱梅掷盾以后,首先驾起遁光,随盾而入。除金萍留后,以便施为外,余人俱各有了准备,纷纷驾起遁光,紧随在朱梅身后,由地底暗道进发。不提。

且说轻云、英琼、易静姑侄、甄氏弟兄等一行七人,在延光亭甬道外面,奉了矮叟朱梅之命,由易鼎取了九天十地辟魔神梭,施展玄门妙法。立时一片光华将众人拥护,发出隆隆雷声,朝地下钻去。千里神砂,犹如户庭,一路之上,并无一毫阻隔。不消多时,望见前面地底青光潋滟,知已到达珊瑚榭,便即停止。飞出地面一看,那所台榭,通体俱是瑚珊建制,到处宝气珠光,华丽已极。众人也无心细看,当下由轻云收了寂灭神钟,一同隐了身形,直扑黄晶殿。行至殿前不远,易静见多识广,道行较高,早看出妖道潜伏,邪氛隐隐,四外都有厉害埋伏,连忙止住众人,不可前进。正待绕向后殿金门,忽见殿中一道银光,飞出一个白衣少年。众人定睛一看,正是杨鲤,剑光甚是迅速,一出殿,便要往神砂甬道入口处飞去,神色异常匆遽。众人方疑矮叟朱梅在甬道之中破阵，三女有了觉察，派人去看。谁知杨鲤刚一飞出殿角，忽听黄晶殿内男女哗笑之声，接着阶前便殿飞起数十根彩丝，比电还疾，罩向杨鲤头上。就在将要缠住之际，杨鲤倏地又拨转剑光，直朝殿中飞回。

众人虽不知三女闹甚花样，估量杨鲤凶多吉少。因为急于前往后殿，会合红药，看看总图破未，暂时爱莫能助，无暇及此，便仍往后殿飞去。到了一看，后殿六角形，每角各有一个金门，俱都有人防守，每人手里持着一个五六寸大小金钟。众人等先到头一处，见防守的人是吴藩。英琼估量他无甚本领，仗着身形隐住，便要硬冲进去。易静看出吴藩固然无用，手中所持金钟却妖气甚重。这般紧要关头，敌人焉有不设埋伏之理？那钟不是埋伏的信号，也必有大用。今日势在必行，义无反顾，仍以慎重为是，省得功亏一篑，关系全局。

当下又往第二个金门飞去，见把守的人正是龙力子。英琼知他业已投顺，心中大喜，便和易静、轻云等低声一商量，先由易震和甄艮等飞上前去，将他身形隐住，然后相见，以免为别的妖人看出底细。易震等如言施为。那龙力子见了二人，又惊又喜，忙问易震："你们怎得进来？路上可曾与蓉波相遇？如今杨鲤知她脱困在即，假名在前殿侍宴，想盗她的元命牌，业已去了好些时，并无音信。"

易震不等他把话说完，抢答道："我们多人俱已深入，你毋须多说别的，只问这里有甚厉害妖法，怎样可以通到放置甬道总图所在？"龙力子道："前殿因为正对甬道来路，又是宫中主殿，近数日间，初凤连设了许多厉害埋伏，不论仙凡，到此俱难脱身。这后殿金门，平时原只魔法封闭，并未派人防守过。今日午刻，初凤说七圣大法虽将敌人困住，难保没有漏网的余党，与其任他乘隙潜入，不如索性开门揖盗，便派了几个宫中执事轮流防守。我刚接班未久，命我如见敌人，毋须迎敌，只需略见形影，或是有甚感应朕兆，便将钟摇动，前殿诸人闻声即至，自有妙用。那总图就在这金门里面一间晶室之内，诸位如果进去，听杨鲤道兄说，他曾探过一次，却未入内，曾见晶室四外，设有万应神机，中藏魔网魔闸。如不先行破去，人一近前，便自行发动，将人陷住。去时千万不可大意。我已与杨、陆二位约好，死活俱要改邪归正。这钟我决不摇动，仍请隐住人形入内，我定装作不知便了。"

177

第一六七回

呈奇计　酒海涌碧波
庆芳辰　珠宫开血战

这时易静、轻云等也都上前相见。听完龙力子之言，易静自请当先，率领众人，径往金门内走去。入门十余步，迎面便是座大晶屏，宝络珠缨，五色变幻，光彩迷离，耀眼生缬。转过屏后，现出一间十亩大小的敞厅，黄玉为顶，无柱无梁，当中设着十多个羊脂白玉大小座位。余下陈设俱是珊瑚珠翠之类，虽也不少，因为地方太大，疏落落更觉华贵。那地面是一整块的水晶铺成，下面是水。每隔五步，更嵌着一粒径寸的夜光珠，将地底千奇百怪水族贝介，照得纤微毕现，越显奇观。

众人也无心观赏，便照龙力子所说方向路径，往那存放总图的内殿飞行。接连穿过十几重门户，从一个高斜的小甬道飞上。刚一走完，忽又现出一间大敞厅，比进门时所见约小一半，高却过之。里面果有一座亩许大小的殿台，位置却非正中，共是六个门户。通体水晶做成，四围有一层极薄的淡烟围绕，乍看并无形质，仗着慧眼仔细观察，方看出一点痕影。正中殿顶，悬着一片极淡的黑影，如非预先有人指示，决想不到这两样便是魔网、魔闸。

众人不敢冒昧冲入，离殿三四丈，便即停住。遥望那里面通明，殿中炉鼎丹灶，以及各种法器，俱都看得清清楚楚，只不见廉红药的踪迹。情知矮叟朱梅指挥若定，早有前知，红药又是嫫姆高足，不致闪失，但是人总不曾看见，好生奇怪。正在寻思，易静细看殿中陈设和殿顶四外，忽然触动灵机，悄问众人，所见晶殿中景物如何？彼此是否相同？竟是各人各见，答出之言俱不一样。益发醒悟，悄对众人道："紫云三女魔法，真个厉害。我们进来时，未遇一个敌人，本就恐怕无此容易。这般紧要所在，就算是初凤一人神志已昏，还有不少能人，怎得这般大意？后来到了这里，见了此殿形式，已疑这里便是藏图所在。那晶殿乃是虚设，连她宫中自己人俱被瞒过。我等只一近前，虽不一定被困，也必有许多纠缠。我算计红药道姊必在这敞殿之外，成功与否尚属难知，说不定还有一些羁绊呢。如我意料不差，我们现时从后而来，眼中所见，只有这后中、左、右三门，和前左、前右的侧面，前中一门尚未看到。就此绕行而过，恐蹈埋伏，陷入危境，或将敌人惊动。家父精研各家阵法多年，小妹略有知闻。诸位道友，可随我身后，鱼贯而行，绕向前面。这晶殿外魔网，虽是诱敌入殿时的埋伏，却还没有当中那片黑影厉害，切不可挨近殿的中心。等到了那里，如再不见红药道姊，再行相机行事如何？"因轻云、英琼两人剑光俱是百邪不侵，便请轻云紧随自己在前，英琼断后，算准方向，避开殿中二亩大小的地面，鱼贯绕行过去。

遁光迅速，转眼飞越到了前面，仍无所见，有些失望。英琼断后，虽也遵照易静所说，心里总是将信将疑。暗忖："朱师伯受了掌教师尊之托，早已前知，来时说得那般容易，怎的到此又为难起来？这座晶殿明明是真，至多有了妖法变幻，怎说总图不在其内，形乃虚设？"想到这里，随意将剑光一指，光华撩处，猛地飞起一片火烟。恰巧前行诸人业已飞到前面，一见除晶殿外，空无所有，正在惊疑回望。易静一眼望见英琼剑光撩处，碧焰飞扬，再定睛一看，不由低声喝道："在这里了！"众人循声注视，那团碧焰已熄。易静更不怠慢，略一端详形势，便请轻云、英琼为首，将光剑合一，与自己连在一处，朝适才发火之处穿去，缓缓而进，不可太疾。为防万一伤了自己的人，余人也各将剑光、法宝护身，准备接应。三人当先，剑光刚飞前些许，团团碧火烟光，彩氛妖雾，同时发出，被剑光一扫，都化为千点流萤，万缕轻烟，满殿飞舞而散。似这样又进丈许，渐见晶殿中现出一个红衣女子，在离地三丈的一座法坛之上，凌空落下，周身俱是红光围护。众人知是红药被困在内，心中大喜。顷刻间烟火妖氛同时消灭。红药也早发现来了救应，连忙上前相见。

原来这间敞厅便是内殿。红药奉了朱梅之命，用姹姆所赐神针和灵符掩了声音，隐去身形，由殿顶穿孔飞入黄晶殿初凤行法的内殿之中。此时初凤正在里面施为埋伏，未敢造次下手。直等初凤行完了法，寿辰已至，出去开宴，才行飞下。那总图就在晶殿前面内殿中心法坛之上。起初破图，因有妙一真人的辟邪玉斧和姹姆的无音神雷，下手极为容易。照着预定，红药破完了图，便应迅速离开法坛，避开中央各种埋伏，以俟众人到来，再行同往会敌，便可无害。

偏偏红药初出茅庐，开头便遇劲敌，连获胜利，一时得意忘形，贪功太甚。破图之后，见图中烟雾飞扬，纷纷爆裂，炸散坍塌，别无什么异处。心想来时曾闻此阵甚是厉害，今日一见，也不过如此。又知道那座晶殿乃是魔法虚设，四面俱是埋伏。紫云三女好几件重要法宝，连同陆蓉波的元命牌，俱在其内。那门户就在这法坛之上，只一时观察不出。自己父母全家皆被许飞娘害死,如今仇人现在外殿赴宴。还须等轻云、英琼等五人到来,始能出去,未免显不出师门道法高妙。何不将这假晶殿的门户寻着,趁众人未到以前,破了魔法入内,再代石生将蓉波元命牌盗入手中,就此出去隐身,将仇人刺死,岂不痛快?

正在寻思,四处搜寻那假晶殿的入口,却没料到初凤内殿几处重要所在所设埋伏,俱按奇正相生,此伏彼应,互为循环。总图破完,门户虽然现出,埋伏也同时发动,又是极污至秽之物炼成,红药的道力哪里禁受得起。起初破图容易,不过是仗着灵符和无音神雷的妙用。此时俱已用完。她还以为自己仗有婆姆所赐的雷泽神剑,百邪不侵,适才总图尚且应手而碎,何况这些许幻景妖法。只顾报仇心切,一时大意,几乎误了大事。刚看见总图中火灭烟消,邪气尽散,忽然身后又是一道光华直照过来。幸而当时机警,防备得早,先将剑光护住身子,再行回头查看,那剑又不畏邪污,没有为初凤魔法中暗设五淫脂所伤。就这样躲避得快,隐形之法已受污被破。红药先尚不知埋伏发动,及见身后光霞一闪即逝,并未受着什么伤害。正要收转剑光,猛觉周身前后左右,都似有重力压来,四外都是昏沉沉的,什么也看不见。想往前冲出,竟似有千百万斤力量阻住,连冲几回,俱是如此。方知不妙,连忙悬空趺坐,运用玄门心法,保住身子,以待救应。

刚将心神收定,倏地又觉身子一轻,压力全去,一时百念纷呈,心旌摇摇,几难自制。初凤这诸天五淫脂魔法厉害非常,所用五淫脂如不将人打中,这诸天欲魔五淫便齐来纠缠。如换别人,必以为魔法已破,尽可放心,只稍一不慎,魔头立时乘虚而入,令人自己毁灭性灵而死。偏巧红药得过婆姆真传。起初虽然是连胜之余,大意贪功,致有失误。及见朕兆不佳,便想起自己孤身一人,独在危境,朱师叔有名前辈剑仙尚且诸多谨慎,自己怎能背命而行?一有悔过之心,早把轻敌之念打消。再加她自从在黄山受责,被婆姆救去,学道之初,首先学的是收心固神,息欲屏虑,曾经过好几次试验。魔头一来,便被警觉,益发不敢妄动,专一定虑澄神,与魔相抗。不消多时,易静等便一同赶到。

这诸天五淫脂魔法施展开来,那被困的人固然身上感受诸般酸、疼、痛、痒、甜、软、舒、适,心头万念丛生,七情杂呈,非俟有人将法破去,什么也看不见。就是未曾被困的人在埋伏外面看去,不但空空的一无所有,连被困的法宝、剑光也尽被蔽住。也是三女劫运将终,红药不该有难,被英琼无心用剑光一扫,先将五淫脂破去。接着会合轻云,双剑合璧,同时进攻,又将魔氛扫荡干净,红药方始安然脱险。轻云与红药前在黄山原本相识,便给众人一一引见。

依了红药，魔法已破，正好将那假设的晶殿破去，将元命牌盗出，一同出去会战三女和一干妖孽，省得重来费手。轻云道："破这晶殿不难，但是朱师伯说，非石生师弟亲手滴血，不能取走。这事关系他母亲成败甚大，我们不可造次。还是请红妹在此暂候，等他到来，一同下手为妙。红妹想报亲仇，恐少时出去，仇人业已惊走，误了时机，原是为人子的正理。无奈飞娘运数未完，应劫须在三次峨眉斗剑之时，即使赶去相会，也是无济于事，何必急在一时呢？"红药见心事被轻云说破，只得应了。

轻云仍请易静为首，率领众人，前去会战三凤。当下各人仍将身形隐住，一同飞向前面正殿。这内殿本是初凤行法炼道之所，全宫最重要的所在，埋伏自然不少。一则易静道力高深，见多识广，英琼双剑神妙，二则有朱梅预先指示机宜，再加身形隐住，即使遇见一两个宫中余孽，无不应手伤亡，所过之处，势如破竹，一些也没有阻隔。只刻许工夫，便神不知鬼不觉地侵入三女摆设寿筵的正殿不远。众人见下手这般容易，俱各欣喜非常。暗忖："如照这样，飞到筵前，只需乘他一个冷不防，将各人的飞剑、法宝同时发将出去，纵未必全数诛戮，至少也除却几个首要。"

一路寻思，耳闻仙韶杂奏之声四起，不觉行抵殿前。遥望殿中，四壁尽是鲸烛珠灯，晶辉灿烂，大放光明；青玉案上，奇花异果，海味山珍，堆如山积。紫云三女同了众妖人，正在觥筹交错，一面炫幻争奇，各逞己能。满殿上鱼龙往来，仙禽翔集，纷纷衔杯上寿，闻乐起舞。真个是变化无穷，极尽诡妙，虽是左道魔法，却也令人心惊目摇，不敢轻视。三女高坐中案，款宾献术，只管互为赞美，笑言晏晏，俱不料危机瞬息，就要发作。

这时三凤忽从众中立起，手里擎着一个白晶酒杯，满盛碧酒，对众说道："适才诸位道友妙法，俱已领教。小妹不才，也炼了一样小术，现在施展出来，与诸位道友略助清兴，就便领教如何？"众妖人纷道："三公主妙法无穷，定比适才还要新奇，我等得开眼界，真乃幸事。还请先道其详，以便到时不致和许仙姑的五仙上寿一般，突如其来，我等事前不知，错过观赏机会，又误认来的是仇敌惊扰，几乎贻笑大方，倒觉扫兴。"

原来许飞娘何等机智，又与三凤不和，胸藏叵测。这时因见三女酣饮狂欢，全不以大敌当前为虑；慧珠、金须奴虽也强颜为笑，却是面隐深忧。尤其初凤迥非往日持重敏练，有时竟仿佛醉了酒一般，语言皆无伦次，简直反常，变了性情。虽然初凤修道数百年，不致像常人中酒那般颠倒错乱，怎能逃得过许飞娘耳目，略一细心，便可辨出。再加飞娘又知道那七圣魔法厉害，陷人不成,行法之人必要身受其害。初凤行法以后,并未擒到一个敌人,其中定有差池。峨眉派岂是好惹的,既已成仇,怎能容你自在? 也许强敌业已深入,少时就要发动。想到这里,顿生巧计,以为事急劫宝遁走试验,故意借着娱宾为由,乘冬秀正弄幻景将完之际,亦取出自己带来祝寿的数十枚怀山仙果,暗将炼就五鬼驱遣出来,持果献寿。三女和众妖人事前不知就里,一见五个模样狰狞的道者忽在殿中出现,俱误以为来了仇敌,纷纷惊扰欲起。飞娘见初凤神志果已混沌,自是心喜。易静、轻云等将到时,飞娘的法刚刚行完,殿中仙韶歇而复作。众妖人因飞娘闹过这一次把戏颇煞风景,所以如此说法。

三凤闻言,答道:"此法无甚珍奇,也非幻景。日前因愚妹贱寿在即,想不出娱宾妙法,偶忆昔日纣王肉林酒池,枉被世人称为无道荒淫,伤耗许多财力民命。其实不过是一个人力做成的贮酒池罢了,哪里配得上'酒池'二字? 我这法儿,不似纣王那般残民以逞,只用上百十个有限的鱼虾而已。少时先请诸位仙宾和众师姊暂蒙法眼。这法一施,黄晶殿立时变成万顷仙酿,千层酒浪,再将这只晶杯化成一个水晶大盆。我等置身其内,同泛碧波,随意取饮,都是本宫仙酿。这酒海中,还有不少鱼虾游泳,诸位食指一动,告知小妹,便可指物下酒。区区小术,无异班门弄斧,诸位休得见笑。"

众人正逊谢间,三凤已将满头秀发披散,口诵玄天魔咒,施展魔法。将翠袖一挥,音声尽止,满殿灯烛光华全都熄灭,殿内外俱是一般漆黑,眼前只见云烟乱转,不辨一物。转眼工夫,忽听三凤大喝一声,耳听涛声浩浩,酒香透鼻,众人觉着身子微微动了一动,一座黄晶殿已化成一片广阔无垠的酒海,除长案、几座、杯盘外,原来景物不知何往。三凤手中所持那只晶杯,变成亩许大小一个晶盆,银光闪闪,直冲霄汉,结成一团皓月,清辉流射,照得上下通明,宛如白昼。水中各种鱼虾介贝之属,不住掉尾扬鳍,穿梭般来往。三凤挑众妖人喜吃的海鲜将手一指,波涛上便涌起一架金花,火焰熊熊。那些鱼虾便往火上投去,霎时烤熟,随着那朵金花直往盆中漂来。众妖人在晶盆之内,手持原有青玉案上的杯箸,随意往海中舀酒取鱼饮食。方在同声赞美惊奇,忽闻细乐之声起自海上,一团彩云簇拥着数十个羽衣霞裳的仙官仙女,各自骑鸾跨凤,手捧乐器,浮沉于海天深处,若隐若现,仙韶迭奏。衬着这晶盆皓魄,上下天光,碧云银霞,流辉四射,置身其中,几疑瑶池金阙,仙景无边,也未必有此奇丽。

易静、轻云等这时也正赶到。身经其境的人,仿佛是另一天地。局外人看去,却是具体而微,其中人物,与海市蜃楼相似。不但那酒海仅有原来殿堂大小，连众妖人都变成了尺许长短。易静知是魔家的寸地存身之法，虽比不上佛家的粒粟中现大千世界，却也神妙非常，不可轻视。此时贸然闯进动手，极易被敌人警觉，一个不巧，便会中了敌人的道儿。连忙示意众人缓进，等三凤把魔法施完，殿中景物回了原状，再行入内。

眼看殿中三女与诸妖人正在狂欢极乐之际，晶盆前面酒波中忽然冒起一道红光。众妖人还当是又有什么新奇花样。三女却知来了外人，既敢从殿中地底穿出，定是能手，原法必制他不住。三凤首先大喝一声，收了妖法。初凤在殿中原有准备，也早运元灵，将手一指头顶悬的魔镜，一团暗影，立时发出一片寒光，向来的红光照去。众妖人也都警觉过来，正各自准备施展法宝、飞剑迎敌。忽听红光中有人喝道："紫云三友，今日怎的连我也认不得了？"说罢，光敛处，现出一个长髯飘胸，大腹郎当的红脸矮胖老者。三女认得来人正是北海陷空老祖门下大弟子灵威叟，寿辰前曾给他发过请柬，想必有事羁身，这时方得赶来祝贺。立时转惊为喜，忙将镜光敛去，收了法宝。

方拟请众妖人一一上前相见，然后入座款待，灵威叟已大声疾呼道："三位公主，事已危急，无须再作客套，先容我把话说完。日前接了三位公主招宴请帖，五百年仙寿芳辰，本想早来庆祝。偏巧随侍家师炼两极丹，不能分身，只得留到日后登门负荆补祝，原无赴宴之意。不料昨日紫昊峰严老前辈来访家师，求取万年续断，谈起媖姆因受南海双童甄氏弟兄师父天游子临化以前重托，助他二人报那杀父之仇。如今甄氏弟兄已从凝碧崖灵翠峰微尘阵内脱身，拜在峨眉掌教妙一真人门下，由媖姆与妙一真人同授他仙法、神符，还有许多峨眉长幼两辈中能手相助，应在今日子时，分两路入宫，破去神砂甬道，取那天一真水，并报前仇。三位公主劫运已至，恐难挽回。我听了这些话，才请准师父前来报警。先还以为紫云宫天罗地网，埋伏重重，峨眉道法固是高妙，但千里神砂变化无穷，何等厉害，来人未必如此容易。谁知行近迎仙岛上空，便见昔日连山大师两枚朱环化成两个光圈，正摄着那五彩神砂，如彩虹经天一般往衡岳一带飞去。越知事情有些不妙，忙催遁光，赶往岛上，见延光亭内无人延宾。我仗有前赠沙母及护身入宫之法，特由地底穿行入宫，以测神砂仙阵破否。我知黄晶殿为宫中奥区，至宝所在，上下四方俱有法宝封锁埋伏，先只准备在殿前略远处现身，未敢妄入重地。万没料到不但直达宫中畅行无阻，便连这座黄晶殿也是藩篱尽撤。只是敌人踪迹，却未发现一个。方疑诸位已遇强敌，不敢疏忽，才用法宝护身，闯出一探，才知盛筵甫开。除我一路所见神砂甬道以及各地埋伏都已被敌人破去而外，此地却是别无动静。诸位道友道法高深，敌人大举入犯，岂无一丝警觉？适才所见，又似三位公主诱敌之计，好生令人不解。目前子正，正是严老前辈所说应劫之时，不可不加准备，防患未然，以免敌人乘虚而入，悔之晚矣！"

这一番话，休说几个宫中主脑听了失魂丧胆，一干妖人也无不惊心，俱都面面相觑，暗作警备。初凤仓猝闻警，惊惧过甚，神志才微有些清醒。待运用元灵指挥魔镜照察时，灵威叟已看出初凤神色张皇，知道所料不差，三女祸在顷刻，且非峨眉之敌。正想劝他姊妹三人同了大家，趁仇敌未到以前，或是见机逃走，或是将真水献出，暂免一时，话还未说两句，忽然叭的一声，脸上早着了一个大嘴巴，半边左脸立时由红透紫，直打得灵威叟暴跳如雷。刚骂了声："何人大胆，暗中伤人？"便见眼前一晃，现出一个矮老头儿，指着灵威叟哈哈大笑道："我把你这冒名顶替，不知死活的胖老儿，竟敢在这时候赶来讨好卖乖。如不看在你那孽师面上，我一举手，便送你去见真灵威丈人去。只打了你一下，还不服气么？"灵威叟看出来人正是嵩山二老中的矮叟朱梅，他素来谨慎，惟恐闪失，知道不是寻常，哪敢招惹。好在朋友情分业已尽到，不敢再为留恋，便朝三女高呼道："峨眉能人定来不少，诸位道友切莫轻敌，致取败亡。贫道去也。"

初凤等见朱梅突然现身，不由一阵大乱，纷纷施展法宝、飞剑，上前对敌时，灵威叟先自遁去。紧接着朱梅也将身形一晃，不知去向。初凤大怒，将手一指魔镜，满殿俱是寒光，还想查照敌踪时，旁立许飞娘一眼望见镜影中现出许多少年男女，就中金蝉独自一个正往三凤身旁扑来。因为适才朱梅隐身出现，三女早防还有别的敌人暗算，各自施展护身魔法，金蝉欲待飞到身前，再行出其不意，飞剑斩敌，尚未到得跟前。飞娘暗忖："峨眉势盛，今日业已侵入腹地，紫云宫必破无疑。这些长幼敌人，俱有法术护身，众人更难于应付。初凤虽有魔镜，太耗真元，不敢常使。何不将来人隐身之法破去，一则显露己能，以洗昨日败退之羞；二则可使三凤对己重坚信赖，好乘机诓骗宝物。"想到这里，便趁来人法宝、飞剑还未施为之际，大喝道："峨眉门下小业障，竟敢耍弄障眼法儿来此扰敌么！"说罢，将手一扬，飞起一团红似淤血，时方时圆，软而透明的东西，光华暗赤，上下飞扬，满殿凶煞之气，寒光俱为所掩。

易静认得这种邪法乃赤身教主鸠盘婆所传，最是污秽不过，恐众人不知厉害，便即喝道："此乃赤身教下赤葵球，待我破它。时辰已到，诸位道友还不现身出战，等待何时？"说罢，早将预先备就的灭魔弹月弩对准那团暗赤光华射去，光华似梭一般，正向当中穿过，立即爆散开来，化为万点红雨，飞洒下落。这时众人隐身法吃那赤葵球一照，正在将破未破之际，被易静一声警觉，又见魔镜现形，隐身不住，各自收了法术，纷纷放出飞剑、法宝，上前迎敌。众妖人见敌人来了这么多，又惊又怕，也各纷纷应战。

原来金蝉随了朱梅，会合石生母子，由外围飞行，直入内殿。见了红药，知总图已破，易静、英、云等一行七人业已飞向前殿。朱梅便留下石生母子，指示机宜，由红药相助取那元命牌。自己同了金蝉径往前殿，一到先将灵威叟惊走，便自隐身退去，去办另一件要事。不提。

金蝉来时，原受朱梅吩咐，到了殿中，等朱梅一走，便现身出战，诸事小心。及至朱梅去后，金蝉见众人并未看见自己，不由起了贪功之想。暗忖："许飞娘素来厉害，自己本敌她不过，又要防她劫走那璇光尺，责任甚大。何不乘机上前，暗放飞剑，斩了三凤，将她法宝囊一并抢走，岂不省事？"正在那欲前又却之际，飞娘已将赤癸球放起，因为贪功一念，未先将双剑护身。幸是易静提醒得快，差点被血光照向头上，坏了道行。及见隐身不住，便指金光，先朝三凤飞去。

飞娘见赤癸球被破，心中大怒，正要给金蝉一个辣手。易静原敌慧珠，知道众人皆非飞娘之敌，早将弹月弩收回，飞起剑光，直取飞娘。飞娘大喝道："易道友并非峨眉党羽，为何也来此助纣为虐？"易静答道："你这无知泼贱，到处惹是生非！我念你未到伏诛的时候，速速遁走，还可活命；如想在此趁火打劫，再也休想！"飞娘一听心事被她道破，不由吃了一惊。一面飞剑应战，暗中偷看众人：甄艮、甄兑双战二凤、金须奴；英琼、轻云双战初凤、慧珠；另外还有两个道童，在一条梭形光华之下，到处穿飞，不时现出上半身，用飞剑、法宝杀害宫众。任何法术、法宝俱不能伤他们分毫，甚是猖狂。再看三凤，因敌不过金蝉霹雳剑，已将数十件仙兵祭起，仍是占不了一丝便宜。余外还有像朱梅那样厉害的能手，不知多少，未曾露面。只见满殿光华飞舞中，敌人未伤一个，宫中侍众以及来的妖人，却是伤亡不少。心中惦记着三凤收藏的璇光尺和金庭玉柱中的宝物，几次想飞近三凤身侧，俱被易静法宝、飞剑绊住，正在发急。

旁边的金须奴虽然相助二凤与南海双童动手，因早料今日决无胜理，又见初凤正在危急，屡次暗示二凤作速遁走，自己好分身去助初凤。二凤偏又不舍眼前这片基业，总想侥幸将敌人战退，执意不肯。金须奴一面要顾夫妇之情，一面要全主仆之义，朱梅在此，又不敢胡乱施展法宝，真是战既不可，退亦不能，好生着急为难。猛一眼瞥见初凤已被英、云双剑逼得风雨不透，不但魔法无功，反连失了许多宝物，虽有慧珠死命保护支持，仍是无用。想起昔日相救相随恩义，心如刀割。知道敌人势盛，决非对手。这时黄晶殿已由初凤行使魔法，与金庭玉柱连成一气，在两处设了寿筵。原拟宴饮中间，等众人献完了法，最后才由初凤一举手，将众人移向金庭，再显神通，施展魔法，以娱仙宾。此时事在危急，除初凤行法，率领几个本宫首要，遁入金庭玉柱之间将它封锁，自己再冒险出见朱梅，献出真水，以求免祸，或者还有几分之望外，别无善策。一见二凤只管不退，忽然把心一横，竟是舍了她，直往初凤身前飞去。

二凤原非双童之敌，偏巧金须奴日前为防遇见峨眉门下，二凤误用法宝伤人，以后仇隙越深，更难转圜，将她所有宝物全要过去。今日来了强敌，金须奴还在持重，不肯速下辣手。二凤屡次催他施为，他俱不肯。先还以有他在侧，总可无虑。谁知无端抛下自己飞去，不由着起忙来，喊了一声，未见答应。知道自己势孤力弱，再不见机，定有闪失，也打算跟踪飞走。

南海双童与三女有杀父之仇，看出二凤想逃，哪里容得。甄兑早在暗中取出三棱戮魔刺，将手一扬，对准二凤打去。此宝乃双童师父在日炼魔之宝，取海中恶鲨脊刺炼成。与别的法宝不同，每根只能用上一次。发出去是一条大指粗的银光，光尖上有三棱芒刺。一经打中敌人，立时在身上爆散开来，化成无数坚利的碎刺，钻骨刺心，耗蚀精血。双童一则因为乃师临去时谆谆告诫，此宝狠毒，中上极难幸免，只能作为报仇除害之用，不可轻易行使；二则此宝不能收回，遗留无多，用一次，少一次：故而前受史南溪等妖人之愚，用地行神法暗入峨眉盗取肉芝，遇见那么厉害的劲敌，都未轻易行使。

论起二凤所得月儿岛各样法宝中，原有御敌之物，偏又不在身旁，本就双拳难敌四手。临逃仓猝之际，微一疏神，不及回剑防身，恰被打在右腿之上，觉着腿一麻，忽又觉着裂骨般的奇痛，知道不妙。好个二凤，身受这等重伤，如换旁人，早已支持不住，身死敌手，她却能当机立断。不俟敌人二次又下毒手，连头也不回，暗运玄功，施展魔教中解体脱身之法，将手一拍胯间，起了一片烟光。双童眼见二凤坠落，忙指剑光飞下，却是一条白生生欺霜赛雪的玉腿横在地上，一声爆响，震成粉碎。二凤已往金须奴那一面飞去。双童如何肯舍，跟着紧紧追将过去。

其实二凤如趁此时逃生，还来得及。只为一念情痴，又恼着金须奴不该撇下她而去，气在心里。一则想过去喝问；二则还想催他速使法宝，报仇却敌；三则也是劫运已至，竟没想到逃之一字。以致行将惨死。

第一六八回

势迫危临　一奴救主
邪消正胜　双凤亡身

二凤在这里刚起身时，那边慧珠护着初凤，力战英、云，在紫郢、青索双攻之下，一连丧失了许多法宝、仙兵。正在危急之际，初凤心惊强敌，神志也有些清醒。恰值金须奴舍了二凤飞来，一到便高声大喝道："敌人势盛，恩主还不施展仙法，退往金庭之中，从长计较么？"一句话将初凤提醒，但并无悔过之心，只不过想起金庭玉柱也是重要所在。一面由慧珠、金须奴敌住英、云，忙将秀发披散，口诵魔咒，待要施展魔家诸天挪移大法，带了一干自己人往金庭玉柱中退去，只留下许飞娘和那些赴会的妖人在殿中迎敌，以便匀出一些工夫，施展魔法报仇。初凤起初将寿筵设在两处，原为娱宾显能之用，除许飞娘等众妖人因未到施为之时，尚未通知外，其余宫中诸首要俱已早知梗概。只需照法行使，一声暗令，便现出一道金桥，由一团五色彩云簇拥，众人自会随之移往。初凤正在行法之际，慧珠的一口飞剑又被轻云青索剑绞断。

先是英琼见金须奴来助初凤，便指着大喝道："今日三女在劫难逃，我等念你尚知顺逆，只为救主，情有可原，不与你计较。还不退去，少时同归于尽，悔之晚矣！"金须奴情知所说不差，也不还言，只管运用剑光抵敌，好让初凤设法遁走。英琼见他不听，一指剑光，龙飞电掣一般卷上前去。金须奴本觉不支，再一见慧珠飞剑又被绞断，一时救主情急，便将清宁扇取将出来，正待施为。倏地眼前一晃，矮叟朱梅重又出现，指着金须奴笑骂道："你这业障，还不夹了尾巴逃走，也要跟着找死么？"说时，初凤已将魔法行使开来，正要发出暗令，招呼众人往桥上飞去。朱梅突将手一扬，一团火球发将出去，打在金桥上面，立时将桥炸成粉碎。

金须奴见朱梅二次来到，已经大吃一惊。再见金桥被朱梅破去，益发吓了个魂不附体。知道事已危险万分，逃往金庭，决难如愿，哪敢丝毫怠慢。当时只想拼着百死，救护初凤逃走，一切均未顾到。忙即一把拉了慧珠，抢向初凤身旁，拼着损伤重宝，先从法宝囊内取出一件锁阳钩，敌住英、云双剑。口中大喊道："朱真人格外施恩，暂饶我等，容我恩主改过自新吧。"初凤先受七魔反攻，神志时清时乱，魔法一破，心里一急，重又迷糊。见英、云剑光乘隙飞来，一些也未在意。多亏金须奴双管齐下，一面使法宝敌住飞剑，一面早将月儿岛得来的绿云仙席取出，往空中一掷，便化成丈许方圆的一片绿云，与慧珠两人双双夹了初凤，飞身云上，电转星驰，往殿外飞走。英琼、轻云已使双剑合璧，将她法宝破去。一见初凤逃走，忙即指挥剑光追赶。朱梅刚喝一声："且慢！"金须奴在绿云拥护中，见英、云二人御剑追来，知道双剑厉害，无法抵御，万般无奈，只得将清宁扇朝着二人一挥，当下便有百丈寒辉，带着罡风吹来。英、云二人毕竟功候还浅，怎能抵挡。幸亏朱梅在侧，知道此扇厉害，忙运玄功，将手一搓，朝着前面一推，口中喝道："念你忠义，我索性回风助你一程吧。"那罡风眼看吹到，被这一推，突又回向那片绿云吹去，疾如奔马，转眼没了影子。

就在这几头忙乱中，二凤恰巧断了一腿飞来，看见金须奴、慧珠夹了初凤，正往绿云上飞去，忙喊："金哥助我！"此时金须奴只一援手，便可将爱妻同时救走。偏生正在亡魂丧胆，危机瞬息之际，急于救主逃生，心慌意乱；又值殿上正邪两派群仙大战，风雷之声四起，没有听清。等到飞云逃走，才得想起时，英、云已飞剑来追。原想挥动清宁扇，将敌人扇退，再行回身抢救，偏又被朱梅运用玄功将风推回，慢说不敢再行回身，即使打算冒险来救，那片绿云被这罡风一吹，已是不由自主，比箭还疾，往前飞去，退回哪里能够。

英、云二人见追初凤不曾追上，一眼望见二凤在那里逡巡欲遁，如何容得，忙指剑光追去。朱梅此次出现，原为二凤在三女之中，以她恶行最少，此次不过应遭此难，如被英、云仙剑所斩，形神一齐消亡，便难转劫，特地赶来相救。一见剑光飞出，知难喝止，忙将手一指，一道金光飞起，将青紫两道剑光挡住。可怜二凤一腔悲愤，眼见双剑飞来，无可抵御，忽有救星，出乎意外。正想行使魔法遁走，南海双童业已赶至，弟兄二人法宝、飞剑同时施为，截个正着，二凤如何禁受得住，当时尸横就地。英、云二人回望朱梅，忽又不见。知道朱梅成心让南海双童手刃父仇，见已奏功，便联合一起，去助金蝉、易静，与三凤、飞娘对敌。

四人刚飞身过去，还未到达，忽见殿侧穿门里飞射出一团其红如血的火球，四围烟雾围绕，正要腾空往殿外飞去。南海双童知是妖人要借妖法遁走，忙挥剑堵截。那火球见前面来了敌人，突地回头，又要往三凤身侧飞去。轻云、英琼更不怠慢，也各将剑光一指，追了上去，紫郢、青索二剑飞起空中，似蛟龙剪尾一般，追上火球，只一绞，便听一声惨呼，火烟熄处，一个披头散发，赤身浴血的女子坠将下来，尸横就地，正是首恶冬秀。同时穹门内银光闪处，蓉波、杨鲤、石生、红药四人也飞追出来，见冬秀已死，甚是快意。彼此一打招呼，各按预定，分头行事。不提。

原来蓉波、石生随定矮叟朱梅到了内殿，见着红药破了晶殿外魔闸、魔网，由石生上前刺破中指血，按照朱梅传谕，谨谨慎慎地将血滴在元命牌心肉钉之上，然后行法，取下交与蓉波。正要一同赶往正殿，朱梅忽道："刚才杨鲤因想盗这面元命牌，借着执事为名，打算偷入内殿，被冬秀识破。杨鲤见势不佳，便用他师父所传千里腾光之法逃走。不料三女在殿前早设下好些埋伏，他刚逃到殿口，便被擒住。三女当时就要将他处死，偏巧冬秀说，他既想私自入殿，谋为不轨，必与外人勾通。何不将他拷问明白，再行处死不迟。初凤便命冬秀带了他往正殿侧穹门天刑室内，用各种魔法拷问，水、火、风、雷、备受荼毒，杨鲤死而复生者好几次。冬秀先因二凤下嫁金须奴，动了欲念，杨鲤一来便被看中，屡示殷勤，杨鲤却不理睬，本就衔恨。这时一则假公济私，二则借此要挟，并非定要杨鲤的命。见他宁死不发一言，无可奈何，必用饰词向初凤回话。我等到了前殿，此女阴毒险狠，又极见机，一见我等大举深入，必暗往天刑室内用好言劝说杨鲤，约他同逃。杨鲤本就在忍死待救，一听出我等俱来，自是越发不从，那时冬秀必下毒手。正殿上悬有魔镜，又有许飞娘在彼，隐身法须瞒她不过。到了那里，我必现身。可乘其慌乱不备，尔等隐身法术未破之际，红药、蓉波、石生三人速由穹门入内，休走正路，逢弯左转，便到天刑室内，先护住了杨鲤，再由红药持我灵符解救。蓉波、石生上前迎敌，以防她情急害人。"

蓉波、石生、红药领命到了正殿，朱梅一现身，众妖人纷纷大乱。三人本不知穹门所在，正在寻找，忽见冬秀离众而起，走向殿东，用手朝壁上一指，便现出一个穹门，径往门内走去，三人急忙跟踪而入。这时正值许飞娘行法之际，三人侥幸未被赤葵球血光照见。到了门里一看，里面尽是复室曲甬，冬秀已不知去向。只得依照朱梅吩咐，一路迂回曲折前进，虽然遁光迅速，也费了好些事，才得走到。那天刑室乃是一个大约方丈的圆形穹庐，三人未到以前，便听烈火风雷之声时发时止。到了一看，杨鲤手足腰腹俱被火环套住，悬空吊挂在室当中一根晶柱上面。冬秀正用那威逼利诱的言语，站在当地朝他劝说。手指处便是一团烈火，掷向杨鲤面前。另一手拿着一把极细的长针，做出要发不发之状。杨鲤在浑身银光环绕之下，只管紧闭双目，潜神内照，忍受荼毒，毫不为动。蓉波见了，好生难过，忙和石生抢飞过去。刚到杨鲤身前，冬秀已是由爱转恨，指定杨鲤骂道："好个不识抬举的东西！如今峨眉大举进犯，我好心好意待你，你却这般执拗。休以为你会护身之法，能抗烈火风雷，这天刑室内三十六般毒刑，你也深知，慢说你这点微末道行，便是大罗神仙，只要被这五个仙环套住，发动诸般天刑，也难保性命。再不应允，我便将这神鲨刺刺入你全身要穴，制住你的魂魄真灵不能逃遁，然后发动天刑，使你形神全化灰烟，悔之晚矣！"

廉红药闻言，忍不住骂道："无耻贱婢，这等狠毒，叫你死无葬身之地！"说时，剑光早飞出手去。冬秀也甚灵敏，猛见身侧光华一亮，便知不妙，不等见人，一面飞剑抵御，心里一发狠，将那一把神鲨刺朝杨鲤打去。谁知红药这里现身，杨鲤身旁的蓉波、石生也同时发动，由蓉波取出矮叟朱梅借给的两仪分光锉，朝着那五个火环挨次一转，立即断落坠地，将杨鲤抢救出险。石生见冬秀手上毒针发出，一手使天遁镜照去，另一手一指剑光，一溜银光，电掣星飞，直取冬秀。冬秀见是蓉波，便大骂道："不知死活的丫头，元命牌早将你真灵制住，也敢与杨鲤一党，同谋叛逆么？"言还未了，天遁镜上百丈金霞，早将神鲨刺化为乌有。这时除杨鲤刚刚出困，饱受荼毒惊恐，神志未复，未动手外，三人的飞剑、法宝，早纷纷齐上，一转眼间，冬秀飞剑先被红药的剑光绞断。冬秀忙将身带法宝全数施展出来。不消片刻，俱被三人破去。去路又被红药、石生抢在前面阻住，不能脱身。知道弄巧成拙，危机一瞬，越发惊急气愤。想了想，把心一横，一面发动室中三十六般天刑，一面暗使那天魔解体之法，准备万一不济，自残肢体，作为替身逃走。

这边三人见冬秀法宝、飞剑纷纷断落，只剩一团光华护身，用两柄飞戈苦苦相持，业已不支。正在得势，忽见冬秀口中喃喃诵念魔咒不绝，猜是又要施展什么邪法、异宝。方在留神，果然冬秀诵完魔咒，双手掐诀，朝着四外挥了几下。立时风雷之声大作，愁云漠漠，惨雾沉沉，满室飞叉、飞箭、飞刀之类密如雨雾，更有碗大雷火排山倒海一般，连同那些刀叉挨次当头打到，声势甚是骇人。石生忙施天遁镜照时，那百丈金霞所照之处虽然随照随消，可是破了一样，又来一样，刀叉、雷火消灭后，又有飞针、毒钩同时生发。毕竟蓉波道行最高，见冬秀乘机已将两柄飞戈收转，这些埋伏一出现便被宝镜破去，仍是层出不穷，料她伎俩已穷，想分散敌人心神，抽空脱身。刚喊："大家仔细，休放这魔女逃走！"言还未了，冬秀猛然一声娇叱，把满口银牙一错，头上秀发全部披散，浑身衣服脱落，赤身露体，不着一丝，猛地飞起身来，一个大旋转，不但没有逃退之状，反朝杨鲤扑去。同时上下四方突伸出数十根大火抓，朝着四人抓来。起初那些风雷、刀箭发自一方，这次却是上下四方一齐夹攻。天遁镜只照一面，蓉波等不得不各自先用法宝、飞剑抵御，又恐杨鲤中了暗算，心神一分，没料到冬秀奸猾，用的是欲退先进之计。等到蓉波等三人分头救助时，冬秀还未扑到杨鲤面前，猛地又一个大旋转，玉腿双张，头下脚上，往下一沉，就势避开天遁镜光华，往外逃走。

这时四壁飞抓尚未全数消灭，众人正在忙乱抵御之际。一见冬秀逃走，哪里容得。石生一手持镜去破那飞抓，一手挥飞剑追上前去。红药、蓉波也各自纷纷发动。眼看冬秀这次逃走，除了周身烟云围绕，并无法宝护身。三人剑光迅速，霎时追上冬秀，只一落一绕之际，便已斩为两段，一团火烟冒起，尸横就地。俱以为大功成就，好生心喜。这时石生的天遁镜正将飞抓扫灭净尽，无心中照将过来，恰巧照在冬秀坠落处，竟没看出冬秀尸首。定睛一看，地上只有两截断指，血痕犹新。蓉波忙道："我等中了妖女解体分尸之计，逃走了。"众人闻言，也不暇再管天刑室中妖法埋伏是否破完，连忙往外追去。等到追出室门，冬秀已为英、云、双童等人所斩。

这时殿上众妖人有的因许飞娘未退，还在苦苦支持；有的见金须奴、慧珠夹了初凤逃走，也知不妙，想要遁走。不知怎的，走到哪里，俱有拦阻，不能遁出。无奈何，只得回身抵敌。偏生易鼎、易震道力虽然稍差，所御九天十地辟魔神梭，却是厉害无比。有此护身，满殿横冲直撞，有时乘隙暗放飞剑、法宝出来会敌，不问成功与否，众妖人不能伤他分毫，有胜无败，先就占了便宜。

那旁许飞娘苦战易静，想想易氏全家厉害，自己与易周曾有数面之缘，未破过脸，不便施展辣手，树此强敌，总想等到三女势败不支，抽空抢了宝物逃走。斗了一阵，先见初凤等已逃，还当是初凤、金须奴、慧珠三人逃往金庭，取甚法宝出来会敌。及见半晌没有动静，冬秀又为敌人所斩，英、云、双童诸人正分头往三凤身前飞去。知道三凤独斗金蝉不过是个平手，尚难取胜，何况又添了这许多劲敌，必无幸理。便朝易静大喝道："我与令尊曾有交谊，不愿与你一般见识，伤了两家和气，你却执迷不悟。再如不退，休怪无情！"易静喝骂道："你这泼贱，专一无事生非。三女如胜，你便添了爪牙；三女如败，你又想趁火打劫，于中取利。鬼蜮伎俩，已被朱真人看破。我等早有准备，速速遁走，还可多活数年，完那三次峨眉劫运；否则我们便要成全你早死了。"

飞娘被她道破心事，不由大吃一惊。继一寻思："今日峨眉诸首脑仅来了一个朱梅，稍现两现即逝，自信勉强对付得过，所最怕的还是严婴姆。先在甬道外，虽听见她的神雷，可是始终未见本人。此人性情淡泊，久已不问世事。自从那年劫去廉红药，提心吊胆了好些日。屡次打听同道中高明之士，俱说她化解在即，劫去廉红药只为路见不平，并无他意，决不致再来为难。以她那样高的道行班辈，未必便受峨眉利用。否则早该现身，怎会三女势将瓦解，还无她的踪迹?"想了想，到口馒头，终不愿就此舍去。也不再和易静斗口，暗从法宝囊内取出一条长方素绢，上下一抖，立时便是一片白光，高齐殿顶，将易静隔住。一面急将飞剑收回，径往三凤身侧飞去。

那三凤初战金蝉，一见飞剑不能取胜，便将各种法宝施展出来，数十种各色各样的青光电掣虹飞，纷纷齐上。金蝉霹雳双剑虽非凡品，毕竟有些寡不敌众。三凤看出金蝉不支，拼着损伤两件法宝，将手一指，分出一半法宝，去绊住双剑，另一半直取金蝉。金蝉正在奋力抵御，忽见光华雾中分出数十道，当头飞落，来势甚疾，自己双剑又被绊住，知道不及回剑防御。且喜弥尘幡早在手上拿着，原准备万一敌人有甚厉害邪法、异宝时，作为防身之用，正好施展。忙即一纵遁光，避过眼前危急。接着口诵真诀，将幡一展，立时便有一幢彩云护住全身，二次又杀上前去。

三凤见许多法宝仍是不能伤他，气得银牙直错。一面运用法宝，将霹雳双剑裹住。正要暗中施展魔法取胜，猛一回头，初凤同了金须奴、慧珠已在行法，准备往金庭中退去。此时三凤还未看出二凤受伤，分身遁走，刚暗骂："大姊糊涂，敌人虽然深入，只不过是朱梅一人，同了几个后生小辈，未必抵敌不住，怎便当着外人，退避示弱? 你退我偏不退。"正在寻思自恃，便见朱梅二次现身，初凤魔法被破，金须奴用一片碧云，将初凤、慧珠一同带走。说时迟，那时快，三凤这里方稍稍吃了一惊，紧接着又见二凤紧追初凤、金须奴不上，想要回身逃遁，已是无及，死于南海双童飞剑之下。同时英琼、双童等飞追过来，又将冬秀杀死。

三凤正在急痛攻心，又惊又恨，一晃眼间，英、云、双童等已一同追到，各将剑光朝自己飞来。先还以为法宝众多，仇人没有彩云护身，正可使用前法，杀他两个，略解仇恨。刚想分出法宝迎敌，对面红紫两道光华已如经天长虹一般飞到，将那数十道青光圈住。三凤方觉出敌人不可轻视，耳旁猛听许飞娘大喝道："二位令姊一死一逃，峨眉派来了不少凶人，紫云宫行将瓦解。我等现在已非其敌，道友还不随我暂且退去，打点异日报仇之计么?"说罢，取出一件法宝，待要发出。南海双童大仇在身，手疾眼快，上来时见对面数十道青光乱闪乱窜，自己飞剑知非其敌，早就暗中打了主意。及见英、云双剑一出手，便将那些青光裹住，心中大喜，忙各将法宝祭起。三凤本就有些手忙脚乱，再被飞娘这一喊，心神一分，一个疏忽，胸肩上连中了两下，"哎呀"一声，血肉炸裂，倒于就地。

对阵金蝉见英、云等追来接应，便知大功将成，早防到飞娘劫宝逃走之计，弥尘幡始终不曾撤去。趁着紫郢、青索围绕数十道青光纠结之际，方将霹雳剑招回，静候行事。猛见飞娘从侧面飞到三凤身前，众人尚未大获全胜，又不是施放神雷的时候，暗道一声："不好！"明知不是飞娘对手，一则仗有弥尘幡护身，二则事在紧急，时机稍纵即逝，便不问三七二十一，一纵云幢，疾同电射，径往三凤身前抢去。刚刚到达，双童法宝业已奏功。金蝉更不怠慢，一指飞剑，先将身受重伤的三凤斩为两段。就势一把抓起她的法宝囊，便往旁边遁开。等到飞娘法宝施展开来，彩云飙转，业已无及，不由大怒。还待施展辣手，给众人一个厉害，恰巧英琼、轻云的双剑已将那数十件法宝断为两截，化作百十道青虹纷纷飞舞，坠落满殿。许飞娘一眼瞥见彩云幢里，金蝉剑斩三凤，抢了法宝囊遁走，抛起一片红霞追来。英琼、轻云知是劲敌，各将剑光一指，双剑合璧，迎上前去。

许飞娘识得双剑厉害。暗忖："此时紫云宫大势已去，自己纵能伤却一两个峨眉后辈，济得甚事？何况对面人多势众，胜负尚是难说。莫如趁敌人全数在此，暗中遁往金庭，到底还有所获，岂不是好？"想到这里，大喝道："峨眉群小，休得倚众逞能，仙姑暂容尔等多活些日，再行相见。"说罢，手扬处，数十丈长一道青光护住全身。再将手连招两下，收回两处法宝。星飞电掣，直往殿外飞去。

金蝉忙喊："大家快来，这贼道姑定往金庭盗宝，那里无人防守，我等同驾弥尘幡追去。"说罢，金蝉、英琼、轻云、甄艮四人首先飞过，也不及再俟甄兑，径往金庭飞去。弥尘幡虽快，飞娘遁光也是不弱，四人招呼之际，又未免略迟了一步，等到弥尘幡降落金庭之前，六扇封闭好的金门已被飞娘用法术震开，依稀还看见飞娘后影在前一闪，四人忙即跟踪追入。刚一进门，忽然眼前一亮，一片白中带青的光华将四人阻住，弥尘幡冲上去，竟是异常坚韧，阻力绝大，休想通过。英琼一着急，首先将紫郢剑放将出去，紫光射在青白光华上面，只听声如裂帛，哧地响了一声，依旧横亘前面，将路堵得死死的，连一丝空隙都无。四人无可奈何，只得各将飞剑、法宝放起。英琼、轻云又将双剑合璧，上前攻打，光霞激潋中，只听裂帛之声响个不绝，那光华兀自不曾消退。渐渐听得金庭中有了风雷之声，算计飞娘在玉柱间闹鬼。正在发急，忽听耳边有朱梅的声音从远处传来，说道："此时我有要事，不能分身相助。此乃许飞娘用童男女头发炼成的天孙锦，已为紫郢、青索刺破，尔等还不冲将进去，等待何时？"

四人闻言大悟，连忙一纵彩云，穿光而入。原来那光华便是适才飞娘用来阻隔易静的那片素绢。飞娘料知敌人既已识破自己奸谋，难免不跟踪追赶，一入金庭，便将它施展开来，化成一道光墙，将敌人阻住，以便下手盗取玉柱中法宝。此宝飞娘初炼时颇费苦功，虽被英、云刺透，光华并未减退，四人不知就里，差点误了时机。等到飞身入内一看，许飞娘手指一团雷火，正在焚烧玉柱。离柱不远，倒着三个妖人的尸首。那些玉柱根根都是霞光万道，瑞彩缤纷。四人刚将剑光指挥上前，好个许飞娘，见敌人追入，一丝也不显慌张畏缩，左肩摇处，首先飞起一道百十丈长的青虹，直取四人。一手仍指定雷火，焚烧玉柱。另一手从法宝囊内取出一物，往上一掷，便化成一团碧焰，四外青烟紫绕，当头落下，护住全身，只管注视雷火所烧之处，连头也不再回。英、云双剑吃青虹敌住，虽然势盛，无奈许飞娘的剑也非寻常，急切间尚难取胜。金蝉、甄艮的法宝、飞剑只围在碧焰外面飞舞，一些也攻不进去，竟不能损伤飞娘分毫。

　　金蝉见飞娘碧焰护身，媖姆灵符仅剩一道，诚恐一击不中，事更为难，所以有些踌躇。那玉柱光华经飞娘雷火一烧，越发奇盛，幻成异彩。猛听甄艮喝道："贼道姑还要在此卖弄鬼祟，少时媖姆驾到，你死无葬身之地了！"金蝉因南海双童来时奉有指示，知是提醒他下手，这才将灵符往前一掷。立时一片金霞，夹着殷殷风雷之声，照耀全殿，光中一只大手，正朝飞娘抓去。那玉柱被飞娘雷火连烧，柱上光华已由盛而衰，地底雷声轰隆不绝。金蝉这次小心过度，还差点误了大事。飞娘先听甄艮呼喝，惊弓之鸟，虽是有些惊疑，怎奈贪心太炽，又疑敌人诈语，只管咬牙切齿，运用玄功，注定庭中玉柱，但一开动，现出宝物，便即乘机攫走，连头也顾不得回。眼看柱上光华越淡，功成顷刻。猛听雷声有异，忽见一片金霞从后袭来，便知不妙。因上回在岛上虚惊了一次，好生贻笑，心仍不死，还想死力支持，不到真个媖姆现身，不肯退走。谁知金霞所照之处，护身烟光先自消灭。忙一回视，一只大手已从身后抓到。暗道一声："不好！"便自一纵遁光，将手一抬，身剑合一，飞身便起。英、云等正挡其出路，虽有朱梅前言，怎舍放她逃走，飞剑、法宝一齐发动，合围上去。飞娘知道这些后辈俱都不可轻侮，自己弄巧成拙，柱伤两件心爱法宝，危机瞬息，惊愤交集。百忙中把心一横，倏地将手一扬，便是一团大雷火打将出来。众人知她厉害，俱有防备，见势不佳，连忙回剑护身时，耳听震天价一声巨响，雷火光中，满殿金尘玉屑纷飞如雨，飞娘已将庭中心金顶震穿一个巨孔，驾遁光逃走。那只神符幻化的大手，也跟着破空追去。不提。

　　除英琼、轻云外，金蝉、甄艮连人带飞剑，全被雷火震得荡了两荡。飞娘已去,知难追赶,齐往柱前飞去。见那些玉柱光华虽退,根根粗大莹澈,通明若晶,真是瑰丽庄严,奇美无俦。便各照朱梅吩咐,准备盘膝坐在当地施为。此时易静、甄兑、红药、杨鲤、蓉波、石生母子,都已陆续到来。只有易鼎、易震因甄兑而不及追随英、云等四人驾弥尘幡同往金庭,刚要另驾遁光跟踪追去,不料旁边飞过一个妖道,与甄兑撞了个迎面。甄兑贪功,忙用飞剑法宝截堵,不料战不多时,被妖道打了一飞钹,受伤倒地,几遭不测。多亏易静赶来,救了甄兑。易氏兄弟大怒,忙驾九天十地辟魔神梭,一直往外追去,尚未回转。谈起宫中妖人执事,业已死伤逃亡殆尽。所有投降诸人,俱都奉命在黄晶殿上消除打扫。四人闻言大喜,互相略说了几句经过。易静因见玉柱火光已敛,料是开放在即,恐有疏虞,忙请众人围坐玉柱四周,各自运用玄功准备。不消片刻,地底风雷声越来越盛。接着又听金铁交鸣一阵,当中主柱忽然转动起来,众人忙即立起,各将法宝、飞剑放出,以防柱底宝物飞去。眼看主柱越转越急,四围的玉柱也都跟着转动,倏地庭中一道金光闪过,现出朱梅,哈哈大笑道:"全宫肃清,大功告成,回去正好赴那开庭盛会了。"

说罢,便命众人避开,只带了金蝉、石生二人,同往主柱面前,一口真气喷向柱上,大喝一声:"速止!"那柱立时停住不转,风雷金铁之声全歇。然后走近前去,两手捧住主柱下端往上一提,喝一声:"疾!"那柱便缓缓随手而起。渐渐捧离地面约有三尺,柱基处现出一个深穴,里面彩气氤氲,奇香透鼻。石生早奉命准备,忙将天遁镜往柱底深穴照去。金蝉更不怠慢,一展弥尘幡,随镜光照处,飞身而入。到了底下,用慧眼一看,乃是一个圆球般的地穴,里面奇热无比。当中珊瑚案上,放有一个光彩透明的圆玉盒子。盒前燃着一盘其细如丝的线香,香烟散为满穴氤氲,幻成彩雾。四壁悬着十余件奇形怪状的法宝。金蝉事前已得朱梅指点,见一样便取一样。那香燃烧甚速,金蝉初下去时还有大半盘,只这取宝的一转眼间,便烧去了多半。再加穴中奇热无比,虽有弥尘幡护身,仍是难耐。尤其是取宝时,手一近壁,直似火中取栗一般,烤得生疼。等到挨次将壁间法宝取完,香已烧剩下只有两圈。知道天一金母的遗书连那两件异宝俱在案上玉球之中,关系最为重要。香一烧尽,地穴便合拢来。这是地肺真穴所在,如被葬在内,休想得见天日。不禁吃了一惊,忙即上前伸手去捧。谁知那玉球竟重如泰山,用尽平生之力,休想动得分毫。猛想起忘了跪礼通诚,匆匆翻身拜倒。叩头起来,那香已烧得仅剩半环,危机一发。慌不迭地抢上前去,伸手一抱那球,觉得轻飘飘的,又惊又喜。猛一回头,那香只剩了三两寸,晃眼便尽。顾不得再取那珊瑚案,一纵弥尘幡,便往外飞去。身刚出穴,一眼望见朱梅,两手紧捧主柱,已是面红力竭,周身白气如蒸。把手一松,那柱刚一落地,便听穴底微微响了一下,并无别的动静。

金蝉取了宝幡,上前拜见,将取来法宝献出。朱梅接过,连声夸赞不置。英琼、轻云、金蝉等几个常见朱梅之人,俱知他道行深厚,无论遇上什么劲敌险难,从未皱过眉头。今日捧那玉柱却甚吃力,浑身直冒热气,在那将放未放之时,更显出慌急神气。便问:"师伯何故如此?"朱梅笑道:"连许飞娘那么见多识广的妖人尚且不知轻重,何况你们。这主柱下面,乃是地肺真穴。当年天一金母用绝大法力,辟为藏珍之所。飞升之际,默算未来,在穴中置有一盘水香。此香在穴中燃得极慢,一见风,顷刻之间,可以燃尽。此香一灭,穴便自行封闭,立刻地肺真火发了,无论人物,俱化劫灰。这根主柱乃当初大禹镇海之宝,被金母移来此地镇压。此柱一折,不特紫云宫全宫化为乌有,这附近千里内的海面,俱都成了沸汤,贻祸无穷。飞娘只知穴内藏珍,凭着她的妖法,可以劫取,却不晓其中厉害。放着旁柱内藏的天一真水和许多现成法宝不取,妄自觊觎重器。休说此柱重有一万三千余斤,她未必能够捧起。即使她预先学了鸠盘婆的大力神法,驱遣群魔将柱抬起,入内见了许多宝物,定起贪心,稍有疏忽,那香烧完,势必同归于尽,有甚便宜?

"我来时想起,祸患往往忽于未然,这等关系重大的事,谨慎些好。知道紫云宫除了这里,还有一个最紧要的所在,乃地窍深处,最为脆薄,同是关系全宫命脉。紫云三女居此数百年,竟未发觉。惟恐许飞娘和同来几个妖党万一事前有人从晓月贼秃、鸠盘婆那里闻得底细,到了势危之时偷偷赶去,来一个损人不利己,将它震裂,我们虽未必身受其害,此宫决难保全。因此一到,首先赶到那里防护,行法将周围封闭。二次现身,相助二凤兵解之后,又去降伏那神兽龙鲛。此兽已在金蝉初入甬道前伤去前爪。这东西性最忠义,一见斗我不过,又闻我说三女遭劫之讯,欲以身殉。经我再三诚谕,并允等它主人转劫成道以后,仍可随侍,方始收服。少时便带它回返峨眉,以为仙府点缀。这一来,便耽搁了些时刻。不料你们仍是贪功,想伤飞娘,不给出路,以致被她用妖法冲破金庭逃走。虽无大碍,但是此庭乃天一金母运用天、地、人三才真火,采取西方真金熔铸而成。异日英、云等来此居住,道成时节,虽可炼金来补,到底不如原来,留一缺陷,岂不可惜?金蝉所发,乃是媄姆寄形化身妙用,本属虚设。那只大手一经追出,数百里外,必被飞娘看破,所幸你们尚未穷追。飞娘近来所炼几件厉害法宝,又要留为三次峨眉之用,不到危急,不肯轻易施展;否则你们追去,必受伤害无疑。

"这中央主柱,自从三女取宝百十年后,被三凤一日无心中发现柱中封锁符篆,她不知何用,试一演习,主柱忽然自行封闭。内中还藏有别的法宝,也未被三女发现取出。嗣见别根柱内有大同小异的符咒,彼时三女道法日深,渐渐悟出那符是一开一闭。试一演习,果然应验。只是当时忘记了主柱的开法,一直无法重开。那天一真水,便藏在左侧第三根玉柱之中玉瓶葫芦之内。如果事前封闭,也难开取。偏巧初凤被夺其魄,这次庆寿,把所有庭中玉柱全数开放,以便酒阑,将寿筵移来,人前显耀。三凤素极狂妄,初藏时虽加封锁,因为初凤这一来,仗着里外俱有埋伏,既是全数让人观光,不便留此一处,也未谏阻。可笑飞娘枉是自负,竟会被三女魔法瞒过。尔等可去取来,再往黄晶殿带了新收诸弟子,回返峨眉,中途有人相候呢。"

这时众人见那几行玉柱上下浑成,并无开裂之痕。方在寻思,朱梅忽将两手一搓,一片火星散将开来,往柱间飞去,那些玉柱便燃烧起来。一阵乌焦臭味过去,众人眼前一亮,见庭中玉柱依然莹洁,透体通明,内中宝物纷呈异彩,晶光宝气掩映流辉。再加妖气已尽,氛雾全消,衬着金庭翠槛,越显奇观。金蝉首先跑到第三根柱前,见那盛着天一真水的玉瓶果在其内,另外还有一个葫芦。一同取下一看,上面俱有朱书篆文,写着"地阙奇珍,天一圣泉"八字。大功告成,好生欣喜。忙与朱梅看了,揣入法宝囊内。再随众人去看其余玉柱,每根俱藏有奇珍异宝,还有许多不知名的仙药,件件霞光灿烂,照眼生缬,众人见了,俱都惊喜非常。

朱梅道:"紫云三女因想人前卖弄家私,把宫中宝物大半收来,陈列此间,给我们省了不少的事。可惜我当时无暇兼顾,被周、李二弟子的紫青双剑将金母降伏海岭猪龙遗留下的数十件法宝全数斩断。又忙于追赶许飞娘,未想起收取,被一个手疾眼快的妖人抢拾了六件逃走。易静看出此宝有用,去拾时,已经不全了。"说罢,将柱间宝物分别去留,指示众人。留的仍置柱内,照柱中开闭符偈,全数封闭。庭顶被飞娘冲裂之处,约有碗大,也经朱梅将从柱中取出来的一个玉球掷上去,行法堵住。然后率领众人走出庭外,说道:"此宫异日应为灵云、紫玲等所居,我等去后,无人防守,内中还有不少宝物,难保不启异派妖人觊觎。来时齐道友托我将长眉教祖的两仪微尘阵移设此间,原不妨事。不过宫中妖人太众,此时虽已死伤逃亡殆尽,但是来时媖姆曾示先机,暗示灵云等异日来此修道,还不甚容易。以我道力,几次占算,也似有些微朕兆,竟会算不出是否有人潜伏于此。微尘阵虽能笼罩全宫海面三千里方圆,外人不能擅入,假使此时有人伏在宫内,这里有的是灵药仙草,尽可在此潜修,只不能出去,毫无妨碍。固然事有前定,我却偏要和媖姆拗一下,详搜全宫,到一处,封锁一处。万一连我也事昧先机,防备不周,留有遗孽在此,那要紧的所在他也无法进去。"

当下朱梅先将金庭行法封锁,然后率领众人,挨次巡视全宫,逐处加以封锁。紫云宫面积何等广大,饶是步行迅速,也耽误了不少时候。等到巡行殆遍,最后至黄晶殿,准备领了龙力子等几个初投门下的男女弟子再往后苑宫殿中,去带神兽龙鲛,转回峨眉时,那龙鲛已在殿上,龙力子正骑在它的背上,呼叱为戏。见了朱梅等到来,连忙下骑,随了赵铁娘等,上前参拜。朱梅便问龙鲛怎得到此?龙力子道:"弟子因久候真人不至,知殿外妖法业已破去,走往殿台探望,见它从后苑那一面跑来。因听真人行时说,要将它带回峨眉,以前弟子曾看守过它,知道降伏之法,恐被逃走,便上前将它唤住,与它说了真人恩意,劝它投顺,引上殿来,不久真人便来了。"

正说之间,朱梅忽然心中一动。想起易氏弟子追赶妖人,中途尚有险阻,须去救援,不宜在此久延。以为龙鲛通灵,降伏之后,必是久候自己不至,自行走出寻找。适才巡视全宫,不见丝毫朕兆,姆姆所示仙机和自己卦象上所现可疑之点,定是另有应验。宫殿已经去过,到处都曾施展玄门捉影搜形之法寻查,料无遗漏。有地方不关重要,无须再去封锁。当下便带了众人,走出黄晶殿,仍由甬道出去,飞到九宫柱前。问起金萍,果见金须奴、慧珠二人夹着初凤,周身云光围拥,由此飞出。初凤已是神志失常,叫嚣不已,好似发狂中邪模样。问毕,大家一同飞出甬道,走出延光亭。

第一六九回

仗异宝　横扫紫云宫
困磁光　失机铜椰岛

众人正准备回山之际，朱梅笑问英琼道："你的神雕佛奴呢？"英琼闻言，方想起来时，因为甬道神砂厉害，曾吩咐神雕只在空中飞巡，不可下落，却忘了大海茫茫，附近数千里，并无它存身之所。自己二次入宫时，就未见它影子。这时方才想起，不知飞往何方。连忙引吭呼唤，不见神雕飞下。正要飞空寻找，轻云拦道："你那神雕耳目最是灵敏，平时数百里内闻呼即至，你连唤数声不见影子，不是不耐久候，飞转峨眉，便是出了别的事故。朱师伯既那般说法，必然知道，为何舍近求远？"

英琼闻言，忙向朱梅拜问。朱梅道："你那神雕本就通灵，自来峨眉，道行益发增进。它本来自负，这次恐它为甬道神砂所伤，不许下去。它在空中盘飞时久，不觉厌倦，当时恰巧有两个许飞娘约请赴宴的妖人从崇明岛赶来赴宴，被它在远处看见，不等近前，便迎上去。那妖人是姑侄两人，一老一幼，初见神雕，妄想收它。不料一照面，便被神雕抓去飞叉，将小的一个抓裂投入海中。那老的一个看出不妙，便即往回路遁走。神雕贪功不舍，展翼追去，两下里飞行均极迅速。正在追逐之际，恰值我从峨眉赶来，无心中看见，最初相隔尚有十里远近。彼时我因紫云宫事机紧急，缓到一刻，必有人要遭毒手。又认得那逃走的妖人，是江苏崇明岛金线神姥蒲妙妙，邪法颇非寻常，恐神雕闪失，曾用千里传音之法，连喊数声，神雕竟未回顾。两下里本是背道而驰，瞬息间相去已是数百里外。我当时错以为神雕两翼藏有白眉禅师神符，至多被困一时，决无大害，无暇分身，并未回头追去。如今未归，必在岛上被妖法陷住。此时大功告成，援救易氏弟兄无须多人。你与轻云有紫郢、青索双剑，只要遇事谨慎，百邪不侵。再将天遁镜带去，必能成功无疑。"又命石生将镜交与英琼，吩咐即时动身，往崇明岛赶去。二人一听神雕有难，慌忙接镜，拜别起身。

朱梅又对众人道："易氏弟兄现在必是被困在铜椰岛上。岛主天痴上人门徒众多,虽是异派,并不为恶多事。他二人少年任性,不知进退,咎有应得。我与岛主曾有数面之交,既不便前去,又不能不去,事出两难。只可暂由易静、蓉波、红药三人前去通名拜岛,看他如何对付,相机行事。我自在暗中赶去相助。余人由金蝉、石生率领,回转峨眉复命便了。"说罢,又吩咐易静等三人一些应付机宜,各按地方分别起身。

且不说金蝉、石生展动弥尘幡,带了新入门的弟子,回转峨眉复命。却说易静、红药、蓉波三人驾遁光离了迎仙岛,照朱梅所说方向,往铜椰岛飞去。先是大海茫茫,波涛浩瀚,渺无边际。飞行了好一阵,才见海天相接处,隐隐现出一点黑影,浮沉于惊涛骇浪之中。知道离岛已近,连忙按落遁光,凌波飞行。眼看前面的岛越显越大,忽见岛侧波浪中突出许多大小鲸鱼的头,一个个嘴吻刺天,纷纷张翕之际,便有数十道银箭直往天上射去。再往岛上一看,岛岸上椰林参天,风景如画。岸侧站定二三十个短衣敞袖,赤臂跣足的男女,每人拿着三五个椰实之类,弹丸一般往海中跃去,正在戏鲸为乐。正要近前,那些男女想已看见三人来到,倏地有四个着青半臂的少年,往海中跃去,俱都踏在一条鲸鱼项上,将手一挥,那四条鲸鱼立时拨转头,冲破逆浪,直向三人泅来,其行如飞,激得海中波涛像四座小山一般,雪花飞涌,直上半天,声势甚是浩大。

三人早得矮叟朱梅指教,不等来人近前,忙即由易静为首,一按剑光,飞身迎上前去,说道:"烦劳四位道友通禀,南海玄龟殿易静,奉了家父易周之命,偕了同门师姊妹陆蓉波、廉红药,专诚来此拜谒天痴上人,就便令舍侄易鼎、易震负荆请罪。"那四人见了易静等三人面生,正要喝问,一闻此言,立即止鲸不进,互相低语了几句,为首一人说道:"来人既拜谒家师,可知铜椰岛上规矩?"易静躬身答道:"略知一二。"那人道:"既然知道,就请三位道友同上鲸背,先至岛岸,见了我们大师兄,再行由他引见家师便了。"说罢,其余三条鲸项上所站的青衣少年,俱往为首那人的鲸背上纵来,让出三条巨鲸,请三女乘行。三女也不客气,把手一举,飞向三鲸项上立定。那四人将手一挥,在前引导,同往海岸前泅去。这时海面群鲸俱已没入海中。岸上二十多个男女,也都举手迎宾。

等三人由鲸背上飞身抵岸,人群中便有一个长身玉立,丰神挺秀的白衣少年,从人群中迎上前来。这人便是岛主天痴上人的大弟子柳和,本是潮州海客柳姓之子,三岁丧母,随父航海,遇着飓风,翻船之际,乃父情急无奈,将他绑在一块船板上面,放入海中,任他随水漂流。不想一个浪头将他打在一只大鲸鱼的背上。也是他生有凤根,由那鲸背了他,泅游数千里,始终昂头海面，未曾没入水里。直泅到铜椰岛附近，被天痴上人看见，救上岸来。彼时上人成道未久，门下尚无弟子，爱他资质，便以椰汁和了灵丹抚育，从小便传授他道法。虽是师徒，情逾父子。上人后来续收了四十七个弟子，独他在众弟子中最得钟爱。

上人岛规素严，门人犯规，重则飞剑枭首，轻则鞭笞，逐出门墙。当许飞娘约请异派仙宾往紫云宫祝寿时，路过南海覆盆岛，见下面有一个穿青半臂、短袖跣足的男子在那里练飞叉，迥异寻常家数，猜是海外散仙之流，按落遁光，上前问讯。才知是上人第十九名弟子，名叫哈延，奉命在覆盆岛采药炼丹的。飞娘一想："久闻天痴上人大名，门下弟子个个精通道法，各人练就飞叉，胜似寻常飞剑。只是这多年来，从未闻他预闻外事。如能将他师徒鼓动，勾起嫌隙，岂非峨眉又一个大劲敌？"便用一番言语蛊惑哈延，说峨眉如何妄自尊大，不分邪正，专与异派为仇，劝他加入自己一党，同敌峨眉。叵耐哈延知道师门法重，不敢轻易答应。飞娘见说他不动，又将紫云宫三女庆寿，铺张扬厉，加以渲染。说那里朱宫贝阙，玉柱金庭，海底奇景，包罗万象。那神砂甬道，又是如何神妙。大家俱是同道，何不抽暇同往观光，以开眼界？

哈延少年喜事，不觉心动。只因当时炼丹事重，不能分身。便由飞娘分了一粒沙母，传了入宫之法，约定三女寿辰那天，恰好丹成，赶去参与盛会。哈延因与三女素昧平生，初次前去祝寿，还备了两件珍奇宝物，以为见面之礼。彼时飞娘并未料到紫云三女就要瓦解，不过多约能人，既可壮自己的声威，又可借此联络，以便逐渐往来亲密，可以乘机为用。谁知哈延到日前往，按照飞娘指示到了宫内，刚和三女见面，入席不久，便生祸变。先本不想多事，后来见所有来的宾客俱都纷纷上前应战，惟独自己袖手旁观，未免有些难堪。欲待上前，又觉来人个个剑光、法宝神妙无穷，略一交接，敌我胜负之势，已可看出大半。自己与主人既是素昧平生，便是许飞娘也不过一面之识；再者师门家法严厉，不准在外面惹是生非。冒昧出手，稍有闪失，不特给师门丢脸，回去还受重责，太不上算。好生后悔，当初不该轻信人言，无故多事。

此时哈延如若见机遁走，本可平安回岛。偏是少年好胜，总觉就此一走，不好意思似的。正是进退两难，迟疑不决。这时殿上外来的妖人连同宫众，除了几个首要与英琼、轻云、易静、金蝉等捉对儿厮拼外，人数尚多，声势也还不弱。偏偏易氏弟兄仗着九天十地辟魔神梭护身，只管在殿上左冲右突，从光华拥护中施展法宝、飞剑，追杀敌人。宫中诸人，自是敌他不过，所向披靡，纷纷伤亡。那飞娘约来的妖人，却颇有几个能手，一见易氏弟兄这等猖狂,俱都愤怒异常,也各把妖法、异宝一一施展出来,准备将易氏弟兄置于死地。

易鼎、易震哪把这些妖人放在心上,一见妖人势盛,群起合攻,反正敌人无法侵害,弟兄两个一商量,索性将神梭停住,任他夹攻。等到敌人妙法、异宝尽数施展,层层包围之际,先将光华缩小,一面暗中运用玄功,发挥神梭威力,突地手掐真诀,喝一声:"疾!"辟魔神梭立时疾如潮涌,往四外暴长数十倍。一面将太皓钩等厉害法宝从神梭上施光小门内飞将出去。一干妖人见易氏弟兄在大家法宝飞跃之下,忽然隐入光华之内,停在殿中不动,也不再探头现身,俱当他们被别人法宝所伤,尚未身死,纷纷收了法宝,施展妖法,放出雷火合围。后见那团光华逐渐缩小,有那不知来历的,恨不能捡个便宜,收为自有。那自问不能收得的,便想连人带宝,化为灰烬。几个在劫的妖人,连同那些该死的宫众,不由越走越近。万没料到易氏弟兄并未受伤,倏地暗施辣手。那神梭何等神妙,这一暴长开来,首先是将雷火妖氛惊散。接着便由合而分,化成无数根数丈长的金光,朝四外射去。再加以宝钩、宝玦同时飞跃,疾同电掣。众妖人见势危急,再想用法宝、飞剑抵御,已是无及,伤的伤,亡的亡,能全身遁逃的,不过才两三个。至于那些宫众,更是连看都未看清。

哈延相隔本远,还在逡巡犹豫之际。易氏弟兄的九天十地辟魔神梭发挥威力,光华暴长处,金霞红光似电弩一般飞来。如非哈延也是满身道术,防御得快,差点也被打中。不由心中大怒,仗着天生一双神眼,看出敌人乘胜现身,忙将一面飞钹朝着光华中的敌人打去。偏巧易氏弟兄见妖人虽是死亡不少,还有几个不曾受伤的,似要乘机遁走,一时贪功心盛,把神梭光华一缩,重又合拢,打算追了过去,哈延飞钹怎能打中。哈延知道敌人有此宝护身,无奈他何,正寻思如何出这口恶气。猛一回头,二凤身遭惨死,初凤、金须奴、慧珠三人又复逃走,料出事情不妙,想了想,还是忍气回岛为是。刚要起身,飞娘已舍了易静,去助三凤。同时敌人方面也有多人一拥齐上,夹攻飞娘、三凤。心想:"难怪飞娘说峨眉派倚强凌弱,得理不让人,真是可恨!"就这寻思晃眼工夫,三凤已毙于飞剑之下。许飞娘一纵遁光,往外逃走。哈延暗道一声:"不好!紫云宫全体瓦解,此时不走,等待何时?"便息了交手之想,满打算追上飞娘,一同遁出宫去。

这时甄艮已随了英琼、轻云、金蝉三人飞往金庭,事机瞬息。只甄兑一人,因见地下残断的法宝形状奇古,精光照人,想拾两件回去,略微缓了一缓,不及同驾弥尘幡同去。甄兑一见落了后,不顾再拾地上法宝,一缩遁光,正要追赶,身刚飞起,恰巧哈延迎面飞来。甄兑新胜之余,未免自骄,一眼看见对面飞来一个周身青光闪闪的妖人,哪里肯容他遁走,一指剑光,飞上前去截堵。他却不料哈延早防敌人暗算,用的是东方神木护身之法,寻常飞剑哪能伤他。一见有人拦阻,越觉敌人欺人太甚,丝毫不留余地,正好想要重创他一下。剑光飞到,故意装作不觉,却在暗中将飞钹朝甄兑打去。甄兑见来人只顾逃遁,剑光飞上前去毫无所觉。方以为成功在即,忽觉眼前青光一亮,便知不好。忙纵遁光避开,施展法宝抵御,已是无及,竟被那青光扫着一下,立时坠落。哈延方要再下毒手,将他结果,这时恰值易鼎、易震驾神梭追杀别的妖人赶到,见甄兑受伤,忙驾神梭追将过来。因为这一日工夫俱是所向披靡,以为乃祖这九天十地辟魔神梭妙用无穷,有胜无败,未免恃胜而骄,哪把哈延放在心上。他们却不知哈延虽非天痴上人最得意的门下,却也不是寻常,这时遁走,只缘顾虑太多,并非怯敌。一见易氏弟兄追来救援,知道他们法宝厉害,再加那旁又飞来了几个少年男女,声势越盛,想将受伤敌人制死,已不可能。又见易氏弟兄轻敌,上半身显露在外,并不似适才那般的时隐时现。便扬手一连两面飞钹打去,满想自己飞钹出手迅疾,乘其不意,一下可将敌人打伤,略微出气。然后便用本门最精妙的木公遁法,地行逃走,顺神砂甬道遁出迎仙岛回去。

那易氏弟兄与他也是一般急功心意,哈延那里打出飞钹,这里早将太皓钩放出。刚把第一面飞钹敌住,哈延的第二面飞钹又到。若换别人,这一下不死也带重伤。幸而防身宝物神妙,易氏弟兄又应变机警,眼前青光一晃,便知不妙,忙将头往回一缩,神梭上的小门便自封闭,光华电转。耳边当的一声响过处,青芒飞泻,那面飞钹被神梭上旋光绞成粉碎。真个危机瞬息,其间不容一发,稍有些微延缓,必被打中无疑。易氏弟兄因适才敌人枉用许多雷火法宝攻打,只在神梭光华之外,并未丝毫近身,没料到敌人法宝如此神速,虽未受伤,不由勃然大怒。哈延因敌人现身有隙可击,才将两面飞钹接连打出,以为必中无疑,谁知仍然无用。第一面吃一钩寒光敌住,未分胜负,还不要去说它。第二面因为深入光华之中,眼看成功,敌人忽往现身的小门内一缩,立时光圈飞转,将钹绞为万点青荧,散落如雨,转瞬在光霞之中消灭净尽。师门至宝,一旦化为乌有,也是又惊又悔,又惜又恨。心想:"再不见机,少时必要身败名裂,不能逃生。"不敢再为恋战,将手一抬,收回法宝,便往地下遁去。

按说易鼎、易震已经获胜,又毁了敌人一件法宝,穷寇本可不必追赶。偏生好胜心切,又见甄兑受伤,自己也险些被他打中,二人都是初次人前出手,未吃过亏,把敌人愤恨到了极处,一面又看中敌人那面飞钹,想要人宝两得,哪里肯容他逃走。见敌人刚一飞出殿外,便往地中遁去,正合心意。自己原是奉命对付道行本领稍次的妖人与那些宫众,现在敌人伤亡殆尽,在眼前逃去的,只剩这一个最可恶。反正大获胜利,使命已完,何不收个全功?决计随后追赶,也一指神梭,穿入地中追去。这番还加了点小心,恐又遭敌人暗算,并不探头现身,只从梭上圆门旋光中,觑准敌人前面那一道疾如流星的青光,跟踪追逐不舍。

哈延起初只想遁回岛去,再约集同门师兄弟,向天痴上人请罪,心中已悔恨万分。还以为神砂甬道不比别的地方,自己尚是仗着飞娘转赠的沙母和通天灵符,才得穿行自在,敌人决不会追来。谁知入地不久,又听风雷之声,起自身后,回头一看,敌人竟未放松自己,依旧追来。光霞过处,冲激得那四外的五色神砂如彩涛怒涌,锦浪惊飞,比起地面上的威力还要大得多。来势之迅疾,较自己遁法似有过之,并无不及。惊骇之余,益发咬牙切齿痛恨敌人。暗忖:"师父所赐飞钹,乃东方神木所制,适才被他一绞,便成粉碎,此宝定是西方太乙真金炼成无疑。自己既奈何他们不得,看来意,无论逃到哪里,他们必追到哪里。反正无故惹事,至宝已失,师父责罚,在所难免。索性一不做,二不休,拼着再多担些不是,将这两个仇敌引往铜椰岛去,师父无论如何怪罪,也必不准上门欺负。再者,还有那么多同门师兄弟,岛上有现成相克异宝。敌人不去,此仇只可留为后图;如若追去,决无幸理,岂不是可以稍出胸中这口恶气?"想到这里,耳听身后风雷之声越追越近,不敢怠慢,忙运玄功,把遁光加快,亡命一般往前途逃走。

不多一会,便奔出神砂甬道,到了迎仙岛。刚刚穿出地面,后面易氏弟兄也驾神梭追到。依了易鼎,紫云宫业已瓦解,大功告成,同来诸人俱往金庭取宝,既可借此观光,一开眼界;又可得众人结伴,同住峨眉,赴那千年难遇的群仙盛会。敌人地行甚快,不易追上,与其徒劳,不如回去。偏巧弟兄二人适才现身时,是易震当先,差一点没被飞钹打在头上;再者他和甄兑虽是初交,彼此极为投契,性情又刚,疾恶如仇,执意非追不可。易鼎拗不过,只得暂且由他,原打算追出延光亭,追不上时,强制他回去。出地时方要劝阻易震,不想哈延此时换了主意,早就防到他们要半途折转,出亭时故意缓了一缓。易震看敌人在前面不远,眼看就要驾遁光升起,哪里肯舍,一催所驾神梭,加紧追去。易鼎因敌人授首在即,也就不去拦他。就这一迟疑之间,两下里飞行俱是神速异常,一前一后,早已破空升起。等到易鼎想要劝阻易震折回去时,业已飞出去老远。两下相隔,不过一二里之遥,只是追赶不上。易震因易鼎再三制止他前进,恐回去晚了,不及见金庭奇景,刚有些变计,略一迟缓,前面敌人倏地停止,回身大骂:"峨眉群小,倚多为胜。我今日赴会,忘携法宝,任尔等猖狂。仙府就在前面岛上,现在回去取宝,来诛戮尔等这一干业障。如有胆量,便即同去;如若害怕,任尔等无论逃避何处,俱要寻上门去,叫尔等死无葬身之地,一个不留!"说完,便催遁光,加紧逃走,晃眼工夫,已是老远。

这一席话,休说易震听了大怒,连易鼎也是有气。明知敌人口出狂言相激,必有所恃。继想乃祖易周,曾说这九天十地辟魔神梭,如果用来和人交战,真要是遇上道行法力绝高的前辈,或是异派中数一数二的能手,虽未必能够断其必胜,要是专用它来逃遁,却是无论被困在什么天罗地网,铁壁铜墙之中,俱能来去自如,决受不着丝毫伤害。能够克制此宝的,只有南北阴阳两极精英凝结的玄磁。但是此物乃天灵地宝,不是人力可以移动,此外别无所虑。这次来救姑姑易静,便可看出此宝威力。彼时神砂甬道中雷火猛烈,千百根神砂宝柱齐来挤轧,声势何等伟大,尚且不惧,目前追的这个妖人,虽在仓促中没顾得问及他的姓名来历,看他本领,除了能在地下飞行外,并无什么出奇之处。这里虽是南海,距离南极磁峰尚有数万里之遥,即使妖人果真想将自己引到那里,借用太阴玄磁暗算,见机抽身,也来得及。否则便追到他的巢穴之中,胜了固好,如不能,尽可冲破妖法而出,有何妨碍?既有了易胜难败之想,再加易震从旁再三怂恿,说妖人如此可恶,不将他除了不解恨。起初不追也罢,追了半日,空手回去,也不好看。反正紫云宫已为峨眉所有,金庭奇景,早晚看得见,无须忙在一时。因这几种原因一凑合,易鼎不由活了心,便依了易震,同驾神梭追去。何况又受了一激,自然益发加紧追赶,恨不能立时追上妖人,置于死地,不再作中途折回之想。

哈延见敌人果中了激将之计,虽然欣喜,及见来势迅疾,比流星还快,也不免有些心惊胆寒。忙催遁光,电掣虹飞,往前疾驶,哪敢丝毫怠慢。还算好,逃未多时,铜椰岛已是相隔不远,才略微心宽了些。未等近前,早将求救信号放出。

易氏弟兄正追之际,眼望前面敌人由远而近,再有片时,不等到他巢穴,便可追上,决不致赶到南极去,越加放心大胆。正在高兴,忽见前方海面上波涛汹涌,无数黑白色像小山一般的东西时沉时没,每一个尖顶上俱喷起一股水箭,恰似千百道银龙交织空中。二人生长在海岸,见惯海中奇景,知是海中群鲸戏水。暗忖:"这里鲸鱼如此之多,必离陆地不远,莫非已行近妖人的巢穴?"再往尽前面定睛仔细一看,漫天水雾溟濛中,果然现出一座岛屿影子。岛岸上高低错落，成行成列的，俱是百十丈高矮的椰树，直立亭亭，望如伞盖，甚是整齐。易鼎见岛上椰树如此之多，好似以前听祖父、母亲说过。正在回忆岛中主人翁是谁，还未想起，说时迟，那时快，就这微一寻思之际，不觉又追出老远，离岛只有三数十里，前途景物，越发看得清清楚楚。

又追了不大工夫，倏见岛上椰林之内纵出五人，身着青白二色的短半臂，袒肩赤足，背上各佩着刀叉、剑戟、葫芦之类，似僧非僧，似道非道，与所追妖人装束差不多。这些少年直往海中飞下，一人踏在一只大鲸鱼的背上，为首一个将手一挥，便个个冲波逐浪，迎上前来。五只大鲸鱼此时在海面上鼓翼而驰，激得惊波飞涌，骇浪山立，水花溅起百十丈高下。前面逃人好似得了救星，早落在那为首一人的鲸背上面，匆匆说了几句，仍驾遁光，往前飞走。没有多远，便有一只巨鲸迎了上来，用背驮了他，回身往岛内泅去。易氏弟兄见了这般阵仗，仍然无动于衷。算计来的这五个骑鲸少年，定是妖党，不问青红皂白，更不答话，一按神梭，早冲了上去。又于那旋光小梭门中，将宝钩、宝玦一齐发出，直取来人。

那五个骑鲸少年在岛上闻得师弟哈延求救信号，连忙骑鲸来救，一见哈延神色甚是张皇，后面追来的乃是一条梭形光华，只有两个人影隐现。哈延与为首的一个见面，又只匆匆说道："我闯了祸，敌人业已追来，大师兄呢？"为首的一个，才对他说了句："大师兄现在育鲸池旁。"言还未了，哈延便驾遁骑鲸，往岛上逃去。

五人听他这一说，又见来人路数不是左道旁门，以为哈延素好生事，定是在外做错了事，或是得罪了别派高人，被人家寻上门来。铜椰岛名头高大，来人既有这等本领，又从这么广阔的海面追来，必知岛上规矩和岛主来历，决无见面不说话就动手之理。师门规矩，照例是先礼后兵。欲待放过哈延，迎上前去，问明来历与起衅之由，再行相机应付，所以并未怎样准备。及至那梭形光华快要追到面前不远，为首一个忙喊："道友且慢前进，请示姓名，因何至此？"谁知来人理也不理，不等他话说完，倏地光华往下一沉，竟朝自己冲来。五人不知此宝来历，见来势猛烈迅疾，与别的法宝不同，适才哈延又是那等狼狈，不敢骤然抵御，一声招呼，各人身上放出一片青光，连人带鲸，一齐护住，齐往深海之中隐去。易震见敌人空自来势煊赫，却这等脓包，连手也未交，便自败退，不由哈哈大笑。一看前面哈延已将登岸，心中愤极，便不再追赶这五个骑鲸少年，竟驾神梭急赶上去，片刻到达，哈延已飞入椰林碧阴之中。易氏弟兄仍是一点不知进退，反因那几个骑鲸少年本领不济，更把敌人看轻，一催神梭，便往椰林中追去。

那些椰树俱都是千百年以上之物，古干参天，甚是修伟，哪禁得起神梭摧残。光华所到之处，整排大树齐腰断落，轧轧之音，响成一片。入林不远，因为树木茂密，遮住目光，转眼已看不见敌人的青光影子。二人一心擒敌，一切都未放在心上，只管在林中往来冲突，搜寻不休。不消多时，忽听一声钟响，声震林樾。接着便见前面一大片空地上，现出一个广有百顷的池塘，池边危石上立着几个与前一样打扮的少年，为首一个，正和哈延在那里述说。二人以为擒敌在即，便追将过去。那边少年见神梭到来，仿佛不甚理睬。眼看近前，相隔还有数十丈左右，为首的一个忽从石旁拿起一面大鱼网，大喝一声："大胆业障，擅敢无礼！"手扬处，那渔网便化成一片乌云，约有十亩方圆，直朝二人当头飞到。二人猜是妖法，正要与他一拼，说时迟，那时快，两下里都是星飞电驰，疾如奔马，就要碰个迎头。忽听空中一声大喝道："来人须我制他，尔等不可莽撞！"言还未了，那片乌云倏地被风卷去。

这时二人因为敌人就在当面立定，飞行本低，见敌人法宝刚放出来，又收回去，正猜不出是何用意。忽听前面敌人拍手笑语，定睛一看，那些穿半臂的少年业已回身，背向自己，齐朝前面仰头翘望，欢呼不已，好似不知神梭就要冲到，危机瞬息神气。再顺着他们所望处一看，只见一个笔直参天的高峰矗立云中，相隔约有十来里光景，并无别的动静。易鼎不像易震那般过于自恃，料到敌人必有诡计。刚在猜想，猛觉所御神梭的光华似在斜着往前升起。弟兄二人俱在疑心，百忙中一问，并非各人自主，连忙往下一按。谁知那神梭竟不再听自己运转，飞得更快，好似有甚大力吸引，休说往下，试一回身转侧，都不能够。晃眼工夫，竟超越诸少年头上老高，弹丸脱弦一般，直往前上方飞去，越飞越快，快得异乎寻常。一会，前面云中高峰越离越近，才看出峰顶并非云雾，乃是一团白气，业已朝着自己这一面喷射过来，与神梭光华相接。就在二人急于运用玄功，制止前进的片刻之间，神梭已被白气裹向峰顶粘住，休想转动分毫。忙用收法，想将神梭收起逃遁时，那神梭竟似铸就浑成，不能分开丝毫。知道情势已是万分危险，急欲从梭上小圆门遁去，又觉祖父费了多年心血炼成的至宝，就这般糊里糊涂地葬送在一个无名妖人手里，不特内心不服，而且回家也不好交代。略一踌躇，忽觉法宝囊中所藏法宝纷纷乱动。猛想起敌人将自己困住，尚未前来，囊中现有的太皓钩等法宝，何不取出，准备等敌人到来，好给一个措手不及，杀死一个是一个。那法宝囊俱是海中飞鱼气胞经林明淑亲手炼成，非比寻常。如非二人亲自开取，外人纵然得去，也不易取出其中宝物。

二人想到这里，刚把囊口一开，还未及伸手去取，内中如太皓钩一类五金之精炼成的宝物，俱都不等施为，纷纷自行夺囊而出，往前飞去。因有神梭挡住，虽未飞出，却都粘在梭壁上面，一任二人使尽方法，也取它们不动，这一急真是非同小可。正在彷徨无计可施，旋光停处，五条黑影伸将进来。易鼎一面刚把宝玦取在手中，想要抵御，已是不及，倏地眼前一暗，心神立时迷糊，只觉身上一紧，似被几条粗索束住，人便晕了过去。等到醒来一看，身子业已被人用一根似索非索的东西捆住，悬空高吊在一个暗室里面。知已被擒，中了妖人暗算，连急带恨，不由破口大骂起来。骂了一阵，不见有人答应。捆处却是越骂越紧，奇痛无比。骂声一停，痛也渐止，屡试屡验。无可奈何，只得强忍愤怒，住口不骂。这时二人真恨不如速死，叵耐无人管理，始终连那妖人的影子都未见过。

就在这悔恨欲绝之际，耳听远远洞箫之声吹来，连吹了三次，也未听出吹的是什么曲子。恍如鸾凤和鸣，越听越妙，几乎忘了置身险地。易震忍不住，刚说了声："这里的妖人，居然也懂得吹这么好听的洞箫。"箫声歇处，倏地眼前奇亮，满室金光电闪，银色火花乱飞乱冒，射目难睁。二人以为敌人又要玩弄什么妖法前来侵害，身落樊笼，不能转动，除了任人宰割外，只有瞪着两只眼睛望着，别无法想。

一会工夫，金光敛去，火花也不再飞冒，室顶上悬下八根茶杯粗细、丈许长短的翠玉笔，笔尖上各燃着一团橄榄形的斗大银光，照得合室通明。这才看清室中景致，乃是一间百十丈大小的圆形石室。从顶到地，高有二十余丈，约有十亩方圆地面，四壁朗润如玉，壁上开有数十个门户。离二人吊处不远，有两行玉墩，成八字形，整整齐齐朝外排开。当中却没有座位，只有两行灿如云霞的羽扇，一直向前排去。尽头处，紧闭着两扇又高又大的玉门，上缀无数大小玉环，看去甚是庄严雄丽。

待了一会，不见动静。那八朵银花，也不见有何异状。正在互相惊异，忽又听尽头门里边笙簧迭奏，音声清朗，令人神往。晃眼之间，所有室中数十个玉门全都开放。每个门中进来一个穿白短半臂的赤足少年，俱与前见妖人一般打扮，只这时身上各多了一件长垂及地的鹤氅。进门之后，连头也未抬，从从容容地各自走向两排玉墩前面立定，每墩一人，只右排第十一个玉墩空着。两排妖人站定后，上首第一人把左掌一举，众妖人齐都朝着当中大门拜伏下去。那门上玉环便铿铿锵锵响了起来，门也随着缓缓自行开放。二人往门中一望，门里仿佛甚深，火树银花，星罗棋布，俱是从未见过的奇景。约有半盏茶时，乐声越听越近，先从门中的深处走出一队人来。第一队四个十二三岁的俊美童子，手中提灯在前；后面又是八个童子，手捧各种乐器。俱穿着一色白的莲花短装，露肘赤足，个个生得粉妆玉琢，身材也都是一般高矮。一路细吹细打，香烟缭绕，从门外缓缓行进。还未近前，便闻见奇香透鼻。这十二个童子后面，有八个童子，扶着一个莲花宝座，上面盘膝坐定一个相貌清癯，装束非僧非道的长髯老者，四外云霞灿烂，簇拥着那宝座凌空而行。尽后头又是八个童子，分捧着弓、箭、葫芦、竹刀、木剑、钩、叉、鞭之类。这一队童子刚一进门，便依次序分立在两旁羽扇之下，放那宝座过去。那宝座到了四排玉墩中间，便即停住。玉门重又自行关闭。那灿若云锦的两排羽扇，忽然自行向座后合拢。随座诸童子，也都一字排开，恭敬肃立在羽扇底下。

二人细看室中诸人，却不见从紫云宫追出来的那个妖人，好生奇怪，俱猜不出这些妖人闹甚把戏。明知无幸，刚要出声喝问，座中长髯老者忽然将右手微微往上一扬，地下俯伏诸人同时起立就位，恭坐玉墩之上。长髯老者只说了一声："哈延何在？"上首第一人躬身答道："十九弟现在门外待罪。"长髯老者冷笑道："尔等随我多年，可曾见有人给我丢这样脸么？"两旁少年同声应道："不曾。不过十九弟哈延今日之事，并非有心为恶，只缘一时糊涂，受了妖妇之愚，还望师主矜原，我等情愿分任责罚，师主开恩。"长髯老者闻言，两道修眉倏地往上一扬，似有恨意。众少年便不再请求，各把头低下，默默无言。略过了一会，上首第一人重又逡巡起立，躬身说道："十九弟固是咎有应得，姑念他此番采药炼丹，不无微劳，此时他已知罪，未奉法谕，不敢擅入。弟子不揣冒渎，敬求师主准其参谒，只要免其逐出门墙，任何责罚，俱所甘愿。"长髯老者略一沉吟，轻轻将头点了一下。那为首少年便朝外喝道："师主已降鸿恩，哈师弟还不走进！"说罢，从石壁小门外又走进一个半臂少年，正是易鼎、易震所追之人，这才知道对头名叫哈延。在这一群人当中，中坐长髯老者，方是为首的岛主。

第一七〇回

三女负荆　千鲸掀巨浪
双童遇救　矮叟戏痴仙

易鼎、易震虽没听过哈延是何来历，看这种排场神气，必非寻常异派可比。因为他擒来敌人尚未收拾，反怪罪门下弟子，不该受了妖妇许飞娘愚弄，言谈举动，甚觉出乎意料，不由看出了神。眼看哈延满脸俱是忧惧之色，一进门便战兢兢膝行前进，相隔宝座有丈许，便即跪伏在地，不敢仰视。

长髯老者冷冷地道："无知业障！违弃职守，擅与妖人合污。昔日我对尔等说过，目前正逢各派群仙劫数，我铜椰岛门下弟子虽不能上升紫府，脱体成真，仗着为师多年苦修，造成今日基业，早已化去三灾。又炼成了地极至宝，不畏魔侵，何等逍遥自在！此番命你炼丹，关系重大，你就要往别处游玩，也应俟回岛复命以后。你却听信妖妇怂恿，带了丹药，私往紫云宫赴宴。幸还逃了回来。我那丹药，乃长生灵药，以众弟子之力，费了数十年苦功，方始采集齐备。如今虽分作多处烧炼，缺一不可。其余八人，俱已复命，独你迟来。如在紫云宫将此丹失去，你纵百死，岂足蔽辜！易周老兄家教不严，有了子孙，不好好管教。既然纵容他们出来参与劫数，就应该把各派前辈尊长的居处姓名，一一告知，也免得他们惹祸招灾，犯了人家规矩，给自己丢脸。满以为他那九天十地辟魔神梭所向无敌，就没料到会闯到我的手里。这虽然是他的不是，若非你这业障，他们也未必会寻上门来晦气。我处事最讲公平，我如不责罚你，单处治易家两个小畜生，他们也不能心服口服。你如不愿被逐出门墙，便须和易家两个小畜生一般，各打三百蛟鞭。你可愿意？"哈延闻言，吓得战兢兢地勉强答道："弟子罪人，多蒙师父开恩，情愿领责。"长髯老者把头微点了点，便喝了一声："鞭来！"立时便从座后闪出两个童子，手中各拿着一根七八尺长乌光细鳞的软鞭，走向座前跪下，将手中鞭往上一举。

长髯老者笑指易氏弟兄道："你二人虽然冒犯了我，但是此事由我门弟子哈延所起。当时你们如不逞强穷追，那只有他一人的不是，何致自投罗网?今日之事,须怨不得我无情。此鞭乃海中蛟精脊皮所炼,常人如被打上几鞭,自难活命。你二人既奉令祖之命,出来参与劫数,必然有些道行,还熬得起。首先整我家规,打完了我自己的门人,再来打你们,省得你们说我偏向。你二人挨打之后,我保你们不致送命。即使真个娇养惯了,禁受不起,我这里也有万木灵丹,使你二人活着回去。归报令祖时,就说铜椰岛天痴上人致候便了。"说罢,便命行刑。

易氏弟兄先听长髯老者说话挖苦,易震忍不住张口要骂,还是易鼎再三以目示意止住。及至听到后来,已知长髯老者并非妖邪一流,至少也与乃祖是同辈分的散仙。自己不该一时没有主见,闯此大祸,悔已无及。再一听说来历,不由吓了个魂不附体。想起祖父昔日曾说,凡是五金之精炼成的宝物,遇上南北阴阳两极元磁之气,均无幸理。现时正邪各派群仙中,只有三五件东西不怕收吸。不过两极真磁相隔一千零九十三万六千三百六十五里,精气混茫,仙凡俱不能有,又系天柱地维,宇宙所托,真磁神峰大逾万里,无论多大法力,俱难移动,虽然相克,不足为害。惟独南海之西,有一铜椰岛,岛主天痴上人得道已数百年,不知怎的会被他在岛心沼泽下面地肺中寻着一道磁脉,与北极真磁之气相通。他将那片沼泽污泥,用法术堆凝成了一座笔直的高峰,将太乙元磁之气引上峰尖,几经勤苦研探,竟能随意引用封闭。当初发现时,天痴上人同两个门徒身上所带法宝、飞剑,凡是金属的,全被吸去,人也被磁气裹住,几乎葬身地底。多亏他一时触动灵机,悟出生克至理与造化功用,连忙赤了身子,师徒三人仅仗着一个宝圈护身逃出。自从筑炼成了这座磁峰以后,门人逐渐众多,道力也日益精进,于正邪各派剑仙散仙之外自成一家。他每隔三十年,必遍游中土一次,收取门人,但论缘法,不论资质,虽然品类不齐,仗着家法严厉,倒也无人敢于为恶。他门下更有一桩奇特之处:因为磁峰在彼,专一吸化金铁,所有法宝、飞剑,不是东方太乙神木所制,便是玉石之类炼成,五金之属的宝物极少。他那磁峰,虽比两极真磁之母力量要小得多,可是除了世间有限的几件神物至宝外,只要来到岛上,触恼了他,将峰顶气磁开放出来,相隔七百里内,不论仙凡,只要带着金属兵器,立时无法运用,不翼而飞,当时连人一齐吸住,真个厉害已极。当时全家聚谈,只当长了点见闻,并没在意。不想初次出门,无心遇上。料他必与祖父相熟,哪里还敢再出恶言。

易鼎正在寻思之间,地下哈延一听上人喝呼行刑,跪在地下,说了声:"谢恩师打!"早不等那两个童子近前,起身两臂一振,身上穿的半臂便自脱落。再将手往上一举,从宝顶垂下一根和捆易氏弟兄长短形式相近的长索,

211

索头上系着一个玉环,离地约有二十来丈左右。哈延脚点处,纵身上去,一把将环抓住。那两个童子先用单腿朝宝座前一跪,左手拖着长鞭,右手朝上一扬,便即倒退回身,扬鞭照定室中悬着的哈延打去。好似练习极熟,打人并非初次,动作进退,甚是敏捷一致,姿势尤为美观。那蛟鞭看去长只丈余,等到一出手,却变成二十多丈长一条黑影。二童此起彼落,口里还数着鞭数,晃眼工夫,哈延上身早着了好几下,身上立时起了无数道紫杠。痛得他两手紧攀玉环,浑身抖颤,牙关错得直响,两只怪眼瞪得差点突出眶外,看神气苦痛已极。

易震因他是个罪魁祸首,恨如切骨,见他受了这般毒打,好生快意。全没想到天痴上人存心这样,既保持了铜椰岛尊严,等异日易周寻上门来时,又好堵他的口,还可问他索赔折断的千年铜椰古树。

打完哈延,便要轮到他弟兄二人头上。易鼎虽然知道厉害,但是事已至此,也没可奈何,只得悬着心,看仇敌受责,聊快一时。

二童挥鞭迅速,不消片刻,已打了一百余下。哈延雪白的前胸后背,满是紫黑色肉杠,交织坟起。二童子仍是毫不徇情地一味抽打不休。正打得热闹之间,忽听远处传来三下钟声,天痴上人将头朝左侧为首的一个少年一扬。那为首少年便跪下来,说了几句,意思好像代哈延求情,说话声音极低,听不清楚。余人见状,也都相继跪下。上人冷笑道:"既是你等念在同门义气苦求,也罢,且容这业障暂缓须臾,饶却饶他不得。现有外客到此,还不快去看来。"当下吩咐止刑。二童长鞭住处,哈延落了下来,遍体伤痕,神态狼狈已极。一落地便勉强膝行到宝座前,跪伏在地,人已不能动转。这时那为首少年业已谢恩退了出去。

上人道:"有人拜岛,不知是否旧交?这里不是会客之所,尔等仍在此相候,我到前面浴日阑会他。"说罢,仍由服侍诸童扶了宝座,往前走去。走到石室前面尽头,上人将手一指,立时壁间青光乱转,顷刻间,现出一个三丈多高大的圆门。除了两旁诸少年和那手执刑具的四个童子外,俱都随定宝座,跟了出去。

易氏弟兄先前只猜那里是片玉石墙壁,通体浑成,并无缝隙。如今忽又现出圆门,算计外面还有异景。恰巧上人出去,并未封闭,扭转头顺圆门往外一看,这两间大石室想是依山而筑。门外那间要低得多,看得甚是清楚。上人仍然在诸童围侍中,端坐在宝座之上。只两旁少去两排玉墩,添了几个略微同样的青玉宝座。尽头处敞着向外面,设有一排台阶,两边有玉栏杆,有些类似殿陛,余者也都差不多。来客尚未走到。

再看室内跪伏的哈延，已由两个少年扶起。先前行刑二童，各从一个同样的葫芦里取出几粒青色透明的丹药。另一少年取来一玉瓶水，将丹药捏散，化在里面，摇了两下，递与哈延口边，喝了几口。然后由那行刑二童各含了满口，替换着朝哈延喷去，凡是受伤处全都喷到。眼看那么多条鞭伤，竟是喷一处好一处。等到一瓶子水喷完，哈延已可起立。先跪倒谢了众同门求情之恩，又向二童谢了相救之德。二童低语道："恩师法严，我两个奉命行刑，不敢从轻，实出不已。现在拼着担点不是，随了各位前辈师兄略尽私情，虽可暂时止痛，这新伤初愈，二次责打，还要难熬。师兄休得见怪。"哈延自是逊谢。

易鼎正看得出神，易震偶一回头，忽然"咦"了一声。易鼎回头往圆门外一看，适才出去的那个为首少年，正领了三个女子，恭恭敬敬，历阶而升。一见便认出当中走的是自家姑姑女神婴易静。其余二女，一个是陆蓉波，一个是廉红药。俱是同破紫云宫自己人，不知怎会到此？料与自己有关，不由惊喜交集。见易震几乎要出声招呼，忙用眼色止住。

易静早看到两个侄儿绑吊在里屋之内，心中虽然有气，并未形于辞色，仍如未见一般，从从容容，随了引导，行近宝座前立定，躬身施了一个礼，说道："晚辈易静，因往紫云宫助两位道友除魔，事后才知两个舍侄追敌未归，忽奉家父传谕，命晚辈同了媄姆门下廉红药，峨眉齐真人门下陆蓉波，来此拜山请罪。就便带了两个无知舍侄回去，重加责罚。不知上人可能鉴此微诚否？"上人闻言，微笑道："我当令尊不知海外还有我这人呢。既承远道惠临，总好商量。且随我去里面，再一述这次令侄辈在此行为如何？"说罢，不俟还言，将手一扬。那宝座便掉转方向，仍由诸童扶持，往圆门中行进。易静、红药、蓉波三人只得跟着进去。宝座刚回原位，上人吩咐看座。那为首少年将手朝着地下一指，便冒起三个锦墩，一字排开在宝座前侧面。

上人命三女落座之后，才笑指哈延，对三女道："这便是我那孽徒哈延，因受妖妇许飞娘蛊惑，往紫云宫赴宴，失去宝物，坏了我门中规矩，咎有应得，原与令侄辈无关。只是他未奉师命，违弃职守，犯的乃是本门戒条，在外却无过恶，事前又不知你们和紫云三女为难。道家往来宴会，常有之事。适才已派人问明，当时他见你们两家动手，本要回来，无奈你们防备紧严，心辣手狠，一味残杀不休，令侄辈又不肯网开一面。他心里不服，才用法宝伤人，原想借此逃走。谁知令侄辈不容，破了他的法宝。他已地行逃遁，还要执意斩尽杀绝，仗着令尊神梭威力，苦追不舍，非置诸死地不可。这也是他孽由自作，不去管他。后来追到我铜椰岛，我门下均守我规矩，并未敢遽然动手，只由海岸上几个值日的门人骑鲸上前,讯问来历姓名。此时令侄辈如照实说出,以礼来见,不特不致被老夫擒住,还须重责哈延以谢,岂不是好?叵耐令侄辈一味逞强,见了我的门人,不分青红皂白,才一照面,便即倚强行凶。他们未奉我命,仍是不敢交手,连忙回岛禀告时,令侄辈已经追到岛上,横冲直撞,如入无人之境,将我数千年的铜椰仙木撞折了七十四根。后来我门下弟子吴遐见来人闹得太不像话,正要用四恶神网伤他们,我已闻声出来,看出是令尊子孙,不愿下此毒手,才收去宝网,用太极元磁之气取了神梭,将他二人用意绳擒住,悬吊此间。

"我想此事衅自我门人所开,专责令侄,未免说我不讲理,心有偏向;如果专责哈延,未免又使众门人不服,说我畏惧令尊,人已打上门来,还一点不敢招惹,未免说不过去。为此我先命哈延供出情由,查明双方曲直。本拟用蛟鞭当着令侄打完了哈延,再同样代令尊责罚子孙,然后命人送他二人至玄龟殿,请令尊来此,将我那七十四株铜椰神木医治复原。我虽讲情面,处事极重公平。既然令尊得信,派你三人来此,代令侄求情请罪,我如不允,未免又是不通情理。不过他三人其罪惟均,要打要罚,须是一样才妥。可惜你三人来迟了一步,哈延已经挨了一百余下蛟鞭,令侄辈却是身上尘土未沾。就这么放走,纵然令尊家法严峻,将他二人处死,我们也未看见;万一护短溺爱,哈延也打得略有一点冤枉。我想还是省事一些,由我处治。哈延之责,尚未足数,也不必再补。令侄辈照他数目领责,也决不使其多挨一下。如何?"

易静见上人说话挖苦,早就生气,因守矮叟朱梅之诫,一面强忍愤怒,一面还想措词反驳。那易震素来刁钻,见三女前来,胆气顿壮。开始还以上人是乃祖好友,不敢乱说,静候他重释前嫌,一走了事。后来一听,不但没有允意,反连乃祖也骂其内。反正难免吃苦,把心一横,忍不住破口大骂道:"不要脸的老鬼!用障眼法儿打门人,还好意思说嘴。你看你那孽徒身上有伤么?"

天痴上人原不护短,家法也严,只因来人将他心爱仙木撞折,才动了真怒,执意非打来人一顿不可。又因哈延虽然无知闯祸,平素却无过错。明知当时挨打,虽多受苦痛,打完之后,众门人必要徇情庇护,虽未授意医治哈延鞭伤,并未禁止。偏巧打到半截,三女前来拜山,师徒俱未料到是为了此事而来。上人一出去见客,众门人见哈延打得可怜,师父又没有禁令,忙不迭地给他医治,却不想授人以柄。上人进来时看见哈延身上伤痕平复,并未在意。及至被易震一驳,匆促中,竟回不出什么话来。眉头一皱,勃然大怒道:"小畜生,无端道我偏向,难道我还怕你祖父易周,成心弄假不成?你无故犯我铜椰岛,决难宽容。我也照样用障眼法儿打你,打完也给你医便了。"说罢,便命行刑。

三女当中,蓉波是转过一劫之人,又在石内苦修多年,道力虽高,尚无火性。易、廉二女早就按捺不住,一见上人翻脸,话又伤人,如何还能忍受。因知上人厉害,还不敢造次,只想将易氏弟兄救了逃走。刚互相一使眼色,往易氏弟兄飞去。同时地下两个行刑童子,巴不得师父喊打,手中鞭便已扬起。猛听钟声连响,这次却是起自室后。上人脸上方有些惊讶,室中一道青光飞入,一个穿白半臂少年现身跑禀道:"磁峰上起了一片红光,磁气忽然起火,请师父快去!"言还未了,就在这三方忙乱之际,忽见圆门外现出一个赤足驼背的高大老头,声如洪钟,大喝道:"痴老头,别来无恙?你这么大年纪,还欺凌后辈则甚?人我带去,你如不服,明年秋月岷山白犀潭寻我,不必与人家为难。"说时,早把手一招,易氏弟兄绑索自然脱落,刚巧被易静一手一个接住。地下两童的蛟鞭已打了上来,眼看打在三人身上。恰巧蓉波见二女动手,随后赶到,一见来了救星,二女业已得手,二童挥鞭打上,喝声:"不得无礼!"手指处,两片碧莹莹的光华将蛟鞭接住,绞为两段。

天痴上人闻得磁峰有警,本已大吃一惊。又看从圆门中来的那个驼子,乃是多年未见的神驼乙休,益发又惊又怒。刚要伸手取宝,满室金霞,红光照耀,一阵霹雳之声,连乙休和易静等五人俱都不知去向。室后钟声更是响之不已。全岛命脉,存亡所关。又知神驼乙休用的是霹雳震光遁法,瞬息千里,追赶不上。还是救护磁峰要紧。只得舍了不追,一指宝座,如飞驶向磁峰一看,一溜火光,疾同电闪,一瞥即逝,磁峰要紧之处仍是好好的,并无动静,才知中了人家调虎离山之计。磁峰人不能近,只不知乙休用的是甚法儿,会使它起火。自己误以为敌人勾动地肺真火,使其内燃,闹了个手足无措。枉有那么高的道行法力,竟吃了这等大亏,不禁咬牙切齿痛恨。从此便与易周、乙休二人结下深仇,日后互相报复,不可开交。如非乾坤正气妙一真人亲率峨眉长幼三辈同门赶到,以大法力解围,几乎被乙休穿通海眼,宣泄地气,点燃地肺真火,烬天沸海,闯出无边大祸。此是后话,不提。

且说易静、红药二人刚刚飞近易氏弟兄身前,易氏弟兄已经脱绑坠落。因为事出突然,只觉身子一松,往下落去。等到得知遇救脱险,正要飞身逃走,易静也抢上前来,将他二人一手一个夹起。因为几方面都来得异常迅速,又忙着救人,又是同时发现乙休到来,并未看清,一得了手,只想逃走,连乙休的话都未听明。正想招呼后面的蓉波,猛又见下面两条鞭影打将上来,想躲万来不及,正拼着挨他一两下。恰巧蓉波赶到,用法宝玉钩斜断了长鞭,幸免一鞭之厄。就在这仓皇骇顾之间,倏地霹雳大震,满室俱是金光红霞。除蓉波一人稍后，看出是神驼乙休施展法力之外，易静、红药俱当作天痴上人为难，又知道元磁真气厉害，凡是金属的法宝都施展不得，方在有些胆寒，未及动作，三女眼前一暗，身子已凌空而起。易静、红药仍以为落入险境，还想冒险施为，打脱身的主意。猛听耳旁有人喝道："尔等三人业已被我救走，不准妄动。"蓉波未受惊骇，又曾见极乐真人用过这种遁法，神志较清，忙喊："易、廉二位姊姊，休得猜疑。适才敌人正对我们要下手时，来了一位前辈仙人，用霹雳震光遁法，将我等救出险地了。"易静、红药闻言，才想起雷声霞光发动时，仿佛曾听有人在与天痴上人答话，原来竟是救星，不由喜出望外。

约有两个时辰光景，眼前又是一亮，身已及地。易静等五人定睛一看，存身之处，乃是一座绝高峰顶，四外云气混茫，千百群山，只露出一些角尖，环绕其下。上面满是奇松怪石，盘纡攫拿，乘着天风，势欲飞舞。只偏西角顶边上，繁阴若盖的老松下面，有一块平圆如镜的大盘石，石上设有一盘围棋，残局未终。石旁只坐定一个丰神挺秀的白衣少年。众人刚一现身，便忙着迎上前来，口称："老前辈，顷刻之间，便将五位道友救出罗网。可曾与天痴上人交手么？"五人闻言，回头一看，身后红光敛处，现出一人。除蓉波外，余人方得看清来人是个身材高大，装束奇特的红脸驼叟。只有易氏弟兄和红药见闻较寡，不知他的来历。蓉波、易静虽未见面，久已闻名，一看这等身材装束，早料出是神驼乙休无疑，慌忙一同跪下，谢了相救之德。

乙休只将手一摆，便答那少年道："我们两次对弈，俱是一局未终，又惹闲事。好笑朱矮子现有龙雀朱环，不敢去招惹痴老头，偏要请我去替他们解围，自己却在暗中捣鬼。我和痴老头本来无怨无仇，他为人好高，我这回虽未肯伤他，已给他一个大没趣，日后怎肯甘休，这不是无事找事？"少年笑道："天痴上人法力道行，在诸位老前辈中，原属平常。但是他那元磁真气，却是厉害无比，如非老前辈法力无边，亲展拿云手，朱师伯一人前去，怎能这般容易？如今救了这五位道友，不但齐师伯感谢盛情，便是朱师伯与家师、易老前辈、媖姆等，也感佩无地了。"乙休笑道："我昔日受齐道友相助之德，无以为报，给他帮点忙，也应该。不过朱矮子为人，太取巧一点。"众人见乙休讲话，只得行完了礼，躬身侍侧，静听他说完了话，告辞起身。

乙休还待往下说时，似闻头上有极细微的破空之声，晃眼落下一人，正是矮叟朱梅。众人慌忙上前拜见。那少年也忙着行礼，口尊师叔。朱梅先不和乙休说话，劈头便对少年道："我从铜椰岛出来时，中途遇见往南海独鱼峰借九火神炽的李胡子，说你师父已到了凝碧崖，你还不快去？"少年闻言，慌不迭地便向乙休拜别，行完了礼，和众人微一点头，便自一纵遁光，破空飞走。

乙休大声嚷道："朱矮子，你这人太没道理。我下棋向没对手，只有诸葛警我和岳雯这两个小友，可以让他们一子半子，时常抽空到此陪我，解个闷儿。适才一局刚快下完，便接到你从紫云宫转来求救的急信，我帮了你的忙，你却搅散我的棋局。"朱梅笑道："驼子莫急。近日这些后辈俱都有事在身，又忙着早日赴会，人家不好意思拒却，你偏不知趣，只要遇上，定下个不休。他等一来道行未成，正是内外功行吃紧的当儿，又都有个管头，哪似我等道法高深，游行自在？这孩子无法脱身，又不敢不辞而别，经我这一说，正合心意。你没见他连我都未行礼告别，就一溜烟地走了吗？亏你还是玄门中的老手，永留残局岂不比下完有趣？如真要下时，他两人俱是我的师侄，不是小友，用不着客套，等会散事完之后，我命他们轮流奉陪如何？要不你就同我们追到峨眉，当着许多同辈小辈的道友，逼他二人下棋好么？"乙休笑道："矮子无须过河拆桥，形容我的短处。我这人说做什么就做什么，就追往峨眉下棋，有何不可？不过我还有点事须办，又厌闹喜静，接了齐道友柬帖，到了赴会之日，不能不去而已。我真要下棋时，他要走得了，才怪。"

朱梅道："以强凌弱，以老逼小，足见高明，这且放过不谈。你适才将人救走就罢了，偏和人订的什么约会？休看你此时帮了我一个小忙，到时你仍须借重于我。我那无相仙法，本可使人看不见你的影子。我去时已经在磁峰上放起幻火，用了个调虎离山之计，你如暗中将人救走，怎会结此深仇？我原因痴老头人颇正直，家法又严，不愿过于伤他脸面，才约你相助，暗中行事。这一来你不必说，我早晚也不免与他成了仇敌，那时势必欲罢不能。好则闹个损人不利己，否则还难保不是两败俱伤，何苦多此一举？"乙休嗤道："我向来不喜鬼鬼祟祟行事，痴老头他如识趣，不往岷山找寻便罢；他如去时，休说我不能轻饶了他，便是山荆，也未必肯放他囫囵回去。我们素不喜两对一，总有一人与他周旋便了。"

朱梅笑道："你少在我面前说嘴。你自与尊夫人反目后，已有多年，两地参商，明明借此为由，好破镜重圆，和尊夫人相见。否则哪里不好做约会，你单约他在岷山去？不过你那年鸳湖剑斩六恶，将尊夫人兄嫂弟侄尽行诛戮，委实怨你心辣手狠，不给她留点香火之情，害她应了脱皮解体，身浸寒潭的诺言，已经恨你切骨，立誓与你不再相见，只恐枉用心机吧？"乙休微笑不答。

朱梅又道："闻得痴老头近年颇思创立教宗，发奋苦修，道行远非昔比。他那劫后之身，也逐渐凝固，再过些时，便可复原，无须驱遣烟云，假座飞行了。我等适才占了上风，一则出其不意，二则故意破坏他的全岛命脉，使其心分两地,所以才闹得他手忙脚乱。如真要明张旗鼓,以道力、法宝比较高下,真无如此容易呢。你两家结成仇敌,他胜固无望,但是他有三光化劫之能,为各派仙人所无,要使其惨败,却也未必能够。他屡受小挫,决不甘休,势必常年寻你为仇,又无法制他死命,长期纠缠不休,岂不麻烦惹厌? 现今除极乐真人与我和白谷逸外,尚无人能够制服于他。依我之见,趁此衅端初启,仇怨未深之际,我等同往峨眉请齐道友,与他补下一封请柬,约上齐道友,在群仙盛会上,由齐道友出席讲和,略给他一点面子,消释前嫌,再归于好。既免得日后逼他与异派妖邪同流合污,走入绝路,将多年苦炼清修毁于一朝之愤;又免得你多了这么一个死缠不舍的累赘,误却你异日飞升的功果。岂非两全其美?"

乙休冷笑道:"我向来不知什么顾忌,也从未向人服过什么低。既已做了就做了,他如死缠,怨他自找灭亡。你不要管,我自有法儿制他。你如不听我话,私请齐道友下了请柬,那时大家无趣。我尚有事他去,烦告齐道友,说我盛会前两个时辰准到便了。"说罢,袍袖展处,满峰顶尽是红云,人已不知去向。众人慌忙拜送不迭。

朱梅叹道:"这驼子真有通天彻地之能,鬼神莫测之妙。只为他性情古怪,任意孤行,已历三劫,还是如此倔强。此事由我邀他相助而起,如不事前与齐道友商妥,尽量设法代为化解,不特害了别人,又误自己,一个不巧,双方都铤而走险,还要闯出无边的大祸呢。"

易静请问道:"弟子来时,家父曾命紫云事完,归途顺道回家一行,就便携取礼物。不想两舍侄中途遭难,生了波折。这里已离峨眉不远,本可无须回去。只因家父所炼九天十地辟魔神梭现在遗陷铜椰岛,意欲回家一行,不知可否?"朱梅道:"此梭虽为天痴上人收去,并无伤损,早晚珠还,不足为虑。令尊先因开府盛会上颇有两个不愿相见的旧识,行止未决,所以才命你归途绕道回家携取礼物。如今发生铜椰岛的事端,适才接了我的飞剑传书,又加全家都愿观光,已定日内起程,尽可不必回去。倒是现时因各异派知道峨眉盛会在迩,长幼两辈同门均须亲往,长一辈的他们奈何不得,于是各约能手,专与小一辈的同门为难。我和白道友等四五人,俱受齐道友重托,四处接应小辈门人回山,繁忙已极,此时须往汉阳白龙庵一行。我算计英琼、轻云二人往崇明岛救援神雕,尚欠一个帮手。先时你是分身不得,此时正可代我前去,一得胜急速同返峨眉,不可过于贪功。开府盛会,相隔已无多日了。"易静领命,拜辞起身。朱梅又命廉红药领了蓉波、易鼎、易震三人,同往峨眉进发。然后一道金光,破空飞去。不提。

第一七一回

洗髓脱毛　岂为贪功甘入险
除根斩草　都因疾恶苦追求

　　且说英琼、轻云二人辞别矮叟朱梅,径往江苏崇明岛,去救神雕佛奴。一路上尽是无边大海,骇浪滔天,波涛山立。飞行了好一会,才看见前面海天尽处,现出几点黑影,知将到达。正待催着遁光赶去,忽然前边海面上卷起一阵飑风,天际阴云密布,激成一片吼啸之声,震动天地。海水被风卷起数百丈高下,化成好些根擎天水柱,在怪霾阴云中滚滚不休。二人只当变天,仍然逆风而行,并没在意。这时前面岛屿已在阴云弥漫之中失了影子。遁光迅速,不消顷刻,已与那些水柱相隔不远。

　　二人知道这类水柱力量绝大,本未打算冲破,只图省点事,绕越过去。那些水柱好似俱有知觉,二人遁光刚刚穿进,倏地发出一片极凄厉的怪吼,飙驰电掣,齐向二人挤拢。轻云首先觉出啸声有异,地隔崇明岛又近,不禁心里一动,疑是妖人弄鬼。忙喊英琼留神时,英琼见四外水柱压来,除了直冲过去,无可绕越,早娇叱一声,运用玄功,一按遁光,直往水柱丛中穿去。轻云见英琼已有了准备,也将身剑合一,跟踪直穿过去。这一紫一青两道光华,恰似青龙闹海,紫虹经天,那些水柱虽有妖法主持,如何禁受得住,只听霹雳也似一声大震过处,头一根水柱挨得最近,先被紫光穿裂,爆散倒塌,银雨凌空。余下数十根,只一挨近,也都如此。二人所过之处,巨响连声,那么多的高大水柱,转眼工夫,纷纷消灭。柱中不少大鱼水族,沾着一点剑光,便即破腹穿胸,随浪高掷,横尸海面。

　　水柱既消,飑风随息。再一注视前面,青螺浮沉,一座孤岛,业已呈现面前。一会到了岛上一看,地方甚是广大,岩壑幽深,花木繁秀,四面洪涛围绕,颇具形势。沿海一带,奇石森列,宛如门户,尤称奇景。二人只得重又飞起,驾遁光分途搜寻。几次发现岩洞,俱是潮湿污秽,不似修道人居处之所。约有半个时辰过去,已抵全岛中心,忽见一座高峰,矗立前面,峰顶仿佛平广,参天直上。

二人飞越峰顶一看，峰顶直塌下去，深约百丈。原来那里是古时的一个大火山口，年代久远，火已熄灭。又经了人工布置，把穴底填平开辟，约有百亩方圆，自上望下，形若仰盂。当中一片，地平如镜，石比火红，不生一草一木。但有两具丹炉，一大一小。四壁上却尽是奇花异卉铺满，兰草尤多，五色缤纷，无殊锦绣。近地十余丈的峰壁，也都齐整整往里凹进，成了一个大圆圈。北面略高，似有一座洞府，隐在壁内。

二人正在端详，猛听神雕一声长啸，从下面传来，知道到了妖人巢穴。英琼一着急，刚要飞下，轻云连忙一把拉住，低语道："我等不知敌人虚实，虽说不怕，也是小心些好。适才海面上旋风来得奇怪，分明敌人已经有了觉察。我等到此一会，他始终没有露面，必有严密准备。你看下面石土和形势布置，处处暗合奇门生克妙用。他在明处，我们在暗处，不可不防。你慢下，待我试他一试。"说罢，便从法宝囊内将在峨眉无事时从紫玲、寒萼、若兰三人炼来当作玩意的法宝，取了一件出来，手掐灵诀，朝下一掷。这种法宝，虽是一班小辈同门炼来取笑之物，实用有限，声势却不小。一出手，便是一片五彩霞光，带起千万团雷火，直朝下面打去。

轻云原因来时遇见飓风恶浪，又遍飞全岛，敌人不会不知，想将敌人引了出来，在明处交手，以免中人暗算。或是试探出下面是否实景，再行下去。眼看霞光雷火才行打落地面，竟似点燃了一座火池般，忽然轰的一声大震，千百丈烈火红光，夹着一片烟云，比电还疾，立时喷将起来。二人早有准备，忙运剑光护身升起。正待观察准了路数迎敌时，就在这起落停顿之间，那么声势骇人的烈火烟云，竟如昙花一现，转瞬消灭。再定睛往下一看，适才所见之处，已变作了一座完整的峰顶，上面杂花群树，绿色油油，红紫芳菲，争妍斗艳。那座火山穴口，已经不知去向，心中好生惊异。

英琼只埋怨轻云："做事太小心了。适才如果硬冲下去，直捣他的巢穴，妖人纵有厉害埋伏，自己有紫郢、青索二剑防身，也决无吃亏之理。如今被妖人堵塞死了门户，想来用的是五行挪移妖法。如是真山，何时才可以攻入妖窟呢？"轻云道："你不要忙。看神气，你说敌人用的是五行挪移大法，一点也不假。据我猜想，这里原有火山穴口，也就是他的窟穴。必见我等来势厉害，不敢轻敌，特地设下埋伏，以逸待劳。说不定神雕被陷，也由于此。他既把我等一件玩物当成了真，冒冒失失将埋伏发动，事后必无不知之理。略迟片刻，纵无人出来应战，也必恢复原形。人已寻上门来，岂能一躲了事？不过他志在擒敌，我等人尚未下，他就施为起来，于理不合。不是这里无人主持，便是另有作用，比这个还要厉害得多，我们还是不可大意呢。"

二人谈论了一会，那峰头仍是好好的，一点没有可疑之兆。英琼执意说那峰头是障眼法，妖人怯敌不出，下面必是妖穴，要和轻云身剑合一，冲峰而下。轻云想了想，也觉不为无理，便依了她。当下双剑合璧，将青紫两道剑光，汇成一条数十丈长的彩虹，照准峰顶，往下攻去。那石峰虽然坚硬，怎禁得这两口光耀峨眉、光大门户的至宝奇珍，只见满峰顶上花草狼藉，枝干断折，沙石惊飞，声震天地。一条彩虹，在尘雾弥漫中，上下冲突，恍如电闪龙飞，不消片刻工夫，已攻穿了数十丈深的一个大洞。计算适才所见火山穴口的深度，已将到底。只是上下四方，仍是石土，并无异状。轻云猛然触动灵机，忙拉英琼飞了上来，说道："琼妹，我们白费力气，上了人家的大当了，妖人用的是移花接木之计。妖窟必在左近，他见埋伏未将我等困住，已将妖窟移回原处，分我们心力，迁延时刻，暗中必还另有奸谋，尚未完成，否则早已出面。还不快随我寻去。"说罢，招呼英琼，一同起身空中，算计妖窟必在滨海之处，便往来路飞行。

　　飞出约有三十余里，果然在路上丛山之中寻到，所见形势布置，与前一般无二，仍是不见一人。二人正要飞下，忽从正面凹壁大洞之中，飞出一道白烟，现出一个周身穿白，容颜妖艳，短衣赤足的少妇。一见面便喝道："且慢动手！尔等何人？为何来此侵犯，毁损仙景？通名纳命。"英琼怒道："你便是金线妖妇蒲妙妙么？我们乃峨眉门下李英琼、周轻云的便是。大胆妖妇，快将我神雕放出，饶尔不死；否则教你形神俱灭，永世不得超生！"那白衣少妇怒骂道："原来你便是那万恶扁毛畜生的主人呀！我姑母金线神姥，岂能和你这班小辈交手？你仙姑乃是神姥的侄媳玉飞来凤四仙姑。我丈夫往紫云宫赴宴，与你们有何仇怨，被你那扁毛孽畜所伤，死于非命？我和姑母正要火炼完了孽畜，再寻你们算账。还敢大胆寻上门来，叫你们今日死无葬身之地！"

　　言还未了，英琼一听神雕现受妖火之危，早发了急，首先一指剑光，飞上前去。凤四姑想是知道厉害，并不迎敌，只把两足一顿，仍然是一团白气围绕全身，只管随着剑光追逐，上下左右飞避，疾如电掣，竟与紫郢剑一般神速，暂时兀自伤她不了。英琼见妖妇既然出面，只管逃避，并不施展法宝、飞剑迎敌，正在不解。轻云早就看破敌人心意，喝道："大胆妖妇，休使缓兵之策，看我飞剑取尔狗命！"说罢，手一指，一道青光飞上前去。凤四姑早知双剑威名，因奉金线神姥之命，恐敌人下去快了，妖法尚未布置完竣，故使缓兵之策。先想借问答激将拖延片刻，谁知英琼心急，没等她说完，便即动手。她哪里敢和紫郢剑抵拼，只得把她多年炼就专长淫毒之气施放出来，护住全身,在空中飞驰奔避。仙剑神妙无穷,几次险些送命,本就胆战心寒,知难持久。在进退维谷之际,心事已为轻云看破,又是一道青虹飞起。不由吓了一个亡魂皆冒,哪里还敢恋战,拨回头,亡命一般往下面洞中逃走。

英琼自然不舍。轻云明知妖妇这般行径还有诡计,无奈英琼无法唤阻,恐其势孤失闪,也一按剑光,跟踪追下。二人因头一次的经历,以为下面必有埋伏,俱都留神应变。谁知大出意料之外,落地后一点动静全无。英琼当先,紧追凤四姑,眼看追到凹壁正中的洞门,两下相隔约有十丈左近。忽见洞门里冒起一团极浓的白雾,敌人在雾影中一闪即逝。等到近前,用飞剑驱散妖雾一看,两扇满绘符箓的石门业已关得紧紧的。耳边渐闻神雕长啸之声,心中焦急,不问青红皂白,一指剑光,便往门上冲去。紧接着,轻云赶到,飞剑在旁相助。那石门虽有妖法封固,也禁不住这两口仙剑的威力,只冲得石门上火花四射,烟雾蒸腾,不消顷刻,已将石门攻破,见里面黑暗暗的。刚要往洞中冲入,猛听一个鸮鸟般的怪声大喝道:"无知贱婢,死在目前,还敢在此猖狂么!"

二人还未看清敌人所在,猛然眼前一阵奇亮,千万道又长又细的金光似密雨一般扑面飞来。知道敌人发动埋伏,当即飞退出洞,准备破了妖人法宝,再行冲进。倏地又是一阵大震过处,地底火花飞射,四壁凹处无数小洞穴中,像炮火一般打出许多火球。同时那千万道金光早在空中交织成了一面密层层的光网,当头罩下。二人知非善与,忙将双剑合璧,化成一道长虹,在光网火球之中上下冲突了好一会。那光网破了一层,又是一层,地底火花和四壁火球,更是随射随发,越来越密,风火熊熊,甚是震耳。虽有仙剑护身,不畏伤害,却也令人心惊目眩。二人见妖人法宝层出不穷,既不能将她一时消灭,又无后退之理。而且斗了这些时,连妖人的影子俱未看见。风火声中,渐听神雕鸣声越急。

英琼恐神雕被妖光炼死,暗忖:"照这般相持不下,挨到几时? 不如冒险冲进洞去,将神雕先救了出来。能将妖人除了更好,不能,便仗双剑之力,冲了出来,岂不是好?"想了想,把心一横,忙一招呼轻云,二次往洞里面冲进。轻云不知用意,见她涉险,紧迫中无法拦阻,又不便任其独往,分了双剑之力,彼此不利,只得随着一同往里冲进。二人刚一进洞,见那金光千丝万缕,蓬蓬勃勃,往外抛出。二人也不管他,径直冲破千层光网,直飞进去。到了里面一看,地方甚大,合洞光明,都成青色,迥不似先前那般黑暗。正中有一个矮小法台,台上立着一个大转轮,飘飞电驶,旋转不休,那千万道光丝便从轮中发出。轮后高坐一个身穿金色坎肩,赤臂赤足,豹头环眼的胖大老妇。

旁边立着两个相貌奇丑的女童,也是差不多的打扮。正要飞身过去,百忙中忽闻神雕啸声。回头一看,左侧也有一个法台,台上有一座和洞外所见相同的丹炉。炉前不远,光丝密网中,倒吊着神雕。适才逃走的妖妇凤四姑正站向炉旁,披发仗剑,往炉中一指,便从炉中升起一团绿火,向神雕烧去。二人见神雕挣扎狼狈,知道苦难无穷,又急又怜,也不愿再和妖人对敌,径飞上前。剑光绕处,光丝先已冲破。再往神雕脚上一绕,便已脱绑飞起。二人忙用剑光将它护住,往外冲出。

这时金线神姥蒲妙妙正和凤四姑在洞中主持,见敌人仙剑神妙无穷,金线烈火不能奏功,也甚惊心。刚准备行使那最恶毒的妖法取胜,不料敌人来得这般神速,才一发现,飞虹电转中,神雕已被救走,再想施为,已是无及。不由勃然大怒,决意与仇敌拼个你死我活。一声怪啸,将手往上一举,霹雳也似一阵炸音过处,洞顶前半截立时爆裂四散,现出那两座法台。往前一看,敌人业已飞身上去。一时情急,正待弃了法台不用,追将出去,一道青紫二色的长虹自天飞坠,敌人二次又飞将下来。

原来英琼、轻云二人起初听矮叟朱梅说,妖人姑侄一个为神雕抓裂海中,一个又被神雕追走,估量无甚出奇本领。不料蒲妙妙妖法另成一家,邪术也颇惊人。所炼法宝,俱有一番设置,不便随身携带。再加她虽然在崇明岛潜修多年,为人狡狯淫凶,自知所炼三七下乘魔法尚未炼成,除了凤四姑等偷偷在民间作恶害人外,从不轻易惹事。各异派同恶相济,固然无甚仇隙;便是正派中人,只一遇上,便即避去,绝少正面冲突。这次受了飞娘代约,以为前去赴会,自己并无仇敌,用不着格外戒备。万不想行至中途,会遇见神雕佛奴。乃侄三手仙郎蒲和又不知死活,遇上这等疾恶如仇的仙禽,躲还怕躲不及,竟敢妄想收为己有,一照面,便被神雕抓死。蒲妙妙心痛爱侄,看出神雕威力不寻常,法宝、飞剑决难伤它。一个不小心,被它抓住,便有性命之忧。除却引它回去,用岛洞中设置的三七轮和碧血神焰,不能将它制死,以报杀侄之仇。当下便一纵三七遁法,诱敌逃走。也是神雕该遭此劫,贪功心盛,竟不听矮叟朱梅招呼,展翼追去,一到便被三七轮上发出来的金光线绑吊起来。再由凤四姑发动碧血神焰,打算用妖法将神雕炼化成灰。那碧血神焰甚是厉害,只这一半日之间,神雕铁羽竟被烧残好些。正在危急之间,恰好英琼、轻云赶到,将它救出。

二人有了这一番经历,才知妖人并不似自己预料那般易与,又忙着赶向峨眉,与诸同门会晤,只想救雕逃走,本不想再贪功恋战。及至飞到上面一看,神雕佛奴已是遍体伤残,哀鸣不已。英琼素来把神雕爱如性命,几曾见它吃过这等亏苦,心中痛惜到了极处,把妖妇恨如切骨。忙从怀中取了两粒从峨眉带出来的灵丹,喂与神雕服了。见它尚能飞翔,吩咐在上面守候,见机而退,不可下去,免得又遭毒手。一面怒对轻云道:"周师姊,这两个妖妇如此可恶,差点将我佛奴烧死,如不杀她,此恨难消。我们适才已经领教过了,并无别的伎俩。她那妖法鬼火,也奈何我不得。你如能助我一臂之力,一同下去除她,为佛奴报仇更好;否则,便请护送佛奴回去,我不杀她,誓不为人!"说罢,不俟轻云答言,便往下面飞去。

英琼说时,轻云已听得下面山崩地裂之声,金光火云中,碎石尘沙飞扬而上。再加适才眼见敌人许多施为,妖法决不只此。临来时,矮叟朱梅又有"救雕即回,不可贪功,免生别的枝节,种下异日隐患"之言。况且神雕在白眉禅师座下听经多年,早通灵性,铁羽钢翎,飞剑尚难伤它分毫,竟为妖火烧残,还不知受有内伤无有。既然救出,原该回山,给它医治才是。就说为它复仇,也应俟诸异日。这等操切行事,纵免丧生,也难操胜算。无奈英琼性情刚烈,素来天真,心直口快,说得出便做得到。除了尊长,谁也拗她不过。自己比她年长,既拦不住,怎能任其孤身入险?

轻云略一寻思,只得双剑相合,跟踪同下。神雕这次受伤,英琼简直气疯了,仗着双剑护身,不怕妖光邪火,哪还管甚青红皂白。因为放妖火炼化神雕的是凤四姑,一落地,首先看见妖人前半截洞府业已震揭开去,显露出那两座法台,金线神姥与凤四姑一边一个,正在作势欲起。仇人见面,分外眼红,一纵剑光,疾逾飞电,便朝凤四姑射去。凤四姑见敌人二次下来,仗有金线神姥在前,痴心还在暗幸,敌人得了便宜不退,自投罗网,必遭金线神姥毒手。谁知敌人比起上次救雕,还要来得神速,刚刚发现影光,转眼已到身旁。不由大吃一惊,不及抵御,忙化白气飞起时,这次双剑合璧,威力大长,不比适才在上面只是英琼一人,想逃活命,哪里能够,长虹卷处,血肉纷飞。也是凤四姑平日淫孽太重,应遭恶报,连声也未出,立时形神俱化,为仙剑所斩,死于就地。再一绕,断了台前炉鼎。

英琼气愤稍除,忙收回剑光,从妖光邪火中,去杀金线神姥时,法台依然,金光如丝,仍然见台上妖轮悬转,千条万缕密层层抛射不已,敌人却不知去向。恼得英琼性起,飞剑光过去,朝着妖轮乱绕乱转,一片爆音,密如串珠,连轴带轮,斩成粉碎,只剩残余下来的妖光邪火弥漫四外。英琼、轻云二人合着双剑,一阵上下冲突,那妖光没有妖轮主驭,不消片刻,又都扫荡殆尽。英琼四顾,不见妖妇踪迹,无从泄愤。一眼看见当中那两座炉鼎隐隐放光,四壁妖火仍发个不休,知是妖妇有用之物,打算毁了泄愤。剑光飞过,先将大的一座斩裂瓦解。正要再破去那座小的，猛听妖妇在暗中大喝道："此乃红发老祖五行神炉，贱婢毁它不得，看我仙法取你狗命！"

言还未了，剑光过处，炉鼎碎裂地上。英琼闻得妖妇语声，正待跟踪寻追，忽然天旋地转，四外尘昏，除剑光所照之处，到处黑雾漫漫，神号鬼哭。轻云抬头一看，上面一片沉沉黑影，已是当头压下。猛地想起妖妇还会大挪移法，定使移山妖术。适才曾用缓兵之计，自己破敌全仗神速，保不定还有别的厉害妖法，否则朱真人不会那般叮嘱。忙拉英琼先行遁走。英琼新胜气锐，又知妖妇尚在暗中藏避，执意搜寻，杀以快意，以为纵有妖法，也非双剑对手，哪里肯退。轻云既不便舍她独行，眼看暗影越降越低，看不出是什么路数。耳畔又遥闻妖妇道："无知贱婢，已经入我埋伏，任你飞剑厉害，一万年也冲不出去。"轻云知道不妙，一着急，猛又想起身旁带有天遁镜，起初因妖光邪火，非仙剑之敌，不曾取用，何不取出试试？一面随着英琼飞驰，一面将镜取出，百十丈金霞，立时脱手而出，头上暗影竟被阻住不下。偶然抽空，往四外一照，迥非以前景象，镜光竟照不见底，敌人更是声影毫无。先照着上面冲去，冲了好一会，总是不能出险。又往横里冲去，亦复如是。二人飞行何等迅速，算计上下左右，冲得均有老远，毫无效果。英琼这才着起急来。只是事已至此，无法可施，幸而还有仙剑、宝镜护身，尚未受着别的伤害。

英琼更恐身子被困，神雕在上面又为妖人擒走。正在焦急，忽听一阵霹雳，一大团烈火红光自侧面打来。因为宝镜正照上面，猝不及防，连二人剑光都被震荡了一下。刚刚吃了一惊，连忙回镜去照时，猛听一个女子声音喝道："周、李二位姊妹在下面么？妖妇已被我赶走。她用的乃是颠倒五行挪移乾坤迷形大法，二位中了她的诡计，以横为直，以上为下。我发了一粒灭魔弹月弩，能给二位引路，照此冲出，便即脱困。"二人一听语声，乃是女神婴易静，心中大喜，忙照火发处冲出，妖妇已走，妖法无人主持，果然转瞬脱险。

易静道："我如晚来片刻，她妖法完成，此山便合，二位越下越深，势必陷入地肺，为地水火风所困，除了各诸尊长亲来，连我也无法处置了。此法甚是厉害，昔日鸠盘婆曾以困我，故而识得。二位姊姊在困中时，无论往何方飞行，均被妖妇行法颠倒，移向下面。她又故意开通地下，引人入陷。如非仙剑、宝镜功用神妙，她再一使别的邪法、异宝，岂能幸免？妖妇想是行法匆忙，上面忘了掩盖。我奉朱真人之命，来此相助，一到便见神雕在峰顶上和妖妇飞扑。妖妇一手掐诀，口中念咒，几次飞剑伤它。神雕想是受伤甚重，迥非初见时神骏威武，大有不敌之势。我用法宝逐走妖妇。一看下面黑暗沉沉,时有剑光闪动,便知二位入陷,尚属不深,便用灭魔弹月弩给二位冲出一条路径。"

正说之间,英琼忽闻神雕哑声长鸣。英琼初上来,便望见它蹲伏在路旁危石之上,神情甚是狼狈。因正和易静相见,想听完了话,再行过去。一听易静只将妖妇逐走,并未诛除,本就觉着遗憾。及闻神雕鸣声有异,忙回首一看,神雕已离地盘旋低飞,两爪在攫拿,颇似和人追逐神气,却不见有敌人踪迹。正待飞身过去,猛听易静喝道:"大胆妖妇!不知逃命,还敢暗中弄鬼么?"说罢,扬手一道寒光,早飞上前。英、云二人闻言醒悟,知道妖妇隐身回来,意欲暗算,哪里容得。英琼手指剑光,朝神雕扑抓之处飞去。轻云因妖人身形隐起,不便追杀,又将天遁镜取出照去。三人法宝、飞剑同时发动,蒲妙妙饶是满身妖术,也禁受不起,镜光照处,首先破了她的隐身之法。妖妇身形一现,三人飞剑便疾如闪电,飞追过去。

金线神姥蒲妙妙原因爱侄夫妇惨死,痛恨英、云,又知双剑神妙,无法抵御,生怕毁了自己洞府,把多年辛苦布置的妖阵施展出来,意欲颠倒仇敌神智,使其仗双剑之力自行冲入地肺。然后用挪移大法移山封闭,再将地水风火发动,将英、云炸成灰烟。正在施为之际,神雕救主情切,勉强挣扎,奋起神威,上前拼命。蒲妙妙知道此雕厉害,初遇时连用许多邪法、异宝,俱不能伤它分毫。最后好容易才将它诱入洞中,用金光神线将它擒住。如今转光轮已为英、云所毁,无物可制;一面又要运用阵法,去困陷下面的敌人,不禁着起忙来。见来势猛烈,只得先放出一团烟雾,护住身子,一面飞剑迎敌。因为两面兼顾,不由便分了点心神。英、云二人也就蒙受其福,没有当时便深陷地肺之内。蒲妙妙和神雕斗了一会,神雕是劫火余生,受创太重,威力大减,不但为妖妇飞剑所阻,飞不上前,并且时候久了,渐有支持不住之势。几番长啸,欲警醒主人,音声又为妖法阻隔,透不下去。蒲妙妙见神雕势蹙不支,方在欣喜功成在即,正在大骂:"不知死活的扁毛畜生,少时不教你化为飞灰,誓不为人!"不料女神婴易静忽然飞来,一到便运用法宝、飞剑攻上前去。蒲妙妙情知万难抵御,暗中咬牙,叹息了一声,便自化成一团白气逃走。易静谨守朱梅之诫,又知妖法厉害,恐时候久了英、云受伤,忙着救人,也未追赶。

蒲妙妙本可就此逃生,也是恶贯满盈,已经逃出,仍要回来,自投罗网。逃至中途,越想越恨,越伤心。又想起那座五行神火炉鼎,借自红发老祖门下,原是私相授受,如今为敌人毁去,异日以何相还?当下把心一横。因为此事系由那只恶雕而起,目前虽奈何不了敌人,那雕新受火伤,适才见它已不似以前威猛，估量敌人此时必要到穴底去救被困之人，何不偷偷赶了回去？如果新来的敌人不明阵法，正好连她一齐陷身在内；否则乘她救人之时，将那只恶雕除去，也可略报杀侄之仇。想到这里，连忙隐着身形回转。

谁知易静早已防到她去而复回，只用灭魔弹月弩冲破妖气，人却守在上面，并未下去。蒲妙妙到了一看，就这片刻之间，人已被她救出，不由大吃一惊，益发知道来人不是易与，哪敢轻易上前。正在徘徊欲退，神雕神目如电，蒲妙妙隐身法怎能瞒得它过，仇人相见，自然拼命飞扑上去。蒲妙妙又惊又怒，痴心还想伤了神雕，再行逃走。易静、英、云已经发觉追来，隐身法又为天遁镜照破，只得飞身逃走。易静生性也和英琼一般的疾恶如仇，不过经历得多，比较持重罢了。先时不追，原是势难兼顾。妖妇后回，已经恼恨。再见英、云业已当先追去，早把朱梅来时嘱咐忘在九霄云外，一催遁光，也跟着紧紧追赶。妖妇这时隐身法已被破去，任她飞行迅速，也没有三人的剑光来得快，不消多时，已被三人追出百里之外，眼看首尾衔接，略一迟延，便要身首异处。方在亡命遁逃，忽见西南方一片红云疾如奔马，正从斜刺里穿过。妖妇定睛一看，惊喜交集，连忙一催妖烟，迎上前去。

后面三人正追之际，见下面山势越发险恶，妖妇忽然改了方向。往侧一看，高山恶岭，蜿蜒前横，山后红云弥漫如飞，从侧面横涌过来，相隔益近。妖妇业已投入红云之中，一同往下落去。三人追高了兴，决意除敌，忙按落遁光，追了下去。红云开处，现出一伙红衣赤足，手持长剑幡幢，怪模怪样的妖人，两下里势子都是异常迅疾。英琼当先，见妖妇正与为首妖人说话，一落地，不问青红皂白，早一指紫郢剑，一道紫虹，飞将过去，拦腰一绕，便即尸横就地。蒲妙妙还以为遇见救星，那些来人个个厉害，与峨眉颇有渊源，敌人不会不知来历。即使冒昧动手，有那些宝幡云幢，也能保得住性命。不想双方来势仓猝，为首一人听她说没几句，方在发怒喝问，英琼剑光已经飞到。喊声："不好！"不及救护蒲妙妙，忙一纵红云飞起时，蒲妙妙已为飞剑所斩。为首妖人不是见机逃避得快，差点也被殃及。不由勃然大怒，一声怪啸，将手中长剑一挥，连同手下十余个同党，各将幡幢招展，立时红云弥漫，彩雾蒸腾，众妖人全身隐入云雾之中。

英琼斩了妖妇，方觉快意，忽见红云弥漫，密层层围将上来，知是妖妇余党所为，哪放在心上，还想追杀和妖妇对话的为首妖人时，忽闻一股异香透鼻，立时觉着神昏体慵，摇摇欲坠。才知那红云声势虽不大，比起雷火妖光，却要厉害得多。喊声："不好！"连忙一振心神，一面运用玄功，屏住邪气；一面飞转剑光，绕护全身，四外找寻敌人踪迹。那轻云、易静也双双赶到。易静阅历虽较英、云为广，竟也未看出红云的来历。一见英琼剑斩妖妇，为红云所困，便一同冲杀上前。轻云青索剑刚刚飞起，易静微闻异香，估量红云中含有毒气，连忙屏息凝神，手扬处，灭魔弹月弩发将出去，一团光华射入红云之中，爆裂开来。便听有一妖人大喝道："来者便是峨眉门下，如此欺人，我等还去则甚？他们倚仗紫郢、青索双剑厉害，我等不可轻敌，且禀告师尊去。"接着，又听那十多个同党齐声喝道："瞎了眼的无知贱婢，休得逞能！如无胆量，莫要追赶，我等去也。"说罢，声息寂然。

这时满地红云，甚是浓厚，看不见敌人的踪迹。英、云二人因恐为邪香所中，业已双剑合一。轻云又将天遁镜取出运用，只管上下冲突，扫荡妖氛。有此三宝护身，还不怎样。易静道高人胆大，见红云来得异样，与别的妖法不同，虽经自己发了一回灭魔弹月弩，可是那些被震裂的妖云仍是成团成絮，略一接触，又复凝在一起，聚而不散。除了英、云合璧的双剑还能将它冲裂得五零四散外，连天遁镜的光华也只能将它逼开，不能消灭，心中好生惊异。一听妖人要走，暗忖："英琼小小年纪，竟能直入敌人群里，剑诛首恶。如今敌人仗着妖法护身，看不见影子，何不也显一显神通？纵不能将敌人全数诛戮，好歹也杀他两个。"

想到这里，刚将身藏七宝取出备用，谁知敌人已恨三女恃强欺人到了极点，不过深知双剑厉害，无法伤害，又恐红云为三女破去，万不得已，才准备全师而退。易静这一念贪功，恰好授人以隙。为首妖人正率众退却之际，忽见对面一女从法宝囊内取出一件形式奇特的宝物，金光闪闪，正在施为。便凭一道剑光护住上身，忙取出一根太白刺，照易静下半身打去。接着将手一挥，率领一干同党，一面收转火云，径往来路上遁去。

228

第一七二回

误逐暴宾　嫌生苗人祖
重逢慈父　喜煞孝女儿

那太白刺从千年刺猬身上长刺中抽出，经过红发老祖多年修炼，分给众门人作防身之用。虽不似白眉针、乌金芒那样厉害，却也非同小可，中在人身上，不消多时，便遍体发热，毒气攻心，人如瘫了一般，不能转动。幸而易静久经大敌，身带灵药、异宝甚多，又长于诸般禁制之术。当她手中拿着法宝刚要发放，忽见一丝白光朝腿上射来，知是敌人法宝暗算，躲避不及，连忙运用玄功，一固真气，迎上前去，两条腿便坚如铁石。那白光也刚巧飞到，左腿着了一下。因得事前机警，敏于应变，就势用擒拿法一把抄起一看，乃是一根其细如针，其白如银，约有尺许长短的毒刺。虽没深进肉里，左腿浮面一层，已觉火热异常。顾不得再使法宝，一面行法护身，以防敌人再有暗算；一面取了一粒丹药，嚼碎敷上。再查看敌人踪迹时，匝地妖氛，倏地升起，似风卷残云一般，团团滚滚，往前飞去，最前面红云簇拥之中，隐现着一伙执长幡的妖人，已经遁出老远。心中大怒。见英、云二人尚未发觉敌人在妖云邪雾掩盖之中遁去，还在运用双剑和天遁镜扫荡残氛。忙喊道："妖人已逃，我等还不快些追去！"一言未了，英、云二人也看出妖人逃走。

也是活该异派中遭劫人多，一任三仙二老怎样优容顾全，结果终于无事中生出事来，以致双方发生仇隙，闹到后来，虽然正胜邪消，毕竟在数难逃，彼此均有损害。此是后话不提。

三人中，英琼最是疾恶如仇，遇上便想斩尽杀绝，为世除害，才称心意。易静当时如主张穷寇勿追，英琼归心本急，轻云尤甚，就此回去，还不致惹出乱子。偏是易静吃了点亏，轻觑敌人，以为无甚本领，妖云不如剑光迅速，志在报复。这一主张追不打紧，连轻云素来持重平和的人，见易静、英琼俱已当先飞起，也不能不跟着追去。起初易静只说不消片刻，便可追上。谁知敌人一经加紧飞行，竟如火星飞陨，并不迟慢，急切间且追他不上。三人只顾穷追，也没留神前面什么所在。到底三人遁法不比寻常，比较妖云要快一

229

些,追了有好一阵,居然快要追上。

三人正在相并飞行,英琼忽想起适才追赶妖妇,尚只辰巳之交,神雕佛奴并未跟来,途中还仿佛听见它长啸之声,因为杀敌在迩,也未留神。如今日已平西,又追了不少的路,不知它为妖火所伤,究竟有无妨害。心刚一动,猛一眼看见下面丛岗复岭,山恶水穷,峭壁排云,往往相距脚底不过咫尺,但那最高之处竟要飞越而过。不由脱口喊了声:"好险恶的山水!"轻云极少往来苗疆一带,闻言只朝下看了一眼,也未在意。易静却被这句话提醒,往下一看,不知何时已行近苗疆中洪荒未辟的地界。想起那伙妖人俱是苗瑶的装束生相,自己幼随师父修道多年,各派有名望的散仙剑仙会过的颇多,只红发老祖未曾谋面。久闻他乃苗疆异派中鼻祖,不但道法高强,极重恩怨,更有化血神刀、五云桃花毒瘴和许多厉害法宝,轻易招惹不得。那伙妖人说不定便是他的门下,这事还须仔细些才好。

易静刚一有了戒心,还未及招呼英、云二人,忽见妖云前面一股子红光,有大碗粗细,笔也似直上出重霄,约有数百丈高下。晃眼工夫,忽然暴散,化为半天红云,与所追妖云会合,直落下去,映着半边青天和新升起又圆又大的新月,越显得其赤如血。这时两下里相距本近,三人虽在观察应变,遁光并未停止。还没有半盏茶时,红光红云俱都敛尽。飞行中,忽听下面众声呐喊:"大胆贱婢,速来纳命!"三人低头一看,下面乃是一个葫芦形的大山谷,口狭腰细,中底极大。尽头处是座危崖,崖中腰有一座又高又大的怪洞。洞前平地上,妖人平添了两三倍。先前见过的一伙居前,各人手执幡幢,兵形排开。中间是两短排,各持刀叉弓箭。后面又是一长排,有的臂绕长蛇,有的腰缠巨蟒。个个红巾包头,形式恰是一个离卦象,也分不出何人为首。

三人看出敌人布阵相待,已经追到人家门上,就此望尘却步,未免不是意思。易静和英琼俱打先下手为强的主意,按遁光往下一落。见敌人笔直站在各自部位上,毫无动静。只当中第一人举手刚喊了一声:"贱婢!"二人的飞剑早长虹电掣发将出去。轻云在后,看出敌人声势大盛,未必能操胜算,不得不多加几分小心,一面飞剑相助,一面忙把天遁镜朝前照去。

三人飞剑刚一近前,忽见敌人阵后厉声大喝道:"原来是朱矮子主使你们来的。尔等且退,待我亲去擒住三个贱婢,再与她们师长算账!"说时,一片红光闪过,所有敌人全部不见,只现出一个面赤如火,发似朱砂,穿着一身奇怪装束的苗人。方一照面,便有一道红光从衣袖间飞出,赤虹夭矫,宛如游龙,映得附近山石林木都成一片鲜红,光华电闪,芒焰逼人,比起英、云二人的双剑,正也不相上下。这怪人一出现,再加上这道红光一起,休说女神婴易静,便连英、云二人也看出来人是红发老祖,知道不好惹,俱都心惊着忙。

英、云二人又知道此番峨眉开山盛会,邀请外教群仙,便有此人。英琼暗忖:"事已至此,如果释兵相见赔罪,对方定然不肯宽恕,回得山去,难保不受罪责。倒不如以错就错,给他一个装作不知,稍微一抵御,便即抽身遁走,比较好些。"想到这里,便朝易静、轻云一使眼色。易静早看出适才离火阵的厉害,暂时隐去,不过遮掩敌人耳目。明白英琼心意,便大声道:"无知妖苗,擅敢与崇明岛妖妇蒲妙妙朋比为恶。今日如不将尔等如数扫荡,决不回去!"一面指挥剑光作战,暗中却将七宝取了两件到手,准备施为。

红发老祖自以为那把化血神刀天下无敌,虽闻紫郢、青索双剑之名,并未见过。及至交手,才知果然奥妙无穷,化血神刀大有相形见绌之势。不由大怒,将手朝红光一指,一口真气喷将出来,那红光立时分化,由一而十,由十而百而千,变成了无数红光,电卷涛飞,朝三人包围上来。英、云二人喊一声:"来得好!"收了天遁镜,各将手一招,身剑双双合一,化成一道青紫二色的长虹,迎上前去,双剑合璧,平添了若干威力,飞入千万道红光丛中,一阵乱搅,幻成满天彩霞。眨眼工夫,红光益发不支。红发老祖一见大惊,知道再延片刻,便要为双剑所破。暗恨:"贱婢竟敢到我妙相峦,上门欺人。我看在你们师长分上,只打算生擒尔等,送往峨眉问罪,尔等却如此可恶!"

想到这里,顿生恶念,准备收回飞刀,引三人追入阵地,发动六阳真火,炼成灰烬。刚把手朝空中一指,红光如万条火龙,纷纷飞坠。满拟二人剑光随后追来,便可下手。不料易静先前另有一番打算,见化血神刀来势猛烈,自己飞剑不比紫郢、青索,决非对手,早乘英、云二人身剑相合飞起抵御时,抽空将剑收回,另取一件法宝,往空掷去。再用六戊潜形之法,隐过一旁,静待时机,好助英、云二人全师而退。这时一见红发老祖一面收转化血神刀,一面却在捏诀念咒,向阵地上禹步作法。知要诱敌入阵,恐二人贪功追去危险,忙将身一起,迎着二人剑光,倏地现身喝道:"穷寇勿追!还不一同回山复命,等待何时?"

二人也和红发老祖一样,先见易静忽然收回剑光,又有一道光华星飞电驶朝来路遁去,转瞬不见,俱以为易静乘隙逃走。英琼还在暗笑她一人先逃,没有道义。二人知易静道法高强,素来自恃,既然不战而退,越可见红发老祖不可轻视。只因化血神刀来势太急,如不取胜,无法脱身,只得运用玄功,拼命抵御。仗着双剑威力,虽将化血神刀战败,因有许多顾忌,本无侥幸贪功之想。剑光刚缓一缓,恰值易静现身警告,大家不约而同,立时会合一处，向来路遁去。三人遁光迅速，得胜反退，出乎敌人意料之外，原可无事。偏巧易静小心过甚，知道红发老祖厉害，定要随后追来，未必能够脱身，一面现身警醒二人速退，手中的灭魔弹月弩连同一粒除邪九烟丸，早先后朝着红发老祖打去。

红发老祖这时刚将化血神刀收去，以为英、云二人必要追来，正待发动阵势。忽见敌人双剑光华迟了一迟，先前遁去的女子重又出现，还未听易静张口，就在这一晃眼间，便有一团茶杯大小碧莹莹的光华打来，急迫中竟未看出那是什么宝物。冷笑一声，将手一指，一团雷火迎上前去。满拟这不似双剑精妙，不过是件异常法宝，一下便可将它炸裂，无足轻重，并未放在心上。雷火发出去后，目光仍注定空中，恰听见后现女子招呼敌人速退，益发愤怒。忙即移动阵法，待要阻住敌人逃走，口里一声号令，把手一挥。适才阵地上站立的数十个门徒，刚刚现出身来，那团雷火已与碧光相撞。霹雳一声，碧光立时爆发，只听一阵咝咝之声，碧光裂处，化为九股青烟，像千万层浓雾，自天直下，笼罩天地，前面只是一片青蒙蒙的烟雾，将敌人去路遮蔽，什么也看不见。

红发老祖闻见一股子奇香刺鼻，猛想起此烟厉害，喊声："不好！"忙将真气一屏，大喝："众弟子速运玄功，收闭真气，不可闻嗅，待我破它。"言还未了，前排持幡的门人已闻着香味，倒了好几个。气得红发老祖咬牙切齿，二次将化血神刀飞起，化成一片火也似的光墙，打算去阻住青烟侵入。又把两手一阵乱挥，斗大雷火连珠也似朝青烟中打去，霹雳之声，震得山摇地动，那青烟果然被震散了许多。这些事儿，差不多都是同时发作，说时迟，那时快。红发老祖虽然法力高强，因为事均出于仓猝，先前又未安心施展毒手，所有厉害法术、法宝均未使用。及至积忿施为，已是无及。加上对方临变机警，动作神速，处处都不如敌人快，所以上了大当。

当第一团雷火震散青光之际，红发老祖闻了一点异香，虽然警觉得早，防御得快，毕竟也受了点害，兀自觉着头脑有些昏昏，不过能够支持罢了。这时一面忙着乱发雷火，去破敌人青烟；一面还在妄想化身追敌。谁知化血神刀和手中雷火刚发出去，猛又见红光雷火中飞来一道光华，业已近身，躲避不及，不禁大吃一惊。忙将元神振起，身子一偏，避开胸前要穴，一声爆响，左臂已挨着了一点，几乎齐腕打折。那光华斜飞过去，又中在身后一个心爱门人身上，狂啸一声，倒于就地。等到元神飞上重霄一查敌人踪迹，星河耿耿，只绝远天际，似有一痕青紫光华飞掣，略看一眼，即行消逝不见，哪里还能追赶得上。只得飞身下地，救治受伤门人。连遭伤败，益发暴怒如雷，痛恨峨眉到了极处。

原来红发老祖接了峨眉请柬，本想亲身前去参与盛会。因闻妖尸谷辰元神漏网以后，新近又遁入苗疆蚩尤山一带极隐僻之处潜伏。自己自从三仙二老火炼绿袍老妖以后，准备在苗疆独创宗教，大开门户，已将各处洞府连同众门人修道之所一齐打通，方圆有数千里地面，恐远游峨眉无人坐镇，妖尸谷辰前来侵犯。师徒商量，决计自身不往，只选了十二个道行较高的门人前去送礼观光。

偏巧那去的十二弟子中，为首一个名叫雷抓子，除了姚开江、洪长豹外，就数他多得红发老祖传授。只是生性好色，每每背了红发老祖，借着出山采药之便，结识了好些异派中的妖妇淫娃。他在红发老祖门下的职司，是监守宝库和采药、生火三事，手里边管领着九山十八洞的炉鼎神灶。蒲妙妙备知底细，心存叵测，格外和他结纳，以备向他借用，因此两下里私交最为深厚。雷抓子恋奸心热，却不过情面，竟不顾师父怪罪，偷偷将一座五行神火炉鼎，借与蒲妙妙去炼宝物丹药。雷抓子知道苗疆异派本不禁忌男女情欲，结识的妖妇又均出于自愿，并未为恶人间，即使被师父知道，也不过申斥几句。只是那五行炉鼎乃师父当年得道时第一座炼丹炼宝的炉鼎，平时最为珍爱。起初因蒲妙妙再三恳求商借，别的炉鼎均甚庞大，只这座最小，便于搬动，以为略用即可送还。谁知蒲妙妙姑媳二人鼎到了手，炼完丹药，又炼法宝，源源不绝，久借不归。每次向其索要，总是以婉词媚态相却，当时不忍翻脸索鼎，一直延了两三年工夫。前些日忽听师父说起，不久便要取出应用。偏巧红发老祖近来又未派他出门，更不便假手别的同门去要。惟恐事情败露，监守自盗，罪必不小，枉自焦急了多日。好容易盼到峨眉赴会，师父不去，只命他率众前往参与，正可趁此时机，绕道往崇明岛，抽空向蒲妙妙索要，私传开放宝库之法，叫她姑媳偷偷将那五行神火炉鼎送回原处。他只顾畏罪情虚，毫不计及利害，竟打算以开放宝库秘法传给外人，正中了蒲妙妙姑媳二人的诡计。如非英、云、易静三人斩尽杀绝，蒲妙妙姑媳相次伏诛，此法一传，蒲妙妙势必乘此机会，私开红发老祖宝库，将许多至宝重器全数盗走。那时抓子闻言，决不敢回转师门，被逼无奈，必与妖妇同流合污，投到妖尸谷辰门下，引狼入室。红发老祖损失了许多重要法宝，自难为敌，不必等到天劫降临，已早葬送在妖尸妖女之手了。闲话休提。

抓子欲令智昏，方在引为得计，先骗众同门，说有一好友，也往峨眉赴会，曾有同往之约，要众人绕道同去。及至行近崇明岛，又说无须多人同往，令大家在途中相候，只自己一人少去片时，约了那人，便即同去。众人明知他闹鬼，因师门规矩，尊卑之分素严，抓子从师最早，又奉命率领，谁也不敢违抗议论。

正在商量何地降落，蒲妙妙已狼狈逃来。一见面首先告诉峨眉门下无故欺人，自己往紫云宫赴宴，并未招惹她们，被他们先使恶雕抓死侄儿，随后又斩尽杀绝，追到崇明岛，炸裂了洞府，杀了侄媳，末后将那座五行神火炉鼎毁去等语。蒲妙妙情知红发老祖现与峨眉通了声气，话不动人，雷抓子至多当时庇护，保全性命，决不肯轻易与来人抵敌。只顾絮叨诉苦，还仗着有这许多厉害帮手，敌人纵不看红发老祖情面，也伤害自己不了。谁知雷抓子因她屡次失信，好生不愿。又听到自己最爱的情人被杀，更加动容。及至听到宝鼎已毁，这一惊尤其非同小可，不由悔恨交集。仍以峨眉是友，不会一见面就骤然动手，方在喝问蒲妙妙失鼎底细，有无补救之策。一个疏忽，忘了防御，英琼剑光又来得迅速异常，稍一不慎，便被波及。不顾得再救蒲妙妙，刚纵遁光避开，蒲妙妙业已尸横就地。这一来，越显得蒲妙妙所说峨眉门下横暴之言，一些不谬。当时急怒交加，也不暇再问青红皂白，便即动起手来。

其实彼时只要一说姓名来历，轻云知是红发老祖门下，况且妖妇已死，决不与轻启仇怨，势必拦阻英琼，向对方说明经过。彼此同返峨眉，禀明师长，对那已失炉鼎想一补救之策。不但双方不致成仇，也不致事后红发老祖查出根由，痛恨雷抓子，逼得他受罪不过，怀恨在心，逃往妖尸谷辰门下，引狼入室，几乎闯出大祸，使数十万苗民身家性命，连同数万里山林川泽膏腴之地，化为劫灰了。

后来雷抓子见来人剑光厉害，再不速退，必无幸理，心恨敌人刺骨。左右要受师父重责，便把心一横，决计回转深山，给峨眉勾起仇怨。还恐来人不追，又在暗中伤了易静一下。恰巧三人一时不知轻重，追了前去。易静急于脱身，放出九烟丸，掩住敌人耳目，打了红发老祖一灭魔弹月弩。由此双方变友为敌，直到后来九仙聚会，再斩妖尸，由神驼乙休化解，方得言归于好。可是红发老祖门人已伤亡大半，而峨眉好些小辈同门也都受伤不浅了。

且说易静、英琼、轻云三人一见对方是红发老祖，无心冒犯，后悔已来不及。心想："与其被他擒住受辱，还不如回山去自受处分要强得多。"女神婴易静，更仗着自己闯祸是在未拜师以前，或者不会受过，当时只顾脱身逞能，连用法宝伤了红发老祖和许多门人，并未计及日后利害轻重。及至三人驾遁光逃出老远，回顾没有追赶，大家略按遁光歇息时，易静才和英、云二人说起。轻云逃时匆促，尚不知此事，闻言大惊道："易姊姊，你闯了大祸了！这红发老祖量小记仇，和本门好几位师长有交，掌教师尊此时还下帖请他。我们上门忤犯,乱子已是不小。单单逃回,还可说事前不知,他的门下又都未见过,见他们护庇妖妇,我们疑是同党。等到他本人出现,看出就里,他又那般凶恶,若被擒去,玷辱师门,不得不暂时抵御,以谋脱身之计。这一来,我们已经遁走,还回手用法宝伤他,他虽是异派旁门,总算是以下犯上,太说不过去。我想他如就此和本门为仇,不去峨眉,还较好一些。他如能隐忍,径去赴会,当着老幼各派群仙质问掌教师尊,诉说我们无状,姊姊这时还算外客,尚不妨事,我二人至幸,也得受一场责罚,岂非无趣?"

易静脸一红,尚未答言,英琼笑道:"周姊姊想是和大师姊常在一起,受了熏陶,潜移默化,无一件不是万般仔细,惟恐出错。天下事哪里怕得了许多? 你只顾事事屈着自己说,却不想当时易姊姊如不施展法宝将他打伤,照若兰姊姊平时所说红发老祖的行径和法力,岂能不追我们? 要是一个不小心,被他赶上,擒了去,受他一场责辱,押着我们往峨眉一送,那时丢人多大? 与其那般,还不如死呢。既然抵敌为的是脱身逃回,谁保得住动手不伤人? 我们吃了亏,也还不是白吃么?"

易静笑道:"毕竟李姊姊快人快语。师尊如果责罚,红发老祖乃我所伤,我一人领责便了。"轻云道:"我们既在一处,祸福与共,错已铸成,受责在所不计。不过昔日在黄山,闻得家师常说,目前五百年群仙劫运,掌教真人受长眉师祖大命,光大门户,身任艰难,非同小可。一则因各派群仙修炼不易,格外成全;二则为了减少一些敌党阻力,凡是虽在异派旁门,并无大恶,或能改恶从善者,不是勉予结纳,便是加以度化诱导,使其自新。那红发老祖起初并非善类,因以前追云叟白师伯夫妇甫成道时,曾在苗疆受了桃花瘴毒,蒙他无心中相助,屡次苦劝,方行弃恶归善,又给他引进东海三仙与许多前辈师长,由此化敌为友。论道行,他乃苗疆剑仙中开山祖师,门人众多,非同小可。我们这一次与他成仇,岂不是从此多事,连累师长们操心么?"

英琼道:"事已至此,说也无益。适才不见佛奴飞来,想必受伤沉重。它独留崇明岛,莫不又遇见别的妖人? 我们快寻它去。"轻云道:"你休小觑佛奴,它已在白眉禅师座下听经多年,自从做了你的坐骑,多食灵药仙丹,更非昔比。近来我看它已不进肉食,想是脱毛换骨之期将到,故有这一场火劫。适才见它虽受重伤,仍能飞翔。依我看,它必能为自身打算,不会仍在崇明岛,我们走后,定已飞回峨眉了。"英琼终不放心,仍强着轻云、易静,绕道往崇明岛一行。

刚刚飞起空中,行了不远,忽见正西方一片祥光,疾如电驶,从斜刺里直飞过来。彩气缤纷,迥非习见,连易静也看不出是何家数,来势甚疾,不知是敌是友。方在猜疑,那祥光已经飞到。英琼见光霞围绕中,现出一个高大僧人,朝着自己把手一抬,便往下面山头上落去。不禁狂喜万分,顾不得再说话,跟着朝下飞落,敛遁光拜倒在地,抱着那僧人的双膝,泪如泉涌,兀自说不出一句话来。易静、轻云见英琼朝那僧人追去,忙也跟踪而下。轻云见了这般情状,已经猜出来人是谁,正要上前相见。忽听那僧人含笑说道:"琼儿,我随你白眉师祖已得了正果,早晚飞升极乐。便是你也得了仙传,异日光大师门,前路正远。我父女俱是出世之人,怎还这般情痴?我此次与你相见,原出意外,别久会稀,正该快聚两日,只管哭它则甚?"说时,轻云已上前跪下,口称伯父。一面又招呼易静,上前拜见道:"这便是琼妹妹的令尊李伯父。与家严为异姓兄弟,久共患难。现在白眉禅师门下。"易静早知不是常人,闻言益发肃然起敬,忙即上前拜倒。

原来这僧人正是本书开头所说的李宁。二人上前拜见之后,英琼眼含清泪,哭问:"爹爹怎得到此?"李宁道:"我近来独在一处静养参修,本没想到能和你们相见。今早做完功课,心里忽然动了一动。出去一看,恰值恩师座下神雕飞来,衔着师父法旨,言说他老人家因念群仙重劫,再迟数纪飞升。适才接了你师父请柬,命我相代前往参与,就便解说红发老祖与你们结仇之事。并说今日是黑雕佛奴脱毛换体之际,现在崇明岛身受火劫,命我带了天地功德水,先去为它净身洗骨。到了崇明岛一看,你们追敌已经去远,黑雕早得白雕预告,成心犯此重劫,等我前去相救,并未走开。当时我带了佛奴,飞往离此百余里的依还岭上,替它剪毛洗身。赴会以前,准可换了毛羽复原。适才在山顶闲眺,运用慧目神光,察看你们归未,一会便见你们遁光似要往崇明岛飞去,知是寻找佛奴,特地追来相会。目前凝碧仙府长幼各派群仙已到了不少。你们的师长正用天一真水点化神泥,抟炼新得那口仙剑。此剑乃达摩老祖遗宝,炼成以后,与紫郢、青索,堪称鼎足而三了。"

说罢,又对轻云道:"昔见侄女,尚在孩提之中。后遇令尊,始知拜在餐霞大师门下。当时琼儿昼夜歆羡,恨不得也做个剑仙才好。不想没有多日,令尊与你妹妹,连那赵燕儿,俱都做了同派同门。我也身入禅门,参修正果。想起当年,我和令尊、杨叔父三人,号称齐鲁三英,积了多少杀孽。除杨叔父早逝外,竟能有此结果,真乃几生修到的仙福。需要好好努力潜修,勿负师门栽培期许才好。你杨叔父有二子一女,小的两个颇有凤根,现在流落江湖,仍操旧业,终非了局。你和琼儿异日如果相遇,务要设法度化引进,以完小一辈的交情。后日我见令尊,再行当面嘱托,也使他好好记在心里。此时你姊妹二人,可随我去至依还岭,小聚一二日,等佛奴伤愈复原,同往峨眉,也还不迟。只不知易道友可愿同去?"易静久闻白眉和尚是近数百年第一神僧,李宁是他传授衣钵的门徒,况又是英琼之父,知道此去必然还有缘故,连忙躬身答道:"老前辈盛意见招,哪有不去之理?"英琼、轻云二人自然更无话说。

李宁便命三人站好,大袖挥处,一片祥光瑞霭,簇拥着腾空而起。三人俱都惊羡佛法精奥,比起玄门道术,又是另一番妙用。百余里途程,顷刻便到。祥光飞近岭半,便即落下,一同步行而上。三人见那依还岭正当峨眉归途的西南方,伏处深山之中,并不见怎样高。满岭尽是老桧、松、柏、梗、楠之类的大木,郁郁森森,参天蔽日,奇花异卉,遍地皆是。加以涧谷幽奇,岩壑深秀,珍禽异兽,见人不惊。端的是一座灵山胜域,非同凡境。

李宁率了三人,且行且说道:"此岭为西南十七圣地之一。僻处苗疆万山之中,四外都是崇山恶岭包围,更有数千里方圆的原始森林隔断,人入其中,纵不迷路,也为毒蛇野兽所伤。再加环山有一条绝涧,广逾百丈,下有千寻恶水,便是猿猱也难飞渡。只有我们所走的这条来路,为南来入岭捷径。可是这条路上尽是沼泽,泽底污泥,瘴气极毒,终年不断。所以自古迄今,常人竟无一个可以到此。百年前有一佛女,在此岭上修道,因为她是人家弃婴,为灵兽衔上岭来抚育,后服本山所产灵药成仙,生无名字,便以岭名做了道号,人称依还神姑。飞升以后,所显灵迹甚多。将来此岭的主人,也是你们同门,与琼儿颇有一些因果渊源。那神女修道的洞府,深藏在岭顶幻波池底,外人不知底细,定难进入。今借佛奴脱体之便,一则使你们先行认清出入道路,好为异日之用;二则池底洞中,藏有神女遗留的毒龙丸,乃古今最毒烈的圣药,专能降妖除怪,异日颇有大用。但是神女遗偈,取丹的人须是女子,方能如愿到手。你们少时取了这毒龙丸,还可将池底神女所植的十二种灵药仙草,连根移植回去,岂非绝妙?"说时,已达岭顶。那岭原是东西横亘,长约数十里,就只当中隆起如坟,最高最大。

英琼到了上面,一路留神细看,并未见佛奴踪迹。正开口想问,耳听泉声淙淙,响个不绝,仿佛就在近前,四周一看,却找不着在哪里。这时已走到一片树林以外,正当岭的中心地带。眼看前面生着一大片异草,绿波如潮,随风起伏不定。李宁忽然笑道:"琼儿,我们已经到了幻波池边了。你觉得看不见佛奴影子,心中奇怪么?我们慢慢下去,好让大家见个仔细。"说罢,将手往那片异草中心一指,那草便往地底陷落下去。众人飞身一看,只见离顶数丈之间,清波溶溶,雪浪翻飞,从四外奔来,齐往中心聚拢,现出一个数顷方圆的大池。原来那地方是一个大深穴。适才所见异草,乃是一种从未见过的奇树,约有万千株,俱都环生穴畔,平伸出来,互相纠结,将穴口盖没。除当中那一点较稀外,别的地方都被树干缠绕得没有丝毫空隙。树叶极为繁密,根根向上挺生,万叶怒发。每叶长有丈许,又坚又利,连野兽都不能闯入。休说远处看不见下面有池,便是近看,也只能看见些微树干。众人俱都称异不置。

李宁道:"这还不算,真的奇景,还在下面呢。"说罢,又朝下面池水左侧波浪较平之处一指,那池倏地分开,现出一个空洞,望下去深几莫测。李宁这才率领众人,由水空之处飞身而下,约有数百丈深,方行到底。英琼等抬头往上一看,那池竟凌空悬在离地数百丈的空隙,波光闪闪,一片晶莹。细一观察,才知穴顶一圈,俱是泉源。因为穴口极圆,水从四方八面平喷出来,齐射中央,成了一个漩涡。然后汇成一个大水柱,直落千丈,宛如一根数百丈长的水晶柱,上头顶着一面大玻璃镜子。那穴底地面,比上穴要大出好几倍。有五个高大洞府,齐整整分排在四围圆壁之上。底中心水落之处,是一个无底深穴,直径大约数丈,恰好将那根水柱接住,所以四外都是干干净净的,并无泛滥之迹。再看地平如砥,四壁石英、云母相映生辉,明如白昼。越显得宇宙之奇,平生未睹,益发赞妙不置。

李宁道:"这依还岭共有两处:一个得静之妙,一个得静之奇。你们将来自知。南向一洞,为圣姑生前修道之所,此时尚不能入内。西洞为炼丹炉鼎所在,她飞升之时,毒龙丸刚刚第二次炼成,尚未开炉,便即化去。那十二种仙草,也在其内。此洞与其余三洞相通,关系日后不小,大家务要留心,以为异日之用。佛奴现正在丹炉上面养伤,大约再有一日,便可痊愈了。"说罢,便率众人往西洞走去。

众人先见五洞五样颜色,因为只顾看那水幕晶柱,未甚在意。这时走近南洞,见那洞门质地颇类珊瑚,比火还红,上面有两个大木环,双扉紧闭。英琼上前推了两推,未推动。及至走向西洞一看,形式大略相仿,两扇洞门金光灿烂,上面也有两个黑环,洞门俱是圆拱形,关得严丝合缝。如非门色与石色不一样,几疑通体浑成。李宁笑道:"你们虽然道法深浅不同,俱都得过仙人传授。这门曾经圣姑封锁,可有打开之法么?"易静平日虽颇自恃,闻言知非容易,惟恐万一出丑;轻云只是谦退,俱不则声。

英琼多年不见慈父,一旦重逢,早就喜极忘形,闻言便答道:"女儿先推那红门,没有推动,今番且来试试。"李宁笑道:"琼儿毕竟年幼无知。你看两个姊姊道法俱比你高,均未说话,只你一人逞能。试由你试,但是不许你毁伤这洞门。"英琼原想紫郢剑无坚不摧,打算齐中心门缝来上一剑。一听不准毁伤，便作难起来。李宁又道："此洞须留为异日之用，并且内中还有层层仙法埋伏，休说不可妄为，即使欲加破坏，你易、周二位姊姊哪个没有法宝、仙剑，还能轮到你么？你凤根禀赋，至性仙根，无一不厚，只是涵养还差。此番开府盛会以后，教规愈严，门下弟子不容有丝毫过犯。你杀气太重，凡事切忌鲁莽，以免有失，悔之无及。"英琼闻言，便借此停手不前，只管望着乃父，嘻嘻憨笑，口称："女儿谨遵，不敢忘记。"

李宁这才走上前去，先对着那门躬身向南，默祝了两句。然后伸出左手三指捏着门环，轻敲了两下。将右手一指。一片祥光闪过，便听门上起了一阵细乐，那两扇二丈多高大的金门，徐徐开放。

李宁仍在前引导，走进洞去。众人见那头一层石室甚是宽大，室中黄云氤氲，仅能辨物。李宁走到尽头，拉着壁上一个金环，往怀中用力一带，再往右一扭，忽觉眼前奇亮。又是一阵隆隆之音，当中三丈多高的一块长方形石壁，忽往地下沉去。进门一看，乃是一个与门一般大小的曲折甬道。顶上一颗颗的金星，往前直排下去，每隔二三丈远，必有一个，行列甚是整齐，金光四射，耀眼生花。

行约七里，才行走到第二层洞府的门前。那门比头一层要矮小一半，门黑如铁，上有四个木环。李宁如法施为，祥光闪过，门即开放。众人见那门宽只四五尺，却有四五尺厚，恰似两根石柱一般。也不往内开，竟向壁间缩了进去。众人入内一看，比头层还要高大出约两倍，四壁尽是奇花异草，正当中设着一座大丹炉。

英琼急于要见神雕佛奴，正待赶奔过去，忽听李宁道："琼儿先莫忙，将这两条路要看明了，省得明日走时匆忙，有了贻误。"说罢，便指着那缩进壁中的两扇方门道："这门设有圣姑仙法，不知底细的人固然不能关闭；即使知道运用，能开能放，绝不能使其平开平放。那两条要道，均在两扇门里。且待我用金刚大力神法试它一试。少时我如将门抵住，你和轻云可由门中入内，约进二尺，朝内的一面，便现出一个尺许宽的小门，与门的空处恰好合榫，一些也错不得。只一错过少许，任是天上神仙，也难出入。我行法颇费精力，你二人分头进去，得了通入别洞的要道急速回来，不可深入，以免我支持不住，将你二人关闭在内，出来不易。易贤侄女如愿去，可与琼儿一路。"

李宁嘱咐已毕，走向门中，盘腿坐下，两手掐着灵诀，朝着两旁一抬一放，那门便朝中央挤来。李宁忙将两掌平伸，一边一个，将门抵住，闭目合睛打起坐来。二人见那门心离地尺许，果有一个一人高的洞。轻云向左，英琼向右，易静跟在英琼身后，三人分两路入内。

轻云进有二尺，见壁上现出尺许宽的一个小门，里面黑洞洞的。因恐时候久了不便，索性驾起遁光前进，那路又狭又曲折，飞行了一阵，渐行渐高，忽见前面有了微光，出去一看，已达室外。那室四壁漆黑，约计高出地面已有数十丈，奇香袭人，四壁黑沉沉空荡荡的。剑光照处，只当中一座长大黑玉榻，上面平卧着一个羽衣星冠的道姑，美艳绝伦，安稳合目而卧，神态如生，甚是娴雅，那微光便从道姑头上发出。轻云猜是圣姑遗蜕，忙躬身施礼默祝，道了惊扰。正要近前细看，忽见道姑灵眸微启，瓠犀微露，竟似回生一般，缓缓坐了起来。轻云虽然久经大敌，不觉也吓了一跳，忙往后退了两步。那道姑也随着卧倒。似这样三起三落。

　　轻云知圣姑不愿人近前，方在迟疑进退，忽听一声长啸，似龙吟般起自榻底，阴风大作，四壁摇摇欲倒。猛想起李宁来时之言，不敢久停，慌不迭地回身遁走，一路加紧飞行，暗中默记道路，不消片刻，已达门外。恰巧英琼、易静也同时由对面驾遁光飞出。再看李宁面色，已不似先时安闲，颇有吃力神气。

　　三人刚一飞出门外，李宁倏地虎目圆睁，大喝一声，一道祥光闪过，接着便听叭的一声大震，两扇门业已合拢。李宁道："不料圣姑仙法，竟有如此厉害。起初我只说至多我运用神力，支持不住，将你三人关闭在内，须由别洞走出，多费一些事罢了。谁知我看尔等久不出来，元神刚一分化入内，一边是埋伏发动，一边是艳尸复活，大显神通。幸你三人见机，逃避得快，又是事先向圣姑默祝，否则事之成败，正难说了。照此看来，异日盘踞此洞的人，虽有艳尸玉娘子崔盈勾引，既能涉险入内，本领却也了得呢！我等到此，异日得益不少。你三人所行之路，务要处处谨记才好。"

第一七三回

复道行波　奇观穷宙合
藏珍在鼎　秘偈示仙机

　　轻云惊问道:"李伯父之言,莫非侄女所见并非圣姑遗蜕么?"李宁道:"圣姑遗蜕藏在中洞,虽可相通,寻常怎能得到? 那具艳尸,便是我所说的玉娘子崔盈,也是左道中数一数二的人物。去今百年以前,因来此洞盗宝,为圣姑太阴神雷所殛。还算她事前预有准备,早防到了,人虽死去,元神不曾受伤。她因舍不得那臭肉身,又想借这洞天福地躲去一重大劫,索性留守在此,昼夜将元神附着死体虔修,静等两甲子后复原,占据此洞,为所欲为。如今历有百年,身子已能起坐。再有一二十年,便可重生了。适才非贤侄女逃遁得快,势必连你也禁闭在内。青索剑虽利,你一个肉身,终不能驾着它穿透千寻石壁。你有我先入之言,误认她为圣姑,容易上她圈套。只一被她元神迷住,你便失了本性,沦为她的爪牙,一同等到出困之日,助纣为虐,万劫不复了。我起初只闻人言艳尸被禁在此,不知深居何处。如非一时触动灵机,分神入内观察,也难知底细呢。"英琼道:"以爹爹的法力,何不趁着她未成气候以前,带了女儿与二位姊姊,合力将她除去,岂不是少却许多后患么?"李宁道:"琼儿你哪里知道,此事关系群仙劫运,如能弭祸无形,还用你说么? 圣姑也不将这毒龙丸与仙草留给你们了。"

　　轻云要问英琼、易静入门所见,英琼猛想到佛奴尚未见到,忙往室中火鼎前跑去。李宁也同了轻云、易静跟去。走到炉前,先命三人跪下,虔诚通白,才将手一指,一片祥光,将鼎盖托起,李宁便命三人快快取丹。三人见炉火中托着一朵青莲,昙花一现般顷刻消失。闻得鼎内异香扑鼻,比起先时所闻还要浓烈。各将身剑合一,飞入鼎内一看,适才花现处有一只碧玉莲蓬,立在鼎的中心,内中含着莲子大小的十粒丹药,颜色翠绿,透明如晶,每人拾起几粒。李宁便吩咐勿闻此丹,更不可摇动那碧玉莲蓬,大家要速速退出。三人依言出来。

　　英琼上下四顾,未见佛奴存身何处,忍不住又要问时,李宁道:"我先不知艳尸所在,恐她暗中走来加害佛奴,已用佛法隐过。待我收法,你们就看见了。"说罢,朝上一指,又是一片祥光闪过,佛奴果然高悬在鼎的上面,离地约有四五十丈,周身毛羽业已落得净尽,仅剩一张白皮,紧包着钢身铁骨,闭目倒挂,状如已死,神态狼狈之极。英琼连喊两声佛奴,才微抬了抬眼皮。慢说英琼见了伤心落泪,便是轻云也惋惜不置。李宁笑道:"痴儿,这正是它的成道关头,你不替它喜欢,却哭什么? 它已服了灵丹,刷毛洗骨,如今正在敛神内视。明日此刻,便换了一身白毛,与你师祖座下白雕一样灵异了,你伤心怎的? 你不见它身上已生了一层白茸么?"英琼定睛往上一看,佛奴身上果如轻霜似的,薄薄地生了一层白茸。虽知乃父之言决不会差,佛奴已是转祸为福,终究有些怜惜,便想飞身上去抚慰一番。李宁拦道:"佛奴生有至性,它此时正当养性凝神紧要关头,不可便去扰它。明日便可功行完满,何必忙在这一时? 待我行法,将这炉鼎神火重新燃起,助它些力吧。"英琼只得恋恋而止。

李宁吩咐三人随意游散,径自走到炉鼎后面,盘膝坐定,口宣佛咒,两手合掌,搓了两搓,然后朝着炉中一放。便听炉鼎中有了风火之声,一朵青莲花似的火焰,冉冉升起,离鼎约有丈许高下,止住不动。再看李宁,业已瞑目入定。

轻云见洞侧不远横着一条玉榻,甚是宽长,形式奇古,便拉了英琼、易静二人坐下,重问适才右壁探路之事。才知英琼、易静二人也和轻云一样,由李宁指示的门心窄缝里飞行而入。初进去时的门户道路,俱和轻云所经之路差不多。不过经了几个转折之后,那条甬路却渐渐越走越深,渐渐闻地底波涛之声,洋洋盈耳。路尽处也有一个小门,出去一看,面前顿现出一片奇景。那地方大约数百亩,高及百丈,四壁非玉非石,乃是一种形如石膏,白色透明的东西凝结而成。内中包含着千万五色发光的石乳,大小不一,密若繁星,照得各洞透明,纤尘毕睹。地面平坦若镜,光鉴毫发,却有许多石乳到处突起。经了一番人工,就着乳石原形加以雕琢斧修,成为许多用具,如同几案、屏风、云床、丹灶、饰物、鸟兽之类。猿蹲虎踞,凤舞龙蟠,样样明洁如晶,映着四壁五色繁光,炫为异彩。再寻那水声发源之处,乃是洞中心一个十亩方塘。那塘甚深,塘中云雾溟濛,波涛澎湃,激成数十百根大小水柱,直上塘边,水花乱滚,珠迸雪飞,景尤奇绝。

二人正在流连观赏,易静猛一眼看到近洞顶的壁上面有好些处地方水光闪闪,流走如龙。仔细一看,想起下来时所见幻波池奇景,不禁恍然大悟,便和英琼说了。英琼随她所指处一看,再一听解说,也就把疑团打破。原来这里的石壁俱都有缝,可通上下。那十亩方塘便是幻波池的水源,从洞顶幻波池中心直落千寻,下入深穴,流回潭中。因就天然的形势,再经当初洞中主人苦心布置,用绝大法力压水上行,由各处石缝中万流奔赴,直射到上面幻波池四外的那一圈发水口子,使其夺关奔出。这四外的水飞出数十百丈,射在中央,冲力绝大,又极平匀,所以上下看去,只见茫茫一白。那四外的水到了中央,此激彼撞,经过一番排荡回旋,才成了一个绝大漩涡,引着那股子洪瀑下临深渊。上面的人以为是一个大水池子;下面的人又疑池在上面,被一根擎天水柱托起。那水落到深穴以后,便归入这个方塘里面,重新往上喷射,循环往复,永无休歇,可是水量增减极微,所以那大洪流池下面受不到淹没。真正巧夺天工,奇妙到了极处。

二人赞赏了一阵,因为时间甚暂,不可久留,还想有所发现。易静因此来除将幻波池水源探出外,别的尚无所得。四面景物虽然奇丽,连连飞巡两周,俱与异日无关紧要。算计这洞中如此神秘,说不定珍奇宝物藏在塘中,为水所隔,看它不出。与英琼一商量,决计一同辟水入塘,查看究竟。当下便由易静行法,各驾遁光,一同飞身穿波而下。先以为塘中也和上面幻波池一样。谁知下面的水其深无际,二人下沉了百十丈还未及底。渐觉那塘竟下宽上窄,下圆上方,大小相差几十倍。正降之间,猛见四壁有许多凹进去的深沟,一条极长而细的银链光色灿烂,横拖在那里,看不到头,也不知有多少丈长短。英琼心中奇怪,随手抓起那链子刚拉得一拉,耳中忽听李宁低唤:"琼儿、贤侄女速回,迟便无及。"二人一听大惊,知有变故,连忙舍了链子,飞身上塘时,四外波涛忽如排山倒海一般挤压上来。二人虽有飞剑、法术护身,也被撞得荡了几荡。同时又见水深处有千点碧荧,飞舞而上。二人哪敢怠慢,各运玄功,加紧飞升。及至冲出波心一看,上面已是阴风怒号,怪声大作,四壁摇晃,似要倒塌。百忙中窥见入口小门,刚得飞身出去,偶一回顾,小门已合,群响顿寂。仗着飞行迅速,虽然顷刻出险,因为来去匆忙,变生瞬息,闻警之时急于夺路逃回,经行之路并未记清;不似轻云去时就处处留心,默识于心。以致后来二人三人幻波池,救起燕儿,费了许多手脚。此是后话不提。

三人谈了一阵,见四壁俱都植有奇花异卉,不下百余种,俱非常见。因李宁入定,也未去取,互相观赏品评,各人俱看中了好几种。再看顶上青莲,光焰纯碧,里外通明,悬立空隙,甚是美观。上面悬的神雕,身上白茸毛已似长了好些,英琼自是欣喜。

似这样过有两三个时辰,李宁才行睁眼,将手往炉中按了两按,那朵青莲便沉入鼎中,转眼消灭,还了原质。李宁道:"佛奴经我用天池真水刷毛洗骨,筋髓皆寒,如无这座现成炉鼎和我本身元阳之火融精暖骨,复原决无这等快法。它周身新毛已生,元气已复,只需再过一昼夜,便可长成。琼儿如要看它,此刻已无妨了。"英琼巴不得有这一句,忙即飞升顶上,到了神雕身旁,用手微一抚摸,那些新长的茸毛真是比雪还白,入手温暖,柔滑异常。以前铁羽钢翎,早已脱落净尽。不禁伸手把神雕的头搂在怀内,一阵心酸,落下泪来。神雕见主人这等爱抚,也微睁二目,将头连点,意似感激。一会轻云、易静也一同飞了上来观看。英琼还只管抚慰不休,直到李宁相唤,才随了轻云、易静一同降落。李宁道:"痴儿痴儿,似你这般情长,异日怎得容易解脱?"

英琼笑问那些花草何时取走,怎能生在石内? 李宁笑道:"这里奇花异草虽多,异日凝碧仙府大半俱有,且胜于此。可供携取的灵药,只有一二十种。此时勿急,而且取时也非容易,等到行时,我自有吩咐。这里共是五洞府,九条甬道,八十七间玉房石室。除却中洞是圣姑仙蜕所在外,北洞上层为艳尸潜踞,异日妖窟便在那里。北洞下层为幻波池的发源,全洞命脉,埋伏重重。这两处至关重要,你们三人已经去过,可一而不可再。余如东、南二洞和那上下三层,五六十间仙房石室,复道盘踞,尽多奇景。适才我恐你三人历久涉险,分化元神,入内救护,以防不测,无意中得见壁间仙偈。那东洞中层,竟是藏珍之所。当年圣姑封藏,留待有缘,便乘入定之际,慧珠内莹,默察未来。此去虽不免要受一些惊恐,终有同道解化,取宝同归。你们既入宝山,岂可轻回? 只是那洞三层通路,俱有仙法封锁隔断,既不能仗着尔等仙剑、法宝将它毁坏,好好进去又非容易。说不得我只好略存私心,仗我佛法,相助入内了。"

英琼道:"爹爹说我们进去要受惊恐,难道爹爹这么高深的法力,都不能破么?"李宁道:"你哪里知道。圣姑生性,最恶男子,直至成道化去时,仍未能免除这点私见。我已见过她三处遗偈,关于洞中灵药异宝,俱都寓有传女不传男之意。她彼时所学,不是玄门正宗。婴儿成形脱化以后,只能遨游十洲,绝迹独行,介乎地仙之间,不能飞升紫府,证列天仙。更恐二番入世坏了道基,不愿再历一劫。现在上昆仑仙山自本岩潜修,要炼过九百年后,方遂飞升之愿。只有你师祖能以佛力助她减却许多苦修,也只有我可以代求。有此一段因缘,我方能为你三人开路。至于洞里如何,此去约要多半日才能毕事,险阻甚多,全仗你三人同心合力,相机应付,不便一同入内,以免违背她的本意。"

英琼闻言,拉着李宁之手,面带愁容道:"女儿和爹爹多时不见,梦里都在想念。好容易才得相会,爹爹又说赴会之后,便即回去,此别茫茫,不知何日重见？一想起就万分难受，还有多少话，均未顾说。适才为了入洞探路与救助佛奴，已耽搁了好些时候，不得随侍爹爹说话，如今又要耽搁上大半天。明日回山，爹爹与许多师长们相见，不能与女儿多谈。师长们都说女儿这口紫郢剑，足称无敌。爹爹同去尚可，既不同去，宝物有甚稀罕，由周、易二位姊姊入内取宝，女儿随侍爹爹，在外相候便了。"李宁道："你自身经历，一一尽知，无须再为详说。此乃千载一时良机，不可轻易放过。里面说不定有仗双剑合璧之处，你怎能不去？你既有如此孝思，等到开府以后，只需多积内外功行，不愁没有相见之日，何必重此半日之聚？"

英琼不敢违命，见进来时的门户已闭，便问道："易姊姊说，此门已难开了。我们去往东洞，可打此门而出么？"李宁看了易静一眼，笑对英琼道："毕竟易贤侄女道力见解，都胜似你二人。以我法力，此门再开，虽然比先前费事，尚非甚难。只缘左侧艳尸已经警觉有人来此，既恐将这里宝物取走，又恐断了她的出路，现在正潜伏出口，乘机欲动，静等我将此门一开，门中甬路略有一线可通之隙，她的元神便即飞出。有我在此，虽然不能为害，一则她的运数未尽，二则还要假借她的手聚歼几个首恶，完成峨眉几个小辈同门的功行，尚得暂留她活上几年。既然放将出来，佛奴在此，便非除去不可，除又费手。为免生事，我便在你们遁出时，用大力金刚禅法将此门封固，须等艳尸出世机缘到来，始由她引一同恶党羽到此破法，将她放出。这洞上下三层，到处都是复壁甬路，除已被封锁者外，无不贯通。易贤侄女既能观察隐微，足征道力。可知除却此门，尚有其他出路么？"

易静躬身答道："侄女适才听周姊姊详说探险经过，忽然想起侄女所经之路，所见之景，此洞外分五行，暗藏五相，通体脉络相通，分明似一人体。此地西洞属金，金为肺部，此门颇似左叶六塞之脉，出路必在右侧，旁通肺管之处。寻得此道，绕向南洞心部，循脉道以行，便达东洞。不知是否？"李宁赞道："贤侄女来此不久，经历无多，居然领会到此，异日成就，实未可量。我不愿用法宝、法力毁伤此壁，也为的是将来有许多用处之故。这里外面看去，俱是石壁，所有道路，可经人行者不下十数，全都暗藏壁内，应就时辰，还有富余。你三人可各去寻来，看看你们眼力如何？"

英琼、轻云一闻易静之言，早就往右侧注视，见壁上石形虽然间有凸凹，却是通体浑成，并无缝隙。这时再走过去，几番推弹查看，毫无可疑之状，一些看不出路在哪里。以为易静既然悟到，必能查出。及至一看易静，也和二人一样，说虽容易，行起来却难。二人自知道浅，还未怎样。易静素来好胜，闻得李宁夸奖，意颇自负，自己见解既然不差，必可按图索骥。谁知这等难法,好生内愧,急得满面通红。李宁道:"不是你们眼力不济,只缘不能有所毁坏,受了限制。见壁上许多磊块之处,毫无痕缝,又恐意料不中,所以说不出来。全洞为人形,是个卧像。你们再略微审详部位,便可看出来了。"

易静本就看出右壁满是大小不一的磊块,惟独靠里一面有一大片石壁坟起,圆拱平滑,血痕万缕,隐现其间,觉着奇怪。闻言忙奔过去,用力一推,没有推动。猛听英琼惊喜道:"在这里了!"说罢,便飞身过来,拉着那块拱石,朝外一面的边沿往外一扳,也未扳动。易静见状,心中一动,也学她的样,两手扳着朝里一面的边沿,试轻轻往怀中一带。说也奇怪,那一片十来丈方圆,数万斤重的石壁,竟是随手而起,拉开有二三尺远近。英琼、轻云忙赶过去相助,三人合力,居然将那石扳了开来,现出莲蓬也似七个圆孔。最大的一个偏下约有三丈,其余也可通人,不禁同声欢笑起来。

原来那块大石正是通行门户。一则石体庞大,又经过圣姑神工修饰布置,严丝合缝,密如浑成,如非知道底细的人,决难看出;二则三人为壁间许多奇形怪状的磊块所惑,没想到那大的石壁竟和门一般,可以移动开闭。及至英琼见易静看出部位,奔将过去查看,忽见石下水渍之痕甚为明显,细看石色和别处不同,贴壁之处似实若虚,上下俱有空隙,有好些地方仿佛嵌在壁内。猛想起莽苍山灵玉崖妖尸古洞中暗壁,颇与这里相似,算计可以拉开,不料果然猜中。不过开的一边,却在靠里洞的一面。

七个圆洞现出以后,三人觉着靠上面两洞微微有光影闪动,寒气侵人。正不知何洞可以通行,李宁已走将过来说道:"这里门户甬路,俱就原来形状,略加修改布置。除却几处有法术封锁外,无一处不是巧夺天工。就拿这扇子石来说,其重何止数万斤,因那一边藏有千年精铁炼成的机轴,便是常人也能移动。你们说奇也不奇?"

三人转入门里,随李宁手指处一看,下半截紧贴地上,看不出什么痕迹;上半截有一根二寸粗细光华灿烂的钢轴,一头插在石门上面,由上下合榫处露出尺许,被一个大小相等的有柄玉环圈住,玉柄就在内壁门上,如生了根一般钉住。机轴俱都深藏在内石壁里,外面哪里看得出来? 英琼道:"这门轴极细,既是千年精铁所炼,不必说了。这么一个小小的玉环,却管着十来万斤重的石门,定是一件宝物。"李宁道:"这倒不过是个寻常玉环,因为施有禁法,坚逾精钢。各地类此之物甚多,无甚稀罕。这七个洞,暗分日月五星。最上一洞,乃是万流交汇之处。中层斜列三洞,其中左右二洞一通中洞,一通北上洞,已被封锁。下层左右二洞,一风一火,俱不可深入。只二层和下层居中两洞的圆甬路,一个是由南洞去往东洞的曲径,一个是明日我们起行

246

时的出路。我们此时且由这二层小洞中走去,余下留待后来。我当先引路,所经甬路,有几处转折和弯路,均与别洞相通,需要记住才好。顺着一边左转,便是出路了。"

说罢,一按祥光,径往中层当中洞内穿去。三人也即跟踪而入。两洞相隔虽然不算很近,四人飞行何等迅速,原本无须多时。但因此行一半为了探悉路径,以备日后之用,加以甬道盘曲迁回,李宁一手指点解说,时行时止,约有刻许工夫,才将这一条黑沉沉的长甬路走完。

四人正行之间,见甬路尽处红光如火,门内焰影幢幢。出去一看,乃是一个极高大的石洞,正当中有一盏倒挂的大灯,灯形颇似一颗人心,由一缕银丝系住,从顶上垂将下来,上面发出七朵星形的火光,赤焰熊熊,照得合洞通红。灯下面是个百亩方圆,形如莲花的水池,深约三尺,清可见底。内外石色俱是红的,水色俱是青碧,细看绿波溶溶,仿佛是什么液体一般。

李宁道:"这洞便是南洞的主洞。池中所贮,并非真水,乃是石髓。上面所悬心灯之火,便是吸取此髓而发。发出来的火焰,又被此池吸收了去。如此循环不息,亘古常明。灯上面洞顶便是万流总汇。圣姑用法术逆水上行,成为幻波池奇景,全仗此火之力。这里也是全洞最紧要的所在,异日一旦落在妖人手里,他知此髓乃是天材地宝,既可供他引火炼丹炼宝,服了以后又可抵得许多采补之用,于左道旁门大有益处,势必不管此洞兴废,取用无餍。如非你们几个小辈同门来此驱除,为峨眉创立别府,迟早灯尽髓枯,全洞失了水火交济之功,池水不复上行,上层洞府虽仍存在,下层定为水淹,毁了这千年奇景,纵使他用妖法禁制,暂时仍和以前一样,毕竟灵气全无,失却天然,岂不可惜?此外洞门已闭,经由东西二洞甬道,省事得多。过去便是东洞藏宝之所,难关将到,你们务须仔细。少时你们行至甬道中见光之处,可将各人所带法宝、飞剑施展出来,护身前进,以防不测。我只能护送你们走完东洞甬路,走出内侧门,等开了第二重洞门,便不能再进了。到了里面,危机四伏,埋伏重重。你们既要将它破去,才能到达藏宝之所,又要留神,不伤原来奇景。后洞设有圣姑打坐的云床,须去虔诚通白,万不可随意取携。这些大半是我从遗偈中参详出来,时日短促,无暇入定默察内中情景。至于何处有甚险难,尚无所知,全仗你们相机应付了。"嘱咐已毕,三人俱都惊喜交集,兢兢业业,如临大敌一般,随定李宁往东洞飞去。

这条甬路,孔道却是长方形的,只有一个,就在右壁。还未进去,便微闻远远狂飙怒号,如万木摇风,惊涛飞涌,声势浩大。甬路里面更是酷寒阴森,黑沉沉的,只是一片浓影。剑光照处,反映成绿色,人行其中,须眉皆碧。比起西洞到前洞经行之处,要觉大得多。有时看见壁上俱是一根根又粗又大和树木相似的影子,路径迂回甚多,上下盘曲。连经了好些转折,三人因为李宁催促速行,不要回顾,路虽比较长些,剑光迅速,一会便即通过那一条长甬路,飞出南洞侧门之外。

三人见那地方正是南洞的外层洞府,也是一间广大石室,满壁青光照眼。靠里一面有三座洞门,当中洞门最为高大,两旁较小。只左边来路的一门开着,中门和右侧门俱都双扉紧闭。门是青色,门上各钉着两个朱环,气象甚是庄严。室中陈设颇多,形式奇古,大半皆修道人所用,也未及细看。

三人正待李宁开了中门入内,忽闻异香透鼻,令人心神皆爽。又听李宁微微"咦"了一声,回头一看,见李宁从地下拾起一根残余的香木,余烬犹燃,面现惊讶之色。英琼忙问何故。李宁道:"我们来迟了一步,已有人先往洞中去了。"英琼惊问道:"爹爹佛法高深,这洞如此难开,又不为外人所知,难道事前竟未觉察么?"李宁道:"我虽能入定,默察未来,但是功行还浅,非仓猝之间所能做到。此番奉你师祖之命,说此洞幽僻合用,可助佛奴脱毛换骨,方知这里有许多奇景,来此洞尚是初次。直等第二次发现甬路中圣姑所留遗偈,才得备知梗概。我到此才只一昼夜工夫,哪能尽悉?此香乃东海无尽岛千载沉香,看这烧残异香尚未熄灭,来人决非在我到达以前来此,必是适才我们在西洞勾留之时到达。这人既知用异香向圣姑虔诚通白,再行启关入内,必已尽知底细。只不知他是何派中人,道力如何。我本想在西洞打坐入定,运用神光,体会清了前因后果,方令尔等三人入洞取宝,虽然略延时日,你们却知许多趋避。后来一想,你三人尚未回山复命,加以盛会在即,难免思归,佛奴明日便可复原,我也想早和峨眉诸友相见,又不愿你们得之太易,谁想还是被人捷足先登。事有前定,你们此时进去,难免与人争执。来人如果有缘,必能怀宝而去,何必徒种恶因?如若无缘,他必被陷在内。不如还是多耽搁半日,由我参禅入定,察明了再进不迟。"

三人满腔热念,闻言不禁冷了一大半。先是面面相觑,不发一言。末后轻云说道:"伯父之言,侄女怎敢违背?只是适才伯父说,圣姑遗偈明示洞中取宝限于女子,来人既焚香通白,决非前辈女仙。方今正邪两派中,后起的女弟子,有名者并无几个,异派中更少,只有一个许飞娘,是万恶的根苗。宝物如为同派中人得去还好,万一为此人得去,岂非如虎生翼,益发助长其恶焰?依侄女之见,莫如还是伯父施展佛法,开了这门,由侄女等进去,相机行事。来人如是妖邪一流,便将她除去;如是同道,侄女等也可借此多一番经历。伯父以为如何?"李宁看了看三人面色,忽然闭目不语。一会睁眼说道:

"这事很奇怪。此时洞中的人乃是一男一女，非敌非友，已经陷困在内。虽然时间短促，不及详查他们的来历，他们既然犯了圣姑之禁而来，必然自恃不是寻常人物。你们进洞，需要量力而为，有得即退，不可贪多，免蹈前人覆辙。等到功成退出之时，如见那被困之人，尽可助他们出险，不必再问姓名来历，是敌是友。我已得有先机预兆，此事一个处置不善，必贻异日之悔。你们各自准备，待我行法，此门大开，急速一同飞入便了。"

说罢，便朝着中门相隔三丈站定，双手向南，口宣佛咒。末后将手搓了两搓，左手掐诀，右手一扬，随手发出一股尺许粗细的祥光，逐渐放大，最前面光头有五丈许方圆，正照在门的中心。那光好似一种绝大的推力，照上去约有半盏茶时，那门才渐渐露出一丝缝隙。接着便听如万木摇风，松涛怒吼之声，从门内传将出来，比起适才甬道所闻，势益猛烈。转眼间，又射出一条青光，门已渐启。

这时已是到了紧要关头，那门后也好似有一种绝大的推力，与光力两相抵触，双方互有短长，各不相下。李宁站在当地，直似岳峙渊停的一般，右掌放光作出前进之势，双目神光如电，注视前面。眼看那门已被光力推开数寸，仍又重新合拢。似这样时启时闭了好几次，有一次竟开有两尺许宽窄。论理三人原可飞身冲入，偏生开得稍宽时，关闭起来也更速。李宁又嘱咐须俟门大开时，始可入内。英琼、轻云自然尊重李宁之言，不敢造次。易静虽然未便独行，这半日工夫，对于李宁，因白眉和尚名高望重，佛法无边，李宁却是成道未久，自己是个晚辈，恭敬之心则有，信仰之心却不如周、李二人。及见李宁用祥光推门，半晌未曾大开。后来两次，门已露有一二尺的空隙，还是不令进去，未免有些性急。心想："门中厉害，未必尽如李伯父所言，何必这么慎重？"不由又起了自恃之心。正在等得烦躁，忽见李宁虎目圆睁，猛地将手朝门用力一推，那股子祥光顿现异彩，发出万朵金莲，如潮水一般朝前冲去，在一片狂飙怒涛澎湃声中，那门立时大开。三人俱是一双慧目，也被光华射得眼花撩乱。正在惊顾之际，耳听李宁喝道："你们还不入内，等待何时？"

易静闻言，用手一拉周、李二人，首先飞入。二人也忙将身剑合一，疾同电掣，直往洞中冲去。三人身刚入内，双门已合。轻云稍许落后，几乎擦着门边而过，虽未碰着，已觉出门上那股子青光的力量迥异寻常。不禁咋舌，低嘱英琼："洞内埋伏必定厉害，我们能力较弱，伯父那等叮嘱，千万不可逞强任性，不求有功，但求无过才好。"英琼自与老父重逢，喜出望外，进来并非所愿，并且有好些孺慕之怀，未曾吐露，一心只想早些完事，好出去与老父相聚，对于洞中宝物，并未怎样看重。只因这一念孝心，不起贪念，免却许多磨难,此是后话不提。

且说女神婴易静幼蒙师父钟爱,出生未久,便即得道,独得师门秘授心法。后来奉命下山积修外功,纵横宇内,从没受过挫折,未免心骄气盛,不把一干异派妖人放在眼底,遇上便随意诛戮。终因在芒砀山用飞针刺伤了赤身教门下淫女随精精,两下里结了仇怨。更因旁人一激,寻上门去,被赤身教主鸠盘婆用邪法困住,险些形神俱灭,万劫不得超生。幸而遇救脱险,虽然经过一番重劫,除与鸠盘婆成了不解之仇外,平时盛气仍未敛抑。等到苦心积虑,炼成灭魔七宝以后,益发有些自恃。这次进了幻波池底南后洞后,暗忖:"周、李二人,只有那两口宝剑无人能敌,如论道法,还差得远。惟此次不准伤洞中景物,除却遇险时防身而外,并无别的用处。"满拟独显奇能,破了洞中埋伏,亲自得到手中,再行分与二人,到了峨眉,面上也有光彩。所以一进洞,便独自当先。

三人到了里面,见四壁空空,耳听风雷水火之声越发浩大,只是有声无形,看它不见。这二层内比起外洞反而小得多。正面壁间,有一排大的树木阴影,一闪即逝,随生随灭。与甬路所见相同,四外不见一点门户痕迹。那里困的两个男女,也不知何往。易静算计正面壁上必然藏有门户和法术埋伏。细看了看形势方位,想起此洞既按五行布置,东方属木,壁间又有这许多树木阴影闪动,说不定用的是玄门先天五行无量遁法。且喜当年随侍父亲学习此法,深明其中妙用,何不试它一试?便请英、云二人暂行按住遁光,略微退后。手捏灵诀,口诵法咒,暗中准备停当。然后将手一指,一道黄光朝前飞去。刚一飞到正面壁上,果然触动埋伏,立时狂风大作,墙壁忽然隐去,变作千百丈青光,夹着无数根树木影子,如潮水一般涌到。易静见所料不差,心中大喜,喊一声:"来得好!"两手一合,再朝前一放,便有一片白光,带起万千把金刀朝前飞去。两下才一接触,转眼之间化为一股青烟,一股白烟,同时消散。前面哪有墙壁,乃是一条极大的甬路。风涛之声,已不复作。那条甬路,竟长得看不到底。英、云二人俱觉奇怪。易静道:"以我三人的目力,少说点,也可看出数百里远近。这条甬路,难道比紫云宫还长么?看前面空洞洞的,除微有一点云气氤氲外,不见一物,不是幻象,便是埋伏。好在头一个主要难关已经度过,想来纵有法术埋伏,也不足为虑。"说罢,仍由易静当先,往前飞进。

一进甬道,还没多远,忽然眼前一暗,轰隆之声大作。轻云见势不佳,忙把天遁镜取出,百丈金霞照向前面一看,甬路已经不见,前面一片甚是空旷,千百万根大树碧玉森森,重重叠叠,潮涌而来。被镜光一照,前排的虽然止住,后排的仍是一味猛进不已,互相挤轧磨荡,汇为怒啸,声势惊人。再看易静,手中持着一个刀刃密布的金圈,正在禹步行法,脸上带着愧容,倏地大喝一声,朝前掷去。才一出手,那金圈便中断开来,化成一个丈许长的半环金光,飞上前去,生克妙用,果然稀奇。那些树木,看上去原是密密层层,无边无际,及至这半环形的光华一迎上去,先是将最前面的树木包住了些,接着环光的两头像双龙出洞般分左右包围上去。环径并不甚大,顷刻之间,那么多大树,好似全被包住。一声雷震,青烟四起,万木全消,连那条长甬路也换了一种形状。三人存身之处,是一间数十丈长大的石室以内。只来路上的情景,没有变动。最前面立着一座二十多丈长短的木屏风,时有缕缕青烟冒起,上面刻有林木景致,近前一看,不禁恍然大悟。

原来屏风上不但刻有成千成万丛大树,所有幻波池底,全洞的景物,无不毕具。每一景必有一些符咒附在上面。不过那些林木俱已折断,生气毫无。余外也有好些残破的所在,只西南、北中两洞,俱都工细完好。易静知是全洞各处禁法埋伏的总汇,上面埋伏发动未完,侥幸发现,正可按图索骥,拣那有害之处逐一破去,可省却许多阻碍。便和英、云二人说了,照木屏风所刻东洞全景仔细一查,凡是属于东洞的埋伏,大都毁坏无遗。只那藏珍之处是一间宝库,尚还完好。料是先来的一男一女所为。易静暗忖:"先来的人既有如此本领,将好些禁法埋伏破去,为何宝物尚未取走? 这一路上又未见着一点踪迹?"

正在诧异,忽听轻云手指东洞一角,"咦"了一声。易静、轻云随指处一看,东洞那片断林入口处的前面,有一个坎卦的水池,下有青烟笼罩,大约尺许见方。屏风虽是立着,居然储有一泓清水,并不下滴。最奇怪的是,有两个赤身男女在里面游泳,身材才如豆大,浮沉上下,嬉乐方酣。女的生得和玉人相似,眉目如画,仿佛甚美。男的须髯如戟,遍身虬筋裸露,奇丑非常。这两个男女虽然生得极小,却是具体而微,无一处不与生人相似。英琼问易静道:"这里埋伏俱在屏风上面,难道发动起来,连人也摄了上去么?"易静道:"此法总名为大须弥障。适才那些成排大树卷来,一个破不了它,便即被陷。此时我三人正好在屏风上树林之中捉迷藏呢。当时不知它如此厉害,稍微疏忽了些,已经入伏,尚无警觉。若非周姊姊动手得快,那面天遁宝镜先将它止住,怎得从容应付? 否则能否免于失陷,正是难说呢。这一男一女,定是李师伯所说先来探洞之人,他们已将洞中好几处埋伏破去,明明知道这里虽是以木为本,暗中必藏有五行生克,变化无穷,何以不能趋避,被这一泓之水所围?"

第一七四回

金镜神光　同心求百宝
蹄涔沧海　无意失双鹣

易静说时，英琼、轻云一面留神细看那池中小人，俱已闻得三人问答，醒悟过来，先将身化成两道白光，打算凌空飞起。谁知那水竟和胶漆一般，任他们展转腾挪，只不能离开水面。这才惶急起来，互相还了原身，跪在水面上狂呼道："何方道友至此，相助一臂，异日必有一报。"小人那两道光华其细如丝，呼声更是比蚊子还细，约略可辨，神态悲窘万分，看去颇为可怜。英琼不由动了恻隐之心，刚要开口，易静连忙摇手示意，将英琼、轻云拉到一旁，低声说道："我看这两人路数，虽不敢断定他们便是异派妖邪，也未必是什么安分之辈。我们已得此中奥妙，此时将他们放走，并非难事。不过藏珍尚未到手，万一放出之后，他们比我们深知底细，捷足先登，或与异派妖邪有些关联，我们岂不白用心思，自寻烦恼？李怕父原说事成之后，再行释放，何必忙在一时？我们再细看屏风上面前进有无别的阻碍，速急下手吧。"说罢，又领二人回至屏风前仔细观察。

英琼童心未退，因那被困的一双男女小得好玩，忍不住又近前去观看。这水池中男女已知失陷，又身上寸缕全无，各把下半身浸在水里，彼此隔开，口中仍是呼救不已。英琼侧耳一听，只听那女子哀声说道："听诸位道友之言，颇多疑虑。我二人是西昆山散仙，与各派剑仙从无恩怨往来。因在岛宫海国得见一部遗书，知道此间藏宝之所和许多破法，勤习数年，一时自信过甚，又因独力难支，一同前来，先时倒也顺利。谁知犯了圣母禁忌，一不小心，为水遁所困，再迟些时，便要力竭而死。如蒙诸位道友相助释放，我等先来迭尝艰苦，不无微劳，否则后来的人也无此容易。宝鼎、宝库两处藏宝甚多，我等并无奢望，只求相候事成之后，略分一两件，不致空入宝山，于愿已足。恩将仇报，意存攘夺，均无是理。再者诸位法力虽高，此中机密未必尽知，有我二人向导，不但省力不少，且可席卷藏珍，彼此均有益处，岂不是好？"说到这里，英琼听她说得颇有情理，刚又有些心动，旁边易静已经看出屏风后面一些机密,将手一招二人,当先往后便走。英琼刚说了句:"那两人又在说话呢。"又被易静以目示意止住,时机紧迫,急等事完,无暇再为深说,只得相随往屏风后走去。

到了一看,前面一片青玉墙上,果然留有圣姑遗影,云鬟端正,姿容美秀,略似道姑打扮,形态装束,均甚飘逸。像前矗立着一座九尺高的大鼎,非金非玉,色呈翠绿,光可鉴人,上面都是朱文符篆。三人先照李宁吩咐,朝着遗像跪拜通诚,然后立起,恭恭敬敬地走向鼎前。易静抓住鼎盖,用力往上一揭,竟未将它揭动。方在诧异,忽听身后有人微哂,后颈上吹来一口凉气。这时英、云二人俱并肩同立,看那鼎沿符篆,并无外人。易静疑是有人暗算,连忙飞身纵开,回头一看,身后空无一人。只有圣姑遗像,玉唇微露,丰神如活,脸上笑容犹未敛去。当时不知就里,以为除屏风所示消息之外,别有埋伏,用法术一试,并无朕兆。因李宁一再嘱咐,不可毁坏洞中景物,接连两次破去屏风上的禁法,已是情出不已,何况鼎中藏有奇珍,更以善取为是。除非真个智穷力竭,再用法术破它。主意打好,二次又走向鼎侧,暗使大法力一揭。方一迟疑,耳听咻的一声冷笑,接着脑后又是一股冷风吹来。易静法力并非寻常,竟被吹中,毛发皆竖,不由大吃一惊。及至回首注视壁间遗像,笑容依然,空空如故。愈疑有人先在鼎后潜伏,成心闹鬼。便和英、云二人说了,请轻云用天遁镜四外一照,毫无他异。第三次又走向鼎前,一面留神身后,准备应变。暗忖:"这次再揭不起,说不得只好借助法术、法宝,将鼎上灵符破去了。"

轻云人最精细,先见易静事事当先,毫不谦让,心中虽有些嫌她自大,并未形于辞色。第一次未将鼎盖揭起,微闻嗤笑之声,回视并无朕兆,只是圣姑遗像面上笑容似比初见时显些,倒疑心到笑声来源,出自像上。因易静道法高深,既未看出,或者所料未中,未肯说出。及至第二次易静方在用力揭那鼎盖,英琼猛觉一丝冷风扫来。猛一回顾,见壁上圣姑遗像忽然玉唇开张,皰犀微露,一只手已举将起来,接着又放下,神情与活人相似,不禁一拉轻云。轻云连忙回身去看,遗像姿态已复原状,依稀见着一点笑痕泆影。英琼方要张口,轻云忙以目示意,将她止住。

易静原早觉出脑后笑声和冷风,只因正在用大力法揭鼎之际,又因疑心有人埋伏身后暗算,先飞纵出去,再行回头,所以独未看出真相。轻云暗忖:"看这神像神情,分明圣姑去时,行法分出本身元神守护此鼎,面带笑容,也无别的厉害动作,必无恶意。壁间遗偈既说留待有缘,何以又不令人揭鼎,莫非此鼎不该易静去揭?自己决非贪得,不过此时说破,未免使她难堪。自己和英琼再若揭不开，岂不自讨没趣？反正藩篱尽撤，出入无阻。易静终是初交，事有前定，毋须强求，索性等她一会，再作计较。"

等到易静请轻云用宝镜四照，见无异状，三次又去揭那鼎盖时，英、云二人料她揭不起来，俱都装作旁观，偷觑壁间遗像有何动作。不料这次易静飞身起来，手握鼎纽，正用大力神法往上一提，壁间遗像忽然转笑为怒，将手朝鼎上一指。轻云机警，猜是不妙，急做准备，喊了一声："易姊姊留神！"易静因这次身后无人嗤笑，正打算运用玄功试揭一下，忽闻轻云之言，有了上两次的警兆，事前早有应变之策，一料有变，连忙松手，一纵遁光，护身升起。说时迟，那时快，就在她将起未起之际，全鼎顿放碧光，从鼎盖上原有的千万小纽珠中猛喷出一束五色光线，万弩齐发般直朝易静射去。总算见机神速，有法护身。同时轻云一见鼎放光明，早随手将天遁镜照将过去，方才将那五色光线消灭。易静认得那五色光线，是玄门中最厉害的法术大五行绝灭光针，道行稍差的人，只一被它射中，射骨骨消，射形形灭。自己修道多年，内功深厚，如被射中，虽不到那等地步，却也非受重伤不可。

这一场虚惊，真是非同小可。算计鼎上还有埋伏，不敢造次，忙下来问轻云，怎样预知有变？英琼接口道："你看圣姑遗容，可有什么异样么？"易静往壁间一看，圣姑遗像已是变了个怒容满面，心中一惊，这才恍然大悟。立时把满怀贪念打消了一大半，想起适才许多自满之处，甚为内愧。明看出圣姑不许自己取宝。就此罢手，不特不是意思，难免使周、李二个疑心自己，把好意误会成了抢先贪得。欲待不去睬她，硬凭自己法力、法宝，破了鼎上禁法，将宝取出，再行分送周、李二人，显显能为，贯彻前言，也好表明心迹，又不知圣姑还藏有什么厉害的埋伏，自己能否战胜得过，实无把握。正在进退两难，迟疑不定之际，忽听鼎内起了一阵怪啸，声如牛鸣。接着又听细乐风雨之声。三人凑近鼎侧一听，乐声止处，似闻鼎内有一女子口音说道："开鼎者李，毁鼎者死！琼宫故物，不得妄取。"说罢，声响寂然。鼎盖上细孔内，又冒起一股子异香，香烟袅袅，彩气氤氲，闻了令人心神俱爽。易静才知开鼎应在英琼身上，好生难过。平日任性好高惯了的，眼前大功告成，无端受此挫折，对于圣姑，从此便起了不快之意。见英、云二人闻言并未上前，眼望自己，还是惟马首是瞻的神气，只得强颜笑道："我因痴长几岁，略知旁门道法门径，意欲分二位姊姊之劳，代将宝物取出。不想圣姑却这等固执，好似除了琼妹亲取，他人经手，便要攘夺了去一般。如非物有主人，不得不从她意思的话，我真非将它们取出，全数交与琼妹，不能表明心迹了。"

轻云忙道："易姊姊此言太见外了。休说姊姊此番去至峨眉拜师以后便成一家，就是外人，既然共过了患难，难道有福就不同享？姊姊如是那样人，我们也不会聚在一起。圣姑仙去多年，凡此种种，俱是当年遗留。虽说是'开鼎者李'，天下姓李的道友甚多，未必准是琼妹；即使是她，也必别有因缘。且让琼妹再虔诚通白一回，看是如何，必可分晓。"易静见英、云二人辞色始终敬重如恒，心才平些，终是怏怏，冷笑一声道："姓李道友虽多，轻易谁能来此？况且还有'琼宫故物'之言，必是琼妹开鼎无疑。不过这位圣姑已是天仙一流，还有这许多固执，可笑是稍有不合，便即发怒，现于颜色。既不许旁人妄动，还留有遗音，预先在遗偈上说明，或是在屏风上注出也好，尽自卖弄玄虚，设下许多埋伏吓人则甚？我先倒很敬重她是一位成道多年的前辈仙人，不曾想如此小家气。适才如非我略知旁门禁法，预有防备，险些被她暗藏的大五行生克光线所伤。"

还要往下说时，轻云见她一再说圣姑是旁门法术，面带不悦之容，知道圣姑灵异，惟恐再有别的忤犯，闹出事来。易静虽然投契，毕竟初交未久，又是同辈中先进，不好意思多为劝说，只得拿话岔开道："时候不早，李伯父现在外面等候，我们还是快些办完此事出去的好。易姊姊以为如何？"易静本来还想亲取，看出轻云怕事，恐怕别生枝节，不数日内便成同门，也不便过拂她意，强笑答道："周姊姊说得极是，且由琼妹将宝物取到手内，再作计较。屏风上面还有两人被困，待我们去时救援。这旁门禁法也颇狠毒，延时一久，精神恐支持不住呢。"轻云闻言，便同了英琼重新跪在遗像前面，虔诚通白。易静心中不快，站在一旁，并未上前，等二人行罢了礼，才一同去至鼎后。虽然适才闻得鼎中遗言，仍是不无戒心。当下由英琼为首，去揭鼎盖。轻云、易静，一个持着天遁宝镜，一个行使护身避险之法，以防不测。

说也奇怪，起初易静用大力神法揭那鼎盖时，好似重有万斤，何等艰难。及至换了英琼，起初也以为纵然可开，也非容易。谁知两手握住鼎纽，还未十分用力，只轻轻试探着往上一提，竟然随手而起。鼎盖一开，立时异香扑鼻，一片霞光从鼎内飞将出来，照耀全室，俱都大喜。易静满怀愤怒，也减了好些。英琼放下鼎盖，各自飞身鼎上，往鼎内一看，里面的宝物除有两件类如切草刀和梅花桩一类的四五件外，余者大都不过径尺以内，犹如幼童玩具一般。人形马车，山林房舍，以及刀剑针钉，各种常用的东西，无不毕具。有的悬挂在鼎腹周围，有的陈列鼎底，件件式样灵巧，工细非常，神光射目，异彩腾辉，令人爱不忍释。一计数目，约有一百余件之多。英琼见鼎的中心挺生着一朵玉莲花，比西洞那朵要小得多，颜色却是红的，晶莹温润，通体透明，那异香便从花中透出，心甚喜爱。暗忖："这朵莲花如能携走，岂非快事?"试用手握住莲柄一摇,竟不能动。方觉有些美中不足,猛一眼看见花里字迹隐现。用手一拨花瓣,随手而开,现出一张一指多宽,五寸来长,非纨非绢的字条。上面写的便是适才鼎中人语,字迹渐隐渐淡,连那字条也随手化去。

英琼方在惊奇,轻云已催她快将法宝取出。当下仍由英琼将鼎中宝物一一取出,分装在三人所带的法宝囊内,直到取完,并无他异。英琼盖鼎时,还不能忘情那朵赤玉莲花。手托鼎盖,一面赏玩那莲蓬,觉与寻常者不同,颜色深紫,形似兰萼,又似一把玉制的钥匙,越看越爱,不禁起了贪心。暗中默祝:"弟子等三人深入宝山,独英琼一个得蒙仙眷,赐了许多奇珍至宝,原已深感无地,本不应再有觊觎,只缘此洞不久便受妖孽盘踞,宝物在此,难免受其摧残。如蒙鉴怜愚诚,准许弟子将此朱莲连同西洞鼎中的青玉莲花一并请至峨眉仙府供奉,以免落于妖邪之手。"刚刚说罢,正想分手去摇那莲柄,忽觉鼎底一股奇热之气冲了上来,其力极猛,令人难以禁受,心中一惊。刚将头昂起,避开那股热力,倏地一片玉色毫光一闪,手中鼎盖便被那一股子神力吸住,往下沉去,重有万斤。再也把握不住,手微一松,铮铮两声响,鼎盖自阖,关得严丝合缝,杳无痕迹,恰如铸就生成一般,比起初见时严密得多。知是圣姑不许,幸喜不曾吃了亏苦。见易静、轻云正拿着一件法宝,在互相谈说。近前一看,乃是一柄两三寸长的黄玉钥匙,形如兰萼上的符咒,与鼎内的莲心一般无二,只是要小去一半。三人俱不知用处,略微传观之后,轻云道:"大功已成,时已不早,我们拜别圣姑,救了那两人,出洞去吧。"

英琼闻言,想起被困小人所说,还有一所宝库,正要开口,偶回身往壁上一看,圣姑遗像已不知何时隐去。心想:"圣姑既然隐迹,来时爹爹也只说鼎中有宝,并未说及宝库。再者四壁空空,通体浑成,哪有迹象可寻? 那被困小人不是传闻不真,便是成心说谎。这次入洞,得了许多奇珍,正好出去说与爹爹喜欢。"孺思一动,立即忙着走出,始终未将莲蓬玉钥之事向周、易二人说起。行时易静仍未礼拜,只轻云、英琼二人朝壁专诚拜别。

一同转过屏风,去救那被困之人。因为破除禁法,英、云二人自问不行,俱推易静施为。英琼心急,话一说完,便跑在屏风下面一看,见池中被困男女业已力竭声嘶,语细难辨,神态更是委顿不堪,忙催易静下手。易静道:"此种禁法,非同小可。如待它发动再破,看似声势惊人,倒还易与;就此解除,稍一不慎,被困其中的人,立成粉碎,一毫也大意不得。如能觅得它总枢关键所在,便容易之极。适才忙着入内取宝,匆匆看出内中无险,便即走进,也未看出它枢机暗藏何处。今番且一同细细看来,如见可疑之处,互相告语,等审度稳妥,再行下手,免得误了别人,又误自己。"道罢,大家分头往屏风上查看。

英琼因那两个小人空入宝山,枉受了许多艰险,宝物不曾到手,反倒失陷在内,境遇可怜,恨不得立时将他们救出,才称心意。自己学道日浅,不明禁制之法。见易静和轻云二目注定屏上,逐处仔仔细细地观察,毫无线索可寻。再看那两小人,这时神气益发疲敝,浮沉池面,奄奄一息。心里又急于出去和老父相见。暗忖:"偌大一具屏风上面的景物不知多少,不过才看过了三分之一,也没找出一点破法,似这样找到几时? 那被困之人眼看支持不住。初进来时,那等厉害埋伏尚且不怕,此刻事已办完,为何反倒小心起来? 不如仍用前法,请周姊姊拿着天遁镜照向屏上,以防万一,然后将双剑合璧,硬将这小池子毁了,将小人救出,岂不是好?"

想到这里,刚要和易静去说,忽见小池中水波飞涌,急流旋转,成了一个大漩涡。那两小人上半身原本露出水面,各将双手挥动不休,时候一久,渐渐有些力竭势缓。及至池水无端急漩,想是知道危险万分,一旦卷入池心漩涡之中,便没了命,各自放出一丝青白光华,拼命在水中喘吁吁地挣扎,逆水而泅,不使池波卷去。无奈水力太大,又在久困之余,那女的有两三次差点卷入池中漩涡之中,吓得小嘴乱张,似在狂呼求救,已不成声。最奇的是池并不大,池水尤清,可是用尽目力,不能见底。在池心水花急转中,隐现水底红光闪闪,似有一朵木莲,开合不休。英琼见状,猜是危机瞬息,等到寻出此中关键,再行施救,必不可能。虽然一举手之劳,便可将两小人提出水面,因知此中玄妙非常,易静又再三嘱咐不可轻举妄动,稍一不慎,便要误己误人,不敢冒昧下手。忙喊:"周姊妹、易姊妹,你们快来,再不救他们,要救不成了。"

这时易静方悟出一些线索,只是还未判明,正在寻思。闻言吃了一惊,忙和轻云飞身过来,向屏上水池一看,失惊道:"琼妹所言不差,我们如迟延,此二人必为水化。我刚看出一点头绪,还未找着关键。这里处处都用的是玄门中最厉害的禁法,名叫大五行莲花化劫之法。我只略知门径,不悉精微,如寻到行法的枢纽,还可立时解救。今已时迫势急,说不得只好毁了此洞,尽我三人之力,为他们死中求活了。"

英琼无心接口道:"你说什么莲花化劫? 我见池底也似有一朵朱莲,随着池水开合,莫非这二人被困便是那莲花作怪么?"易静闻言,灵机一动,忙问莲花何在。英琼忙往小池中心一指。易静运用慧目定睛一看,果然池底有一朵朱莲,随水开合。猛想起适才轻云从鼎中取出的那柄形式奇特的玉钥,恍然大悟,惊喜交集。因见池水益疾,两小人势益不支,不暇细说,忙请轻云将那玉钥取出。又将手一摆,请英、云二人退后,无论见何警状不可妄动。如觉支持不住,可用双剑护身,退出洞去。自己自有脱身之法。

话刚说完,那池水倏地起了一个急漩,眼看那两个小人身子一歪,卷入漩涡之中。易静喊声:"不好!"右手一扬,一片霞光笼罩全身。左手早先伸往屏风上小池之中,将那两小人用手指抓住,并未使其出水。一面运用玄功,使足神力,顺着水面,将二人拖离池心大漩,往池边洇去。英、云二人好奇,只退后了不几步,看得逼真。英琼方暗悔早知这般容易,也早把这两人救了。寻思未终,忽听波涛之声大作,起自屏上,恍如山崩海啸一般。易静的手仍在池里,并未将小人提了上来。那片霞光笼罩她的全身,越来越小,晃眼间人成尺许,渐渐与池中小人相似,飞落池中。英、云二人一看大惊,以为易静也陷身池内,忙奔过去一看,涛声顿止,那小人业已身横水面,晕死过去,只小小胸膛还在喘动起伏。再看易静,人已不知何往,只剩那片祥光,在池底隐现。

正在骇异,忽听易静喝道:"二位姊姊快些避开正面七尺以外,驾遁速起,我们要出险了。"声音极细,比适才小人呼救之声高不了许多。英、云二人方才听真,刚往旁一闪,飞身起来,便听屏上风雷大作,白茫茫一股银光,从小池中直射下地来,逐渐粗大。洪瀑中似见一个人影随流而下,一落地便现出身形,正是易静,一手一个,提着那被困男女,俱已复了原形。那女的仍是全身赤裸,那男的腰围着易静身披的一条半臂,身材俱与常人相似。人已醒转,只是大困之余,神志颇现委顿。那屏上洪瀑,仍发个不住,顷刻之间,全室的水高达三丈。易静一出现,便离水飞升起来,口里喝道:"二位姊姊,快将这两人接去,不可被水沾身。"说罢,手一扬,刚要把手提的人抛出,那被困的一男一女已答言道:"尔等起初竟见死不救,此时方蒙救援,虽感盛情,已坏了我二人数百年苦炼之功。今得脱困,我二人自能回去,后会有期,容图报德。"说时,早化作两道碧森森的光华,疾如电掣,往外飞去。易静闻言,好生不悦,欲待追赶,人已飞走。眼看下面波涛又增高了两丈,无暇和英、云二人说话,仍用霞光护身,往屏上池中飞去,晃眼不见。不多一会,易静手持那柄玉钥飞身出来,那水忽往屏上收去,似长鲸吸水一般,往小池中倒灌。约有半盏茶时,全被收尽,那股洪流,不存涓滴。

三人这才落地重新相见。易静道:"早知这二人如此可恶,适才也不救他们了。"英琼问故,易静道:"此地不可久留,我们出去再说吧。"当下各驾遁光,往洞外飞去。先以为屏上诸般禁法埋伏,凡是有关本洞这一路的,大半失效。即使进来时，那二层洞门仍旧封锁未辟，有李宁在外守候，三人出去，不会不知，必然开门接引。及至飞到门前一看，只见前面青光疾转，涌起千万朵青莲花，层出不穷，比起初进时所见之势要盛得多，哪里还分辨得出门的影子。易静暗忖："法屏上面，明明设有这座洞门，虽未将它毁去，李伯父道法高强，绝无不知我三人取宝成功之理。适才既能施展佛法，由外开放，此时何竟不能？再者，除此并无别路，那被困男女怎能遁去？"好生惊讶。轻云见门不开，便取天遁镜照将上去。百丈金霞，照向青光丛里，只幻成一片异彩，仍是不能通过。

英琼着急道："难道我们事已办完，还被困在这里么？我们用紫郢、青索二剑合璧斩关而出吧。"轻云道："还要你说？没听伯父来时吩咐，不许擅毁洞中景物么？这出入门户重地，更比别处不同，怎能轻易毁得？伯父在外，少待一会，必有感应，开放此门，接引我们出去，何必忙在这一时呢？"英琼无奈，只得作罢。易静沉吟了一会，忽然看出玄机，忙请英、云二人将鼎中所得诸般宝物取将出来详观。轻云问故，易静道："我虽识得这里禁法来历，只是道行浅薄。初入门时，所遇埋伏还能侥幸将它破去。后来那些没有发动，多半是得了前人的便宜，否则成功决无如此之易。如今我细看这里千层青光，俱现莲花之形，有些异样，说不定此时已被那两个被困男女遁出时，用异宝毁去。不过全洞禁法，均具生克妙用，层层相因。尤其是这门户重地，必然另有呼应。此门一毁，遇伏便即发动，李伯父在外，不会不知。既然如此厉害，那两人难免不葬身在内。以我三人之力，未必冲得过去。适才屏上莲池，涓滴之水即可化为沧海，我们救那两人出险，全仗无心中得来的那柄宝钥。圣姑数百年间所炼法宝，全在鼎内，也许有合用的法宝，助我三人冲出呢。只是琼妹还可，你手持宝镜需要放仔细些。"

英琼闻言，心中又是一动，想起鼎中莲萼玉钥要大得多，那把小钥能闭神池之水，大钥必然更有妙用。念头只转了转，忙着取宝查看，仍未想到返身入内，重取鼎中宝钥，再行搜查。当下便和易静把法宝囊打开，各取出所获宝物，准备查看。轻云刚一伸手去取宝囊，天遁镜偏得一偏，前面青光忽如溜云卷到。轻云大惊，连忙定神，端正宝镜，才行抵住。前面青光力量，兀自觉得大了许多，哪里还敢丝毫疏忽。易静忙赶上前说道："这里禁法真个厉害非常，没沾惹它时，还是在原处，一经行法用宝和它接触，立成不两立之势。我一退，它必进，不被卷去不止。幸而这面宝镜是件稀有奇珍，如换别的法宝，就这一下便支持不住了。"说罢，早代轻云解下身畔宝囊，由轻云用天遁镜抵住前面青光，自己与英琼退后十余丈，先用剑光护身，以备万一。

259

然后取出那些宝物，逐件审视。

易静、轻云二人囊中所藏，适才俱经二人看过一遍，并无类似宝钥一样的法宝，件件精光射眼，有些连名称都不知道，休说它的用处。只英琼取宝时，忙着盖那宝鼎，易、周二人未及细看。此刻易静等取出来一看，还未寻到合用之物，首先入眼的，已有两件闻名未见的仙家至宝，稀世奇珍。方暗忖英琼仙缘，真个不浅，正在歆羡，猛一眼看到英琼手上拿着一块并无光华，长只七寸三分，类似一块醒木的东西，上面古锈斑斓，四边隐有莲花篆文。要过来细辨那篆文，乃是"百宝珍诀"四字。心中大喜道："如我所料不差，我们所得宝物，名称用法，俱在这小小宝物里面了。侥幸我还略知开法，且来试它一试。"

说罢，双手合掌，按紧那匣的底面，运用玄功，一口真气喷将上去，再将双手一搓。那匣是一抽盖，便随手徐徐移动，刚刚露出一点缝隙，便从匣内射出一片金光。易静更不怠慢，聚精会神，运用神力，喝一声："疾！"锵的一声，朵朵五色莲花，从匣中飞出，一晃即逝。匣盖立时揭开，匣中现出薄薄一本小书，玉绢朱文，薄如蝉翼，约有三十余页。书面四个篆文，与匣上相同。书底下夹着两道灵符和三把玉钥，长才寸许。翻开那书第一页，便看出内中一道灵符，可以通过全洞，无论在洞中遇何险难，只需将此符用本身真火焚化，自有妙用。另一道却是收符，也只需同样施为。三人俱都喜出望外，因为忙着出去，也未细看后页。匆匆将各样宝物藏起，所余的一道灵符带上，异书仍由英琼收好，一同走向前面。

易静先嘱咐轻云："等灵符焚化，便即收了宝镜，看是如何，相机行事。"说罢，施展禁法，将灵符往前一掷，那符便悬在空中。然后运用玄功，一口真气喷将出去。轻云忙收宝镜，火光一闪，灵符不见，化成一朵金莲，上托一幢三丈多高，丈许方圆的金光，似要往前面青光层里飞去。易静忙喊："快随我来！"用手一拉英、云二人，一同往金光中纵去。三人便被那朵金莲托住，朝前缓缓飞行。所过之处，前面青光似波分云散一般，纷纷消散。不一会，已冲出光层。到了门外一看，李宁坐在门侧，正在盘膝入定。三人连忙离开金光笼罩之下。易静见金莲光幢仍是冉冉往前游动，并未消歇。知道力量绝大，如不收去，头层洞门一切禁物，必被摧毁。便将那另一道灵符取出，仍用前法，往光幢中掷去。才一脱手，便听霹雳般一声大震，数十丈红光飞向金光幢里，两下里只一混合，化成一片彩霞，恍如狂涛怒涌，直朝三人迎面飞回，其势迅疾异常。三人猝不及防，一见大惊，想要纵身避开，已来不及。就在这危机一发之际，忽从身侧又飞来一片祥光，将三人裹住，耳听万马奔腾之声，从头上和身左右卷将过去，瞬息间没了声息。祥光敛处，李宁已站在面前，三人才知那祥光是李宁所发。惊魂乍定，侥幸俱未受伤。回顾那二层洞门，业已关闭如初，毫无动静。各自上前拜见，互说取宝之事。

李宁道："此事我已略知梗概，只因你们行时匆忙，仅嘱咐你们取宝之后再行救人。我先时曾经略微参详，知那被困男女于你们有不利之兆，事完之后，便无可奈何你们。谁知我功力尚差，不能在片刻之间洞悉机微，以致仍免不了给你们树下异日的强敌，终为隐患。等到你们入内，我算计还有好些时迟延，左右无事，才得潜心体会，默察前因后果。方知那一男一女，乃西昆山散仙中数一数二的人物，入洞时已将各层埋伏用法力破去，为你们打通了不少难关，否则成功决无如此容易。他们终因犯了圣姑禁忌，又加自恃心盛，洞中禁法生克循环，变化无穷，最后遇见先天庚金转化后天癸水，将二人陷入法池之内。他二人原是夫妻，你们进去时已经着迷，并无所觉。此事原有两种应付之法，可惜我事前不知，铸成大错。一种是你们在法屏上发现他二人被困，不许出声，径往屏后取宝，成功出来时，再行施救。他二人身在迷津，不知被陷，还在水阵中浮沉游泳，不致行法图逃，发动禁法中所藏妙用，引起灾祸。他们也只有感激之心，却无复仇之念。一种是你们将他们惊觉，他们狂呼救助，索性照琼儿意思，当时救他们脱险，因他二人感恩，又早知藏宝秘密，必然指给你们二处藏宝之所。宝物虽要被他们分去几件，却是多得奇珍，还交下两个教外之友，也不为失计。你们既已将人惊动，又不理他们。等到取了宝，他们已力竭智穷，眼看元气大伤，形神将亡之时，才行施救。他们以为你们既然从容深入宝山，法力定非寻常，决不想你们未得宝钥，虽知禁法来历，也无此胆量，以身试验，以为是成心如此捉弄。他们气量本狭，想起费了许多心思，死中讨活，给你们去享现成，还闹得如此结果，怎不衔恨切骨？这两条路任走一条，也可免患。但等我详悉，已无及了。适才他二人出困以后，用千金神驼，冲门冒险遁出，又勾动了洞上禁法。虽得闯过，因在池中耗损真元太多，不如进时容易，身受创伤，益发仇上添仇。见我在此打坐，知是你们一党，不问青红皂白，打了我一下神木钵。幸我坐时，有佛光护身，此宝无功，知非易与，才行负伤遁去。"

英琼道："女儿听到那女的号叫说藏宝地方共有两处，如能相救出险，她可助女儿同去。女儿还以为如若另有奇珍，爹爹不会不知，当她出言相诱。又忙着出来，虽有救她之心，但易姊姊要取完了宝物再救，免得生事，便跟着进去，没有管她。照此说来，是真的了？但是除那藏宝的鼎外，也曾细看，四壁空空，毫无朕兆，宝库到底在什么地方呢？"李宁道："易贤侄女之言，原本无差。只缘你们对我信心太过，我又是事前毫无准备，又因你们忙于回山，未加详参，只在你们探寻洞径涉险未出时，分化元神，入内防护，无意中见题壁仙偈，只知大略，不知内中底细，方有此失。其实那另一宝库，便在壁上圣姑遗像后面，开壁的便是鼎中朱莲内所含那柄形如兰萼的宝钥。你起初发现萼中藏的千载留音神偈时，只需将那莲瓣微微分开，便可取出。你却见那朱莲可爱，动了贪心，想将它折了回来。却不知事前圣姑早有层层布置，相生相应，时机一瞬即逝，不可复得。各洞中的宝鼎均有妙用，独这东洞莲萼藏有仙钥，那朱莲、宝鼎一体，怎容妄取？你只管贪玩流连，错过机会，被鼎内原伏的乙未青神之气将鼎盖吸去，严密盖合。你平日也颇有慧心，竟会迷于一时，始终在洞内未向二贤侄女提起，直到出来才向我说，已是无及。否则你易姊姊精通道法，定能测透秘奥，二次入内用法术开了宝鼎，将宝钥取出，扣壁取宝了。出而复入，原无不可，偏又被逃人勾动禁法埋伏，你们无法出来。借着仙箧藏符之力虽得通行，但是那符具大法力，无坚不摧，不收则全洞景物难免不遭毁灭；一用收符，洞门重新关闭，所有法屏上各种埋伏，重又借着此符相生相应的妙用，一一回了原状。以你三人之力，不遇机缘，再想入内，其势难如登天。仙缘止此，事由前定。且将那本小仙册取来我看。"英琼忙将小匣藏书取出献上。

轻云闻言，虽觉许多仙家异宝失之交臂，有些可惜，还不怎样。易静却不禁心中一动，盘算不置。李宁看那小册所载，除宝物名称、用法外，并有圣姑遗偈。大意说：

鼎中百零九件宝物，均赠妙一夫人，转行分配给门下女弟子。
英琼所得最多，灵云、轻云、英男、若兰、易静、紫玲、寒萼等人次之。

俱注有各人的名字，所有女同门一个不空。那壁内藏珍，如何取法，以及宝钥用处，也载得清楚。只未注明应归何人所得，能否二次入洞。英、云二人观书，均面有喜色，惟独易静默然。

李宁早明白因果，已知其意，笑对三人道："一饮一啄，莫非前定。多历艰难辛苦，所获益多。不过贪嗔两字，总足为害，小不忍则乱大谋，全仗慧心定力，去克制它。你三人此地早晚仍须重临，壁中宝物，说不定应在何人头上。只是经此一来，外间知者渐多，定要群来攘夺。物各有主，圣姑早有布置，该为何人所有，定而不移，决不会择强而归。像今日之事，出于定数，无可避免，所以连我也临事慌乱起来。所望你们日后不论谁来，遇事可适可而止,少开杀戒,能让过便让过,切不可因其异派,多事杀戮,以致冤冤相报,没有了结,种下仇敌,徒留异日隐患,也不枉我今日引你们到此一番奇遇了。"

易静原极机智,闻言竟会当作泛论,一心只盘算怎得一人再来取宝而归,听过便置诸脑后。李宁知她日后再入幻波池,关系毕生成败,怜她多年苦修不易,此番相会,总算有缘,当时不便说明,只好到了峨眉,见了掌教诸人,再为设法,以助她成功。也是易静仙缘尚厚,才得遇见李宁,就这样日后还是受尽艰危,几乎遭了杀身之祸。此是后话不提。

李宁说完,仍命三人各将法宝收起,且等到了峨眉,呈与师长,再行分配。英琼问道:"爹爹,我们出去仍是来路么?"李宁道:"头层洞已被那两人来时用千金神驼冲开,他们只比我们先入洞不到一个时辰。论理我们还在他们之先,因为他们一到就直入东洞,我们从西洞甬路中一路绕行过来,沿途观赏奇景,解说一切,延时甚多,否则我们早就进去了。虽然你们多遇艰险,有此双剑一镜,也足以应付。他们见你们捷足先登,却不知第二藏宝之所,不是双方说明,通力合作,便是等你们去后,再行下手,何致结此一重仇怨呢!此门不闭,更足引起外人觊觎,又不知要葬送好些生灵。且体上天好生之德,我们也由此门出去,到了外面,再用佛法封锁,使那道法稍差,不知洞壁中甬路的人知难而退。以免涉险入洞,为洞门内禁法埋伏所伤,徒废了多年苦修,也是好的。"说罢,便引了三人,从头层正门走出。

走过两重石室广洞,才达门口,见两扇青绿光亮的洞门业被冲得小开。李宁便命三人站过一旁,盘膝坐定,口宣灵偈,施展佛法,手朝洞门一扬,一片祥光,飞上前去。先是洞门徐徐关闭,等到祥光散去,门已不见,与洞痕一般相似,杳无微痕。

英琼道:"爹爹,后来的人既敢到此,定知里面有几座洞府。这门虽被佛法隐去,难道不会按着各洞方向部位间隔的远近寻找么?"李宁道:"你说得倒也容易。原洞口就在这里,紫郢、青索乃峨眉至宝,万邪不侵,任何禁网,大概都能冲破。有我在此无妨,且向我的小旃檀妙法上一试,看看我佛门妙用如何?"英琼闻言欣喜,诚心要在老父面前卖弄,暗地运用玄功,将师门心法施展出来,一道紫虹闪处,身剑合一,直往原有洞门之处冲去。连冲数次,只觉所冲之处柔如丝发,坚逾精钢,一种绝大刚柔兼备的神力阻住去路,只冲得祥光激溅,瑞彩缤纷,休想进得一步。

英琼仍是不信,收剑现身,笑对李宁道:"女儿道浅,不能冲过。师尊常说,紫、青双剑合璧,妙用无穷,只需知道出困方向,绝无阻隔。女儿想和周世姊再试一回如何?"李宁笑道:"琼儿,你还不服么?三教无不可克制之物理,双剑合璧进力愈大,阻力愈甚,你们不可小觑了呢!"英琼固想借此娱亲,轻云也见猎心喜,俱仗着李宁在侧,决不会吃甚亏苦,也从旁跟着请求。李宁含笑点首。易静虽不知佛法奥妙,一听说是小旃檀妙法,不禁吃了一惊。暗忖:"李师伯追随白眉禅师未久,怎便将禅门中多年苦修最难炼的降魔辟邪妙法俱学了来? 闻得此法最为玄妙,今用它封锁洞门,自己如非已有了一番经历,知道洞中复道甬路,异日再来,还真非易与呢。"

一看轻云,已向李宁告罪起身,随同英琼,各将剑光放起,一声招呼,双剑合璧,化成一道青紫二色的长虹,二次往前冲去。这次居然一冲而入,好似毫不费事一般。易静正赞双剑神妙,同时又暗笑小旃檀法枉负盛名,也不过如此。忽见二人剑光在祥光瑞霭中闪了几闪,突然直冲出来,待朝外飞去。就在这疾如电驶之际,猛听李宁一声洪钟般的大喝道:"你二人还不醒悟么?"接着将手一指,剑光落地,现出英、云二人,面面相觑,恍恍惚惚,好似睡梦初回神情。

李宁道:"你们看如何? 你二人虽各有一口好剑,道行尚浅,仅凭本门真传剑术。遇敌时如见机得快,不等敌人发动厉害法术,立即回剑防身,诚然是万邪不侵。可是敌人如真是个能手,他只将法术颠倒变化,要想脱身却难。何况我这小旃檀妙法,乃佛门秘传,你师祖白眉禅师所授,我以毅力恒心,面壁九月零五日,才得学成。休说是你们姊妹,便是峨眉诸友,也极少能破此法者。不过佛家以静制动,炼来只为修道护法之用,并非上乘。若是上乘便不着相,本来无物,何有于法? 万魔止于空明,一切都用不着,哪有敌我之相呢?"

英琼道:"女儿初同周世姊进去时,双剑合璧,颇觉容易。及至在祥光中飞行约有数十里,方在惊奇,怎么还不到底? 念头一动,忽闻一股沉檀异香,人便昏迷,醒来却在原处,不知何故?"李宁笑道:"此中妙谛,你此时也参它不透。我法不易伤人,万相随念而生,念头动处,仍还本来。日后你道力精进,自能了解。此刻神雕想已复原。西洞内层门户业已关闭,艳尸正在乘隙欲出,不可再开。我们由北洞水路入内,再行法出去吧。"

说罢,领了三人,走向北洞,仍照西洞一样,行法入内。到了里面,将门封锁,指着壁间一个孔窍说道:"里面便是水路,我们可由此回去。"三人往孔中一看,孔并不大,里面隐隐见有几条水影闪动。听李宁说得一声:"速闭双目。"言还未了,祥光闪过,身子忽然凌空飞起,耳听四外涛声震耳,顷刻之间,人已及地,睁眼一看,已达中洞。

这大半日工夫,神雕已经大半康复,满身雪羽甚是丰满,一双钢爪抓在鼎纽之上，正在剔羽梳翎，比起未脱毛换骨时，还要神骏修洁得多。英琼一见大喜，连忙飞身上去，抱着雕颈，抚爱不休。李宁道："论理它还须养息半日，才可飞翔。所幸它年来道力精进，复原甚速，你们又忙着回山。你三人可骑在它的背上，由我行法，护送回去吧。"

说罢，三人分携了所得的至宝奇珍，李宁指着四壁灵药，命拔起了十余种，骑上雕背。英琼问："洞门已闭，打从何处出去？"李宁笑道："我自有出路，待我给那艳尸留个警戒。"当下指着宝鼎，默诵了一阵佛咒。然后指着洞壁一角道："这里无水，牢记此处，以备异日之用。"说罢，又口宣佛咒，将手一指，一片石裂之音，一块三丈许见方的大石忽然落了下来。李宁又将手一指，一片祥光，将石托住。三人驾雕飞出一看，已是外层洞室，耳听巨声发于后面。李宁跟着出来，洞壁已合。仍用前法，出了洞门，到了外面。李宁袍袖展处，数十丈祥光，围拥着四人一雕，齐往峨眉飞去。

第一七五回

图解勤参　寸心通妙谛
飞云可捉　咫尺误仙缘

　　且不说李宁率领英琼等前往峨眉凝碧仙府赴会。如今先补叙由戴家场分手出来的几个本书中重要人物的事迹，以便归入到峨眉开府盛典。下文繁妙节目甚多，日后俱可一一交代。这且不言。

　　且说老英雄凌操的爱女、俞允中的聘妻女侠凌云凤原是追云叟白谷逸的内侄曾孙女。当白谷逸的妻子凌雪鸿在开元寺坐化时，对白谷逸同穷神凌浑的妻子白发龙女崔五姑再三嘱咐说："凌家仙根甚厚，五十年后必有子孙得道，务必代为留意。"后来，白谷逸算出应在云凤的身上，便借众仙侠大破戴家场之便，给烟中神鹗赵心源去了一封柬帖，命他到时开看，等白发龙女崔五姑一现身，便即将柬帖呈上去，说自己门下并无女弟子，请她务必克践前言度引云凤。五姑此来，一半相助众仙侠驱除异派，一半也是为了度化侄曾孙女之事，当然照办。

　　云凤本来心性高洁，向道甚诚，只为老父年迈，又鲜兄弟，不得已才许配俞允中。虽然允中英姿飒爽，武艺高强，又是世家子弟，堪称佳婿，到底不是凤愿。及至和姓罗的结仇，避至戴湘英兄妹家中，先后遇见了好几位剑仙侠士，大都飞虹百里，上下青冥，才知仙人也是人为，益发动了向往之心。几次想和老父商量，就着这当前仙缘，投师学道，俱被阻止。云凤无法，只好暗中背人去激允中，谁想允中十分痴情，也是执意不肯。云凤暗中甚是气闷，原准备破了戴家场，拼死命苦求群仙接引，以死自誓，好歹也要了却这层心愿。不想一出去便遇见假头陀姚元，仗着一手神枪，刚要得胜之际，忽被姚元暗放瘟瘴迷魂沙，冒起一股黄烟。云凤闻着一股奇腥气味，刚暗道得一声："不好！"立时中毒倒地，眼看死在姚元禅杖之下，多亏戴湘英赶来接应，一弹子将姚元右眼打瞎。凌操见爱女倒地，忙赶过去救时，倏地眼前一闪，现出一个白发妇人，就地下抱起云凤，身形一晃，不见踪迹。

　　云凤在迷茫中，微觉身子被人捧住，轻飘飘地凭空腾起，渐渐不知人事。

等到醒来一看,已卧在一间极修整的石室以内,面前站定一个满头银发、手拄铁杖的妇人,正抚着自己满头秀发说道:"小孙孙,你能知我是谁么?"云凤幼年便听凌操说起自己家中曾祖姑成道的仙迹,一听这等称呼,把白发龙女崔五姑当成了凌雪鸿。适才曾为敌人毒烟晕倒,定是遇救到此。连忙下拜道:"你老人家可是五十多年前在开元寺坐化的那位曾祖姑么?"

崔五姑道:"你曾祖姑业已兵解化去,又经过了三十余年的流转,才转劫托生在苏州阊门外七里山塘一个姓杨的渔人家里,不久便可相逢。我是你叔曾祖父凌浑的妻子白发龙女崔五姑。因你曾祖姑坐化时,曾再三向我和你曾祖姑父追云叟白谷逸说,凌家仙福尚厚,他年还有出世之人,要我三人随时留意,度化接引。日前你叔曾祖算出应在你的身上。今日打撺时,赵心源又拿着你曾祖姑父的书束,请我度你到此,先传授你坐功剑法,日后再引进到峨眉门下。你叔曾祖日内便去青螺峪驱除八魔,创立教宗,我本应相偕同去。只因你叔曾祖虽然道法高强,在各派剑仙中享有盛名,只是他还不算是玄门正宗,门下弟子异日均难免于兵解。昔日你曾祖姑便是吃了此亏。他性情又有些古怪,异日学成剑术,必不容你转入峨眉。所以他本想将你带往青螺,是我执意不肯,才将你带在这风洞山白阳崖花雨洞暂住。

"我先赐你一口玄都剑,按我所传,每日虔心练习。我不时离此他去,每隔旬日,必来看你一次。此洞为昔日白阳真人学道之所,灵迹甚多,乃人间七十二洞天之一。内洞壁上,有白阳真人遗留的图解熊经鸟伸,外具百物之形,内藏先后天无穷变化。你只要勤加揣摩,以你天资,日久自能融会贯通。稍能有成,再下山去略积外功,便可持我束帖,趁着峨眉开辟五府之便,前去拜师了。开府盛会,为时相距不远。同门中身怀绝艺,道法高强之人甚多,你既是我引进之人,虽不能超越群伦,也须相差不远。此事成败,全仗你自己修为,毋负我的期许才是。

"不过此山远在黔桂边境,数千里山岭杂沓,除了山北铁雁冲黄狮峒一带,略有生番、黎、苗杂居外,虽然风景奇丽,时为仙灵窟宅,但亘古以来,洪荒未辟,大泽深山,山魈木魅、虫蟒怪异之类甚多;再加上此洞久传藏有白阳真人一部针诀和两匣芒饵,中间经过许多异教中人来此搜掘,至今不曾发现,连我也未知藏处,难免不再有人觊觎。我再赐你神针一枚,可随心收发,作为防身之用。你若有缘将真人遗物得到手中,足可助你数十年苦炼之功。可随时留意,那就看你缘分如何了。"

云凤闻言,不禁感激涕零,抱着崔五姑的双膝叩头不止。崔五姑笑道:"我知你向道心诚,今日正称你的心愿,尽自伤心则甚?快起来。"云凤含泪起立道:"曾孙女蒙曾祖母天高地厚之恩接引到此,九死难报!只是爹爹年迈,并无子息,所生只曾孙女一人,平时甚是钟爱,今见曾孙女失踪,必然悲痛不止。还望曾祖母恩施格外,大发鸿慈,将他接引到此,即使修道无缘,也可朝夕侍奉,不知可否?"崔五姑笑道:"痴丫头,你当修道成仙就这般容易吗?此山已高出云表,你此时人在洞中,又服我的灵丹,还不觉得洞外罡风何等凛冽。常人到此,便即吹化。便是你,也须修炼四十九日之后,始能出洞游行。他一个暮年衰叟,到此怎能禁受?洞中食用之物俱所不备,你在数年内还未必能服气禁食。这四十九日中,尚须我给你采办黄精、松子之类充饥。自出取食,须待四九期满,骨坚气凝之后。他来岂非受罪?至于忧思爱女,在所难免,但已有人为之分说,决可放心。他此刻有俞、戴两家留住款待,正好安乐。你只要有志向上,年余光阴,便能见面。你必将我的灵丹与他服食,纵难成仙,也可延年益寿。一人得道,九祖升天。图这年余之聚,反分道心则甚?"云凤不敢再说。

当下崔五姑便命云凤盘膝坐下,道:"你如此孝思,索性我再助你一臂之力,使你早日学成,父女重逢。此举省却你苦功不少。须知此等仙缘,旷世难逢,勿以得之太易,不自珍惜,浅尝辄止。"云凤闻言悚然,恭谨领命。崔五姑伸出一手,按住她的命门。云凤只觉五姑的手微微在那里颤动不止,渐觉一股热气由命门贯入,通行十二玄关,直达涌泉,再由七十二脉周行全身,遍体奇热难耐。云凤只管凝神静志,一意强忍。先时五内如焚,似比火热。半个时辰过去,方觉浑身通泰,舒适无比。忽听五姑喜道:"想不到你定力根骨如此坚厚,真不枉我度你一场了。"接着又传了云凤坐功,说道:"你此时百脉通畅,百病皆除。日后运气调元,可以毫无阻滞。后洞现有我适才采来的黄精,外有铁釜一口,支石为灶,足供半月之粮,可照我法做去。半月后,我再来传你剑诀。"说罢,取出一口长才二尺的宝剑和一根三棱铁针,交与云凤,传了针的用法,说得一声:"好自修为,行再相见。"

云凤只见满洞之中金光耀眼,人已不知去向。知道洞外罡风厉害,不敢追出去看,只得望空拜倒,谢了大恩。先将那口剑拔出,铮的一声,电光闪处,剑已出匣,寒光射眼,冷气侵肌。仙家异宝,果自不凡。神针无事不敢妄发,也知是件宝物无疑。不由喜出望外。心里记着后洞壁间图解和白阳真人灵迹,以为其中必多仙景,恭恭敬敬朝后洞叩了几个头,存着满腔虔诚之心,往里走去。

这洞共分前、中、后三层,只前洞最为光明整洁。中洞深藏山腹,虽然高大宏深,已不如前洞明朗。云凤见上下壁内到处都是残破之痕,料是前人发掘遗迹。走向洞壁尽头，见有一块高约两丈，厚有三尺的石碑，碑上并无字迹。转过碑后，才是后洞门户，高只丈许。进门一看，洞内异常黑暗阴森。云凤原有内家武功，目力曾经练过，仔细定睛寻视，依稀略能辨出一丝痕影，还是看不清楚。洞中仿佛比前、中二个洞还大得多，除当中一个石墩和零零落落竖着许多长短石柱外，并无甚出奇景物。

再走向壁间一看，那图解也只影影绰绰，有些人物痕迹，用尽目力搜查，不见一字。仅在东南角寻到一堆黄精、松子和那一口铁釜，心中未免觉着有些美中不足。孤零零坐在当中石墩上，只管出神寻思，也不想弄吃的。暗忖："曾祖母既说图解为用甚大，必非虚语。这一点点人物立坐飞跃淡影，不见一字，洞中如此黑暗，叫人怎生索解？如不从此中悟出一些妙理，休说自己汗颜，曾祖母必当自己不堪造就，负了期许，也许就此罢手，岂不误了仙缘？"想了一阵，又往四壁注视一阵。那飞跃屈伸之状，还可照着内行功夫依式学样，偏生坐像最多，十九一式，即使看得清楚，也无从下手学习。

似这样起坐巡行，过了好些时候，老是寻不出一点线索，不由着起急来。越着急，觉着洞中越更黑暗。末后把气沉下去，闭了双目，略微定了定神，把心一横，暗骂："好容易遇上这等仙缘，偏又资质这等愚下。如不悟出壁间图解用意，誓以身殉！反正曾祖母要过了半月才来，无须急在这时，何不先照她所传炼气之法，勤加练习，缓些时再去参悟？"想到这里，便将双膝一盘，冥心用气，打坐入定。等到做完功课起身，也不知是甚时候，只觉身轻骨健，神清气爽。睁眼一看，洞中也没有初进来时黑暗，壁间图解隔老远便能稍稍辨认。这才稍悟虚空生白之理。适才是由明入暗，满腔欲望，心盛气浮，所以看不大见。此时坐功之后，矜平躁释，神清志宁，便好得多。以后勤加练习，定能视暗如明。只要图像能一目了然，无须尺寻寸视，纵无字迹注解，多少总要体会出一些道理。不禁转忧为喜，益发奋勉不置。

云凤自从戴家场遇救，到此已有一天多时间未进饮食，这时心里一宽，方觉腹饥。走向壁角置釜之处，一面先剥了松子入口。猛又想起仙人点化，往往示意于不知不觉之中。前洞尽有光明方便所在，这锅灶偏生安置在后洞最黑暗的地方，看似无关，定非寻常，说不定又含有深意，且莫去动它。一面随手取了一根黄精，咬了一口，觉着苦涩。见其中还杂有许多山芋，打算煮熟了吃，釜旁柴禾颇多，也有火种，只是无从寻水，出洞又畏罡风。只得用身带的一把小刀削着胡乱吃了一顿。吃完起身，又向壁间寻视，除看得比前清楚外，仍无所得。一心苦练，洞中又无床榻被盖，索性不睡，径去石墩上二次打起坐来。做完一次功课，异常舒散。或是吃些山芋、黄精、松子之类，又去打坐入定。似这样做过了十几次功课，始终未曾离开后洞。洞中黑暗，不分昼夜，算计时候，约有三天光景。因是潜心一意，勤苦参修，再加天资颖异，凤根深厚，进境极快。但云凤本人尚不知道，只觉心智空明，耳目分外灵敏而已。

有一次，刚刚入定醒来，偶看壁间图解，格外比前清晰，知是打坐之功。自忖："再有数日，只要按着曾祖母所传坐功，能在一次中将气机运用纯熟，通行逆关，过了十二周天，做到她老人家所说境界，便可照着壁间图解，不问悟出门径与否，一一试练了。"

正自寻思，微闻水声滴石，静中听去，分外清楚。细一留神，听那水声竟出自那块打坐的石墩之下。云凤连日用功，除吃些山粮外未进滴水，也未行动过一次，忽然听得水声，不禁思饮。心想："洞中灵迹甚多，除壁间图解外，也曾仔细搜索，并无所见。石墩下面是实是虚，怎未想到移开一看？这水声好似时近时远，石墩又大，莫非下面还盖有洞穴不成？"

想到这里，走近前去，两手搬着石墩往前一拉，竟能移动。连忙运足平生之力，一阵搬移，移开二尺来远近，渐渐发现穴口，心中大喜。等到石墩移向一旁，再看全穴口，比石墩只稍小一圈。低头往穴里一看，水声已住。那穴道由前往后，斜行下去，看去虽然很深，不过斜径陡些，并非直落无际。有了着身之处，自信从小练就一身轻功，还可提气贴壁上下。略微歇了歇，振起精神，将真气往上一提，身坐穴口，伸足入穴，背贴着那滑削陡险的穴壁，缓缓往下溜去。快要到底，才将气一舒，放快了势子。

等到脚踏实地一看，地方不大，石笋林立，均甚粗大。石壁没有上面平整，到处都是孔窍洞穴，仍有不少发掘过的痕迹。再一细寻那水声之处，只在一块形如槎枒的奇石上面洞窍里有一线流泉，涓涓下滴。想是年代深远，水滴石穿，已成了一个尺许方圆的水坑。水与地平，也不溢出。用剑一探，不能到底，仿佛很深。张口就着泉流一尝，竟是甘冽异常。

心想汲些上去，又没盛水的东西。如若上去，将那口铁釜搬下来盛，又恐拿着东西，走这样滑削的穴壁，下来容易，上去却难。想了想，无计可施。一心想吃点熟东西，只得取下身披的肩巾，先放在水坑里洗了个净，就着那涓涓细流，将它浸湿。再脱去上身衣服，放在石上，以免弄湿了没有换的。一切准备停当，口含湿衣，走向穴壁。仍是背贴着壁，将头往上略伸，手足并用，施展轻身功夫，一提气飞也似往上游去，一会到顶。出了穴口，奔向釜前，将巾一阵拧绞，居然有一碗多水。左右闲着无事，穴底温暖如春，也不嫌麻烦，一连上下三次，才凑了有半釜子水。就石上晾起肩巾，将脱去的衣服着好。一面生火,一面削芋放入釜中去煮。不消片刻,水开芋熟,香味扑鼻。取出一尝,不但那芋甘芳酥滑,连汤也是清香甜美,益觉适口异常。尽情大嚼之余,不觉吃多了些。

云凤连日吃了许多冷东西,在前又服了崔五姑的涮洗肠胃的灵药,药力早已发作,又几天没有行动,被热汤热食一冲,不一会,忽然腹痛如绞。恐污秽了洞府,洞外罡风厉害,强忍着跑出洞去,择一僻静山石后面,刚一蹲下,便如奔流夺门,不可遏止。等到站起身来,积滞全消,顿觉身子一轻,五内空灵。细看当前景物,置身已在白云之上。四外高峰微露角尖,俱在脚底。正当中午时分,天风泠泠,仿佛甚劲,但是一毫也不觉冷。偶一低头,见岩下面长着许多奇木异卉。向阳一面,有一处黑沉沉的,似有洞穴,当时未有意去看。闲眺了片时,径回洞中,去做功课。坐时觉着一缕热气由丹田起来,缓缓通过十二玄关,直达命门,然后又顺行下去,与崔五姑传授时手按命门的情况相似。知道第一层功夫业已圆满。坐罢睁眼一看,全洞光明,无微不瞩,不禁狂喜。壁上图解,连日来已是越看越显。云凤打定主意,只是练五姑所传功课,一直未去理它。

这次做完功课,见四壁人物、鳞介、飞潜动跃之形,不特神态如生,竟悟出自东壁起始,个个俱似有呼应关联。一数全壁,共是三百六十四个图形。暗忖:"这图解分明按着周天三百六十五度,怎么少了一个?"四外又无残缺之痕,再四揣摩不出。反正无师之学,全仗自己用心试习,并不深知玄妙,且试试再说。便决计从东壁许多图像起,照样练习起来。

起首是一连十二个人形的坐像,俱都趺坐朝前。头一个两手直向膝头,一目垂帘内视,首微下垂。第二个头略正些,态甚安闲。以下的十个坐像,俱都相同,看不出有甚不一样处。云凤虽猜是坐功次序,但是四壁三百六十四个图像,飞潜动静,无一雷同。这起首十二个,除头一个首略俯,算是坐功起始,调息时的姿态外,后面这十一个既无甚姿态,要它何用?定有深意在内,只是自己心粗,没有看出它的异处。她定了定神,再仔仔细细察看那十一个图像的同异之点。除面貌胖瘦、身材高矮不一外,休说姿态相同,连服装和那衣纹都是一个样式画出似的,想不出个道理来。后来一想,这也许是当初真人门下练图解的十二个弟子,也未可知。看壁上人形,一共不足二十,除这十二个有衣冠外,余者均是赤着身子,所料或者不差。想了想,把初意略微变更,便舍了这十二图像,暂且不学,竟从第十三个图像开始学习。

其实云凤如按初定主意,不问三七二十一,竟从头一图学起,日子一久,自可悟出玄门上乘大道。只为天资过分聪明了些,心略一活动,这一改主意，反倒舍近求远。等把壁间图解学完，悟出走错了路，已该是下山时候，无暇虔修。日后到了峨眉，不能与三英二云比肩，仍要随定一辈道行略次的同门，在左元洞内，苦练三百六十五日。差一点便和雷、杨等人同样走火入魔，白费多年的辛苦。这且不提。

十三图起，尽是些人物、鸟兽各式各样的动定状态。云凤便照着上面熊经鸟伸，一一练习起来。先只是打算照本画符，以为不知怎么难法。原拟每次功课完毕，每一像学上几次，不问有效无效，能通与否，先练习上十多次，再挨次往下练去。反正不惜辛苦，把这三百六十四像一一练完，看是如何，再作计较。及至照图才练了两式，便觉出有些意思，一式有一式的朕兆，不禁心里头怦怦跳动。连饮食都顾不得用，照式勤练不已。

第一日连着几次，练了二十余式。坐完了功课便练，练完又坐，虽已入了悟境，尚不能将各式融会贯通。等到第三日过去，已会了百十来式。有一次练完，试照幼年在家练习武功之法，将各式先挨次连贯如打拳般练了一遍。然后又颠倒错置，再练一遍。练时猛觉气机随着流行，和坐功时相仿，益发狂喜。不消十来天的工夫，壁间图像俱已练到。虽然只知依样葫芦，不能深悉其中微妙，对于运气功夫，却是已有进境。

崔五姑去时，曾说每隔旬日，必来看望一次。这日云凤做完功课，一算日期，已有半个多月，五姑说来传授剑法，并未来到。可是洞角所留的食粮，看去还是那么多，丝毫不见减少。起初只顾每日苦练，没有注意到此，这时一经想起，觉着奇怪。暗忖："神仙决不打谎语，但是飞行绝迹，来去无踪。"一想到这里，便留了神，将所余食粮，分别估了数目，打了记号，照自己每日食量一估，还敷月余之用。过了两三天，一查看竟少了些。尤其是自己最喜煮来吃的山芋，一根无存，好生后悔，不该暗破玄机，又去打甚记号。

光阴易过，云凤在白阳崖花雨洞中，不觉过了一个多月，五姑始终未见一临，眼看着食粮将罄。喜得那日五姑曾说四九期满，便可出洞觅食，如今相隔已无多日。洞外罡风凛冽，日前也曾试过两次，除风力稍劲外，并无所说之甚。连日忙着用功，仅在洞前稍立，偌大一座仙山，俱未涉足。再过两日，如五姑还不见到，便准备在本洞左近，先采办一点食粮存储，省得用完之后，急切无处采办。虽然仙法未得传授，好在自己原有一身武艺，又有一口仙家宝剑，还有那根神针防身，纵遇山魈木魅，自信尚能应付。出家人山居修道，一切艰危灾害，原所难免，也怕不了许多。

正在沉思，偶望壁间图像，个个姿态生动，仿佛欲活，仙人手笔果是灵奇，越看越出神。猛然想起自己曾将三百五十二像一口气连贯习完，觉着与坐功真气运行流替虽有动静之分,但殊途同归,并无二致。五姑去时未传剑法,正苦无法练习,何不用这口仙剑,照着壁图也试它一试,看是如何?万一也和上次一般,悟出些道理来,岂非绝妙?云凤想到就做,当下拔出那口玄都剑,按着图形,参以平日心得,一招一式,击刺纵跃起来。头两次练罢,得心应手,颇能合用。只因图形部位变化不同,有的式子专用右手便难演习,非换手不可。如真照了样做去,到时势非撒手丢剑不可,觉着有些美中不足。练到十次以上,动作益发纯熟。快练到一百零三式时,又该两手交剑,才能过去。心想强它一强,看看有无别的解法。心里虽这么想,身法并未停住,就这微一迟疑之际,已然练到那一式上。这中间一截,共有七十多式,多是禽鸟之形,大半都是爪翼动作,并无器械。云凤用剑照式体会,都能领悟用法。

那一百零一、零二两式:一个是飞鹰拿兔,盘定下瞩;一个是野鹤冲霄,振翼高骞。一上一下,本就不易变转,偏生一百零三式单单是个神龙掉首,扬爪攫珠之形。云凤先将身纵起,右手持剑,去伐飞鹰右爪,作势下击。刚一落地,倏又纵起,去学第二式。因第一式未悟出着力之点,只知横剑齐眉,却伐鹤的右翼,如要跟着提气飞身回首旁击,格于图中形势,非两手换剑不可。当时略一慌乱,想变个办法,只顾照式练习下去,不料那些图形一式跟着一式。云凤急于速成,动作又快,身在空中,刚照式一个翻腾,猛见眼前寒光一闪,自己的头正向手中宝剑擦去。这时云凤的剑原是用虎口含着,大、二、中三指按握剑柄,平卧在手臂之上,再想换式将剑交与左手,已是无及。情知危险万分,心里一着急,就着回转之势,右手一紧,中指用力照着剑头一按,同时右臂平斜向上,往外一推,那口剑便离了手,斜着往洞顶上飞去。云凤身子已盘转起来,见剑出了手,心里一惊。这些动作每日勤练,非常纯熟,不知不觉中照着龙蟠之势,身子一躬一伸,便凌空直穿出去。她原是一时手忙脚乱,想将那脱手的剑收回来。谁知熟能生巧,妙出自然,又加气功已经练到击虚抓空境地,平日独自苦练,尚无觉察,忽然慌乱中的动作,竟然合了规矩,这一来恰好成了飞龙探珠之势。说时迟,那时快,剑又是口仙剑,既发出去,何等迅速。照理云凤只是情急空抓,万不料手刚往前一探,那股真气便自自然然到了五指。猛觉手中发出的力量绝大,那剑飞出去快要及顶,竟倒退飞回,到了手中。

能发能收,大出意料之外。且喜人未受伤,连忙收式落地。暗忖:"那剑明明脱手,怎会一抓便回?好生奇怪!"后一想:"连日苦练,只觉真气越练越纯,也不知进境深浅,壁间图解是否可与剑法相合。难道这么短的时日,已可随心收发不成?"想着想着,试将剑轻轻往前一掷,跟着忙用力往前一抓,果然又抓了回来。欢喜了一阵,该是进食的时候,一查食粮,所余已是无多。一时乘兴,带了那口玄都剑和飞针,径直出洞,去寻觅食粮。

第一七六回

阻险窜荒山　落日穷途　仙乡何处
兴亡说古国　尺刀寸弩　殷鉴空悲

　　到了洞外一看,恰值云起之际,离崖洞数丈以下,只是一片溟濛,暗云低压,远岫遥岑,全都迷了本来面目,不知去向。崖洞上面,照例常时清明,不见云雨,这时也有从云层中挣出来成团成块的云絮,浮沉上下,附石傍崖,若即若离,别有一番闲远之致。云凤先见下面云厚,虽然前几日看出一条方向路径,到底不曾亲身经历过,怎敢冒昧穿云而下。方自有些迟疑,忽然一团雪也似的白云从崖下飞起,缓缓上升,往身旁飘来。觉着有趣,伸手一抓,偏巧一阵风过,那云已是升高丈许,往前飞去。云凤一捞,捞了个空,心中不舍,便追了去。这风一吹,不但这团孤云飞行转速,便连下面的云海也似锅开水涨,波卷涛飞,滚滚突突,往上涌来,转瞬之间,已与崖平。云凤只顾纵身捉云,忘了存身之处已离崖边不远。刚将身纵起,见那云突又前移,暗骂:"云儿也这般狡猾,我今日若不将你捉住才怪。"不便在空中施展近日新学来的解数,往前一探,又悬空飞出了两三丈远近,恰好将那云团双手抱住,身子才往下落。

　　猛一低头,见脚底云涛泱奔,浩瀚无涯,哪里还有着脚之所。知是一时疏忽,已经纵在崖外,不禁大惊,急切间想不出好主意。等到想起提气盘空,凌虚回旋,身子已坠入云层之中,睁眼不辨五指,哪里还来得及。又不知脚底下是崖的哪一面,仗着胆大心灵,立时变了方法,把气紧紧提住,随时留神着脚的地方,使下落之势略缓,只要觉着脚一挨着实地,便可站定。正落之间,渐觉凉风侵肌,冷云扑面,周身业已湿透。正猜云中有雨,猛听云底下风雨大作,声如江涛怒吼,四周的云越暗,水气越厚,几如浴身江河之中。约有顿饭光景,才将这千百丈厚的云层穿过,风雨之声,也越发听得真切。定睛往下面一看,底下也是一座山脊,因为终年上面有云封蔽,尚未见过它的形势。身子正从狂风暴雨中飞落,离地少说也有数十丈高下。偶然失足,万想不到下落这么低速。自己如非在洞中练习了这四十多日图解和坐功,一旦自天坠地,直落千丈,还不是个粉身碎骨么?想到这里,好生害怕心寒,哪敢丝毫怠慢。先将气一舒,使其速降,转眼离地只有十来丈,才忙将气重新提住。紧接着再做出一个俊鹘盘空之势,以便觅地降落。

且说云凤想不到自己的一口真气已提了好一会,毕竟练功日子太浅,根基未固,又处在惊急忙乱之中,下落太高,这气一散,便不易再为调匀,势子也不能随意变化,想和初下来时那般缓缓提气下落已不能够。云凤见下坠甚速,恐心身受了震伤,正在拼命往上提气,一眼看见前面绿荫丛密之中有一株古树,大约十围,槎枒怒挺,突出群杪。云凤下时,原是两臂平分,双足朝上的式子,往下斜飞坠落。打算万一不济,临时再化成一个风飘柳絮的招式,翻折而下,虽保不住要受一点震伤,到底好些。一见这株古树,正好攀附,好生心喜。说时迟,那时快,想起这主意时,已经超过树顶两三丈以下,离地只有四五丈光景。也顾不得看清树上有什么东西,双手一分,双足用力往上一端,凌空一个鱼鹰入水的招式,竟往树腰的一枝老干上斜穿下去。等到近前,左手一伸,捞住树干。因从千百丈高处坠落,势子又疾又猛,一经抓住实在东西,便似秋千般荡了起来。等到把力匀住,右手攀枝上翻,准备坐在树干上略微喘息,再行下落时,身子已经荡了两荡。

只这略一耽搁工夫,忽听树叶丛里窣窣有声。身刚翻到干上坐定,回头一看,丛枝密叶间忽然现出许多双头怪蛇。有的长有丈许,粗若碗口,大小不一,顺着树顶繁枝密干,各自将双头昂起,红信吞吐,宛如火焰,蜿蜒而下,其行甚速。云凤惊魂乍定之际,一见来了这许多的怪蛇,知道此蛇厉害,其毒无比,身在树上不易防御,慌不迭地便往树下纵去。身才及地,抬头往上一看,为首几条已经飞窜到才落坐的老干上面,将头悬了下来。用手一摸宝剑,且喜不曾失落。顺手拔出,两足一顿,正想纵起,朝那为首几条怪蛇头上挥去。

猛觉脚底一阵奇紧,双足似被什么东西缠住。幸是云凤武功已臻上乘,身灵心巧,一觉双足受缚,连忙稳住势子站定。如换旁人,早已绊倒。云凤疑是下面还有蛇群,身被绞住,不禁大吃一惊,哪还顾得细看,手中剑早顺脚而下,嚓嚓两声,绑缠断落。低头一看,乃是一大片似藤非藤,似索非索的东西,无枝无叶,都有拇指粗细,遍地都是,广约亩许,根根互相纠结,形如猎网,却又有好些不类。荒山寂寂,更无人踪,也不知这东西怎能自己捆人?仰望树巅怪蛇,业都全身毕现,一条条将尾巴钩住枝干,身子恰似千百彩绳,悬了下来。为首几条大的已经松了尾巴,大有下蹿之势。不敢怠慢,二次举剑,刚将身纵起,两条大蛇已劈面飞来。

那白阳真人壁间图解,原是昆虫鳞介,人物鸟兽,各样各式的动作,无不包含在内。云凤天资颖异,又加刻意勤求,虽因日浅,功候尚差得多,还未悟彻精微,但外表式子已能融会贯通。一见那蛇来势,正与平时所习的蛇形相合,不知不觉,便静心运气,照着图解,将头一低,剑尖朝内,护住面门。两臂如环,由白鹤冲霄的式子,运足浑身气力,将两腿交叉着一绞一端,两臂一合一分之间,化成一个龙跃天门,暗藏灵鹫搏雕的招式。身子便翻转过来,成了仰面朝上,不但没有向左右避开,竟从蛇头底下,斜着平穿上去。刚一让过蛇头,更不怠慢,一个拨浪推波的解数,右手的剑早朝二蛇头上反削出去。那蛇与敌人迎面错过,离树凌空不能转折,还待下落时挥尾下击,剑已临身。虽然生得那般长大猛毒,仙家宝剑毕竟禁受不起,一道寒光闪过,立时身首异处。凡是怪蛇,多半命长,虽然被剑斩断,那四颗怪头一负痛,再就着前蹿之势,竟平飞出二三百步远近,才行坠落,在地上乱蹦起一两丈高下。

这里云凤一剑斩去双蛇,知道树上毒蛇还多,必不甘休,未容蛇尾下击,早转招变式,就着那拨浪推波之势,一个鹞子翻身,紧接着掉头转身,又一个龙归沧海,身子一拱一伸,往斜刺里蹿去。脚才落地,恐被地面上怪藤缠住,这番有了经历,用脚略一拨划,立时脱了绑缠,变成寸断。再看那两条毒蛇的身子,也蹿出老远,才行坠落,一到地便被怪藤缠住。蛇头虽断,蛇性犹存,只管挣扎屈伸,蹦跃不已。那怪藤说也稀奇,蛇身不挣犹可,越挣纠缠越紧,眨眼工夫,便被缠作一团。云凤见了暗自心惊,幸而有此利器在手,否则休说毒蛇,便落在这些怪藤上面,也难脱身,不禁伸舌,道声:"好险!"

因适才仓猝应变之际,接连几个尽妙奇险的动作,俱都身子悬空,不曾着地,端的变化自然,神速无比。想不到那图解初学不多日子,已有这许多妙用。异日悟出深微,火候纯青,那还了得!一面心喜,一面想起进境甚速,也颇自负,胆气益发壮了起来。

蛇类复仇之心极盛,树上群蛇何止千百。内中还有三四条次大的,上半截业已伸出,大蛇一死便缩了回去,口中红信焰焰,嘘嘘乱叫。群蛇也互为和应,好似商量报仇一般。似这样怪叫了一阵,忽然停住。内中一条大的,猛往前一蹿,似要朝云凤立处穿来。云凤胸中有了成竹,那两条最大的已容容易易地除去,何惧其余。再加相隔比前要远出两倍,易于看清群蛇动作,便于相机应付,不似先时手忙脚乱,所以一毫也不着慌。地下怪藤密布,如同网罗。不愿纵向别处去费手脚,乘着蛇叫未下之际,只将附近周围的藤网用剑一阵乱削乱斫,清出一片两丈许方圆的石地,将断藤用剑拨开。一面想着肃清毒蛇之策,以为世人除害。及见群蛇叫声甫息,又有一蛇作势蹿来,心想："这些毒蛇虽然大的只有几条,可是数目太多,最小的也有三四尺长短。如果全数一拥齐来,虽然自己所练壁像图解上曾有好几式破法,毕竟也要涉多少险,费好些手脚气力,方能脱险。何况这东西其毒无比,一毫大意不得,休说使它沾身,就为毒气所中,也难禁受。也照先前二蛇榜样,便可来两个死一双,略微施展,登时了账,那就妙了。"

正在筹思,准备不迎上去,以静制动。不料头一条蛇身刚离树,第二条大蛇便接踵飞起,两颗怪头一交叉,径将前蛇的尾巴紧紧夹住,与前蛇首尾相连,一同朝前飞蹿过来。第三条蛇也跟着飞起,又将第二条的尾巴夹住。似这样连二连三,晃眼之间,连上了五六条,如空中长虹也似,成了一条直线。看神气,后面的蛇还在接连不已。这几条蛇虽没头两条蛇长大,也差不了许多。后两条较短的,也长有丈许。当头一蛇,相离云凤存身所在仅五丈远近,只要再接上四五条,次大的便可到达。同时树上千百条毒蛇都照样发动,一个连一个飞蹿出来,化成数十条粗细不等的长虹,附树凌空,笔直挺出,顿成奇观。

云凤原早料到群蛇要齐来拼命,只是这般奇特来法,却未想到。图解上虽有金针刺万蜂和一鹰落群鸦诸式,俱是以寡胜众,半个不留。但这蛇却是以一为主,数身相连,你用剑斩了头一个,势必第二个又如箭一般连珠射到,叫你缓不过势子来。反不如四面八方,合围而上,或是势如潮涌,千蛇同进,一个可用风卷残云的解数,近身则死;一个可用力划鸿沟的解数,剑到头落,比较容易发付。先只想到群蛇齐上较难,却不想这等来法,更难得多。才知天下事无奇不有,不经一事,不长一智。不敢冒昧上前,先要防到退路。往后一看,只见一片广原,尽是藤网纠结,甚为繁茂。猛想起适才两条蛇身为藤所缠之事,自己有剑在手,不怕藤缠。少时蛇来,如真无法应付,索性以毒攻毒,诱它入网,岂不是好?这口仙剑,不曾在空中坠落时失去,如今才得仗它防身免祸,真是万幸。

想到这里,猛又想起五姑所赐防身法宝飞针,传时说是能发能收。因为一放出去,不见血、不伤人物不归,虽然传了一次,也未试过。想必比剑还妙,怎便忘了取用?伸手往怀中一掏,刚刚取出那根飞针,最前头的一连串大蛇已离身不足两丈远近,口中红信吐出二尺多长。只见群蛇似波纹般一阵乱弯乱拱,嘘的一声怪叫,后蛇把双头一抬,当头一蛇忽如弩箭脱弦,直射过来。

云凤不知因两个蛇王被斩,群蛇齐出拼命,一见蛇到,喊声:"来得好!"两足一点劲,凭空纵起数丈高下,准备让过蛇头,再使一水中捞月之势,将它斩为两段,以免当头迎去,被它喷出毒气。谁想那蛇竟灵警非凡,云凤刚一纵起飞蹿中,蛇把身子一拱,尾尖着地,双头朝天,也跟着夭矫直上,穿了起来。还算云凤满身解数,变化无穷,一见这条蛇不似先前那两条势子迅急蹿过了头,也跟着自己往上穿来。忙即改变招式,不等那蛇过头,口鼻闭住了气,一个玉带围腰的解数,拦颈一剑砑去。立时迎刃而过,两个蛇头左右飞起多高,颈中鲜血飞溅如泉。那蛇余势未完,身子兀自不倒,仍往上穿。云凤百忙中忽听嘘嘘之声四起,知是后蛇继起,不敢下落。不顾血污,左手袖子一遮面目,一个大鹏展翅的招式,旋过身来,就势双足往蛇身横着一踹,借劲往斜刺里一纵,死蛇身子便往后直倒下去。

群蛇来势,原是一个跟着一个射来。就在这瞬息之间,第二条蛇跟着蹿到,见仇人飞身直上,为首一条大蛇夭矫升空,同仇敌忾,也跟着仰头往上穿起。还没到前蛇一半的高,前蛇尸身已被踹倒落,一前一后,两下势子都急,撞个正着。无巧不巧,那又粗又大的蛇身中段越过蛇尾,何止数倍,这一来正嵌在次蛇双头交叉之中,填得紧紧。原是一个猛劲,蛇头本大,二颈中空,入口处窄,急切间再也挣它不脱。偏那死蛇命长,半腰被次蛇夹住,头又斩去,一护痛,前后两半截死力一阵乱绞,将次蛇前半身缠了个又紧又结实。急得次蛇连声怪叫,目露凶光,双头乱摆,下半身一条长尾直竖起来,横七竖八,一路乱摆,打得尘土飞扬,石地山响。落处原在云凤存身的那一片地上,忽然一尾打去,正打在藤网上面,立时被缠住。那蛇比最先死那两条原小不了许多,尾已被缠,越发情急,拼命奋力往上一挣,只见身子越发鼓胀,略一两次屈伸之际,一片喳喳裂麻之声,地下藤网竟被它挣断了亩许方圆一大块,附在蛇尾之上,飞将起来。二蛇刚刚纠缠之际,第三条也跟着飞出,其余蛇虹也都连成,纷纷蹿起。第三条飞临切近,先被次蛇一尾巴打在左边头上,那蛇护痛,一闪身子,正落在藤网上面,立即被缠住。一则它比次蛇略小,二则全身被缠,不比次蛇前半身在空地上容易着力,于是挣头缠尾,挣尾缠头,越缠越紧,越紧越缠,团作一堆。余下数十条蛇虹,刚刚相次脱身飞出,正值次蛇性起发威,长尾乱舞之际。云凤开辟的那片地方原本不大,次蛇长尾乱舞,本就将群蛇来路阻住。末后次蛇又带起那一片藤网,舞得风雨不透,这些小蛇不是被次蛇打晕,便是中途被阻,落在藤网之中,将身缠住。

群蛇生长此间,想是知道地下藤网厉害,除了结成长虹飞渡而外,其势不能绕道旁处来袭。除几条乖巧一点的见势不佳,缩了回去外,余者十九自投罗网,顷刻之间已去了一大半。这一来,只便宜了云凤。先见次蛇落地,本想飞身上前,给它一剑。及至见了这般光景,乐得由它去做挡箭牌,还省却许多气力，不由喜出望外，便停住手，静观奇景。只见大小长蛇，满空飞舞，无数彩条遍地纠缠，嘘嘘怪叫之声四起如潮，虽然不得近前，声势确也着实惊人。那次蛇带着头一条蛇的尸身和尾后网一般的断藤，乱挣了一阵，渐渐力竭，双头之间血已淋漓，势子方缓了下来。忽然一声怒叫，头尾双翘，肚腹贴地，拼死命一蹿，不想蹿错了方向，应朝云凤蹿来，反往侧面蹿去。毕竟力已用尽，又加两头沉重，蹿出去不过六七丈远近。蛇头上夹着的前蛇尸身，前后两半截都有丈许下垂。次蛇一个支持不住，头往下一沉，蛇身一擦地，便吃藤网缠住。次蛇余势未歇，还在前蹿，冷不防被藤网缠住的蛇尸一扯，蛇头一低，身子便由凹而凸，拱起多高。蛇尾吃不住劲，也跟着垂下。尾巴上挂着的那一片形如圆扇，大约亩许的藤网，又吃地下的藤网缠住。藤缠藤，自然更要结实得多，两头俱被缠住，真似一座大圆拱桥，横亘地上，哪里还能动得了身。只见它身子往上挺了几挺，便即力竭而死。

那古树上的双头怪蛇，还有百十来条，大半俱是中号的，差不多也有五七尺长短。这些蛇比较狡猾。先见许多同类飞蹿出去，都被次蛇打落的打落，阻住的阻住，条条坠地，被藤网缠住不能脱身，便将身缩回树上，只管吐舌发威，却不上前。等次蛇一死，让出道路，各自一阵嘘嘘乱叫，重又一条接一条地待要连着钩接起十来道蛇虹飞出。

云凤静视了半个多时辰，虽知这种毒蛇报仇心急，能舍命来拼，并非易与，心已不似前时惊慌；再加蛇的来路已经看清，想出应付之法。便不等它连接长了，便将飞针取出。照准树上较为长大的几条发去。才一出手，便听一声霹雳过处，一道红光，带起一溜火焰，朝群蛇飞去。星飞电驶，飞到蛇前，只一闪，便即不见。晃眼工夫，火光重明，已从末蛇尾中穿出丛树密干之间，梭一般地照着蛇多之处往来上下，穿射起来。同时那当头四五条怪蛇接成的长虹，被红光由首到尾接连穿过，吧嗒连声，身子一弯一缩，也整条坠落在树下藤网之中。余者想是知道厉害，忙即缩回身子，往树上逃窜时，火光所到之处，无论蛇大蛇小，挨着就是个死。群蛇也是恶贯满盈，该当全数伏诛。上有飞针，下有藤网，本已无可逃死。偏那古树年深日久，虽然树杪荫浓叶密，但是枯朽之枝甚多，千年古木原易着火，再加飞针上的火焰与寻常之火不同，略一绕转，便有几处被火引燃。

云凤使用飞针尚是初次，发时心想此针虽能发收，无奈蛇数太多，总得连连收发多少次，才能除尽，还恐一条条去杀，阻不住群蛇齐来之势。不料针一出手，未等自己收回，竟自动地追杀群蛇起来。正在惊喜，树上业已着火，霎时之间，浓烟突突乱冒，火焰四射。群蛇一见火起，益发乱惊乱窜，纷纷离树穿出,还没多远便即坠入藤网之中。不多一会,那荫蔽数亩的一株参天古树,竟和一座火山相似,上半株全部燃着。地下藤网也被逃蛇带下来的残枝余火引燃,直似无数条大小火蛇,满地游窜,火头越引越多,火势越来越大,渐渐融会成一片烈火,顺着地下怪藤密网,往四外蔓延开来,成了一个火海。树上的蛇,个个死亡逃窜了个尽。地下的蛇,总数何止千条,大半未死,更被藤网缠住,脱身不得,眼看火势烧来,急得齐声惨叫。那飞针兀自追逐不休。

云凤见火已成了野烧,群蛇俱在网中,必无幸理。看火势,少时便要烧到身前,不便在此久停,忙收回飞针,转身奋力往后面纵去。落地之处,俱有藤网缠足,每到一处,须用宝剑将附近一片藤网削断,才能往前再纵,须要纵出里许远的地面,方是空地。仗着身轻纵远,约十几纵,才出了藤地。纵时见藤网中不时有小衣小鞋出现,当时也未在意。回顾火势,益发猛烈,连附近大小树木俱都引燃,轰轰发发,火光烛天,上千群蛇,俱都葬身火里。不时看见一条条的大蛇,因缠藤为火烧断,奋力从火光中纵起,被火烟一压,重又落到火中。时闻奇腥焦臭之气,中人欲呕。喜得还是站在上风地位,否则怕不被它熏倒。连忙奔向高处,上下一看,这时雨势早止,天空湿云被火烟冲开了一个云衕,云密层厚,映成无数片断的彩霞,别成一种奇观。正愁那火无法熄灭,忽听天上轰轰作响,一阵狂风过处,当头云衕,渐往中央合拢。倏地眼前金光闪了两闪,接着便是一个震天价的大霹雳打将下来。

云凤见大雨快降,山顶无有避雨之处,虽然四外大树甚多,有了前车之鉴,不敢造次。刚寻了一座危崖下面站好,又听咔嚓一声巨响,那株大古树在风火中齐腰折断,滚入火中。同时比豆粒还大的暴雨倾盆降落。一时之间,雷鸣电闪,雨骤风狂,四下交作。那么大的一片火海,不消顿饭光景,全都被雨浇灭。又过有半个多时辰,才行雨住天明。被烧之处,变为一堆堆的劫灰,只剩那株古树,兀立山原之中。树干上粘伏着无数残头断尾,尺许数寸,长短不等的小蛇。细看树心,却是空的,才知那树是双头怪蛇的老巢,无怪乎那般多法。那怪藤,东南西三面俱都蔓延甚广,只北面离树十丈便行绝迹,算计群蛇必由树北去了。虽未必就此绝种,总算除了无数的害,冒了这些奇险也还值得。

云凤观看了片刻,仰望云空苍莽,仙山万丈,杳无踪影。自身几同天外飞落,再想上去,其势甚难,不禁着起慌来。仔细寻思了一阵,仙山虽然高不可见,决不会凭空悬立。记得失足坠落时,纵起的那一个势子,至多身子离崖踏空处,相隔不过十数丈。就算被风力所吹,距离山的根脚,也不会差得过远。可是举目四望，高山虽多，新霁之后，多半俱能见顶，纵有几处高出云外的，也都不似。自己好容易得遇旷世仙缘，五姑只见过一面，过了所约之日不来，必有原因。也许是试探自己，能否有这恒心毅力。好端端捉甚云儿，一个失足，便成了人间天上，判绝云泥，无可攀跻。万一五姑恰恰今日回山，她不知是无心失足，却当作难耐劳苦，私行离山他去，岂不误了大事？成败所关，不由着起急来。

愁思了一阵，无计可施。见天色虽不算晚，如照自己从空下坠那些时候计算，即使真能寻到原来山脚，冒着艰险，穿云攀登，也非一日半日之功所能到顶。万般无奈，心想："天下事不进则退，终以前进为是。曾祖母是位神仙，只要能回到洞中，必蒙鉴宥。这么大一座山，既无悬空之理，总有它的所在，不畏辛苦艰危，照前寻去，必有发现之时，走一程到底是一程。"想到这里，便坐下去，把心气平宁下来，细心揣度好了下落时的风头方向，将气一提，施展轻身功夫，翻山越岭，往前跑去。

一路留神观察，群山突兀，大半相似，并无一座特别高大，看不见顶巅的。随跑随采取些野生的果实，连吃带藏，脚底却不停歇。走到黄昏将近，已行有三五百里山路，翻过了十好几座山头岭脊。因为这些山岭均极高峭险峻，重重阻隔，上下费事，不比平地飞行，路走得虽然不近，如照平地算，前行仍无好远。仙山渺渺，全无一些迹兆。眼看山势越进越高，前面有两座高山，有积雪盖顶。日薄西山，斜阳影里，雁阵横空，归鸦噪晚，天色业已向暮。暗忖："适才所见诸山，并不曾见山顶有雪，此时才刚刚看见。原来的山，说不定被这两座高山阻住，非翻越过去，或是到达这两座山顶，不能看出。估量前路尚遥，自己这一日内，饱尝了许多奇危至险，辛苦劳烦，精力已经疲敝，需要觅地休息一会，方能再走。加以日落天黑，路昏莫辨，再要翻越悬崖峭壁，深壑大涧，去攀登比来路艰难好多倍的高山，势所不能。与其贾着余勇，喘息前进，去做那办不到的事，还不如寻一可避风雨的崖洞，就着残阳之光，多寻一点食粮，饱餐一顿，坐下用功歇息，养精蓄锐，天色微明，便即上路，一口气攀登上去，较为稳妥。"

主意打定，且喜路旁不远，便有一个山窟。而且各种果树，遍山都是。云凤先择好了当晚安身之所，然后把果实一样样连枝采取了些，以便携带。两手提着山果，正要往山窟之中走去，忽然一眼看见桃林深处，夹着一棵枇杷树，实大如拳，映着穿林斜阳，金光湛湛，甚是鲜肥，诧为平生仅见。忙跑进林去一看，四外都是桃树，一株紧接一株，丛生甚密，柯干相交。只中间有一块两三丈方圆的空地，当中种着这么一棵枇杷，树根生在一个六角形的土堆之上。堆外围着一圈野花野藤交错而成的短篱,高有二尺。这时天色愈晚,云凤也未细看,见着这等稀奇珍果,顿触夙嗜,就枝头摘了一个下来。皮才剥去,便闻清香扑鼻,果肉白嫩如玉,浆汁都成乳色。因见大得异样,先拔下头上银针试了试,看出无毒。刚咬了一口,立觉甜香满颊,凉沁心脾,爽滑无比,心神为之一快。只惜适才采摘各种果实时边采边吃,腹已渐饱,这枇杷的肉又极肥厚,不能多用。勉强吃了两个,舒服已极。一数树上所结枇杷并不甚多,共总不过三十来个。有心想将它一齐摘走,又想天气甚暖,离树久了,如若变味,岂不可惜? 反正今日已吃不下许多,不如只采一个回洞,等隔了这一夜,明日起来,试试它变味没有。如不变味,便将它一齐带走;否则只将种带些回山去培植,以免暴殄天物,仍任它自生自落好了。想到这里,便带叶摘了一个,连别的果枝一同拿着。

回身走没两步,觉着左脚踹在一个软东西上。低头一看,乃是一顶小孩所戴的帽子,形式奇特,质料非丝非麻,与除双头怪蛇时在藤网中所见小人衣履相类,比较编制精绝,色彩犹新,好似遗在那里不久。猛想起枇杷树下土堆形式,颇似人工培壅。转近前去一看,不但土堆,那花篱也出于人工编就,盘结之处并还绑有粗麻,不禁惊异。暗忖:“这半日来,屡次临高远望,都未见一点人迹。沿途所见,猛恶禽兽,却不在少,忙着行路,也未睬它。这藤中衣履和树下小帽,俱似幼童穿戴之物。难道这等洪荒未辟的深山,还有人家寄居么?”越想越奇怪。仰视夕阳,已坠入山后,月光又被山角挡住,景物更暗,只得回洞再说。出林时,见左侧有一条没有草的窄径,也似人辟,便不从原路上走,特地绕道回去。因不知这些小人是人是魈,有了戒心,又把宝剑拔出,以防万一。剑上寒光照在地上,新雨之后,土地上竟现出许多小人脚印,都是四五个一排,成为直行,算计为数定多。林中地上俱是芳草绵绵,独这条窄径上寸草不生,两旁桃林也甚整齐,益知所料不差。

沿路循迹,走了两箭之地,才走完这片桃林,到达洞窟前面,匆匆抄山路跑回洞窟。洞外恰好有松枝柏叶,用剑斫削下两大抱,铺在地面,权当茵席。又搬了几块大石,将洞窟堵塞,以防万一。再拾起两根枯枝,击石取火,将它点燃。四外一照,这洞窟不过两丈方圆,乃是一个天生石穴。洞门高可及人,上下四面洁净无尘。当中却有一大块类似油渍的黄斑,用火一烧,闻着一股松子般的清香,猜是松脂遗迹。除此之外,丝毫不见有虫豸蛇蝎盘伏的迹象,足可放心安歇。

因为日间从云中坠落时正逢骤雨,周身衣履皆湿,跋涉了这半日的崎岖险峻的山径,外衣受风日吹晒虽然干燥,贴身的两件衣服仍是湿的。好在洞已封堵,索性生起一堆火来,将内衣换下,准备烤干了,明晨上路。自被五姑接引入山,事起仓猝,除了一身衣履外,并无一件富余,又不知在山中要住多少日子。云凤爱干净,平时在白阳洞潜修,总是里外衣互为洗换,甚是爱惜,惟恐残敝了,没有换的。等把内衣烘干着好,又想起鞋袜也都湿透,何不趁着余火,烤它一烤?便盘膝坐在火旁,脱下鞋袜一看,鞋底已被山石磨穿了两个手指大小的破洞,袜线也有好些绽落之处。想起五姑不知何日回洞,分别之时也忘了求她带些衣服回来,就算明日能赶将回去,这双鞋袜经过这般长途山石擦损,哪里还可再着?便是这几件衣服,常服不换,也难旷日持久。何况外衣上又被藤网挂破了好些,洞中并乏针线可以缝补,日后难道赤身度日不成?

愁思了一会,那鞋曾被水浸饱,急切间不能干透。闲中无聊,左手用一根松枝挑着去火上烤,右手便去抚摩那一双白足,觉着玉肌映雪,滑比凝脂,胫跗丰妍,底平指敛,入手便温润纤绵,柔若无骨,真个谁见谁怜。暗暗好笑:"幸亏小时丧母,性子倔强,老父垂怜过甚,由着自己性儿,没有缠足;否则纵然学会一身功夫,遇到今日这等境地,没处去寻裹脚布,怎能行动?明日回山,如五姑再不回转,想法弄来衣履,衣服破了,尚可用兽皮围身,鞋却无法,说不得只好做一个赤足大仙了。"

正在胡思乱想,似听洞外远处有多人呐喊之声,疑是黄昏时所见小人。夜静山空,入耳甚是真切。连忙拔上半干的鞋,轻轻走向洞口,就石缝往外一看,只见月光已上,左近峰峦林木清澈如画,到处都可毕睹。除那片桃林外,地多平旷,看得甚远。只听万树摇风,声如潮涌,与多人呐喊相似,却不见一个人影。细看并无可疑之兆,知是起了山风,自己一时听错。再看天上星光,时已不早,鞋已半干,懒得再烤,便将残火弄熄,放置火旁,就在松枝上打起坐来。

云凤这多日来,起初是勤于用功,坐了歇,歇了坐。后来功候精进,成了习惯,一直未曾倒身睡过。当日虽是过于劳乏,等到气机调匀,运行过了十二诸天,身体便即复原。做完功课起身,略微走动,觉着百骸通畅,迥非日间疲敝之状。自思:"难怪真修道人多享遐龄,自己才得数十日工夫,已到如此境地。只要照此去练,再得五姑指点,前程远大,真可预卜。"

正在欣喜,猛又想起昨日失足,不啻天边飞坠,下落深渊,虽然前进方向不误,目光被雪山挡住,只一翻越过去,便可到达白阳山麓,究是出于臆断。再者,下落时云层那般浓密,即使到达山麓,由数千百丈的高山绝岭穿云上升,知道有多少危险?想到这里,不由又怕又急,恨不能当时就走往洞窟外观看。

月光业已隐去，四外黑沉沉的，风势仿佛已止，不时看见旷地上有一丛丛的黑影。先疑是原野中的矮树，算计月光被山头遮住，天色离明尚早。决意再做一次功课，把精力养得健健的，那时天也明了，再多采集一点山果食粮上路，以免前途寻不到吃的。于是二次又把心气沉稳，调息凝神，坐起功来。

等到坐完，微闻洞外有了响动。刚一走到洞口，便听洞外众声喧杂，声如鸟语，又尖又细，脚步甚轻，好似多人在近处飞跑。就石隙往外一看，天已微明，上次所见一丛丛的黑影，俱都不知去向，也不见一个人影。方在奇怪，忽听一声惊叫，三五个二尺长短的黑影，从洞窟外飞起，疾如飞鸟，直往前侧面土坡之下投去，一瞥即逝。云凤眼光何等锐利，早看出是几个小人影子，料是昨日所见无疑。心里一好奇，也不管是人是怪，忙将堵洞大石推开，拔剑在手，纵身追出一看，只见洞窟外面已满积树枝，堆有尺许高下，便往土坡上纵去。刚一到达，便见土坡下面一片平地上，聚着千百鲜花衣帽的小人，每个高仅二尺，各佩弓刀，班行雁列，排得甚是整齐。中间三把小木椅上，坐着一男二女。男的身材略高，像是小人之王。面前跪着三人，正在哓哓陈诉，神态急迫。云凤才一现身，那群小人便像蚊虫聚哄般，哗的一声呐喊，如飞分散开来，成了一个横行，站在小王前面，各自张弓搭箭，作出朝上欲发之势。那小王倏地从座中起立，走向前面，嘴里"咿呀"了一声。群小中便闪出一人，战兢兢地朝云凤走近了几步，先将手中弓刀掷下，不住地手指足划，嘴里咭咭呱呱说个不休。

云凤看出群小空自人多，并无什么本领。虽不通他言语，看出并不是怀有恶意。知道走近前去，必定将他惊走，便不下去，只将手连招，引他上前，捉住看看到底是人是怪。那小人见状，仍是怯畏不前。云凤也学他将剑还鞘，以示并无恶意。那小王原疑云凤是妖怪，见用火攻未遂，云凤业已追来，要派那人求和，问云凤要什么东西。及见云凤将手连招，又以为想吃那小人。那个派出去的小人，只管胆怯不前，恐将云凤招恼，乱子更大，又咭呱咭呱叫了两声。便从身后队里面又走出五个小人，内中四个先走上前去，把先派出的那一个小人按倒，从身旁取出藤索捆起，押往小王面前跪下；另一个便将衣服脱下，露出一身雪白皮肉，战兢兢往坡上走来。

云凤才恍然大悟，原来这些小人转把自己当成妖怪，特地选出一个臣民，来供牺牲，不禁又好气，又好笑。本心想考查他是否人类，这般送上门来，正合心意，暂且由他。等那小人近前，索性伸手提起一看，只见他生得如周岁婴儿一般长短，只是筋骨健壮，皮肉坚实得多，其余五官手足，均与常人无异。背上还印着一行弯曲歪斜类似象形的朱文字迹，不知是何用意。小人因为受惊太甚，业已晕死过去。云凤见他二目紧闭，心头微微起伏不停，知道气还未绝。人小脆弱，禁不起挫折，反倒怜惜起来。暗忖："古称僬侥之国，莫非便是这种人么？可惜言语不通，没法询问。"想到这里，便坐了下来，把小人仰放在膝头上，轻轻抚摸，想将他救转。

忽听"嘤嘤"啜泣之声，起自下面。低头一看，那小王已复了原位。先派出来答话的一个，正被四个手持藤鞭的同类按在地下痛打呢。那小王看去法令颇严，被打的人伏在地下，一任行刑的鞭如雨下，连一动也不敢动，也不敢高声哭泣，只管咬牙忍受，呜咽不止。云凤见点点小人受此酷刑，好生不忍。知这些人把自己畏若神明，便放下膝间小人，缓缓走下坡去，连喝带比道："你们不要打他，我并不要吃人。你们找一个懂人话的来，我有话问。"云凤往下走没两步，下面群小又暴噪一声，各将片刀举起。云凤仔细一看，人数少了好些，不知何时溜走，自己竟未看出。知他疑要加害，再如前进，势必群起来拼，这等小人，怎禁一击？既不像是山妖木魅，何苦多杀生灵，以伤天和？便把步履停住，仍把那几句幼稚的话比说不休。经过几次，那小王好似有些懂得，口里"咿"了一声，便即停刑。众小中又走出数人，也是走到云凤面前，将周身脱净，战兢兢站在那里，意似等云凤自己取食。云凤将手连摆，随意又提起两个一看，生相均与先一个大同小异，只背上字迹和身着衣饰不同罢了。这几个胆子似较略微大些，云凤放了手，他们也不走，只管仰头注视云凤动作。再看坡下那一个，业已醒转，仍伏在原处不动。云凤见怎么比说，也是不懂，心急上路。又想起昨日所采大枇杷和许多果实尚在洞中，打算回洞取了起身，不再和群小逗弄，以免误了正事。

云凤才回到坡上，又听身后群小呐喊之声。回头一看，那赤身小人连先前那一个，共是七个，俱都满脸惊惧之色，跟随在身后不去，不禁心中一动。暗忖："山居寂寞，这种小人倒也好玩，何不捉两个藏在怀里，带回山去，无事时照样教他们练习功夫，日久通了言语，岂不有趣？"便解开胸前衣服，挑了两个面目清俊的揣在怀里，外用带子扎好，径直回洞，取了昨晚所采的果实，走将出来。正待起身，见余下五个赤身小人跟出跟进，仍未离开。猛想起自己还愁没有衣履，仙山高寒，这小人不知能否禁受？他们现有衣服，何不给两小多要一些带走？于是重又往坡下走去。刚一到达，还未看见群小所在，便听下面一声暴噪，那数寸长的竹箭，如暴雨也似射将上来。

云凤剑已还鞘，手里满持着连枝带叶的果实，猝不及防，只得拿果枝当了兵器，去挡那乱箭。好在此时云凤身子已练到寻常刀剑不能损伤的地步，何况这些小人弓箭，施展身法略一拨弄，那箭纷纷坠落，一支也未射中身上。因见小人这般诡诈，不由心里有气，往前一探身，刚要往坡下纵去，擒那小王。忽见路边桃林内又冲出一队小人，约有百十来个。内中三十多个，用几根竹竿抬着一个藤兜，中坐一个身材伛偻，和常人相似的女子，后面数十人，分抬着几个大蛇的头，飞也似往小王面前跑来。还未近前，驼女已咭咭呱呱，高声大喊。喊声甫息，那小王将手中一面绿色小旗一麾，口中喝了一声。群小立即各弃弓刀，跟着小王朝云凤跪下，举手膜拜不置。

云凤见他前倨后恭，方要喝问，忽听那驼女用人言高叫道："这位女仙休要见怪。他们都是这山中天生的小人，适才无知得罪，望乞原谅一二，等小女子上前跪禀。"随说随从兜中扒起，左脚已残，只有一只右脚。旁立小人递过一对拐杖，驼女接过，将两杖夹在胁下，一跳一跳走来，虽是独脚，行动却是敏捷。一到便掷杖跪下，说道："小女子闵湘娃，原是楚南世家。十数岁上，因受继母虐待，展转逃入此山，被猛虎吞去一足，眼看待死。多蒙这里老王用毒箭射死老虎，救到王洞，割去一腿，用土产灵草治痛，才得活命。他们虽舌头太尖，不能学我们说话，其他却同我们一样。小女子多年不见同类生人，也学会了他们所说的语言。这里耕织狩猎，大半为小女子所传。新王又是小女子徒弟，故而相待极厚。

"王洞先前原不在此，只因那里近年不知从何处移来成千条双头怪蛇，新王的臣民被它们吞吃不少。虽然小女子也曾设计驱除，毒箭火攻，般般用到，无奈人小力微，蛇数太多，实无法想。去年小女子见情势危急，才劝新王迁居，只留下小女子和数百不怕死的勇士，留守原洞，立誓要将群蛇除尽，以报老王相救之恩。费了无数心机，在蛇窟大树之下，乘蛇群每日照例翻山晒皮，倾巢而出之际，在树下周围，偷偷撒了九爪钩连藤子。此藤名子母吃人草，一根藤上有九根子藤，每根子藤上又各有九根小藤，俱都生有倒须坚刺，层层纠结，自织为网，能收能合。凡是有血肉的东西，不论是人是兽，只要沾着它，便被网住，非等被陷的人兽血消肉尽，只剩几根残骨，不会松开。人若误踹上去，如身旁带有极快的刀，寻到母藤上的结环，用刀尖慢慢将它刺断，再挑开子藤，如是藤少，还可脱身。手仍不能挨触它一点，否则越挣越缠得紧，不消片时，全身皆被缠住，除死方休了。

"这东西生长虽然极速，但是生在深壑绝壁之下，要十年工夫才开花结籽。籽一落地，老藤便即枯死。不久新藤出土，一株可长到半亩方圆地面。那双头蛇不但厉害凶毒，而且行动如飞，能在草地树枝上滑行，如鱼游水，迅速非常,简直无法可制。去冬恰赶上此藤结籽的时候,费了许多心力,遭了无数危难,还伤去几条人命,才在挨近藤边上采集了数千粒藤籽。做蛇窟的古树,三面靠平原,一面靠山。撒籽时,原想四面合围,都给撒上,等藤一长成,便可使群蛇一齐落网。撒到靠山的一面,籽刚撒好,忽被山洪冲去好些,仅离树十余丈有藤。先还以为蛇出游时,总是身在树上,一蹿多少丈远。等晒罢太阳归巢,多半慢腾腾地游行而上。那藤子又非慢慢生长,冬天撒了籽,便渐渐往土内钻去,地面上看不出一点痕迹。但一交春,赶上一夜大雷雨,第二日一早,便枝枝纠结,遍地布满,和织成的猎网相似。那蛇决想不到,无论如何,总要缠死它好些条。谁知那蛇甚是灵巧,藤长成之后,仅有一条半大不大的蛇落网。余蛇以首尾衔接,由树上挂起一条长虹般的蛇桥,直达无藤之处。等将树上小蛇渡完,再微一伸屈,甩将过去,一条也不会落在网里。回巢时也是如此,总是没奈它何。靠山的一面藤少,更成了它必由之路。此藤油重易燃,本想放火去烧,也因这面藤少,恐将群蛇惊散,为祸更烈。

"正在日夜焦思,昨日忽听一个小伙伴急匆匆跑来,向小女子报道:蛇窟下来了一个天神,生得比小女子还高,手持一口有电光的宝剑,先将两条蛇王杀死。站在藤地里,藤竟会缠她不住。也不知使甚法儿,让一条大蛇用尾巴将树上的蛇打落了一多半,在藤地里缠住。后来手上又放出一道雷火,满枝乱穿,将余蛇弄死了个干净。最末后将全藤地点燃,将死蛇和窟中小蛇鬼一齐烧死。才飞到山顶上去,放下一场大雨,将火熄灭。他见了害怕,等天神走了,才跑来告诉我。全洞中人得了喜信,自是快活。连忙赶到蛇窟一看,果然群蛇俱成灰烬,只是在靠山那一面寻到蛇王的两个大头。

"大家望空叩拜谢神之后,便即命人抬了蛇头,冒雨起程赶来,与小王报喜。我心里还可惜得信晚了,不曾见到神仙是什么样子。昨晚月光甚好,急于和小王见面,也未歇脚。适才行到离此数里的绿梅岭,忽见小王的兵在那里埋伏火石,又遇见传小王令旨的人,才知昨晚这里来了一个大人,不知是神是怪,宿在桃林坡山洞之内。小王因小女子不在,本想讲和,命人上前答话,问要什么礼物,才可离开此地。先疑心她和早先的狭神一般想吃活人。等把人送过去,先是不要,后来又揣了两个在怀里,想是留着慢慢受用。小王见她得了不走,仍回洞内,本恐贪得无厌,万一索要王妃,那还了得?再加有人报信,说昨晚还盗了两个黄金果,这才着了急。一面命人请小女子速来,想法应付;一面准备弓箭手,四面埋伏了火石,决计一拼。小女子一问昨日见神的小伙伴,所说天神装束身材,竟与天仙一般无二,知要闯出大祸,连忙赶来。虽然晚了一步，小王已有冒犯，还望仙人宽宏大量，念其情急无知。本山还有一害，虽不似双头蛇恶毒残忍，每年这时也要伤些人命，还望大发慈悲，一并除去才好。"说罢，叩头不止。

云凤闻言，好生惊异，想不到深山之中，竟有这等小人种族生长。那一害不知是甚物事，这小小种族，怎禁得起蛇兽怪物蚕食？本想助他除害，又恐误了回山正事。欲将不管，一则上天有好生之德，修道人最重要是积修外功，岂能见死不救？二则这等聪明灵秀的小人种族，平时只是传闻古有僬侥之国，不料果有其事，造物之神，真是无奇不有，任其灭种，未免可惜。自己本想带两个回去训练，难得还有通话之人，可见缘法凑巧。昨日无心代他们除了大害，何必为德不终？好在还是为生灵除害，并非畏难逗留，五姑仙人，定能前知。这口仙传宝剑颇有灵异，何不向空卜上一卦，以定去留，或者不会见怪。这些小人行动如飞，甚是敏捷，既在此间聚族多年，也许能知仙山根脚所在，说不定还能从他们口中寻得一点线索。

再四寻思为难了一阵，便对驼女闵湘娃说道："你命他们起来。昨日我从云中坠下，见群蛇猖獗，将它们除去，原出无心。我回山心急，此事尚难自主，还须向仙祖默祝，才能定准。许了无须欢喜，不许我此时就走，强留也是无用。"说罢，摘下身佩宝剑，捧在手内，向空跪祝道："曾孙女一时云中失足，由仙山坠落此地，无心中诛了千百怪蛇。今日又遇见这群小人，言说尚有一害未除，虔诚挽留，须要耽搁两日，惟恐仙祖回山，误了仙缘，难决去留。仙祖道法玄深，无远弗照，如荷鉴督，许为生灵除害，此剑便当时示警。"刚刚祝罢，便听呛的一声，一道寒光，宝剑出匣，约有尺许。云凤惊喜交集，还不敢遽以为信，将剑还匣，重又默祝，那剑连鸣三次。这一来不但看出五姑准她暂留，连事完回山，都可料到，不致影响仙缘，不由兴高采烈，大放宽心。小王等人见宝剑无故出匣，自然益发加了敬畏。

云凤拜罢起身，对驼女道："仙祖已允我留此，为你们除害。那害在何处？快快说出，我即刻便去如何？"驼女道："启禀大仙，这东西的巢穴，似在前面雪山脚下，约有半天多途程即可到达。不过他也和我们大人一样，只相貌装束要丑怪些。每年只出来两次，每次须要送上二十四名小人作为供献，便好好回去；否则无论逃到何处，都被追来搜着，那死伤的人就多了。我们只躲过他一回，又对抗过一回，就吓破了胆。小女子的恩人老王，便死在他手里。这几年，年年供献，并未缺过一次。他每次出来，俱有定时，每一次都是这黄金果熟之际。还有三天，便是他来的时候。此时如去寻他，那雪山大有千百里，一则不知真正所在，难以寻找；二则也无人敢于领了前去。他每次受享,就在左侧里许伤心崖顶一块大石上面。来时他满身都是烟雾围绕。大仙昨晚住的洞内,早备下二十四名送死的小人,各捧着一个黄金果。等他一到,便脱了衣服,自己走出,跪在崖下。小女子曾在左近,偷看过两次,见他用一根幡往下一摆,一阵大风,连他和二十四名小人立时刮走,不知去向。家在雪山,也是他自己说的,并无人去过。如今算起年份,为害已有十数年了。"

云凤心里一惊,听驼女之言,妖怪既然修成人形,又能空中飞行,自己怎是对手?如是左道妖人,更非其敌,不禁有些胆怯起来。又一想:"自己说出,不能不算;何况适才默祝,仙剑三番示警,自己有仙传宝剑、飞针,许能获胜,也未可知。是福是祸,冥冥中早已注定。便无此事,今日赶往雪山,也难保不与妖人遇上,转不如事前知道得好。事已到此,也管不了许多,且等三日再说。"因为期还有两三天,驼女转述小王之意,再三度请大仙,去往王洞暂居。云凤好奇,也想借这暂留的一二日工夫,一觇小人的风俗习尚,当下点头应允。驼女再将话传译给众人,小王闻得神仙肯光降他的洞府,并为除害,连忙率众跪谢,一时欢声雷动。驼女便命众小人,抬过他的兜子,请大仙乘坐,同往王洞。云凤估量路途匪遥,知道驼女不良于行,执意步行前往。驼女不敢勉强,只得和小王说了,请小王率领一半人赶速回洞,准备欢宴。等小王拜辞起身,才恭恭敬敬,随侍云凤起身。

云凤见手中果实还有一只未被小人弓箭残毁,便随手揣入怀内,将余下的连枝弃去。等上路之日,再行采集。行时见适才追随的几个小人已将衣服穿好,想起怀中还有两个小人,尚赤着身子。解衣取出一看,那两个小人想是在怀中听见驼女和小王问答,知得就里,俱已转忧为喜,贴在云凤手间,甚为依恋。这两个小人原本生得清秀,这一喜笑颜开,更加显出可爱。云凤决计后日回山,仍带这两个同行。便命驼女取来衣服,与他们穿好,说了自己意思,问其可否。

驼女闻言惊喜道:"本国人只有两姓,男姓希里,女姓温灵。人种虽小,却与大人一般能干,有的竟比大人还要灵巧。无论禽言兽语,俱都通晓。可惜只有语言,并无文字,又是生就歧舌,无法教授。小女子因受老王救命之恩,幼时又读过几年书,初来那些年,屡次想尽方法,打算把文字传给他们,俱因限于那根舌头,毫无成效。事隔多年,以为绝望,自己也学会了他们的语言,不再想及前事了。他们的婴儿生下地,大半指物定名。如天上的星叫作沙沙,黄羊叫作咪咪,这两人一名就叫沙沙,一名咪咪。他们生来力气大些,又比众人聪明能干,十四岁就被选充小王的近身侍卫。上月因随王打猎,二人误走岔道,迷失了路途,口干嘴渴,误食了一粒毒果,舌上长了一个疗疮。后来虽经小王赐他们灵药治好,舌尖已经烂去。小女子恰好杀了一条双头怪蛇,来见小王,得知此事,听出他们发音与前不同,试一教他们人言,居然一学便会。知他们也和八哥等禽鸟一样,只要团了舌头,便能言语。当时忙着除害,没待两日,便回旧洞。意欲等皇天鉴怜,杀死群蛇之后,再和小王说了,挑出些聪明的年轻臣民,团了歧舌,教他们中朝的语言文字。不曾想今日竟被大仙垂青。起初拿他们当供品,尚且不辞,能蒙度上仙山修道,真是几百世修来的福分,岂有不愿之理?至于仙山高居半天,罡风凛冽,虽不知能否禁受,可是这里小人俱比常人还要能耐寒暑得多。好在有大仙携带,决无妨害。"云凤闻言甚喜。驼女又向小人把话略微翻译,喜得沙沙、咪咪二人跪在云凤脚前,欢呼叩头不止。

云凤见驼女因自己步行,不敢坐那兜子,虽然独脚步行,却能盘旋于危坡峻坂之间,运转如飞,虽不似小人矫捷,却也不显吃力,好生惊异。劝她乘兜,再三逊谢,也就罢了。二人且谈且行,约有十里之遥。忽见峭壁前横,排天直上,似乎无路可通。沿壁走了里许,地势忽又宽广,渐闻鼓乐之声起自壁内。正稀奇间,前面一群百十个领路的小人忽往壁中钻去。近前一看,壁上下满是薜萝香兰之类,万花如绣,五色芳菲,碧叶平铺,浓鲜肥润,时闻异香,越显幽艳。再看小人入口,乃是峭壁下面的一个圭窦。也有两扇门,乃是用藤青花草扎成的,编排得甚是灵巧。底面附有尺多厚的泥土,藤蔓盘纠,草叶掩映,红紫相间,关起来,与崖壁成了一体。不知底细的人,决看不出来。门是六角形,方圆只有四五尺,拿小人的身量站在门中,自然还下得去;如是大人,再拿那片雄伟高大的崖壁一陪衬,就显得太渺小了。云凤见前面群小俱已进完,驼女正伛偻揖客,只得俯身而入。

进门不远,又是一座崖壁当路,前后两壁,排天直上,高矮相差无几,离地二十丈以上。壁上满插着许多奇形怪状的兵器和长大竹箭,锋头俱都斜着向上。当顶老藤交覆,浓荫密布。藤下面时有片云附壁粘崖,升沉游散,益发把上面天光遮住。不时看见日光从藤隙漏下来的淡白点子,倏隐倏现,景物甚是阴森。暗忖:"这些人种虽小,心思却也周密,难为他们开辟出这等隐秘的地方,来做巢穴。休说外人到此寻它不着,便是在崖顶望下来,也只当是一条无底深壑,又怎能看出下面会藏有亘古稀见的僬侥之邦呢?"

驼女见云凤且行且望,笑道:"大仙,看这里形势好么?"云凤点了点头。驼女道:"他们舍明就暗,也是没法子事。因为他们身材太小,山中野兽虽多,还可用人力齐心防御驱除;惟独天空中的东西,休说是那些奇怪凶恶的大鸟,便是本山常见的大雕鹰鹗之类,俱甚厉害,假使两三个人出外行走,便被飞下来衔去吃了。所以他们住的地方既要严密,出门时至少总是百十成群。平日患难相共,不知不觉,便养成了合群的心。否则似他们这等渺小脆弱,早就绝种不知多少年了。这两座崖壁,总名叫作通天壑。两边崖壑,越上越往里凑,下面相隔不下十五丈,可是尽上头相隔只有丈许,并有千年古藤盘绕。只要洞门要地不被知晓,决难攻下。

"去年夏天,从藤缝中钻下来一只一丈多高的三头怪鸟。彼时正值小王出猎回来,小人被它啄死了好几个,可是刀矸箭射,俱都不能近身。吓得小王率众逃入洞内,将门用石头堵紧。每日只听那鸟在外怪叫,声如儿啼,两翼扑腾,用爪抓壁,一刻也不休息,声势非常惊人。鸟不飞走,谁也不敢出来。小女子又不在此地。似这样过了八九天,渐渐不闻声息。小王才派了二十个胆大的出来一看,那鸟因找不到出路,飞上前便被藤网挡住,性子又烈,又寻不着吃的,已经力竭饥饿,伏在地上,奄奄一息了。那鸟的六只眼睛,其红如火,目光灵敏无比。先时一任刀矛弓箭朝它乱发,俱能用它两翼两爪,连抓带扑,一些也伤不了它。这时却是无用,经他们刀矛乱下,一会便分了尸。那六只眼睛挖出来,俱有鸭蛋大小,红光四射,现在还挂在洞内当灯呢。

"自从出了这回事,防它同类下来报仇,小王把小女子接回商量,带了多人,爬上崖顶,将藤隙补匀密。又在藤下面两壁中间,安置好了绷箭、绷刀、绷矛之类。无论是什么东西下来时,只要触动一处,立时上面刀矛箭戟同时发动,不怕弄它不死。可是至今没有再出过乱子。以前这里只是避暑的别洞,如论起形势来,那旧洞经数十代老王苦心布置,如非蛇祸,一切都比这里强得多呢。"

云凤这时随着驼女,沿二层崖壁走去,正听到有趣的当儿,忽闻鼓乐之声大作。循声走没数十步,前面一个凹进去的壁间,小王已率领洞中臣民,手执一根点燃的木条,青烟缭绕,杂以鼓乐,迎将上来。近前一看,小王率领二妃、臣民跪在当地,手中擎着的那根木条比别人都长大些,颜色黝黑,发出来的香味清醇无比。身后方是一座高大洞门,也是六角形,约有两丈方圆,门中刀轮隐现,不知何用。

云凤忙将小王与二妃扶起,谦谢了几句。经驼女转译之后,所有臣民、鼓乐队全都起立,分列两旁。云凤偕小王、二妃、驼女、咪咪、沙沙六人,从乐声中款步而入,门里面是一座广大石窟。四顾两座刀轮,竟与门洞一般大小,犬牙相错。沿门四周,还安有绷簧,上置刀箭。一问驼女,这些布置俱为防敌备患之用。外人至此,如不经小王允许,只一进那门,两旁刀轮便即运转如飞,上下四面的刀箭也乱发如雨,不论人兽,俱都绞成肉泥。并说旧洞那边,比这里的各种埋伏布置还要多出几倍。休看他们人小,因为肯用心思,同心合力,不恤烦劳,除那双头怪蛇和雪山妖人的侵害外,颇能安居乐业,向来俱是以小御大,以众胜寡,极少遇见什么过分的灾害哩。

云凤正暗赞他们的毅力巧思,忽见路旁有一小池,随着壁上面挂下来的两条尺许宽的瀑布,流水潺潺,珠飞露涌。池旁设有一圈栏杆。小王和二妃便将手中木香掷入池内,回首向驼女说了几句。驼女便对云凤道:"小王因感大仙为国除害之恩,无以为报。他说这里经数十百代老王采集收藏的宝物甚多,有好些陈列在外,请大仙随意取上一些,无不可以奉赠。"云凤对于后日斩除妖人之事毫无把握,再者修道人最忌贪心,怎肯妄取,再三逊谢。驼女只得向小王说了。

又前行没几步,忽见前面又有一座石壁,居中洞门形式高大,俱和二层洞门一般,门前立着两排手执弓刀的卫士。门内隐隐有红光透出。入内一看,里面比外面还要高大得多,到处都是奇石拔地而起,悬崖危巇,大小参差,孤峰连岭,自为丘壑。因着石形地势,盖上了千所小房舍,高低错落,颇有奇致。当中一条丈许宽的平路,直通到底,现出一座方圆数亩的大石台。台上建着百十间方形和六角形的房子,高约丈许,比别的房子约要高出一倍。这些房子不论大小,俱都是方形和六角形,整齐如削成的豆腐块,所以精巧玲珑。颜色却不一致,除当中王居是正白色外,余者五光十色,什么都有。这些木屋,也不知用什么颜料漆的,却漆得那般鲜明光亮。全洞并不见什么灯火,却是到处通明,纤微毕睹。

微一查看光的来源,才看出离地二十来丈处,悬着许多宝物。单是径寸的夜明珠,就不下几十粒。其余介贝珠玉,各色各样的异品奇珍,更是不知凡几,有发光的,有不发光的。间或也有世间常用之物,如锹、犁、猎枪、钓竿之类,但是为数极少,只七八件,悬的地方俱在显目之处。大概物以稀为贵,虽只是世间佃渔畜牧中几件不足奇的营生致用之器,到此都成贵品,与奇珍异宝等量齐观了。这些宝物,每件俱用一些不曾见过的麻缕,从洞顶系将下来,差不多每所房子顶上都有那么一件。

驼女说:"这里的珍宝,历代收藏甚富。因为山中时常发现,近两代老王都不甚注重。再加小人中名分虽有高低,因为集群联居缘故,除为王的人能发号施令,役使臣民,生死取舍外,其待遇都差不了多少。为供合族中的臣民鉴赏,一齐悬在外面,并不秘藏起来,也从无盗窃之事发生。至于那七八件佃渔畜牧的用器,在我们看起来并不在意,可是都经前两辈老王费尽万苦千辛,跋涉险阻,冒着许多危难,远出数百里以外的大人国山中居民那里去潜伏多日,看熟了用处,才行盗来。照着它们的样式,改造成了小的,拿去使用,全族才知学人耕田、钓鱼等事。他们常说,珠宝奇珍,除发光的可以代火照亮外,余者不过供大家看看而已。只有这几件东西,为利无穷,何况又是经老王冒死得来的呢。每次得到大人国的东西,仿造以后,总是把原物高高悬起,算是第一等的国宝哩。"

说时,云凤已随小王离阶而升。这些小人虽然奔走山林,一纵数丈,那些台阶,每级却止两寸多高,在在看出具体而微,云凤甚是好笑。

刚一到台上,还未进屋,小王忽率两妃回身向云凤跪倒。立时鼓乐暴发,乐声也格外奇特,比外面所闻迥不相同。有的如同鸟鸣,有的如同兽吼,万啸杂呈,汇为繁响,又加声音洪亮,衬着空洞回音,益发震耳。云凤二次扶起小王、二妃,再回顾四外台的两面,猛现出两列乐队,约有百十名之多。乐器式样甚多,俱为平生未见,大都竹木金石所制,大小繁简不一,有的五六人共奏一器。各处小峰短岭,断崖曲坂上的房舍前,不知何时出现了上千小人,随着乐声,欢呼拜舞。一个个都是头戴六角方巾,身穿长衣拖及足后,浑身上下雪也似白。高高下下,疏疏落落,恭恭敬敬站在那些峰麓山头,危崖绝巘之间,举动却是整齐不乱。端的别有一番景象,令人欢喜不胜。

小王夫妇三人起身以后,便分拉着云凤的衣角扯了一下,由驼女留云凤在外,朝当中宫室内缓缓倒退进去。台下左右两排乐队,跟着又奏了起来。

云凤因见乐器多半象形,式样奇特,一问驼女闵湘娃,才知就里。

原来驼女幼喜音乐,宫外所闻,乃驼女到后,按照古今乐器和当地的国乐,加以仿制修改而成。石台的两面,方是小人真正的国乐。虽非大人上邦之地,也经小人历代先王仰观日月星辰之形,俯察山川草木之状,耳听风雨雷霆、千禽百兽鸣啸之声,博收万籁,证声体形而成。一乐之微,往往不惮百试,务求与原声相合,其中奥妙,一时也说它不完。

驼女初来时,也听它不懂,只觉千声庞杂,细大不谐,好似一味穷吹乱吼,怪声怪气,一些也难以入耳。恰巧幼喜音乐,颇有根底,想将大人国的正始之音传给这一班蕞尔细民。三年后通了言语,几次力劝,可是老王别的都言听计从,惟独谈到改动他的国乐,却是一味摇头。知他固执守旧,多说无用。仗着与小王交谊甚厚,恰巧不久老王死去,小王因见驼女将外面的东西传到此地全有了利益,果然一说便试办了几件。等到乐器制成,排练熟了,小王先听,不住夸好。日子一久,便显出不甚爱听的神气。可是他对于旧乐，每遇祭祀、大猎、宴会，以及婚丧之事，奏将起来，却是百听不厌。

驼女心中大愤，几次诘问，小王只管微笑不答，却教慢慢留神细听，日久自知此间国乐的妙处。并说传闻他们万多年前的祖先，也和世间大人一般。在几千年当中，不特文治武功，礼乐教化，号称极盛；便是起居服食之微，也是举世无两。同样和中朝一般，拥有广土众民，天时地利，真可称得起泱泱大国之风。只为后世子孙不争气，风俗日衰，人情日薄，那自取灭亡之道，少说点也有数千百条，以致国家亡了。人种因耽宴适，万种剥削，到了末世，休说像中古时代那种身长九尺多的大人没有，便是七尺之躯也为稀见。后来逐渐退化到今日地步，再不能与别的大国一较长短。同时人种也受了许多残杀压迫，实在没法再混下去，只得遁入深山。经过了些朝代，出了一位英主，苦口婆心，生聚教养，方才全国悔悟，发奋图强。虽然千百年来无多进展，仍是局处山中一隅之地，可是到底还算回到原始那一时代，穴居野外，个个身轻力健，能以群力追飞逐走；不似初来时，个个和婴儿一般，受了禽灾兽害，只知向天哭泣。人种也一天比一天生育得多。据本族祖先传的图谶，若干年以后，只要众心如一，仍能恢复以前冠裳文物之盛呢。

这些话，即使小王本人也将信将疑。可是这里的乐器，确是从上古传来。又因这里的人聪明，又有好音乐的天性，尽管国破家亡，人微族寡，依然代有改进。只要静心领略，自能悟彻它的微妙。

小王的这一席话说了没几天，便值他们这里祭天告庙的庆典乞复节。该节起源于亡国入山的那一时代。那时全国的人专务虚名，不求实际，竞尚奢华，耽乐游宴。年轻的终日叫嚣呼号，标新立异，看去仿佛激烈慷慨，其实是一味盲从，一犬吠形，百犬吠声，专与自己为难，一些也着不得边际。要是叫他们更正去做，不但舍不得命，连一丝一毫的亏苦都吃不得。年老的多半暮气沉沉。经验阅历稍富的人，一则怵于少壮威势，不敢拿出来使用；一则时危机蘖，那些比较稳妥一点的办法，也只能苟安一时，并无多大用处。这两派人中，纵有几个公忠谋国，老成持重的人，当不起滔滔天下，举国如是，只手擎天，狂澜莫挽。最厉害是全国上下十有八九为口是心非，说了不算，一张嘴能在顷刻之间说出多少样话语。因为五官四肢、心思智能都不长于运用，单擅长于口舌，以哄骗一时，所以人身各部都逐渐缩小短少下去，惟独这片舌头竟变成了一个双料的。

还算国亡的前夜，有几个明白点的人，带了些孑遗之民逃到这里，总算没有真绝了种。可是这些废民都享惯了福的，荒山生活俱要自己谋求，如何能过得了？出山又经不起敌国的杀戮，每日只好痛哭呼天，坐吃余粮和山中天生的草果。习惯已深，仍然不知振作，既懒得操作，又没有多少现成吃的，舌头依然，人种还是照旧小了下去。直到过了好几代，人也死得差不多了，才生出一个有能为的英主。

为首一个老王，名叫寒俄的，起始以身作则，修明赏罚，无论何人，俱不能不劳而食。渐渐从一些臣民著述中查知，古时凡是饮食、服用、车马、宫室，俱都应有尽有，享受无穷。国亡逃入山时，祖先没有打长久的主意，除带了些兵器和眼前动用的家具、食粮外，凡是渔猎耕织等类实用的东西，一件也未带来。于是才募集忠勇耐苦之士，出山盗取。这些东西，有时不觉得它的好处，失了再求，无殊从头制造，难如升天。经好几代老王和无数险阻艰难，才初具规模，以有今日。由此大家互相勉励，人也就不再小下去了，近两代的比前还长了数寸呢。

当寒俄老王临死之前，留有遗言，说夜梦天神垂训，国家之亡，都坏在这根舌头上，因为能说而不能行，才闹到不可救药。本族是极优秀的人物，上天必不愿使其颠覆绝灭。目前所处境遇，乃是上天故意降罚。将来仍有中兴复国的那一天，并且人也能增长到七尺八尺之躯。只看几时这片歧舌反古恢复了原状，便有望了。说罢，便即死去。

全族上下，一则害怕天罚；一则眷怀先王缔造之艰，身历之苦，便定寒俄老王逝世那一天为"乞复舌节"，简称又叫"乞复节"。一面盛乐隆祭，以答天麻，一面把这一年中举族王臣上下的所行所为，虔心默祝，告之先王。并由当王的为首，自举善恶，跪在先王灵位之前大声宣读，明示于众。说到好处，全体臣民奏乐示庆；说到坏处，便齐声数责不已。当王的听到臣民指摘，便在灵位前自责请罪，臣民又奏乐贺其过而能改。王告之后，继以民告。由王起立，抓起一把小红豆，向台下撒去，臣民争先恐后，各自拾起一粒。拾到的，便去灵位前跪祷，陈告这一年来的善恶。完了，再由王领臣民，互相劝勉。这一番盛典，最为整齐严肃，比起这里的落花节还要过之。祭时，由当天未明前起始，一直要到午夜才止。整日不食，每人只是饮一点山泉。除了老人、产妇和小孩外，没有不与会的。

驼女初来时，以外人未奉王命，不能参与。后因历次代他们辟划垦植，建造器具之功，尊为客卿，奉命无论何处，均可随意游行，才得看过两次。皆因身有残疾，不耐久立饥饿，又见情态过于悲壮，看了令人难过，均未待多大时辰，便即离去。有一次打听好了奏乐时刻，随乐进止，清早待完了祭，便觅地歇息，乐起又去。如是进出了十七八次。头一两次还不觉怎样，三次以后，渐渐才听出这里的乐，不但宫律详明，喜怒哀乐之情全分得出。而且上参风露雷霆之变化,下合山川泉石之动止,中应鸟兽草木之鸣声,真是穷极万籁,妙合自然。从此深为叹服,不敢再赞一辞了。这台下两排乐队,暂时容或听不出好处。一会小王排好筵位,出来延请,等入席之后,必令乐人奏那各种象形细乐,以娱仙宾,虽然不能比天府仙音于万一,也能看出他们的巧心慧思呢!云凤听驼女说完,暗中惊异。

第一七七回

疾老成　僬人初窃位
拯生灵　侠女再除妖

　　原来这些小人也是大人国种,退化到此,难怪他们形态面目,居处服装,都与常人一般无二。怎么几千年来,不见于传载呢? 云凤见小王夫妻进宫未出,暗忖:"这里既然历国久远,代有圣明,语言因为歧舌所限,文字当不会没有。况且耕织佃渔之具,和他本族痛史,俱从载籍中查出,想必不会没书。"便问驼女:"小人国书史册,当有掌管收藏之人,可能取来一视?"

　　驼女叹口气道:"说起来真是可怜可恨! 他们旧日文字书籍,也和我们中原上邦一般,浩如烟海。只为亡国的前一两世,一班在朝在野的浑虫只知标新立异,以传浮名,把固有几千年传流的邦家精粹,看得一文不值。流弊所及,由数典忘祖,变而为认贼作父。几千年立国的基础,由此根本动摇,至于颠覆,而别人的致强之道,并未学到分毫。起先专学人家皮毛,以通自己语言文字为耻,渐渐不识本来面目,闹得本国人不说本国话,国还未亡,语言文字先亡。后来索性嫌它讨厌无用,将所有书籍文字一火而焚。纵然有一些没有烧尽的,如我们鲁壁藏书之类,可是当国亡家破,逃难入山之际,谁还想得起这些东西? 就是寒俄老王所见几本遗民记载,内中说到本族以往光荣事迹,以及耕织渔猎诸般器物,一则半出臆度,语焉弗详;二则面目全非,已不似他们旧日的文字,而且星星点点,也不能据以立言教化。此时又忙于求生,与鸟兽天灾相抗,实无余暇再去谋求。日子一久,也就无人能识,便是他们的语言也变得不大相同。戋戋载籍,总共才十余本,如今尚存在小王宫中,当作前朝遗物看待。这十多年来,从没见他们取阅过。他们自己人尚且不解,何况外人。少时宴后取来,大仙如能晓谕他们,更要感激不尽呢。至于适才所说数千年前盛朝轶事,小女子未来此时,也曾读过几年书,远稽往古,近察当世,九州万国之中,并不曾听说有这么一个亡了的大国。他们又是历代老人用口传述,无可参考,实难令人相信。也许他们不过是古称僬侥之国,说不定是前朝好说诳的人编造出来的吧? 可是他们每年几个祭节,又

298

那般隆重壮烈，深入人心；而且除人体大小外，一切衣食起居，无不与我们大致相同，看去又似真有其事，疑团至今未释。大仙从天上来，当能前知，看能明示一二么？”

云凤闻言，笑道：“我虽在仙人门下，学道日子无多，除身有仙传法宝，略知剑术外，别的知识，还不是和你一样？不特这种小人尚是初见，连说也未听人说到过。我想所传文王八尺，汤交九尺，大概古人禀赋至厚，所以躯干要长大些。后世人心日坏，嗜欲日多，人身本来脆弱，长一辈的受了侵夺剥削，自然遗毒子孙，一代一代传将下去，年代一久，自然人种便日趋矮小，不过当时不显罢了。他们本是万千年古国，语言文字又绝了种，所以后世无从稽考。我们从黄帝算到如今，也只几千年光景。现在的人体，已逐渐比古人小，照目前风俗人情看下去，再过相当年代，焉知不是后车之续呢？他们立国，还要古远，算起来，也并非不在情理之中。且等我异日回山，见了仙祖，问明白他们来历劫运，如能有所助力，我必再来，那时自见分晓。”驼女闻言大喜。

正谈说间，台侧乐声起处，六角宫墙上九座宫门同时开放。旁边八座门内先走出一对羽衣花冠的童男女，各执幡幢仪仗之类。这些童男女身高不及二尺，俱是一般高矮，个个秀发披肩，容颜韶秀。那各种仪仗的头上，都雕有一个鸟兽的头。口中含着一小片点燃的木香，香味和初入门时小人手中所持的相似，氤氲袅绕，清馨馥郁，闻之神爽。云凤方要问驼女这种木香采自何处，小王已率二妃恭迎出来，躬身肃客，三揖退去。驼女闵湘娃便改向前面引导，云凤跟着进门，小王夫妻率八对童男女在后。云凤入宫一看，在大人眼里，宫廷广才数丈，并不算大。可是画栋雕梁，丹壁绣柱，都工细已极；再加上陈设精致，物事玲珑，处处颇显得富丽灵巧之致。

这时盛筵业已摆好，共设了五个座位。当中一座归云凤坐，像个平时王位，比较高大；两旁四个六角雕花的木墩，高才尺许，上首坐小王、驼女，下首坐两个王妃。入席之前，小王、二妃向中座三拜三揖，主客就位，乐声便起。菜已预先摆好。所用杯箸，比常人所用，倒小不了许多。杯子都是贝壳做的。菜肴有十八味，大中小各六味。大菜用小鼎，中菜用木制的盒，小菜用贝壳制成的盘盂，俱是六角形式。多半俱是冷食，除猪、羊两样外，荤的俱是山禽野兽的腌肉，素的俱是野菜、黄精、奇花、异果之类，五颜六色，配搭匀称，看去甚是鲜艳。因是岩盐所制，味道极好。饭食是黄精的粉和山芋、山麦制成的六角方馍。云凤多日不曾肉食，吃得颇为香甜。吃到差不多时，随侍女童才捧上一大葫芦酒来，颜色碧绿而清，色香味俱臻绝顶。驼女说是用山中几十百种异花和果子制成。云凤连声赞美。小王又殷勤劝饮,酒到杯空,不觉一大葫芦酒饮去了一半。有了醉意,才行终席。

小王夫妻和驼女恭请云凤往别处安置,仍由持仪仗的童男女焚香后随。由一片绿竹编成的屏风转将过去,面前便现出一座半亩方圆的院落。当中一排五间房舍,乃小王夫妻的寝宫。两旁台阶上也各有一排房舍。驼女便领云凤向左边这一排房子走去。升阶入室,里面也甚明洁,墙上挂着弓刀,地下铺着竹席,小几矮榻,尚可容身。小王夫妻躬身道了安置,说要午朝与臣民会商大事,便自退去。

云凤也到了做功课的时候,因想询问小人国中许多事迹,便对驼女说了,留她一旁少候,径自调息入定。做完功课醒来,见驼女不知何时走去,只门外侍立着两个童子:一个头顶一六角木盘清水,手持盥具;一个捧着一大葫芦酒。身后脚旁却伏跪着相从回山的沙沙、咪咪二人,手持弓刀,状若戒备。见云凤睁开眼睛,先过来叩拜之后,口里"嘤嘤"两声。门侧持着盥具、葫芦的两小人躬身走进,到了云凤面前,将盥具和葫芦高举过顶,跪在地上。云凤比着手势将四小唤起。

闻着葫芦酒香,刚接过手,便觉沙、咪二人在扯自己衣襟,也未介意。径摘下上面挂着的介杯,倒出来一看,酒色殷红,入口香腴,比起适才筵间所饮,还要醇厚得多。云凤原有酒量,因酒味特佳,越喝越爱,不由又饮了几杯。正欲再饮,忽觉又有人在扯自己衣角,低头一看,正是沙沙,满脸带着惊惧之容,眼睛不住流转,意似有所顾忌,不敢出口。捧葫芦、盥具的两小却是面有喜容。云凤猛地灵机一动,心想:"小人全族奉自己若天神,既命驼女在此陪侍,如无特殊之事,怎会久离不归? 这等小人,到底非我族类。适听驼女说,沙、咪二人因闻自己要将他们携上仙山,喜出望外。赴宴时,不知他二人何往,此时伏在自己身侧,手中却带着弓刀,大有护卫之意。看他们脸上神情,与这执役小人迥异,又用手连扯自己衣角,莫非酒中有了毛病?"

刚一想到这里,渐觉头脑有些昏沉,神倦欲眠。照平日和小王宴上所饮的酒量相比,并不算多,何以醉得这般奇怪? 便把酒葫芦往地下一掷,正欲喝问,忽然身子一软,竟要往榻上倒去。知道不妙,忙运真气将神一提。猛听"呀"的一声惨叫,两眼迷糊中,见一点寒星从身侧飞出,面前执役两小已倒了一个。另一个正要逃跑,沙、咪二人早飞身纵起,将他按倒擒住。云凤灵明未失,眼睛也能强睁,只是四肢绵软,真气一时提不上来。情知事有变故,方在焦急无计,沙、咪二人已慌不迭地走向身旁,径将云凤腰间革囊解开,将昨晚所得的那枚大枇杷取出,争先恐后上榻扶着云凤,将枇杷外皮撕破,塞向云凤口边。

云凤心中明白,正觉那毒酒被自己一提真气,发作更快,互相交战,口渴欲焚。见沙、咪二人如此作法,暗忖:"莫非异果能够解毒消酒么?"忙张口时,偏又口噤难开。眼看沙、咪二人满面俱是泪痕,心中着急,不顾周身火热,奋力运气,将口一张,一下咬了一满口。立觉满颊清凉,汁水咽到肚里,心中便爽快了许多。接着又吃了两口,已不似先时费力难受。等到吃完再吃第二枚时,手足已能转动,襟前汁水淋漓一片。再看沙、咪二人,已是破涕为笑。等到第二枚枇杷吃完,虽然头脑还有些昏涨,身子已差不多复原了。

身方立起,沙、咪二人欢笑着跑上前去,将地下躺着的服役两小一刀一个,全行刺死。咪咪拉着云凤的手,去取身旁宝剑。沙沙便将身偏俯,学驼女走路神气,再做出被人禁闭之状,然后上前拉了云凤的手,往外就走。云凤恍然大悟。只不知小王那般虔诚厚待,怎会顷刻之间,变成恶意?好生不解。两个言语不通,无法询问,比手势费时费事。看沙沙、咪咪神色惶遽,仿佛事在紧急,地下又杀死了两个。虽然自信凭着自身本领和法宝足能对付群小,毕竟身居重地,不知对方使的是甚奸谋,总是从速了结才好。

当下随着沙、咪二人出室一看,除那死去的两小外,更无一人防守。三面宫室,都是静悄悄的,不听一毫声息。小王既然对自己要下毒手,何以只派两个进毒酒的,还把沙、咪二人也放了进来?心中正自奇怪,沙、咪二人已一路比着手势,领着自己,往外走去。云凤也不管他们,且看到了那里,见着驼女再作计较。一连跟着穿过两处宫院,都未遇一人。最后走到宫侧一个小门,才看见门内群小喧哗之声。沙沙回身摆手,云凤会意,把脚步放轻。纵身入门一看,门中也是一座小院落,两间上房,高约丈许。鞭挞呼叱,与驼女怒骂之声混成一片。沙、咪二人将手往室中一指,径自避开。云凤走近门侧,才一探头,便见室中站定一个小人,衣饰打扮,俱与小王相同,却不是小王本人。地下绑着驼女闵湘娃和小王的次妃,周围站着数十个短衣赤臂,腰悬弓刀,手持荆条和带着小刺长鞭的小人武士。这些武士正在行刑,拷打驼女。那王妃本来眉目如画,这时上身衣服全被剥去,已被打得雪肤凝紫,菽乳泛青,玉容无主,痛晕过去。那驼女一任群小用荆条毒打,却是满脸愤怒,戟指怒骂不绝。那为首身着王服的小人面带奸狡,手执皮鞭,绕室缓步,不时挥鞭向驼女身上打去,状颇焦急。

云凤虽不明个中原委,驼女和自己究竟是同种的人类,一见她受群小如此荼毒,早按捺不住,一声大喝,拔剑奋身闯入。为首小人正回过身来,一见云凤来到,大吃一惊,口里一声怪叫,身子早慌不迭地往侧室中退去。其余群小,俱知云凤是手诛千蛇,来自天上的大神仙,哪里还敢交手,登时一阵大乱,纷纷相随往侧室逃窜。有的竟吓得晕倒地上,动转不得。云凤也不管他们,走向驼女身前,用剑将绑索割断,放起身来。

驼女先时自忖难以活命,只盼仙人不曾中毒,沙、咪二人不变心叛王,还有一线生机。一见云凤果然平安到来,不由悲喜交集,不顾说话,先过去将王妃解绑扶起。云凤见她痛苦吃力,连忙过去相助。驼女颤颤巍巍,指着侧室说道:"这里出了叛逆。小王藏身地底密室,正在设法求援,我和王妃抵死不说,未被贼子发现。小女子受伤难行。如今外层洞内,群贼正在劫杀臣民,贼首便是适才逃去的那厮。小女子救了王妃,便去与小王送信。请大仙带沙沙、咪咪二人出去平乱。那叛党,多半是受了凶逆挟持,并非出于本愿,望乞大仙手下留情,只将逆首擒住。等小女子到来,再行禀明经过。"

这时沙、咪二人见云凤吓退逆党,早跟了进来。地上吓倒的小人,因云凤没有动手伤害,一个个都溜起来,往侧室中的间道逃了出去。仅有两个行刑的党羽逃慢了一些,吃沙、咪二人一人斫了他一刀,负伤逃走。云凤等驼女说完便道:"你身上受伤,我去之后,不怕逆党再来侵害么?"驼女忙道:"他们惧怕大仙,知道未被毒酒醉倒,益发畏惧。小女子深知他们习性,决不敢再来了。"说罢,又连连叩头,催云凤速去。

云凤依言,命沙、咪二人带路,这次径由侧室出去,里面两扇小门,已被逃人由外关闭甚固。沙沙说有办法,正要绕出去开,云凤已用剑朝门缝中斫去,跟着一脚踢开,乃是一条甬道,高才通人。沙沙说左面通着王宫,右面通着外洞。

云凤便率二人直奔外洞,尽头处,也有小门紧闭,破门出去,乃是适才石台的后面。耳听群小喊杀之声汇成一片。转到前面一看,洞中臣民业已闻声齐集,人数何止数千,正在台下与逆党交战,不令逃走,只是不见那为首叛逆一人。云凤大喝一声,群小回顾,见仙人出来,欢呼之声轰然暴发,震撼全洞。那些叛党知难逃走,吓得纷纷掷了弓刀,伏地哀鸣。沙、咪二人跳上石台高处,朝众小高声指说。云凤言语不通,料是向臣民说明经过。再看叛逆那一面也不下千人,自沙、咪二人一说,便被王党臣民收了他们的弓刀,逼向台侧空处,分出多人,持兵看守。

云凤对这些叛党,也不知怎样处治。正向小人群中寻觅逆首踪迹,咪咪走过来连说带比,意思似说逆首一见仙人无恙,奸谋败露,业已逃走,无法再去擒捉,须等驼女到来,再作商量的神气。便不再搜寻,径在石台阑干上坐下,看群小神情,仿佛儿戏。暗忖:"世间的杀伐征逐,治乱兴衰,迭为消长,无非为了鸡虫得失,不惜其豆相煎,到头来获得些什么?不想这弹丸小邦,僬侥细民,也是如此。以彼例此,看起来,还不是和这些小人儿戏一般,真是好笑。"

正在沉思,驼女已领着小王、王妃穿着一身黑服,哭丧着脸,几名护卫抬着受伤次妃,奔了出来。先向台前臣民哭诉,意似自责;然后回身,朝着云凤跪拜。

驼女述说了经过,才知小王原是弟兄二人,小王虽然居长,却是老王次妃所生。老王人甚英明,看小王文武兼备,贤能仁厚,自幼钟爱,立为太子。不久正妃生子,取名鸦利。有兼人之勇,十几岁上,便能力举百斤,纵跃于高崖峻坂之间。只是性情乖戾,贪残好杀。老王极不喜他,临终之时,面谕小王和驼女:次子不才,不特不可使当大事,还要严加管束;如若犯了大过,更须按着国法公判,不许姑息。

老王死后,鸦利年渐长大,益发横恣,乃母正妃因之忧郁而死。鸦利索性啸聚党徒,肆意横行。小王天性友爱,既不忍置之于死,又恐养成大变,想来想去无法,只得命他去至白虎峪,统率流人,以免留在洞中为患。那白虎峪在山阴一面,相隔旧王洞三百余里,地极荒寒,可是出产甚多。小人洞中犯罪的臣民,只有两种处治:重罪由小王当众宣示完了罪状,如无异议,若有甚大功善行,可以折抵,便即赐毒赐刀,令犯罪的人自裁,算是死刑;其次是流放到白虎峪去,年限不等,由他们每日耕织打猎,月纳贡物,满了年限,始许自请宽恕,改过回洞。照例有一个王族的官,率领监督。小人法简而公,并且极爱同类,犯了罪,多半用的是鞭打之刑。这些流人,差不多都是小人中的败类,害群之马。小王原意,统率流人的官儿,非有智有力不可。鸦利去了,必能胜任,纵然处治这些流人难免太过,也是各有应得,岂非以暴制暴,一举两全?

谁知鸦利诡计多端,久有谋篡王位之志,闻命正合心意。到任以后,竟和流人沆瀣一气。流人对小王本来难免怨望,再加鸦利常年蛊惑,暴力与小惠并用,不久都成了他的死党。他知历代王朝都得民心,尤以小王为最。一旦有事,全洞臣民俱能舍生赴义,决无反顾。篡位为千年来的创举,定非容易。流人虽经自己教练,又加上山阴天时地利的锻炼,个个筋骨坚强,武勇过人,毕竟人数太少,成不得事。于是借了朝王纳贡之便,勾结旧日洞中死党,命他们暗以利禄招纳同类,故意犯了该流的国法,等发遣到了山阴,便成了他的死党。纵有几个半途悔悟,想要退出,或是逃归的,经不起他的防御周密,捉回去便受尽荼毒,碎体裂肤而死。这一敲山震虎,群流益发畏如鬼

303

神,不敢丝毫违命,再作自拔之想。三五年后,竟招聚了上千的徒党。

小王命他去时,驼女原再三拦阻,说此行无异放虎归山,使其同恶相济。既不忍按国法处治,也应严加管束,闲散终身才是。小王终因骨肉情重,违众行事。后来见洞中臣民犯罪日多,流人更没有一个悔过求归的。因有毒蛇之变,迁洞以后,驼女不在身侧,虽然启疑焦思,无人为之划策,鸦利又做得异常严密,祸在肘腋,还未觉察。鸦利本心,最好等驼女和那数百忠勇之士在旧王洞内为毒蛇害死,方行下手,要省事得多。所以时常派遣不怕死的心腹,冒着危险,往旧王洞左近潜伏,打探驼女除蛇消息。

这日正当朝贡之期,行至中途,遇见去人归报,得着云凤在云中失足,巧诛群蛇的消息。知道驼女起初是无暇及此,毒蛇一去必然回洞,不特小王又有了好帮手,自己诸事掣肘,奸谋难免还要败露,不由着起急来。与手下逆党一商议,决计乘驼女初回无备,提早发难。一面命人飞召白虎峪全数逆党赶到王洞外面,听候调遣;自己仍借朝贡为名,相机行事。刚达王洞,又听人说,金果林来了一个妖物,小王带领千余兵将,前去驱除。心想:"这倒是个好机会。如果小王为妖物所伤,岂不坐享现成? 否则便乘朝贺之便,率领死士入宫,先将他拘禁挟持起来,等过些日,勒逼他禅了位,再行处死。"暗中部署方定,小王前驱归报,说昨晚盗御果的并非妖物,就是手诛千蛇的神仙,经驼女赶回认明,受了小王和驼女拜求,已允来王洞暂住,后日便去雪山,为全洞除害等语。鸦利一听,益发又惊又急。偏巧又有洞中两个逆党向他告密,说小王近来对他十分疑忌,便是驼女不归,也难相容。此次来朝,如不早定大计,先发制人,无异送死。鸦利还在疑信参半,一会小王便已先回,吩咐全体臣民,用隆礼欢迎神仙。鸦利上前朝拜,小王急匆匆地并未怎样答理,迥异平时见面那等友爱神气。更以为逆党之言不差,暗中咬牙切齿,谋逆之心更急。

小王宴请云凤时,白虎峪逆党也都赶达洞外。鸦利想了想,索性一不做,二不休,趁着仙人与小王还未厮熟,不知洞中实情之时,来个偷天换日,拼个成败。等小王宴罢,径直入见,说白虎峪上千流民,经自己数年间宣示王朝德意,恩威并用,业俱翻然改悔,不特化莠为良,而且练成了劲旅。因想使兄王喜欢,所以一直没命他们上书悔过,零散来归。今乘朝贡之期,全数来此投效,拟以死力效忠王朝。等三日后,亲率他们,去往雪山,与妖人决一死战。不想到此,方知天降神仙,已经应允为王除害。虽是天降洪福,只是这些流人至诚,不宜辜负,拟请兄王特乘盛典,召入内廷朝觐,使其自陈前非,洗心革面,为王效死。这一套花言巧语,果然将小王打动。平日会见臣民,都在外层洞中石台之上,除非骨肉宗亲、军国重臣,或是特降殊恩,不得轻入内洞。小王因全洞臣民,连有职务散处在洞外的不过万数。这几年犯罪日多,流徙在山阴白虎峪去的竟逾千人,常时想起,不免内疚。忽然听说全数悔过来投,不由喜出望外,立时传命,吩咐守洞将士放群流入洞,由鸦利率领,直入内廷朝见。鸦利奸谋得售,自是心喜而去。

此时驼女随侍云凤,不在前面,无人劝阻,小王一些也没有觉察奸谋。次妃人最贤能机警,深知鸦利狼子野心,言不可信。又见他说话时眼光不定,满脸奸狡之容,甚觉可疑,只是当时不便陈说。鸦利一走,便请小王改在外洞相见,以防有诈。小王不肯,说本朝近千年来,从无一个敢为叛逆,而且深受全民爱戴,洞中臣民将要近万,他只有千余流人,除非至愚,即使有心作乱,决无能成之理,也决无如此胆大妄为之人。自己为全洞元首,言出必行,岂能随便更易,使流人灰心,以为不信?正妃听次妃一谏,也觉其中有诈,帮同力劝,即使不便更改,也应多召护卫之士,以备万一。小王仍是不肯。二妃无法,只得力请小王,就在原坐之处召见,命流人分班入内,不要因其人多,出廷相见。小王强不过两个爱妃,只得答应了。原来小人最惧外患,洞宫室内俱制造有隐密暗道,恐一旦有变,立时可以逃走藏匿起来。

不一会,便听群流进洞,哗噪之声甚是嘈杂,全不似往日臣民觐见敬肃之象。小王夫妻刚一皱眉头,便听内洞石门关闭之声。小王方始动疑,正要起立出问,正妃素来力大,忙一把将小王拉住道:"鸦利素来悖谬,先王早有遗命,王虽神勇,应以宗社臣民为念,万不可以身试验,且看次妃宣谕之后,相机应付为是。"这时小王原因鸦利初回,打算先见了他,再往外洞石台,补行晨间朝会。平时除了集群外出游猎,或是遇见什么王朝要政盛典,才有仪仗音乐。像适才迎仙之类,洞中燕居朝会,只是有八名轮值的侍卫,本就不多。这时身在内廷,仅有几个随侍的宫女。执戈卫士,只沙沙、咪咪二人,还是因为仙人垂青,不久就携带同行,适才宴会时,在外侍命,小王又有事问他们,才召在身侧,没有退去的。

二妃俱都会武,一旦觉出情形不对,正妃拦阻小王出外,次妃早率沙、咪二人奔向门外。一眼看到鸦利和上千流人俱都弓上弦,刀出鞘,闭了二门,蜂拥而来,益知狼已入室。外面虽有许多忠勇臣民,宫廷阻隔,消息难通,也是枉然。刚高声大喝道:"我有王命,尔等去了弓刀,由王弟率领,分班入见。"言还未了,鸦利早喝一声:"将她绑了!"沙沙有个兄长,名叫利利,也是叛众之一,甚是武勇。以前曾充过廷卫,与咪咪交好。因罪被流山阴,颇得鸦利宠爱。见沙、咪二人站在次妃身侧同出,意欲救他们,便乘擒捉次妃之际，抢步上前，丢了一个眼色与沙、咪二人，大喝道："王弟亲率山阴全数臣民，来即王位，宫外要口俱已占领，臣民俱已降伏，你二人还不急速过来投降，同享富贵么？"这时次妃正拿防身佩刀，拦门一站，准备与逆党拼死。一面用手向后连挥，示意正妃保住小王，速出室中暗遁逃走。众逆党正喊杀上前去，沙、咪二人也将弓刀举起，待要效忠王室，一闻利利之言，又见贼势甚盛，暗忖："徒死无益，何不假装投降，乘机混到鸦利身旁，将他刺死，岂不是奇功一件？"想到这里，顿生急智，双双不约而同，将弓刀高举过顶，跑入逆党阵中。利利忙将二人接住，吩咐站在一旁稍候。

次妃寡不敌众，不多一会，便被逆党掳去，拥入内廷一看，小王、正妃俱都不知去向。鸦利忙问次妃，次妃只是戟指怒骂，不肯说出。再唤沙、咪二人来问，沙、咪二人答是小王降旨以后，正妃看出王弟有诈，早劝着小王一同往后走去，当时不许人跟，只命次妃在室外观察动静，执意延宕，以作缓兵之计，看神气也许到新来仙人那里去了。当初驼女为小王秘制全洞机括暗道时，除全体臣民避外患的几个所在，凡是宫里头的，都留了一番心，没让鸦利知道，早防万一生变，身在远处，不能兼顾。鸦利闻言，心中并未疑及室中另有出路。因提起仙人，想起驼女还在那里，此人如不迫其归顺，纵把小王擒住，也不能济事。

当下便命众逆党将次妃押往僻静之处，少时拷问。又命人将内廷门户紧闭，不许人进。自己匆匆带了利利等几个主要心腹，奔往内廷偏殿。探头一看，仙人正在闭目打坐，身后面宝剑隐隐放光，慑于传言，不敢妄动。悄悄站在门外，比手势将驼女引到院中，说是小王相召。驼女说："仙人有谕，不能擅离，请转陈小王，少时自去。"言还未了，鸦利举手一个暗号，群小已一拥上前，将驼女扳倒，口里塞了东西，连声也未容出，便被捆起。余下两名执役少女，也被引出擒走。鸦利又看了看，仙人仍是端坐不觉，心喜未被觉察，只要驼女一归顺，必可成功。

鸦利知道驼女居室最是僻静，又有许多出路和甬道可通内外，有事时呼应灵便。便命人一面大搜宫中，紧守各处出口，以防小王逃出来救。一面将驼女、次妃一同押往驼女居室，先将驼女按坐在榻上，倒地便拜。说自己是先王嫡室所生，本该继承王位，谁知先王次妃进谗，庶兄嗣立以后，不念手足亲情，屡对自己屈辱，又贬往山阴荒寒之区，岁责朝贡，已历数年，与流人无异。并且滥施刑罚，罪及无辜，不杀即流，近年罪人之多，历代所无。今得群流拥戴，臣民归心，意欲废昏立明。谁知发难之际，偏值仙人到来。虽然雪山除妖，为国之福，但是她得前王先见，顷刻易主，难免生疑，如有阻滞，无人能敌。你能解得仙语,如果投顺相助,擒到小王,再对仙人去说:前王现因犯了国法,自己闭宫悔过,要几个月不见宾客,洞中臣民现已交由王弟代为执掌。只瞒过几天,等她除妖后自去,然后对臣民宣示,说是毒蛇与雪山妖人,俱是先王不德所致。今者天降大神,代为除去,并有天帝仙旨,废王而立自己。事成之后,不但永远尊为国之上宾,凡有所欲,无不惟命。

驼女蒙老王救命优礼之恩,又受托孤之重,自然不从,先晓以忠孝大义,继以大骂。鸦利大怒,便改了主意,打算勒逼小王。又恐仙人打坐回醒,不见驼女,身边无人与她支吾,诸多不利。当下一发狠心,听小人说仙人好酒,反正驼女不降,仙人不为己用,能将她醉死更好。否则洞中药酒,自己曾经用猴子来试过,只灌下点滴,一会便昏沉醉倒,身轻如棉,要十天半月,方能醒转,有一次竟是死去。仙人酒量虽胜过常人千倍,一大葫芦酒,最不济总得醉卧三日。那时再看情势如何,好便留她,不好连她一起害死。那仙人不过生得长大多力,来时也是步行,还不如雪山妖人能驾风云来往,弄巧还许是和驼女同种的大人,害死她也未必会出甚变故。主意打定,一面布置逆党,出前洞去劫杀重臣;一面派了两名心腹,将一大葫芦用毒草千日红制成的药酒,装作侍役,前往内宫偏殿,等仙人醒来,进了上去。跟着自己再拷打驼女、王妃,追问小王、正妃的下落。

派遣之际,逆党中的利利见事成在即,急于想令沙、咪二人建功,便对鸦利说,仙人言语不通,醒来见驼女不在,只是有两个面生之人,难免生疑。仙人颇喜沙、咪二人,曾欲携带回山,可命他二人同往,劝她饮用,并力保其无他。正说之间,驼女早见沙、咪二人虽然从贼,站在群逆身后眼望自己,甚是惶急,几次互相按刀,大有刺贼之意,知二人平时忠义,投降必有深心。此时局势,只要仙人一到,立刻拨乱反正,正巴不得有人与云凤通个消息。一闻利利之言,偷偷先朝沙、咪二人使了个眼色,然后指定他二人大骂。沙、咪二人会意,也报了几句恶声,装作气愤,上前跪禀,要求鸦利拷打驼女。鸦利本信利利之言,再见二人做作,益发放心,不特命他二人随往,还赐了两人一把毒刀、三支毒箭,准其与随去心腹,便宜行事。

四人到了偏殿,又等了一会,好容易等到云凤醒转。沙、咪二人因同去二人乃鸦利手下第一等勇士,万非敌手,自己和仙人言语不通,惟恐坏事。见云凤已端酒欲饮,只偷偷扯了一下衣角。云凤竟未理会,酒已喝了下去。二人知此酒点滴必醉,一见云凤并未醉倒,哪知事前吃了异果之功,还以为仙人不怕此酒,心中大喜。只顾筹思,如何能使云凤知道那来的二人是叛逆,云凤已连饮了好多杯。沙沙猛一抬头,见云凤虽然不曾醉倒,玉靥已是

307

通红,与常人醉倒之前无异,这才大惊,二次又用手连扯云凤衣角示警。云凤刚在生疑,人已昏沉欲眠。同时两名逆党也自看破,望他二人冷笑。二人知道危机顷刻,云凤不醉还可,只一醉倒,自己首先没命。一时情急,互相以目示意,乘二逆注视仙人得意洋洋之际,猛地张弓,照准捧药酒的一个当胸就是一箭,一逆应声而倒。另一个持盥具的虽然武勇,手里拿着东西,见同伴受伤倒地,并加仙人在前,到底有些畏惧,急切间还没拔出刀来,沙、咪二人已同时纵出,一齐动手,将他擒住绑起。回看仙人,虽未醉死,已是口噤身软,不能言动。二人知道杀了两个逆党,仙人万一醉倒,再被鸦利手下看见,必遭暗杀。张皇无计中,猛想起早晨随仙人入洞时,曾见她囊内藏了两枚金果,现在中了酒毒,看去本人已不能动,何不代她取出一试?

原来云凤昨晚所采的大枇杷,乃小人王室禁果。每隔三年,方一成熟,比起寻常枇杷,大出十倍。不特可明目生精,轻身益气,而且专解百毒,尤其是解那毒酒的圣药。只是此果仅有一株,结实不多,又不能贮藏,每当树头采果之时,小人倾洞而出,视为盛典。当日由当王的采了头一枚,朝天供完列祖列宗之后,然后同享。因为数目太少,多时总共不过百十个,除王室尊贵和秉政有功之臣、国宾驼女等十来个人,各得分啖一枚半枚外,余者用一个绝大的石缸贮了清泉,将果连皮一齐捣成浆,和入水内,分给全体臣民同饮。这些小人个个目明身轻,便是得益于此果。云凤来时,偏值此果三年成熟之期,否则持久药性发作,任是平时练过仙家内功,服过灵药,也须醉死多日,始能醒转了。

沙、咪二人深知此果功用,一经想到,便慌不迭地,居然将那枚大枇杷找将出来,强塞在云凤嘴里,解救复原。又一同寻到驼女,见她和次妃已被鸦利毒打得遍身伤痕。驼女请云凤往外洞平乱,自己将次妃扶起,忍痛挨向侧室。一按壁上机括,一阵隆隆之声,一块五尺见方的大石便倒翻下来,现出下面台阶。驼女便扶了次妃,拾阶而下。

原来地下原有天生石洞,又经驼女相度形势,安上机括,使其与各处相通,并有专人看守。走入暗道不远,便见一个卫士跑来,才知适才变起,小王还要亲出宣示。正妃见次妃连连摆手示意,逆党声势嚣张,知道出必无幸,连忙谏止,强拉小王潜入暗道。地底看守的卫士因为成年无事,还是以前驼女再三劝说,才设了四名,按时轮值。小王寻了好远,才寻着人。先命一个从密径抄向前面,告知全洞臣民,入宫平乱。去了一会,猛想起驼女随侍仙人,现在后宫偏殿,不知是否得着叛众信息,如得为助,岂不立时可以无事?便命一个卫士速往送信。那地底广阔,与上层石洞相差无几。那卫士新补不久,本来生疏,路途又多而曲折,未免便耽延了些时候。及至寻到地头,上去一看,地下死着两人,仙人和驼女俱不知去向,只得回报。小王又命他往驼女室中探视,中途相遇,助驼女扶了次妃,见着小王,说起仙人,已得信前去平乱。小王又惊又喜,知道仙人一出,鸦利死难不免。虽然骨肉情重,这颠覆宗室之罪,照国中刑典,决说不出宽赦的话。心中只盼鸦利能见机逃去才好。匆匆同驼女、二妃走向前洞。

先时外洞臣民因鸦利率了上千流民,奉召入宫,半晌不见出来,又见内廷洞门紧闭,早就起了疑心。内中有几个谋国公忠的大臣,便带人前往叩宫见王,中门进不去,便由间道闯入,遇着鸦利手下逆党,正在防守,便打将起来。全洞臣民益知出了大变,喊杀连天,一拥而上。逆党也都成群出战。两下刚一动手,小王派出传信的卫士已到。同时鸦利也被云凤吓住,知道事不可为,乘忙乱中,带了手下数十名死党半溜半杀,出了王洞,径往山阴深谷之中逃去。等小王到达,云凤已率沙、咪二人将乱事平定。接着外洞口防守的人来报,鸦利逃走。

小王向众宣示,查点双方死伤,幸而乱事旋起旋平,死亡还不多。小王定日告庙自责。然后请驼女转代请示仙人,如何处治。云凤懒得管这等形同儿戏的事,推说自己不明小人国法,不便为谋。驼女连请不允,便对小王说:"叛众上千,胁从受愚者必多。莫如先行绑禁,再派出公正大臣,审问议罪。暂时先顾待承仙人,以备后日除妖之害为重。只是鸦利不除,不但留下隐患,也无以对先王和臣民,务要此时派遣劲旅,前往搜捕正法为是。"小王说他穷途逃亡,决不敢再回山阴。逃走已久,此时派人追搜,恐难寻到。不如容他多活些日,等除妖以后,打探躲在什么地方,派人前往,一举成擒,较为稳妥。驼女连说两三次,终是不忍,只管设辞推托。小王一时妇人之仁,以致后来闹出绝大乱子,如非沙、咪二人相随云凤学成剑术,回洞省王,二次为他平乱,几乎全洞臣民俱遭毒手。此是后话不提。

变乱悉平以后,全洞臣民更把云凤奉若天神。小王还有好几处外藩,俱是有功多能之臣,奉命在外辟地耕植山粮野藕,不久也都得信赶来勤王。洞中添了两三千臣民,熙来攘往,庆王无恙。小王又趁内外臣民咸集之际,告庙自责,与民更始,越显热闹非常。不过小王对于叛王之弟鸦利,虽按国法论了大罪,仍没派兵搜拿的话。驼女一说,王便流泪痛哭。驼女和众大臣不愿过于伤他心。好在鸦利只带了数十个死党逃走,连山阴残余之众不足百人。经此一来,人民对他格外唾弃,决不致再同流合污。天夺其魄,早晚自毙,料他造不出多大的反,只得暂时搁起不提。只请小王将受擒的叛党分别首从治罪,择尤处刑,以彰国纪,而儆将来。

小王又说:"都是臣民,决不叛我,不过受了王弟挟制,胁从为乱罢了。只要肯洗心革面,何必再究既往?"驼女力争未得,结果由小王召集叛众,宣谕王室德意,令其改过自新,并将他们分别发往各藩属,相随耕植效力,日后论功赎罪。那些藩属大半都是驼女门下,忠心耿耿,同仇敌忾之心甚盛。先见小王不肯治那叛逆之罪,都觉不服,闻命以后,好生心喜。叛逆知道不会有好待承,自然是垂头丧气,不发一言。

云凤见小王却也英武,只是一面故示仁慈,沽恩示德;一面又不放心把豺狼之众留在肘腋,却把他们分给外藩效力。告庙自责虽是祖宗以来成例,毕竟自己无过,何必多此一举? 崇善殚怒,国有明刑。身为一族之长,只赏功而不罚罪,不特民无畏心,大逆尚可幸免,何况小非。异日必致功过不能并立,人皆不计丛愆积恶,滴石锯木,蔚为大患。法乃举族之法,尊卑同凛,岂当位者所得而私,如何可以这等做法? 想不到山陬僬侥之民,也有这许多做作,越想越忍不住要发笑。

等诸事就绪,小王重又大设盛宴,款待仙人。沙、咪二人救驾有功,又将随仙人同往,益发简在王心,早随众论功,封了爵位。沙沙的兄长利利,本来可独邀恩免,不致随藩归耕,受那活罪,怎奈已随王弟逃去,不便追寻,也就罢了。宴后,仍由驼女、沙、咪三人随侍仙人。当日无话。

到了第二日深夜,第三日天未明以前,小王遵仙人之嘱,仍将各种贡献妖人的果品之物分别备好,送往历来妖人接受贡品的高崖平石之上摆好,一些不露声色。云凤持着仙剑、飞针,算准妖人将来以前,潜伏在侧,相候对敌除害,以备万一不济,作为自己路过,并非小王请来,免得画虎不成,反为小人族酿出大害。一切停当,行前,云凤又虔诚向天默祝,请曾祖姑垂佑相助,救此无辜细人。这两日沙、咪二人已请驼女将歧舌用剪修圆,敷了洞中特产止血住痛灵药,渐能通词达意。为示心诚,自请愿扮作祭品,虽死无憾。云凤原不舍他两个去供牺牲,后一想,如非妖人之敌,不特祭坛上一些小人的命保不住,连自己也未必能以幸免,又加二人坚持要去,只得允了。一行到达峰前,将沙、咪等做贡祭的活小人与洗剥干净的牲口和山果如式排好。小王焚香告祭已毕,便和驼女率众臣民,含泪退往峰侧隐秘之处,潜观候信。

这时银河耿耿,残月在天,四无人声,甚是幽静。云凤本人藏在祭坛侧一株大树后面,装作倚干假寐。早连说带比,教了沙、咪二人,妖人来时,如何应付,诱他入伏,去时比往常提早了些。云凤等了一会,还没响动。仰望晴空云净,流光下照,山原林木,如披银装,四围风景清丽如绘。妖人来路雪山一面，月光中看去，仍如烟笼雾约，上接云衢，看不见顶。只近云高处，积雪皑皑，与月争辉，是否上面可通白阳崖，尚无把握，不禁又焦急起来，哪还有心肠再欣赏风华。正在愁烦，忽听远远一阵尖锐的风声，从雪山上吹来。咪咪忙跑过来用手比画，意思似说妖人将至，请云凤早为戒备。云凤虽作色命他速回原处，免被妖人看破行藏，初临大敌，心中也未免怦怦跳动。

似这样过有半个时辰，雪山卷起一团浓雾，风沙滚滚，旋转不休，往上一起，又落下去。起落三次之后，倏地似抛球一般升起，在空中一个大旋转，便往祭坛这一面飙轮急转飞来。雾影中隐隐有青黄二色光华掣动，不时发出尖锐凄厉之声。片刻工夫，已离峰头不远，眼看到达。忽然叭的一声，烟雾一齐爆散，从中现出一个妖人，直往祭坛前面飞落。云凤见那妖人是个道装打扮，身材伛偻，大头细颈，尖眼碧瞳，浓眉凹脸，缺口掀唇。顶上戴着一个金箍，乱发如绳，披拂齐肩，中间还杂着一串串的纸钱和黄麻条。一手拖着两个丈许长的大麻布袋；一手拿着一件似槊非槊，长约五尺的奇怪兵器。除尺许长的柄外，槊头上插着许多三尖五刃的小叉。适才所见青黄光华，便从槊头上发出。真个生相凶恶，丑怪无比。

一落地，便将头一个口袋的底一抖，那布袋立时和打了气一般膨胀开来，斜搁在祭坛侧面。然后坐定，抓起果子便吃。坛上群小见他到来，纷纷伏倒跪拜。妖人将手一指口袋，群小便争先恐后地把坛上许多贡品捧的捧，抬的抬，一齐放入口袋里面，意若献媚。独沙、咪二人在旁不动，装作害怕神气。妖人因小人性灵，历来受享时，都有几个希意承旨，故意舍生取媚，为国求福，抢着代装东西的，并且这两年都留下过几个，见群小动手时，虽比以前踊跃得多，先也没有在意。正吃得高兴，忽见内中两个比较精壮的小人，竟自袖手一旁，神气畏葸，几次欲前又却，颇似有甚话要说之态，厉声喝道："你这两个小孽畜，难道此时害怕，就有用么？做这脓包样儿，有什么用处？"

云凤听妖人说话口音，颇似闽南一带，声如枭鸟，甚是刺耳。知沙、咪二人快要引他入伏，算计妖人既能腾虚飞行，必然精于邪术，凭真打恐非敌手。自己虽然几次祝告五姑垂佑，至今尚无迹兆。身在险地，一个不敌，不特自身难保，还要累及上万众生，不能不慎重一些，先发制人。仙剑光华灿烂，难于暗用，只有飞针最妥。刚在沉思，等和妖人一对面，先放飞针，再拔出宝剑防身时，那沙、咪二人已装作战兢兢的，对着妖人朝旁侧不远的一株盘松之后连比带指。云凤藏身地方绝佳，一块危石上，一株合抱古松盘旋如龙，下垂贴地，全身俱被松、石遮住，除了有人抄向石后，便在空中下望也看不到。妖人见两小直打手势，心中起了疑心，不由立起身来，往那石后走去。两小光指着前路,又装作胆怯后退之状。

妖人不耐,将身一纵,便飞落松、石后面。刚一落地,还未看清人影,云凤早悄没声地一扬手,把飞针打将出去,立时便是一溜火光,朝妖人迎面打到。妖人也是自信过深,以为区区小人,还会有甚伎俩,万没料到有人潜伏,一时粗心大意。落处相隔云凤不过数尺远近,遽出不意,猛见一梭形的火光飞来,连忙腾身躲避,已是无及,一下正打中在左半边脸上。云凤更是矫捷无比,飞针刚一发出去,紧接着脚底下一点劲,一个龙项探珠之势,飞身直上,就势一剑,朝妖人颈间刺去。妖人刚被火光打中,奇痛惊忙中,知道遇见正派中的能手,稍不见机,决难活命,纵有一身邪法,也顾不得行使。身受重伤,逃命心切,慌不迭地一纵遁光,望空便起。同时云凤的剑已经刺到,见妖人要逃,立时一变招,化成一个银龙舞爪之式,反手一剑,将妖人一只左手齐腕断落。只听"呀"的一声惨啸,一道青黄光华挟着一团烟雾,如飞破空逃去。

云凤机警,知道不能腾空追赶,恐为人小招怨贻祸,便指着天空大喝道:"我乃白发龙女崔五姑门下弟子凌云凤,云游过此,见你荼毒生灵,稍示薄儆,未肯穷追。再不悛改,使用飞剑取你首级了。"说完,算计妖人必然听见。过去祭坛一看,坛上两个麻布口袋还遗在那里。群小正伏地跪拜,欢呼不止。云凤命将内中祭品倒出,放起飞针,用火去烧,奇腥之味,中人欲呕,一会成了灰烬。云凤不耐久停,妖人负伤逃去,虽未就戮,可是自己也无法寻踪。

云凤见天色已明,正打上路主意,回顾两侧,沙、咪二人不在,正要寻觅。忽听崖下群小欢呼,声如潮涌。低头一看,沙、咪二人已去送了喜讯,小王、驼女率了众臣民,正欢呼蜂拥而来,不一会,便到崖上。云凤告别欲行。小王因妖人未死,恐云凤走后寻来报仇,全族生灵无有噍类,率众跪哭,再三坚留,仍请除了害再去。云凤心急回山,自然不肯,再三设辞譬说,已经警告妖人,况且妖人只知自己路过仗义,决不敢再来,也不会迁怒泄愤。小王等终是不听,一同跪伏在云凤身前,痛哭不止。云凤心慈,也觉不忍,想了想,只得答应再留一日,如明晨妖人不来,便自己带了沙、咪二人,命一个以前去过的小人领路,前往雪山之上寻找。找到时,当代小王斩草除根;否则妖人必然负伤身死。自己也就此寻路上山,回转仙府,不再回来。小王、驼女知难坚留,只得允了。

当下又转回小王洞内,欢聚了一日。半夜,又照前去往崖侧潜伏,候至日中,没有动静。云凤二次告别。小王知云凤爱吃金果,早命人采了十枚。

又由驼女指点，代云凤备好干粮果品，外有四粒夜明珠，一齐献上。云凤早就推辞过，不收谢礼。见是一些吃食及合用的东西，略微谦谢，也就收了。沙、咪二人，小王论功酬劳，也各赐了一些国宝，以代封赏。当下云凤便带了沙、咪二人和一名小向导叫作尼尼的，一同别了小王、驼女等人，乘白天往雪山进发。仗着三小人都是久惯出行，身轻体健，捷逾猿猱，一路奔驰，走到未申之交，便到了雪山脚底。这一路的地形，是越往前越高。云凤见高山前横，先以为便到了雪山脚下。及至身临切近，抬头一看，云雾弥漫中，仅依稀看得见山顶。不禁大为失望，停了步坐在山下，呆呆地望着天空，半晌作声不得。咪咪见云凤面有忧色，当是行路饥疲，便和沙沙将带的干粮果品取出献上，云凤无心食用，随便分了一些与三个小人。想起那日一朝失足，便隔仙凡，好容易盼着一点途径，谁知走到近前，依然和别的山头一般。仰望苍穹万丈，无可跻攀，越想越难受，一阵伤心，几乎落下泪来，感伤了一阵。沙、咪等三小已将分给的粮果吃完，来请上路。

云凤暗忖："自己平时目力颇能及远，坠落时虽在风雨之际，因恐受伤，曾提起真气，稳住身子下落，并非随风飘荡，决不致被风吹刮出老远去。事后细细查看四外山形，只雪山这一面，不特方向风头都对，而且雪封雾锁，高矗云际，定是仙山根脚无疑。如今变成幻想，目力所及，已无再高之山可以指望。如非福薄命浅，以致旷世仙缘得而复失；便是叔曾祖母赐了仙剑、飞针，知道自己把白阳真人洞壁遗图练得有些门径，特意故弄玄虚，使自己下山积修外功，磨炼一番，等日后机缘到时，二次再来度化也说不定。昨早妖人逃去，尚未伏诛，何不趁此时机，寻上门去，为上万生灵除害，岂不也是一件功德？"想到这里，把先前许多愁烦，减去了好些，立时喊住三小，问妖人怎生起源，巢穴何在。

小人本来心灵，沙、咪二人自经驼女把歧舌剪圆，敷了洞中灵药之后，连日夜地相从勤学，已能通词学语。闻声略询尼尼几句，便朝云凤连比带说道："尼尼说妖人实在巢穴，无人知晓。不过群小未受他害时，曾有数十小人奉了王命，前往雪山高处采雪莲、冰菊，以给全洞的人配那解毒圣药，归途在一处冰崖下面，看见他在一个冻冰筑成，里外透明的大茅棚里面，闭目打坐。面前有好几摊鲜血，大小参差，插着许多旗幡，均有五色烟雾围绕。彼时众小人除驼女外，尚是第一次看到这般大人，见他生相丑恶，周身常有电光闪动，疑是山神，没敢惊动，只悄悄朝他叩拜，径自跑回。跟小王和驼女一说，驼女说那大人定非善类，就是神，也是凶神恶煞。好在雪莲、冰菊，业已采回不少，足敷数年之用。再三告诫大家，不要前去招惹。万一无心相遇，急速觅地藏起，休要被他看见，闹出大祸。

"过没一个月，也是该万死的鸦利，因听去的人说那大人身旁异宝甚多，又问出大人坐在那里如死去一般，冰房当门一面全没遮拦，一时动了贪心。借着采粮、行猎为名，带了百十人出洞，行离雪山还有一多半路，假说恐惊大人，不能再进，把随去的人支开埋伏。他装作去引那山羊、野兔出来，以便合围，暗中却带了四名心腹，前往雪山盗宝。他为人虽是凶暴，心却奸狡已极，寻到那里，并不敢以身试险。只教两名心腹先进去；余下两名伏在后面，准备放那毒箭，带接东西；自己藏在一个极隐秘的雪窟窿里，观看动静。遥望两名心腹走到冰房前面，大人毫未觉察，宝物近在咫尺，还不手到擒来。谁知那两名心腹才一踏进冰房门口，那大人倏地两只三角眼如电光一样，放出绿森森的亮光，睁开来闪了两闪，也没见他起身来捉，只把大手一指，幡上一溜黄烟放起，两名心腹便已跌倒。后面两名心腹，一个便是沙沙的兄长利利，比较狡猾，见势不佳，首先拨转头，不顾命地连滚带爬，往回路逃走；另一个还不知死活，跑上前对准大人，张弓便射，一气放了好几箭，眼看射到大人身上，都化成灰烟而散。这才觉出不妙，再想逃躲，哪得能够。跑还没到崖口，被那大人站起身来，慢腾腾走出冰房，只把手一招，便已飞了回去。抓在他手上，细看了看，怪笑了几声，一口咬向那心腹的颈上，把血吸尽，一任大声哭喊，不能走动。那大人又闭目打坐，鸦利才偷偷逃了回来。这事除鸦利外，前几年并无人知。虽死了三个，好在小人走单时，常有为鸟兽伤害的事，鸦利推说路上为大鸟抓去，利利又是他的死党，更不会人前提起。

"谁知这一来，闯了大祸，不久妖人便寻上门来。还算好，他并不以人为食。又因有几样贡品是药草，他不易寻觅。来的那日，恰好小王正率臣民在崖顶空地上煮药，被他看见。经驼女再三传话苦求，才答应每年只来两次，一次人多，一次人少，共献他精壮年轻的小人二十一名，再加各种应时山果，和那深藏山腹之中的惜惜草等灵药，才保得一年平安，不来随便伤害。后来王弟鸦利被放山阴，利利故犯法条，随后跟去，行时对沙沙说出实话，才知这祸是他们闯的。计算起来，人已死得多了。

"末一次采雪莲、冰菊时，尼尼曾经在场，亲眼见过妖人，虽然事隔多年，那所冰屋还能记得。不过这座雪山，大人叫它着茫山，异常广大高深。现时已到山脚，莫说上到高处，便是离那妖人住的冰屋，还有二百多里的上下山路呢。鸦利腿快力大，那年从冰屋逃回，一口气走了一日夜，才到原打猎的所在。因为吃了这场亏，所以他造反时，明明见大仙闭着眼睛坐在殿里，却不敢乱动。我们此时要去，还得翻山过去，才能望到冰屋的峰上。就照这般走法,至快也要跑三个时辰,到了那里,已是半夜了。"

云凤听明了言中大意。自己仅仗一剑一针,妖人必会邪法。昨日得胜,乃是出其不意,事有侥幸。深夜赶到,正可乘其入睡时,暗中下手,岂不比白日对敌还要强些? 想到这里,便催三小起身,先行往山上走去。半山以上,便有积雪,越往高,雪益厚。快到山顶的十来里路,冰雪受了白天阳光融化,入晚冻结,冰雪融成一片,冰壁参天,云冻风寒。加上道路崎岖转折,甚是曲折,刚刚猛升百丈,倏又一落平川,真个难走已极。山高只三十多里,竟走出两三倍的途程,才行到顶。云凤见上面很为平广。时间业已子夜,三小虽然欢呼,俱都显出疲乏之状。离妖人所住的冰屋,还有一多半的路,不得不歇息一下。便命咪咪和尼尼说,择一避风所在,吃点干粮果子,歇一歇脚后再走。咪咪欣然禀道:"今日因有大仙一路,胆壮高兴,要快得多,这就快到了,大仙如是不用饮食,我们到了再吃吧。"云凤惊问:"路才半途,怎说快到?"沙沙接口答道:"路虽只走了一半,因是上山艰难,下山容易。尼尼记得地头,不消多时,便可到达了。"云凤不便再问,便随三小,迎着寒风,顺山顶往侧走去。

三小本来矫捷,这一上到山顶坚冰之上,走起路来,更是迅速非常。他们并不在冰上跑,各从所背行囊内取出一副形如半船,长约尺许,精铁制成的套子,将双足踏在里面,两足往冰上用力一蹬,便飞也似往前滑去,迅疾如箭驶,拿云凤的脚力,也不过刚刚跟上。一会到了一个所在,雪光中望去,别处山径都是冰壁雪岭,巉崖峭壁,独这一面是个斜坡。虽然相隔地面太深,半山以下没有冰雪映照,又有暗云低浮,望不到底,看那形势,却是一溜坡下去的。沙沙说他三人准备踏着那套子,往山下溜去,顷刻便到。云凤说是太险,万一近底处遇有危石阻拦,定然没命。三小以为云凤因了他们,不肯腾云。力说平日均已熟练,在亡国以前便学会这等下山之法,不过前人用来荒嬉,如今却济了实用等语。

云凤见三小甚是自负,只得罢了。暗忖:"自己枉被称为神仙,如若落在三小后面,岂非笑话?"这等下山之法,又未习过,不敢轻易尝试;加了爱怜三小,更恐他们先到,遭了妖人毒手。方在为难,猛想起自己从云空坠落,尚还无害,适才见有一面是个垂直往下的峭壁,何不由此提着真气,纵了下去? 于是说:"你们既坚持要下,可放小心些。我自由上面缓落吧。"三小领命,各自觅路,先行滑下,唑唑两三声响过,每个小影子真如弹丸走坂,流星飞渡,晃眼工夫,没入薄雾之中。

云凤也跟着跑向来路,寻到那一处峭壁,料可直下无阻。施展白阳洞壁上悟出的内家真功,站在崖口,双足先用力一蹬,平飞纵出去二十多丈远近。然后将气平匀,两手平分,往下飞落。这次不比上次云中失足,先就有了准备,丝毫也不惊慌,预计从空下落,也须片刻工夫,便在空中纵目浏览。才一起步,便见侧面有一座山,比这一面要大得多。当时也未想到别的,只听耳旁寒风呼呼,冷气侵人。下到一半,冰雪已稀,眼前眼侧的林木花草,奇峰怪石,似卷轴一般,电转云生,往上飞去。知道离地不远,忙把真气一提。低头看那落脚之处,乃是一条谷径。崖上这一纵,恰好不远不近,正落在谷径当中。两崖路旁,合抱参天的古树,和那径尺粗细的老藤,不知多少。有了上次遇见怪蛇的前车之鉴,自知无妨,便不打算再去攀附。眼看离地只有七八尺,一口真气一缓下坠之势,倏地在空中一个大翻转过去,化成一个风卷落花之势,径朝平地上侧面而下。等到足尖着地,身子站稳,竟和低处纵落一样,连头眼都不觉昏晕,不禁大喜。心想:"这仙家内功,怎这般玄妙? 要是上升也如此容易,岂不是好?"

细一端详上下方向,小人滑落之处还在前侧面。听沙沙说,他们滑落到了无雪之处,还得另换方法,尚有一些耽搁。虽然决无她下纵得快,到底他们人小力微,不甚放心,无暇浏览谷中景致,径自出谷,顺右侧山麓,往三小滑落的一面寻去。

第一七八回

云腾鹤举　飞剑斩毒蚰
电掣雷轰　神光歼巨憨

云凤和三小起步之处,相隔原不过里许远近。空中的风寒而不猛,并未将人吹向别处。这时的云凤脚程目力迥胜往常,原不难顷刻找到,刚往前跑出没有半里,便见两个小人在前行走。云凤当他们已然及地,竟和自己下落之时不相上下。妖巢密迹,恐有警觉,未便出声遥唤。正待追将过去,忽又想起,三个小人怎剩两个? 如说有一人受伤,行路不该如此从容;再者,走的又是相反的道路,他们路熟,不应如此。再一细看那小人衣着,虽和沙、咪等三人相差不多,背上却未背着行囊,一个手上还提着一个小篮,里面好似装有花果之类,越看越觉不是。猛想起这些年,妖人曾强索去许多小人,莫非留了一些,供他役使,没有全数伤害,故而在此出现? 乍见生人,难免惊窜。好在彼此走的是同一方向,便把脚步益发放轻,一路掩藏着,跟踪前进。等到相隔渐近,竟听出那两小人也会人言,正在低声且谈且行,云凤更是惊讶。偶然趁他们彼此转脸问答,看清两小面目。有一个竟是带着凶狠神态,脸上都是戾气,迥非小人洞中所见群小个个面容清俊之状。另一个手里持着一根带刃的钢钩,隐隐放出黄光,与日里所见妖人兵器上发出来的光华相似,益知所料不差。

看前面山麓下,三小尚无踪影。嫌那两小人的语声听不真切,索性又赶前了些,听他们说些什么。等到两下里相隔不过丈许,便听那提篮的道:"小王手下虽有那驼婆会出主意,这些年也未见她找过一个山外的大人前来。再说先王留有遗命,也不准找,恐怕引鬼入室,自取灭亡。何况又是什么剑仙的徒弟呢。我想那大人必是路过无疑。太祖师说,等七天伤好,前往一查,看他祭坛上供的有人和祭品没有,便知分晓。并说你人聪明,还要带了你去,命你入洞查问呢。这次说好便罢,不好,便要扫灭全洞,将人不分男女老少,全捉了来。费上七年苦功,用一万生魂,炼那十地小人圈,去寻伤他的人报仇呢! 你我父母宗族,俱在那里,家法厉害,到时不容徇私,你看怎好?"

持钩的道："管他呢。反正如今我们十八个人,都学会了法术。太祖师说,不久便有半仙之分,还可随时变成大人,和太祖师一样,要什么有什么,多么称心。他们怜顾我们时,当时也不单挑我们上祭了。就拿现在说,除早晚轮班,采药烧丹,看守法台外,哪一样不任性舒服?每年太祖师受祭回来,还得吃两次人肉果品。一人单走,也不怕蛇虫鸟兽侵害。不比在洞中强得十倍吗?譬如那年来时,和那几个一样,被他吸血祭旗,莫非这时也惦记他们么?我们只听太祖师的话,叫怎样就怎样,包有好处就是。"

提篮的道："这都不提。不过我想那大人如是过路剑仙,与全洞的人何干?要是小王请来,只恐太祖师寻了去,也未必胜得过。我看他虽然脸臂受伤,须要调养。但据他说,当日仙法、仙宝俱未顾得使用,仅可此时寻去,却要等七日之后,不是有些怕那大人,便是打算故意挑剔,好将全洞小人一网打尽。你忘了上次他得那本仙书时,曾说今年恰巧是子年子月子日子时,天地交泰,只是不知小人洞中够不够九千九百九十九名人数这句话么?"

持钩的闻言怒道："你怎么说这些话?如非平日有交情,又为我受过罪,我便给你告发去。如不把他们都扫灭尽了,山阴鸦王怎得出头呢?洞内外共有一万七千多人,太祖师也用不了许多,正好趁此时机,让鸦王即位。等仙法学成,再向太祖师禀明,回去当国师。鸦王听话,便当国师;否则便去了他,自己为王。只是按时与太祖师进贡,什么都不用怕。高兴时再变作大人,出山去和别的大人玩上几天,有多么好呢!"

提篮的闻言,半晌不语。一会说道："那青白花,好容易昨日才被我寻到,这是第二次了。我已得了一次功,你还没有。好在太祖师刚刚入定不久,今日要到过午方起,又不值班,有的是闲工夫。你看云儿开了,星月出来了,正好寻找。看看附近还有没有,再寻到,大家同去报功。寻到日出采摘时,如仍是那一株,便给了你去献功吧。听说这花又名晨露,果子中的一包汁水,吃了能成仙呢。"持钩的听说要将功劳让他,略转了点喜容。

云凤才知持钩小人是鸦利的同党,难怪生相凶恶。顺山麓遥望前面山腰,积雪皑皑,暗云围拥,沙、咪等三人尚无踪影。暗忖:"那开青白花的仙草,既受妖人重视,定是灵药无疑。何不随这二小人前去,看明白了以后,再行处置。"便不露面,仍旧紧紧跟随。又走出数十步,持篮小人说:"到了,仙草就在上面岩石缝里长着,我们快去守着,等花瓣一开,花心果子便熟,我们忙下手采摘,不要错过了机会。"随说随往山上跑去。云凤闻言,往前一看,两小人所去之处,乃是一片峭壁,高约百丈,广才数丈,像一面镜屏,悬嵌在离地三十余丈的山崖中间。四周都是满布苔藓的怪石,山径也甚险陡。两小人动作甚快,连爬带纵,眨眼工夫,已到了峭壁之下。将手中篮、钩背在身后,手足并用,似壁虎一般,附壁缓缓爬行而上,那般光滑直立的石壁,上起来竟似手足粘在上面一样。

云凤志在得那仙草,如从正面上去,恐被觉察惊走。见侧面不远怪石甚多,高低错落,散置山崖之间,如由此上去,不特可以隐身,还可绕行到那峭壁上去。先端详好了形势,将真气一提,绕向侧面,施展蜻蜓点水的功夫,一路鹤行鹭伏,且隐且纵,顷刻到达。见峭壁忽然中断,靠山一面,现出一个可容三四个大人的洞穴。正不知走对了没有,忽闻穴中清香扑鼻。探头一看,穴壁斧裂,石缝中生着一株从未见过的奇花。花只一朵,形如牡丹,青边白瓣,微露红心,将开未开,含苞欲吐,隐放光华,异香袭人。未开时,已有尺许大小,估计全开了,少说也有二尺周围。

方在端详,忽听两小人语声由下渐近。忙将身藏入穴内,侧耳一听,只听持篮的说道:"昨日黄昏时,我在无心中发现。这花最是奇怪,上次开放时,正值天色将明之际。花不开,果便不熟,而且不能先用手触。有花之处,都有毒蛇怪物把守。最好等到它突然往外长出,去接晨露之时,你用钩把它钩住,我立时就采,到手便往下纵,才保不致被穴中蛇虫怪物伤害。恰好有这石窝子,可坐可立,进退容易,成了固好,不成,好在还没和太祖师说,也不妨事。"云凤闻言,往穴中一看,并无虫兽之类潜伏,只穴顶悬着一个形如蜂窝的东西,当时也没在意。再听两小所说,俱是花怎样才能采得之法,便一一记在心里。高兴头上,猛想起沙、咪等三人快要下来,其势不能在此久候。偏那两小人只在壁口石窝里等待,不肯上来。刚想诱他们入穴,将他们捉住,再接了沙、咪等三人。至于是先除妖人,还是先取仙草,算计好了时间,再作计较。

猛听小人"噫"了一声,云凤悄悄出穴,探头往下一看,两小人已贴壁飞坠,滑了下去。前侧面山脚,沙、咪等三人正绕山麓跑来,眼看两下里快要遇上。这才明白小人飞坠之故,喊声:"不好!"正要跟踪纵下,忽听身后穴壁似有爆裂之音,接着又是"喳"的一声炸响。刚一回顾,一团光华突从身后擦面而过。闪开一看,正是那朵青白色的奇花,业已完全开放,中间红心不见,现出一个金光闪闪的五色果子。云凤见那奇花竟不等清晨,遽然开放,固是喜出望外。但知道花开不久即隐,下面沙、咪等三人又将遇敌,事难兼顾。匆促中举剑一挥,将花斫落在手。花一落,花叶立时缩了回去。再看洞壁裂缝,依然连茎带叶,俱无踪影,耳边似闻洞顶窸窣有声。不暇再作端详,连忙跑向崖口,双足一蹬,往下纵去。身才离崖,便听花洞中轰的一声,好似飞出一物,身已凌空,不及回观。

原来那沙沙、咪咪、尼尼三人,先由冰雪中滑落,沿途倒也顺溜。及至滑行到了半山以下无雪之处,再想照旧滑落,势已不能。只得收住势子,一路攀藤缒萝,纵越而下。仗着小人都是身轻体灵,目力敏锐,那一带的山径峭壁甚多,上面大都附生着藤蔓,易于援落。虽不如云凤飞身直跃来得神速,两下里相差也不到半个时辰。

及地以后,算计云凤仙人必定早到。以为妖人巢穴相隔还有二三十里,深藏在山坳深崖之内,此时正当深夜,不致被人发觉,又有仙人在前相候,不由胆壮气豪,并没怎样留神观察,便顺山麓朝前跑去。才跑出二三十丈远近,沙沙、尼尼正并肩前驰,忽听咪咪在后唤止。二人回身问故,咪咪道:"你们快看前边转角处跑来两个小人,内中一个,不是鸦利的死党吁吁么?他自那年鸦利被放山阴,意图行刺,不想奸谋被他父亲勾勾发觉,奏知小王,知他诡计多端,发往山阴,必定生事。不几日便值贡祭妖人之期,将他捆住,送往祭坛,做了祭品。怎么还在这里,没被妖人吃了呢?"尼尼也惊讶道:"那一个提篮的,不也是因犯大罪,与他同时绑去充祭品的颠颠么?怎都还在?这两个东西,都是又奸又坏,既然未死,定做了妖人党羽。大仙不知在前面没有。我们最好藏起来,等他们走过再出去,见了大仙的面,再请示定夺。"沙沙愤然道:"这两个东西,一个是叛贼,一个是犯上的败类,以前受他们害的人甚多。只说喂了妖人,不想还在,正好借此除他们以正国法。看神气,他们已看见了我们,躲有甚用?有大仙在前面,还怕他们么?再者妖人每年劫去的人甚多,你我三人都有亲友在内,也许没有全死,乐得相机行事,先朝这厮们打听下落。你二人靠后,待我上前。"话一说罢,沙沙当先,二人随后,一同迎上前去。双方都走得快,一会便碰了头。

吁吁原认得三人,并从妖人后两年劫留未杀的小人口中,得知沙沙、咪咪、尼尼三人近年选充宫廷侍卫,已成了小王心腹将士。雪山左近,多年无人敢来,恰值妖人受伤败回的第三天,便有人乘黑夜偷偷到此,当然必有所为,定是奉了王命,来打探妖人的死活。一心想把三人擒往妖人那里献功。将手中钩一横,喝问道:"大胆走狗,偷入仙山,想做什么?快快说了实话便罢,否则将你三个捉住,献与太祖师,教你们不得好死!"沙沙原有一番话语,想和两小先礼后兵,略探妖人动静,与劫去的小人死活。一见他目露凶光,势焰逼人,全无一点同类情分;又听他做了妖人徒孙,猜出自己来意,与他好说,定然无用,不禁气往上撞。一看除这两小外,并无别人,下手越快,越有便宜。忙和尼尼、咪咪一使眼色,口里答道:"吁吁,你不要急。不错,我们是

320

奉王命来的,可是对于仙人,并无恶意。你两个可能带我们去见仙人么?"一边说,一边身子往前凑。等到身临切近,猛地一举手中刀,朝着吁吁当头就斫。

谁知吁吁奸狡,早就有了防备,一见刀到,骂声:"该死的东西!"手中钩往上一挡,钩刀相碰,钩上火星一亮,冒起一股黄烟。沙沙闻着一股子奇臭之气,立时翻身栽倒。那咪咪、尼尼二人得了沙沙暗示,各举手中刀,径扑颠颠。沙沙一倒地,咪咪着了急。他在洞中原有神箭之称,动起手来,总是刀、弩同时并用。当下先朝颠颠放了一毒箭,然后刀、弩齐施,直取吁吁。那颠颠当初也非善类,见咪、尼二人奔来,回手拔出身后的一面小幡,正想行使邪法迷人。不防咪咪一箭先到,正中面门,立时应声而倒。尼尼赶将过去,就势又斫了一刀。近旁吁吁用黄烟将沙沙迷倒,打算生擒回去报功,忽见咪咪奔来,人未到箭先到,接连两三箭射来。知他从小弩箭厉害,一面躲闪,一面又想施放钩中暗藏的毒烟时,猛听空中一声大喝,一个大人飞将下来。吁吁虽然凶狠刁猾,新近又学会一点小邪术,胆子越大,毕竟平生所见的大人只驼女和妖人两个,乍见云凤自天飞坠,自然疑神疑怪,不由吓了一大跳。就在这张皇顾盼的当儿,咪咪、尼尼相继赶到。休看人小,却是手疾眼快,机敏异常,还未容云凤动手,双双抢上前去,双刀齐下。吁吁猝不及防,想逃已是迟了。云凤连喊:"不要杀死,留活的问话!"咪、尼二人闻言,忙将刀一偏。咪咪的刀先到,收势略缓,只歪了歪。吁吁见势不佳,想举钩来挡,连臂扬起,恰巧被这一刀连腕带手中钩一齐斫落。吁吁负痛,刚悲号了一声,又被尼尼一刀背打在左肩之上,倒于就地,痛晕过去。尼尼连忙按住。咪咪拾起地上铁钩,忙跑过去,将沙沙拖了过来,对云凤述说经过。

云凤自幼闯荡江湖,见过许多门派中的迷药、兵刃。接过一看,便认出中有机簧,藏着迷魂药粉。再见那闪闪放光之处,乃是几块类似水晶的宝石嵌在上面,画着一些符箓。细查形式,好似断去了一截。暗忖:"这钩必是江湖下流绿林中人用的暗器,被妖人得来,画上一些符箓,给予小人,以作防身之用。此山素无人迹,对头只有蛇兽之类,这药粉如能使蛇兽昏迷,药性定然猛烈无比。适才从空下望,只见钩上冒起一股黄烟,沙沙便已晕倒。好似上画符箓,仅仅是一种点缀,故作惊人吓兽而已,并无多大作用,厉害的还是这些药粉。小人随手使用,未抢上风,必定预先闻有解药。"便命咪、尼二人搜搜两小身上,果从兜囊中搜出一些东西,内有两个二寸长短、手指粗细的玻璃瓶,中贮药粉,一黄一绿。回望颠颠,身受重伤,呻吟垂绝,半睁双目,望着众人,还未死去。先把黄药瓶塞拔开,往他鼻端一凑,立时闭目死去。拔塞时，云凤虽离较远，但微闻奇臭，便觉有些头闷心烦，连忙塞好。再把绿药瓶塞拔开，觉有清馨之味透出，闻了神爽。再倒了一些在草叶上，倒入颠颠鼻中，不多一会，便闻呻吟之声，知是解药无疑。便用手指挑了些，弹在沙沙鼻孔之中，居然悠悠醒转，见云凤在前，慌忙跪倒拜谢。这时那吁吁也苏醒转来，颠颠毒发身死。

云凤因想知道服食青白花中仙果的详情，吩咐将尸首藏过一旁，拿了两小身上搜出来的零碎东西，将吁吁擒往僻静之处，审问妖人现状，以及妖窟中的虚实动静。沙、咪等领命办理，一同转入右侧山缝里去。吁吁先还不肯实说，经不起尼尼能说，用小人言语，连哄带吓。说云凤就是前日用法宝重伤妖人的神仙，因见小人每年无辜受害，奉了天帝之命前来降罚。上千条双头怪蛇，何等厉害，被她在一个时辰以内斩尽杀绝。现时到来，只诛妖人一个，与别人无干。颠颠和你一死一伤，乃由于自己不好，先要动手伤人之故，仙人并不管这些事。日前鸦利造反，也是大仙平定，叛逆大罪，俱未诛戮一人，何况你们。你只说了实话，大仙仙法高深，能起死回生，不但饶恕不死，还许特降鸿恩，将你断臂医好。除妖之后，与别的小人一同送回老家中去。

吁吁人极凶狡，闻言寻思了一会，才将信将疑，有了允意，忍痛趴伏在地，向云凤叩头求饶。云凤知他最坏，能通人语，便先问他妖窟中情形，打算慢慢再拿话套他花中仙果服法用处，以免起疑。吁吁道："太祖师自从近年得了白阳真人的十三页天书图解，时常自言自语，欲学天书，须把以前所学道法全部丢去，未免可惜；不然，又恐不能将天书道法学全。后来遇见太师伯湖北花山孙洞玄真人，教他两样都学之法。由此把每日打坐时刻分为两次：一次练旧功，是在白日午未申三时；一次练新功，是从亥时起练到寅末卯初。因这次比日里要紧得多，除了随身换班的十一护法童子外，还埋伏了各种仙法。外人一进去，必要昏迷倒地，直到他功课做完，起身处治。一经被擒，休想活命。起初要去小人，俱被他将生魂收去，以作祭炼宝幡仙幢之用。自得仙书，听了太师伯之劝，每次总要挑出几个不杀，用仙法修了歧舌，教会人言，收为徒孙，各传道法。如今连我和死去的颠颠，已有三十五个小人了。预计要收七十二个，还差着一半呢。此时他正在入定，人和死了一般，要到天明之后才醒。大仙如要前去杀他，倒是时候，不过屋中仙法厉害。那冰屋共有前、左、右三个门户。左门看不出，内中仙法最是厉害。前门和右门，俱要差些，尤其是右门，更无甚稀奇。大仙进了右门，只需将迎门那面长幡一摇，里面埋伏便破去一半了。我将这机密泄露，不敢指望别的，只求大仙先将我断臂医好，再把你手上那朵花赏给我闻上一闻，就感恩不尽了。"

云凤先听妖人得了白阳真人十三页图解，不禁惊喜，知道又是一番仙缘巧遇，便静心听他说了下去。后来听吁吁说那冰屋情形，既然左门厉害，当然愿诱来人进入，为何不易使人看出？已知有诈。再一听他索要仙花一闻，越猜这小人诡诈，不怀好意。故意问道："你知我这朵花哪里来的么？"吁吁满脸好笑，答道："这花听太师祖说，乃山腹五金之精，与千万年玄冰极寒真气，融冶孕育而生，只本山才有。虽然难得，不过清香好看，闻了止痛，并无多大用处。大仙适才脚底没有烟云，又没光华围身。前日太师祖也说，大仙好似不会腾空，定是崔五姑新收徒弟，不知用甚厉害法宝，出其不意取胜，故此当时未追。现在又同尼尼他们一路来，必非云中飞落。落脚的地方，又当天镜崖前，那里正有一朵花出现，我们还没采到手，不知怎的会落在大仙手中？大仙要它无用，如赐予我，本山奇花异果甚多，多取来奉上如何？"

云凤闻言，暗骂："好一个不知死活的小孽障！死在眼前，还敢使诈愚人。"等他说完，喝道："该死的东西！竟敢在我面前闹鬼。此花名为晨露。你们采时，须等天明。我只路过，略施仙法，便唾手而得。你当我不知来历么？妖人窟穴所有埋伏，岂能困我？无论打从何门进入，妖术邪法，立时瓦解。我不过一念仁慈，想饶你一命，才命你供出实话。你却一味花言巧语，打算行诈，岂非自寻死路？快些说了实话便罢，如若不然，休想活命！"

吁吁见云凤知道那花来历，看出虚假，当时惜命，也颇害怕，只得含泪答道："实不瞒大仙说，以前太祖师并不知本山有此仙花。后来在天书中悟出，便命我等闲时遍山寻找。那花出现时，多在黄昏暗处。我等眼睛俱用仙水洗过，能在暗中看物。手里又有法宝、兵器，无论是甚毒蛇猛兽，只需将法宝、兵器一抖，冒出一股神烟，立时昏倒，不用解药，万不会醒。一年多工夫，只死了的颠颠寻见过一次，太祖师甚是欢喜。花片可以医治各样疮伤，不能服食。如我这条断臂，如得一片，齐断处包扎，当时止血止痛，不消七日，即可接上。花中仙果，最为贵重，生吃下去，可抵道家百年修炼之功。只是从花心采摘时，须细细认准它向上微弯的一面，顺着势子一折就落。采到手，再就断处一吸，果中仙露便就到了嘴。如果手势稍偏，一折不断，便难再折。尤其不可用刀去切，一沾金铁，必与金铁同化，一般坚硬，汁水立枯。太祖师头一次得了此花，不知就里，除花片采下做药外，仙果变成了一枚金果，至今尚在，效用全失，事后甚是懊悔。又命我等搜寻，终未寻到。今日傍晚，颠颠来说，他又寻到一朵，刚刚出现。因上次花开是在凌晨，天书上也有这种解说，不开不但不能采摘，手一触动，立即缩入石中隐去，再也不出。更不能有三人在侧。因上次得花时，曾在那花附近见有一朵，可惜被它隐去。以为这次或许也是两朵,偷偷约我同去采来献功。现在看出大仙这朵花片上,有上次我们同伴扯落的缺口手印,仍是以前隐去的那一朵,才知大仙得自崖上,以为大仙路过采得,不知就里;颠颠又死,无人对证。想骗到手,吃了果中仙露,再求大仙释放,逃回王洞。一切无知,望乞大仙不要怪罪,饶恕一命吧。"随说随哭,叩头不止。

云凤原本心软,见他臂血淋淋,哀哀哭诉,痛得面都变了紫色,心想:"我何必与这区区小人一般见识?且将仙果采下服了,如果所说不差,放他何妨?"一看那花心中异果,果如吁吁所言,果柄向上面略弯。觑准向背,轻轻一折,随手断落。断处水珠直冒,清香扑鼻。试用口一尝,甘芳满颊,凉沁心脾。一口气把它吸光,立觉神爽身轻,舒适无比,知道不谬。不欲失信小人,便命咪咪去将断臂寻来,将花交与沙沙拿着,摘下一片,亲自与他绑扎停当,命其急速自行逃回老家去,以免少时玉石俱焚。吁吁叩头称谢已毕,行时哭说,归途大鸟蛇兽甚多,兵刃和囊中防身之物俱已失去,请求发还。并说祭坛被摄,多年未归,要请沙、咪二人伴送到左侧转角之处,略微指点,便可寻路回去了。云凤因那有毒药冒黄烟的兵器害人,不允发还。一查适才搜出之物,尚有两张弓、六支小箭,叫他试了试。除比小王手下所用弓劲箭利外,似无异状,其余也无甚奇特的东西。只把两面小妖幡扣下,余者都给还了。因为前面转角是个登山的缺口,相隔不过十丈,不疑有变,便命沙、咪二人如言相送。沙、咪二人闻命无奈,只得同了吁吁起身。

因为那地方在妖窟的另一面,急等送完吁吁回来同行,沙沙一忙,也未将手中花放下。云凤知二人腿快,少去即转,未唤住,只拿着那枚吸空了的仙果,在手里端详审视,全未在意。咪咪留心,知道吁吁的话靠不住,却不知要闹甚鬼,正在心疑,已随了吁吁走到山缺口边。这时吁吁迥非初见时凶狠之态,满口俱是悔过之言。沙沙听了他的甜言蜜语,还不怎样。咪咪始终加以防备,见他到了缺口处,后面云凤、尼尼已被转角处危石挡住,看不见人,还没有作别之意;又见那缺口形势只是山腹中裂,现一巨罅,不特望不见来的路径,而且不能打此上山,与他所说在此可以指点路径之言不符,越发疑心。忙喝问道:"吁吁,你要我们送你到哪里去?这里又不是登山的道路,看不见山那边,怎么指点你的归途?你如真不知方向,就在这里指说尚可,否则我们随侍大仙,俱有要事在身,那我们就不奉陪了。"

原来吁吁早看出云凤不会腾云驾雾,以为决非妖人对手,哪里肯往回路走。不过心恨沙、咪二人勾引云凤来此,当时暗算力有不敌,特意假作请二人指点路径为名,诱到山缺口里,云凤看不见的地方,来个冷不防,用邪法将二人迷倒，绕山侧小径逃回去，与妖人报信。及见沙沙来时，手中仙花并未放下，更趁心意。口里说着好听的话，身子渐渐紧挨着沙沙并肩而行，只盼再走近缺口两三丈，便即下手。忽闻咪咪在身后喝问，吃了一惊，忙回脸答道："你哪里知道，这缺口出去，便是山那边。现在暗中，你眼力不济，再走十几步，就可看出了。"咪咪喝道："几十里厚的山，这一点远近就可通过？你哄鬼呢！有话快说，再如往前，我们走了。"说罢，便去拉沙沙。忽听空中嗡嗡作响，还未及抬头观望，吁吁情知咪咪起了疑心，又见他伸手拉住沙沙，回顾云凤、尼尼，已被山石隐住。心想："再不下手，就来不及了。"忙答道："两位既不肯送我上路，我以前雪山实未来过，请你们把方向途径略说一些如何？"咪咪气愤愤地正在解说，吁吁便乘此时机默诵邪咒，暗使妖法。沙沙也看出他听话时神态不对，身子只往自己凑来，也觉有异，但未想到他断臂初接，死里逃生，会有那么大胆子。刚在心疑，吁吁业已诵完邪咒，忽然将身朝沙沙一扑，一手将沙沙手中仙花夺去，纵步如飞，往山缺口中逃走。

其实吁吁当时如用妖法，沙、咪二人必然被害无疑。只因心涎那朵仙花，知此花不能沾土，恐二人迷倒时落在地上。又因右手新接，不能使用，剩下一只左手，无法兼顾。意欲先将仙花劈手抢来，衔在口中，回身便跑，二人必然追赶，再用左手掐诀行法。谁想人算不如天算，命中注定该死。沙、咪二人见花被他抢去，又惊又怒，各举刀箭拔步便追。就在二人刚刚起步，吁吁将要行法之际，忽听空中嗡嗡之声越近。咪咪一按手中弩箭，尚未发出，忽又听前面轰的一声，从空中飞下数十条半尺长短黄晶晶的飞蜈蚣，一窝蜂似齐往吁吁头上扑去。接着便听一声惨叫，吁吁连人带花，被那数十条蜈蚣咬住，凌空而起，手足挣了几挣，便没声息，想已被蜈蚣咬死。眨眼工夫，蜈蚣隐入暗云之中，不知去向。

后面云凤闻得二人喝喊与天空嗡嗡之声，也已赶到，望见许多身有四翼，形如蜈蚣的怪虫，将吁吁衔去。一问就里，想起得花时所见洞顶蜂巢般的东西，与得花离崖所闻怪声，定是此物循着花香而来。区区小虫，如此厉害。那花如在沙沙手内，亦是必死；便是自己拿着，也不见得能不受一点伤害。不想吁吁一时行诈，倒做了替死鬼。好在果中仙液业已服食，那花不过能做伤药，无甚可惜。见沙沙失花害怕，反倒安慰了几句。因这一来，那枚空果壳也不敢随便拿着，忙裹入包中。带了沙沙、咪咪、尼尼三人，往妖窟进发。

那妖窟深藏在一条暗谷中间的悬崖之上，相隔山麓还有老远，沿路俱是巉崖峭壁，鸟道蚕丛，形势奇险，景物幽绝。前行不远，云雾忽开，山月渐吐，光照林壑，清澈如绘。又走出六七里路，转过一个谷中的曲径，行至崖腰高处。三小忽指前面，低声说道："那不是妖人住的冰屋么？"云凤闻言，顺指处一看，谷尽处，地势忽然展开，当中现出一座数十丈高下的四方广崖，前临幽谷，林木繁茂，后倚崇壁，积雪皑皑。妖人冰屋就设置在广崖当中，大约一亩，高有十丈。尼尼说是比前高大得多，想是近年收了小人之故。白雪为顶，坚冰作墙，晶莹朗澈，似与星月争辉。冰屋外面有十来个小人，正在崖上驰逐舞踊作戏。细一看，那些小人的身底下，都是虚飘飘的，有时竟凌空飞翔，离地数尺。知是练习妖法，并非戏耍。冰屋外观虽似透明，里面人物情景，却是用尽目力，一点也看它不见。

云凤心想："妖人此时虽在打坐，只是这些小人甚为惹厌，他们耳目异常敏锐，稍一近前，必被警觉。打草惊蛇，还是小事，这次不比上次，可以出其不意，暗中取胜。听那已死小人之言，妖人似已看出自己仅凭法宝，道力有限。明里交手，必非其敌。时机难再，又不便在此久延。"停步想了想，见广崖下有一条小磴道，猜是妖人所设，以备群小上下之用。崖形陡峭，磴道凿石附崖，径甚纤曲。看神气，不到将近崖顶，不易被上面的人窥破。不过由磴道上去，须从上下落谷底，然后小心贴壁猱升上去，也难不被上面群小看见。

云凤正在寻思，沙沙来说："尼尼说记得崖后并非垂直，乃是一个斜坡，老树荫浓，参天蔽日。头一次小人采药，初遇妖人，便打此道逃回。如由那里上去，沿途皆有隐蔽之所。只不过多年未来，不知有甚变动没有。崖后大山，高到望不见顶，上面满生各样有用药草。"云凤闻言，心中一动，便命尼尼引路，隐藏着身子，急速往崖后绕过去。

尼尼路径本熟，虽是多年未来，此时身临其地，全都想起，径引了云凤等三人，沿着崖壁，往上攀越。翻过谷旁峭壁下落，便是一条极深的枯涧。涧中蔓草丛生，老藤盘屈，日光不照，黑暗已极。一大三小四人，就在涧壁上攀萝援葛，鱼贯而进。不消片时，尼尼算计将到，微探头往上一看，果然正当崖后。四人上望，由下往上，俱是斜坡，松杉竞生，枝柯繁盛，阴森森的，都是千年以上古树。崖上冰屋小人，俱被林木遮住，看他不见。云凤恐错过时辰，忙引三小绕树穿行，往坡上跑去。将近崖顶，树林忽尽，削崖挺立，只有数丈高下，中间还有一条丈许宽的大道。

云凤暗想："这般上去，反正要被群小觉察，崖高只有数丈，何不突然纵上，出其不意，径直冲进冰屋，宝、剑齐施，杀死妖人，再行处置群小，比较神速稳妥。沙、咪等三个虽然智勇，终敌不过人多；何况崖上群小俱会妖法，自已如胜了还好，不胜岂不白白送命？偏生三小俱都忠心，适在路上，连命尼尼引到地头回去都不肯，沙、咪二人更是立誓相从，死生不二。如命他们藏在下面，见自己上崖多时没有动静，急速回走逃命，必然还是不肯。并且这话也不好说。上去又凶多吉少。"

云凤正要设词嘱咐他们，猛见咪咪已独自顺着当中那条坡道往上爬，将达崖顶，心中一惊，又不便高声喝止。幸而咪咪探头一看，便即飞至崖下。云凤未及申斥，咪咪已拉云凤蹲下，附耳悄声说道："崖上小人，有好些都是我们三个的亲友呢！我看他们一面跳着，不时三五成群附耳低语，指着冰屋，满脸庆幸之容。下来时，仿佛听到近身处两个小人在盼妖人死了好回去，绝不似先见的颠颠、吁吁两个那么可恶，说的都是大仙一样的话语。如引下两个一问，岂不有用？"

云凤暗忖："有小人卧底固好，但恐其心难测，一个不巧，反倒坏事。"正在踌躇，忽听沙沙微吁了一声，立时箭射一般，往侧下面树中便纵。咪咪、尼尼也已相继纵去。云凤赶到近前一看，乃是两个小人，一跪一立，业被沙、咪等三人按倒在地。内中一个，似与三小相熟，低声急喊："沙沙好人快放手，稍迟没有命了。"接着便听身侧吁气之声。偏头一看，离二小人不远，蹲伏着一个怪物，形如壁虎，长有丈许，却有两条寸许粗细，比身子长出两倍的尾巴，巨头阔口。目闪碧光，其大如碗，凸出在前额之上。口里平吐出七八条如蛇信一般的火焰。通体皮肉，是暗绿色中夹杂着一些灰纹，上面满是污泥，烂糟糟的，像腐了一般，看去异常污秽，时闻恶臭。本来蹲伏在地，见了生人，缓缓站起，这才看出那东西头颈间还绑着一根细铁链，系在一株古树干上。那两条细长尾巴，竟是可伸可缩。只往前爬了两步，便即停止。倏地肚皮一鼓，两条长尾，直向众人立处先后飞射过来。可是并不伤人，只在挨近人身数尺以内的地上抽打了一下，便即缩转。

云凤时刻留心，宝剑原在手内握着，情知不是善类。因它行动迟缓，又被链子锁着，长尾打出虽快，却打不着人的。想屏气忍着奇臭，仔细观察，到底是甚怪兽之类。说时迟，那时快，怪物的长尾又二次打到。云凤立处靠前，与怪物相隔较近，只觉身上微微打了一个寒噤。偶一回脸，见那两个被按倒的小人业已吓得面如土色，齿牙震颤，拉着沙沙低声急语。正要过去询问，咪咪忽然却步急语道："大仙还不将这怪物杀死，它那毒发出来，我们都没命了。"言还未了，怪物长尾又在近处地上打了一下。云凤刚听叭的一声轻响，身上又是一个寒噤，猛地醒悟，知是这东西在那里作怪。更不怠慢，连忙一横手中剑，身子一纵，飞上前去。正要斫落，忽闻恶臭愈烈，头脑闷胀，暗道："不好！"忙往外抢先喷气，以防把毒嗅入，再将口鼻闭住。那怪物也甚警觉，一见敌人飞来，口里一声枭鸟般的低叫，两条长尾相次往上挥起。云凤身法何等矫捷，拨草寻蛇，往双尾上一挥，就势一剑，朝下斫去。怪物身子被锁，无法逃走，连第二声都未叫出，立时长尾飞空，尸横就地。云凤恐中了毒，一得手，便提剑凌空，斜飞出去。那怪物双尾虽断，仍有知觉，竟如飞蛇一般，朝云凤身上射来。幸得云凤轻灵，身刚飞出，闻得脑后风声，一眼瞥见前面有一株古树，手按树身，往侧一偏，转风车似翻向树后。方一落地，便听滋滋两声，偏头一看，两条怪尾已先后如长竿也似笔直，钉向树上。

正要往众小人身前走近，忽见沙沙放了那两小人，五小一同起立，就在原处站定，不住摇手，连说带比，不要云凤近前。这次相隔较远，小人语声本来不大，五小恐被崖上人听见，说得更低。云凤知有缘故，只得停住。沙沙这才带了一个小人，留神看着地面走来，走到相隔怪物长尾打落之处约有七八尺以外，方行立定。招手将云凤唤至离身一丈远近之处，重又用手止住，说道："大仙杀的，是这里妖人喂的怪物，名为七步响尾壁龙。最厉害是那两条尾巴。它吃人时，先用两尾一递一下朝那人身旁不远的地上打去，打过的地方便留下一条黑印和极细的涎丝。人一挨近，它那长尾能屈能伸，立时觉察，飞将过来，将人绞死，勒成粉碎吃了，其毒无比。如今虽被大仙杀死，毒气还在，不但地上，凡是长尾下落的那一片都有，踹上去便不得活。现在这两面的地皮都被壁龙长尾打过，人不能进出，后面又有埋伏，我们五人都困在这里，不敢出来。须请大仙从七丈高处飞越进来，再带我们照样飞出，才保无患。"

云凤虽不信怪物已死，毒涎丝仍停留空中，因沙沙说得急切，便依言纵过，问道："你们这样大惊小怪则甚？前面说有怪物遗留的毒丝，后面走有甚妨碍？你三人不是打从后面来的么？"

咪咪已领了那两小人上前拜见，闻言答道："这两个俱是我们三人亲族，只因前年祭献时洞中犯罪人少，凑不齐那么多小人，小王当众招募，他们自愿舍身，被妖人摄到此地。见他二人伶俐，挑选下来，团了舌头，做了徒孙，没有杀害，两个取名健儿、玄儿。他两人原是亲兄弟。今早玄儿犯了错，想要逃走，被妖人捉住，用妖法将他困在此地。如果三日内壁龙没将他吃去，再行责打释放。那壁龙长尾挨着人七步必死。可是身子被妖人用法锁在树上，整天钻在污泥里睡觉。玄儿被困的地方，就在这树底下，只要三天三夜，时刻留神，不出声音将壁龙惊动，等它发威想吃人，用长尾打地时，记准打的地方，知道避开，或者也能逃得一死。

"适才健儿乘妖人入定,偷了些吃的前来看望。不想这次换了一样妖法,只要进到玄儿跪的地方三丈方圆以内,前进便是送死;仍从来路走,便要被恶物吃掉,不能回去。他二人正在着急,大仙同我们便先后来了。说是前面没有埋伏,怪物已死,只是求大仙带了大家,飞身纵出,便可活命。我三人已对他们说了来意。他们知道这里小人十有八九都恨畏妖人入骨,无奈一逃出去,只要走过我们来的那片雪山,不知怎的,身子便被陷住,不多一会,仍被妖人凭空摄还,不是立时被妖人杀死祭幡,便是捉来跪在这里喂壁龙。即或妖人安心不要这逃人的命,行法时暗中加以阻隔,使长尾打不近人,也要吓个半死。十人中至多只活得一两个。他们终日提心吊胆,除了已死的颠颠、吁吁和两个名叫葛儿、福儿的外,巴不得妖人遭了天诛。

"个个晓得这四个心腹小人算是全小人中的小头目,妖人打坐时,总是这四人分班领了别人,在冰屋之中护法轮值。偏巧今晚葛儿和福儿俱在冰屋之中,另两个又死。余人在上面并无职司,只因无处可去,又不似那四个整天想讨妖人的好,闲来满山遍野,代他去找青白仙花。妖人回醒还有老大半天,一时没事做,在那里练习布阵,上去一招,便可全引下来。他二人已经死里逃生。"

云凤闻言甚喜,虽则小人力弱,不能倚以为助,到底分去妖人一点力量,自己也可径直冲入冰屋下手,无须有所顾忌。略一寻思,便对健儿、玄儿说道:"我用不着你们做甚内应,只要你们能对我说出冰屋虚实,妖人有无什么克忌之处,从哪一个门进去,里面有何妖法埋伏,有无趋避之法,那十三页白阳真人天书藏放何处,你们当他打坐时是否可以随便出入,我进冰屋时你们或是先向别处躲开,或是装作不见,这就行了。"

健儿道:"冰屋中妖法,全在那些幡上。这三个门户,中门、左门最险。中门人一进去,便即晕倒。左门进去有烈火烧人,甚是厉害。只右边一门可入,却又隐而不露,外人不易进去。以前他打坐时,除身旁轮值护法的人外,别人本不准进去。还是去年冬天,他偶占一卦,说是灾劫将来。他学那白阳真人天书上的道法,人一入定,有时竟和死去一般,虽然预先行有禁法护身,冰屋中满布埋伏,终恐外人乘虚入内,万一道法高强,虽不能伤他本人,却可将他辛苦炼成的法宝破去。又恐我们这些小人为人劫走。这才在这班人中,除葛儿、福儿等四人外,又连我弟兄两个挑出十四人来,各人给了一道符,传了一些术法。进屋时只需往右一照,门户道路立时现出。走进去不从幡下过,绕行上去,在他面前悬的一架小钟上一敲,他便立时醒转。不过人也只能走到钟前为止,再近前仍是不能。这符我倒得有一张,大仙如用,当行奉上。那白阳真人十三页天书，他视如至宝奇珍。偏生那书甚大，不能带在身上法宝囊内。他为此事，特地用千年黄楠做了一个匣子，供在屋顶上面。四外俱有妖幡围绕，看去只是一片光华，并不见书，只恐不易先取到呢。壁龙被大仙所杀，我又不该私自与弟相见，他如不死，我二人决活不了。只盼大仙能灭了他，叫做甚就做甚。至于克制他的法子，却不晓得。我们不能由后面来路出去，要大仙带着跳出，便是因那里放有一面小幡在作怪。"

云凤顺他指处一看，果然身后崖壁插着一面极薄的白麻小幡，满是用鲜血画就的符箓，隐隐见有人影印在上面，看不甚清。此外并无甚别的异处。因听小人说，近前不过被阻，除非硬要逃出，才行昏倒。自己还要深入虎穴，岂可见此却步？便把飞针也取在手内，打算试它一试。为求谨慎，先挟着五小，如言飞越，一一带出了圈子。然后嘱咐五小暂候，重新纵入，故意往前。刚走上去丈许远近，便见那幡无风自展。接着一团浓雾从幡上飞起，雾影中裹定五个浑身浴血，与小人一般大小的厉鬼，做出攫拿之势，迎面缓缓飞来，渐近渐大。才知那幡便是被害小人生魂所炼，益发不在心上。迎上前去，刚一横手中剑，那五个厉鬼好似知道厉害，便即停了步，做出又想伤人，又害怕的神气，欲前又却。云凤看出妖幡伎俩有限，本想用飞针将它毁去。后又想起在戴家场时，听玉清大师等仙人说，左道妖法大半与本人相连。此时破了妖幡，难免被妖人警觉，既可纵将出去，何必多此一举？试往后一退，那五个厉鬼也跟着追来，追到原处，便即自行隐去。云凤见五鬼追有一定界限，并不苦苦穷追，知是专为禁制小人而发，便不理它。仍由高处纵出一看，只沙沙、咪咪、尼尼三人在等，健儿、玄儿已往崖上招人去了。

等了不多一会，健儿、玄儿领了崖上群小来到，齐向云凤下拜。一点人数，不算原来五小，已有四十五人。玄儿又说："在冰屋中轮值的还有好些，除葛、福二小人死心为妖人鹰犬，喜作威福，欺凌同类外，俱是受了胁迫禁制，无法逃归，朝不保夕，并非本愿。望乞大仙开恩，少时前去除妖，不要一体杀害。"余人也是异口同声，一般说法。并说葛儿、福儿挨近妖人，站在身侧，各执一面三角妖旗，指挥全冰屋中埋伏，极容易认出。云凤暗忖："这些小人境遇可怜，万一自己不能获胜，岂不害了他们？"故意低喝道："你们所说，我也难以尽信。如今我命沙沙、咪咪、尼尼、健儿、玄儿五人监看着你们，等我除了妖人回来，再行发落。你们愿否？"群小知云凤是前日打伤妖人的神仙，如今赶来除害，甚是放心，并无异言。

云凤行时又嘱咐大家，都躲往林中僻静之处。如见妖人被自己打败，逃经此间，略有动静，急速各自散开，以免万一妖人漏网，当时不曾除去，等自己走后重来，你们也可推作自在林中闲游，并不知道上面有甚动静。如被妖人看出破绽，可说正在玩耍，被一个手持拐杖，满头白发的老婆婆带到此地便了。妖人知你们能力本来不济，也不致迁怒杀害。云凤原意，即使自己不济，至多沙、咪等五人受害，不致累及群小。说完，便不容群小答话，从健儿手中要过那道妖符，便往崖顶飞纵上去。

云凤行近冰屋一看，那冰屋中、左两门甚是明显，余外都是烟霏雾涌，看不出哪是冰屋。自从妖人得了白阳真人十三页图解，打坐时，已使妖法在内遮蔽，以免护法小人看见外面景物分心。除妖人自己，里外都看不见。还以为冰墙透明，由内可以看外。云凤恐被屋中人看出，不敢由中、左二门经过，特地鹭伏鹤行，绕向右面。心里默祝着五姑灵佑，手取妖符一照。那妖符是一面两寸来长、一指多宽的竹牌，上面绘着许多骷髅、符箓。才向冰墙一照，墙上烟雾便即散开，现出一个二尺多高，仅供小人出入的门户。悄悄探头一看，屋中幡幢林立，二十多个小人，各执一面妖旗，闭目合睛，按八卦形式站在那里。当中坐定前日所见的妖人。身旁果有两个执三角小幡的，这两小人眼却未闭，一手还各持一根长鞭，向四外小人查看，只要稍有移动，便一声不响，挥鞭打去。看去此鞭连柄不过三尺，可是无论多远，都可打到。吓得那些小人如泥塑木雕般，长鞭打到身上，气都未见敢喘。知是葛、福两小，见他们倚势凌践同类，群小畏之如虎，好生愤恨。心想："这两个小坏种，如不同时除去，他们手中那两面旗，便是妖法枢纽，见人挥动，妖法发作，事就更难办了。"还算好，右门当中两小的侧面，相隔又远，算计一纵可达。当下仍照前会妖人之法，先把气沉下去，取出飞针，一手握着宝剑，轻轻移进门去。进屋才数步，葛、福两小似已有了觉察，心里还只说是自己人有甚要事进屋，向妖人禀告。刚一转脸，云凤早急忙将身子一纵，飞上前去，右手举剑，一个顺水推舟之势，平挥出去。两小见一个从未见过的大人飞近身来，刚在吃惊，"咦"了一声，还未及看清来人面目，剑光过处，身首异处，尸横就地。

云凤右手剑才往上一挥，左手飞针也跟着向妖人发出。这一针按说妖人本难活命，也是妖人积恶如山，不能让他这等轻易死去。自从日前受伤回来，总是心神不定，屡次卜卦，都无佳兆。嘴里虽说得硬，要去寻那日前所遇女子报仇，实则震于白发龙女崔五姑的大名，不特不敢去寻她门人的晦气，并且时刻都在提心吊胆，深恐人家跟踪寻上门来。又加伤势初愈，真气受损，尽管照常用功，却是不能久坐。

无巧不巧，恰在这时醒转，听见小人惊咦之声，便疑有变。一开眼见面

331

前光华一亮,正是前所遇仇人,正待施为,云凤飞针已是发出。妖人吃过大苦,惊弓之鸟,一见又是一溜雷火飞到,连忙将身从座上借遁光纵起。只顾急于逃避,却忘了身后摄魂法坛和座位上插着的那面主幡,人虽没有受伤,这两件要紧法宝却被雷火过处,炸的炸,毁的毁,数十百道黑烟飘散处,化为灰烬。他见来人一到,先杀了两个主要的护坛使者,屋中妖法重重,也全无效用,又将这两样法宝毁去,他不知云凤事出无心,以为是个行家能手,寻常妖法必然无功,不由大吃一惊。更恐来人将多年辛苦经营的巢穴毁去,太觉可惜。明知不敌,痴心还想将敌人引出,作困兽之斗,便往屋外飞去。

妖人这一怯敌,无形中却给云凤平添了不少便宜。一飞针虽没伤着敌人,却打毁一坛一幡,冒起好些黑烟,也不知有什么玄虚,见妖人不战而退,心中大喜,胆力越壮,喝声:"该死妖人哪里走!"便舍了屋中群小,追将出来。

云凤身法虽快,终是步下,哪有妖人迅速,到了外面,妖人已无踪影。正不知应向何方追赶,猛想起日前除那许多双头怪蛇时,飞针原能随意指挥收发,现在看不出妖人逃走方向,不知能否如意?且试它一试,再作计较。当下把针托在手上,心中刚一默祝,一溜雷火已飞起空中,只略一旋转,便向来路崖下投去。云凤奔向崖边一看,妖人并未逃走,站在左侧林前空地之上,禹步行法,身畔飞起一道夹着火星的青黄光华,将飞针敌住。再看群小,除尼尼卧在地外,沙沙、咪咪、玄儿三人不知藏向何处,余人也都四散藏起。只健儿同了另外几个小人,想因藏的地方不妙,恰是敌人所画的圈子里,已被发现,无法躲藏,俱纷纷向着妖人诉说云凤所教的那一番话。

云凤见妖人未去,却在那里口中喃喃,指天画地。飞针又被妖人用法宝敌住,手中还剩一口宝剑,不知他使的是甚邪术,丝毫不知应付之法。虽然脚底仍待飞身纵落,心中却是有些忧虑。一听健儿等所言,忽然灵机一动,就在将往下纵之际倏地停步,向后故意央恳道:"弟子初次行道,求仙师赏一全功,待弟子擒不住妖人时,再行相助不迟。"一面说,心中暗祝五姑默佑,休使曾孙女儿败于妖人之手。一纵身往下跳去,大喝道:"大胆妖人,还敢负隅!我奉仙师白发龙女崔五仙姑之命,前来拿你,快快束手受擒,饶尔不死!"随之一手握宝剑,往前便跑。

妖人一听云凤那般说法,又见所放法宝是一条梭形的雷火,隐隐带有金芒异彩,与各派不同,极似平日所闻凌、崔夫妇二人的家数。自己的子母飞星槊仅抵得片时,以备抽空行法,敌人一运功,便敌不住。以为真个五姑亲来了,否则一个刚入门不久,连纵遁飞行尚且不会的幼女,决不致命她一人下山涉险,为师门丢脸;便是本人,也不会有此大胆。健儿等又是异口同音,都说在崖上玩耍,被一个银发持拐的老婆婆用手一招,便身不由主分落崖下,晃了一晃,无影无踪。两下里对证,越想越真。前辈剑仙中有名的辣手,自己如何能敌?不由情虚胆寒,几乎将已拿出来要行使的数十面三角妖幡重新收起,见机逃走,免得和以往死在凌、崔夫妇手下的妖人一样,身遭惨戮了。当这进退瞬息之际,猛一眼看见四外出现了好些个小人,十九俱是自己收的徒孙,内有一两个面生小人在里面,俱各满面笑容,有的还对着自己戟指互语,颇有叛意,心中好生奇怪。

原来沙、咪和众小人过信云凤,又见妖人逃下崖来,云凤便跟踪追下,益发认为妖人必死无疑,大半放心大胆,从各藏处钻出,看妖人怎生就戮,以泄平日之恨。不料这一来,却几乎害了云凤。妖人见了群小,忽然心动。暗忖:"敌人两次俱打着白发龙女崔五姑旗号,始终未见五姑本人的面。一下崖,又只用虚声恫吓,并未急速追来,颇有怯敌之意。前日相遇,无心中吃了大亏,本猜是那小人的王约请来的帮手。适才刚制倒一个生人,未曾细问。如今又在众徒孙中,发觉这两个面生的小人。以前葛、福等四徒孙原说群小思家,心存回测。自己还想小人虽极聪明,并无甚能力,决无此事。看今天他们神气甚是可疑,莫非在这两日中,小王暗中派了他们同类,带了仇敌,乘自己打坐入定之时,勾引他们内叛,打听出虚实避忌,想行刺不成,再将自己吓退?那贱婢或许是五姑的门徒,可是背师行事,五姑却未亲来,否则这等道法高强的人,要这些小人做内应则甚?此事还须慎重,休要沟里翻船,中了贱婢的道儿。她不过是一宝一剑,并未见有甚别的出奇之处。两次俱是遽出不意,被她占了便宜。就是敌不过她,只要留心应付,一见真不济,再行舍此逃去,也来得及。"

说时迟,那时快,妖人念头刚转,云凤已跑到跟前。妖人见她不但没有别的伎俩,连现成空中一件异宝都似新得到手,只知发放,不会以本身真气运用。更料定来人刚入门不久,一些道法不会,便偷了师父法宝,下山闯祸。自己白虚惊了一场,不由气往上撞,目露凶光,狞笑一声,怒喝道:"不知死活的贱婢!那日你祖师爷遭你暗算,还未及寻你算账,今日上门送死,又暗伤了我的法宝。现在马脚已露,还要打着老虔婆的名号。休说是你,便是老虔婆本人亲来,又当如何?少时就擒,你祖师爷如不将你这贱婢摆布尽兴,万剐千刀,以报前仇,誓不为人!"说罢,手一扬,便是数十道五色烟雾,箭一般从空下落,将云凤团团罩住。

云凤人本谨慎仔细,知己知彼,虽然两次出手,俱占上风,并不以此自骄。总觉自己不会法术,只凭一宝一剑,一有不济,万事皆休。一听妖人看破行藏，诈未使上，便知不妙，立刻停了脚步。再见数十道彩烟射落，心中大惊，不知如何御敌，只得将新学剑法施展开来防身。

妖人眼看敌人就要晕倒，忽见烟中现出一道光华，将敌人身形裹住，电闪星驰，上下飞舞，暂时竟难伤她。并非身剑合一，却能人剑不分，也看不出是哪一派的家数，也自惊奇。心想："任你剑法多好，反正你逃不出去，稍有疏忽，只要我的五行神烟一射到身上，也不愁你不束手受绑。现在那些谋叛的小孽障，正好乘此时机，捉来审问明白。等敌人少时昏倒，再设法去收她那法宝。"心中打着如意算盘。

再一看四外小人，就这一转瞬间，想是看出仙人被困，神气不妙，俱都纷纷逃没了影。只有健儿等，因自己先前重视敌人，打算布置最厉害的迷魂法术，引他们入伏，恰巧他们都落在圈子里，无法逃避。又想起五姑虽未见过，闻得人言，她虽生就满头银发，却似一个半中年的美妇，既然听说是老婆婆，适才所说，分明不对。以前只说小人们个个聪明，收为徒孙，免却一死，以备异日大用，不料转眼之间，全数背叛。越想越咬牙切齿痛恨，决计少时除了仇敌，捉住群小，都杀了祭幡，一个不留。

一眼看见健儿等尚在圈内，一个个战兢兢，望着他吓得直抖，益发暴怒如雷。一面行使妖法，去制云凤；一面圆睁怪眼走过去，伸出鸟爪一般的手臂，当胸一把，将健儿抓了过来，往地下一掷，怒骂道："你们这些昧良的小孽种，师爷爷当初大发慈悲，饶你们几个不死，又开宏恩，收为徒孙，哪些不好？为何一旦之间，勾通外贼，叛逆行事？还敢打着崔老虔婆的旗号，帮着仇敌行诈。你们没见那贱婢胎毛未褪，道法全无，至多盗了一两样法宝，偷下山来，与老虔婆现眼？自被你师爷爷看破，微一举手，便成了网中之鱼。少时擒到，定要将她锉骨扬灰，再将你们一齐杀死，方消我恨！只是你们这些小孽种都随我多年，今晚打坐时，还没有看出你们破绽，心变得这么快，到底是全数同谋，还是受了几个坏人的蛊惑，何人为首？快快招出，免得惹爷爷生气，你们临死也不得痛快。"

健儿见仙人被困，自知无幸，打算把罪过都揽在自己一人身上。心一横，神气顿壮，慨然大声说道："我们有甚人蛊惑，要背叛你？明明大家都在崖上练习布阵，遇一个手持拐杖的白发女仙，手一指，便到了此地。老妖鬼你看，你那喂来害人的怪物，不也是被仙人杀死了么？"还要往下说时，妖人一听他出言顶撞，又骂他是老妖鬼，不禁大怒，口里骂道："小孽种，活见鬼，便是老虔婆亲来，我也把她碎尸万段。我先把你吃了，看她救你不救？"

妖人说罢，刚要抓起健儿，去下毒手，忽听身后有一女子声音笑道："大胆妖孽，当真地要见我么?"妖人骤出不意，不由吃了一惊。回头一看，一个手持拐杖，满头银发的中年美妇，正含笑站在那里，手指自己点头呢。一想到那形相正是传说中的白发龙女崔五姑，未免胆寒。参着胆子，喝问道："你是何人，前来管我闲事?"那银发妇人道："你不是要见我这老虔婆么? 我来了，你却不认得。似你这等妖孽，真把你祖师的脸面丢尽了呢!"说到这里，突的绿眉插鬓，面容遽变，左手拐杖一指，一道五色毫光朝着妖人电射而出。同时右手一扬，又是一团雷火，朝云凤围身的那团烟雾中飞去。再一指空中飞针，雷火大盛，将妖人法宝裂为粉碎，流光四散，飞落无踪。

妖人一见情势不妙，吓得心胆俱裂，也把手一扬，数十面妖幡化成数十道黑烟，夹着无数啾啾鬼哭之声，朝前飞去，准备阻挡一阵，好驾遁光逃走。刚要遁起，便听银发妇人笑喝道："你已恶贯满盈，还想逃么?"接着便听一声霹雳般的大震，立时眼前奇亮。抬头一看，先见那道五色毫光不知何时飞向高空，似光网一般，布将开来，交织着往下压到。一震之后，纷纷飞散，银雨流天，万星飞射。妖人身才飞起数十丈上下，四外都被围住。刚喊得一声："大仙饶命!"只见千万点银芒往当中一合，当时全身化为飞灰，形神俱灭，尸骨无存，死于非命。

这边云凤正在力竭难支，忽见一团雷火飞将过来，只一照，便将妖烟邪雾一齐消去。定睛一看，前面站定银发美妇，正是叔曾祖母白发龙女崔五姑。不由喜出望外，忙即飞跑过去，近前跪下，口尊曾祖母，叩谢活命之恩，并求饶恕她离山之罪。五姑笑道："这难怪你，是我临时受了至友之托，来晚了些日子。虽累你受些苦楚，却因此得益不少，还收了这两个小人，足可供你山居奔走之用了。"说时，妖人业已伏诛。五姑吩咐群小聚集拢来，去至崖上，发付完了再说。

云凤忙将沙沙、咪咪、尼尼、玄儿四人从藏处唤出，连健儿一起寻来。群小除已死的四个不算外，共是七十二人，随五姑去至崖上，走入冰屋里面。由五姑破了妖法，放了已死小人魂魄，由他们自去投生。又取了白阳真人十三页图解。将屋中小人一律唤出，用雷火炸毁了冰屋。好在四个极坏的小人已死，其余俱是胁从，都跪在地上谢恩不迭。五姑正要行法送他们回去，健儿、玄儿、尼尼三人忽然跪近五姑、云凤身前，再三乞求宁死不愿回洞，愿随二位大仙前往山中服役学道。五姑见健儿、玄儿俱甚聪明，根基颇厚，只尼尼年老一些，便对云凤道："你所收二小人都好，自然跟你上山无疑了。这些小人，个个聪明，我也想挑两个，与一位道友带去，作那守洞童儿。难得他们出诸自愿。这一个本元已亏，跟了去也是无用。就带这弟兄两人吧。"余下小人看出便宜,也都纷纷要求。五姑看了看,对尼尼道:"仙缘前生注定,此事不可勉强,我送你们回去吧。"说罢,吩咐云凤同沙、咪、健、玄四人在崖顶暂候,等她回来再行,同上白阳崖去。云凤恭称遵命。尼尼等还要再求,五姑袍袖挥处,一片毫光,已摄了群小凌空而起。云凤自在崖上静候。

云凤等不一会,忽听破空之声,抬头一看,一道经天长虹,青光耀目,本由东往西飞过,倏在空中一个转折,眨眼工夫,落到面前。光敛处,现出一个鸠形鹄面,穿着一身黑衣的中年妇人。四小人当是妖怪,吓得四散奔逃。云凤在戴家场见过世面,看出来人剑光不是妖邪一流,忙一定心神,正要上前施礼请教。那妇人已开口问道:"你是何人门下?看你投师未久,怎得在此?那几个小人,是哪里来的?"云凤躬身答道:"弟子凌云凤。家师白发龙女,又是弟子的叔曾祖母。现往山那边,少时就回。不知仙长法号怎么称呼?因何降此?望乞见示。"

妇人笑道:"原来你就是凌叫花的曾孙,崔五姑的门徒么?资质倒也不差。我姓韩,多少年不曾出门了,今天还是第一次,往赤城看个朋友回来。因听他说,这里小人国附近白阳山脚下,盘踞着一个妖人,专一杀害小人,祭炼妖法,无恶不作,名叫滕角,乃寒山妖道钟量的孽徒。我那朋友现正走火入魔,焚信香求救,将我请去,刚给他治好,还不能出门,请我便中将这厮师徒除去。归途顺道寒山,那厮已用他那独门炼就妖术掌上乾坤寰区片影之法看出我将到达,知道不敌,预先带了两个孽徒,逃往广西黄曲山恶鬼峡万丈泉眼之内潜伏,不易搜除,我又急于回家,本想日后再来除害。行经这里,空中遥望,见你和几个小人在此,先以为是滕角妖党,细看不类,就便下来,看个究竟。看这里情形,妖人当已除去,那几个小人定从妖人手中救出。莫非五姑好奇任性,这等质禀脆薄的小人,也要带回山去传授么?"

云凤听那口气,颇似五姑老友,益发起敬,便把前事略说大概。姓韩的妇人笑道:"她夫妇从前一个门徒都不肯收,近来听说比我还要好事,果然不假。你快喊他们近前,让我看上一看,到底能造就么?"沙、咪、健、玄四人正藏身崖石后面,云凤一喊即至。

那妇人细看了看,笑道:"这里的小人,本来也是大人,并非靖人一族,乃古黄夏国孑遗之民。因为万年前,拥有广土众民,丧心病狂,不知振拔,外媚内争,刁狡贪欲,竞尚淫佚,又复惧怯自私,以致土蹙民贫,人种日益短小,终于亡国,几乎种类全灭。仅剩下一些没被异族杀完的小人,逃入此山深处,与木石居,与鹿豕游,受那鸟兽虫蛇之害。体质最是柔脆,居然也有这等优秀的人出生。想是剥极必复,他们近几代君民觉悟前非,追忆先民亡国之痛,才有此转机了。"

云凤又把小人洞中所见,略说了几句。那妇人道:"这几个资质都还不差,虽无大就,必有八成,难怪受你师徒垂青了。五姑就在前面,我已来了些时,如何还不见来?本想略叙阔别,偏又急于回去。她来时,可代我致意。她这小人,如能赠我一个,可命你与我送去,当不使你虚此一行哩。"说罢,云凤方要问她家住何处,一道青虹刺天而起,眨眨眼破空入云,不知去向。

云凤方在惊叹,玄儿忽走过来道:"这位大仙站在那里,怎和刚才那位救我们的仙祖不一样,身不沾地,好似轻飘飘的?"云凤闻言,也想起刚才那位中年妇人周身黑衣,好似烟笼雾约,罩着一层精光,身子果如凌空一般。算计必是一位盛名的仙人,只可惜不及问她名字住处。

等了一会,见五姑还未回来,心想:"难道在这里,还会和在白阳崖那般,一去不来么?"见沙、咪、健、玄四人高高兴兴立在一处聚谈,一听竟是谈那晨露花的来历。自己本有心禀明五姑,再在附近产花之处寻找。因健儿颇知该花底细,喊过一问,才知那花共只发现两朵,已极难得。一朵先被妖人取去,因不知服法毁了,懊悔得了不得。后来从白阳十三页中悟出服法,派群小满山大索,无奈那一朵在采时受了惊,隐入石土之中,再也找它不见。妖人已然死了心,不料会被颠颠发现。他为人看去柔弱,却比吁吁还要来得阴险,自己发现的仙草,却唤吁吁同去,取了来献功,也未安着好意。定是早就知道在穴中有护花的怪物,想拿吁吁去送死无疑。并且那两小之言,也有好些不实不尽。晨露花所结仙果中的花露,乃万年冰雪精英钟孕而成,服了固可长生,便连那果肉果皮,无一样不是有奇效的灵药。云凤猛想起那个果壳,因恐怪物飞来伤了小人,曾用麻布包扎严紧,交给三小手内。一问咪咪,别的东西都在,说适才逃避妖人时,还见尼尼拿着,想是五姑送群小回洞,走得太速,连那小包一齐带回王洞去了。好生可惜不置。

正在谈说,眼前光华一闪,五姑现身飞回,忙率四小人重又上前叩拜。五姑说:亲送群小回去时,在小王洞前,遇见寒山妖道钟量的大徒弟五木鬼师樊森,来寻他师弟妖人滕角。路经那里,看见群小,正要加害,被自己将他双臂研断逃去。恐日后再来为害,已在洞外下了禁法,并传给驼女闵湘娃怎生应用,所以来迟了一会。并说晨露果壳,连同洞崖上所生异草,可制许多奇效之药,也传了驼女,命她日后配制备用。

云凤便将适才所遇姓韩妇人之事禀过。崔五姑喜道:"你能遇她,仙缘着实不浅。此人乃是现在数一数二的散仙神驼乙休当初的妻室韩仙子。自从当年夫妻二人为一件事情反目,她便将躯壳委化,藏入天琴壑内,设下禁

337

牌神法,命她门下两个女弟子,在那里终年看守,自己隐入四川岷山之阴白犀潭底。你现在所见乃是她兵解以后所附的形体,并非原来法身。现在她想是用道家内火外焚之法,已渐将这第一躯壳化净,所以你们看去如同烟笼身子,凌虚飘浮不定。此人得过玄都真传,道法高深。闻说多年不曾出世。她既命你日后给她将小人送去,必有好处与你。不过此时尚去不得。前面不远,就是白阳山麓,你且随我回山,传授你些剑法吧。"

云凤闻言,抬头往前面一看,果有一座大山,高插云表,自腰以上被云雾遮住,看不到顶。不想连日悬盼探索的仙山,就近在眼前。方自心喜,五姑已吩咐云凤和四小同立一处。云凤觉眼前一暗,身子便凌空而起。这次上升,同前次云中坠落,一喜一忧,简直判若天渊。转眼工夫,过了山腰,穿出云上,顿觉天空气朗,眼界大宽。回眸下视,更见云海苍茫,风涛万变,周身似有光华隐现,看去风掩云飞,疾如奔马,却吹不到身上来。四小俱吓得闭目合睛,互相抱紧,随同上升。只五姑不见踪迹。方自惊疑,直上之势忽住,改了朝前平飞。猛见一座高崖劈面压到,还未等看清,人已脚踏实地。定睛一看,正是日前故居白阳崖洞外面,见五姑正立身侧,慌忙翻身下拜。四小人也跟着跪叩不迭。五姑一齐唤起,命云凤在洞外,将所习图解练将出来。

云凤因近几日连服灵药仙果,越发元气充沛,神旺身轻,又加仙师在前,格外用心。五姑一面指点传授,等到练完,喜道:"我本意来时你能将那图解悟出一半,也就算是难得了。你竟能悟彻玄机,触类旁通,精进如此。照这样练下去,这外层功夫,有象之学,纵无师承,也可练成无疑。我因你叔曾祖父近在青螺峪创立宗派,有好些事要我相助,正苦不能时常分身,来此授业。恐你学业未精,缓日赴那峨眉山凝碧仙府盛会时,在小辈仙侠中相形见绌,负你虔心向道之诚。偏你无端失足,诛戮妖人,巧得数百年不曾出世的白阳真人十三页图解;又因此事与韩仙子相遇,将来亲送小人前去,不得异宝,必受教益。仙缘深厚,虽尚不如峨眉门下的三英二云,比起别人,已强得多。现得此图解,只需我略微讲解,再传你剑术,便可自己用功,按图索骥,无须我常来亲身传授了。适才我到小人洞中,见了许多小人,竟然个个聪明。惜乎天赋均极脆弱,无一可望成者。仅这四个资禀心志都在中人以上,却被你无心接引到此,为千古散仙、剑侠留一佳话。可见前缘注定,不可强求。这四小人,暂时随你在此为伴,可将坐功一一传授,课其勤惰,以待我的后命。沙、咪二人与你曾共患难,又是你自己选得,可收在你的门下。健儿自有他的机缘。玄儿等你图解贯通,剑术精纯,到了身剑合一,绝迹飞行地步,可自行离山,将他送往四川岷山白犀潭去。求见韩仙子之后,再带沙、咪二人下山积修外功，静候峨眉开府，去赴盛会便了。"说罢，便开始传授剑法真诀。

云凤因听五姑说不能常来，好生喜惧交集，又不敢请求，只得敬谨虔诚，心领神会，一一紧记在心里。传习以后，五姑未行前，又将那十三页图解翻开细看，遇有心疑之处，详请训示。五姑笑道："曾孙女儿无须如此，以你这等苦心毅力，焉有不成之事？现时纵有不明之处，学到那里，自能领悟；况我有暇，仍会再来，并非从此绝迹，你担忧着急则甚？你那食粮衣物，已为你存放洞底。如值空乏，沙、咪、健、玄四人俱惯山行，可以采办山粮。不过这里罡风太厉，今日风小，恐已难支。他们不比你，至少须勤练二百十九日，方能骨髓坚凝，不畏风寒。再者他们人小力弱，出去遇见稍大一点的鸟兽，便足为害。崖下深谷广原之中，珍禽异兽甚多，到处产生黄精、首乌之类的山粮，是你师徒五人必游之所。其势你不能每去都相率同往，也须做一准备。我索性成全你们，赐他四人各服一粒。这是你叔曾祖父在崆峒绝顶，采用十洲三岛八十九种仙草，与千年玉露合炼而成的仙丹，使其能在罡风之中游行上下，不畏寒暑。另赠每人一支归元箭。此箭乃我初学道时，山居防身利器，随发随收，不用弓弩，一传即会，至为容易。虽不足与飞剑、飞针等宝物抗衡，但不论多猛恶的鸟兽，只要不是精怪，足可应付。此外再传你隐身之法，以备你剑术未成之前，闲中出游，遇见异派中能手狭路寻仇，一个抵敌不住，立可隐身而去。这洞外有我施的禁法，只要进洞，他便无奈你何了。你约有旬日方可精熟，到时再将此法传授他们，同防万一。"

云凤闻言大喜，率四小跪领仙传之后，又请五姑将那洞外禁法怎样收用，再行传授，以免万一有自己人寻来，不得入内，误蹈危机。五姑也含笑应允，分别传授已毕，笑对云凤道："我已为你多延了好些时候，你要努力上进，我去了。"说罢，众人只觉眼前精光电转，人已不见。云凤慌忙率了四小跪倒在地，敬谨拜送不迭。

待了一会，才同进洞去。洞中景物依然，只是洞底添了许多衣粮用品，以及一针一线之微，无不备具。这才明白以前除一些干粮外，无一不缺，乃是五姑故使尝尽艰苦困乏，以试她的诚心如何，心中好生感激。因四小多未进食，先将小人洞中带来的干粮分给他们。沙沙为首，率领咪咪、健儿、玄儿三小，向云凤重行拜师之礼。吃完干粮，云凤又给四小安排好了宿处和用功打坐的地方。然后传授入门功夫，四小俱极颖悟，云凤甚喜。

练了些日，云凤便率领四小出洞，采办野果山粮。山中异果嘉实，多到难以数计。尤其是那山谷里面，不但物产丰美，景致奇丽，而且气候温和，四时皆春。可居住的好崖洞也甚多。玄儿问这般好去处，采办果粮也方便，师父何不搬了来住？云凤本嫌玄儿心野不纯，便申斥道："修道人原要辛苦刻厉，含辛茹苦，才能有成。别的不说，单那白阳真人的壁间遗图，穷搜天下，哪里找去？如为暂时眼前享受，何不到红尘中去住呢？洞中奇景，也不在少，这里不过花果多些罢了。你四人遇上这等旷世仙缘，难道还不足么？"玄儿默然。云凤因日后要送他往白犀潭去，恐道心不固，替自己丢人，从此对他格外留了份神。玄儿从此也不敢提前事。后来云凤日益猛进，用功愈勤，除随时传授四小逐步渐进外，往往一坐数日，足不履地。四小每日做完功课，也常离了云凤，往谷中闲游，采办果品。有时竟只两人偕往，仗着有五姑所赐飞箭和隐身之法，遇到蛇兽，也不妨事，越来越胆大，走得越远。不提。

云凤时常考查他们功课，看出四小都是一般，聪明有余，根器不足。最吃亏的是元气太弱，尽管求好向上，一点便透，做起来进境却不甚快。知他们始因乃祖乃宗的元气凋伤太甚，以致后世子孙隔了千百年，仍旧身受其害。限于资禀，无可如何。

时光易过，无事可叙，不觉过了四五月光景。

这日五姑忽然驾临，见了云凤，大加奖许。云凤闻得奖语，益更兢兢，丝毫不敢自满。更将四小进境迟缓说了。五姑笑道："痴孙女，你当他们也和你一样？他们千百年来，均是吃了聪明的亏，见异思迁，浅尝辄止，只知依人，懒于上进。子孙承此遗传，流毒无穷。亡国以后，不是不想求好，只苦于没有恒心，终于局促于荒山一隅之地，与鸟兽同喘息，一事无成，形同异类。似他们这样能向道用功的，我那日细看全洞，还再找不出一个呢，这就很难得了。否则上天有好生之德，爱人尤甚，他们那一族人身受惨痛，已历多世，兴灭继绝，为修道人的莫大外功，他们藏处虽极隐秘，与世间隔，常人不到，怎瞒得过过往仙侠？如见他们稍有转机，谁不援手？还不是看出他们俱都不可造就，才任其自生自灭的么？"

云凤道："孙儿也不是没想到这一层，但又想到，既为孙儿弟子，如所学不济，异日难免贻羞门户，所以放心不下。曾祖母道法高深，必有回天之力，可否大发鸿恩，俾其脱胎换骨，易于成就么？"五姑笑道："你又错了。凡是后天的，都可为力。先天的却无法想，并且事有前缘。否则神仙尽人可度，不必再择什么根器资禀了。我对他们自有处置，不必多问。你只督饬传授，照常用功，循序渐进便了。"云凤闻言，不敢再问。五姑传授指点一番，方行飞去。

过有一月，云凤进境更速，居然练到身剑合一，心中高兴，自不消说。

这日四小去采黄精，云凤独自一人，在崖前演习剑术，忽见四小飞奔而回,齐喊:"师父快去,谷中出了怪物了!"

云凤一问咪咪,才知四小近来入谷益深,日前在谷尽头处丛莽藤蔓之中,发现一个数丈方圆的大洞,尽里面有四五点明星闪动,疑是有甚宝藏,一同入内探寻。走了老远,那明星依旧在前一闪一闪地放光,只走不到。因进洞时天已向暮,恐出来久了,回去耽误功课受责,便中途折转。依了沙、咪、健儿,回来就向云凤禀告。玄儿说:"师父这几天刚把飞剑炼成,终日用功不间,比前更要勤苦,事情还未弄清,何必老早惊动?我们受师父大恩,无以为报。万一那发光的真是宝物,等我们取到了手,再行恭恭敬敬地献上,岂不都有光彩?"三小也觉有理,便依了他。商量次日赶早前去,决定深入,探个下落。及至赶到进洞一看,广阔宏深的洞里面黑沉沉的。那四五点星光,仍是一闪一闪,相隔极近,分一字形悬空并列,和前日所见一样,只是闪得更快。细看光色,也有不同:由右起,第一、三两个是蓝色,二、四两个一红一黄。因为闪得很快,始终没有断定是四个还是五个。等前进约有数里之遥,也未到达,那星光忽然全数隐去。

玄儿猛一动念,悄对三小道:"那年我们不是有人在一个山窟里面看着两点蓝光,也当是个宝物吗?后来却冲出一只大老虎,才知那光是虎目,被它吃去好几个人。它尝着了甜头,每日在王洞外边怒吼,谁也不敢出去。多亏闵太姑出主意,仗着我们能攀援峭壁,从外洞里面夹崖墙翻越出去,掘下陷阱。又从远处捉来一只小黄牛,放在阱底。把它诱来陷住,用毒剑刀矛,一齐乱下,才把虎弄死。虽说四五个眼睛的东西没听说过,小心为是,我们莫要看错了,把怪物当作宝物,送给它吃了,才不值呢。"一句话把大家提醒,各自端起飞箭,想朝前放去,试上一试。咪咪忙拦道:"这个也使不得,万一真是宝物,岂不被这一箭试坏,太可惜了?我们不是都会隐身法么,隐了身子上前,当无妨害。是宝物取走;如是妖怪,也可量力行事。"沙沙、健儿连声赞好。玄儿笑道:"你看星火隐去,不再出现,弄巧还跑了呢。"

言还未了,星光突明。晃眼间,由一个变成好几个,连若串珠,明灭不定。只一转,便即停住,只是闪动,好似换了地方,略微偏左,并非原处。四小越发起了戒心,俱听咪咪之言,行法隐起身形,如飞赶去。又跑下有一二十里路,比起初见大了一倍,洞中竟黑暗得出奇。四小那般好的目力,此时除星光外,连路都辨不出来,别的景物更是一无所见。前后行约三十余里,渐渐觉着身上湿阴阴,仿佛经行之处起了云雾似的。四小也不管它,仍是前行。正走之间,觉着雾气渐浓,窒人口鼻。可是前面星光却未为浓雾所掩,依旧晶明,光辉愈旺。玄儿忽失声惊道:"你们看这是什么?"沙、咪、健三小原在玄儿身后，闻声走到，定睛一看，身子已被一排大木桩挡住。从桩缝内看去，星光一亮一亮的，并未到底，只被那桩挡住，不能再朝前进。那雾也越来越重，微闻一股子兰花香味夹在里面，清馨扑鼻。

四小见那木桩排得紧密，分向两旁，挨次探索，回来一问，都未探出一丝缝隙。便商量顺着木桩往上爬，看看能否攀援过去。咪咪、玄儿当先，沙、健二人在后，上去还没一丈，便达桩顶。四小一边口中埋怨洞中太黑，近在咫尺，都看不出木桩短矮，白向两边探索了那么远；一边便想从桩顶攀越。玄儿双手才搭向桩的里边，忽然"哎呀"一声，翻身坠下。三小大惊，连忙跟着落下一问，玄儿说自己因见那星光相距不过数丈，打算抢在头里翻越，手才伸过桩去，猛觉眼前一花，雾影中似有一个兽首鸟身的怪物张口扑来，状甚狞恶，连手带上半截身子都被这个东西撞了一下，立时攀援不住，坠落下来。坠时曾见星火一转，似已隐去。沙、咪、健三小因闻声即回顾，又没越到前面，闻言不信，说他眼花乱说，否则咪咪也正伸手过去，怎未看见？

当时沙、咪二人二次又攀了上去，头刚一伸过桩顶，便觉一股子极劲的热力迎面冲将过来，气息全被堵住，再也抵抗不了，身不由己，手一松，便已坠下。星火果然敛去，却不见怪物影子。健儿也舍了玄儿，上去试了试，照样坠落。四小先甚害怕，等了一会，不见别的动静声息，不禁胆子又大起来。玄儿道："起先我们怕将宝物弄坏，所以不敢用太祖赐的飞箭去射。那怪物在星火的前边，明明和晨露花一般，凡是有宝物的地方，都有毒蛇恶兽妖怪之类守护。我们隐住身子，怕它何来？何不大家射它一箭，对了更好，不对收了箭就逃回去。不问成否，借着箭上光华，也可看出里面到底是些什么东西，回去禀告师父再来。"三小俱觉言之有理。健儿较为稳练，主张一人先射，余人相机行事。因咪咪平日道力较深，便推他先射。三人俱在下面相候。

咪咪重又攀桩上去，到了顶巅。知道手不伸向桩里去，那股子大力不会发动，心想看准怪物，再行下手。便用双足夹桩，左手紧扳桩梢，右手握箭，往里定睛一看，星光不见，黑洞洞的，只中间一片地方，仿佛有一团烟雾咕嘟嘟冒起。用尽目力，才略辨出些微迹象。鼻孔里仍不时闻到兰花香气。算计那烟雾必是白的，否则不会看见，或者也许就是怪物在那里喷气呢。猛生一计，故意双手倒换，先把左手朝里一探，等对面那股强力一发，立时换手，将归元箭发出，以便乘机看那怪物形相。说时迟，那时快，真个掩了身形，咪咪左手刚一伸过木桩，立觉千万钧重力迎手劈面冲来，仓猝之间，似有一个庞大黑影扑到。仗着心灵手快，早有准备，忙一撤左手，右手飞箭照准黑影打去;同时身子再也支持不住,坠将下来。那归元箭出手就是一点龙眼般大的寒光,如流星赶月一般,暗中看去,原极晶明,因被这股暗力一冲,存不住身,仍是什么也没看见。咪咪恐飞箭有失,一下地,忙用收诀,招了回来。

木栅内声息毫无,也不知射中了没有。沙沙道:"我看里面不一定便是怪物。那暗中大力,或许是从那宝光上发出,也未可知。否则先时玄师弟看见怪物影子,就说有木栅挡住,它不出来,咪弟的箭发出去,不问射中与否,也必将它惹恼,怎样会全无动静呢?"健儿却说:"荒山深谷,古洞幽深,怎会有这前人竖立的坚固木栅?事太奇怪。既然无法过去,最好还是回山禀明师父处置,以免惹出乱子。"玄儿接口道:"健哥做事太小心。它既不会冲出害人,又没响动,更该查看明白,回山见师,也说得清楚些。担惊害怕,空跑一趟则甚?"沙、咪二人也主张再探一回。健儿不便拗众,只得随着。因头一箭没有吃着苦头,胆子越大,这次上去,竟是四小一同下手,不再往前探手。照准中央发雾之所,四支归元箭同发出去,不问能中与否,好歹借着箭头寒光,看出一点迹象。

四小援上栅顶,玄儿为首,招呼一声,箭刚发出去,栅内便起了旋风,星光照处,只见比水牛还大,一个略具兽首鸟身之形的怪物影子,浓黑一团,在暗影中飙飞电卷,看不清头尾和面目真形。那四支归元箭的星光只围着怪物近身数尺,凌空疾转,好似有甚东西隔住,不能下落。怪物既不发声,也不避开,只在原来那一片地方与飞箭相持。四小方自惊奇,忽然一阵极重的兰花香味劈面送来,鼻端刚一嗅到,立觉头昏脑涨,四肢绵软无力,身子早被那股绝大的暗力冲起,往后倒掷出去,落在地上昏倒。晕惘中,都觉有极轻微细碎的兽爪之声,往洞外跑出去,一会又跑进栅去。四小知是怪物追赶他们,还算身子隐住,落的地方不挡路,没有被它发觉。手足不能转动,哪敢出声说话,一个个害怕得要死。

等了好一会,才渐渐复原醒转。聚到一起,正要逃出洞去,想起飞箭尚未收回。惊魂乍定之余,也不敢再援栅上去窥探了,各用收诀收回飞箭。还算好,那四支飞箭,仍是一招即回,并未受损。这才知道怪物业已招恼,木栅并拦不住它出来。情势不妙,处境甚危,再不见机速回,定要陷在里面。箭收到手,正商量着要跑回去,忽听栅里面呼的一声,飞起一物,落在地上,发出又轻又碎的脚步之声,沙沙迎面急跑而来。黑影中看去,也看不见那东西的形相,只见一点星光悬空而行,高约丈许,其疾如矢,一晃眼便往洞外跑去。不一会又跑了回来,满洞乱转。

四小机警,又将身形隐住。一听有了响动,立时分散,躲避一旁,没有被

343

它撞上。那怪物二次出来，虽看不见，想是知道它的仇敌就在左近，尚未逃走，不像第一次出栅追赶，一个出进，便即回去。只管在栅前十几丈远近那一片地方来回乱转，颇得而甘心之意。吓得四小哪敢再将飞箭放出，只随着星光飞处望影而逃。因为彼此相顾的缘故，竟忘了往外逃走，仓皇奔避中，脚底自然难免有些声息。怪物闻声，赶逐越紧，有时更用声东击西，欲北先南之策，看它走向侧面，喘息未定，倏又飞来。玄儿有一次躲得稍慢，身刚纵起，便听原立足处铮地响了一下，火星飞溅，那么坚厚的石地，竟被怪物抓裂。接着沙、咪二人也照样经了一次大险，都是身方纵起，怪物的铁爪已经抓到，危机间不容发，如被抓上，焉有命在。这一来，四小益发胆落魂飞，疲于奔命。

逃避了好一会，才无心中聚在一起，恰巧怪物正向相反的方向追过去。四小中只健儿始终没忘了逃走，因知乃弟玄儿最为躁妄，恐为怪物所伤，又不舍丢下三人，独往洞外走出，又不敢大声招呼，干着了一阵子急。好容易聚在一起，一时情急，便低喊道："我们还不往外逃，要等死么？"小人语声极细，又是放低了说的，不想仍被怪物听出。一言甫毕，前面星光已拨转了头，如射飞来。幸而沙、咪、玄儿等三小已被健儿提醒，一见星光飞到，立即飞身纵开。这时四小立处正当洞壁之下，人才举步，怪物已是飞到。因这次来势较猛，先是锵的一声，抓向壁上，火星飞溅。接着又是哗啦连声大震，洞壁被这一爪抓裂了一大块，石头坠下来，跌成粉碎。咪咪在百忙中回顾，仿佛火光照处，那怪物的长爪又细又直，和一根棍子相似，哪敢怠慢，拨转身向外便跑。余人也是同一心理，一面回顾注视着星光来路，一面脚底加劲，绕着边，如鱼漏网，亡命朝前急跑，偏生由木栅前逃往洞外，路甚遥远，急切间哪能跑出。所幸那怪物老实了些，只照直路往前追，不似以前那么来回乱蹿。有时觉着追过了头，又往回赶。追出约有七八里地，忽然退了回去，不再追来。

四小又跑了一会，不见动静，才得坐下，喘息片刻。起立又跑不几步，似见前面影影绰绰地矗立着一块山石，高有七八丈，方圆也有三数丈，当路而立。四小进来两次，俱未看见过这样一块大石。玄儿还在问咪师兄来时见未，健儿越看那山石越像人形。这时两下里相隔已近，猛觉顶上还有两团碗大的碧光，绿黝黝一闪一闪在动，旁边两只大手，已渐向外伸出。再定睛仔细一看，哪是什么石头，分明是一尊巨灵，正伸手俯身，向下捞来。同时沙、咪、玄三小也相继看出，不由吓得亡魂皆冒。幸而那大怪物身躯粗大，运转不灵，通体是个白色，洞中虽暗，稍一近前，还能看出它的动作。洞径又宽，否则大小相差，四小还不够它一个小指，如在黑暗中误撞上去，还不被它捏成了肉饼？四小知道再逃回去，遇见先前那怪物，也是没命。这怪物行动迟钝，不过外相太恶罢了。仍只有冒着奇险，向外冲出，不可向里逃回。当下谁也不敢再有声息，四人分成两路，背贴洞壁而行，由怪物身畔抄出。沙、咪二人走向怪物左边，觑准怪物的手臂动作，双双脚底用劲，刚一冲越过去，怪物已有觉察。它伸出那数丈长的大手，往左边身后捞去时，右边的健儿兄弟，也跟着乘机纵出。四小一同迈步飞跑，侥幸没被怪物捞上。

正跑之间，玄儿忽想起那怪物虽然大得出奇，可是逃时并未见它脚底走动。不禁转回头往后一看，怪物果然未追，两只大手也垂了下去，并且两点绿光不见，脸仍冲里。暗忖："这东西虚有其表，原来是个废物，休说走动，连回一下身都难。早知如此，何必那般害怕？"因前路已微见天光，出洞不远，想起两次探洞，白受这许多惊忧危难，一无所获，好生气愤。心想："左右快要出洞，这怪物好似无甚伎俩，何不赏它一箭？"想到这里，也没和三小商量，跑着跑着，倏地一回手，用那支归元箭照准怪物打去。先听咔的一声，似已打在怪物身上。忽闻巨响大作，轰隆之声震得全洞皆起了回响，宛如山崩地塌一般。回头一看，怪物并未倒下，已经转过身子，踏着绝沉重的步履，从后追来。看去行动虽不甚快，声势却甚惊人，方知不可轻侮。连忙收回飞箭，拔步便逃。前面三小无意中又吃了一个大惊，看出又是玄儿惹祸，才由健儿回身，拉了他携手出逃，以免再生别的事故。幸而怪物追赶不上，不一会便逃了出来。遥闻洞内，还在怒吼震响。三小对玄儿，自免不了一番埋怨。匆匆跑回，对云凤一说前事。

云凤闻言，料知洞中异宝和怪物，两样都有，那里离白阳崖甚近，弄巧还许是白阳真人遗物，也未可知。想了一想，见天已不早，自己和四小日课未完，好在洞中不会有外人前往，便命各自用功，明日做完早课，再行前去。

第二日，师徒五人做完早课，便往谷中进发。相隔那洞还有三二里路，众人正行之间，玄儿忽然骇指道："师父、师兄快看，这不是那大怪物么？正站在那洞口呢！"云凤随他手指处往前一看，前边崖壁之下立着一个七八丈高的石头，虽然略具人形，哪是什么怪物。知道小人目力确是不及自己，当是看错了，便喝道："一块石头，也要大惊小怪。"咪咪接口道："师父休怪，玄师弟说得不差，那地方便是洞口。本来是外面空空的一片平地，有些荆棘藤蔓，后经弟子等拔去，先后来过几次，并没见有别的东西。昨日弟子等害怕逃出，黑暗中虽未看得清楚怪物的形相，身量正和这个石人一般大小。师父你没见他头上有两只碧绿眼睛，那两只手也在动吗？"云凤再定睛一看，那石人顶上果有两团淡淡的碧光，两条臂膀正渐渐往上抬起。心想："适才明明见是一块像具人形的山石，只上下有此长短石纹，怎么顷刻之间变了形状？五姑熟知这里情势掌故，事前不会不知，并且两次嘱咐，命和四小常来此谷采办山粮，言说之中，好似特别提醒，若有深意。果真洞中盘踞着有妖人，事前决不会不早为示及。据四小说，洞中怪物一灵一蠢。以四小那般微弱，尚能从容退出，何况自己。石人虽大，看似蠢笨，无甚伎俩，且亲身赶到那里，再相机应付。"便问四小，如若胆怯，可以暂留当地，闻命再行前进。四小偏是胆大好奇，又仗师父护庇，俱巴不得同去，看怪物是怎生除法，同声愿往。云凤估量不致有害，也就由他们去。

不一会行近洞口，见怪物竟是活的。看去白发如绳，披拂两肩。眼大如盆，碧光闪闪。阔口箕张，银牙如斧。身高八丈。手臂长有四丈，粗如合抱巨木。细审形相，颇似石人成精。如拿四小比较，真真小得可怜，不禁失笑。暗忖："这般蠢物，也知作怪。自己飞剑初次炼成，何不拿它试上一试？"刚转念间，那怪物当洞而立，洞口只齐腰腹以下，看见人来，竟俯身伸手，作出向前捞抓之势，动作甚是迟缓蠢笨。云凤看透它是个废物，不过外表吓人罢了。一面嘱咐四小后退，左肩摇处，剑光便自飞起，眼看飞到。那怪物想是看出不对，两臂往里一合，身子便往石土中陷落下去，轰隆一声大震，转瞬即隐。下时身子笔直，两手竞拱，其形与古陵墓前的翁仲一般无二，只是比寻常的要长大得多。先看它行动那般迟缓，入地时却是非常迅速。再加上云凤轻视了它，知难躲避，意欲先斩落它一条手臂，看它怎生抵御，飞剑出去，没有加急，竟被躲过。剑光过处，微闻嚓嚓之声，只将它头上银发削落了些。

过去一看，尽是些刻成的石发，有头绳般粗，业被剑光削为碎段，心中不禁一动。先不进去，又问了问四小发现那洞的经过，便在洞前附近仔细查看，有无什么别的异状。先在洞前不远丛草中，一边一双，发现四个石穴，长约数尺，宽约长的一半，形如大人足印。别处石地，都是一片浑成，惟独有足印所在地却隆起，成了一个四方形，仿佛似个石头座子，相距有二十丈远近。每双足趾，俱都向外。再看那洞门，也是个正方形，齐如刀切，外面高仅数丈，洞内却是高大宏深已极。放出剑光一看，由顶及地，少说也有二三十丈高下，甚是整齐修洁。细察壁间，隐现斧凿之痕。一眼望去，黑洞洞不能及底。直往前走去，都是一般宽广，分明是人工修的，并非天然形成，不觉又猜透了几分。

云凤因四小说里面藏有怪物，黑暗中不敢造次，略进数十丈，便即翻身出来。将四小喊至面前，嘱咐道："这座大洞，颇似千年前的古墓。适才所见大人，定是翁仲之类。如我所料不差，此行必有奇遇。我幼年读书，曾闻古人殉葬之物颇多。年深月久，洞外石人尚且为妖，洞既这等幽深，里面难免不藏有山精野魅之类。我意欲身剑合一，飞入洞底，一查它的来历。你四人道行浅薄，不可入内，可在洞外觅一藏身之处相候，等我出来，再作计较。以免我顾了自己，还顾你们，诸多碍事。"

云凤嘱咐已毕，然后端整衣裳，走进洞去，向着洞内行礼默祝道："昨得门人归报，言说荒山古洞出了妖物。今早亲来视察，方知是往古圣贤仙哲的佳域，本不应再为窥伺。不过弟子修道的白阳崖离此甚近，四个门人又是僬侥之民，道力浅薄，此谷为他们采办山粮，日常游息之所，惟恐一时不防，受了伤害；再者神圣埋真之处，也不容妖物盘踞。为此虔诚通禀，欲仗微末道行，入内一探，倘有妖物，就便除去，为前贤往哲荡秽涤氛，扫除尘孽，决不敢妄有惊动。此中如藏有仙迹圣训，足以启迪蒙昧，嘉惠末学者，敬乞大放光明，勿吝昭示。区区愚诚，伏惟鉴佑。"恭恭敬敬祝告方毕，忽闻洞内隐隐传出"嗤嗤"的笑声。云凤虽然艺高胆大，黑暗中听去，也觉有些胆怯。忖度情理，如有妖物，必是一个劲敌。这得道多年的精怪，比那雪山妖人，定然还要厉害，彼明我暗，丝毫疏忽不得。

当下把心一定，放出飞剑，与身合一，化成一道光华，直往洞底飞去。剑光迅速，比起四小行走，自然要快得多，虽然沿途还在逐处留神观察，这三数十里的深远，也只片刻工夫，便即飞到。云凤见一路之上均无阻隔，除先时暗中笑声外，不特未遇见一个妖物精怪，连四小先见的那几点星光，也未见出现。

云凤已到了木栅面前，便停了下来。细看那木栅，俱是整根合抱树木排成，由东壁到西壁挨挤严密，不见一丝空隙。只是浮植立在地上，既未打桩，也没个羁绊，看样一推便倒。试用力一推，却动都不动。暗忖："上古时代，俱用石瓦之类做殡宫装饰。这排木栅，必是后人所为无疑，只不知他植此是何用意？"情知有异，二次将身飞起，越过栅去。过时暗中察觉阻力甚大，因本身飞剑出自五姑仙传，神妙异常，并未阻住。顿觉四小所言不虚，益加小心。便按住剑光，缓缓前行。飞没数丈远近，忽见前面剑光照处，似有一座石碑，高约丈许，隐隐似有朱文字迹。近前落下剑光一看，上面只有"再进者死"四个大字，体作八分，朱色鲜明，甚是雄劲有力，也无款识年月。心刚一惊，忽然一阵阴风自碑后吹来，风中微闻咀嚼之声，猜是妖物到来。忙抬头定睛一看，那东西生得兽头如龙，双角槎枒，大如树干，鸟身阔翼，也不知有多少丈长短，目大如斗，乌光闪闪，张着血盆大口，已快飞临头上，待要扑下。云凤不敢大意，忙纵遁光，先避过去，用飞剑护住全身，以防万一。随将飞针取出，大喝一声："大胆妖物！敢伤人么？"便化成一溜火光，发出手去。云凤纵时，甚是迅疾。妖物本似有后退之状，针还未飞到它头上，便自在黑暗中隐去。

云凤见妖物伎俩止此，心神顿放，收回了针，一纵遁光，跟踪追赶。越过那碑，又进有三两丈远近，妖物全身倏隐。忽又见面前矗立着一座石碑，比先见的碑还要高大得多。近前一看，碑上满是形如蝌蚪物像，似篆非篆，大小不同的字迹。云凤也曾读过好几年书，这碑上的字，竟一个也不认得。借剑上光华映照碑文，顺着碑顶往上一看，不禁"咦"了一声。原来这一座碑，高度几达十六七丈，宽约五丈，厚有丈许，是一整块山石造成。碑顶雕刻着一个东西，非禽非兽，盘踞上面，双翼虬睛，形状狞恶，势欲怒飞，神情如活。才知先前怪物乃是碑上雕石成精。估量这碑方是原立，看那字，必在三代之上，只惜一字不识，查不出它的年代来历。洞是古人墓穴，定在意中。先见那碑说再进必死，如指的是碑上怪兽，前进自无妨害，否则还不定有甚花样呢。因是古代遗迹，那怪物既然知难而退，便也不愿毁损，仍是按着剑光前进。

再深入约有半里，忽见六七颗明星都有碗大，流光荧荧，幻为异彩，在前面不远暗影中出现，只一转便渐渐隐退。猜是古代星宝放光，不由起了贪念，见将隐退，匆促中未及寻思，一催剑光，往前追去。剑光何等迅速，眼看飞近，星光倏隐。又听暗中"嗤"的一声冷笑，觉比上次要近，仿佛就在身侧不远。接着一阵寒风吹过，身后轰隆之声大作。云凤纵然胆大，因为洞中幽险，处境可怖，也未免吓了一跳。忙往后看，仍是不见一物。暗忖："这个洞黑暗得这般奇怪。凭自己目力，黑暗中本能见物，又经在白阳崖照着仙传苦练多时，怎会一到洞内，便觉昏茫无睹？就算目力不济，那一剑一针乃是仙家异宝，常用来照路，数十丈以内无不烛照通明，为何离开宝光丈许以外便看不见？莫非那碑上的警语果有其事？"

云凤刚想暂时退身出去，再回进来，就在这一转瞬间，巨震忽止，微闻异香，眼前倏地一亮，光照处已能见物，只是微带绿色，光并不强。方要查看光从何来，猛见来路上现出二门，甚是高大，业已紧闭。匆遽中还以为以后为前，转身时错了方向。及至定睛往侧面一看，不但两边墙壁俱仄了拢来，没有初进时宽大，并且洞顶已矮了许多。再一回身，正中央是一长大石榻，上面卧着一具长大的死尸，衣饰奇古，与传闻古人衣冠不类。左手持弓，右手拿着一件似矛非矛的石头木质的兵器。头里脚外，仰天而卧。两旁立卧着许多死尸，也各捧着石器用物和器械，约有百数十个，身材俱比常人大出一倍以上,神态如生。石榻两旁,各有一个数丈方圆,形式古拙的石釜,里面装着半釜黑油,各有三个灯头,光焰荧荧,时幻异彩,灯捻大如人臂,不知何物所制。细查形势,三面是墙,来路石门已闭,分明已陷闭古墓殡宫以内。进来时,因为洞中奇黑,不觉误入,这一惊真是吃得不小。

云凤见那些死尸虽像活的,并不动转。急于逃出,不敢再行招惹,朝着榻上卧着的古尸默祝几句,道了惊忧。正待回身破门而出,猛觉榻前死尸似在眉竖目转,手足乱动。忽又一阵寒风挟着香气,从油釜中卷起。就在这时,只听洞外又是"嗤嗤"两声冷笑,榻前死尸全都活了转来,各持弓箭器械,一拥齐上。云凤慌了手脚,忙运剑光护身迎敌,且战且退。那些活死尸虽然力猛械沉,但云凤剑光扫上去,所持兵器全都粉碎,并近不了身。可是那座石门却是坚厚异常,剑光冲上去,只见石屑纷飞,块砾爆落,却攻它不透。那些活死尸更不放松,追杀不舍。云凤料那榻上尸灵是古代有名的圣哲帝王,那百余活死尸必是当时随殉之臣。自己无端扰及先圣贤帝王的陵寝墓宫,已觉负有罪愆,怎敢再妄加伤害。可是那些死尸好似看出她的心意,一味向剑光上硬冲,毫不畏忌。云凤一面还得留神闪避,只抵御他们的器械,不便来到近身,所以战起来,更觉吃力费事。似这样支持冲突了一会,飞剑已把石门冲裂了八九尺深广一个大坑洞,不特没有洞穿出去,好似门里面石质益发坚固,飞剑冲上去,渐渐碎裂甚少。身后那群活尸,更是一味猛攻不已。云凤身剑合一,虽不怕受伤,可是照此下去,要想敌人不受伤害,却不能够。一时情急,不由大喝道:"我凌云凤为除妖孽,误入先代佳域,事出无心,并非有意侵侮。既不肯开放幽宫,任我自己冲出去也了,何事得罪,如此苦苦相迫?我已多次相让,再若倚众欺凌,说不得便要无礼了。"

说时,忽听中间石榻上有了声息,百忙中回脸一看,那具长大主尸,竟然缓缓坐起。同时门外"嗤嗤"之声更是笑个不住。那百余活尸,见中榻主尸坐起,立即停战,恭恭敬敬地排班躬身上前参拜。云凤这时方得看清主尸:头如巴斗,双目长有半尺,合成一条细线,微露瞳光,似睁似闭。再衬着那一张七八寸长,突出的阔口,上下唇须髯浓密,又粗又劲,仿佛猬刺一般,越显得相貌凶恶,威猛异常。云凤心有主见,认定这是古圣先哲与帝王陵墓。乍见群尸停手来拜,只当是主尸受了自己虔心默祝所动,哪知利害轻重,不但减少戒备,反收了剑光,恭恭敬敬下拜祝告道:"后民无知,误入圣域,多蒙止住侍从,不加罪刑,大德宽仁,万分感戴。只是圣灵居此,当在数千年以前,阅稽古史,未闻记载,盛德至功,欲悉无从。外面虽有丰碑崇立,古篆奥秘,难明高深。今者陵寝洞开,宫墙可越,惟恐山中道侣童奴无知,妄有窥测,不为侍从所谅,蹈犯危机,咎虽自取,未免有失圣贤博爱之仁。后民不揣冒渎,敬乞将圣灵庙讳,生殁年代,略微指示。后民归去,敬当禀明仙师,于洞外敬加封树,俾克发扬至德,明阐幽光,兼可永固灵域,长存圣体,与天同寿……"

云凤还要往下说时,忽听玄儿隐身暗中,细声喝道:"你算是什么神圣,却拿暗箭伤人!"接着,一点寒风从迎面头上飞过,只听锵的一声,左壁上火星飞扬,一枚四五尺长的箭杆已没入石里,不禁大惊。猛抬头一看,主尸仍坐榻上,左手持着一张大弓,右手拿起第二支箭搭了上去,那双大眼业已睁开,瞪着酒杯大小的蓝眼,正怒视自己,张弓要射神气。知道不好,忙运剑光护身飞起时,又听玄儿在暗中说道:"师父用飞剑、飞针杀他们吧。这些活尸,都不是古代什么好人,弟子同咪咪亲耳听他两个同党说的。"言还未了,那主尸手中箭倏地改了方向,竟朝玄儿发声之处射去,锵的一声,又射到了石上。玄儿又在右壁骂道:"大妖鬼,我有仙太祖隐身之法,你如何能射得到呢?"

云凤才想起,玄儿用五姑所传仙法隐了身形。自己剑光,四小定追不上,门闭已久,不知他二人怎得进来?又没见咪咪答话。虽知这些古尸灵都未存着善意,到底是我犯人,非人犯我。这数千年前陵墓,必有来历,不敢轻举妄动。一面忙喝止玄儿,不可妄言妄动。再用五姑所传隐身法,掐诀一看,玄儿隐身右侧,拿油釜当了挡箭牌,蹲在那里,手里抱着咪咪,状似昏迷。

那榻上主尸见两箭未中,来人又看不见,意似暴怒,三次搭箭又要射去。玄儿因云凤禁止发话,已住了口,见状没等射出,已避入釜后。云凤急欲知道就里,看咪咪业已受伤,不能言动,恐玄儿万一被射,决吃不住。又见主尸颇有起身下榻之意,心想:"两小既然能进,我必能出,何不将两小挟了过来,悄声一问?即使被主尸发觉,两小有剑光护身,也不妨事。"想到这里,忙即飞身过去,就地上挟起两小,飞回原处。低声一问,才知玄儿胆量素大,和咪咪最莫逆,先因云凤恐四小有失,不准同行,好生扫兴。后来待了一会,玄儿对众说:"师父不要我们进去,无非为了我们道浅力薄,万一有事,不能兼顾罢了。其实里面怪物早见识过,怕它怎的?拼着被师父责打几下,到底也要看木栅里面有何奇异景物。你们那个敢与我同去做伴么?"说了两遍。先是沙、咪、健儿三小知他爱惹祸,谁也不愿与他做伴。玄儿嘴本能说,赌气说要独往,又拿话一激,咪咪脸软,不好意思,只得应允。健儿拦他不从,意欲随往。却被沙沙劝住,说:"他两人违了师命犯规,必然受责,留下我二人,也好代他们求情。师父现在洞内,还怕什么?如有乱子,你同了去,济得甚事?有两个年纪大点的没犯规,师父的气也生得小些。你也跟去怎的?"二人拦

350

劝时,咪、玄二人连理也未理,径隐身形,往洞中跑去。虽然云凤沿途观察流连,怎么也追不上,及等追到,云凤已入险被困多时了。

二小因过木栅时不见前番阻力,以为怪物邪法被师父破去,越发胆壮。方自心喜,忽听鸟爪抓地之声,由前侧面走过。二人知道那怪物轻灵,比石人厉害,不敢出声,想等它过去,再行前进。忽见前面黑暗中影摇摇现出一团荧荧黄光,朝着怪物行处,悬空迎面而至,晃眼相遇,一同走来。二小往旁一闪,正碰在那第一块石碑上,忙往碑后一躲。耳听怪物口吐人言道:"师弟,你怎这般浪费?你知道这油是无价之宝么?随便就点了出来。前日若不是你淘气,将那几朵古灯花指挥出来玩耍,还不致招来外患呢。看今天来的这个女子甚是厉害,如非洞中藏有三千年黑眚之气,遮蔽她的目力,将她引入陵穴封闭,说不定师父还要吃亏呢。还有昨天进来又逃出去的那几个,也不知是人,还是山中鬼怪,听声音举动,竟会生得那么矮小。可惜被他隐身逃走,今天便来了这女子。我们居此多年,全无事故,倘若从此多事,岂不是你闹出来的?"

另一个接口道:"师兄你少说这些话,上月不也是我用灯光,将那姓杨的女子引进来的么?虽然她会参天龙禅,奈何她不得,没降伏,到底得了她一枝灵药,你和师父分服之后,不是还夸我机警么?昨天大头神又示兆,我才照样办的,今天引了人来,又没吃亏,怎倒埋怨起我来了?祖师兵解时,曾命师父逃到这里安身,再三叮嘱,百年后方可出世,只不当人前说话,万万无事,否则有祸。这里不比内陵,你却说了这一大套话,要有外人混进来听去,不正是犯大忌么?"

那怪物道:"你说我,那你不是也在说话么?那女子已被困住,哪有外人在此,怕些什么?"另一个道:"你倒说得好,昨日那几个小鬼如在此,你看得见么?事也真怪。前闻人言,这里古尸厉害非常,以前凡在本山左近修道的人全被害死,连白阳真人都几乎吃了他们的大亏。后来虽经白阳真人用法术将他们制住,因他们已经得道几千年,终于还是消灭不得。只在中洞原墓道外设下禁法与灵木之阵,并和鸠后之子约定,不能越过那两层木栅。另外在墓碑前立了一块警碑,以防万一有人误入而已。由此他们虽然敛迹多年,因为洞中藏有三千年灵油,与天皇氏所炼两柄金戈,太已启人觊觎,难免有各派中能手来此盗取。他们仗有前约,巴不得有人来犯,才称心意,哪肯放过?凡来的人,俱难幸免,十有九死在金戈之下。末后来的人数越多,死的也越多。才经佛教中的白眉和尚奉了师命,将外洞封闭,也不过是百十年间的事。他们既专与生人为仇,新近又与左邻唐虞四凶中的穷奇之家相通,经过三年苦战，一旦释兵修好，成了一党。同时封洞禁法，又为蛰龙行淫所污，再加一次地震，重新开放，他们声势益发浩大。那年我师徒四人亡命投止，原以为未必能以容纳。怎会头天刚到，小神便来自请订交，不久引去，拜见鸠后，还得了它们不少好处？起初我暗中还在疑虑，不定哪一天发生祸事。如今相安多年，情同一家。鸠后因以前与白阳真人对敌，打去道行，伤了元气。不似小神当时见机，早早逃归墓穴装死，得保无事。当年只以灵胎示兆，难得起身。可是他平日最能前知，怎么昨天来的那几个似人非人的小幺魔，你向它灵前叩问，它却毫无示兆呢？莫是有什么不好？"

那怪物道："现在正有外人入网，谁能保它？倘若尚有余党，这些话岂是随便说的？就是无事闲谈，也得有个分寸。可见畜生终是畜生，不明事理，还不与我住嘴！"另一个似已发怒，刚要回答，忽听远远有极尖锐的哨声传来，怪物忙道："师父在唤人呢，我们快去，就便看看神寝中被困的那个女子就擒没有。"

咪咪、玄儿忙探头往碑后一看，因为近在咫尺，又是以静视动，比昨日自然要看得略清楚些。见金光之下，隐隐似有一个毛人影子。那怪物仍和昨日所见差不了多少，身子比那毛人高出好几倍，两只腿脚又细又长，看不出它的上身。两个并在一处，正一同往前面洞的深处跑去。因知师父被陷，好生忧急，当时激于忠愤，也顾不及利害艰危，竟自一提气，急行如飞，跟踪赶出里许之遥。前面二怪忽往右侧一转，两小也紧随它们身后，进没几步，似入了一层门户。忽见一片昏茫茫的毫光，目力所及，居然能以辨物。定睛一看，屋甚宽大，四壁和中央屋顶，各悬着一根火炬，火焰都有碗大，荧荧欲流。也能见物，只是黑氛若云，仿佛甚厚，围着光头数尺以内，尽是一圈赶着一圈的黑晕窝，恍如急漩飙转，无尽无休。

靠左侧有一高大石门，近门贴壁石榻上坐着一个人，红脸，络腮胡子，生得又瘦又长，坐在那里，比立着的人还高出一头，手里正抱着一个容态妖冶的少妇在说话。两小所随的妖人，到了室内光盛之处，才渐渐现出它们的身形。那用爪抓地疾行的，虽然口吐人言，并非人类，乃是一只略具人形的怪鸟。身高约有两丈，人面鹰喙，目闪碧光，滴溜溜乱转。秃尾无毛，两翼一张，像是人手。两只腿自膝以下，粗才径寸，高达一丈三四，占了身长的一多半，看去坚硬如铁，爪和钢抓相似，厥状至怪。另一个通体生着寸多长的白毛，眼圆鼻陷，凸嘴尖腮，身后长尾上翘，看去颇似猴子。身量不高，却能蹑空御虚而行，手里的光也是一根极小的火炬。

两怪刚一走到男女怪人面前，那红脸胡子说道："我此时有事，不能离开。适才袖占一卦,今日来的敌人不止一个,还有两个同党,俱是我徒弟的克星,不可大意。你两个速往内寝,看敌人成擒与否。你二位师伯性情古怪,每次总要把来人戏耍个够,方行下手。今日如照旧行事,大是不妙。如见敌人尚在抗拒,一面发暗号请你师伯速起;一面急速退出,将法坛上留香点起备用,再报我知。我已嘱咐你的师姊,即往坛上行法。石门已闭,她不知开启之法,任是飞剑厉害,也须竟日之功,才能攻穿。这里是惟一出口,虽有我在此防堵,但是她那剑光颇非寻常,到底还是无事稳妥。去时,可隐身甬壁之后,暗中探看行事,不可被敌人看破,以防她发觉,由此冲出。"两怪领命,应了一声,便往门中飞去。

两小因时机紧迫,难得知道师父下落,不暇再听下去,连忙跟踪而入。进门乃是一座高大甬壁,随定两怪沿壁前进,约行十多丈,一边的石壁忽断,现出外面的星光。见两怪业已止步,往外探头偷看。又听金石交触之声,汇为繁响。忙绕将出去,便到了云凤受困之所。一眼看见云凤身剑合一,正与许多长大妖人力战,不时往石门上冲去,情甚遑遽,不由大惊。正苦无法近前,忽见甬道内似有一线光华,朝当中石榻上长大古尸射去,一会,古尸便自渐渐坐起。先前动手的妖人都停了战,过来朝着榻前拜倒。云凤也住了手,回身礼拜通白。两小心中好生不解。猛一眼看见云凤刚拜下去,躬身默祝,榻上古尸竟将榻旁弓箭拿起,对准云凤便射。咪咪救师情急,也忘了使用法宝,竟由左侧飞身上去,对准箭杆就是一掌打去。这时箭刚离弦,榻上古尸并未觉出暗中有人,吃这一下,将箭挡歪,失了准头,竟往斜刺里射了出去。虽未将云凤射中,可是咪咪的手一触到箭上,立时凉气攻心,浑身抖战。暗道一声:"不好!"强自挣扎纵开,业已支持不住,滚落榻下。幸而玄儿本要上前,紧跟在后,一见咪咪晕倒,知势不佳,忙一把抢抱起来,先向东路纵开,出声示警之后,再向右纵去。那古尸见那箭离弦,只觉被什么东西打了一下,便行射歪,方自奇怪,忽听有人小声喝骂,向敌人报警,方知还有余党隐身在侧,心中大怒。一面仍持弓箭去射敌人,一面抓起一把石子,朝语声来处打去。玄儿早知有此,业已抱着咪咪纵向一旁,觅好隐身避险之处去了。

云凤同时也已警觉,当下行法,看出两小所在,不由惊喜交集,忙身剑合一,飞上前去,挟抱过来,向玄儿问知就里。一听说墓中尸灵乃是古昔凶顽,不由大怒,这还有甚顾恤,便大喝道:"大胆妖尸,无知腐骨,竟敢如此猖獗,今日是你劫运到了!"随说随将手中飞针发出,一溜火光,夹着殷殷雷声,直朝榻上古尸飞去。玄儿见师父动手,也将归元箭发出。眼看两件法宝先后飞到,忽然一阵怪风,两边釜油中的灯光全都熄灭。光华倒映处,榻上古尸业已不知去向。接着一片玉石相触之声，玎玦杂鸣。先前那些旁立尸灵俱在黑暗中持着器械，蜂拥杀来。

云凤便运转飞剑、飞针迎敌。这次是除恶惟恐不尽，顾忌全无。剑光、雷火所到之处，那些尸灵连同所使器械，纷纷伤亡断碎。杀了好一阵，虽觉步履奔腾之声逐渐减少，可是那残余尸灵甚是顽强，尽管遇上剑光便即伤亡，仍是不肯逃退，一味奋勇杀来。墓穴奇黑，除却剑光照处丈许方圆以内，简直不能辨物，也不知敌尸还剩多少。后来渐觉敌势愈稀，估量还有六七个未倒的，却是狡狯异常，不似先前那些鲁莽，灭裂得快，追东西来，追西东来，仗着地黑，云凤竟难得手，好不容易才能伤着他一个。

云凤猛一动念："尸灵已灭十九，剩这几个转轮般尽和自己逗弄，既不战，又不退，为首古尸却又隐去。听玄儿说，还有一个妖人同三个徒弟、两个厉害古尸，为何不见出面，莫非故使缓兵之计，另有玄虚？先时不愿冲出，原想斩妖除害，观察目前情势，甚可疑虑。据玄儿偷听之言，当初白阳真人尚且没奈他何，为首古尸必非易与。墓穴又如此奇黑，自己末学后辈，仅凭一剑一针，还挟着两个小人，莫要中了道儿，后悔无及。古尸既丧许多党羽，必不甘休，何不将他引向洞外光明之处，动手除去，以免被他仗着地利，占了便宜？"想到这里，知道出路就在榻侧不远的壁间甬道，悄命玄儿收回飞箭。因路口还有妖人在彼伏伺，故意口中大骂："不将妖尸斩尽杀绝，决不退出！"一面运转飞剑、飞针，又追寻敌尸，人却渐渐飞向榻侧，借剑上光华端详出路。骂声甫歇，便听外面又是几声极尖厉的冷笑。

云凤原非胆怯，不知怎的，每次听那笑声，总觉有些肌肤起粟。料知是在嘲笑她说狂话，必是阴谋毒计。笑声既作，发动必速，心中一惊，更不怠慢。剑光照处，影影绰绰见壁间的墙果有一段凸出，再一拐便是甬路出口。手一招，收回飞针，倏地转身，连人带剑飞将出去，居然通行无阻。转瞬见有光明透进，便照有光之处飞出。刚一飞进两小来时所经妖人居室以内，便见迎面一座法台，法台上站定一个红面妖人，对着一座炉鼎下拜。适间所见榻上古尸和一个赤身披发的女子，俱都在侧。那油釜中的几朵星光，也移向台口，高悬在上，照得四壁通明。

妖人一见云凤逃出，好似大出所料，又忙又惊，伸手便向炉内去抓。说时迟，那时快，云凤一见这般情形，料知行法害人，刚照面便将飞针先朝古尸打去。接着飞剑光直取妖人。妖人猝不及防，手正伸向炉内，法宝还未抓起，云凤飞剑已绕身而过，斩为两段，尸横就地。那赤身女子见势不佳，刚纵妖风飞起，被玄儿冷不防一箭飞去，当场结果。再看古尸，飞针过处，倏又隐去,虽然得手,古尸难伤,终是大患。心想将法台毁了再走,师徒二人剑、宝齐施,先毁那座炉鼎。针、剑光华刚到炉上,只听一片爆音,飞起一大团浓烟,隐挟奇腥之气,被剑光一绞,立即飞散。云凤师徒方要飞出,一眼看见台侧挂着一件瓦器,形式奇古。云凤不问青红皂白,撒手一针,雷声过处,炸为粉碎,晃见光亮一闪即逝。毁完法台,正待飞出,忽又一阵阴风,星光全隐,仅剩四角和中央所悬的五根火炬,室内立即昏黄,仅能辨物。惟恐又蹈前辙,刚待飞出,耳听右壁以内一声惨啸。回头一看,一只奇怪大鸟破壁而出,疾如箭射,径往外面飞去。玄儿忙喊:"师父快放飞剑,那便是妖人的怪物徒弟。"已是被它逃走。

就在这惊忙一瞬之间,猛又听壁内有一女子声音喊道:"那一位道友,外面出路已断,古妖尸穷奇设有厉害埋伏。我等恐非其敌,非将它引出,不能得手。请随我由此出去吧。"接着一道金光飞到,现出一个年约十四五岁的道装少女,身背剑匣,腰带革囊,英骨仙姿,美如天人。云凤先还当这里不会有甚生人,又是古尸诡计。及见来人现身和所用剑光,竟是五姑所说正派中的能手,立时改容答道:"道友何人,怎得在此?"少女答道:"事在紧急,此非善地,不及细谈。我是姑苏杨瑾,快随我先出要紧。"说时一口南音,甚是清婉。云凤未及回答,杨瑾早将手一拍革囊,立现一团银花,其明逾电,先往壁内飞去,随即举手一让。云凤忙催剑光,一同飞入。里面乃是一间极阴森黑暗的大地穴。银花飞到壁上面,只听叭嚓哗剥一片爆裂之声响个不歇。银雪流辉中,壁石坠落,纷如飞雪,晃眼工夫,已开通出十丈深广。真个山崩地陷,无此神速。不多一会,半里多厚的山石,便已穿透。

二女刚一同飞出险地,隐隐闻得身后厉声噍噍,甚是刺耳。云凤回头一看,一团烟雾,簇拥着一张似人非人的怪脸,头前脚后,平飞追来,怒目阔口,獠牙外露,雾影中也看不见他的身子。仿佛手上拿着一张大弓,搭箭要射。正待回身飞剑迎敌,杨瑾已回手朝后一扬,立时便是三点赤红如火,有拳头大小的光华,朝那怪脸打去。便听"哇"的一声怪叫,又冒起一团黑烟,滚滚突突,比前更浓出好几倍,簇拥着怪脸,往洞内退去。同时又现出一张大口,口里面飞射出无数金星黄丝,正挡那三点火光的去路。杨瑾定睛一看,不禁吃了一惊,忙将手一招,收了回来。这时玄儿在云凤胁下看出便宜,竟不等招呼,将手中飞箭发出。等杨瑾收回法宝,想要喝止,已是无及。一道光华过处,直射入大口之中,如石投海,杳无声息,那大口也就此隐去,只剩了新辟的那个洞穴。玄儿连用两次收法,俱未收转,急得直喊:"师父,弟子的归元箭被那怪物吞去了。"

杨瑾先见宝光飞出,当是云凤所为。一听小人说话,才知云凤还带有徒弟,隐身在侧。忙道:"你那法宝,许已消灭。此时速离险地,商量除妖要紧,别的暂时顾他不得了。"随说,用手一招云凤,飞身而起。云凤只得相随飞身,一同离开崖顶,直飞出谷,方行落下。途中遥闻墓穴中怪声大作,又尖又厉。落地时见杨瑾面上好似惊容乍敛,也未将妖人引出追来,好生不解。正要开口,杨瑾道:"不想这些古魅如此厉害,难怪当初白阳真人收他们费事。我被困墓穴之中业已多日,多亏道友机警神速,在他妖法将举未举,危机瞬息之际,出其不意,斩却妖人师徒,去了他的羽翼,破去禁法,将小妹放出。先还只说有道友仙剑,只需将他引出,便不难合力除他。可惜月前因事耽延,去迟了一步,穷奇果将轩辕圣帝至宝偷到此间。如非家师早示玄机,预有吩咐,即使当时破壁飞出,得免于难,恐怕也和令高足一样,法宝难免不受损毁呢。"

云凤问故,杨瑾道:"穴中为首尸灵,原只两个,乃上古蛮民之君。老的一个,名叫无华氏,原也不算恶人。只因乃子戎敦禀天地乖戾之气而生,自幼即具神力,能手搏飞龙,生裂犀象。三野之民,俱都蛮野尚力,因此父子二人俱受国人敬畏,并不以他残暴为苦。此时正当轩辕之世,蚩尤造反,驱上古猛兽玄犼作战,将不周山天柱宝峰撞折,残损了无数珍物。后来蚩尤伏诛,戎敦与蚩尤交好,曾与逆谋,也被轩辕捉去,輂地为牢,囚了他三年零五个月,经乃父服罪泣求,始行放归。戎敦生性暴烈,认为奇耻大辱,平日越想越惭恨,扶病就道,甫及国门,便自气死。乃父无华见爱子身死,愤不欲生,每日悲泣怨悔,不到一年,也就死去。

"新君继位,原是他的一个权臣,名唤北车,奸诡凶顽,借口感念先王德威,设下毒计。就在这白阳山,古称无华穴内,为他父子筑了一座绝大的墓穴。所用人工,达于十万有奇,使国中智勇之民,全都役于王事,无暇旁及,他好做那安稳的君主。兴工三月,先修成了墓穴,把前王所有亲近臣人,全都禁闭在内,对人民却说是他等自愿从殉。工事达十七年之久,始将全墓道建成。这时业已举国骚然,最终仍死于暴民之手。

"只便宜了无华氏父子,因葬处地脉绝佳,他父子又非常人,年代一久,竟然得了灵域地气,成了气候。起初他父子如向正处修为,本可成一正果。无奈乖戾之性难改,终于成了妖孽,专与好人为难。从他父子死去满二千一百年后,便逐渐出穴为害。附近修道之士,遭他伤害的,往古迄今,也不知有多少。所幸老的虽然纵子行凶,尚能略知善恶之分,只许乃子在本山五百里方圆以内残害生物,泄那千古无穷之恨,却不许他超出五百里以外,以免多行不义,自膺天罚。父子二人,还为此争斗,否则其害更是不堪。

"直到白阳真人来此修道,才用大法力,将他父子重行禁闭穴内。因其气运未终,仍是无奈他何。新近数十年间,他因墓门难出,只得作个万一之想,打算由墓中穿通地脉,出去求救。这其间,他父子着实也耗去了不少心力,居然被他远出数百里之外,惊动了四凶中穷奇的幽宫。两下里先是苦战多日,末后竟打成了相识。同时又收纳适才被杀的妖道师徒为爪牙。三下里同恶相济,破了白阳真人禁法,由此如虎生翼,恶焰复炽。

"小妹来时,家师曾说,这三个古尸久未出世为害,只因有着两层顾忌:一层是无华氏生前坐下有一神鸠,当年曾仗着此鸠,威震百蛮,神异通变,厉害无比,因此又叫作鸠后。当无华氏未死以前数年,那神鸠忽然生了奇病,一息奄奄,终日瞑目,仿佛将毙,一直也未痊愈。无华氏死后,那权臣知此鸟除故君父子外,性暴嗜杀,无人能制,恐异日愈后为患,便将此鸟随定诸臣工一同殉葬。那鸠入了墓穴,便蹲伏内寝石穴之中,直到无华氏父子成了气候,始终不死不活。后来无华氏年久通灵,才算出它无心中吃了一株仙人蓬,昏醉至今,不但未死,心中一样明白。这多年来,每日都在冥心内炼,服气勤修,年时一到,立即复原,比起从前,何止厉害十倍。只现时身子僵硬,不能鸣飞腾扑罢了。静中细一计算,那仙人蓬服下一片,不论人禽,俱要昏醉僵死过去五百年之久。按此鸠所服仙人蓬叶数,距今还有七年,便可出世。不过它潜伏石穴之内已数千年。身未复原以前,万万动它不得。无华氏本人因与白阳真人斗法苦战,毁却好些法宝,还被伤了元气,打落道行,神灵虽在,躯体若死。要在穴中借那地灵之气,二次修炼,距今算起来,也还有三五年,方能形神俱固,自在游行。二层是戎敦、穷奇各有一次天劫未满。因墓穴中地利绝佳,又有两釜数千年的灵油和那几盏神灯均具无穷妙用,为天魔所最畏忌之物。恰巧妖道金花教主钟昂父子,因往东海三仙处盗药,被妙一真人齐师叔所杀,死前借血光遁法,逃回青田山。知他那一教为恶多端,自己死后,更不为正派所容,卜了一卦,算出此地可以藏身。便命乃子钟敢带了三个小妖党,投到三尸墓中。两下里本就气味相投,再加钟敢会炼生肌固魂之法,更合妖尸大用,于是结为死党。每日各自用功修炼,准备七年之后,修炼成功,再行大举。

"家师说小妹修道日浅,寸功未立,正好乘此时机,前去除妖。行时又再三叮嘱,说小妹此行,吉凶参半,有祸有福。无华氏父子,此时虽不便离山,不至为害。穷奇伏诛数千年间,机变异常,从未受过什么灾害,不时私离墓穴,以作恶害人为乐。他知轩辕圣帝陵寝中藏有一面昊天宝鉴和一座九疑鼎，都是宇宙间的至宝奇珍，已经谋窃数次，虽未得手，并不死心。这两件宝物，藏在圣帝陵寝内穴拱壁之中，有圣帝神符封锁，外加历代谒陵的十六位前辈真仙所加重重禁法，本来无论仙凡，俱难劫取。但是近年圣帝神符已失灵效，正该宝物出世之时。恰巧那妖道手下有一怪鸟，平日以尸为粮。爪喙胜逾精钢，专能穿土入石，下透黄壤；妖道又会一套石遁妖法，能避开前后墓道所设禁法，由侧面远处攻入。两恶既合，势必再起贪欲，同谋复往劫取。此番去白阳除妖以前，可先期赶往圣陵，谒拜祷告之后，用家师灵符、仙法护身，径用土遁由墓门入内，取了二宝，再往白阳，万无一失；否则功虽终于必成，恐难免旬日灾厄了。

"也是小妹大意，命中该遭此劫，行至中途，忽遇前世宿仇，横加阻碍，当时气盛，忘了家师叮嘱，没有暂避一时，不与计较。两下争杀起来，连与斗法三日，方行得手，还未过家师前说的日限。我以为妖尸穷奇垂涎此宝已数千年，俱未得手，短短三日工夫，不见得便被盗去。谁知到了圣陵，费了许多心力，方行入内一看，不但二宝全失，四壁略有残破痕迹。出陵见一柬帖，乃旧友白谷逸所留，才知穷奇已在三日前，仗着妖法、妖鸟，将宝盗走。他受东海玄真子所托，办一要事，行至那里，看出有异，运用玄机一算，才知宝物已失。穷奇盗宝之时，本还想残毁圣陵，幸得壁间埋伏发动，神弩齐发，才将它惊走。因知我随后必去，特地留柬代面，并嘱速来，他办完那桩要事，或能赶来相见。

"小妹自恃两世修为，灵根未泯，又从家师学了金刚、天龙诸般坐禅之法，还有随身的许多法宝，没有熟计深思。一到此，见洞内有数点星光闪动，当是妖尸弄鬼，贸然追去，连破了他两重妖法。和道友一样，由黑雾中闯入内穴，杀了许多殉葬古尸。方觉他们无甚伎俩，谁知那些殉葬古尸早为白阳真人诛戮，并未复生，乃是受了妖法驱使，用作诱敌之计。眼看杀光，忽见榻上古尸坐起。刚发剑光上前，便被穷奇和妖道在黑暗中用颠倒五行挪移大法，将小妹困入一个石穴之内。更由妖道设坛，将本身元神虚禁起来，脱身不得。幸而见机还早，一觉出情势不佳，立时盘膝坐禅，外用飞剑护身。虽然他台上镇物不去，脱身不得，但只是邪教中的借物虚禁，坐禅一日，不为所破，仍是无可奈何。所惜应变仓猝，把放出去的几件法宝和途中采得的一株仙草，俱被他们夺去。法宝当能珠还，那株仙草必为分服无疑的了。连困许多天，静中观察妖党动作，俱得深悉。但是元神受了虚禁，在石穴中虽然受困，还可运用禅功，抵御一时。如出石穴，他将镇物行法一毁，便即裂体而死。

"昨日正在悔恨，不该冒昧行险，没有深思，听妖道、妖尸谈论，又有几人为神灯所诱,误蹈危境。只因每次来人,他等都要守着当年白阳真人的信约,不过神木、警碑深入,不肯下手。来人看似无甚法力,却都善于隐身,又极机警,稍见不妙,即行隐去。因这一迟延,再略微大意,等到妖道命他们出追,已被逃走。归报说来人语声步声颇为细碎,不似生人,以为是山中木客、灵药之类,初学人形变化,算计下次再来。还吩咐妖党随时留意,务要生擒。今日正该用妖焰炼那镇物之时,便听他们在说适才来一女子,剑光甚是厉害,已被戎敦、穷奇诱入内穴。正商量用极厉害的妖法困陷来人,道友已乘其不意,飞将出来。按说妖尸有数千年修炼,固不好惹;便是妖道师徒,均非弱者。也是妖道命该遭劫,道友出来时,他正在行法紧要的当儿,道友又是二宝齐施,使得他们措手不及,只戎敦遁走,妖道师徒竟难幸免。妖道一死,妖法无人主持,小妹在穴中神光大旺。恰巧道友将他法鼎镇物一齐毁去。元神无制,立即脱身出来。此时危险万分,动作稍失神速,道友必也失陷在内,事便难说了。"

杨瑾说时,健、玄两小为洞中巨声所震,一见师父剑光,慌不迭的飞跑赶至。云凤命各将隐身之法撤去,现身出来。给咪咪口里塞了一粒五姑赐的灵丹,渐渐苏醒。便命四小上前拜见杨瑾。

云凤听罢杨瑾之言,忽想起五姑曾说,曾祖姑凌雪鸿现已转劫,托身在姑苏七里山塘一个姓杨的家中。此女恰好姓杨,看年纪不过双十,却说曾祖姑父追云叟是他旧友,明明是她老人家无疑,不禁脱口说道:"道友既与追云叟有旧,名分已高出云凤数辈。适闻姓杨,生在姑苏,你老人家前生莫非姓凌,名讳是上雪下鸿,五十年前在开元寺兵解坐化的么?"杨瑾惊道:"我原姓凌,如今小字凌生,便为的是这一层因果。你是怎生知道?"云凤慌忙下拜,口称曾祖姑,说了前事。

杨瑾闻言大喜,忙拉起道:"道家不比俗家,重在入门班列,所以你又可算我前生嫂氏崔五姑的门下。你对白道友用那尊称尚可,我已转劫易姓,如此称呼,实有未便。彼此门户不同,你以晚辈自居足矣。"云凤自然不肯,经杨瑾再三解说,方允僭称师叔。

杨瑾虽然前因未昧,道法高强,转世年纪毕竟还轻。见了四小甚是心爱,与云凤更为莫逆,互称奇遇不置。末后又谈除妖之事,杨瑾说,三尸本有两柄金戈,再加上轩辕二宝,着实厉害非常。云凤适斩妖道,一举成功,由于对方轻敌太过,诸般都是凑巧,论道力决非对手。自己连受多日之困,元气未复,须按师父坐禅妙法,稍自休养,再与云凤同往,有备于先,纵然不胜,也不至于二次失陷等语。云凤自然遵命。

第一七九回

灵根不昧　再世修真
狭路逢仇　初番涉险

当下云凤、杨瑾便带了四小,往白阳崖洞中飞回。进洞落座,云凤重又率领四小,上前拜见,献上清泉山果。因杨瑾变计,要修养真灵,复原之后,再去除妖。坐禅须在夜间子时以前起始,天甫黄昏,还有余暇,互相谈起前事。

原来凌雪鸿自在开元寺兵解坐化后,她生前杀孽太重,内功也稍欠精纯,成不得地仙。幸亏神尼优昙护持她的真灵,到处寻找躯壳。因是功候未成,便遭兵解,不比寻常元婴,神游失体,只要一具好躯壳,便可入窍。又因受了她前生恩师芬陀大师的重托,欲令重转一生,由幼年入道,以求深造,更要避免轮回,免昧夙因,必须在游行之际,遇到那刚刚断气夭亡女婴,附体重生。这女婴又须生来灵秀清健,不是浊物,方配得上。可是这等灵秀清健的女婴,又不会夭亡,遇合极难。一连带她寻了好些天,最后仗着神尼优昙的玄机妙算,才在姑苏阊门外七里山塘,找到她的躯壳。

那家姓杨,名阿福,是个极本分的人。妻子潘氏。以种花钓鱼为业,又种得几亩田。吴中富庶,本可将就度日,无奈膝前子女众多。潘氏自十七岁出嫁,差不多每年有孕,而且每生必育,中间有几回还是双胎。虽然夫妻二人年甫四十,已生了二十多个子女,一个指身为业的人,却如何养育得起?一年到头,都是为了儿女忙累。后来人口日多,休说抚养艰难,便连住的地方都没有。偏生末七八胎,全是女孩。大一点的男孩子,还可送出去佣工学生意,减些食粮。这些女孩子,年纪都小,个个生相丑陋。加以乃父经年辛劳,乃母除料理家务外,一年有半年拖着大肚子生病,没有精神管教,无一个不是淘气到了极点,常招四邻厌烦。连想送给人当童媳、丫头,都没人要。便大了来,也未必嫁得出去。简直是许多活累。

每日正为此愁烦,偏生末一胎生杨瑾时,不但又是个女的,相貌更比前几个还丑得多。这年又赶上了两场冰雹,生活愈难自给。潘氏一见又是一个丑女，当时一气，只哭喊一声："我弗要格种小鬼丫头害人精呀！"便已急晕过去。阿福见妻晕死，慌了手脚。自己委实也是恨极，一面救转潘氏，一面打算将婴儿抛在门前吴江里淹死，又下不了手。想了想，无计可施，便拿些破棉花与破布，连头一包，放在房后老远的大井旁边。原意婴儿初生，不是生得多的父母，难辨出她的美丑，想盼不知就里的过路人来拾去喂养，既减负担，又省得欠下一条命债。却不想那日正是三九下雪天气，朔风凛冽，寒冷非常，初生婴儿置于暖房，尚且不温，何况风雪地里，旧棉破布怎能支持得住？阿福心悬产妇，一切均未顾及，放在井旁，回身就走。走没片刻，婴儿便已冻死过去。

这时恰好神尼优昙带了凌雪鸿的灵光，不先不后赶到。解开包一看，见那婴儿生得天庭饱满，长眉插鬓，秀发如漆，五官甚是清奇，一张赤红脸，已冻成青白色。知道新死俄顷，是个绝好的胎壳。暗道了一声："罪过！"把雪鸿的灵光合了上去，又与她塞了一粒灵丹在口内。婴儿立即醒转，拿眼望着神尼优昙，呀呀欲语。神尼优昙忙止住她道："凌道友，你虽脱劫借体重生，但是婴儿太小，五官肢体俱未发育完全，最好还是暂且缄默，拼受一些尘世上烦恼，以应轮回之苦，而消灾孽。我现时暂将你道力用法禁闭，使你施展不得。一则免你惊世骇俗，诸多不便；二则好使你重新修为，返驳归纯，建立道基。只不蔽你真灵，以免有昧夙因，自忘本来而已。令师芬陀大师本该早成，为了道友，特地延迟飞升。所有道友原来的法宝、飞剑，少时即行送往保存，等道友一过七岁，令师必然亲来度化。此刻先送你往寄生父母之家留养。我因大劫已兴，教业修行，苦无多暇，盖以俗尘扰攘，孽累众多，今日一别，至早也须五十年后，道友二次修成出世行道之日，始能相见了。凡百珍重，勿忘此言。"当下行法，用手一按婴儿命门。婴儿便说不出话来，两眼含泪，将头微点，意似感谢。神尼优昙又道："道友心事，我俱明白，归时自会一一代办，无容叮嘱。趁此风雪大作，无人之际，我送你回家吧。"

说罢，将婴儿抱藏怀内，径往杨家叩门。阿福正在家给妻子煎药，开门一看，见是一个半老尼姑，便愀然道："老师太，你来得不凑巧，房里今日刚巧临盆，钱米俱缺，只剩一点稀饭米，要把产妇吃格，你到别人家化去吧。"神尼优昙见他身上褴褛，身后大大小小跟着好几个男女孩子，都生得相貌奇丑，面有菜色，浑身湿污，衣不蔽体，皮肉俱冻成了紫色，看光景家境甚是贫穷。笑答道："贫尼此来，并非为向施主募化财米。只因适才路过尊府左近，看见井旁有一弃去的婴儿，哭得甚是可怜。出家人怎能见死不救？偏又有事远行，无处托付。我看施主家况也不甚佳，不欲相累。这里有三百两银子，交与施主，作为此女养育之资，彼此两便，想是不会推辞的吧？"说罢，从怀中将婴儿取出，连同银子，递将过去。

阿福一见那婴包，认得是自己弃去的女儿，父女天性，不由触动伤心，流下泪来。忙将包接到手内，含泪说道："老师太，弗瞒你说，格个小囡本来是我格。因为人忒穷，小囡忒多，实在养弗起，无法子，拿俚掼煞，险险教冻煞，幸亏老师太搭伊救活。现在想起，交关难过，后悔还来弗及，应当谢谢你，再拿你这样多银子，阿要罪过？小囡我原留下来养起仔，老师太银子铜钿来的弗容易，我是万万不敢领格。"神尼优昙见他人颇本分，语出至诚，词意极坚，那般贫寒，并不为财所动，瞒心昧己。便笑答道："此女相貌极好，异日必有大福，休要轻看了她。虽说珠还合浦，原是亲生，但是檀越业已弃去，被贫尼拾来，无殊为我所有。既然托养，哪有不受酬谢之理？再者，檀越家况贫寒，不留点银子在此，日后贫尼怎能放心贤夫妇待她如何？我看檀越为人忠厚善良，弃女为境所逼，非出本心，定是上天假手贫尼，使贤夫妇得此三百两银子，置些田产，以为度用教养子女之资，否则怎会如此巧合？只管收下，勿庸谦谢。这里还有丸药一粒，可使产妇康强。贫尼也决不会再来相扰，结此一种善缘吧。"说罢，将丸药、银子放在破桌之上，回身开门而去。

阿福放下女婴，持银出门追赶，已然不知去向。只得回去，和潘氏一说，因平日原本信佛，俱当是菩萨济事，好生欢喜，全家俱望空叩头不止。那药与潘氏服下，半日后，便即康健下床，宿病悉祛。阿福忙命群儿，分头拿银子前去买办香烛柴米等类回来，又去神佛前叩谢祷告一番。因婴儿曾弃井旁，取名井囡。因她幼蒙佛佑，生有自来，才满周岁，便能牙牙学语，举物知名，颖悟绝伦，自然全家大小钟爱逾恒。

阿福饱经忧患，备历艰难，钱一个也不舍妄用，却极爱背了人，行些善举。偏生时来运转，那三百银子自换成田产后，除历年丰收外，第三年上，他又积了些钱，与人搭本为商。说也奇怪，无论是什么买卖，只要有他股本在内，竟是无往不利。渐渐富甲一乡，成了当地人望。男孩子们耕读商贾，各自前进。便是那么丑的女儿，人家也不再嫌弃，竟来订婚攀附。井囡更不用说，才满三岁，求婚的人便踵接于门。阿福夫妻虽是老实乡农，却也有些算计，心想后半生衣食，全由这个女儿身上得来，怎可随便许人？再加井囡聪明已极，两三岁便知孝顺。别的都乖巧听话，独一听有人提起亲事，便放声大哭，整天价不进饮食。阿福夫妻屡试屡验，自然心疼，只是不知是甚缘故。除向来人婉言谢绝外，再也不敢使她知道这类事儿。后来逼得无法，当众声明，有神佛托梦，井囡婚姻，须待她年长缘至，父母别人均不得相强；否则，男女两家,俱有奇祸。井囡神异之迹,早已传遍,这一来果然减了不少麻烦。

光阴易过,一晃井囡已有七岁。不但出落的丰神挺秀,美丽若仙,而且文武皆通,举止动作直似大家风范,宛若宿会。阿福夫妻自然越发钟爱。家运也一年比一年兴旺。全家正喜气洋洋,过着好日子。

这一天,井囡忽然病倒,和小时闻说订婚一样,终日不进饮食。阿福夫妻不吝重酬,把苏、常一带的名医全都请遍。药吃下去,立时呕吐出来,仍是昏卧不醒,一点也不见效。全家都急得如热锅上的蚂蚁一般,求医的求医,拜佛的拜佛,凄凄惶惶,走投无路。不觉过了三日,正在无计可施,这日早起,全家大小愁聚病女床前,忽听门外木鱼佛号之声,直达内寝。这时杨家已成大富,人口又多,由大门到内室,有七八进深,井囡所居,还隔着一片花圃菜畦,外面多大声音,平日从听不到,这木鱼佛号之声,怎能入耳? 方在低声命人出看,井囡如疯了一般,倏地从床上跃起,口喊恩师,往外便跑。神力如虎,兄弟姊妹们一齐上前,都拦不住,纷纷跌倒,乱成一片。后来阿福夫妻见势不佳,齐向房门口跪倒,挡住去路。井囡一见父母下跪,不能过去,才止了步,跪下来放声大哭,口中直说:“我好容易等了七年,才将恩师等来,你们偏不放我出去。少时恩师如若走了,我便是个死人。”

全家正忙乱间,阿福第六女儿名叫阿珍,人极聪明,只是丑得出奇,自知貌陋,也和井囡一样,誓死不肯出嫁,每日吃斋念佛。姊妹中,她与井囡尤为相得,从井囡病起,真恨不能以身相代。一闻此言,猛地心中一动。见众人围挤井囡,七张八嘴,悲哭劝慰,插不下嘴,忙向身侧长兄说了句:“事在紧急,我们还不给小妹妹请老师父去?”随说拉了便跑。等阿福喝住众儿女,问明井囡是要门外敲木鱼宣佛号的恩师时,阿珍和他长子已将那敲木鱼人请进。一看来人,也是一个中年尼姑,生得身相清癯,面如白玉,眼皮半开半闭,时闪精光。右手一个小木鱼,左手一副念珠,布衲芒鞋,甚是整洁。

阿福全家素敬僧尼,见这尼姑风采动作与众不同,料是异人。方要为礼,井囡已从众人胁下挤出,抢上前抱住那尼双腿,跪下悲哭道:“弟子还当优昙大师有意相欺,愤而欲死。不想恩师今日才到,真想煞弟子了。”尼姑喝道:“怎的当众妄言? 我来自有处置,还不起去。”阿福见尼姑喝问,还恐惊吓了爱女,又不好出口拦阻,正在为难。谁知井囡竟听话非常,叩了一个头,忙即起立,喜容满面,躬身侍侧。尼姑朝众人看了一看,说道:“适才小姑娘病状,已听说起,外人不知病源,怎能医得? 这里虽无外人,人多终是不便,大家请先出去,只留贤夫妇在此足矣。”阿福夫妻闻言,忙将众儿女喊出房去。又要向尼姑行礼,尼姑拦道:“贤夫妇无须多礼。贫尼芬陀,少时尚须往普陀一行,不能久住,休要耽延时刻。令爱原是借体回生,我只将她与贤夫妻这场因果说出,便明白了。"

阿福夫妻依言起立,请芬陀大师落座,敬问究竟。芬陀大师先将井囡前生姓名以及借体回生之事说了一遍。末后又道:"她前生原是贫尼弟子,只因她所学尽是禅门斩魔诛邪的上乘功夫,加以前生俗缘未尽,未成道便嫁了人。虽然当时原奉有贫尼之命,为了宿因,特令带发修行,所嫁又是方今有名的剑仙。到底还是贫尼看出她道心不坚,道基未固,知须再转一劫,方有此举。后来在开元寺为异派妖邪所伤,兵解坐化。贫尼正在南海讲经,她又应有此劫,不便分身往救。于是托了她夫妻好友神尼优昙,带了她的真灵,来此借体回生,收去她原有的道法、宝剑,使其从头做起,重立道基。优昙道友原代我与她订下七年之约。她虽居俗家,但是灵元未昧,前生因果,全都了了,每日盼我前来接引,好容易才满了这七年期限。偏巧我又因降魔羁身,来迟数日。她见贫尼逾期未至,以为优昙道友打了诳语,心中忧急,并非什么真病。贫尼一开导她,便无事了。"

说罢,转向井囡说道:"所有这些前因后果,你已知悉。我不久便须解脱,只为了你,才迟去一甲子。你原是我衣钵传人,今日本应将你带了同行。惜乎你前生杀孽未清,外功未足,还有许多尘事未了;况且你虽借体回生,身乃父母所赐,加以平日抚育之恩与那等钟爱,寸恩未报,就这样脱身一走,未免太伤亲心,有违世法。由今算起,你在此尚须十年羁留。我少时便传你禅功道法,并酌还你前身所用几件防身法宝。从此应潜心用功,时机到来,略报亲恩。十年期满,再行回转仙山,勤苦修炼三十三年。除每年一次,回转俗家省亲外,不奉师命,不得与及外事。一俟道法精进,再行下山积修外功。等赴过峨眉群仙开府盛宴,回山受了衣钵,亲送为师去后,再有一甲子工夫,便可成道飞升。"

井囡本来跪倒领命,闻言也不敢回答,只不禁凄然泪下。芬陀大师怫然不悦道:"你能望到将来地步,已是旷世仙缘,难道还有甚不足之处么?"井囡忍泪禀道:"弟子怎敢如此悖谬?只是弟子托生此间,怀想恩师度日如岁,好容易得盼降临,不想少时又要分手。亲恩未报,不便追随,想起师门天地厚恩,此别竟要十年之久,一时伤心难忍,并非他意,还望恩师鉴宥。"芬陀大师微哂道:"你怎的转了一劫,还是这等痴法?你的心意,我岂不知,但是世缘种种,命数注定,摆脱不得。在此十年以内,我每年必来查看进境如何,何须如此悲苦呢?"

井囡便对父母说:"原说七年期满,恩师便来接引。女儿先意,恩师一到,即可同行,否则绝食而死,自去寻找。适承师命,尚须在父母膝前承欢十载。那时女儿已十六岁了,爹妈譬如将女儿嫁在远方,或是优昙大师未曾送回,也就罢了。现在还有十年光阴,可以常承欢笑;便是他年回山之后,每年也须归省一次。此乃命数中注定,尚望多放宽心,以免女儿更增罪戾。"说罢,痛哭起来。

阿福夫妻见状,越发心疼,双双抱住井囡,悲哭不止。芬陀大师道:"贫尼有事普陀,未便久羁。常言道:'一子得道,九祖升天。'况且十年之期,岁月悠长,以后又不是不能相见,贤夫妇何必如此悲哭?请暂退出房,容贫尼传了令女禅功道法,便即去也。"井囡更在怀中低声泣诉:"如误我事,恩师一去,我便死也。"当时阿福夫妻也不知如何才好,早料井囡不是常人,今日这位老师太定又是神佛点化,不敢违抗,只得含悲忍泪,行礼走出。芬陀大师又叮嘱:"今日之事,不许在人前走漏,使令媛在此存身不得。"然后闭门传道。

一家人在房外,先听井囡转悲为喜,低声询问了几句,入后便不闻声息。从门缝中偷看,只见金光闪了几闪,益信那尼是个神佛降凡,又欢喜,又担心。延了顿饭光景,井囡开门出来。家人进房一看,哪有芬陀大师踪迹,一问才知已驾遁光飞走。行时吩咐井囡,改名杨瑾,不许泄露机密。全家惊叹,望空拜祷了一阵。好在阿福居家勤俭,身虽富有,仍守乡农本分;儿女众多,俱已成长;家中未用一个闲人,长短工俱在地里,并无外人在侧。只需叮嘱好了众儿女,均知说出于杨瑾有害,不敢传扬出去。

这些奇迹,俱看在阿珍眼里,向道之心越发坚诚。先是低首下心,再三恳求杨瑾传她道法。又禀明父母,借伴为名,终日厮守不离。挨到杨瑾遣她不去,没奈何,只得自己用功时,她也学着闭目打坐。无师之学,也不问其对否,只是一味坚苦自持。后来杨瑾见她向道心坚,一晃半年,总是随定自己起坐,毫不退缩,不由动了怜惜,才向她说明,只教她一个,每晚无人之时传授,不可向别的兄弟姊妹提起。阿珍自是喜出望外。

阿福夫妻原因杨瑾孤身独住后园,每日养静,除晨昏定省外,不愿人进她房,难得阿珍能耐心烦,与她做伴,两姊妹又极相得,自然心喜。不但不去过问,反嘱儿女:"小妹妹是神仙下凡,我家全靠伊一个人兴旺起来。现在只要阿珍陪俚,除开日常见面,大家弗要进去,搭俚多盘多话。"众儿女本来敬她如神,自是遵命不迭。这一来,杨瑾更少了俗扰,得以安心学道,又禀夙慧灵根,进境极为神速。

第二年,芬陀大师果背人降临,甚是嘉慰。杨瑾又跪代阿珍苦求,收归门下。芬陀大师道："此女原非凡骨，去年我来时，早已看出。不过她的杀孽，较你前生尤重。我衣钵传人，只你一个，已受了如许牵累，一误岂容再误？念其道心坚诚，可暂时由你传她诸般防身道法，以为异日地步。机缘一到，自有她的遇合，不可勉强。"杨瑾便从里房唤出阿珍，上前拜谢。芬陀大师勉励了几句，便即飞去。由此，芬陀大师每年或早或晚，必来一次，传授杨瑾的道法。

杨瑾到了十二岁上，身材已亭亭玉立。再过一年，便奉了芬陀大师之命，在苏、淞、常、锡一带暗中行道。有时也带了阿珍同去，用乃师所赐的灵药济众。仗着家资富有，父兄都是好善的人，予取予携，任凭她随便施舍。由十三到十七岁这数年之间，善行义举，也不知作了多少。

杨瑾因前生道力已被封禁，所炼法宝、飞剑，师父没有全数发还，最终只给了飞剑和两件防身法宝。为求道基坚厚，所学已由博近约，按芬陀大师正宗心法，从头做起。当所学尚未深造时，如遇上真正厉害的异派敌人，尚非其敌。加以前生殷鉴，日里深闺枯坐，每出总是易服夜行，举动非常缜密。所以近十年的时间，起初苏、淞、常、锡一带只是知有一个天外飞来的黑衣仙女，专一与人排难解纷，除强扶弱罢了。因她行踪飘忽，来无影去无踪，事完即去，从不肯留下名姓，有那好事的，便给她起了个外号，叫作"玄裳仙子"。

日子一久，远近哄传，本地平民，公道人家，都把她当作仙佛供起。那些强暴绅豪，土棍恶霸，虽因不时受了惩治，稍稍敛迹，可是个个谈虎色变，恨她入骨。也曾多次秘请能人，与她对抗，无奈均不是她对手。人不请还可，人才请到，她必飞来。虽不轻易杀人，大都使来人断臂折骨而去。有的还不甘心，径去官府控告，诬赖是仇家所遣。状子上去，不等传签出衙，官府同时也受了她的飞帖警告，除不许牵累无辜外，并把告状人诸般恶行缕指出来，转要官府按律惩办。官府害怕，对那财势小的原告，少不得还要办几个来应付她，以求自免；财势大的，无法办理，只得背人祷告，说出自己苦衷，请求鉴谅。一面暗把她的飞帖与原告看，说此女几同飞仙，不特非人力所及，便是你也还要向她悔过祷求，才能免祸呢。原告人一听无法，不敢再控，只得忍气吞声，依言办理。好在杨瑾这次重生，宽大为怀，除极恶穷凶，罪在不赦的人外，只要认错改悔，勉为善人，倒也不究前非。渐渐恶人也把她当作仙女降罚，不敢胡作非为。三两年一过，德威所被，那一带的恶人，几渐绝迹。剩下的只是施财施药行善，事更好办多了。

间也难免有求亲的，因阿福夫妻说乃女生具善根，早已吃斋念佛，闭门自修；自己因全家席丰履厚，全由她得来，这几年又救了父母重病，全家灾厄。不忍违逆其志,只等长大,便放她出家了。去的人先还以为她的年纪尚轻,父母择配太严,意欲有待。及听阿福言语坚决,有时说急了,竟当众起誓;并且好些大富大贵人家来求,也都一样碰了回去;她本人更连至亲戚友,都极难见到一面:知道无望,代她可惜几声,也就罢了。直到十年期满,谁也不知那许多惊人奇事,是杨家幼女所为。

杨瑾知为期将届,悄悄请进父母兄姊,说明要与阿珍随师同行,用婉言一再安慰。阿福夫妻虽然不舍,知已无法挽回,为了多聚些时,全家每日都在一处。杨瑾因长行在即,也不再出门,镇日陪侍着父母兄姊,以待时至即行。

这日芬陀大师驾到。阿福夫妻因年轻时劳苦过甚,留下疾病,有一次全家又染了瘟疫,全仗杨瑾预先向师父求得灵丹,不但全家消灾免难,还救了些生灵。芬陀大师每来,俱未得请见,况又要将二女携走,也须辞谢,预告杨瑾求见,蒙允全家相会辞别。阿福率领全家人等,行礼之后,芬陀大师因他全家好善,始终力行不懈,甚为嘉许,说照此下去,家道隆昌,方兴未艾。阿福全家重又谢了。芬陀大师命杨瑾跪辞父母家人,并代定下翌年归省之约,径自作别。一举手间,满室金光闪耀,再看他师徒三人,已不知去向。全家都恋恋不舍,望空拜倒。不提。

且说芬陀大师带了杨瑾、阿珍,飞往当年凌雪鸿学道的川边倚天崖龙象庵,传授杨瑾禅门心法。杨瑾劫后回生,具大智慧,只三年工夫,便将道基立定。然后再从大师重练剑术及伏魔之法,共在庵中练了三十三年。除每年一次归省外,从不轻与外事。

这时阿福夫妻年近期颐,子孙同堂,已逾五代。仗着杨瑾每次归来,总给父母兄姊们一些灵丹,不特两老夫妻身子康强,全家俱都清健,绝少疾病伤亡。加以家资巨富,子孙读书入仕的也很多,真是享尽人间大福。

只六女阿珍,自随杨瑾上山,仅回家两次,第三次便未同来。问起杨瑾,说是在归省前两月,阿珍因向恩师苦求传授,恩师说她另有机缘,不是本门中人,只能在庵中暂居,随学一点剑术,以为防身之用,时至自有遇合。后经自己代她苦求,恩师才赐了一口天龙剑。过没几日,这日恩师出外云游,自己也正在用功,她往隔山雨花崖采黄精,一去不归,当时遍寻不见。恰值恩师回庵说起,才知她已被一个魔教中的长老收为门下,要有三十多年分别,才得投入峨眉门下相见。两老知魔教是旁门异端,如今全家享福,只她一人受苦,多年来连家都未回过,闲常提起,甚是怜念。

末一年春天,全家老小聚在一起,正算计杨瑾归省之期,忽然一阵怪风,眼前一暗,堂前飞落一个面容奇丑的女子。定睛一看,正是阿珍,穿着一身非道非尼的白衣怪装,背插幡、剑,腰系花篮,见了父母,纳头便拜。两老见是多年不见的女儿,自然欢喜,连忙扶起,命全家小辈曾孙上前拜见。问她三十年别后情形,阿珍只是含糊其词,不肯明说。两老还以为她有甚玄机不可泄露。便把杨瑾每年归省,全家仗她福庇,丁多财富,子孝孙贤,疾病不生,死亡甚少等情说了。并说这一两天,该是她归省之期。去时老仙师原说三十三年期满道成,便可自由下山。这次回来,或许能留她多住些日。你来得真巧不过。说时,阿珍先是朝着满堂小辈曾孙中不住巡视,后一听到杨瑾将回,倏地面容骤变,站起身来,似要往众小孩面前走去。两老当她喜爱那些小孩,刚想唤过,未及开口,阿珍忽又停步,意似踌躇。就在这略一徘徊之际,猛听空中一声娇叱,一道金光如长虹飞射,直落庭前。同时又是一阵怪风卷起一团黑影,嚓的一声,往地下钻去。全家都知那金光是杨瑾归省,好生心喜。两老俱忙着对她说:"你六姊今日回家来了。"再找阿珍,庭前好些小儿俱说六祖姑已化成黑烟,钻入地底,哪里还有踪迹。

两老方在惊惜,杨瑾愤然道:"爹妈莫想她吧。六姊自在鸠盘婆门下,因她面容丑怪,与她师父相似,大得宠爱。此次来家,对爹妈还没什么,对这些曾孙女儿,却是心存叵测。女儿来时,恩师曾说她三十年来,因在恩师门下受了三年感化,善根未泯,从未自己为恶。此次回家为害,必是受了别人主使,遇上时,只将摄走生魂夺下,不可伤她。她无成而去,也必不会再来,不久还要改邪归正,姊妹重逢。现在全家人等,并无一个失魂,想是临时天良发动,下手慢了一步,恰被女儿回来惊走,也说不定。她正在迷途,还未知返,想她则甚?"全家人等方知阿珍来意,将不利于孺子,俱都嗟叹不置。两老终是亲生,一听阿珍入了旁门,恐早晚受了天诛,再三要杨瑾设法相度。杨瑾道:"六姊原是自家骨肉,幼年时又和女儿那般亲爱,哪有不想救她之理?这些年来,已向恩师苦求多次。恩师说她求道之心本坚,只缘两生孽重,须有这三十余年混沌,借鸠盘婆旁门之力,躲过好些灾劫,才能弃暗入明,改邪归正,此时着急,也是枉然。"

说罢,又请二老屏退全家人等,说:"爹娘寿限早满,仗着多年力行善事,又得恩师时赐灵丹,才得全家俱享康宁富寿。女儿今年学道期满,恰值二老大限将至,为期不过两月,特地请准恩师,展缓行道之期,回家终养。此去必定投生富贵人家,请勿悲戚。"阿福夫妻因受女儿熏陶,本来达观,今生享受,老来寿考,已觉意外,闻言并不难过。反以每次爱女归省,为期至多两日,这次竟有两月之聚为喜。好在身后一切,早经备办,当时也没和儿女孙曾辈说

368

起。只将出嫁的女儿孙曾接回，欢聚到了最终的一天，忽然召集全家人等，嘱咐家事，又分了一半家财专充善举。家人正不知何意，忽见杨瑾跪上前去，慌忙近前一看，二老已无疾而终。全家举哀，饰终之礼，自不消说。

首七方过，杨瑾便自飞去。回山见了芬陀大师，呈说完了家中之事。然后请训，拜别下山行道。芬陀大师除前授飞剑等防身御魔之宝外，又将她前生所用迦叶金光镜、般若刀、法华金刚轮、真如剪等本门炼魔四宝，一齐发还给她。杨瑾两世修为，炼成诸般妙用，又学会了金刚、天龙等坐禅之法。下山之后，许多异派旁门中的能手都败在她手里，真个所向无敌。她隐秘多年，忽然出世，起初在三吴、淞、锡一带行道，只有数县地面，又是繁华富庶之区，所除尽是土豪恶霸，异派中人绝少遇见，名声并未传远。道成以后，却是哪里都去，而且永远单人出动，行迹异常隐晦，赴机又极迅速，恍如神龙见首，不易追寻。对方俱知各正派中，并无这么一个女剑仙。看飞剑家数，颇与当年追云叟白谷逸的亡妻凌雪鸿相似，但是她师父神尼芬陀曾有誓言，除凌雪鸿外，决不再收徒弟。自凌雪鸿在开元寺兵解坐化，息影多年，除有时至普陀讲经外，从不听她与闻外事，决无再收门人的事。怎么查也查不出她的来路。不消两年，哄传远近，各异派旁门，恨之入骨。只是她道法精奇，遇上时不死必伤，莫可如何。

最后杨瑾在江西含鄱口，为救一个怀孕的孝妇，遇见黄山五云步万妙仙姑许飞娘请往成都慈云寺赴会与峨眉派众仙侠斗剑的两个五台派妖人，一名火翼金刚胡式，一名芙蓉行者孙福。被她先用法华金刚轮将胡式罩住，丧了性命。孙福算是见机得快，还中了她一须弥针，才得侥幸逃走。那法华金刚轮，乃芬陀大师当年镇山降魔之宝。杨瑾带了凌云凤，从古妖尸墓穴中破壁飞出，便仗此宝。施展起来，如银雨旋空，飙轮电转，称得起是无坚不摧，无攻不克，人被罩上，焉有命在？许飞娘原因孙、胡二妖人俱会迷魂邪术，才特地约往慈云寺助战。后见二人未去，还当他们失信。事后赶往诘问，到了二人所居的福建武夷绝顶朝阳崖仙榕观中，见孙福正在忍苦养伤，胡式已被宝轮绞成肉泥，尸骨无存。一问敌人，又是那不知姓名来历的少女所为。许飞娘闻言大怒，将孙福伤势医治痊愈之后，便同了他前去寻找杨瑾报仇，就便试一试自己背着餐霞大师与妙一夫人暗中炼的几件异宝功效如何。

二人刚刚飞近仙霞岭，便见下面幽篁中有一道金光穿过，胡式说与那女子剑光相似。二人按落遁光，穿林进去一看，果见一个少女，向一个怀抱幼子的樵夫赠金问话。孙福刚说得一声："正是此女。"许飞娘知她法宝厉害，便先下手为强。一声喝骂，一道剑光，连同所炼一件异宝，名为五遁神桩，一齐施展出去。那樵夫名叫王荣,原因遭了恶人陷害,携了幼子菊儿,跳崖自尽。被杨瑾路过看见,下来解救,赠了银两,正在询问就里。忽听一声断喝,一回头,剑光已是飞到。仓猝之间,恐误伤那樵夫父子,一面飞剑迎敌,接着纵过一旁。刚大骂:"无耻妖僧,日前幸得漏网,今日还敢勾引贱婢,同来送死!"

就在这微一迟延疏忽之间,许飞娘的五遁神桩已分五面遥遥落下,将她围住。杨瑾前生原见过许飞娘,知她剑光厉害,迥非前遇诸妖人之比。正打算施展法宝取胜,忽见对面飞下一青一白两缕长烟,箭射般才行落地,立即暴长,看神气,似要往身前围拢。忙一回顾,身后也矗立着一黑一红两根烟柱。就这一晃眼的工夫,已长有千万倍,大如山岳,直冲霄汉。方自惊心,又觉头上一沉,似有重力压到。抬头一看,天已变成一片黄色,烟雾沉沉,离头仅有数尺。这时飞剑还在外面,被敌人剑光逼住,收回护身已是无及。忙把法华金刚轮往上一抛,幸是禅门至宝,神妙无穷,杨瑾应变又极迅速。宝轮才一脱手,立时化成万道银光,飙轮电转,将头上万丈黄烟冲起数十丈高下,托在空中。杨瑾略缓了缓气,见上下四方俱是五色烟云,骇浪惊涛,突突飞涌。法华轮虽将头顶那一片黄云托住,无奈身陷烟围,银光稍一升高,四外五色烟云便即斜飞俱至。不敢怠慢,一面止住宝轮,盖定头上;一面又将飞剑收回,以免被敌人乘隙收去。

这时头上黄云已变成了一片红光,烈焰飞扬,声势益发惊人。四外烟云也变成一片五色光海,千奇百态,幻化无常。情知敌人见自己法华金刚轮银芒电转,当是金精炼成之宝,欲以真火克炼,虽然梦想,但是这运用五行生克的妖法,曾听师父说过,其中颇多妙用。除迦叶金光镜与法华轮,因是禅门至宝,不虞损毁,别的法宝却不敢轻易使用。单凭此宝,冲出氛层逃走,非不可能,只是防得了前防不了后,仍是危险。想了想,还是暂时不走,另打稳妥主意的好。料敌人见所图未遂,必然颠倒五行,将自己存身那一片土地化成火海。仗着禅功玄妙,既不求胜与速去,足能自保。主意一打定,便不等敌人发动,忙将迦叶金光镜取出,顶在头上,放出百丈金霞,挡住上面烈火红云。再招回法华轮,翻转朝下。然后腾身上去,外用飞剑,护住全身,施展金刚禅法,盘膝其上,打起坐来。

飞娘先见杨瑾飞剑路数极为少见,颇似禅门真传,以前只有凌雪鸿所用飞剑与之相似,听说是神尼芬陀传授,却没她这等神妙。自己剑术苦炼多年,在各异派当中可称数一数二,稍差一点的剑光,遇上一绞便折,竟占不得她半点便宜,自然有些惊奇。及见五遁神桩发出妙用,敌人更是一丝不惧,反将飞剑收转,头上金霞万道,又有金光飞转,中有剑光围绕,三件不经见的法宝、飞剑,幻化成一幛,异彩奇辉。敌人藏身里面,宛如西方真佛,放大光明,现诸妙相,简直无法奈何,不禁惊得呆了。暗忖:"此女不向人前吐露姓名,也未闻与峨眉老少两辈中人来往交好,到底是哪里来的?用出来的法宝,却是这等厉害。"猜量不透。

许飞娘方自骇异,忽听遥天云里,有了破空之声。抬头一看,一道青红黄三色相间的光华,如彩虹经天,由正南方飞来,认出那是异派中的老前辈摩诃尊者司空湛。这人性情古怪,道法高强,经过许多天灾魔劫,俱未伤他分毫,一向独往独来,感情用事,看表面行径,颇与正派中散仙神驼乙休相仿。飞娘因他平日很看重自己,上次成都斗剑,曾亲往他隐居的云梦山神光洞去,求他到场相助。谁知竟遭拒绝,反说道:"如今峨眉势盛,最好闭门潜修,少管闲事,否则祸到临头,悔已无及。此番凡到慈云寺去的人,大半凶多吉少,必难幸免。我也并非畏怯,只是人不犯我,我不犯人。你看当初与我同辈的道友,连你师父等人,有几个未遭劫数?只我一人不畏灾劫,安然至今,没吃过别人亏,固然由于平日修炼功深,道法高强,一半也由于能审断机先,详参未来。你近数十年来道行猛进,照此修为下去,异日成就,不难到我的地步。何苦无事找事,蹚这浑水?"许飞娘求助未成,反吃他数说一顿。心想:"我为报师仇,才在黄山忍辱苦炼至今。此时罢手,岂不有违初意?你平日睚眦之怨必报,却教别人犯而不较,连师父大仇都不去报。"心中好生不服。但是知他厉害,翻脸无情,尤其精于道家采补之术。恐话不投机,将他惹恼,万一不敌,被他擒住,盗了真阴,那时欲死不得,更是不值。哪敢现于辞色,装作诚敬,略敷衍了几句,便即退出。后来慈云寺各异派惨败,果应其言。

许飞娘无心中遇到司空湛一个心爱的女徒弟忉利仙子赛阿环方玉柔,谈起前事,才知他见峨眉门下有好些资禀深厚的少女,并非无动于衷。只为事前在罗浮山麓遇见两个峨眉后辈,在那里谈起乃师接到东海三仙飞剑传书之事,被他暗中偷听去,知道苦行头陀和峨眉诸长老届时都要前往,事已闹大,玉清观中有道之士甚多,权衡轻重,诚恐求荣反辱,所以没有前往,却不肯对人说出真相,以示胆怯。飞娘既知底细,越发恨他自私自利。若在别地相值,早已闻声避去。这时一则正和敌人对垒,必被发现,他毕竟是个前辈尊长,人又不好惹,不便失礼怠慢了他,以留异日之患;二则知他成道多年,见闻极广,敌人法宝如此神妙,想向他一问来历。好在敌人身困五遁之中,看不见自己动作。

371

许飞娘略一寻思,便迎上前去,同时司空湛也已飞到,彼此一打招呼,一同飞落。飞娘连忙躬身施礼,口称:"师伯何往?"话言未了,司空湛已指着她道:"你危机顷刻,还不知么?"飞娘惊问。司空湛道:"你用五遁桩困住的这个敌人,上有迦叶金光镜,下有法华金刚轮护身,分明是神尼芬陀的嫡传弟子无疑。你怎不察原委,将她困住? 这老尼比优昙还厉害得多,从没见她轻易丢过脸面,况且又在她大道将成之际。现时被你所困的人不是当年凌雪鸿转劫回生,便是她的衣钵传人。如没有得她真传心许和她本门异宝,怎会放下山来? 我看有此数宝,你必奈何这丫头不得。时候一久,她见不能脱困,必用她本门金刚、天龙等坐禅之法,一则防身,二则求救。这两种禅功非比寻常,只要精习,便能心感神通,捷于影响。老尼来去如电,禅门降魔功夫已臻上乘,休说是你,便是晓月禅师等,也非敌手。你平时也颇精细,目前又不肯遽然与敌党各派破脸,上回慈云寺已觉冒失之至,怎这次又轻易树敌?"

说时,芙蓉行者孙福也赶将过来拜见。飞娘便说:"敌人出世不久,行踪飘忽,不露姓名,专一与各异派中人为敌,孙福便是受害人之一。起初不知她的来历,既承师伯明示,如今势成骑虎,放了她,也是一样树敌。弟子见此女根基极厚,师伯道妙通玄,尚乞相助一臂之力,将贱婢擒往仙山除去,日后纵然老尼为仇,也不致无法应付。"

司空湛闻言,暗骂:"无知贱婢,明知我到处寻求真女,又不肯轻易与人开衅,意欲嫁祸于人,借此给我树敌,好永为你用,岂非梦想!"便冷笑道:"我虽不惧老尼,但是我和她从无嫌怨,不便多此一举。此女来历,已然说了,进止由你自作主张吧。"说罢,双足一顿,依旧化成一道三色彩虹,破空而去。

飞娘见他这等情同陌路,痛痒无干之状,益发痛恨入骨,由此便与司空湛结下仇怨。后来同党自残,飞娘未等三次峨眉斗剑,便几乎命丧妖尸谷辰之手。此是后话不提。

司空湛去后,飞娘愤怒了一阵。明知司空湛所言不差,神尼芬陀太不好惹,但就此罢手,又觉得心不甘。和孙福一商量,还是暂将敌人困住,见机行事。如真看出无法克制,一不做,二不休,再由孙福去请一能人前来,合力下手。鱼已入网,决不轻易放却。

二人这里方在计议如何用别的异宝取胜,那杨瑾被困五遁之中,虽仗着法宝、禅功护身,受不到一丝伤害,但是飞娘厉害,素所深知,时候久了,猜不透敌人还有什么阴谋毒计暗算。我明敌暗,长此陷在重围,终非善策。还想凝神定虑,默运玄功,以真灵感应,试向恩师求救。忽听震天动地一声霹雳,挟着万道金光,千重雷火,自天直下,精光异彩,耀眼腾辉,四外五色烟光,竟似风卷残云一般，晃眼收去。只剩遥天空际，有两点青黄光华，深入云中，敌人踪迹不见。面前却站定一个道装打扮，身似幼童的仙人。定睛一看，正是恩师好友极乐真人李静虚。连忙上前拜见，多谢相救之德。

极乐真人笑命起立道："一别五十余年，不想你转劫后精进如此，真难得了。我自道成以来，轻易不愿与闻外事。偏生前年玄真子拿了长眉道兄遗柬求我相助三事，因此还须耽搁些时。已然在慈云寺为峨眉诸小弟子解了一难。适才回山经此，见异派中邪焰腾霄，中有令师降魔四宝放光，知你有难，下来相救。目前各派劫数，许飞娘还有许多事做，我又不愿伤人，才用神雷将她惊走。

"令师已有数年未见，今既与你巧遇，可即速回山，对你师父去说：七十三年前我和她说的那件事，快要应验了。轩辕陵寝中，圣帝封锁内陵的九道灵符，今年整整经过四千二百二十一年，不久将失功效，虽然陵外还有历代谒陵的十六位前辈真仙灵符封锁，但是只能拦阻现时初成气候的一干邪魔外教入内，如果遇着知根知底，与圣帝差不多同时代的前古妖尸灵物前去窃取，仍不免要被他行使邪法异术，由陵外远处穿通黄壤，顺着地脉入内盗去。偏巧我因修炼金丹，为异日飞升之用，三百六十年中仅有的几天，圣日在即，须要及早回山准备，不能前往。令师虽为你迟却一甲子飞升，这等难逢的时机，亦决不肯轻易错过。便是东海三仙与优昙道友，也为了这个缘故，在这前后数十日内，一样不能下山。其余正派各道友，不是道力不济，便是别有原因，不能前往。当年我二人曾经细加推算，陵中两件异宝：昊天宝鉴和一座九疑鼎，尚有一劫，难免落于古妖尸之手。虽有复得之望，一经失算，得来大是费手。并且稍一不慎，将妖尸放出，贻祸生灵颇大。如能明烛几微，抢先下手，以人力来战胜定数，做到哪里是哪里。能抢在妖尸前面，将此二宝得到手内，固然绝妙；即或晚了一步，被他捷足先登，趁他鼎中奇文没有参透，只知寻常用法，立时跟踪追去夺来，就便将妖孽一网打尽，省得为祸人间，也是功德无量。

"当时慎重人选，决定俟你转劫之后，命你代往，如今正是时候了。此事虽以速为妙，但是白阳山无华氏父子与四凶中的穷奇，三古妖尸盘算此宝已数千年，他们又备知底细，你去早了，圣帝灵符功效犹存，误入必有奇祸。尤其不可使各异派妖邪闻知机密，以免中途作梗。去迟了，又必落在妖尸后面。务须加倍慎重，不可丝毫疏忽。别的令师自有交代，我回山去了。"

说罢，袍袖展处，一片金霞闪过，踪迹不见。

杨瑾慌忙下拜，四顾无人，正要驾起剑光飞去，忽听身后有人急喊仙姑。

回头一看,正是适才解救的樵夫王荣父子。想起他二人被害之事还未代办,刚一停步,菊儿便飞也似跑将过来,双膝跪下,高喊:"仙姑度我。"

原来菊儿人极聪明,先承杨瑾解救赠金,父子二人方欲拜谢诉苦,忽听一声断喝,飞来一道青色电光,同时恩人身上也飞出一道金光,将青光绞住,绞在一起。紧接着半空飞来一男一女,恩人也将身飞起老远迎敌。王荣父子本是樵夫人家,一见两下里都腾空飞起,满天都是五色华光乱闪,他父子几曾见过这等奇事,吓得慌忙下拜不迭。继见两下里互相高声叱骂,放出来的光华如电掣龙飞一般,上下星驰,像是打仗神气。因杨瑾有赠金救命之恩,与飞娘、孙福这一面自然感想不同。于是料定先来的是神仙下凡,救世的活菩萨;后来的定是妖怪魔鬼变化无疑。菊儿胆大心灵,先是越看越歆羡,一心只盼仙姑用法宝将妖怪杀死,求她收去,当个徒弟,学成道法,既可报了亲仇,又可在空中走走。因见仙人飞出又高又远,还恨不得赶近前几十步,好看个仔细,一点也不知害怕。

王荣却因后来的是两位,只有一个放光的,已是数十丈五色光焰飞起,将仙人团团围住。仙人胜了还好,万一仙人双拳难敌四手,为妖怪所伤,自己和菊儿焉有性命?正用手招菊儿觅地逃避,忽见仙人隐身妖怪尘雾之中,金光似金蛇般在里乱窜,益发害怕,喊声:"不好!"强拖了菊儿,往后便跑。约有百步远近,百忙中走岔了路,身后是个绝崖,无路可通。欲待返回觅路,正赶上杨瑾、飞娘先后各自大显神通,放出千尺金霞,百丈火焰,天云林树,俱被映成一片金红颜色。适才站的那一带地方,宛如火海一般,哪里还敢前行。情急惊惶间,一眼瞥见崖旁有一石洞,便拉了菊儿往里钻去。父子二人跪在地上,不住祷告:"天神佛菩萨,快些保佑仙人赢了吧!"跪求了一阵,菊儿更不时探头外望。

经过了些时辰,忽听一声雷响,震耳欲聋。再定睛一看,烟云尽散,仙人无恙。后来的一男一女,已不见人影。却多了一个道装幼童,远远地站在当地。看仙人对他甚是恭敬,叩头下去,连礼也不回。菊儿本几次和乃父说,要拜在仙人门下。一见这般情景,估量妖怪定被仙人放天雷打死,满心欢喜。忙喊:"爹爹,快去拜见仙人,好报我们的仇。妖怪死了啊!"说罢,拨头出洞,往前飞跑。王荣出洞,见状大喜,忙也随后追去。到时,极乐真人已经飞走。父子二人拜罢,菊儿便跪求收录。

杨瑾见他资质颇佳,便命他起来,先问受害之事。

原来王荣就在前山三十里外大树庄居住,家境寒苦,全仗打猎樵采为生。当地有一姓章的土豪,平日鱼肉乡里,无恶不作。勾结三仙观妖道胡蓬,会有一身武功,养了不少恶奴。近年恶子长成,益发横行,专一霸占良家妻女,稍有姿色的妇女,都已不敢出门一步。王荣还有一妻一女。乃女年才十五,名唤桂儿,甚是美貌。一家四口,全会儿手拳棒。因住家在僻处,土豪不甚留意。这日母女二人正抬了两桶水,往门前畦田浇菜。也是合该生事,王荣父子俱不在家。恰巧狗子章来富放失了一只玩的翠鸟,带了手下恶奴,满村庄搜寻,到处骚扰,吵得鸡飞狗跳,人畜不安。寻经王家菜畦,从篱落外面看见王妻母女,色心大动。硬说他鸟值五十两银子,被她母女偷偷弄死,当时无钱赔,便要抢人作抵。王妻颇有机智,知他不怀好意,暗和桂儿使了个眼色,自己假装争辩,将身子挡在桂儿前面,放桂儿进去,经由后门逃走,自己当门而立。两下里言语失和,动起手来,王妻自然打不过人多,只几下,便被打倒。等狗子抢进门去,一搜人时,才知王家房后只半里多路,便可通往深山中的羊肠曲径,名曰九十九螺环,内中洞穴甚多,惯出毒蛇。因为那山虽与仙霞岭相连,景致却差得远,又无甚出产,连林木都极少,山峰又高,而险恶异常,轻易无人走进。桂儿姊弟年幼贪玩,常和邻儿往山里捉迷藏、打野兔烧吃为乐,附近几条山环,却是极熟。狗子哪里寻找得着踪影。当时向王妻留话:三天之内,或是交人,或是交钱;否则先打了人,以后送官追缴。

王荣父子回来,见家中已是一团稀糟,女儿又逃得没了影子。王荣虽然生长山中,全家会武,无奈性情良善,再者自知论力论势,均非仇家敌手。送女上门,去下火坑,自然宁死不愿;欲待舍财免祸,家中又无余财。偏生女儿又一去不回,更怕她寻了短见。思量无计,好歹先寻到了女儿再说,实在不行,便弃家逃走。谁知寻遍山中,按照菊儿所知乃姊常游之处,并无踪影。寻到天明,正痛爱女,狗子已命人前来,恶声追讨人财。气的菊儿伸出一双小拳,几次要和仇人拼命,俱被王妻强止。来人去后,王荣痴心还想支吾,寻到爱女,便即全家逃走。但一连数日,不见一丝迹兆,连尸骨遗物都无有。章家知他寻女,也曾命人暗地跟踪,一见桂儿委实失踪,气没处出,又改口来逼索鸟价。

王妻因此横祸,急病在床,势将不起。王荣先是想逃,这一来连逃也不能够。一面还得防备十三四岁的爱子任性,向仇家惹事。每日还得樵猎,以供日用。狗子更是恶毒,或银或人,王荣如不交上,不特不肯甘休,并向全村声言:谁也不许买他的山禽野兽。又因妖道胡蓬算出桂儿未死,下了禁法,断却他进城道路;一面迫他寻女自赎。王荣父子见村中买卖无人敢来过问,急得无法。欲进城去卖,只要一出官路,便是晕头转向,鬼打墙似白跑一天,仍然落在原处。后来知是妖法,只得坐以待毙,将就煮些兽肉蔬菜,暂延残喘。不几天,王妻急病身死。王荣父子草草埋葬,越发悲愤惨苦,意欲求死。

这日到了仇家交人或是交财的末次限期,越想越伤心。知各路口俱有仇党耳目与妖道禁法,逃不出去。只房后山径,因王荣未往山中狂喊,将乃女寻回,又当是条死路,中断绝壑,不能飞出山去,没有怎样防备。便假作寻女为名,父子二人连哭带喊,走了进去,由所知秘径,抄往仙霞岭。原意菊儿身上未受禁制,可以逃走,此行万一能寻到女儿更好,否则便命菊儿一人逃走。自己觅地自尽,化为厉鬼,再寻仇人报仇。到了仙霞岭,含着痛泪,和菊儿一说。菊儿天性本孝,无端受此奇冤惨祸,久欲伺隙行刺仇人泄愤,只为恐连累乃父不敢。一闻乃父意欲自尽,立即大哭暴跳起来,说道:"爹爹怎这么没志气?我还当逃到这里,有甚主意想呢。要是寻死,左右不会死二回,那还不如把仇报了,给他抵命呢。"王荣也哭道:"乖儿子,我还怕没你知道?要想报仇,除非先给他银子,缓过去再设法。你年纪还小,我又身受妖道邪法,今日知我寻你姊姊,还不觉怎样,往日离家十里,便昏头了。我是没法活了,我王家总要留条根呀。"说罢,便要往悬崖下跳去。被菊儿一把拉住,说:"爹爹要死,我也跟着一起。要不这般白死,我不干。"父子二人正在争论不已,恰巧来了救星杨瑾。

杨瑾救人之后,刚问何故寻死,菊儿年幼,正在情急之际,话无条理,张口便抢答道:"小狗种强逼我爹爹要五十两银子呢。"杨瑾先当是穷人欠债,还不起,来寻短见。这小孩虽是寒家,生得十分清秀聪明,已是心喜。见老的还在哽咽垂泪,恐其不肯深信陌路相逢,便以多金相赠。忙先取出大小两锭七十两银子,递了过去,说还债之外,余作生理。一言甫毕,忽听小孩急道:"哪个该小狗种的债?我爹爹为人善良,这是无端讹诈,还逼死两条人命呢!"杨瑾闻言,料知中有冤屈,正欲盘问,飞娘已是赶来寻仇,接着便是杨瑾与许飞娘斗法,最后由李静虚把许飞娘赶走等事了。

第一八〇回

偷秘籍　密炼花煞罡
聚阴魂　暗设玄牝阵

　　杨瑾听王荣父子说完,好生愤怒。因王荣说身有妖法,一看他身上,并无甚迹兆。命他脱了外衣一看,仅背上妖气隐隐,画有一道下三门中的迷神隐符,当时给他解了。暗中好笑,这种极下极浅的邪法,也敢拿将出来害人。但这邪符非人脱了衣服,不能使用,除非装着与那人亲近,乘其脱衣之际,方可暗算。天时不热,无须赤背,双方先已成仇,怎会画上去的?问起缘由,竟是那日章家带了多人前来逼银,说他怀中鼓起,定是有银不还,要脱了验看,连内衣都立逼脱去,如真无有,也不要了。当时信以为真,脱便脱。等脱去内衣,似听身后树林内有人说了句:"好了!"背上便仿佛被人轻轻打了一掌。狗党也就走去,少时仍来追索。

　　杨瑾闻言,又好笑又好气,对他说道:"你脱衣时,上了妖人的当了。你女儿未回,又住此多年,恐万一连累了你。你说明方向途径,我即时暗中送你到家。村人知你冤枉,那银子无须还他。到家复装着不知。故意向人多处走动,诉苦谈说,均随你意。我自有除他父子与妖道之法,保他不会寻你便了。"当下又不厌其烦,问了问章氏父子与妖道的恶行劣迹,和他家中人丁情况,两家住处。菊儿还要跪求收为弟子,杨瑾道:"你资质天性,均还不差,只是我师尊门下不收男徒。有志竟成,你我无缘。"说罢,便命闭目。王荣父子只觉两耳风生,身已凌空而起,不一会落地,正在他的房后,忙又跪谢不迭。杨瑾笑道:"你父子如愿看报应热闹时,隔顿饭光景,寻一有人同在的高处,装着闲谈,向你仇人门前遥望,也未始不可快意。只不要近前,不要相唤罢了。"说罢,破空而去。

　　王、章两家相隔原有一里多路。菊儿忙着要去,王荣也想看仇人遭报,父子匆匆绕向前门。一问近邻,仇家已命人来查看过数次,说是明早不交人,便要送官。王荣父子猛想起只顾惊喜交集,忘了请问仙人,女儿的生死下落。仙人行时,又再三嘱咐,不可相随近前,恐怕事完自去,连累自己。并且还忘了问仙人名讳法号,无法立位祝告。不由急得满头是汗,立时拔步跑去。行离土豪门前还有二十丈远,那路恰是上坡,看得逼真。远远看见仙人站在仇家门外广场上,狗子正率领多人,将仙人围住,指手画脚,说个不休。仙人神态暇逸,全未答理。四外村人,都在远远遥观,没一个敢近前。

偷偷一听村人私语,才知村中来了一个华服美女,一到径往仇家化缘。章家见她是个孤身美女,顿起不良之心。一面分人与狗子报信,说有送上门的好货;一面戏问美女,是否只化个把小财主当姑爷。女子也不着恼,笑嘻嘻说:"要想化九十七个男子首级。"有一个恶奴,想先占点便宜,刚一近前,那女子把手一指,便即负伤倒地。余人看出有异,还不信服,二次上前,接连四五个,同样吃了大亏,立时一阵大乱。

土豪父子俱在后园,同了妻妾饮酒作乐,连闻两报,先喜后惊,当是江湖中人来此寻隙。一面传齐全家打手武师,准备以多为胜;一面着人飞跑,往前村三仙观去请妖道。狗子为美色所动,带人先至,向女子发话,问她来意。女子只说了句:"等你救兵来了再说,如今尚不动手。"王荣一算土豪家中男子,果是九十七口。见村人越聚越多,三五成群,遥立远观,无一近前。想起仙人叮嘱,不敢再近前,急得不住暗中祷告:"恩师大仙,千万怜见,再赐见一面,小人还有事相求。至不济,也求将女儿代寻回来,情愿世代子孙都烧香。"他正在这里胡乱许愿,土豪所受恶报也在开场。

原来那狗子到时,见杨瑾美貌如仙,毕生未见。虽然神魂飞越,不能自持,一则出来时,乃父再三叮嘱,江湖上僧尼女流,最不好惹,千万不可造次,好歹也等道爷来了再说,只要制得住,人总是我们的,无须猴急在一时。二则刚一出门,便有手下几名恶奴迎上前低声警告说:"适才冯镖师得信赶出,见我们有好几人受伤,一生气,上前伸手抓她。也没见丫头怎样还手,便轻轻急喊了一声,面如土色,几乎跌倒,好似疼痛已极,慌忙纵退下来。说这丫头必会妖法,甚是扎手。暗告我们,不可上前再自讨苦吃;快命人催请程道爷来。现时回庄忙取兵刃袖箭去了。"那姓冯的乃土豪家中第一个有能耐的武师,内外功夫都很好。练有一双铁掌,能击石如粉。除妖道病钟离程连外,就得数他,这多年来,从未遇到过敌手。不想一近身,便受了敌人重伤。狗子听了,自然有些气馁。因见旁观村人大众,似已看出自己失利神气,就此退入门去,岂不弱了平日威风?又见女子从容玉立,几乎看不出丝毫敌意,不禁又活了心,强挺着上前,说了几句四不像的江湖套语。

杨瑾见他生得兔耳鹰腮,一脸戾气,知他恶贯已盈。因想将恶党一网打尽,等妖道来了,看是什么路数,再行下手,懒得和狗子废话,任他乱说,一言不发。狗子见对方不理，没有主意，又不敢贸然动手。想了想，问道："我家广有金银，是本地首富，又最爱交朋友，待人尤其厚道，有甚来意，不妨说出。我看你孤身女子，又生得和仙人一般，这里人多聚观，太不雅相。何不同到我家住上几天，你想要什么，我都给你如何？"杨瑾闻言，把秀眉一竖，娇叱道："你问我要什么？我要你全家恶党九十七名首级，连三仙观妖道共是九十八个人头，少一个我也不走。无知狗种，死在目前，还敢花言巧语！"

正说还未下手，忽听门内破锣也似的喝道："何方贱婢，敢来太岁头上动土！可知我四目神君的厉害？"杨瑾抬头一看，土豪门内走出一个道人，带领着一伙打手，各持兵器，蜂拥而来。后面一个满脸横肉，穿着富家装束的中年人，与狗子面貌相似，料是土豪无疑。那自称四目神君的妖道，身材甚是高大，穿一件八卦衣，背插双剑，手执蝇拂，阔目暴牙，两颧高耸，一张蓝脸，两道浓眉上却有两块三角形白记。生相甚是丑怪凶恶。周身妖气隐现，一望而知是个旁门中的下等货。不等近前，便遥唪道："你这等下三门的妖道，也配问我来历？今日我特地为这一方人民除害，要恶党连你九十八颗首级。有甚本领，可使将出来。"说时，神态甚是从容。

妖道原从三仙观得信，听说有一女子，指名叫阵，一问来人神态，便料未必易与，连忙赶来。先由后花园入内，见恶霸正率全数武师打手，持械欲出。又一问经过，姓冯的先说自己看出女子不好惹，欲用铁掌，暗使手法，探她一下。谁知手伸出去，相隔她身上还有二尺，便觉一股子极刚劲之气扫向手上，仿佛刀切一般，奇痛彻骨。幸得事先恐少庄主要留她为妾，没下重手，再加势收得快，那丫头也没追迫。稍差一点，恐连手都被扫断，成了残废等情。妖道闻言大惊，更料是正派门下剑仙一流人物，心中好生害怕。但已到此，人家又是指名叫阵，说不出不算来。还好，姓冯的受伤时，并没见女子发出飞剑光华，或者还能以法术取胜。想了想，意欲乘机先行下手暗算。当下和诸恶党商量好了诡计：出去对敌，除妖道本人之外，都不要上前，只可虚张声势，以举手为号，速将镖、弩等暗器发出，以便乘机行法取胜。先见女子年才十四五光景，却生就一身仙风道骨，声色不动，闲立相待。情知遇见劲敌，略喝问了两句，一面暗中行使妖法，一面仍装作率领众恶党往前走去。

杨瑾看出底细，哪把他放在心上。暗中计点人数，连同妖道与跟随土豪父子出来，站在门首观阵的恶奴，才只九十六名，个个凶相，面带死容。照王荣所说，还差了一个。料想先前受伤武师，必已知难而退，或者他劫数尚还未到，就此漏网，且自由他。正盘算间，忽见妖道快要近前，脚步忽然放缓，细看嘴皮，似在微动，左手缩入袖内，也似在掐诀神气。不禁暗骂："贼妖道，也敢在我门前弄鬼!"

杨瑾方自寻思,妖道猛将左手袍袖一举,一面伸手拔剑出匣。接着便听众恶党轰的一声暴噪,各持手中铁镖、弩箭,似雨点一般打来。妖道同时伸出左手,掐诀朝对面一扬。杨瑾便觉一阵阴风袭上身来,立时头脑微微有些昏晕,忙运玄功,真气往外一宣,心神立定。同时那些暗器被这初步的无形剑气一震,相隔三尺以内折断的折断,撞落的撞落,纷纷坠地,一支也未射到身上。众恶党立时一阵大乱,全都加了畏心,面面相觑,不敢再进。妖道本来伎俩有限,见法术施出去,敌人若无其事,全未在意,不禁大惊。痴心还想以飞剑取胜,口里念念有词,将手中剑往外一掷,再用手一指,那剑居然也化成一道半青不白数尺长的光华,朝杨瑾飞去。杨瑾见他这等不知轻重,又好气又好笑,知他无甚能为,下三门用邪术催动的飞剑,哪值一击,无须使用飞剑迎敌。等剑光飞到临头,笑喝道:"区区顽铁,也敢拿出献丑!"随说,随施展佛门分光捉影之法,将五行真气暗运到左手五指之上,轻轻往前一撮,径自将剑光撮到手内。

妖道大惊,连忙行法运气,打算收回逃走。杨瑾见妖道剑光还在手内,如蛇一般不住挣扎,似要逃走,喝骂道:"无知妖孽,今日恶贯已盈,还想逃么?"说罢,只手握住剑光一摔,光敛处,一道青烟散过,立即断为两截,锵锵两声,掷在地上。妖道邪法一破,元气大伤,当时口吐鲜血,知道敌人非同小可,再不见机,性命难保,忙伸手从怀中取出一物,往地上一撒,化为一团浓雾,裹住全身,便要往上飞起。杨瑾虽然转了一劫,疾恶如仇,仍是前生本性,原意除恶务尽,不使一个漏网,何况妖道又是首恶元凶之一,如何容得。手扬处,先放起飞剑,化成数十百丈长一道金光,将所有在场恶党,无分首从,一齐圈住。同时又将法华金刚轮往上一举,满天银雨,电转虹飞,早照向浓烟之中。只听一声惨叫,邪烟四散,妖道身首断为两截,坠落下来。

当妖道败逃之时,杨瑾仿佛听得远处有人厉声怒骂:"何方贱婢,休得无礼!"料是来了妖人党羽,当时疏忽,没有放在心上。等斩罢妖道,定睛四顾,来人并未出现。只西北天边上,似有一痕黑影飞驰,相隔已遥,晃眼没入云中不见,想已知难而退,便不去管他。一看场内,除原有诸恶外,却添了三个装束得不男不女,满身邪气的妖童,不知何时跑来,也被圈入金光以内,吓得嗦嗦直抖。土豪父子与手下诸恶党见妖道惨死,敌人又放出一道金光将四面围住,逃遁不得,自知无幸,吓得面如土色。杨瑾收了法华轮,还未张口,土豪早不住叩头哀告:"仙姑饶命!罪人知悔,情愿奉上家财,赎我父子狗命。"杨瑾喝道:"我乃天上神仙,为民除害,哪个要你这不义之财?今日尔等恶贯满盈,悔无及了!"

说罢回身,指着四外看热闹的乡民,高声道:"他父子连他手下恶党,大约全数已尽于此。他等罪恶如山,今奉神命,特来降罚。生杀之权虽然在我,但是人数太多,或者也有可恕之人在内。你们俱是他家近邻,如党内中稍有可恕之人,可近前遥指,我便挑出放却,宽其既往,放他逃生,以免少时同归于尽。"土豪父子,众村民久受其害,自不必说。所豢养的武师打手,也俱是江洋大盗,鼠窃狗偷,平日狼狈为奸,除鱼肉村民外,还不时远近四出,明偷暗抢,无恶不作。近年又加上妖道师徒,闹得受害之家,遭受踏践,复为妖法禁制,稍有不合,连弃家逃走都不能够。久已人人切齿痛恨,敢怒而不敢言。先见杨瑾出语不善,又伤了数人,都替她捏着一把冷汗。及见妖道伏诛,一放手便是金光百丈,如长虹飞起,将恶党全数禁住,立时人心大快,都当真个仙人下凡。巴不得假手仙人,把大害除去,惟恐有人漏网,贻祸无穷。一听仙人问话,怯于积威,虽未敢公开声言无一可恕,却都跪在那里,暗中默祝,求仙人都杀了的才好。

可笑土豪父子与众恶党死在眼前,闻言又生希冀,各自哀求:"众位高邻贵友,好歹代我们向神仙说个人情,如得活命,必有重报。"你叫我喊,连说带哭,乱成一片。杨瑾已看出众村民心意。再仔细一看群恶,俱是生就凶煞奸狡狠毒之相。又见这等卑鄙求活之状,更想起初遇时那等气焰逼人,口出恶言神气。不禁怒从心起,大喝道:"尔等罪恶太深,如若放了你们,天理难容!"随说,手一指,金光似电闪般往里一绞。可笑土豪父子与手下恶党,一听口气不妙,连哭喊都没有几声,纷纷尸横就地,遭了恶报。众村民见状,吓得战战兢兢,把头不住地在地上连叩,一句话也说不出来。

杨瑾诛了群恶,高声对众说道:"本上仙今日奉了天神之命,来此降罚,一旦杀死多人,你们难免不受连累。待我在他照墙上面留下仙书,说明此事,官府到来,可照直禀告。他如与你们为难,墙后有一灵符,可在暗中命人取石遥击,立时便有雷火示警。还有恶人家眷,多由强抢霸占而来,我已留有处置遣散之法,官府到来验看时,自必依言办理。本上仙尚要回复神命,我去也。"菊儿父子早就怕她不肯再见,一听要走,菊儿首先从地上爬起,刚要飞跑上前,仙人已戟指放出金光,在照墙前后画下字迹灵符,化一道金虹,破空飞去。众村民望空跪拜,报官相验,一切都依言办理,毋庸细表。

杨瑾假托神仙下凡,用飞剑、法宝斩了妖道和恶霸父子党羽人等,便遵极乐真人李静虚之命,一口气往川边小崆峒倚天崖飞去。到了龙象庵前落下,进去见了师父芬陀,行礼起立,正要禀告途中遇见极乐真人之事,芬陀大师已面带微愠说道："瑾儿，你近数十余年间，我方喜你进道神速，灵府平宁，如何今日回山，面上又略现往昔凶煞之气？虽然积善功深，小瑕不掩大瑜，煞由内发，而为祥光所外罩，不曾妄杀损德。但是此等戾气，出诸各派剑侠之上尚且不可，何况佛门弟子？你此番下山，必是疾恶太甚，只知除害降魔，恶人罪有应得，纵然未违师命，审慎而行，但是一旦杀戮多人，事前毫无哀怜之念，才有这等现象，大非修道人所宜。你已转了一劫，尚未全改本性，杀机一启，灾必随之。再不自勉警惕，转向祥和，不特迟你成道之期，恐不久还有魔难呢。"杨瑾闻言，想起近来所行之事，外功虽积有不少，杀心未免太重，不禁心惊胆寒，通体汗下，忙即跪伏大师膝前告罪，并求解免。

大师命起，把经历之事问了一遍，才和颜训诫道："听你所陈，尚无大过，外功建立尤多，不负为师期许。只为村民除害一节，未见恶人，先启杀机，事前事后，未动一毫恻隐，有些不合。所幸情真罪当，不曾妄杀。事已过去，以后临事多加戒惧，以免一时躁妄气盛，误人误己。

"李道友所说之事，原有前约。偏值这佛道两家，数百年难遇良机在迩，凡修上乘功果的道友，临期都有所修为，不能分身。圣陵异宝，恰在此时出世，好似特为要被古妖尸暂时攘劫去的一般。我与各道友既难届时前往，能代往者绝少。便是知道此宝来历的人，也只我和优昙、极乐、东海三仙数人而已，就连嵩山白、朱二友，也未必能详底细，何况其他。昔年李道友因妖尸新增恶党，恐异宝落在妖尸手中，不等年满，先期出世，为祸人间，曾与我在不周山旧址，摆列先天圣卦，详参原始，追溯万年前圣迹，冥心搜卜，推解过去前因，算此宝终当落在你的手中。异日光大吾门，并助峨眉长幼两辈道友驱邪证果。李道友极欲玉汝于成，曾为你费了四十九日苦功，炼成一道大衍神符，以备入圣陵内寝时，避免壁间所伏神弩之厄。

"此事只对三仙中的玄真子谈起过，此外绝少人知。当时我因你开元寺转劫在即，没对你说。我原意数由前定，此宝该有这一番魔劫，主于失而复得，先期赶去，未必得手。继而一想，李道友向主人定胜天，他自己便是以虔心毅力，战胜群魔，化除三灾五劫及诸苦难，终于炼就元婴，成了正果。他既是盛意殷殷，加以你前生魔孽太重，注定诸般苦厄险难，终以一一经历的为是，这才决计命你试一为之。成固大佳，少却许多灾累，又将此二异宝早得到手，免被妖孽纷去，多所周折；不成也可即此下手，跟踪追往夺回，免令为祸生灾，可抵却你不少功行。至多不过受些惊恐困难，终仍因祸得福。

"你就不遇李道友，我也要在三数日内用心息通灵之法，召你速归受命。那白阳山三妖尸，我和诸道友久有意将其除去。一则因通灵诡秘，藏伏有术,除时费手,不比别的妖物顷刻可了。当初白阳真人用尽心力,与之苦斗多日,也只将其父子制伏,不能立时除去,其难可想。二则运数未终,恶行未著。三则你转劫以来所积外功,还差得多,正好借此成全。你此去全仗知机神速,吉凶祸福,各参其半。到时宝物如已为妖尸下手盗去,固应乘其未能详解二宝妙用,即时赶往。幸而得手,更是机不可失,飞速前往白阳山,仗新旧诸宝法力,扫荡妖穴,一举成功;免致触机先遁,隐迹黄壤,潜伏地肺,无从搜索,贻祸无穷。圣陵灵符失效,约在距今第九天上,最好先期赶去。

"适卜一卦,你的魔障甚多,早去更多险难,晚了又必无济。几经推算比较,只有近期前二日去稍妥。但是中途仍不免有人横加阻挠。如遇仇家,可用本门仙遁,用法宝护身避去,暂且忍辱不理。圣陵神符应在后三日内夜间亥子之交失效。由此起行,你御剑飞行,当日可至。为防妖尸在距今第七日动身,早到两天。候至夜半,如见迅雷、疾风、暴雨大作,陵上有千万道五色光华上升霄汉,便是时候。可先谒拜圣陵,虔诚默祝之后,再用本门灵符护身,由土遁直达内寝,二次拜谒圣帝。此时如见陵内有甚异状,你所有法宝俱不可妄用,只需将李师叔大衍神符祭起,便能止住两壁四十九支先天一气子母神弩。急速起身,先请下圣帝座前所悬昊天宝鉴。此鉴道家称为太虚神镜,具有先天妙用。到手后,再用此鉴照向九鼎当中一座小鼎,以免鼎侧有甚妙用,发动难制,那便是开辟以来至宝九疑神鼎。二宝到手,随即赶往白阳除妖,到即成功,最为顺手。如若事有差误,为妖尸捷足先登,便费事艰难多了。事在人为,好自为之。"

杨瑾跪谢师恩之后,芬陀大师又把妖尸鸠后、无华氏、戎敦父子与白阳真人苦斗情形,后来与四凶中的妖尸穷奇、妖道金花教主钟昂之子钟敢师徒勾结,狼狈为奸,以及各个道行深浅,所用法宝如何告知,大半已详前文,兹不再赘。

杨瑾一一领命,记在心里。候至第七日一清早,知启行之期已届,便向芬陀大师拜别。大师道:"你前生好杀,仇家本多,俱欲杀你而甘心。转劫后隐却本来行藏,暂虽无人知底,自从领命下山行道,你见为师因你而延迟多年飞升,急功心盛,树敌越众,日时一久,当然被明眼人窥破。今已各派传说,知你是凌雪鸿转世,益发嫉恨切骨。前卜之卦,许飞娘因你屡坏她事,毒恨不解。她为人诡诈,不敢惹我,知你专一独自行道,素无同伴,意欲乘我鞭长莫及,出你不意,伺隙暗害。自在仙霞岭与你斗法,被李道友神雷惊走,便向各地传扬:当年大仇,转劫重生,对各异派中人,比前还要厉害,一面到处约请同恶中的能手,一面又将业已隐匿多年不出的两个大仇家明劝暗激,勾引出来，与你为难。近又托人向赤身教主鸠盘婆借来索影晶盘，窥查你的行踪，竟查出你已回转龙象庵。

"偏你性喜游览，一下山行道，先是由川边起始，直赴滇、黔，然后道出衡湘、武汉，由河南驿路入京，再顺山东官道南下，绕行皖、赣等省，遍历大江南北。中间回山数次，每当再出，除奉命有事外，大半是走未经过的道路郡邑。这次由桂、粤滨海诸州县绕行至闽，到了仙霞岭，遇见你李师叔，受教回山。你行道脚程，只有关中和天山南北未去。在你只是癖嗜山水，借着行道之余，就便得以登临，想把前生所涉名山胜迹，洞天福地，一一旧梦重温，反正何地皆可救人行道，乐得暂时不走重路。事原近于童心，飞娘等恶党却将你每次所经途程事迹详加考查，以为事出有意。又经多次推算，算出你这次如再下山，必往关中一行无疑。知我与三仙等诸道友，近数十日左右有大修为，不能分身。此时你如离山，真乃绝好良机。就这样还不敢在近处下手，特地埋伏关中一带。

"你那两个大仇人，一个匿迹岐山凤凰岭，正当你必由之路。你在我这里，我自知这班妖邪诡计，加了防范，便用晶盘也观察不出你的动作。你一离山，飞娘必由晶盘中看出你的行迹，立即用妖法传信，群起与你为敌。如要在平日，自不惧她。此时事关紧要，遇上沿途纠缠，岂不有害？不过她借鸠盘婆索影晶盘，仅看出你回山，即被我觉察防范，连日毫无所见，知道无济，昨日业已送还。我不能命你早日赶往，便由于此。另一仇人，就住在桥山圣陵附近的子午岭，本来掣肘最甚。偏是信了飞娘之言，意欲在金牛峡蟠家山一带你必由之路埋伏妖阵，堵截暗害，已是徒费心力。你只绕道秦岭，便可避过这两处。此外还有许多仇敌相待，你不露面行道，径驾剑光飞行，他们也无从觉察。只岐山难过，此行稍一疏忽，便有旬日压魂之灾。我今晚便即入定，须要十九日后才完功果。在此期中，有难决不能前去救你。不问是中途作梗，抑或被仇敌跟踪追往圣陵，俱都有害，一切行事，务要小心忍气为是。"

杨瑾领命拜别，出了庵门，径驾剑光，往关中飞去。心中谨记师言，本来不愿惹事，谁知运数注定，该有一场魔难。飞过剑阁、广元以后，前面牢固关，便是关中地界。如照平时，本应经由金牛峡，沿着蟠家山飞行，赶过大散关，经宝鸡、凤翔，横过岐山主峰金鸾岭，直穿甘肃边地含泾口、大鹏墩等处，再入陕西庆阳，方是往桥山轩辕圣陵的直线正路。这一次由秦岭走，便须由牢固关，顺米仓山脚，往东南行。到了巴山，越将过去，然后飞出饶风关，穿行子午谷，飞渡柞水，沿着终南南飞，经由秦岭、蓝关，横越少华山支脉，过了临潼、渭南边界,重又折向东北斜飞,道出同官、马栏等地,方可到达。这一个大弯转,要多走出一两倍的途程。

杨瑾心想:"师父只说岐山、蟠冢山两处,有前世仇家在彼相待,尤以岐山之仇最为厉害,又未说出姓名。回忆前世冤仇,有本领的并没几个。内中只贱婢许飞娘的师父混元祖师最厉害,已为三仙用无形剑兵解。余者多半不是自己敌手。何况转劫以后,又承师父将本门所有至宝奇珍一齐赐予,更学会了金刚、天龙诸般禅法。如在平日,这等妖人还惟恐不相遇,为世人贻害,怎肯闻风远避?就说是恐因此阻滞,误了圣陵取宝时机,不由这两处经过,也就是了,何必绕几千里路大圈子则甚?"因知芬陀大师虽然道妙通玄,法力无边,可是行事极其谨慎,每次下山,常多告诫,不愿徒儿不济,吃了人亏,辱没师门颜面。自己两世相随学道,除五十年前在开元寺应遭之劫外,从未闪失过。以为这次必是师父因入定多日,遇有危难,不能分身往救,故而格外谨慎。

筹思一阵,意欲横越米仓山,径由古米仓道,过汉中、南郑,略向东南斜飞,先避蟠冢山之敌。再由古褒斜道,飞越太白山支脉,渡过沔河,经马嵬驿,直趋醴泉,绕出岐山之前。然后偏回东北,途经少白山、永寿、亭口、落雁峡,仍穿甘肃边界,直达桥山。两处大敌,一样远远避过,路却比由秦岭绕越要近一倍多,当日赶到圣陵,绰绰有余。如由秦岭绕大弯走这条路,便是前生常与嵩山二友往来秦陇、河朔,也未这样走过。计算卯初由川边起身,此时已是未申之交,才到了陕西边界牢固关,如再曲折绕行,便一口气飞行,中途毫不停歇,当晚也难赶到。

念头一转,便照自己所拟途程,催动剑光,加急往前进发。飞过南郑,一入褒斜,特地将剑光升高,直上青旻。运用慧目,定睛回顾,见蟠冢山近阳平关一带,高山之上果然隐隐有妖云邪雾笼罩。不禁敬服恩师:"真是神明朗澈,事事前知。可笑妖人费尽心力,区区妖阵,也敢卖弄害人。且等我功成归来,再寻你们算账。"略看了看,仍旧电射星流,往前飞走。不一会过完古褒斜道,飞上太白山。因此山最高,前望岐山,如在眼底,意欲观看设伏妖人,是哪派家数,过时格外留神注视。见岐山凤凰岭那一带的山峰,正值斜阳返照,云浮天空,凝紫摇青,山光如画,气候甚佳,看不出一丝一毫妖氛邪气。比起太白山,自中天池以上,便云横雾涌,气象阴郁;绝顶之上,更是积雪不消,坚冰匝地,满目荒寒之象,相差悬远。若非芬陀大师早示先机,绝不信有甚妖人在彼埋伏,设阵相待。杨瑾毕竟两世修为,久经大敌,一见仇人故示平静,不动神色,便知是个劲敌,较蟠冢山上仇人要厉害得多。并不敢稍微大意，忙即飞过山头，连剑上光华也极力隐敛。方以为相隔尚远，小心绕避，必可无事。不料刚渡了沣水，偶然瞥见左侧山坳里剑光隐现，颇似前生丈夫追云叟白谷逸门中家数。再侧转身定睛一看，不禁怒从心起。

原来下面山坳里有一块盆地，向阳危崖之下有一山洞，洞前石台之上竖着大小数十面幡幢，当中木桩上绑着一个赤身露体的孕妇。香案前立着一个道人，正是五十年前追云叟门下的孽徒毕修。当初他叛师投邪，作恶多端，自己为代追云叟清理门户，到处搜拿，和混元祖师五台派诸多妖人多结仇怨，后来受人暗算，在开元寺兵解坐化。如非恩师鉴怜，与神尼优昙等相助转劫，二次从师，几乎坏了道基。他便是罪魁祸首。记得兵解前，这厮已被自己寻到，在五台山麓运用飞剑将他腰斩，如何尚得偷生潜迹，直到如今，也未被嵩山二友及诸道友所诛？真是怪事。再细一查看，见他一面仍用本门飞剑，护着一个形式奇古的汉陶罐；一面口中喃喃，掐诀念咒，正在布那十二花煞神罡，打算抓裂孕妇，取腹中血胎，祭炼迷魂妖法。暗忖："这孽障忒也大胆，竟敢在这光天化日之下，炼此妖法。虽说此法祭炼甚速，只要一切齐备，炼起来不过个把时辰，便可毕事。但如被正派中各道友路过看见，焉有命在？"说时迟，那时快，下面妖道已将法行完，将手一扬，立时伸长丈许，正要向当中孕妇腹上抓去。杨瑾凤仇相见，本自眼红，何况又见妖道伤生害命，如何容得，当时再也按捺不住，无明火发，哪暇寻思。把身子往下一沉，左手迦叶宝镜发出数十丈长一道金光，照向法台之上。右手一指般若刀，化成一片寒光，直朝妖道毕修头上飞去。

原来那毕修当年因犯清规，不敢回山，叛师背道，投在混元祖师门下。他为人机诈，见师父、师母四处搜拿，自知正派诸位尊长道法高强，既犯众怒，早晚遇上，本难幸免。知道赤身教主鸠盘婆精于脱神解体之法，能在危急之间，指人代死，对方多大本领，轻易也查看不出。乘其来会混元祖师之便，再三背了人，苦苦哀求，得了传授，苦练精熟，于是下山，故露行藏。凌雪鸿闻人道及，果然立即追去。毕修心术更坏，他出身正派，知道正邪水火不能并立，东海三仙无形剑已将炼成，混元祖师终难免难，在他门下不过暂避一时，一个不知进退，长此相随，日后仍不免于玉石俱焚。故又想了一个面面俱到的好计：预先安排好一个替死鬼，特地将凌雪鸿引到五台山下，施展脱神解体之法，指人代死。凌雪鸿还以为孽徒伏诛，随用五行绝灭散，将尸首化去。混元祖师见新收爱徒惨死，凌雪鸿上门欺人，自然仇恨愈深。他却鸿飞冥冥，隐过一旁，既给仇人树了强敌，又可免却异日杀身之祸。果然所料不差，没有多时，混元祖师果为三仙无形剑所斩，五台山门下不少伏诛，他竟漏网。从此隐迹潜修,方以为无人知晓。

不想恶人终当为恶,积恶已深,不容幸免。竟会被杨瑾一个大仇家,在鸠盘婆口中得知此事。那仇家名叫胡嘉,以前曾被凌雪鸿斩断过一条右臂、三根肋骨,吃了大亏,几乎废命。一气逃到岐山凤凰岭古墟洞中潜伏不出,衔恨切骨。自知不是对手,一意苦修,在古墟洞中用百炼精金,不但将断臂和肋骨补上,而且还能飞出伤人,专破敌人飞剑。由此隐了原名,自称金臂行者。等到他去寻找凌雪鸿报仇时,她已在开元寺兵解坐化。因他所学的是魔道,与鸠盘婆、许飞娘交好,常往鸠盘婆处论道求教,比和飞娘还要莫逆。这日又往拜访,鸠盘婆无意中向他谈起毕修代身假死避祸之事。心想:"自己正想寻仇,此人恰是仇人叛徒,岂不正用得着? 再者,自己一生尚未收过门徒。此人先前既受追云叟赏识,必非凡品,大可收归门下,为异日之用。"便向鸠盘婆问明毕修住处,亲往寻找。毕修先还不愿。一则斗他不过;二则彼时混元祖师尚未兵解,恐被察觉;三则如被正派诸师长知道,更是不得了。迫不得已,只得应从,拜了师父,一同去到岐山古墟洞中,相随修炼。

后来胡嘉仇未报成,混元祖师又命丧三仙无形剑下。师徒二人俱甚机智,知道正邪水火不能并立,目前各正派中能人甚多,后进中更有不少特出之士,正值正胜邪消之时,已然受过挫折,不愿再蹈以前覆辙,出去生事,一心只在古墟洞中修炼,欲由魔道修成地仙,倒也能知敛迹,按说原可无事。谁知毕修见胡嘉金臂神奇,坚请传授。胡嘉因他人甚奸诈,相随数十年,仍测不透他心志。自己所能,大半已经传授,倘再炼成金臂,万一又有叛师之行,难以制服。借口他臂未断,不应学此,老是支吾不允。毕修看出胡嘉心意,知他法术均有秘篆,意存窃取,总不得便。

这日也是合该有事。胡嘉差他往太白山上天池去采伏龙草,毕修因这多年来正派两辈师长、同门都当他已死,迄今无人看破,采得药草回转岐山之际,忘了隐形。途遇三仙门下的诸葛警我,匆匆隐避不及,露了行藏。知道不好,只得跪在诸葛警我面前,苦苦哀求:自己一时无知,铸成大错,如今悔之无及,千乞看在先前同门之谊,不要泄露,以免诸位师长知道,不能逃死。诸葛警我笑道:"你还当你以前那点鬼隐身法,各位师长都被你瞒过了么? 实对你说,当初你拜师学剑之时,各位师长早知你非本门中人,必有今日。只缘当时白师叔见你向道之心十分虔诚,又因和人斗气,特地恩施格外,将你收下。原意人定胜天,引你入正。你却不知自爱,叛师背道,又投入敌人门下,又恐日后有祸累及,行那代身邪术,只凌师叔暂时被你瞒过。别位师长同白、朱二师叔,先因凌师叔性情执拗,又苦追穷寇,寻你生事。后又因你恶贯未盈,气运未终,既然惧祸伴死,投庇妖道胡嘉门下,不敢似前为恶,也就不值专为寻你计较。今日相遇,我回东海,定徇昔年同门之谊,不向师长禀告。但你罪孽已深,师长说,就是隐伏敛迹,不再党恶为非,也难免于金天神雷之诛。何况你从的又是个邪魔外道。如听我好言相劝,即速革面洗心,独自隐入深山穷谷之中,专事静坐虔修,从此改行向善。仗着昔年师门传授,忍耐艰苦,熬过这数十年劫运,纵不有成,也可免祸,得享修龄,养就根骨,以备转世重修地步,方为上策。只求我不说,有甚用处?迷途速返,言尽于此。"说完,破空飞去。

毕修闻言,惊愧交集,不知如何是好。明知所说有理,无奈自拜胡嘉为师后,被他索去生辰八字,时刻在防叛他改图,如要弃而他去,也是死数。就此迁延下去,早晚又必应劫。正在愁思无计,偏是冤家路窄,又被许飞娘走来撞见。飞娘自混元祖师兵解后,顾念浓情,誓死与正派中人为仇,到处煽惑邪党,无孔不入。久寻胡嘉不见踪迹,一见毕修并未身死,忽然明白他以前假死用意,不由大怒,立时飞剑动手。毕修自非其敌,知她与胡嘉交好,被迫无奈,将胡嘉抬出。飞娘自得实况,方始转怒为喜,立逼引去相见。胡嘉倒也殷勤延款,两下里过从颇密,仍和以前一样。只拿定主意,劫后余生,不再惹祸树敌,除非断臂仇人尚在,否则碍难从命。一晃多年,始终说他不动。正无奈他何,忽然得知杨瑾是凌雪鸿转劫再生,忙往告知。胡嘉前言业已出口,说不出不算来。再者想起前仇,也委实万分痛恨。虽然答应,因知芬陀大师厉害,终是胆怯。最后才由飞娘借了鸠盘婆晶盘,商量以逸待劳之计。算出杨瑾所经路上,设下埋伏,暗摆妖阵,出其不意,暗下毒手。另外还约上一个名叫九天勾魂神君万谷子的妖道,与胡嘉二人,分别在岐山凤凰岭与蟠冢山一带埋伏相候。由此,胡嘉便在岐山废墟之下,暗设妖阵。不提。

且说毕修本想盗学胡嘉所藏秘箓,只是没有机会。如今趁胡嘉头七日设阵踏罡之际,将他魔教中太阴秘箓偷抄到手。仔细一看,胡嘉以前所说的倒也有几分实在。如学他的金臂炼法,不但要先断去一条手臂,并且费时费事,学时也必被师父觉察,反而不美。况且凌雪鸿业已转劫再生,事更难缓。如求速成,专为避祸起见,只炼花煞神罡,最为合宜。好在秘箓已全部偷抄到手,所有法术,异日皆可学习。

毕修主意打定,原打算借词下山,到远处祭炼。偏生胡嘉因自己每日要在岐山顶上布阵,正值有事之秋,不许毕修远离。毕修日惧祸临,急不可待,只得背了胡嘉,用妖法摄了一个孕妇,就在山坳中设起坛来。这花煞神罡在魔教中最为阴毒,专破五行神雷及各派飞剑。炼时又极神速容易。胡嘉当初原炼过这种妖法,因知目前正派中异宝甚多,恐为所破,才不惜艰险,苦心祭炼金精神臂。但毕修见秘箓所记妙用,以为无敌,所以急欲炼成。此法共炼七次,每次仅需三两个时辰。炼了五次,俱都平安过去。炼到第六次时,因为孕妇胎儿多阴少阳,两个生魂业已摄取到手,厉魂逐渐坚凝,忽然心动,恐万一有异派中人路过扰害。于是将飞剑放起,护着装生魂的法器。原意是只要法器不遭损毁,别的无关紧要。一遇有警,立刻借着飞剑防护,取了法器退走,改日再另外觅地祭炼,也不妨事。不料他那飞剑原是追云叟白谷逸的传授,这一小心过度,正派人物都很熟悉,恰巧遇见杨瑾在空中路过,将大对头招了来。

当毕修正在行法之际,忽听一声娇叱,跟着百丈金霞,带着一道银光,星飞电射,自天而下,来势异常惊人。毕修先后在追云叟、混元祖师和胡嘉门下多年,也是久经大敌;又听飞娘、胡嘉等妖人常道及杨瑾的行径相貌,本就有些做贼心虚;再一见那道银光,更是当年凌雪鸿常用之物,不知有多少邪魔外道,死在这银光之下。料定来人必是凌雪鸿转劫的杨瑾无疑,不禁大吃一惊,不敢乱施妖法抵挡,忙将保护法器的那道剑光飞上前去迎敌。不想杨瑾天性疾恶,又加毕修是本门败类,两世深仇,恨之切骨。知他奸狡刁顽,动手时早有成算,特地将两件法宝同时施为,使他措手不及。宝刀银光,毕修用本门飞剑还可支持些时。那法华金轮乃神尼芬陀佛门降魔异宝,势又迅急,如何能以抵御。剑光化成一道长虹,刚飞上去将金霞银光抵住,正待伸手取了法器遁走,就这瞬息之间,倏地眼前银光奇亮,飞剑竟被裹住,绞在一起。同时那百丈金霞由分而合,直向法坛上当头罩下。事出仓猝,万分危急。毕修如稍缓须臾,只要被黄霞笼罩,纵能用魔教中赤尸遁法侥幸逃得活命,也必带重伤无疑,还算他临危知机,应变神速,一见来势猛疾,自知万无幸理,终是逃命事大,顾不得再抢坛上法器,忙即施展赤尸遁法,咬破舌尖,往上一喷。立时法台上起了一片血光,烟雾蒙蒙中现出许多与毕修身貌相同的幻影,四散奔逃,真身却从血光烟云中逃走。杨瑾眼看敌人授首,一见这等情状,还不知毕修逃出圈外,只料是分身化形之法,大喝道:"无知妖道!这等障眼法儿,也敢卖弄!"一指宝轮,那百丈金霞便奔流激湍般向四方八面数百亩方圆分散开来,将幻影、法台一齐罩住。再喝一声:"疾!"金霞飙轮电御,疾转了数十百次,一声爆响,坛上法器首先破裂,氛烟净扫处,所有法坛上的幡幢及一切法器等品,全数绞为灰烬。

杨瑾先见许多幻影,俱为金霞笼罩,无一漏网,以为内中当有真身,不及逃遁。事后仔细一看,幻影全灭,所毁之物各有痕迹,惟独毕修尸首不见,更无丝毫残余之迹，才知中计，吃他暗施妖法逃走。下手如此周密神速，仍未使其伏诛，心中好生不快。再看木桩上的孕妇，早在事前惨死。毕修先时只顾强令厉魄入窍，加重祭炼，再被宝光一照，业已烟消骨碎，返魂无术，只得任之。妖道虽可痛恨，但当场被逃去，急切间定难寻觅。圣陵取宝，为日无多，不宜再作耽延。既然此贼尚在人间，访出底细，归来除他未晚，目前还是取宝要紧。

说时迟，那时快，先后还不到半盏茶的光景。原意收了毕修飞剑，行法葬了死孕妇，免其暴骨山野，便自往圣陵进发。可是银光和飞剑还纠缠在一起。按说敌人遁走，无人主持，又是原先本门中的飞剑，收起来本极容易。等主意打定，去收时，颇觉费力。二次又运用玄功，往回一招，宝刀银光才裹住敌人飞剑，缓缓降落下来。等到离身三丈，忽然加快，以为无事。刚将宝刀、飞剑分开，伸手待收，那飞剑倏地比电还疾，嗖嗖嗖一片破空之声，径往斜刺里飞射出去。杨瑾先见敌人逃后，飞剑仍与宝刀相持，已疑敌人不舍此剑，潜身暗处，其逃不远。运用慧目四外细查，又不见一点妖氛邪气，好生奇怪，收时颇为留意。继见由难转易，快要到手，才放了心。

杨瑾哪知先疑已差，自身该有那旬日墓穴之灾。毕修就此弃剑而逃，本可无事，偏生他神雷之劫肇因于此，也难幸免。当时虽得脱身，终不舍那飞剑，见被银光裹住，知道厉害，不敢明收。先是暗运真气，强争无效。同时又见杨瑾四外谛视，料已生疑，恐被觉察，忽生急智，将身躲离远些，以备逃时容易。一面行险，将剑光由缓而速，逐渐放松。心想："万一仇敌业已看破行藏，始终用银光将剑裹住收去，那是活该晦气。原是他本门之物，一落人手，略加吐纳习练，便能运用自如，休想失而复得。否则，二宝一分，稍有间隙，立可火速收回逃走。"打好如意算盘，暗运玄功，静待时机之来。因他出身正派门下，人又奸诈非常，知用妖法隐身近处，必被看破。虽用邪术遁走，隐起时，却冒胆改用追云叟所传隐形之法。杨瑾见无妖气，暂时被他瞒过，稍微轻敌，疏忽了些，便中诡计，那飞剑竟被他收去，如何不气。匆匆不暇再计别的，喝得一声："好个大胆的妖逆！"脚顿处，便驾遁光照准剑光去处，破空飞起，电射般追去。

毕修身剑业已合一，真如丧家之犬，连剑光一齐隐却，舍更是舍不得，急不如快，又无潜光敛影之能，拼命奔逃了一阵。回望敌人紧追不舍，早晚被她追上，便是死数，心中又恨又急。正在无可奈何，猛想起自己真个是临事心迷，其蠢到了极处。师父胡嘉受许飞娘重托，日夜在岐山顶上候她不着，难得相逢狭路，正好引她入伏。为何不择方向，一味乱逃，岂非自讨苦吃？

一看前途所经方向，正与岐山并行，相隔还不算远，变计改向，还来得及，忙即一催遁光，往左侧斜飞出去。

杨瑾追了一阵，逐渐追近，方拟再近一些，便可施展法宝。一见毕修改了方向，自然不舍，追得又近了些。猛一眼看见岐山在望，想起恩师行时谆嘱。暗忖："这厮鬼祟百出，莫要真个为了追他，遇见强敌，误了事机。"想到这里，微一停顿，遁光便慢了下来。一咬银牙，正待转身。毕修已经飞出老远，偶一回顾，敌人大有转身之势，哪肯轻放。深知杨瑾前生心性刚烈，适遇情形仍然未改。前面岐山不远，既不来追，正可匀出工夫施为。知道反追上去激她，不患她不入伏中计。当下忙从囊内取出胡嘉传授的七面妖旗，先用一面往空一掷，立时便有一道五色烟光上冲霄汉，然后回身追赶。装作不认得杨瑾神气，大喝道："大胆狗丫头，叫什么名字？竟敢暗算你毕真人。前面我已设下仙法，为何知难而退？莫非怕本真人将你擒住做炉鼎么？"

杨瑾停追斜飞并没有多远，忽觉后面有了破空之声。回身一看，毕修竟敢追来，身后有一幢五色妖云上升，仿佛有恃。又听出言不逊，不禁大怒。暗忖："适见这厮虽隔多年，并无甚出奇伎俩。生前劲敌多半死亡，难道恩师所说岐山之伏，竟是此贼不成？"正愤怒狐疑间，毕修出语越发污秽，人却遥对不前。杨瑾想就此退走，心实不甘，便一催光，二次追去。满拟破了妖法，见机退走，不问他伏诛与否，反正决不多延时刻。心里虽想得好，事却大谬不然。追了一程，眼望前面，毕修收了飞剑，隐身妖云之中。便将法华金刚轮取出，百丈金霞飞转处，烟云尽扫，毕修不见。正待回身，前面又有第二幢妖云升起，毕修又复现身，追来辱骂。杨瑾气恨不过，又追，追近妖云，使金轮一照，二次又复化去。第三幢妖云又在远处与毕修相次出现。明知诱敌，一则怒恨按捺不住，二则疾恶轻敌之心太甚。似这样三次过去，已离岐山凤凰岭不过里许。杨瑾气得把心一横："此贼如此可恶！休说我有至宝护身，纵有妖阵，也困我不住。来时恩师只说到后三日中，圣陵开放，未说一准时日。现在是期前赶往，尽有余闲，不见得便为此所误。纵落此贼算计，为妖尸捷足先登，仍可跟踪赶往。恶气难消，今日豁出受旬日困苦，宁甘误事，也必将此贼杀死。"想到这里，便催动遁光，往前追去，似这样连冲破了五幢妖云。

毕修见已经诱至岐山凤凰岭地边上，还不见胡嘉现身迎敌。敌人遁光里放出万道金霞，所过之处，邪气似风卷残云一般，休想抵御分毫。七面妖旗，只剩了两面。来势比电还疾，眼看赶近。再有片刻工夫，这第六、七面妖旗一毁，定被追上。要是胡嘉恰在此时他往，自己又不明魔阵用法，岂非死路？忙中无奈，只得豁出弃去那口飞剑，仍照先前隐身遁走，方为上策。主意想好，前面咫尺，便是第六幢妖云所在之处，偶一回顾，杨瑾追离身后仅有数十丈之遥。一催剑光，身刚飞入妖云之中，身后金霞已经射到，知道不妙。胡嘉处心积虑，在此候敌，已非一日，不致离开。想是看出敌人势大，知难而退，故意不出交锋。危机顷刻，再一味逃下去，追上准死无疑。当时惊慌失措，便借着烟云隐蔽这分秒之间，顾不得再施展第七面妖旗诱敌，一指剑光，离却本身，仍旧往前飞去，紧接着行法隐了身形，往斜刺里逃走。原意杨瑾必朝剑光追赶，仍可诱敌更进；即便不能，仅只飞剑被她收去，也可无害。

谁知杨瑾先时疏忽，被他瞒过，上了一次当，业已留心，早就防到他又施故伎。再加毕修分光隐遁之时，金轮宝光恰巧射到。杨瑾见前面烟云尽处，人影一闪，剑光稍停了停，仍旧朝前飞去，知他舍剑图逃。同时又想起毕修原在追云叟门下，适才定用的本门隐身之法，所以看不出妖气来。虽然看破，心里还拿他不定，一面运用玄功，试一收那剑光，竟是随手飞来，愈知所料不差。毕修仍在近处，逃走未远。忙停下遁光，再用本门禁法，去破那隐身之法。毕修因先时收剑，才被敌人看破，几致性命莫保。及见胡嘉不出，以为存心怯敌，一时绝望，决意弃剑逃生，不想弄巧成拙。敌人知微神速，一晃眼工夫，已将飞剑收去。接着猛觉机灵灵一个冷战，身上一紧，立时现了身形。不禁吓了个亡魂皆冒，连忙咬破舌尖，一片血光从口中喷出。正待化身逃遁，杨瑾法华金轮放出百丈金霞，已经照到。就在这危机一发之际，倏地眼前一暗，耳听一人在空中厉声喝道："徒儿快往东南退出，待我亲拿贱婢。"毕修听出是胡嘉口音，心中大喜，径往东南方遁去。不提。

这里杨瑾刚破了毕修隐身之法，放起法华金轮，眼看百丈金霞飙飞电御，就要将毕修裹住，猛觉眼前奇暗，尖风如箭，刺得遍体生疼，头上似有千万斤重物，当头压到。知道陷入埋伏，忙用飞剑围绕全身，又将法华金轮招回护体。紧接着将镇魔诸宝相次施为，化成一团数十亩方圆的金光霞彩，与暗云浓雾冲突起来。满拟邪不胜正，区区妖法，万万禁不住佛门至宝一击。谁知胡嘉用的是玄阴魔法，有挪移五行、颠倒乾坤之妙，非比寻常。宝光所照之处，虽将邪雾妖氛冲荡成一个光衕，可是光霞以外，仍是黑暗非常。冲荡转折了一阵，连方向都分别不出来，更看不见妖人存身何处。杨瑾见妖阵中除暗影沉沉，不辨东西外，更无别的动静，先还不甚在意。后来认定一个方向，照前直冲，凭着冲光迅速，以为总可冲出，与妖人对面，决一胜负。冲了一阵，前面老是一片深黑，杳无止境。才想到妖人用的是挪移五行魔法，如不先将阵法破去，似这样飞行十年，也离不了原处。正在焦急，觉适才被妖风吹了一下，周身酸痛不已，只得强自按捺，暂停飞行。索性和在仙霞岭遇见许飞娘时一般，盘膝坐在金轮之上，运用金刚禅法打坐。过有两三个时辰，刚将身上所中邪气，用本身真火化尽。

杨瑾正在冥心定性、默运气机之际，遥闻离身十里之外高处，毕修向一人低语道："师父，你既将贱婢困住，怎还不下辣手，等待何时？"另一人答道："我这九子母天魔玄阴大阵非同小可，无论何派真仙，一经深入内阵，决无幸免。适才只怪你胆子太小，已然诱敌到此，眼看深入玄牝，再进里许，便可出其不意，用玄阴之火，将她炼上三日，全身化为融泥而死。不想你却害怕逃走。我那玄牝法器，设在阵底，原意仍可诱她入阵。偏生贱婢飞行甚速，又和阵地背道而驰，所用法宝更是神妙，我连用长地之法，仅能将她止留原地，冲不出去。除了等她心疑易向，掉头飞行，终难入网。此时停了多时不动，周身光霞笼罩，必是适才为玄阴之气所中，周身酸疼，在那里运用坐功。此事心急不得，我等以逸待劳。她身上酸疼一止，见久冲不出，只要改道，便投罗网。休看她有法宝护身，我豁出再苦炼十年，葬送这条金精神臂，将她护身法宝抓去一两件，稍有间隙，何愁当年断臂之仇不报？贱婢两世修为，俱在芬陀老虔婆门下，不可轻视。今番费了许多心计，一击不中，反倒自误。务须相机审慎而行，此时还难动她。至于目前外阵中诸般禁制埋伏，看贱婢道行、法宝均胜往昔，纵然发动，未必有用。老虔婆此时不能分身来救，毫无可虑，可以稍待为是。"

胡、毕二人原是在凤凰岭法台之上低声对语，相隔杨瑾至少说也有十里远近。万不料金刚禅法一经坐定，便返虚生明，灵机微妙，数十里左近，万籁动作声音，均能谛听清晰。胡、毕二人这数句话不留神说出，却给杨瑾少了好些麻烦。

杨瑾疼止以后，原想再运用一会玄功，以防余邪未净，并无别意。一闻此言，方知为首妖人乃当年断臂逃走的胡嘉。这九子母天魔玄阴阵法，当初曾听芬陀大师说过，乃魔教中数一数二最狠毒的妖法。一旦深入牝门，被玄阴之气吸住，不消多时，任是金刚般法体，也要吃阴火搜精竭髓，销骨亡魂，化为一具空皮壳而死。此阵尚有色、声、香、味、触诸般妙用，外有无形诸天魔网。虽然破它不易，但是只要能识玄牝之门所在，深知其中厉害，拿定心神，不去入窍，便可保得本身真阴，至多暂困魔网，终能逃去。记得适才追近岐山，因见毕修往斜刺里遁走，便即破了隐身之法追去。且幸无心中听出此阵玄牝方向，与它背道而驰，料无差错。如仍照旧前飞，他必用长地之法留难，仍逃不出。否则难免别生诡计，身在伏中，无计防范。圣陵取宝事急，已

393

违师训,中了道儿,再如应付失宜,非误事不可。好在有法华金轮护身,般若刀可斩破魔网,暂时只作脱身之想,不与妖逆师徒苦拼,当无妨害。

想了想,将主意打好,故意大喝道:"不知死活的妖逆!当年断臂,放汝逃生,只道你悔过匿迹,不再为恶。谁知竟敢暗布九子母玄阴魔阵,暗箭伤人。我现运用慧目观察,已识鬼蜮伎俩。本当运用般若刀斩破魔网,用恩师所赐百宝如意纯阳转心锁锁禁底阵灵魔,然后用大力金刚神杵捣毁玄牝,使尔妖逆魄散形消,同归于尽,万劫不得超生。因念你苦修多年,殊非容易,虽是邪教异端,平日恶迹尚未显著,不忍就下辣手。叛徒毕修,却是饶他不得。如明白事体,速收妖阵,献出叛逆,我便情开一面,容尔逃生;倘再怙恶不悛,冀以邪魔取胜,祸到临头,悔无及了。"

胡嘉不知杨瑾所说乃是诈语,一听大惊。暗忖:"这丫头转了一劫,竟比前生还要厉害。这九子母天魔玄阴大阵,曾经赤身教主鸠盘婆指点,自己苦习多年,煞费心力,中有无穷微妙,各派剑仙休说是破,连阵名也未必能叫得出。当阵法初发动时,见她忙使法宝护身,惊慌神气,分明不知底细。怎的待了些时,不特省识阵名,连破法也都知道?那百宝如意纯阳转心锁和大力金刚神杵正是此阵克星,要真个施为起来,玄牝之门一破,底阵灵魔与本身真元息息相关,害人不成,势必反而自害,那还了得!为报当年之仇,蓄志苦修,今日相逢,就这般容易罢手,情有不甘。献出毕修,自然更无是理。"正在内怯踌躇,杨瑾又复喝道:"无知妖孽,怎不答言?再如延迟,我便要下手了。"杨瑾原因知道魔阵厉害,故意虚声恫吓,使其有所顾忌,试探着施为,不敢速将全阵发动,暗中却在运用玄功,外借诸宝护身,趁他一个冷不防,施展芬陀大师所授临难脱身的飞雷遁法,朝玄牝相反的方向加速遁走。

她这里准备脱身,胡嘉身旁侍立的毕修却见仇敌陷身阵内,好生欣喜。方以为成擒在即,忽听杨瑾说了那几句话,胡嘉沉吟不语,有怯敌之状。虽知不会将自己献出,但是行藏今日已被杨瑾看破,若任她走去,必要告知三仙二老及各正派中前辈,苦苦搜寻,岂不遍地荆棘?早晚遇上一个,便难活命。越想越怕。等杨瑾第二次话一说完,忙向胡嘉道:"凌雪鸿前生便是诡计多端,今番转劫,想必格外奸猾。我师徒和他们这些人情如水火,不能并立。现既陷身入阵,师父还不下手,等待何时?"

一句话把胡嘉提醒,猛想起那百宝如意纯阳转心锁乃当年天狐宝相夫人千年修炼而成的异宝,在东海遭劫之前已献与极乐真人李静虚,事隔多年,一直未听同道中人说起。这还可说李静虚与芬陀大师交好,转借与她门徒使用。那大力金刚神杵乃南海红门岭上高粱天废、地残二子合有之宝,双方门户之见甚深，怎会到她手内？况且当年凌雪鸿专与异派为难，到处寻仇，不肯放松丝毫。飞娘说她转世以来，较前尤甚。既然识破此阵，又有此二宝在身，哪会先打招呼？定是用诈无疑。数十载卧薪尝胆，好容易才使仇人入网，莫要受骗，被她逃走。想到这里，暗中便加了小心，一面发动阵法，一面查看动静。如真见敌人施展所说二宝，再行收阵，带了毕修遁走不晚。

说时迟，那时快，就在这微一迟顿之间，杨瑾已将玄功运足，倏地大喝一声，先一指般若刀，化成冷滟滟一片银光，向空飞起，故作斩网破阵之势。同时手扬处，一声霹雳，电火飞射中，便背向底阵往外冲去。胡嘉虽然看破敌人有遁逃之意，并没料到这等神速。一见银光飞起，敌人果照所说之言行事，知此刀厉害非常，未免也是惊心。惟恐魔网斩破，纵与全阵无碍，毕竟损丧一件法宝，有些可惜。刚想放出飞剑抵御，倏地霹雳一声，雷火飞射，宛如银雨，敌人已然疾逾闪电，破空直上。这才明白敌人用的是飞雷遁法。事机瞬息，稍纵即逝，连喝骂的工夫都没有，哪还顾得抵御般若刀，救护魔网。忙一伸左手，将法坛上备就的四面形如手帕的黑网一晃，喝一声："疾！"立刻空中便有四片数亩大小的乌云一上三下，展将开来。

杨瑾正往上冲，猛闻腥臊之味刺鼻。抬头一看，乃是一片极厚的幕天黑云，当头罩下。不禁大惊，连忙按住遁法，不敢再上。情知动手稍迟，被妖道惊觉。这黑云名叫玄阴神幕，秽发所炼，共是上下四方六面。被它罩上或是网住，无论多少年修炼的道行，全都毁于一旦。妖道前后出世不过一二百年，决难炼成这样魔教中的异宝，定是鸠盘婆处借来无疑。最厉害是此宝另有元神，用时无须像别的法宝一般收起，只需微一招展，便可随心所欲，遮挡敌人去路。起初想不到魔阵如此完备，这一来图逃之念成了画饼。如真是此宝，必然不止一面。想到这里，运用慧目，借着自己宝光冲照处往四外一看，果然除阵底阴门一面外，身前和身左右两方，还有三片黑云，跟三堵墙一般，挡住去路。宝光所射之处，暗云净扫，妖雾全消，独这上下四片黑云，却似实质的丝网一般，纹孔分明，纹丝不动。虽吃法华金轮宝光挡住，不能再进，却也破它不得。一会渐伸渐长，头上黄云也渐渐散布开来，形如一所有墙没门的房子，将杨瑾困在当中。只阵底一面空着，此外更无出路。当杨瑾后退之时，哗的一下裂帛之声，妖道魔网已吃般若刀刺破。杨瑾见机，看出情势不妙，忙即收回，未被妖幕隔住。知道妖道故空一面，想借玄阴神幕之力，逼着自己入窍。虽然师传诸宝不畏邪污，暂时足能护身，不受侵害，要想脱身，却是万难。看妖道如此布置周密，居心狠毒异常，万一陷身玄牝之门，必无幸理。又知妖道善于颠倒阵法，挪移五行，稍微疏忽，必中暗算。身在危境,还不敢焦思分神,以免闪失。只得强自按定心神,运用遁光,算准五行方位,仍朝着阵底一面,不住加速退飞,一面思量脱身之计。心想:"魔网已破,玄阴神幕只能在百十丈左近遮掩自己,不能围近前来。如能任它三面包围,加疾飞行,只要冲出阵地,稍有丈许空隙,便有脱身之法。"

谁知妖道的魔网和四面玄阴神幕,俱是鸠盘婆处借来,借时再三叮嘱,不可失损,务要小心施为。见敌人还没怎样,先毁了一样宝物,异日拿甚交代? 急怒攻心,益发切齿愤恨。又知敌人法力高深,五行挪移之法急切间难以生效。一面招展玄阴神幕,一面拼命施展长地之法。暗骂:"不知死的贱婢,饶你飞得多快,身已陷阵,想逃时比登天还难。你这样不停疾飞,决难持久,早晚必有不济之时。只要你飞得稍须迟慢了些,与那阵底接近,不愁玄阴之气吸你不住。"所以杨瑾飞了好些时,因妖人防范严密,有时虽然冲远了一些,转眼又回到原处,只在离阵底里许,上下进退。

一晃过了一天。胡嘉因杨瑾法宝厉害,好些妖法和外阵中的妙用,俱未行使。原想以逸待劳,挨到杨瑾力竭时就擒。继见双方功力悉敌,杨瑾飞行了一日夜,始终未与阵底接近,无懈可击。暗忖:"神尼芬陀,甚是难惹。看敌人道力,足可支持多日。如不另打主意,及早将她除去,时日一久,这老东西难保不得暇赶来,救援寻仇。那时不但功亏一篑,仇报不得,弄巧又吃大亏。"想了想,立时改变主意,左手中指一弹令牌,同时咬破舌尖,满口鲜血喷将出去,便有数十百道红丝箭一般往四外飞去。

杨瑾为防妖人暗算,原是面向阵底退飞,先也想分出一件异宝杀敌取胜。明知妖人就在山顶行法,无奈妖云浓厚,暗如鬼狱,离身数十丈,宝光所照以外,看不见一丝景物,无法施展。身陷魔阵,已过了一天一夜,不设法脱身,必误限期。方焦急间,忽见底阵上空,有无数红丝飞落,纷纷没入四外暗影之中。知妖人又在催动魔阵,行法暗害,不由加了几分小心。

果然寻思未已,眼前倏地一亮,身外四面太阴神幕全都不见,所有妖云浓雾一齐消逝,阵中变成一片灰黄之色,仿佛黄昏时光景,不似先前黑暗,却看不出天日景物。便大喝道:"无知妖孽,不敢现身出敌,只管卖弄这幻景,有何用处?"话言未了,眼前一闪,倏地又现出许多赤身妙龄男女,赤条条一丝不挂,在离身数十丈处舞蹈起来。一会变得越紧越多,将杨瑾团团围住,上下旋转,颠倒错综,丑态百出,备诸妙相。杨瑾知是魔教中最厉害的天魔摄魂舞,休说为它所动,连运用强制之法,闭目不视,都要堕入术中。那太阴神幕,妖人不过行法隐蔽,并未收去,稍一疏忽,便形神消灭,堕入轮回,那还了得。当下忙将心神一正,任它千般丑态,视如无睹。一面仍加速疾飞,另想脱身之法。仗着两世虔修，道基坚定，又有佛门至宝护身，天魔、阴幕为宝光所阻，近身不得，总算没有中了道儿。

光阴易逝，又过了一夜。一算时辰，应是到达圣陵的第一天，陵中神符、禁法，便在这三天之内失效开放。晚两日还好，倘在当日开放，为妖尸捷足先登，即便脱身赶去，也是徒劳。长此被陷，如何是了？心恨妖人切骨，一时情急，意欲只留法华金轮护身，将所有法宝、飞剑全放出去，冒着奇险，与妖人师徒拼个死活。正待施展之际，山顶法台上的胡嘉见天魔摄魂之法仍是无用，又惊又怒，气得把满口钢牙一错，豁出再苦炼十年，不问敌人法宝厉害，一伸金精神臂，便下毒手。两下恰好同时发动。这一来，却给杨瑾造了脱身机会。杨瑾也是合该有旬日之困。先因疏忽，陷身阵内。自用金刚禅法打坐，无心中听出妖人自道阵名，识得妙用以后，却又吃了过于谨慎之亏，以为太阴神幕，共是六面，妖人放起四面，余下两面，必然隐藏阵底和地下，始终没有想到仗着金轮妙用，穿行地底脱险，以致延误时机。

第一八一回

一篑亏功　桥陵失宝
浃旬有难　古墓羁身

其实当初胡嘉向赤身教主鸠盘婆借宝时,那六面玄阴神幕已然赐给她门下两个最心爱的女徒金姝、银姝。鸠盘婆见胡嘉再三苦求,虽命借与,却未全给。原来金姝、银姝自从那年奉了师命,去应毒龙尊者邀请,行经青螺峰红鬼谷外,被绿袍老祖擒住,要生吃人心人血,不是五鬼天王尚和阳搭救,几乎裂腹惨死。逃回去便向师父哭诉,力请报仇。鸠盘婆只说不是时候,执意不允。后来藏灵子向绿袍老祖寻仇,正斗得不可开交,红发老祖随后赶到,用天魔化血神刀将绿袍老祖劈入阵内,相助三仙二老火炼绿袍老祖,仇已有人代报,才平了气。由此对各正派中人生了好感,对各左道妖邪转成厌恶。当时师命难违,勉强应允,留起两面,只借了四面。人去后,对鸠盘婆说:"胡嘉不可深信,既恐久借不归,又恐为正派人所破,不愿师传至宝毁损,故而将两面主幕留下,以防万一。"鸠盘婆当时还数说了二姝几句。

胡嘉借宝到手,炼成魔阵,再寻敌报仇时,凌雪鸿业已转劫。一晃多年,老防仇人托生再出,一直也未归还。这次因许飞娘说仇人转生,更名杨瑾,仍在芬陀门下,比前还要厉害得多,最好将那两面主幕也借了来,方为万全。二姝因他屡次推托不还,本就不喜,常向师父絮聒,哪里还肯再借。鸠盘婆虽因以前与神尼芬陀有小嫌隙,打算借刀杀人,但极溺爱二姝,视为本派传人,二姝不借,振振有词,也就听之。杨瑾哪知底细。

胡嘉初会杨瑾,把四面玄阴神幕已都使出,未始不想到还有缺陷。嗣见杨瑾一味不停前飞,地下面已施有禁法防敌土遁,也就没有在意。及至金精神臂一飞出去,杨瑾正将法宝分别施展,忽见一团黄烟裹住一只数亩方圆的大手,自阵底一面飞至,意似抓取宝物。杨瑾虽然两世修为,博闻多识,这东西却未见过。自己又陷重阵,妖人相持二日之久,才行发动妖法,情知来意不善,不敢大意。忙即运用玄功,一指般若刀,冷森森一道银光,如匹练般刷地带起破空之声,飞将上去。眼看两下里迎在一起,就要绞上,那怪手的五根长大手指倏地一掣，黄光闪过，竟自隐去。般若刀把后半截手臂绞住后，手指重复出现，不住屈伸，作出攫拿之势，仍旧飞来。银光虽将后面手臂缠紧，却斩它不断，只不过来势缓了许多。杨瑾方才明白胡嘉用意，是因见自己有佛门诸宝护身，万邪不侵，虽然暂时困住，要想成擒，却是万难，这才施展极恶辣的妖法，意欲从宝光层里穿进，将自己抓入阵底中去。这条怪手臂，必是他本身真元所化，般若刀乃佛门降魔至宝，竟会阻他不住，足见厉害非常。万一法华金轮再阻他不住，便非失陷在妖人手内不可。这时身外许多天魔舞蹈方酣，淫情怪相，越出越奇。那怪手也越飞越近。妖人全阵逐渐发动，鬼声啾啾，此应彼和，加以阴风怒号，惨雾弥蒙，越觉景象凄厉，声势骇人。杨瑾又将剑光飞出同敌怪手，可是仍像般若刀一样，只管纠缠，依然无效。法华金轮要用来护身，又不敢轻易离身放出。当这危机四伏之际，杨瑾心里一着慌，神微疏懈，遁光一慢，前面阵底便凑了上来，相距不远，同时上面那条怪手臂也已当头抓到。如非金轮妙用，杨瑾机智神速，纵有金轮护身，不被那只怪手抓住，再稍缓须臾，略近前数丈，必被阵底玄阴之气吸进去无疑。

杨瑾见势不佳，不禁大惊。不顾再运用上面飞剑、般若刀，连忙加紧催动遁光，好容易退到原地，相隔玄牝之门较远。那只怪手已伸入金轮光霞之中，想也尝着一点厉害，微一接触，便即退缩了些，杨瑾已吓了一身冷汗。杨瑾自遇了这一次险，心中忧急，元神没有先前能够震摄，以后形势越坏，好几次都几乎被妖人用长地之法摄入阵底。知恩师连日正在紧要关头，不能分身来救。再不设法行险，定遭毒手。寻思未已，倏地又飞近阵底，相隔玄牝之门不过丈许。那只怪手，也改了方向，由上而下，从侧面抓来。一时情急，知难幸免，便不问青红皂白，忙暗施展天龙遁法，一手掐诀，一指法华金轮，一面招回飞剑、般若刀，百丈精光霞彩，飙飞电转，护住全身，直往地层下面冲去。胡、毕二人在山顶上眼看得手，忽见杨瑾连人带宝往下一沉，金霞疾转处，地面禁制全破，沙石旋飞，宛如狂风卷雪，四散纷飞，转瞬陷一深穴，敌人随光同隐，转瞬不见。连忙飞身追下，已自无及。

杨瑾原不知下面一层有无玄阴幕阻隔，这时危机瞬息，急不暇择，以为入地虽是一样涉险，难以脱走，但有诸宝护身，不致立受侵害，总比被怪手抓住，或被玄牝从门吸入要强一些。等到冲入地内，敌人颠倒五行来困之时，再打主意。不料地面禁制被法宝一破，下面并无阻隔，无意出险，惊喜交集。立即催动遁法，穿行地底，估计出了阵地，方始上升。回首遥望敌阵之上，妖云弥漫，相隔甚远。料他追赶不上，径催遁光，往圣陵飞去。心想："途中虽受妖人阻滞,延误了两三日,总算脱身还早,仍在恩师所说三日之内到达。连恩师那般玄机妙算,也只算出圣陵应在这三天中开放,并没算出准日。此番到了圣陵,如恰在最后一日开放,自然是刚刚赶上,再好不过;即便在恩师所说三天限期中的第一天开放,这相隔万年的事,妖尸也未必能算准时日到达,分毫不差。"故仍满怀希冀之想,一面催着遁光,破空加速前进,真比掣电还快。

　　杨瑾飞行迅速,一射千里,不消多时,便离圣陵不远。前望桥山顶上,一座圣陵矗立在斜阳丛树之间,四外荒寒,寂无人烟,静荡荡的,不似有甚朕兆。一会飞到山脚,为表虔敬,便将遁光按落,先朝圣陵下拜,叩祝了一番。然后循山而升,沿途也未看出有人来过之迹,益发心喜,以为不致误事。

　　及至到了陵前,二次跪拜通诚,默祝起身。因已到迟,不等子夜,试用天龙遁法,由地底往陵中小心行去。见地下并无阻隔,知圣陵已在到前开放,来迟了一步。万年异宝,得失关心,忍不住心头怦怦跳动。又进丈许,略微上升,走入了直达内寝的一条长的甬道。石路修整,石壁坚硬,宝光照路,尽可通行,便收了遁法,顺路往内寝跑去。再行里许,便达内寝,石门大开,内中光焰荧然。又跪下来,虔诚通白了一番。取出大衍神符,正要往寝门中走进,忽见壁间有几点金红光华闪亮。近前一看,乃是几支宝箭,箭镞长有二尺,业已没入石里,有的钉在壁间,有的斜插地上,每支长约丈许,全杆乌光铮亮,朱翎钢羽,掩映生辉,形式奇古。箭柄上发出碗大的金光,箭镞未没尽处,光赤如火。在陵外甬壁间共是四支,射处石都纷裂,溅散满地,看神气似刚射出未久,知是内寝中埋伏的神箭。如无人偷入,触动玄机,决不致于发射。当下便料到要应恩师前言,被妖尸捷足先登,把来时高兴,无形中打消一半。再往前时,那神箭竟到处都有,四处散射,不下四五十支。算计那箭发射之时,必然猛烈。只是途中不见来人受伤痕迹,圣陵异宝多半失去。

　　懊丧之余,尚存希冀,便在寝门外又跪拜通诚了一番,方行起身走入。发现神箭之后,恐陵内或许还有埋伏,益发戒备前行。才一入门,便闻异香。那座内寝广约八九亩,形式正方,四壁雕刻着许多战迹。迎面一座数丈长方的石案,上设樽俎鼎彝之类的祭器。案前地上,有九座大鼎。两旁一面一个大油釜,釜中各有一朵万年灯,灯油还存大半,光焰停匀,静沉沉的,高达尺许。圣帝真灵,便停在案后石榻悬棺之上。杨瑾满腹虔敬,不敢谛视,只觉身材奇伟,没有看见面目。灵前及左右有好些顶盔披甲、执戟佩弓的卫士端然正立,服饰奇古,身材高大。先还当是木石制成的古俑,再一审视,个个神态欲活。除因年代湮远,身子已与木石同化外,一切均与生人无异,才看出都是当时效忠自殉之臣。端的是庄严肃穆，别有一番景象。

这时杨瑾虽知事前有人来过，圣陵至宝十有九已被妖尸盗走。但是内寝尚有其他埋伏，神箭威力厉害，或许能将妖尸惊走，心中尚存着万一之想。及至照着芬陀大师所说，敬谨戒慎着走向五鼎后面藏宝之处一看，那两件圣陵至宝早已不翼而飞。失宝之事，原在意中，虽未过分惊愕，却是悔恨非常，不该不守师戒，苦追穷寇，以致白费许多心力。此去白阳山向妖尸取宝，还不知要有多少险阻艰难。正在寻思懊丧，转身时不小心，身子将灵前长案碰了一下。立时一阵香风过处，隐隐听得四壁金铁交鸣之声，灵前执戟卫士跃跃欲动，面上似有怒容。恐渎圣灵，不敢再延时刻，连忙倒身退出。到了门外，又恭恭敬敬跪祝了一番，四壁金铁之声方始渐止。

等将甬路走完，方要行法破土上升，前面宝光照处，忽然瞥见甬道入口处壁间挂着一个柬帖。取下一看，乃是追云叟白谷逸所留。大意说：

> 因受东海三仙诸道友之托，得知妖尸和杨瑾竟向圣陵取宝，先到先得之事。偏生群仙都在这些日内有事不能分身。追云叟也是如此，为了杨瑾，还少了许多修为，特地丢下一半功行赶来，已被妖尸捷足先登，在杨瑾到的前两日，圣陵刚开放的下半夜，将至宝盗走。知杨瑾随后必到，但是此时尚有他事，不是见面时机，留此代面。请杨瑾乘着妖尸宝刚到手，不能深悉其中妙用，速往白阳山一行，虽难免旬日困身之厄，终必得手，自己也要随后赶去相助。

杨瑾一算时日，如在岐山陷入魔阵的前半日就从地下行法遁走，还来得及，可以赶上。先是疏忽，轻敌吃亏；末后却受了谨慎的害，万想不到胡嘉地底下没有埋伏玄阴神幕。这一阴错阳差，全功尽弃，后悔已自无及。难受了一阵，无法，只得重振精神，驾起遁光，往白阳山飞去。

剑光迅速，一路并无阻隔，不消半日，飞到妖尸无华氏父子的墓穴外面落下。这时已是第二日的晨间，朝暾融融，正照谷中，树色山光，秀润欲滴。杨瑾心事在怀，无暇流连景物。因穴中情形已承芬陀大师解说过，心里一忙，略一端详内外形势，看看有无妖法埋伏，便往洞中走进。原意潜踪深入，先窥好虚实和藏宝之所，盗出圣陵至宝，再和妖尸动手，以免又再疏忽，应那旬日困身之厄。偏生数有前定，一任杨瑾事前打算得好好的，中途仍生变故，几致祸遭不测。

杨瑾本是隐身入洞，刚入洞行没多远，便见前面内洞深处有几点星光出现,明灭闪动,变幻不定。杨瑾知是内洞的神灯妖火,并没怎样在意。及至又前行了里许,忽遇木栅阻隔。那木栅看只半截,由外可以观内,但是暗藏无边阻力,寻常飞越不过。杨瑾识得禁法妙用,便也运用玄功,用五行克制之法冲了过去。杨瑾潜光匿影,本来不易为妖尸觉察。无巧不巧,恰值那只妖鸟正在白阳真人那块怪碑后面瞑目假寐,生人一到里面,怪碑禁法便自发动。杨瑾见碑前一个怪物飞扑上来,知也是禁法作用,恐将妖尸惊动,不去破它,仗着隐了身形,便用遁法让过。可是那妖鸟何等灵警,已自警醒,怪鸣报警。穴中妖尸、妖道立时觉察。个中穷奇最是险诈多谋,首先飞出一看,洞底禁法俱已发动,妖鸟四处追逐,不见人影。知来人是个劲敌,恐妖鸟有失,一面出声喝止,一面退入穴中,与妖道等设下诡计,诱敌入阱。

　　杨瑾刚让过怪物,不见怪鸟来扑,料知此物嗅觉必灵,意欲暗中下手,没有施展法宝。正寻思避让间,忽听前面不远起了怪声,黑暗中似有一个高大人影往后隐去。同时碧光闪烁,妖鸟与那几点星光全都不见。虽知惊动敌人,心中还想暗中入内,探明敌情再说,故仍旧隐身前行。这时妖尸和妖道暗中已排好阵法相候,杨瑾一去,恰巧落入他们的圈套。任是怎样小心,无奈妖尸有万年道行,神出鬼没,变化无穷,仓猝间哪里观察得透。就这样,妖尸尚恐来人机警,不易上当,等一切布置停当,又命妖道师徒连同妖鸟,故意装作寻觅敌人,将法宝、飞刀等放起,四下搜索。杨瑾进到墓门内寝之外,不见敌人出战,方在疑虑,忽然先后两道黄光从门内飞出,满处盘绕。接着妖鸟出现,又有许多妖火红光四散飞奔。虽知妖尸道力不比寻常,法力决不止此,未存轻敌之念,仍估量敌人看不见自己,所以放出法宝,胡乱击刺,有心不去睬它。偏那妖鸟追定自己身后不舍,有一次竟差点没被啄上。暗想:"此鸟能闻嗅寻体,如不除去,终觉讨厌。况且敌人已有觉察,因知自己深入,防备更严,也难下手。"

　　当下想了个计策:从法宝囊内取出前生所炼的五火须弥针与七支坎离梭,准备杀死妖鸟。假意和那些黄光妖火对敌不胜,往外退出。自己却从纷乱中暗隐身形,乘隙入门。反正二宝经过两世修为,已与身合,便是暂时失落,终可收回,何况未必。主意打定,一出手,先是五道极细的红光直取妖鸟。接着又是七根紫莹莹数尺长的光华,与妖道师徒的黄光妖火斗在一起。那五火神针专射妖物七窍,原极厉害。谁知妖鸟竟然不畏,昂颈一声怪啸,便飞出三个绿火球,将神针敌住。杨瑾见状,方知此鸟也非易与,不可久战。暗运玄功,一指二宝,便作势往外飞去,一面忙着进入墓门。到了内寝一看,有一个空石榻,地下立着不少古尸。两旁也有两个大油釜,比圣陵所见略小一些,只釜中灯火不一样,光焰荧荧,正是初入洞时所见妖火。细看四壁,只是一间极高大的石室,除入口外,并无通路。那些古尸灵的装束身容,都是当时从殉之人,与芬陀大师所说妖尸不类。杨瑾还不知外面二宝已被妖尸收去。正探查不出就里,忽然一阵阴风起自右壁,接着两釜妖火微一明灭之间,室内似有一片金光闪了一闪,晃眼工夫,那些古尸灵倏地纷纷活转,各持弓刀,乱砍乱射,围攻上来。

杨瑾骤出不意,倒吓了一跳。因身形已隐,来势竟像能看见一样,心中奇怪。及至一观察,方知隐形之法不知何时已被敌人破去,不禁大惊。闪避已是无效,只得施展法宝,飞剑抵御。那些古尸灵不过妖法催动,来混乱敌人耳目,自然是敌不过,不消片刻,全都头断身裂,败倒在地上。杨瑾见群尸倒地,尚未见妖尸出战,这才想起入门之先,明见黄光妖火自此中飞出,进来始终不见真敌,只有这些朽尸作怪。此事大是诡秘,莫不中了暗算?忙运玄功,一收先放二宝,竟收不回。刚暗道得一声:"不好!"意欲退出,一回顾身后,已成石壁,去路已失,哪里还有门户。正要用金轮开路,行法冲出,猛听身侧有极怪厉的口声喝道:"那女娃子,快些束手待绑,免得少时身炼成灰,形神俱灭!"

话声未了,倏地眼前一花,石室中全景忽变:右侧面现出一座法台,台上站定一个奇形怪状的妖道;全台都笼在妖云邪雾之中,四外有无数大小火球,五光十色,上下飞扬。杨瑾只当厉声说话的是妖道,情知入网,索性一拼,一指剑光,照准妖道,迎面飞去。不想剑光刚飞近法台,忽从身后飞来一片金光,竟将飞剑吸住。杨瑾幸是久经大敌,道法高深,一见不好,一面运用玄功收回飞剑,一面忙纵遁光飞过一旁。回头一看,面前不远,站定一个身高数丈的大僵尸,全身只剩一副骨架,睁着两只火炬一般的怪眼,红光闪烁,远射数尺以外,高举着一条枯骨长臂,手中握着一团光华,金霞电旋,注定自己,狰狞的怪笑,磔磔之声,响彻四壁。那金霞甚是厉害,如非见机,飞剑险被收去。法华金轮仅可敌住,占不得丝毫便宜。料是妖尸中的穷奇。这时腹背受敌,欲待遁出,又被金霞阻住,怎敢丝毫怠慢,极力应付了一阵,无可奈何。妖尸、妖道一迭连声,不住地恐吓,降顺免死,语多污秽。

杨瑾又急又气,知道旬日困身之厄必应无疑。末后气得把心一横,仗着法华金轮护身,能抵住妖尸所持异宝,意欲乘隙先斩妖道,暗中取出几件法宝,同时一起发动。除般若刀乃是师传佛门至宝,不怕失闪,直取妖道外,余俱朝法台上妖道飞去。满拟几下里夹攻,总可获胜。谁知手中法宝刚纷纷放起,妖尸倏地又是一声怪笑,眼前一暗,妖尸、妖道全都不见。迎面现出一张亩许方圆的大口，几将石室半壁遮满。口里面金星急转，红丝爆射，宛如火雨，略微吞吐了两下。杨瑾所使诸般法宝，恰似骇浪孤舟，卷入急漩之中，除护身法华金轮与飞剑、般若刀外，几乎全数被它吸收了去。杨瑾见势危急，知道错了主意，忙运玄功，回收宝物，已是无及。因为四面兼顾，法华金轮也几被吸住，不由吓了个亡魂皆冒。只得拼着几件法宝失落，忙一震摄心神，将金轮驾住。可是妖道已在暗中乘虚而入，趁着杨瑾惊慌骇汗失措的当儿，行使极厉害的禁法，借物代形，用镇物将杨瑾元神禁住。妖尸在旁，知已成功，心中大喜。因爱杨瑾美丽，意欲软禁收服，未下毒手。一面收回法宝，一面又行法移地换形，将杨瑾封闭法台旁石牢之内，不时在外发声恫吓，逼迫降顺。不提。

杨瑾先还不知元神受了禁制，正在极力抵御，筹计逃路。猛觉心里一动，眼前又是一暗，怪口忽然隐去。宝光照处，身已落在一个石穴之内，上下都是坚石，四外空空，更无一物。刚在奇怪，忽听妖尸在壁外出语恫吓道："那女子快些降服，还可不死。如今你元神已受了我的禁制，任你多大本领，也逃不出去。何况我有轩辕氏相赠的至宝，你那护身法宝并无用处。过了今晚不降，我只用七阳之火，化炼代形镇物，你便成为灰烬了。"杨瑾闻言大惊，试一运转灵机，元神果然受了牵制。幸有金轮护身，只被妖尸用镇物代形制禁，没有被他真摄了去，虽难脱身，尚可支持，否则简直不堪设想了。这一来，料定旬日困身之厄，万难避免，除了耐守生机之至，更无他策。想了想，把心气一沉静，任凭妖尸、妖道恫吓，也不再理他。仍用法华金轮、般若刀二宝护身，金霞、银光围拥之中，用金刚禅法打起坐来。

到了次日，妖尸见她不睬，果用妖火祭炼镇物。无奈杨瑾禅功玄妙，防护谨严，自是奈何她不得。似这样相持了些日，杨瑾在静中观察，探出许多虚实。得知日前失陷经过，妖尸所使用的，竟是轩辕圣陵中至宝，无怪乎敌它不过。妖尸因是初得，难穷其中奥妙，日常也在潜心探索，尚无所得。功用止此，自己足能相持下去。机缘一到，不特可以出险，二次谋定而动，决操胜算。定数已应，反倒心安意得，不再愁思。

光阴易过，一晃浃旬。四小追探妖火，误入墓穴的那日，妖尸、妖道等因杨瑾顽固不服，十分愤怒，共同行法，用七阳之火祭炼镇物。准备再炼数日无功，便用金刀戮魂之法，杀死杨瑾，不作生降之想。正在加紧祭炼，未即立时出视，加上四小隐身而进，人极矮小，没等妖尸出来，便即知难而退。妖尸等闻报，又疑是山精木客，或刚具形体的灵物之类，竟甚轻视，致被四小逃了回去。

杨瑾用金刚禅法抵御了一阵魔火，等妖火等照例祭炼之后，静中谛听妖尸与妖道师徒的对语，一算被陷时日，出困之期当在目前，救星应该到来。虽觉所说情形不像，心中早有了准备。

第二日，凌云凤率了四小，再探妖穴。杨瑾在石牢内二次留神谛听，知道果然来了能手，所料不差，好生心喜。因妖尸等已有觉察，陷人方法和上次差不多，来人法力未必胜过自己，惟恐又蹈了覆辙。正在惊喜交集，偏巧妖尸轻敌，动手稍迟了些。云凤警觉太快，不等禁法发动，便发现了通往法台的门户，径冲入内，出其不意，斩了妖道师徒，巧破镇物。杨瑾元神脱禁，立时破壁飞出，里应外合，两下夹攻，带同云凤、四小，仗着法宝威力，放起万道金霞，飙轮电转，冲开石层，飞身逃出。

等戒敦、穷奇二妖尸持了圣陵二宝追来，瞬息之间，敌人业已逃得不知去向。才想起事先因自己探索至宝妙用，误以为昨日来者是草木之灵，无甚道力，一举可以成擒，没有在意。等到发觉来的是个能手，匆匆布置，忙中大意，没有先将墓穴中通法台的门户封闭。万不料敌人如此神速机智，明明敌已入网，手到成擒的事，几个阴错阳差，不特人被救走，反而葬送了妖道师徒的性命。空自暴怒，痛恨了半晌，兀的奈何不得。

云凤原非妖尸之敌，也是不该遭此灾厄，般般凑巧。杨瑾先困在内，深知厉害，一经脱身，立即会合逃出。真乃危机系于一发。如无杨瑾继起接应，稍迟片刻，妖尸由前面赶到，云凤也和先前杨瑾一样，必无幸免之理。

当下二人带了四小，回转白阳崖洞中，互相叙说经过。知道前世原是一家，全都喜出望外。云凤重又拜倒行礼，起身侍立。杨瑾力主脱略，再三说身已隔世，只照出家先后辈礼节，不可过拘礼数。云凤见她执意如此，除称谓不敢妄改外，别的只得告罪应了。自己道浅力薄，杨瑾名分既高出几辈，又有两世修为，自然不敢擅专，一切惟命是从。

杨瑾因禁闭多日，尚须静养几天。好在穴中虚实，尽都知悉，妖道师徒一死，去了妖尸爪牙，下手时尽有步骤，不比初来冒昧，大可谋定而动。索性等过些日，使妖尸误认逃人知难而退，不敢再至，防范稍疏，再乘隙前往，直入藏宝之所，将圣陵二宝夺出，交与云凤保持，先行避退，然后诱妖尸出战，定能得手。毋庸急在一时，又去偾事。主意打定，和云凤商量妥当，静候时至。

由此一连数日，均未往探，以免打草惊蛇，转使警备。杨、凌二女除静中修养，日常论道外，闲中无事。杨瑾心爱四小，便加意传授他们各种防身法术。

一晃又过了七八天。原意再隔一日,即行前往。云凤道:"这几天全不见妖尸动作,我料他定当我们当初无心误涉险地,畏难逃去。此洞是白阳真人故府,有禁法埋伏,常人难以到此,不料仇敌密迩。他们又急于窥索圣陵二宝功用,无暇分身。不过妖尸万分灵警,妖道师徒死后,就不防我们卷土重来,也恐再生变故,墓穴中终难保不设下埋伏。此番前去,仍以谨慎些好。沙、咪等四小自经曾祖姑传授,虽只数日,颇有进境。因为他们天生奇禀,又学会隐身之法,与妖尸对敌,固然万分不是对手,如命探查虚实,却是甚妙。意欲请曾祖姑由他四人中选派两人,前往妖穴墓中探查一回,得了穴中虚实,再照曾祖姑前策行事,岂不较为稳妥?"

杨瑾道:"穴中虚实以及藏宝所在,我被陷那些日业已备知底细。常听妖尸、妖道等聚谈,穷奇幽宫正当地肺要口外,千万年来日受水火风雷之劫。自与无华氏父子打成相识,便同在一处盘踞,绝少归去。无华氏墓穴内寝石室虽多,因与白阳真人斗法,毁灭十九,已不合用。藏宝的地方就在你与古尸灵对敌的地下,妖尸新辟的丹室以内。出入口便是左右两旁的油釜之下,左出右入,不可错误。一旦走错,釜中妖火便如法报警。入时必先行法,移去上面油釜,方能到达藏宝之所。移釜之法,我已深悉,足可如法施为,无甚出奇。并且三妖尸彼此互相监察,每次总是同入同出。以前还有妖道师徒在上面防守。三妖尸都极奸狡,尔诈我虞。妖道师徒虽死,料他们不改故态,定用妖鸟瞭望,所以入穴并不为难。只是宝穴中除埋伏重重外,还暗中藏有地水火风,以防万一,真个严紧非凡。幸而三妖尸每日都有一次假死,各自修为炼形返魂之法,以前本不同时;自得二宝,各为防范,才互相商量,把修炼时辰全移在亥子之交。到时将入口封禁,三人同在宝穴中入定。此时入内,再好不过,明晚便可下手。沙、咪等四小虽是聪明,毕竟气候太小,难禁大敌,怎可命他们深入虎穴?我已有了成算,你只照我所说,到时行事便了。"云凤唯唯。二女谈了一阵,仍旧各自用功。不提。

四小自随云凤,向道之心十分坚诚,又极好胜,巴不得立功自见。二女说时,沙沙、咪咪适在侧侍立,先听云凤说要选出两小往探妖窟,心中甚喜。嗣被杨瑾一拦,老大失望。等二女入定后,咪咪和沙沙使了个眼色,引向无人之处,说道:"沙哥,你听见了没有?师父既肯叫我们去,当必知道无碍,偏是杨太仙师不答应。我们衰微子遗,虽幸得遇仙缘,惜乎根基太薄,先本难望成大气候。日前听杨太仙师说,我等人虽弱小,天资尚属聪灵,只要加意苦修,拼命争积外功,一旦机缘遇合,升仙未始无望,不过比常人难得多罢了。她老人家因爱怜我们,还答应事成回山,向芬陀太祖大师求说,请其施展佛力,大显神通,用回天之力,造就我们。此番去探妖窟,就不说将圣陵至宝得来,只要探明虚实归报,即是大功一件,显出有胆有智。好容易遇上这样机会,又建功劳,又可讨她老人家和恩师的喜欢,哪有像这再好的事?不过妖尸诡诈多端,我们全仗人小,动作轻灵,才可隐身前去,人多反而不美。我和你又是至戚,又是从小长大,祸福相共的至交,所以把你约出。恩师和杨太仙师因明晚往妖穴盗宝,调养心神,这一入定,至少要在丑寅之交,才能将夜课做完。我们亥正前往妖窟,到时不过子初,正该妖尸假死时候。妖道师徒已死,没人防范。那妖鸟和那大石怪我们早已见过,遇上时全避得开,只不去招惹它,便难警觉。早先还有木栅难越,已被杨太仙师将禁法破去,还怕怎的?"

沙沙为人比较深稳,先恐不告而行,闻言好生踌躇。禁不起咪咪贪功心盛,再三激劝说:"修道人灾祸原有,怕不了许多。杨太仙师那大本领,尚且被困妖窟多日。恩师见我们福厚,才肯收留,当然不会送命。只要不死,别的还有什么顾忌?这也怕,那也怕,日后还成得甚正果?"沙沙被他说动,只得应了。

二人计议已定,挨到亥时,寻到那两个,假说奉了恩师之命,往妖穴附近,去办一点机密要事。晚间恩师做完功课,明日便去除妖取宝,不许远离。说完,径直离了白阳崖,往妖窟跑去。快达谷口,刚行法把身形隐起,忽听头上破空之声。沙、咪二人目力本佳,又值望前二日,月明如昼,流辉光照,甚是清澈。忙抬头一看,一道青光,像电射一般由东南方斜刺里飞来,晃眼到了谷口上空,略停了一停,一个转折,径改道往谷中投去,一闪不见。二小随了云凤多日,看出是剑仙一流人物,只分不出是邪是正。咪咪暗忖:"恩师和杨太仙师近日常说,古墓妖尸千万年来不曾出世,除妖道师徒是因恐正派诛戮,自行入伙外,并未和各异派中人有甚往来交结。这人所行,正是往妖窟去路,如非赴约,怎会深更半夜到此?如若是个妖尸约来的党羽,定非弱者。二位师尊明晚来此除妖取宝,尚还不知就里,此行可谓不虚。"

咪咪想到这里,心中高兴,用手一拉沙沙,赶快飞追上去。谷口相距妖窟尚远,那人御剑飞行,二人自然赶他不上,约有顿饭光景,才行赶到妖窟附近,那飞行人早已无迹可寻。月光之下,遥望妖穴口外,烟雾溟濛,突突飞散。二小知有妖法埋伏,也不去管它,径往前进。刚行至妖穴,正要冲烟而入,忽听洞内隐隐雷震之声。烟雾消散中,又听"哎呀"一声,从洞中先飞出先见那道青光。紧接着一条匹练也似的火光和一团带有两点豆大碧光的黑影,一前一后,星飞电掣,朝着青光后面追去。青光看似不敌,一出洞,便破空上升,直射苍旻,眨眼间余光曳影,没入云影之中。红光黑影兀自追逐不舍。

咪咪正在昂头观看,沙沙猛地灵机一动,料那青光定是妖尸仇敌,来此窥伺,不胜败走。妖尸没有出现,必然假死未醒,后面追的,许就是那只防守的妖鸟和妖窟中发动的埋伏。趁它追敌未归,大可乘虚而入,良机瞬息,岂可错过?忙一拉咪咪,径往窟中跑去。

这一猜,居然被沙沙猜中。妖尸为防敌人再来,妖道师徒又死,果然设下许多禁法;又将那柄神刀埋伏在木栅里面,命妖鸟加意防守。如有敌人潜入,必为禁法所困;禁法不胜,一入木栅,神刀便可飞起,妖鸟也跟着上前应战。看事行事,能胜固好,否则飞入内寝,一啄油釜,穷奇首先警觉。沙、咪二人虽然隐了身形,头一关便要失陷。幸亏事前来了能人,一进妖窟,首先用五雷天心正法破了各层禁制。后来神刀发动,来人昆仑剑法虽非寻常,却敌不过万年神物,觉着飞剑不支。正要施展别的法宝抵御,不料来时没有听明妖窟底细,一个不留神,吃妖鸟从身后暗中袭来。及至发觉有人暗算,刚一回身,妖鸟铁喙已是迎面啄到,差点没将眼睛啄瞎。这才知非易与,人单势孤,身又受伤,不敢恋战,忙纵遁光飞身逃出。妖鸟也是贪功,它这里苦追穷寇,却给二小造了机会。

两小入洞,走不几步,见地下横卧着上次所见的巨石人,业已头断身裂,断成七八段,四围满是石人身上碎裂的大小石块。有的地方妖氛犹未散净,触鼻俱是雷电气味。再走过去一看,那木栅栏已被人斩断,栅内神碑也失了灵效,到处都有倒断的木牌,一路并未发生丝毫拦阻。二人心中好生欢喜。哪知各层禁法俱被适才逃走那人破去,以为应了杨瑾之言,妖尸并无甚严密戒备。互相一拉手,正要往妖尸内寝走去,猛觉身后一亮,遥闻铁杖击地之声,锵锵锵密如贯珠,从洞口那一面传来。回头一看,正是那团眼射绿光的黑影和那道火光,知是妖鸟追敌回转。还算好,妖鸟不知另外还有敌人乘虚深入,归时状颇暇豫,只是衔着神刀步行,没有起飞。

咪咪知道这东西嗅觉甚灵,如若被它走近,必然警觉。趁它未到以前,连忙加速,往前飞跑,行抵内寝洞外,不闻身后声息。再回首一看,妖鸟到了木栅面前,便止了步,碧光往上一扬,那道火光立即往洞顶飞去。妖鸟全身本有浓烟围绕,近看也仅看得出那又瘦又长的怪腿。这时相隔更远,暗影中只见一对豆大碧光上下闪动。那火光不知何物,颇似从它头上飞出。略揙了两下,光华由大而小,晃眼隐向洞顶,不见落下。妖鸟接着又在木栅前后绕走了两转,每值那两点碧星先低后昂起落一次,必见有一片黄光或是五色彩烟飞起，也都是略现即隐。似这样四五次过去，碧光又往后来，估量行进至白阳真人神碑后面，忽然往地面微微一沉，便即不见。

二小见状，先颇纳闷，不知妖鸟是何用意。看到这里，沙沙偶忆杨、凌二人之言，猛然省悟，才知洞中原有埋伏，适才想是被那用青色剑光的能人破去。那道火光，定是杨太仙师所说的神刀无疑。妖鸟追击敌人，回时将禁法重又设好，它却隐向碑后，待敌而动。一只妖鸟，竟然这样厉害，怎还敢与妖尸相抗。料定归途有阻，决无来时容易，不禁有些胆寒。正要向咪咪告警，咪咪也自明白，但比沙沙胆大得多，毫不畏惧。彼此略附耳商量了几句，又在寝门前立定，里外视察了片刻，不见一点动静，方始谨慎前行。

进了内寝墓门一看，一切情形仍和上次云凤来时差不了许多。原被云凤飞剑斩断碎裂的古尸灵，已回复了原状，各持弓矢刀矛之类的器械，侍立在停灵的石榻近侧，谛视与生人状貌无异，只榻上不见了妖尸。釜中妖火一律停匀，静静地发出星一般的光华，照得石室通明，不似上次闪烁不定，一派幽森诡异的气象。二小知那古尸灵俱有禁法操纵，惹他们不得。想了想，无法移去油釜，不能下到藏宝的地底。竟欲由壁侧甬洞中暗门进去，看看设法台那间石室内有甚设备。彼此一拉手，屏气静息，轻轻从那些古尸灵身侧绕过去一看，日前通路已成了一片整的石壁，哪里还有门户。用心探索了一阵，毫无所得。这时洞中所有好多层禁法，全设在木栅内外一带。妖尸因有神刀、妖鸟防守出入要路，敌人不能飞走。不比上次，业已发现敌人，存心诱他入网。壁间甬路，因妖道师徒已死，不设法台，无甚用处。因凌、杨二女曾由此破壁飞去，难保不从故道再来，留下此门，徒给仇敌多一出入之门。除在敌人逃处设下与地肺通的陷阱外，昔日甬路和壁间暗门，业用挪移之法，变成一片坚壁。二小一时乘机侥幸进来，哪知就里，见此行没甚成效，好生扫兴。

咪咪眼望着石壁那座大油釜，恨不能移动一下试试。沙沙说："此釜重有数千斤，何况又是宝物，还有法术禁制，万近不得。"咪咪明知事同梦想，只得作罢。可是人已行近釜侧，彼此附耳商量，怎样设法，犯险冲出。咪咪意欲声东击西，故惊妖鸟，等它发动，再伺隙逃走。虽然事险，总比不知虚实，误陷危机强些。沙沙说："妖鸟厉害，决非其敌，一个不小心，反倒送死。还是照进来时一般，试探着悄悄退出，临机应变，看事行事，比较稳妥。"咪咪却说："适见来路木栅左近，妖光邪雾四起，埋伏定然甚多，我们肉眼看它不出，无心入险，危害更大；不比等它发动，可以闪避，至多逃不出去，还可觅得隐身之所。那时虚实已知，再行暗退，也好走些。"

两下正自筹计不决，觉着身侧一阵风过，身旁油釜倏地凭空悬起丈许，下面现一深穴，那风头似往穴中吹入。接着又见穴底烟飞雾涌中，似有青光闪了一闪，那油釜悬起空中，也往地面缓缓降落。耳际仿佛听得穴口有人低语"快来"。咪咪见状，惊愕中猛地触动灵机，胆子大壮，一拉沙沙，竟趁那油釜离地还有四五尺光景，往穴中钻去。沙沙见咪咪入穴，事出仓猝，一把未拉住。见油釜下落渐快，离地面不过二尺，心里一着急，关心同袍，不暇深思，忙跟着把头一低，钻将下去。身刚入穴，那油釜已压到地面，差点头没碰上，不禁吓了一身冷汗。

　　二小会面，一看那穴口，只丈许方圆。下面是条坡道，越往前走越大。前面青光逐渐显盛，与初来时洞外所见青光一样，却添了一道，飞得却慢，所过之处，穴底五色烟光全被冲散。二小才看出适才逃走那人前来报仇，只不知是怎生进来的，妖鸟竟会毫无所觉，心中又惊又喜。又恐怕来人也是为盗圣陵至宝而来，力既不敌，只得加紧跟将下去。

第一八二回

探地穴　侏儒建奇勋
斗妖尸　仙童消隐患

那两道青光,后来越往前飞越慢。穴中的五色烟光,也随时变幻不定。有一次,前面忽然垂下一片五色烟幕,阻住去路。青光到此,略停了停,从头一道青光中射出一团奇亮无比的蓝光。初出时,不过弹丸大小,一经射入烟幕之中,立时无声爆裂,化为光雨,蓝晶晶万芒电射,耀目难睁,烟幕当时冲破,化为残烟消灭。二小福至心灵,想起杨瑾之言,妖尸在宝穴中埋伏甚多,那些烟光彩雾,必是厉害妖法。见青光所到之处,恰似风卷残云,势如破竹。那两人又是身剑相合,没现真形,虽看出也是妖尸的仇敌,但是其意难测,摸不清是敌是友。如果不被觉察,处置得宜,不特可以借他力量带入,探明穴中虚实,还可与他们一同进退,少时随之出险;如被看破,岂不是在妖尸之外,又添了一重危机?

想到这里,未免有些胆怯,不敢追随过近,始终保持十来丈左右距离。他快我快,他慢我慢,亦步亦趋,加意戒备,相机进止。一路留神观察穴中形势,绝似大半只断了的金环。甬道浑圆,大约数丈,四外石质,一色暗红,甚是光滑坚实;仿佛本是极坚厚的实地,经人力硬将它打通成的弯长大洞一般。自从穴口下降,穴径渐宽,一直往下斜溜,降约二三百丈,又弯了回来,渐渐变顶为底。如是常人,步行经此,殊难立足。仗着二小身轻体健,甬道弯环甚大,又有青光前导,隔老远便可看出,尚未失脚。只是上下相去太高,二小行至快转折处,往下纵落时,免不了有些声息。前面青光似已听出身后有了动静,内中一道竟往回路飞来,一直飞到转弯的上面老远,才如闪电般飞掣回转,一瞥而过,仍与先行那道青光会合前进。那两个剑仙把穴底一切都当妖尸妖法看待,一例扫除,绝不留情。二小如被青光稍微挨着一点,怕不身首异处。幸是洞大人小,又灵警异常。着地之际,自知脚底稍重,首先有了戒心,见青光往回一动,便知不妙,慌不迭地贴壁伏好,青光已从身旁闪过。那青光见后面无迹可寻,也料身后声响决非无故。但是二小隐身之法出诸白发龙女崔五姑仙传,又经杨瑾用本门心法加意指点,看不出邪氛妖气,万没料到会有这么两个僬侥细人潜伺在侧。虽然起了疑心,无奈事机紧迫,稍纵即逝,前途阻难尚多,无暇细为观察,只索罢了。二小刚刚避过,惊魂未定,那青光又从老远飞掣回来,差点没被扫上。二小常听云凤讲说飞剑厉害,不禁吓出了一身冷汗,侥幸脱死,益发不敢丝毫大意。

又尾随了百余丈,途中渐有浓烟、鬼怪之类发现。青光中照样发射出一团蓝光,无声无息,将它消灭。那谷径也渐渐弯向平处。行到后来,前面忽似路尽,遥望漆黑一片石壁,空无所有。青光到此又停了停,依样放出一团蓝光,千星爆射,冲向壁间,激荡开千层浓雾。妖烟散后,现出一座圆门。两道青光便合在一处,往门中飞去。才知并非石壁,仍是妖法作用。忙即跟踪追入一看,门内乃是一所极广大的圆形石窟。窟顶上面悬着一团白光,宛如既望明月,冰轮乍涌,银辉四射,照得到处通明,清白如昼。全窟广约十亩,高大平旷,更无他物。只靠里一面圆壁上,一排并列着五个腰圆形洞门,洞高数丈,洞与洞相隔亦数丈。中、左、右三洞中,当间里面各放着一座大小形式不同的古鼎,俱有红黑金三色的轻烟笔直上升,离鼎三丈,凝结成一朵莲花般的异彩,亭亭静植,聚而不散。鼎后面仿佛有一长大石榻,榻上卧着一个古衣冠的大人。余下的两洞里面,却是空的。二小知青光迟早惊动妖尸,必起恶斗,时刻都在提心吊胆,留神退藏之所。一眼将那右侧空洞看中,忙轻轻跑了过去,先算计好青光进出路径,躲向洞侧窥伺。准备如果来人斩得妖尸,专为除害报仇而来,不是觊觎至宝,自己坐收渔人之利,固然绝妙;否则便随之退出,回去报信。如果来人惨败,脱身不得,也可隐藏起来,妖尸终究要离开,随它同出,不致殃及池鱼。即使都不如愿,凌、杨二位师尊明晚必要来此盗宝斩妖,纵因道浅力薄,不配里应外合,临时告知虚实,总算未虚此行。

主意刚打点好,那两道青光已飞近当中三洞门外,忽又停住,不往里面冲入。约有半盏茶时,青光闪处,现出一男一女,俱是玄门装束。男的年约二十多岁,生的猿臂鸢肩,蜂腰鹤膝,眉目英朗,神采奕奕。适间青光并未收回,像一条长大青蛇一般,斜绕左肩右胁之间,回环数匝,寒光闪闪,电转虹飞。前胸还挂着一张与他人一般长的大弓。背后斜背着一个矢囊,箭长七八尺,有茶杯般粗细,共是八支,箭镞上直泛乌光,射出数尺以外。女的年纪比男的略小,长身玉立,姿容雅秀,顾盼英武。腰间挂着一个革囊,鼓绷绷的,不知中贮何物。所用青光,也和男的一样,斜绕肩胁数匝。

现身之后,互相指点门内,低声细语,好似有些作难神气。因那洞壁是个圆形，从侧面细看，可以观察中洞以内景物。二小见二人法力高强，来时那般势盛，怎会成功在即，反倒胆怯起来？好生不解。忙回首定睛，往当中圆门内仔细一看，当中三洞外面虽然各有一门，里面却是通开的一间广大石室。三妖尸各据一榻，仰卧其上，头朝门外，脚微向里聚拢。每一妖尸的身后洞壁上面，都悬有一团烟雾，簇拥着一个貌相狰狞，比栲栳还大上一倍的奇怪人头，六只怪眼齐射凶光，注定三妖尸的脚下，一动不动。所看之处，似有一团金光霞彩，被妖尸石榻遮住，看不见是何宝物。此外还有一只奇形怪状的大鸟，蹲伏在中左二妖尸之侧，瞑目若死。那壁间怪首，看去虽然丑恶可怖，但是目光呆滞，只注视到一处，眨也不眨，如泥塑木雕一样。连四外围绕的浓烟也似呆的，不见飞扬，好似专为吓人而设。细加观察，并无甚过分出奇之处。倒是妖尸头前那三座大鼎形式奇古，金红黑三色烟光上升结为异彩，鼎腹之下各多出一根半尺粗细的铁柱插入地底。侧耳静听，隐隐闻得烈火风雷之声，从鼎中透出。更可怪的是，鼎与地皮色质竟是相同，恰似上下连成一体，生根铸就。猛想起来时杨瑾曾说，藏宝穴中妖尸穷奇恐禁法埋伏无功，特地下穿重壤，勾引地肺中的水火风雷，以防万一。鼎腹铁柱，是通连地肺的枢纽，妖尸高枕无忧，定恃此物。所以来人那么大的本领道法，竟会望门却步，不敢擅行闯入。

正揣测间，来人想因妖尸醒觉不远，脸色益发急遽，又互相商量了几句。那少年忙取下身上佩带的大弓长箭，照准门内三个怪头，张弓待发。女的意似无奈，秀眉往上一皱，一手拉开腰间革囊，也未见取出什么法宝，便身剑合一，化成一道青光，飞将起来。这里少年弓已拉满，一并排三支长箭，同时带起一溜乌光，电掣星流，直往妖尸身后壁上怪首飞去。二小方以为宝弓宝箭决无虚发，那三个怪头必被射中无疑。谁知那三道乌光一进圆门，鼎上烟花立即摇动。三箭刚从妖尸上面越过，说时迟，那时快，就在这一眨眼工夫都不到的当儿，猛见洞内金光一亮，妖尸脚后倏地现出数丈长一张大口，正遮在怪头前面。微一开合之间，大口中便飞射出无数金星红丝，如狂风卷雪，急浪漩花一般，将三道乌光一齐裹住。少年见状大惊，连忙伸手去招，已是无及，眼看万千金星红丝裹定三道乌光，只吞吐了两下，便被吸进口去，乌光敛处，无影无踪。壁间怪头，依然狰狞。那张大口也隐而不见。

咪咪上次和玄儿随了杨、凌二女脱险，见识过圣陵至宝九疑鼎的妙用。大口一出现，这才知道三个怪头目光注视之处，便是妖尸圣陵二宝存放所在。虚实已得，好生欣喜。只恨自己法力浅薄，不敢妄入取祸。否则乘着妖尸假死之时，纵不全得，至不济也盗走它一件。二小这里胡思乱想，大祸业已逐渐发作。

这地底圆穴五洞，系穷奇所辟。中洞无华氏，右洞乃子戎敦，左洞穷奇；余下两洞，一是妖道钟敢所居，一是神鸠潜修之所。自从盗得了圣陵二宝，无法分赃，三妖尸尔诈我虞，各有私心，谁也不肯放心谁。嗣经妖道调处，作为公有之物，同在一处，探幽索隐，穷研玄妙。又由穷奇将当中三洞里面打通，渐渐连各人假死炼形的时辰，都移并在一起，起止出入，一律同时，以示无私。妖道日前一死，更增戒心。全洞上下内外，广布妖法，层层设伏。自知藏宝地穴无殊天罗地网，加以三尸合力在上面防守警备，无论多大道行的能手，休说盗取二宝，进来也属万难。只每日假死都同在一个时辰起止，诸多可虑。除用个人数千年炼就的宝鼎发挥妙用，穿透地层，勾通地肺中的水火风雷，以作御敌之用外，又将后天元神寄向壁间，注定宝物藏处，互为监察。另施太阴通灵妙术，使先天元神在炼形之际，与鼎上烟光凝成的异彩莲花息息相通。并将九疑鼎盖揭开，放置脚后。敌人如若侵入，即使各层埋伏禁法全被破去，深入重地，不进三尸假死之室便罢，只要进了当中三洞的门，扰动烟光上凝结成的彩莲，三尸的先后天元神有了警觉，立可群起应战，不愁来人飞上天去。再如来人看出有异，或是略知底细，必然人不入内，却用飞剑、法宝去斩那后天元神。只要飞过身去，挨近圣陵至宝，九疑鼎便会发动，发挥妙用，化成一张大口，无论来人是多厉害的飞剑、法宝，即使侥幸不被收去，也决不能奏丝毫功效。

这时恰值妖尸修炼形神吃紧之际，忽然警觉有了敌人，照着一切部署，原是有恃无恐。况且时限将满，再迟片刻，即可完成本日功果。三尸不谋而合，反正敌人奈何自己不得，已经入网，出路须经室内，逃走不脱，本欲暂时不理，挨到时至，再起擒杀。万不料来人是个劲敌，又误认正中洞内妖尸是个主体，必更凶恶；却不知鸠后无华氏当时初与白阳真人苦斗伤了元气，打落了好些道行，三妖尸当中，只他比较最弱。一见后羿射阳弩被大口连收去了三箭，不禁又惊又怒。嗣见宝箭虽失，三妖尸一个也未惊醒，仗着本身道法玄妙，猛生一计，把心一横，向那女的一打手势。女的便从革囊中取出日前从一个左道妖人手中得来的异宝，然后身剑相合，化成两道青光，往门内飞去。等到飞近妖尸脚后，大口将要出现，倏地往回一收。飞剑与身相合，不比别的法宝易于闪失，大口放出金星红丝一裹，未被裹住。两道青光略分上下，似闪电一般掣将转来，飞到妖尸胸前，双双先后往下一落，仿佛似有东西阻住。少年男女似早料到妖尸有禁法护身，一面运用玄功，双双向妖尸颈腹间绞去；同时女的将适取法宝豁出失落不要，全数施展出来；男的又从青光中发出昆仑门下降魔至宝，一团蓝光，打向妖尸头上，爆散开来。这四下夹攻，女的所用法宝又是左道旁门中所炼最狠恶污秽的三阴神铅灭阳弹，共是四十九个，专破炼气炼神人的毒物，妖尸怎能禁受。三尸为防暗算，身外设有五行挪移禁制与两仪护体之法，即使有人用法宝乘隙来伤，只要元神不死，并无妨害。

也是无华氏运数当终，该遭此劫，遇见这样对头克星。偏生又因敌人来势甚恶，一时小心过甚，恐九疑鼎无人主持，只能防守，威力有限，意欲起身御敌。恰在此时，将先后天元神一齐复正，想使用九疑鼎，连人带剑一齐收去。头刚一抬，猛见青光中迸出一团蓝晶晶的精光，耀目难睁。无华氏识货，知是东方甲乙木精英所萃炼成之宝。两仪护体全恃二气阻力，决难抵御。尚恃有五行挪移禁法，打不到身上，谁知眨眼间，身还未及起立，护身禁法首被蓝光破去，爆散开来。紧接着数十粒桂圆大小紫黑色的暗光又从另一道青光中打将下来，也未容看出是何法宝，便觉周身痛痒，连中了好几十下。知道禁法全破，心中大惊。因为来势万急，笔墨难以形容，休说再使妖法抵御逃遁，连念头都未容他转到，只怪叫出半声"哎"，便被两道青光、一团蓝光连形神带尸骨绞为粉碎，烟飞而散。

少年男女一心专注为首妖尸，合力下手。左右两旁的戎敦、穷奇，也早觉出来敌强盛，势不可侮。刚把元神复体，便见无华氏形散神亡，这一惊真是非同小可。慌不迭纵起身来，退向洞后，一个取了轩辕昊天镜，一个取了九疑鼎，暴跳如雷，厉声怪笑，迎将上来。少年男女斩了中洞妖尸，忽见左右二尸同时在榻上失踪，料知不妙。闻声回首一看，壁间三个怪业已先后隐去。左右二榻上原卧的两个妖尸，一个相貌狰狞，形如恶鬼，身高几及两丈，长着一脸络腮胡子。右手持着一柄金戈，左手高举似握着一面镜子，乍看镜光青蒙蒙的，光华并不甚亮，略一注视，青光里面仿佛很深，金霞隐隐，旋转不停。另一个妖尸，身量更高，腰间围着豹皮，全身看去只是一副大骨头架子，瘦硬如铁，口中碌碌怪笑，声类枭鸟，响彻全洞。两条枯瘦长臂当胸平举，却看不出拿的何物，头脸及上半身全被遮住，仅现出适才收去三支射阳神箭的那张大口，放出无量数金星红丝射将过来。

少年男女知那大口厉害，飞剑取不得胜。女的一个先将三阴神铅灭阳弹照准大口打去；男的也将那团蓝光放出，朝那有络腮胡子的妖尸飞去。满想仍用旁门秽物，先污了那张奇怪的大口，与之同归于尽，然后再用本门至宝取胜，谁知事谬不然。那四十九粒暗紫光华刚一飞出，便被大口中的金星红丝卷住，略一吞吐之间，如石落大海，无影无踪，立即收了进去。那团蓝光

415

眼看飞近妖尸，那古镜上面倏地一片轻烟飞过，从青蒙蒙微光中忽射出万道金光，百丈虹霞彩芒，电转飞射，迎着蓝光微一接触，蓝光虽然照样爆散，奇彩流辉，精光四射，但被镜上金霞阻住，不能伤着妖尸分毫。两个妖尸却不放松，紧紧追逼过来。少年男女到此方知轩辕二宝妙用无穷，再不见机遁走，必无幸理，两下里一打招呼，纵遁光向外逃去。

这时穴中三个妖尸，中榻上的无华氏已被少年男女所诛，形神消灭。所剩两个妖尸，高的是穷奇，较矮有络腮胡子的是戎敦。他们原意本要将少年男女迫退出室，才好发动埋伏。见状只互相怪声叫笑，并未随后追赶。

那少年男女来时原也知出路须经妖尸假死的圆室以内，无奈妖尸法宝厉害，无力抵御，只得退出。谁知来路多阻，妖尸又醒，退出不易。总以为昆仑门下的五雷天心正法玄功奥妙，来时既是势如破竹，归途也不见得就难到哪里。及至飞出室外，回头一看，不见妖尸追来。这少年男子名叫小仙童虞孝，乃昆仑派中名宿钟先生门下最心爱的大弟子。那女子便是半边老尼高足石氏二妹之一的缥缈儿石明珠。二人俱是昆仑门下小一辈中杰出之士，久经大敌。一见妖尸得胜不追，便知必有诡计。再定睛往前一看，果然归路已失，来时的圆形弯长甬道不知去向，四外俱是坚厚石壁，无路可通。正在斟酌怎生出去，石明珠忽悄声说道："孝哥，目前妖尸定然发动埋伏，隐身暗中作祟，我们归路已绝。你看洞顶上面这轮月儿依旧光明，照在身上却并无甚感觉，甚是古怪。莫非妖尸故布疑阵，那里面隐藏着出路么？"

一句话把虞孝提醒，一想此言果然有理。记得下来时，那条甬道又弯又长，恰是个半环形。算计程途远近间隔，那月光好似正当上面油釜下入口。此时出路已无，再不急谋脱身之计冒险冲出，非被陷在此，应了那两矮子的话不可。随想随将后羿射阳弩取在手内，张弓搭箭，便要朝月光射去，准备箭射上去，看准虚实，再乘势冲出。

就在二人商议脱身，还不到半盏茶的工夫，当中三圆门内三座大鼎上的烟光异彩全都隐去。只听地底轰隆哗剥爆发之声，如迅雷初起，烈火烧山，惊涛急涌，狂飙怒号，一起汇为繁喧，渐渐由远而近，从鼎中透将出来。室内妖尸穷奇笑声磔磔，杂着戎敦怒吼咆哮之声，越发凄厉难闻，入耳惊心。石明珠见势危急，看出妖尸已经发动地肺中的水火风雷，再迟须臾，定无幸理。一面将飞剑、法宝施展出来，一面又使用五雷天心正法，以备相助一同冲出。

这里虞孝的箭刚刚发出，一溜乌光射向明月之中，那旁三座大鼎上一条火焰，一线白光，一缕笔直的浓烟，已自箭一般升起，只转瞬间，便要化成水火狂风，向虞、石二人布散袭来。幸而虞孝情急智生，无心巧得出路。这一箭射上去,那团白光立被乌光冲破,化为白烟,波分云裂而散。又正赶上石明珠发挥五雷天心正法,扬手一团雷光打将上去,红光照处,现出从上到下井一般直的一个圆洞。知道所料居然奇中,出路已得,不禁惊喜交集。忙使身剑合一,催动遁光,往上冲去。身才离地,鼎中冒出的那条火焰首先轰的一声,化为万千紫绿色的火弹,由小而大,再纷纷爆散,布满全洞。二人飞升中回首下视,瞬息之间,全洞已变为火海。那白光、浓烟也依次发出。知道此火乃地肺中千万年郁阳之气所积,非同凡火,如被困住,纵仗法宝、飞剑护身,也只能支持少许时日,早晚连人带宝,均被炼成灰烬。何况还有风雷水劫,真个危机一发。哪敢丝毫怠慢,加紧运用玄功,催动遁光,电射星驰一般,转眼升到顶上,用大力千斤神法托起油釜,离了险地,径往墓洞外冲出。不提。

妖尸万不料敌人神箭如此厉害,竟会将洞顶用禁法封闭,连自己也从不经行的秘径冲破逃走,去时又是那样神速。等到看出敌人破法逃走,欲待追赶,偏生地底水火风雷业已引动,分布开来,自身也不能冒火冲出,须要行法收去,方能追赶,哪里还来得及。深悔不该轻觑敌人,痛恨太过,意欲将他们化炼成灰,为无华氏报仇,闹了个徒劳无功。转不如仍用圣陵二宝收去他们的宝物,不放他们出室,先行困住,再设法擒人报仇的好。贼去关门,后悔已是无及。只得重新布置,将直通上面的井路改设下别的陷阱,以备敌人去而复转。经此失挫,方知多大禁法也瞒不过高人;地底水火风雷虽然厉害,使用之法还有未妥。两下里一商量,以后决计非将敌人真正陷入埋伏,一丝漏洞全无之时,不再施展,以免稍有疏虞,反倒碍事。再者,发时容易,收又极难,能不用它最好。

依了戎敦,乃父无华氏一死,二宝已可平分,各带身上,免得在上面遇警取用,还得下来一次。偏生二尸俱欲得那九疑鼎。穷奇因无华氏一死,只剩戎敦蠢物一人,贪心更炽:不特九疑鼎不肯让人,连那面昊天鉴,也想据为己有,只是不便明夺。料知今日敌人是为盗取二宝而来,并且深悉宝穴底细,决不能和上次误入的女子一样,一经吓退,就此不再来。来人道法、飞剑本就不弱,再来时,必还约有能手,抵敌他们全仗圣陵二宝。无华氏惨亡,便是前车之鉴,正可将二宝仍然藏在地穴,以便借刀杀人。一遇有警,先相看来势强弱行事。戎敦只要和来人一斗上,决不容易脱身。那时再装作往地穴取宝,故意延挨。如见戎敦获胜,自然助他夹攻;稍现败象,便隐过一旁,任其自毙,然后出面除去强敌,二宝岂不全得? 因他别有深心诡计,力主二宝不可妄动:"那鼎尤其太大,携带不便。好在上下容易,单凭两柄金戈,一把神刀，来人也非敌手，何况我们还有一身道法。那少年男女胆已吓破，决和那两个女子一样，不敢再来。即便请来能手相助，临时取用，也来得及。本是共有之物，分它则甚？"戎敦只当他不舍九疑鼎，自己也有同好。虽然取宝时用得力多，但穷奇凶狡，也必不肯相让。此时如单将宝鉴带去身旁，无异说是那鼎归他。再一转念，看穷奇凶恶强霸，乃父一亡，决难与之久处，早晚还得仔细。也想挨到妖鸟神鸠不日复醒，乘机唆使它抓裂穷奇的头脑，二宝便可据为己有，此时乐得依他。恶念一生，不再坚持己意。

二妖尸各自存心行诈，又变了当初埋伏方略。这一来，不特便宜了杨、凌二人，免却水火风雷之害，得收全功。其中还便宜了沙、咪二人两条小命；否则沙、咪二人气候有限，当时虽然隐身在侧，未被妖尸看破，又有藏伏之所，但是适才水火风雷挨次一发动，纵能免却玉石俱焚，人必被震晕过去，现出真形，那还不是照样送命？

二妖尸商量争议，二小潜伏在旁，全都听见。等二妖尸相偕出洞上升，咪咪也想尾随出去，却被沙沙一把拉住道："你怎会聪明一世，糊涂一时？如今妖尸退出，危机已过，那两件圣陵至宝，仍藏原地未动，岂不是我们的天赐良机？杨太仙师原说，两油釜下一出一入，妖尸由当中石室隐去，出路必在室内，正好细加探查，就便盗他二宝多好。如说出去，妖尸总少不得还要下来，探明虚实，再偷偷随他上去，也来得及。即使不然，被困到了明晚，二位师尊到此同出，也不妨事。我看见适才那男女二人一来，上面埋伏必更厉害，弄巧出去遇上，就有死伤之虞。这里虽是虎穴深处，倒还安稳不过。只要随时留心，见妖尸下来，便躲远些，就不妨了。"咪咪被他提醒，点头称善。豁出再困一日，挨到杨、凌二女到来同走。将逃意打消，一同走出旁室。这微一耽延之间，二妖尸已由中间圆门入内，走得无影无踪。

二小见过适才厉害无比的声势，惟恐误入埋伏，为妖法所伤。虽然当中三间圆室内空无一人，门内三座大鼎烟光异彩全都收敛了去，鼎中和地底也不再有水火风雷之声，终料妖尸身在上面，这地底宝穴之中也不会毫无防备，哪敢随意乱走动。先向当中三门端详了好些时，见无甚动静，才一前一后，提心吊胆，试探前进。不料二妖尸自从变了方略，将直通上面的圆井封闭后，立意以虚为实，所有禁法，全改设在入口要道当中。另用禁法，和先前一般，幻成一轮明月，仍高悬在原地方，放出一片寒光，照耀全洞。内中却藏着层层埋伏，无穷妙用。准备敌人卷土重来，即使冲破禁法入内，到了当中月光之下，为厉害埋伏所阻，必仍向月光内冲去，自投罗网。中间三洞，因不在假死时候，并未设伏。也是合该沙、咪二小成此奇功，径由旁室沿壁走向三洞之内，没往月光下走去；否则稍前行十几步，便又触动埋伏，死于非命了。

二小兢兢业业，由鼎侧远远绕过，走向三洞里面。因知榻后还有一张大口厉害无比，一至榻前，便不敢再往前进。待有一会，正想不出怎样能够过去，猛一眼发现左边榻上乌光闪闪。试探着挨近前去一看，乃是适才少年男女先射妖尸的三支长箭。咪咪试用手一拿，居然毫没动静，就拿了起来。只是那箭太长，以二小的身量来说，竟比常人拿着一支大枪还要长出好多倍。咪咪持箭在手，忽然动念。暗忖："适见少年箭射出时，化作一溜乌光，飞过榻后，想去射那壁间怪头，才现出那张大口，将它吞去。如今怪头已然不见，不知那张大口还有没有？何不拿这箭当先锋，朝前试试？如果再见金光一闪，立时丢了箭就走，那大口只顾吞箭，走脱必还来得及。"

二小互一商量，俱觉有理。便由咪咪持箭当先，缓步前进。谁知身量太小，那箭又沉又长，咪咪只拿着箭柄一头，越发头重了些，心神目光又专注到前面，手里微一疏忽，箭镞那头往下一落，正碰在石地上面。那箭原是上古异宝，一下划到地上，铮的一声，立时石火飞溅，刺出了尺许长一条裂缝。这时蹲伏榻前的那只神鸠，自被毒草醉死，昏迷了数千年，毒性渐消，已离回醒之日不远。此鸟原本通灵，身虽死去，心仍明白，近百十年间，妖尸等每日进出动作，均能觉出。被这一响惊动，知道主人适才业已走开，何来此声？不禁把双翼微微展了一下。二小以前在小王洞中就受过大鸟侵害，又听杨瑾说此鸟灵异，见那双翼才展开不过三分之一，已经满室风生，吹人欲倒，知道厉害。吓得慌不迭地轻悄悄纵过一边，伏身榻侧，哪敢再动。幸是那神鸠灵明未复，仅能微展双翼，不能起飞，目瞑口闭，也不能视物出声。一听再没有别的响声，室内外又全无其他动静，不似有敌人潜入神气，也就罢了。

二小等了一会，不见神鸠再有动作，重又捺定心神，鼓起勇气前进。因为受了一场虚惊，格外胆怯。算计那张大口出现时，正当中间，恰巧将三个怪头遮住，与横列的三榻一般长短。况且中、左二榻之间，又蹲伏着那只妖鸟神鸠。如由右边贴壁绕向它后面，或许不致波及，并且不易惊动妖鸟。越想越对，当下改走石壁绕去，仍由咪咪持箭前行，沙沙尾随在后。果然一直走向榻后，俱无迹兆。再一看那藏宝之所，壁间地上全是空空，只中榻后石地上画有八卦太极，余者并无一物。觉徒自担惊害怕，枉费辛劳。忽听妖尸笑声，由上面远远传来，料是妖尸回转，恐被看破行迹，吓得亡命一般，仍绕石壁跑向前面，将那支长箭放在原处。刚刚放好，妖尸穷奇的笑声已由远而近。二小潜伏右榻侧面，连大气也不敢出。

不多一会，壁间浓烟过处，忽然现一绝大圆洞。妖尸穷奇，从洞内走将出来，先往左榻，拿起那三支长箭，插入腰间。走向中榻后面，低头伸开两手，往左推了一下。起身时手里已拿着一面古镜，镜中青蒙蒙一片，正是适才与少年对敌之物。妖尸面对着镜，满脸狞笑之容，抱在怀里，看去甚是喜欢。隔不一会，将镜放在榻上。又俯身下去，照前样推了两推，捧出一座古鼎，大小不过二三尺，通体金色。鼎盖上蹲着一个异兽，鼎腹上也满刻着许多奇禽异兽与山岳风云水火之状，还有不少丹书古篆，形制奇古，光彩灿然。妖尸略一端详，一手揭开鼎盖，口中喃喃，不知念些什么。立时鼎中飞出先见的那张大口，连鼎带妖尸全都遮住。一会隐去，复回原状。妖尸将鼎盖放好，左手举着，右手搔了搔头，朝鼎腹上古篆文仔细看了又看，面上似有怀疑之容。几次伸出手，又缩了回去。最后好似实在忍不住，口中又复喃喃念咒，声音与前微异。猛地怪眼一睁，高举右手，照准鼎腹上拍去。鼎上立时发出无数禽鸣兽啸，轻鸣巧叫，怒吼长吟，杂然并作，汇为繁响，种类何止千百，震撼全洞，震耳欲聋。妖尸忙取古镜朝鼎一照，划然齐止，更没声息。妖尸喜极忘形，抱着那鼎乱跳，口中不住磔磔怪笑，声若枭鸣。

二小看在眼里，方知二宝藏在榻后地底，并且看出镜能制鼎，只要不揭鼎盖，那大口也不会飞出。只不知取时用甚方法，是否照样向地下一推，便可取出。正惊喜注视间，说也真巧。妖尸宝藏地下石穴之内，上有太极八卦禁制，存放时照例须用禁法封闭。偏生他是暗中悟出一些九疑鼎的奥妙，背了戎敦，私自下来取试，果然有些灵验，照此研讨，必能悟彻微妙。正得意欢跃间，忽听戎敦在上面怒吼怪叫之声远远传来。知已觉察，目前还不愿意和他翻脸，恐被走来看破，起了疑心，忙将二宝仍放地下，左右各一旋转，起身便走。去时慌张，也忘了行法封闭。

二小见妖尸刚进壁间圆门，浓烟过处，妖尸不见，右壁恢复原状，便听二妖尸在壁中争闹之声，由近而远，渐渐消逝。大意是戎敦怪穷奇居心叵测，不应违约私入地穴。穷奇却说："因在上面想起今日得那三支宝箭，比那日所收女子宝物胜强十倍，正可拿来略加祭炼，用以御敌。适才业自鼎中取出，放在榻上，你也看见，走时只顾彼此争论，忘了取出。见你正有事，没和你说，刚下去，你便连吼带叫赶了来，并未违约取宝偷试。"戎敦又问明似听得地底鸟兽之声何来等语。

底下的话，二小没有听清。料知妖尸走远，虚实全得。除避开妖鸟外，更用不着再害怕。连忙如飞跑过榻去，仔细往地下一看，那八卦当中的太极图竟似活的，所含青白之丸全都凸出。前见与地相平，稍有不同，仿佛可以

420

推动。不知妖尸没有行法封闭，尚恐入伏受陷，端详商量了一会。

沙沙决计冒险一试，叫咪咪站得远些。也学妖尸的样，按定右边青丸，往左用力一推，人小力微，竟未推动，可是也没受着伤害。咪咪见状，也奔了过来，两人一商量，豁出一同被陷，两人合力动手。那太极图大约数尺，二人站在图外，要俯身下去，方能够住。青白二丸推时，连吃奶的气力都使出来，白累了一身冷汗，一毫不曾推动。二小心终不死，又一揣想妖尸取宝时情形，好似两手分转。这阴阳两仪推动时，想必还有逆顺之分。悟到机密，重又下手。二小一推青丸，一推白丸，果然丝的一声，轻轻巧巧，随手而转。阴阳两仪，忽然逆转，错开一半，阴仪缩入石里，右侧现出一个六尺多深的孔洞，底下放着一面古镜。

沙沙听了听，下面没有声息。忙纵身下去，拿起一看，正是那面有青蒙蒙光华的昊天镜。其质非金非玉，甚是沉重。背有蝌蚪文的古篆和云龙奇鸟之形，看似隆起，摸上去却又无痕，非刻非绘，深没入骨。正面乍看，仍是先前所见青蒙蒙的微光。定睛注视，却是越看越远。内中花雨缤纷，金霞片片，风云水火，一一在金霞中现形，随时转幻，变化无穷。咪咪也纵身下去，看了一会，都是喜出望外。

依了咪咪，恨不得偷将出来，才称心意。沙沙却说："宝物虚实虽得，无奈我等道力不济，看适才妖尸走出神气，连隐身相随同出，都是万难。杨师祖和恩师，明晚子时必然到此，她们曾说一举成功，决不会错。我们现在取出宝镜，没处存放，又走不脱，转使妖尸惊疑搜寻。若放在身侧，我们隐身之法如隐不住镜上光华，立时便有杀身之祸，大事不妥。为今之计，莫如原样放好，不去动它。等二位师长到此，只和她们一说取用之法，较为稳妥。"

咪咪道："你又想错了。我们此来，原为建立奇功，天与不取，岂非自弃？那鼎看神气又大又重，我们只看看，且莫动它。那宝镜好似能制服九疑鼎，关系非小，无论多么为难冒险，也不可轻易放过，总不枉深入虎穴才好。依我打算，二妖尸正在争夺，大可借此行一反间之计，先将镜取出，找地方藏好，我们并立在它前头，能隐过宝光，不被妖尸觉察。等二位师长到来，献镜取鼎，固是妙极；即使不成，自少年男女逃去，并无人来，只有先前那个妖尸私来试宝，宝镜无端失去，那矮胖妖尸必疑心他玩花招，不肯甘休，万一妖尸自相残杀，我们岂不坐山观虎斗？等死伤了一个，三尸只剩一尸，二位师长除他，岂不更容易了么？"

沙沙一想也对，便将镜拿起，一同纵了上来。咪咪还想观看宝鼎，沙沙怕弄出乱子，加以劝阻。咪咪不听，强着沙沙，将镜先放在地上，一同推动太极图中圆珠,两仪还原,穴口复闭,再推却又不动。试一逆转了两下,再行顺转,这次改作阳仪隐去,左侧现出一样大小的洞穴,立见金霞万道,自穴底闪射上来,照得人眼花撩乱,不能逼视。沙沙不肯下去。咪咪未免也有些胆怯,因见镜能制鼎,便叫沙沙持镜照定那鼎,自己下去,看一看真相,即行纵上。沙沙依言。咪咪入穴,仔细一看,满鼎腹俱是万类万物的形相,由天地山川、风云雷雨,至日月星辰、飞潜动植及从未见过的怪物恶鬼,小而昆虫鳞介,无不毕具,中间还夹有许多朱书符篆。最奇怪的是那鼎通体不过数尺方圆,可是上面所有万物万类的形相,多至不可胜计,不特神采生动,意态飞舞,那么无量数的东西,不论大小,看上去都是空灵独立,各有方位,毫不显出混杂拥塞之象。

咪咪胆大好奇,接连绕鼎走了三匝,想看看鼎腹上到底有多少稀奇古怪的东西。谁知鼎腹竟是时时变幻,每次所见,俱各不同。方知鼎腹所现诸般形相,包罗万有,恒河沙数,无有穷尽。再看鼎盖上蟠伏着的那个怪物,生得牛首蛇身,象鼻狮尾,六足四翼,前腿高昂,末后四腿逐渐低下,形相猛恶已极。鼎盖不大,那怪物却是神威凶猛,势欲飞舞,越看越令人害怕。

咪咪心想:"鼎里面那张大口,不是什么怪物,妖尸既能随意使它出现,往前飞出,收宝伤人,如今站在它后头,想必不致受害。目前宝穴详情,业已深悉,所差只此一点。自己和沙沙,仅有数月微末道行,放在妖尸手里,还不是和死个蚂蚁一样,居然侥幸,成此奇功,可见仙缘深厚,全出天助。倘再能悉此鼎微妙,岂非尽美尽善?"当时雄心正壮,也不先和沙沙商量,只说得一声:"沙哥,拿镜照好,我要揭这鼎盖一看。"

沙沙见他老在宝穴中盘桓,本就担心,连催数次不应,正在焦急,闻言大惊,忙喊:"万万使不得!"咪咪早防到他作梗,口里说着话,已手托鼎盖,微微掀起。谁知九疑鼎与宝镜大不相同,鼎沿刚一显露,便见无量金星红丝如飙轮电旋,就要冲开鼎盖而出。光霞强烈,耀目难睁。同时一片轰隆之声,发自其内,恍如万雷齐震,声势骇人。咪咪吓了一大跳,知道厉害,欲待按下鼎盖,不特关它不上,仿佛鼎中有绝大神力,连手带身子统被吸住,往里收去,莫想挣脱分毫,不禁惊叫欲绝。

原来沙沙因为急于拦阻,手中宝镜偏了一偏,没有照准鼎口,致有此失。这时瞥见鼎盖甫启,咪咪人被吸住,晃眼就要收入鼎内,一时情急,除用镜破解外,别无生路。惊慌骇乱中,双手举着那面昊天镜,朝鼎上对照下去。这阴阳生克之理,说也奇怪,那么厉害的圣陵至宝,吃镜中青蒙蒙的微光照射上来,立时金星齐敛,红霞全收。咪咪身已半入,危机相间,何啻一发之微,忽觉眼底光霞隐处，吸力尽退，只见亮晶晶一团东西，正往鼎中落去。他胆子也大得出奇，当这生死瞬息之际，仍未忘了涉险，随手捞住，奋力纵退出来，鼎盖竟轻轻松松落下盖好。

咪咪脸都吓成了土色，哪敢停留，不顾看手中所持何物，慌忙纵上。因鼎已发出响声，惟恐妖尸惊觉，赶来查看，忙与沙沙合力，仍旧推动两仪，回了原位，掩好宝穴。一看那鼎中得来之物，乍看只是带有青白微光，混混沌沌，并不十分透明的一粒鸡蛋形大小的圆珠。及至反复定睛注视，那珠子甚是异样。如若顺立，青白二光立时分开，青光上升，白光下降，再隔一会，上段便现出无数日月星辰、风云雷雨的天象，下半截便现出山川湖海、飞潜动植之形。与鼎腹所见大同小异，但这个里面的万类万物却似活的，不过动作稍慢罢了。若一倒立，重又混沌起来。小小一丸东西，里面包藏若许无量事物，按说绝难看真。谁知不然，竟是无论看哪样，都是大小恰如其分，营营往来，休养生息，各适其适，位置匀称已极。用尽目力，也难分出它的种类。再一看出了神，更是身入个中，神游物内，所见皆真，转觉自身只是焦侥之民，徒惭渺小。二小虽不知此宝即九疑鼎先天元体，关系全局，至为重大，却已料定是件异宝。尤妙是为物不大，等诸微尘纳物，粟中世界，怀袖可以收容；不比那面昊天镜，因为人小物大，还要设法藏掩。俱都喜出望外，转忘适才魄散魂丧之苦。

当下各自看了一会，仍由咪咪收藏怀中。几经筹计，决定将那面昊天镜放在适才藏身的另一石室之中，面朝下覆卧着。二小仍随意查看，静候妖尸一来，再奔进去，用隐住的身形掩蔽，非到万分危急，决不躲开一步。一切停当，咪咪又想起先前取箭略有动作，旁伏妖鸟神鸠已经振翼欲扑。适才鼎中那么大雷声，二妖尸纵因上下相隔辽远，或值他出，没有惊动，妖鸟总该警觉，何以全没动静？好生不解。一问沙沙，才知鼎内洪声，只有身受的能听到，沙沙在上面只是看见鼎口内金星闪动，咪咪身子行即入鼎，别的什么响声全未听到。咪咪贪功心盛，闻言又复后悔，不该胆小退出。既有宝镜制服得住宝鼎，应该再仔细搜查一番，说不定鼎中还有不少异宝在内，失诸交臂，太觉可惜。如非沙沙劝阻，更防二妖尸忽然闯来，前功尽弃，回忆前情，也自惊心，几乎又欲二次涉险再作问鼎之举了。

这前后一耽延，差不多已耗了大半天光阴。沙沙力主潜到原处，将来时身旁所带干粮取出，饱餐一顿。照师父传授，打坐养神，静候时机。二位师长一到，再行现身献宝，陈告虚实。咪咪喜极欲狂，闻言才想起，自昨晚子前到此，尚未进食。况天不早，算计二妖尸少时必至，得意已至再至三，不可再作无厌之求,便即应了。二小全室俱已走遍,偏巧目光底下那一片设伏之处,因见空无一物,又见少年男女由此破顶飞去,料定妖尸设有妖法。适间进入宝穴,不曾失陷,已属侥幸。既然无所希图,何苦涉险尝试? 先时胆大包身,后来却变作万分小心谨慎。回转原地时,想好来时经行之处,一步没敢乱走。

两小侥幸,居然在罗网密布,危机四伏,飞仙剑侠所不敢到的妖尸深穴之中,有志竟成,克奏全功。固当仙缘前定,般般凑巧。但这等坚毅不拔,智勇双全,也就算万分难得的了。杨瑾因此赏识,得了二宝以后,回山禀明芬陀大师,不惜再四虔求,以大师无边妙法,助其成长,竟归正果,得为本书最小辈仙侠中有数人物。此是后话不提。

且说凌云凤、杨瑾二人在白阳洞中做完夜课,已是第二日辰初时分。因四小常时出洞做些采果汲泉等事,先见沙、咪两小不在眼前,以为偶然有事离开,还不怎样在意。隔了一会,见健、玄两小不时窃窃私语,眉目示意;沙沙、咪咪未做晨参,不应久出不归。云凤猛然想起,昨日曾有命他二人往探妖尸巢穴之意,后为杨瑾所阻,二小当时神情甚是沮丧。料出贪功心切,定背师长偷偷前往涉险,失陷妖穴之内。忙唤过健、玄两小来问。

原来四小同门相处,最为义气。自从昨晚沙、咪两小走后,不久玄儿便猜定沙、咪两人背了他们私往妖穴探查,立功自见。当时心中好生气愤,立时便要学样,跟踪追去,也立点功劳,与他们看看。健儿因和他情感莫逆,便劝玄儿:"不可如此。他两人走时固然不该背了我们。但是我们四小人小道浅,此去危险非常。这是用命去拼的事,我们好容易得遇旷世仙缘,根基还没扎得一点,此行成功不说,一个不好,形消神灭,永劫都不得超生,活命更是谈不到了。沙哥为人谨慎忠厚,他舍身涉险,必是受了咪弟的怂恿,怎还肯拉上我们? 再者他两人走时,曾说奉有师尊之命,我们只是猜疑。现在二位师长,要到明天早起,才将功课做完,到底难分所说的真假。要真是被我们料中,背师行事,先就有罪,即便得点功劳回来,也不过功罪相抵。何况妖尸那等厉害,连杨太仙师那么高的道法,尚且被困多日,他两人微末本领,如何能望成功? 本来他两人就做错了事,我们再效尤跟去,岂不比他们还要罪过? 他们再要是真奉师命前往,更不用说了。各人祸福各人当,由他去吧。"

玄儿答道:"大家患难交情,又是同门,就算奉有师命,也应该行时明说详情,怎这般鬼鬼祟祟,支吾两句就走? 全没有一毫情义,实叫人气愤不过。就是奉命而行,大家都是一样的人,他两个能去,我们定也能去,明早二位师尊知道,也未必有甚大罪。我们现在隐身之法,承杨太仙师连日指教,大有进境,妖尸虽然厉害,不给他看出,有甚打紧?"健儿接口怒道:"既然你不听劝,只要你前脚一走,我立刻便去内洞禀告师父,看你去得成不? 我和你又是至戚,又是同门患难之交,宁使你恨我,也不能任你自去送死!"玄儿年纪最轻,与健儿是至戚深交,平日颇为畏服,一听说要禀告师父,结果闹得去不成,还要自受责罚,只得怏怏而罢。

一直等到天明,还未见沙、咪两人回转。玄儿益发料定所说奉命之言是假,去久不归,必已陷身妖尸,凶多吉少。同气关心,不由把满腔怨愤化为忧急。后来杨、凌二女做完功课,二小晨参之后,有心禀明前事,又恐沙、咪两人恰在此时回转,师长本来不知,这一举发,岂不累他们受责? 正自心焦,彼此眉听目语,欲言不敢之际,杨瑾一追问,知道不便再为隐瞒,只得双双上前跪下,禀知前事,说:"弟子等先只当他们真奉师命行事,所以晨参时,没有禀告。"

杨、凌二女闻言大惊,两人一商量,杨瑾说:"二人失陷妖穴,已有多时,按说决难活命。所幸隐身有术,或者不会被妖尸发觉,只陷于埋伏之中,也未可知。倘能保得命在,早去晚去无妨;如若受害,去也无用,反倒误了今晚大事。昨观二小面上,并无死气,决不致死。莫如听其自然,仍候到晚来子前同往的好。你昨日原要命他两个先往一探,被我拦阻,谁知他二人竟有如此坚强勇毅性气。早知如此,给他们带上一件护身避祸的法宝,岂不要好一些? 你莫忧心,弄巧他两个此行还不虚呢。"二女几经考量,决定仍是乘妖尸晚间假死时前往,以免牵动大局。

玄儿一听师长对沙、咪两人并无怪罪之意,又说面无死色,不致死伤,好生悔愤,为健儿所阻,没有当时跟踪追去。后来沙、咪两小居然成了大功,受了上赏,愈加嫉愤不已,生出许多事来。只为这一念之差,因愤成仇,几乎闹得误己又复误人。这且不提。

杨瑾、云凤议定以后,便在白阳崖洞中坐待时辰一到,即行前往除妖取宝。到了当日下午,杨瑾忽然想起追云叟白谷逸在轩辕圣帝陵内所留纸束,曾有"事完赶来相见"之言。已然隔了多日,如今相距除妖之期只有几个时辰,怎还不见到来? 前生仙侣,渴欲一晤。正悬盼间,忽见眼前光华一闪,一道剑光从洞外直投进来。仓猝中云凤当是来了敌人,想着飞剑抵御时,杨瑾认得那剑光的家数,一见便知来意,早用分光捉影之法擒在手内,果然上面附有追云叟寄来的一封束帖。取下一看,才知事情的原委。

原来追云叟因知古墓妖尸厉害,又得了圣陵至宝,益发如虎生翼,难以制服。日前将东海三仙所托要事办完,正欲赶来相助,行至中途,遇见极乐真人李静虚,承他指示妖尸墓穴中的虚实详情,一切前因后果。并说妖尸运数已终,行即自毙,杨、凌二女处境虽极艰险,时至自然水到渠成,凡百巧遇。极乐真人旋即别去。追云叟得知底细,见为时还有三日,毋庸先行赶去。细一看停落之处,地名修篁岭,翠竹万竿,闲云蔽日,白石清泉,交相映带,空山无人,景物清嘉。先还不知是昆仑派门下后辈们新辟的清修之所,因为多年未到,打算在当地盘桓些时,就便游览全景,察看以前同道中所传说的千年竹实还有没有。独自闲游了十几里,道旁绿竹森森,越来越密,因风弄响,宛如鸣玉,景物益发幽绝。

正暗赞这么好一个所在,怎没人在此栖息?忽觉万顷碧云中,似有青光闪动,知有人在彼练剑。隐身过去一看,乃是三个少年男女。两个男的:一名小仙童虞孝,乃昆仑名宿钟先生最心爱的大弟子;一名铁鼓吏狄鸣岐,原是晓月禅师的记名弟子,新近投在钟先生门下,与虞孝最是莫逆。另一个女的,是半边老尼门下石氏双珠之一的缥缈儿石明珠。虞、狄二人在岭东仙源洞中居住,石氏双珠却在岭南半边老尼新建的碧庵中清修。本是同派,所居又近,每日常相过从,练剑为乐。当日女昆仑石玉珠奉命往武当未归,三人又聚在一起。虞、狄二人说起日前因听人言,轩辕圣陵内出了两件至宝,为白阳山妖尸盗去,墓穴中埋伏重重。目前峨眉门下有人前去盗宝除妖,不知得手也未。石明珠道:“听师父说,峨眉派目前正当昌盛之期,门下新进能人奇士甚多。既然他们已下手,最好不闻不问,免得生事,两派结下嫌隙,反而不美。”

狄鸣岐因记晓月禅师在慈云寺受挫之仇,闻言冷笑道:“圣陵至宝,已为妖尸夺去,成了无主之物。斩妖除邪,凡是修道人,均分所应为。宝物也是有德有能者居之,也并不限定哪一派。不过白阳山高出云天,与世隔绝,从没去过,又不知妖尸墓穴虚实,懒管闲账罢了;如若不然,我们照样可以前去。只要捷足先登,取来二宝,峨眉门下虽然猖狂,莫非还不肯甘休,定要巧取豪夺,凡是宝物都该他们独吞不成?即使他们真个恃强抢夺,也还要凭着本领道行,分个强弱高下,未见得我们就不如人。”

言还未了,忽从二人身侧闪出一个矮老头儿,笑道:“你休发急,也莫不服气,圣陵二宝,现时还在妖尸那里,有德有能的谁都可以前去取宝除妖,不必背后空吹牛气。并且我还告诉你说,妖尸气运将终,至多不过三日。你们若去迟了,圣陵二宝必被峨眉门下得去,那时休说什么事都是峨眉派逞强占先。你们三个人,如自负本领过人,不在人下,正可趁那三妖尸不曾伏诛以前赶去,为世除害。我知峨眉众后辈,也因妖尸厉害,各派中无人敢惹,恐其日久猖獗，贻祸无穷，迫不得已，才身入虎穴，冒险行事，成败利钝，均未敢定。果如有人见义勇为，自必乐于退让，决不恃强争功。至于圣陵二宝，乃万古奇珍，因果相循，物自有主，今既出现，冥冥中必有定数，也非巧取豪夺所能攘为己有。如因你三人年幼识浅，白阳山不曾去过，不知妖尸墓穴虚实，不敢妄入，我老头子虽然不才，当年却曾走过几遭，自信识途老马，尽可照实奉告，决无虚言。你们看如何？"

三人尚未答言，追云叟见那矮老头儿正是生平至交矮叟朱梅，只不知他因何至此。暗忖："钟先生上次在慈云寺比剑，虽曾为异派中人张目，并未十分苦斗。人既正直，平素又无嫌怨。半边老尼与正派中各道友更多往来。何以朱梅那般说法？看神气，潜伺三人已有多时，分明连激将带讥嘲，要使三人自去上当，好生不解。"姑且现身走出，接口说道："他的话说得也对。不过妖尸委实厉害，不比寻常，你三人不妨度德量力，细加忖量，能胜与否。不能时，只管作为罢论，以后背人少发狂言就是；如信得过自己的本领道力，休说这位朱道友，便连老朽，也愿相助，告知穴中虚实，使你们能胜固佳，败时也有退路，不致陷身在内。"

三人中只缥缈儿石明珠会过嵩山二老，狄鸣岐和虞孝俱是耳闻，不曾亲见。先见朱梅倏地现身，冷嘲热讽，语多讥刺，心中不忿。正要还言，幸亏石明珠识得朱梅厉害，刚使眼色止住，追云叟又复出现。狄、虞二人也算久经大敌，见多识广，一见石明珠以目示意，便知来人不凡；再一见又出现了一个矮老头儿，更猜来人许是嵩山二老。不敢造次，只得强忍气愤，等二老相次把话说完。狄鸣岐首先答道："我三人早先也并不知白阳山妖尸如此猖獗，不然早就去了。是我日前同虞师兄前往北海眼，探取后羿射阳弩，归途路遇妖道金花教主门下一个妖妇，向同党说起，要往白阳山妖尸墓穴，投奔钟昂之子钟敢。正谈在兴头上，偏巧石师姊又从零陵山中采药回转，与妖妇等争斗起来，我三人合力斩了妖妇和她同行的三个同党，还得了她两件法宝，这才略知妖尸墓穴梗概。今日无心闲话，不想被二位老人家偷听了去，既然知得个中虚实，再好不过，我们为世除害，尽力听命，也不怕受人愚弄，就请二位老人家实话实说吧。"

朱梅不比追云叟无心路遇，原是受了白发龙女崔五姑之托，知道三人得了后羿射阳神弩及妖妇徐静娟的三阴神铅灭阳弹，可为斩妖尸盗宝之助。又知钟先生大劫将临，意欲借此将狄、虞二人引度峨眉门下。因为听了三人那一席话，才用激将之法，暂使其自行投到，引度入门，且等日后再作计较。又见三人故作不识，对前辈全无礼貌，狄鸣岐又是那等说法，便冷笑一声，说道:"你这孽障,全然不识贤愚,纵有好心,此时也难全告你,我只将妖尸墓穴详情一一指示。此去你三人中若有失闪,可向西北方遁走,我在相距白阳山三百里的太微峰顶相候,保你们不致残废就是。"说罢,二老各把妖尸墓穴中的各层埋伏禁法以及进出之路,分别详说之后,一片光华闪过,不知去向。

二老去后,石明珠详审二老语气,初来时似无恶意,颇怪狄鸣岐不该先出言无状,闹得自己和虞孝也不便改倨为恭。狄鸣岐知石、虞二人交情深厚,大家都未理来人,却埋怨自己一个,分明意有偏袒,好生不服,冷笑道:"这有什么,我既敢说,就敢前往。他又不是本门尊长,敬他则甚?"虞孝见他动怒,忙即相劝了几句。狄鸣岐没再发话,竟自闷闷不乐。虞、石二人又互相商量了一阵进止,言明当日回去,做完功课,且等明日黄昏时,再行定夺。各自别去。

第二日午后,三人又聚在一处练剑。石明珠仍主慎重,要去也等第三日去。商议未决。延到晚间,虞、石两人收了飞剑,相对谈说。虞孝道:"今日已是第二日,明日妖尸运数该终,再不前往,就去不成了。"石明珠笑道:"我从昨日起,筹思到如今,我料白、朱二老此来,先意必有用我们之处。后因我们装不认识他,狄师兄又出言忤犯,全无礼数,才故意使这激将之法。妖尸明晚子时命终,早去仍是无用,莫如到时再往。一则峨眉门下也在那时前去,同为斩妖除害,彼此又无嫌怨,虽说各做各的事,到底要增厚几分力量。我们到了,相机行事,弄巧还可坐收渔人之利。即或不是,至多得不着宝物,也决不就有甚失闪。既不愿中那两个矮子的激将之计,我们毕竟在期前去了,异日相见,面子上也交代得过。"

虞孝方点头称善,猛一回首,不见了狄鸣岐。起初当他独自回洞,赶去一看,哪有踪迹。因他昨晚今朝负气辞色,定然冒险独行。虞、石两人知他虽然精通五雷天心正法,剑术在小一辈同门中也算杰出之士,估量起来毕竟人单势孤,不是妖尸对手。同门至好,屡共患难,万万不容坐视。略一商量,只得改了主意,跟踪前往,能追得上更好,否则也好作一接应。两人恃有玄功妙法和异宝、飞剑,至多不能取胜,决无凶险。

谁知狄鸣岐早有成见,同两人在竹林内练毕飞剑,便自起身,去已多时。及至两人赶到白阳山不远,正遇狄鸣岐迎面飞来,彼此住了剑光落下。狄鸣岐满脸愧容说:"适才一进妖尸墓穴,刚破了几层妖法埋伏,与一怪鸟对敌之间,妖尸尚未见面,便为飞刀所伤,若非应变神速,几遭不测。当时无奈,只得逃走。心中气愤,也没照矮子所说的方向,只觉肩背上刀伤奇痛麻痒,万分难耐。方觉不妙,忽从斜刺里飞来一个御剑飞行的红衣少女,将自己拦

428

住，一同落下。那女子好似早知我受伤之事，一见面就道：'妖尸飞刀恶毒，非神尼优昙所炼二相丹不解。'幸她带有此丹，取了两粒，叫我半敷半服。我见她来意甚诚，所用飞剑也极高超，虽看不出她的家数，的是正派门中弟子。因是催服甚急，匆匆未先问姓名、来历，服后果然灵效。她又说目前伤势无碍，但在七天之内，仍丝毫动不得真气，否则创口再破，遗患无穷了。接着又取出两道符箓，说：'妖尸墓穴中禁法重重，尤其那把金刀厉害非常。况还有妖鸟防守，纵能破法冲过，妖鸟见势不敌，必向妖尸报警。妖尸一醒，他有圣陵二宝，地穴中又埋伏有水火风雷，任你大罗神仙，也难取胜，非乘他假死时暗中下手不可。但是一切隐身法术，俱都难免触动埋伏。此符乃六戊潜形先天太乙遁法，虽然外人只用一次，仅有片时灵效，但是中藏生克妙用，可以通行无阻。就这样穿行地底太极图径时，有的地方仍不免将他禁法触动。那就全在去的人随时留意，小心应付了。三妖尸今明晚先后数终，今以相赠，去否任凭你们了。'说完，传了用法，等我开口致谢，再请教她的姓名、来历时，她只一举手，说了句：'行再相见。'便已飞走，去得极快。我料追她不上，只得作罢。归途揣她语气有好些矛盾：既说我七天之内，刀伤初愈，不能动运真气，为何又赠此符？并说此符外人用只能收片时之效，去否任凭我们，分明不特我在妖穴受伤，连你两人赶来，也都深悉。如果此女也是矮子所遣，只恐无此好意。况且两矮门下，从没收过女弟子，好生叫人不解。正想回山和虞师兄商量，便与你们在此相遇了。"

虞、石两人闻言，匆忙中也想不出那女子的来历、用意。狄鸣岐受了一刀之厄，又愧又愤。知虞、石二人道行、法宝、飞剑均胜过自己，再三怂恿前往一试。虞孝本有此心，因石明珠比较持重，见狄鸣岐已回，又受了伤，料定穴中凶险，非可轻易尝试，意欲暂且回山，大家商量妥当，等到明晚再来，所以先还有些踌躇。经狄鸣岐一再劝说，石明珠也未坚持己见，便即应了。狄鸣岐报仇心盛，还要跟去。经虞、石两人苦口劝住，又用婉言解开了昨晚芥蒂，方始交过二符，传了用法，闷恹恹驾剑光独自回山养息创伤。不提。

这时天已子初，正当妖尸假死之际，机会不可错过。虞、石两人也没再深思那女子来历，径自一同飞往妖尸墓穴。入洞时姑用那两道潜形符一试，果有妙用。一直飞抵内寝，照着白、朱二老指示的途径、方法，由右边油釜下穿行甬道，直达地底妖尸假死之所。虽然巧斩无华氏，终因圣陵二宝厉害，收去虞孝三支射阳神箭，险些被困在内，吃地肺中水火风雷炼为灰烬。可是妖尸的主要通路却被两人破去。妖尸初试水火风雷，转觉利弊俱兼，一个用不得当，易被敌人乘隙遁走，轻易不愿再用。穴中禁法也改变了好些，只为防备逃人去而复转，不料给杨、凌二女增了若干便利。最关系大局的是，沙、咪两小不足齿数的微末道行，居然百般凑巧，竟乘虞、石两人去时跟踪混入，不特探明虚实，还盗去两件至宝，得知克制之法，二女成功，更是如操胜券了。

白、朱二老原欲将小仙童虞孝和铁鼓吏狄鸣岐引度到峨眉门下，因三人辞色不逊，故意使他们一尝妖尸厉害。并假手斩了无华氏，破了妖尸通路。二老一直不曾离开，二人动作，全都深悉。狄鸣岐在妖穴受伤遁出时，朱梅适在白阳山附近山头瞭望，看出已受金刀之伤，本欲相救，见他负气，未朝自己所说的方向遁走。

那红衣少女便是罗浮山香雪洞元元大师门下女空空红娘子余莹姑，恰巧新近随素因大师先期赶往峨眉赴那开府盛会，参拜掌教师尊，刚到不久，又奉乃师元元大师飞剑传谕，命回罗浮有事，办完仍转峨眉，恰与矮叟朱梅相遇。因开府还早，回去除却与小一辈诸同门每日畅聚，相互砥砺观摩，随众参谒，迎候各位尊长前辈外，本就无甚要事，便留她待明日杨、凌二女斩妖尸取宝之后再去。适在身侧侍立，便取出神尼优昙所赠的丹药和两道六戊潜形符，教了一套话，吩咐急速追上狄鸣岐，如言行事。余莹姑的青霓剑，原是元元大师用十九万六千七百四十二根绣花针炼成的一件降魔防身之宝。莹姑下山时，全仗此剑自能飞起和从小习武根柢，不特身剑未能合一，连本门剑术都所得无几。后到白龙庵寄居，素因大师怜她身世，又爱她心地纯厚，资禀出群，朝夕相处，不惜以乃师神尼所传本门心法，加意传授。中间元元大师又屡来指点。莹姑益发感奋用功，为时不多，已然综合两家之长，殊途同归，兼收并蓄。那剑又是仙剑，与寻常自炼者不同。所以狄鸣岐仓猝中，看不出她的家数。

狄、虞、石三人先后败归，白、朱二老见事情已差不多，因一真大师近从峨眉摩天崖移居在白阳山麓附近的星子峡白茅观内，已有数年不见，正好乘这一日之暇，前去看望。便由追云叟传书杨瑾，略说经过，指示明晚下手方略。并说自己与矮叟朱梅带了红娘子余莹姑去访一真大师，约定明晚妖尸墓穴中再行相见，斩尸取宝不难。恐怕还有别的纠葛，到时自有二老料理。

杨、凌二人相次看完这封长函，不特成功可必，并知沙、咪两人深入虎穴，安全无恙，还预先将妖尸宝镜盗出，俱都喜出望外。杨瑾因沙、咪两小人居然建此奇功，未免向云凤夸奖了几句。玄儿先还替沙、咪二人担着心，这一来不由又勾起前恨，越想越有气，便上前跪禀道："恩师和杨太仙师今晚古墓除妖，弟子等意欲随往建功，就便长长见识，不知可否？"云凤尚未答言，杨瑾已先笑道："你们这几个小幺幺胆也真大。沙、咪两小不过是命不该绝,正当妖尸覆亡之会,一时凑巧,侥幸成功罢了。前日你师父带你们前去,原是不知底细。昨晚想命沙、咪两小探查妖尸虚实,也只随便说说,不料他们竟偷偷前往。你只见他们得了甜头,这一天两夜,不知受了多少活罪呢。你当妖尸墓穴,是个无人之境,可以任情去来的么?何况成败就在今晚,少不得与妖尸有一番恶斗。沙、咪两小已经在内,那是无法;并且他们已探得穴中虚实,能知趋避,还不碍事。你二人道行法力,俱谈不到,带了去,还要累人照顾,如何去得?"

玄儿还要央求,云凤作色道:"我见你四人生得太小,遇事不忍深责,就纵容得不成话说了!你们微末道行,师长未有使命,竟敢自己讨令。幸是杨太仙师,如被外人看见,成甚家法?你休以为沙、咪二人建功回来,便不受责。他们不告而行,大是犯法,功是功,过是过,不能相抵。以免你们日后有所希冀,尤而效之,其罪更重。快些起去,如再强求,便与沙、咪两人一同处治了。"玄儿自到云凤门下,尚是第一次看见师父发怒,吓得战兢兢站起,不敢开口。

第一八三回

功成一击　金菩提暗藏白眉针
计斩双凶　太虚鉴巧制九疑鼎

杨瑾见云凤教诫门人，所说极为中肯。知道四小淘气，胆子又大得出奇，不能宽纵。少时事成归来，对沙、咪两人必还有一番教训。便解劝道："其实他们也是好强，贪功心盛，不过胆大了些，遇事不假思索，言行略欠谨饬，非在师门之道。依我看，沙、咪两人此次在妖墓中，必定受尽艰苦，九死一生，才得有此成就，功过足可相抵；况又初犯。只需告诫几句，禁其再犯，并不许日后有人学样，也就是了。"云凤知杨瑾爱怜四小。沙、咪成此奇功，自己也未尝不喜到极处。但是从小奔走江湖，深悉赏罚规矩。弟子违命擅专，最是犯忌，此风万不可长。乐得使杨瑾来当好人，假意发作一番。便正色答道："别的事，云凤均可奉命，只是此事，关碍本门中的规矩。首次行法，尤其宽容不得。且等少时回来，问明首从情实，再定罚吧。"杨瑾听出云凤有心做作，微笑了一笑，没有再往下说。

时光易过，延到夜间亥子之交。杨、凌二女准备停当，吩咐健儿、玄儿看守洞府，不许擅离。径自同驾遁光，直往妖尸墓穴中飞去。到了妖尸墓穴落下，施展六戊潜形遁法，往洞中一看，里面黑沉沉的，只有两小点时红时绿的亮光，在洞的深处暗中闪动，知是妖鸟双目。因为时光还早，先不去惊动它。又待了一会，到了正子时，方始一同下手。这次因有追云叟飞剑传书指示，把先前所定方略更改。预计由杨瑾破去各层埋伏，将上悬金刀收去；同时云凤骤出不意，一下手先放飞针，刺瞎妖鸟双目，再用玄都剑将它结果。肃清外洞，然后直入内寝，不从油釜下去，径用法华金轮冲开妖尸昨晚用禁法封闭由上通下的井洞，直通藏宝地穴以内。这样不特动作神速，还可避去太极圆径中许多厉害埋伏，省却好些层阻难，更不容妖鸟与敌报警，真是周密异常。

那妖尸上层洞内所设禁法也颇厉害，昨晚出事之后，又经过穷奇一番部署，益发严紧。二女虽然入时隐去身形，仍是无用，入洞不及半里，便将头层五行禁制埋伏相次触动,无限大木、黄沙、烈火、刀矛,挟着妖烟邪雾,如狂涛怒卷一般飞舞来袭。妖鸟也自觉察,由木栅内飞出迎敌。

二女见状,一赌气,索性收了六戊潜形之法,由杨瑾当先,施展法宝应战。其实地穴中戎敦、穷奇两妖尸正为失宝起了内讧,并未假死入定。妖鸟只一报警,自然停争同出,先御外敌。二女虽能得宝,妖尸或许漏网,也说不定。一则妖鸟昨晚战退敌人,贪功心盛;二则不知就里,仍守着妖尸吩咐,不到危急难支,不许妄用神灯报警之诫。见敌人乍一现身,便放出一大股奇亮无比的光华,所照之处,五行无功,烟消雾散,比昨晚敌人来势大不相同。又认清面容,是以前逃去的两个女子,知是劲敌。虽然有些胆怯,还妄冀那把飞刀可以暗算敌人取胜。刚把长爪上灵符往洞顶一扬,那柄飞刀刚在暗中发动飞落,猛听霹雳一声,眼前红光一亮,比电还疾。知是宝物,忙吐内丹抵御时,谁知这次云凤不比上次应变仓猝,那针有玄功真气运转,不是随手发出,那口玄都剑又在同时飞起。妖鸟又未打隐身遁逃主意,口中三个绿火球刚刚喷起,那边杨瑾知道妖鸟颇有道力,惟恐云凤飞针不易得手,百忙中放起五火神针与般若刀,一同飞到,两下夹攻,妖鸟如何能敌。一见银光照眼,飞剑临身,方知不妙,再想遁走,已是无及,般若刀银光绞动处,三粒内丹先成粉碎,化为碧荧乱落,宛如星雨。妖鸟飞逃出没有两丈,先吃云凤飞针由脑后直贯前额,由左目横穿右目,夺眶而出。妖鸟只惨叫了一声,般若刀与玄都剑双双追到,朝它身上只一绕,便成了四大块,立时尸横就地。

那五行遁法早被杨瑾破去,正赶上金刀发动,化成一道匹练般的火光飞落。杨瑾先使飞剑敌住,然后用法华金轮将它逼紧。杨瑾两世修为,道法通玄。金刀虽厉害,乃无主之物;妖鸟一死,妖尸在它肩上所留灵符无效,失了驾驭,更易收取。不消一会,便被杨瑾运用玄功收去。上层埋伏全破,妖鸟伏诛,别无障碍。

二女联翩飞入妖墓内寝,如入无人之境。在室内两边油釜中,灯光甚强,五色变幻,照得四壁时呈异彩。二女一看日前停尸石榻移前有两三丈远,知道下面便是直通地穴的圆井通路,被妖道行法封闭,又用这重逾万斤的石榻盖紧,如将此榻移去,下时更要省事。杨瑾忙使禁法一移,不料榻上设有千斤大力禁法,重如泰山,轻易移它不动。正想变计,仍用法华金轮冲石而下,云凤忽然失惊低语道:"那是什么?"杨瑾回身一看,两旁排立的那些古尸灵的身后地上,插着一支形如令箭的竹牌,上有符箓,隐放光华。杨瑾识货,知是北邙山灵鬼冥圣徐完之物,心先一动。再过去一看,令箭旁石地上还划有"擅动者死"四个篆字,石痕犹新,仿佛才留不久,知道追云叟所说纠葛,定是指此;石移不动,也是此物作祟。不禁又惊又气。

云凤见杨瑾望着令箭沉吟,面有怒容,便问何故。杨瑾摇手噤声,先往四下一看,别无可疑之迹。料徐完必已来过,无怪这些古尸灵见人进来,没有蠢动。只不知因何没有入穴,又自回转,他插这支令箭在此,无异乎说墓穴一切,全已属他,不容他人染指。这厮虽不好惹,但是事已至此,不惹不行。略一审慎,嘱咐云凤留神警备不测,径自伸手,将那令箭拔起掷向一旁。先以为免不了还有别的事变发生,谁知毫无动静。再试行法一移石榻,居然随手而起,心中好生奇怪。因时机紧迫,不暇寻思。忙使法华金轮放出宝光,飙轮电漩,直往地底冲射下去。光华施照之处,石碎为粉,四散疾飞。不消顷刻,便将上层数丈浮石穿通,现出原有井穴。这时二女才各用飞剑、法宝,当先开路,以破妖法,由圆井通路往下飞落。妖尸虽有诸般禁制,将圆井通路闭塞,怎奈二女深知细底,下来之处,毫厘不差;加以法华金轮与般若刀俱是佛门至宝,妙用无穷,如何拦阻得住,不消片刻,已将圆井冲开。及到妖尸发觉,敌人业已深入虎穴,将妖尸丹室外面洞顶上那轮月光冲破,降落穴底。

这时二妖尸内讧方烈,戎敦吃穷奇玄功变化,咬落了左手三指;穷奇也被妖鸟神鸠因救主情急,抓伤肩臂。彼此都在愤怒咆哮,忘命相持。沙沙、咪咪隐避侧室之内,作壁上观,正自高兴。忽听一声轻雷,爆声响处,眼前倏地金霞耀彩,银芒四射,照得合洞都是奇光异景,眩目生花;洞顶月光已随着雷声,化为一阵白烟消灭。金霞、银光后面,跟着又飞落两道剑光,两个女子。因当晚妖尸下来不久,便起争斗,没有假死炼神,二小身在地底,估不出时刻,先还不知师长到来。及至定睛一看,不禁欢喜若狂,忙要奔出迎接时,二尸已早警觉。戎敦因敌不过穷奇,一见来了敌人,忙即高声怪叫,要穷奇暂且罢战,等擒住敌人,再行理论。穷奇也看出二女来势厉害,与上次不同,起了戒心,巴不得同仇敌忾,应了一声,便与戎敦一同应战。戎敦一指金戈,化成两道金光,飞上前去,吃杨、凌两女的般若刀和玄都剑敌住。穷奇得了空隙,便飞向丹室取九疑鼎,准备收敌人法宝。

二小见满洞光华飞舞,星驰电掣,立被吓住,不敢上前,又不敢出声呼喊,恐被妖尸发觉,由近侧赶来伤人,将宝镜夺去,急得不住顿脚搓手,叹气连声。两女虽知二小在彼,但又初来,不知他们的藏处,加以忙着应敌,急切间观察不到。眼看穷奇手持宝鼎,厉笑磔磔,由丹室内飞出,二小进退两难之际,咪咪忽然急中生智,暗忖:"昊天镜鼎都能破,何况别的妖法?妖尸所持宝鼎厉害,事在危急,何不拿了它,照着出去?"想到这里,匆匆和沙沙一说，更不暇再计别的，一同飞步持宝镜奔出。杨、凌二女本就留意寻找，知两小隐身潜伏，暗中掐着灵诀。一见二小犯着奇危至险，手持一团青蒙蒙的光华，从侧面室内奔出，知道宝镜果然到手。但是敌我相持正紧，二小此来，须要由妖尸身旁穿越，二小微末道力，若被妖尸发觉，岂不触手便成齑粉？不禁大惊。杨瑾一着急，首先一指法华金轮，正要冲将过去接救，谁知妖尸先已警觉。

原来沙沙、咪咪两个自从昨晚得手，隐身妖尸藏宝地穴之中，静候杨、凌二女到来。延至当晚亥子之交，耳听二妖尸怪声叫啸，意似有甚争执，从当中丹室壁内隐隐传出。因为上下隔绝，不见天光，估计不出时刻，也不知是否妖尸假死入定之际。正自附耳低声猜疑，忽听二尸叫啸之声越近。咪咪忍不住，轻悄悄绕向当中丹室外面，探头往里一看，室内烟光涌处，二尸刚从壁间现身飞落，各在中榻后站定，争论不已。上古语言，乍听虽不易于通晓，仗着两小聪明，相隔又近，从动作形势上，也可观察出一些动静，闻声辨色，居然听出大意。

先是戎敔料定穷奇狼子野心，难与共处，倡议分取二宝，以免后患。穷奇恃强，竟向戎敔明说圣陵二宝不可分离。况且九疑鼎中妙用，尚未悟彻精微，万一试演之时有甚祸变，只有昊天镜能以克制，怎能给你？戎敔怪叫道："我先要鼎，你定占为己有。如今让你，我只要镜，你又说镜能制鼎，不可分开。难道都归你不成？"穷奇本来在上面就和戎敔争吵了一整天，几乎决裂，宿愤甚深，闻言当时就要发作。猛觉两点红光迎面闪过，忙一回首，看见旁伏妖鸟神鸠头已昂起，那一双精光远射，能变幻五色的怪眼，已自微微睁开，放出比火还红的目光，正在注定自己的动作。两只比蒲扇还大的钢爪，也在微微伸动。知道此鸟难制，事须熟计，心中定下奸谋。忙把面容一敛，带着极难听的怪笑之声说道："我并非想独吞二宝，不过你我祸福相共，既在一处修炼，理应同有此宝才是，你既生心要分，由你，待我取出此镜交你。我仍权且在此栖身，一俟找到洞府，即行分手了。"

戎敔心畏穷奇暗算，当初引鬼入室，已是大错。无华氏一死，更看出他形迹可疑，本不愿与他同居。一则贪心未死，又意欲将昊天镜先取到手中，有了制鼎之物，再相机窥伺，乘隙谋夺。二则妖鸟神鸠自从误服仙人嵌中毒昏迷，照算还有七年，方得回醒。近来虽还未到年限，有时竟常见它开目张翼，神光湛湛，大有先期复活之望。此鸟本来厉害非常，再加以数千年冥心修炼之功，骤出不意，爪裂穷奇，易如反掌。有此两因，满想和穷奇虚与委蛇，如见自身力不能制，至不济挨到妖鸟复活，便可夺鼎除害。所以情甘退让，舍鼎取镜。谁知穷奇贪心更大，公然明占，戎敦怎不恼恨到了极处。刚要翻脸成仇，穷奇忽然改口应允。戎敦头一步如了心愿，立时缓了口气，答道："我起意分宝，无非为免异日争执，并非和你分离。一人势单，自然还是你我在此一同修炼，另寻洞府则甚？"说时二目注视穷奇开穴取宝，见宝穴并未行法封闭，已自诧异，还没料到有甚差错。及至转开宝穴，穴中空空，并无一物，不特戎敦急怒，连穷奇也是惊骇万状。

当初藏宝之时，因无华氏父子两人恐防有私，曾经约定：二宝虽是三尸共同研讨，却由穷奇一人掌管存取；每次入穴，却由无华氏父子前行，穷奇不得一人擅入。彼此互为监察，才能相安至今。当晚争端，便由于穷奇背了戎敦擅入而起。昊天镜一不在穴内，情弊更觉显然。戎敦性极粗暴，更无含蓄，不似穷奇阴毒险狠。见状略微一怔，当时怒火上冲，不问青红皂白，暴吼一声，一扬手，两柄金戈早同时化为两道金红光华，照准穷奇飞去。穷奇本来失了宝镜，心正惊疑，戎敦一翻脸就下毒手，骤出不意，情迫势急，哪有招架之功。更不暇再开旁穴去取宝鼎，慌不迭地运用玄功，身子就地一滚，化道青虹，便往外室飞去。金戈光华恰在头上扫过，将满头乱发削落了一大半，几乎受了重伤。也是急怒交加，怪叫如雷，径把身佩九把玉刀化成五色光华，飞起迎敌。戎敦也跟踪追出，两下恶斗起来。

二尸相继冲出时，还算咪咪身小心灵，逃避得快，差一点没送了小命。且喜二尸此疑彼忌，全没想到寻觅敌踪，便和沙沙隐在侧面室内观战。二尸斗了一会，戎敦见不能取胜，施展五丁开山之法，幻化大手，去劈穷奇。反被穷奇运用玄功变化，咬落三指，眼看不支。室内神鸠近日本已回醒，只缘余毒尤烈，自知未到时限，一意潜修，不愿妄动。今见戎敦危急，救主情切，竟不顾利害，振翼飞起，口吐内丹，飞出一团紫焰，挡住穷奇刀光，上前一爪。虽将穷奇右肩臂抓伤，骨断筋折，毕竟身未复原，诸般不济，也吃穷奇用补天石当胸打了一下重的。神鸠不支，收了内丹，刚刚逃回丹室，杨、凌二女便自赶到。

咪咪身原隐蔽，如不带着昊天镜奔出，妖尸或者还看他不出。这一镜乃上古至宝，岂是六戊遁形之法所能掩蔽光芒。幸而人在镜后，除镜外，身形仍隐，否则即使有人救应，也来不及了。戎敦正在抵御敌人，一眼瞥见侧面室内，离地二尺许，飞出一团青蒙蒙的光华，定睛一看，正是那面昊天宝镜。因离地太低，万不料有两个小人捧着。心还以为宝镜神物，自在穴中飞出，先前错怪了穷奇。大敌当前，惟恐失误，一纵遁光，飞身上前，刚要抢取，那面宝镜倏地一晃，比电还疾，径往敌人身旁飞去。戎敦一把捞空，似见镜后有两个极小的人影一同飞起。还未及审视真切，金轮飙转，只得回转金戈抵御。再一看那面百丈光华，已自迎面飞到。宝镜也飞到了敌人身侧，现出一个矮老头儿和两个婴儿般的小人，正在指着自己，向先来二女谈论。这才知道宝镜事先已被敌党盗走，不禁急怒交加。一面运用那两把金戈抵御敌人的法宝、飞剑，一面正想施展恶毒妖法取胜。

恰值穷奇持着九疑鼎飞出，一见宝镜落入敌手，先已吃了一惊。未及施为，那矮老头儿已从二女手中要过宝镜，将手一指，便飞出一道金光，似长虹一般飞到。穷奇大怒，伸手一揭鼎盖，刚幻成一张大口飞出，猛听耳旁有人喝道："无知腐尸朽骨，今日劫运临头，你这偷窃来的玩意不灵了！"声音就在近侧。穷奇吃惊回头，人影子还未看到在哪里，嘭的一声，鼻梁上早着了一下重的，也不知被何物打中，仿佛觉着鼻梁扎伤，似有一丝凉气侵入，直透命门。敌强势盛，百忙中急于应变，并未十分在意。恐怕再遭暗袭，连忙运用玄功变化时，眼前一闪，又现出一个矮老头儿，同样也飞出一道金光，直取戎敦。

二尸都是痛恨已极，暴跳如雷，虽知今番敌人不比往常，仍各仗恃数千年道法，精通阴阳变化，妙用玄功，全没想到败字，恨不能一下将敌人碎为肉泥，才称心意。无奈敌人法宝厉害，丝毫都占不得便宜。先还恃有九疑鼎能收敌人法宝，谁知那两个矮老头儿，一个矮叟朱梅，一个追云叟白谷逸，所用剑光本就是仙家至宝，又经二老多年苦心修炼，俱都厉害非常。九疑鼎虽然备诸万象，妙用无穷，妖尸只是无师之传，略知一些用法，并未悟彻精微；加以鼎中一丸先天本命的混沌元胎，已被沙、咪两小无心巧合，触动枢机，仗着昊天宝镜之力，将它摘去，减却若干威力，如何能制得住二老仙剑？这还是双方同是不识此中妙用，杨瑾与徐完应有一场纠葛，二尸才得支持些时；否则鼎一出现，便被收去，即以其人之道，还治其人之身，不必再费许多事，二尸便形神消灭了。

穷奇见那张大口吸不住二老剑光，并且口内光华较弱，金星红丝旋转也没以前急遽，相持了一会，心方有些惊疑。矮叟朱梅忽对白谷逸道："道兄，此鼎已经试过，果自不凡。至宝神物，谁也垂涎，适说那厮，难保不得信赶来。休再迟延，我们从速下手吧。"言还未了，穷奇因急切间不能取胜，想起大局为重，宝镜已落敌手，如不即时除了敌人，夺回此宝，被敌人持去，通解用法，更留后患。反正事后必与戎敦破脸相拼，毋庸再守机密。于是径将昨日悟出的用法施展，暗运玄功，口诵上古灵文，左手托鼎，怪目圆睁，觑准鼎腹，高举右手，一掌拍去。便听万籁叫号，由细而洪，自鼎上发出，汇为繁响，震撼全洞,似欲坍塌。接着又飞起千百道五色烟云,簇拥着无数大小长短光华,现出天龙野马以及各种奇禽怪兽的形相,朝二老、杨、凌等人飞舞扑击。

白谷逸知是元始先天精灵所寄,不比旁门幻景邪术,心想借此一试自己的道力,就便照着预定方略,乘机下手。一声长笑,一纵遁光,身与剑合,剑光立即暴长,化成一道光墙,迎上前去,意欲拦它一下试试。谁知那些五色烟云中的形相,只是一团团的透明奇亮的精光,并无实质,变化无穷,奥妙非常,一遇阻隔,威力越增。白谷逸剑光方一接触,倏地由零化整,变成一团精光,放出无量彩芒,弥漫大半座洞穴,直向剑光缓缓撞去。光芒强烈,照眼生花,休说云凤和沙、咪二小三人,便是朱、杨二人,也觉耀目难睁。尚幸鼎内一丸先天本命混沌元胎,事前已被摘去,来势稍缓,否则就连二老,也非吃大亏不可了。

白谷逸刚觉来势重如泰山,枉自运用全力,剑光竟被荡开,不特阻它不住,光华还逐渐逼着剑光上长,大有过头下压之势。刚暗道一声:"不妙!"欲待变计,对面光华中忽起轻啸,声如龙吟,一声过去,似闪电般掣了两掣,眼前倏地奇暗,二妖尸身形全都隐去。自己那道剑光,仍被无形潜力阻住,光只能及到自方,照不见对面分毫。同时暗影中又是万类鸣啸,地动山摇,先前影中有形之物,俱都变成实质,一个个目射奇光,张牙舞爪,扬喙振翼,作出攫拿飞扑之势而来。大的竟头似山岳,身逾百丈。最小的也大如栲栳,长及寻尺。全洞窟不过十亩方圆,按说那些庞然大物,一个也容纳不下。看去却是为数何止盈万,千奇百态,备诸狞恶,同时并呈,目难穷尽,声势委实惊人。料是宝鼎妙用,现出盈虚世界,说真便真,说假便假,随心生灭,瞬息万变。稍一不慎,便受吞袭,卷入其中,化为乌有。自恃多年道力,虽然不至形神俱灭,想占上风,却是万难。

白谷逸正在触目惊心,说时迟,那时快,就这先后片刻之间,矮叟朱梅已按着神尼芬陀指点,悟彻昊天镜背面蝌蚪符箓,口诵灵文,如法施为,朝着对面黑暗中照去。这一来,愈更显出生克妙用。初起时,仅放出一道青蒙蒙的微光。一照向暗影之中,镜上面一片轻烟飞过,青光一闪,倏地又放出万道金光,无边霞彩,狂风骤雨一般飞射出去。晃眼全洞重现光明,万籁顿寂,无影无声。只剩下穷奇、戎敦两个妖尸,一持宝鼎,一持金戈,站在当地,怒愤张皇,须发猬立。

当穷奇施展宝鼎时,杨、凌二女见戎敦忽然一声怪啸,收了金戈,本要追杀过去。忽见朱梅把手一摆,追云叟白谷逸已将剑光放出,迎上前去,忙即收住法宝、飞剑,静待二老施为,借此问明沙、咪两小得宝情形。杨瑾刚将那一丸混沌元胎取过藏起,眼前形势已有了变化,看出不妙,方欲上前相助,朱梅已施展昊天镜,转败为胜。二女一见妖尸惶急之状,更不怠慢,重又各放飞剑、法宝,乘胜下手。这里戎敦看出形势险恶,强弱已分,本欲遁走。偏巧穷奇凶狠负固,以为敌人不过侥幸窃去宝镜,鼎虽受制,还有玄功、法宝,可以取胜,不舍弃穴逃走。戎敦只得飞起金戈应战。穷奇也将数千年炼就的金刀、金戟等一一飞起,与二老二女等的法宝、飞剑绞在一起,金光彩霞,照耀全洞,煞是奇观。

穷奇因宝已失,宝鼎恐有疏虞,不敢放置,只得拿在手内。嗣见敌势越来越盛,渐有相形见绌之势,一声怪笑,把满口獠牙一错,正待施展玄功变化,暗算伤人。不料二老早知穷奇数千年玄功厉害,如不先除本命元婴,法宝、飞剑都未必能奈何他。预有定策,料准妖尸炼就元婴藏在命门紫府以内,事前向秦紫玲要了两根白眉针;昨日又去拜访一真大师,借了一粒佛门降魔至宝金菩提,将白眉针暗藏菩提细孔之中。到时先隐起了身形,一声断喝,引得穷奇张皇回顾,忙用禁法隐却二宝光芒,乘他心神略分之际,照定面上山根打去。那金菩提原是一真大师的念珠,经过几辈禅真持偈修炼,无坚不摧,以意发出,轻重随心。追云叟因穷奇身逾坚钢,要害只此一处,白眉针力弱,恐刺不进去,无孔难入,特地借来,以作引导之用,重伤并无用处,轻轻一下,恰将山根骨打碎了些。白眉针见孔就钻,立由破口顺气脉直攻玉海。

妖尸该当数尽,因伤甚轻微,反笑敌人隐身暗算,伎俩止此。虽曾觉有一丝凉气,由鼻端透入,一则自恃太甚,二则又忙于应战,并未十分在意。后来想用玄功变化伤人,念头方动,忽觉脑海中有些酸胀,真灵感应,竟连胸腹间也在发痛。因穷奇苦炼功深,道行深厚,白眉针运行稍缓,这时将他元婴刺中,尚未致死。穷奇虽然惊诧,并没想到自身元气已破,所炼婴儿为敌人法宝所伤,仍然不作理会,口中碟碟连声怪笑。刚一变化飞起,心脑两处忽转剧痛,婴儿好似受了什么克制一般。

追云叟白谷逸知穷奇最为难制,自从九疑鼎为昊天镜所破,故意仍指挥飞剑应战,人却早已隐过一旁,觑定穷奇,静候时机到来下手。隔了这一会,料定白眉针已发生妙用,益发聚精会神,注视它的动作。这里穷奇明知中了敌人暗算,依然不肯甘休,勉强捺定心神,先使邪术飞起一片烟云,使本身隐而复现,遮住敌人眼目,再把元神变化,飞将出去伤人。却不料宝相夫人所炼白眉针,专一循着气脉气孔,破坏真神元气,适才心脑剧痛时,已然刺中婴儿要害。如若就此负伤遁走,元气尚未耗散,以穷奇的道力,尚可细心探索伤因,将针取出,重新修炼,不过坏却一半道行,迟早仍可复原。也是恶贯满盈,该遭大劫,发动恰是时候,愤怒头上,竟未容他寻思。等将元神化身勉强变化飞出,猛觉元神受了重创,真气耗散,休说变化伤人,本身受了真灵反应,更是心脑全身奇痛欲裂,方知不妙。正在惊惶失措,咬牙忍痛,拼命想将本命元神收回,已自无及。

追云叟见烟云敛处,穷奇忽又现身。运用慧目定睛一看,全洞光华电闪中,穷奇头上似有一个极淡的绝大影子飞起,欲前又却。知是元神飞出,哪里容他遁走,忙即隐身飞上前去。到了穷奇身后,出其不意,先将一根修罗鏊照准命门打去。紧接着把手一扬,立时便是震天价一个大霹雷打将下来。那穷奇炼得身逾坚钢,又有玄功变化,如在平时,便是飞剑、法宝,也未必能伤他分毫。这时婴儿受伤,元神耗散。那修罗鏊早先原是湖南罗浮七绝岭妖人鬼母朱樱之物,新近才落到追云叟手中。无论仙凡,如被击中,立时在体内发出烈火巨雷,周身骨碎筋裂,血肉横飞,死于非命。穷奇周身要害,只命门一处,还须先伤了他的元神以后,否则仍是无用。此宝终是左道旁门所炼之物,一出手先有一道黑烟,容易被他看破,必使法宝抵御,仍难奏功。所以才隐身穷奇身后,乘隙下手。就这一下打中,已难禁受,何况又加上一神雷,里外夹攻,同时发作,一任穷奇是个金刚不坏身躯,也吃不住。只听狂吼一声,那大一具古伟尸,通体炸裂,化成千百根黑骨,带着焦皮,纷纷爆散。妖尸穷奇一死,追云叟更不怠慢,一伸手先将宝鼎接了过去。穷奇的元神吃神雷一震,再被二老与杨、凌二女的法宝、飞剑乘胜赶将过来,五六道光华电掣星飞,一阵乱绞,立时消灭无踪。

当穷奇形神两灭之际,妖尸戎敦也恰在此时毙命。原来戎敦见金戈久战无功,敌人法宝、飞剑神妙无穷,九疑鼎已不能使用,一时情急,妄想运用玄功化身潜入丹室,豁出毁灭全穴,将地底水火风雷鼓动,拼个最后输赢;即使不行,也可经由室内油釜下出路遁走。主意打好,立即施为。谁知白、朱二老合除二尸,早经定约。矮叟朱梅正想下手除他,见追云叟尚未成功,宝鼎尚在穷奇手内,恐先斩戎敦,穷奇势孤惊走,大是不便,尚未施展辣手。连杨瑾也在事先受了暗示,假意相持了好一会。忽见戎敦正指金戈抵敌之间,忽然身形一晃,便知要出花样,先还当他想行变化伤人。定睛一观察,戎敦身侧似分出一个人影,往当中圆室飞去。朱梅本就防到他要下此绝招,自己和追云叟无妨,别人怎当得了?事起仓猝,不暇再计及别的,悄喊得一声:"杨道友小心!"连忙收回剑光,施展无形剑法,隐身追去。妖尸以前所设水火风雷,发动本易。偏生日前小仙童虞孝与缥缈儿石明珠一来,妖尸眼看敌人破壁飞去,自身为雷火所阻,不能追赶,以为行法仍有不妥之处,改了主意,不特废而不用,并将原设下通地肺的风火眼堵塞。再施展起来,本要稍费手脚。居心又复狠辣,因敌人厉害,打算行禁法大开穴眼,使水火风雷同时剧烈发动,于是便慢了些。这一略延迟间,矮叟朱梅已自赶到。戎敦道行不如穷奇,朱梅犹恐难制,一扬手先把月儿岛火海中取出的那枚朱环放起,一圈其红如火的光华只一闪,便将戎敦元神束住,再使无形剑光一绞。戎敦本身正在对敌,猛觉如火烧身,奇热异常,情知不妙。只仓皇回顾之间,元神已被朱环束住,飞剑绞灭,本身哪还支持得了。一声哀号只喊出一半,吃杨瑾般若刀与朱梅的无形剑先后飞到,拦腰一绕,斩成四段,尸横就地。

成功以后,大家聚在一起看那宝鼎。杨瑾又将二小从九疑鼎内取出的那一丸混沌晶球与二老观看。二老一见,不禁又惊又喜,正要解说,不料神鸠突然出现。

原来妖鸟神鸠自被穷奇所伤,因是勉强回醒,体力未复,不敢过于抗拒。当时虽知难而退,心中并未服输,一逃进了丹室,便喷出一团火焰,将全身护住,竭力运转真气,调顺丹元,欲俟气充神沛以后,仍出助战,抓裂穷奇泄愤。嗣见敌人联翩而至,二妖尸解了内讧,同仇敌忾,益发勾动古昔凶戾气性,恨不得当时飞出,抓裂几个有道行根基的生人脑子,以供咀嚼,才称心意。无奈时日未到,先期回醒,数千年僵伏之躯,一旦要想复原,大是难事。方在情急暴躁,忽听室外一声迅雷,震撼全洞。睁开怪眼一看,穷奇已被敌人雷火震得粉碎,除了主人心腹之患。刚喜得引颈欲叫,再微一偏头,正赶上戎敦同时毙命,这一惊真是非同小可。一则为主报仇心切,二则不明出路,知道今日敌人厉害非常,二妖尸一死,自己也决难逃脱。反正不能幸免,把心一横,收了护身火焰,一振双翼,放出一片轻烟,将身形隐住,飞出室来,觑准杨瑾扑去。

这时朱梅拿着那一丸混沌元胎,正与追云叟谈说此鼎微妙,二女站在迎面。大家胜后,难免有些高兴。加以来时没见神鸠,匆促间全未在意。神鸠又善于隐身,当前只有极稀薄的一片轻烟,刚巧又是妖尸新灭,妖法初破,全洞室到处烟光飞扬幻灭之际,便是二老练就慧眼,不加仔细,也难辨出,杨瑾背向妖鸟来路,几为所伤。幸是二小忽然想起室中还有一只妖鸟未除,沙沙首先对凌云凤说道:"师父,那当中三个圆门里面,还有一只妖鸟呢,刚才还飞出来过,大得怕人,怎不杀了它去?"

言还未了,二老同被提醒,忙向丹室寻视。一抬头,似见对面极薄一片淡烟,风一般卷来,已快到杨瑾身后。虽还未看出烟中藏有何物,已料定如非妖法发动,也必有妖物潜形烟内。知道不妙,来势急骤,不及再唤二女躲避，赶忙把手一扬，各放出一团雷火，照准烟中打去。紧接着又将飞剑放起。两声震天价大霹雳过处，将那片淡烟震散，现出妖鸟身形。因这两声神雷，神鸠忙着应变，不顾伤人，喷出一团紫焰，去敌剑光、雷火，来势迟顿了一下。

二女一闻雷声，便知有变，忙纵遁法，往侧面飞出。回首一看，一只鸠形怪鸟口吐紫焰，周身俱有五色烟光围绕，两翼横张，长约数丈，瞪着一双奇光幻彩的怪眼，铁爪箕张，形相狞恶，正与二老的剑光相斗，那样厉害的雷火，并没伤着它。杨瑾知是妖鸟无疑，大喝一声，先将般若刀化成一道银光飞上去。同时凌云凤也将玄都剑飞起。妖鸟已自横了心，通无畏怯之状，不住把口连喷，一团团紫焰连珠般飞起，晃眼工夫，全身没入紫焰之中，几不能辨出它的形相。四人的飞刀、飞剑，也连合成了一个光网，神鸠上下四方，全被笼罩，脱身不得。杨瑾暗讶："此鸟果然名不虚传，连二老飞剑都斩它不了。"正要将法华金轮放起助战，忽听朱梅喝道："杨道友且慢下手，可与云凤往妖尸丹室宝穴等处，搜寻以前失去之宝。此鸟通灵已久，须将它形神一齐消灭，容我和白道友除它便了。"

杨瑾闻言，忙和云凤收了般若刀、玄都剑，领着沙、咪二小，赶往妖尸丹室一看，除中设三榻与榻前三鼎外，只有三支长箭在榻上，四壁空空，别无一物。沙、咪二小忙说："那长箭乃昨晚逃去的少年男女所失，放时有一溜乌光，想是一样法宝。"杨瑾也看出那箭形制奇古，随手收来，插在身后。先已听二小说了宝穴情形，再转向榻后一看，知道阴阳两仪消长之妙，本极难开，幸是穷奇取鼎匆促，未曾行法封闭。只需握定青白二丸，依次转动推移罢了。便照二小所说方法，命云凤按定左边白丸，自己按定右边青丸，双双分向左右一推。喠的一声，阴阳两仪便自逆转，阴仪立即隐去，现出一个七尺多深的孔洞。运用慧目定睛一看，洞中石质如玉，光洁圆润，只洞底有数十白黑点，哪有失宝痕迹。只得推动两仪，还了原位。二次如法逆推顺转，阳仪隐去，又现出一个孔洞。洞中原藏九疑鼎，已经取走，洞底依然空空，并无一物。二女方自有些失望，沙沙忽对咪咪道："今天我看这洞，怎么要浅得多，莫非它是活的么？"咪咪素来好事，闻言一觉有异，便纵身跳下去，试比了比，说道："这洞果然比昨晚浅了一半也不止，还没有藏镜子的一个深呢。这是什么缘故？"

杨瑾听二小问答，不由触动灵机，暗忖："妖尸自得圣陵二宝，珍爱逾命，不惜用尽心力，辟室地底，这藏宝所在，似乎不应如此浅露。二小盗宝时，巧值妖尸暗取宝鼎偷试，又值同党疑忌，赶来追究之际，取放匆迫，忘却封闭，幸而得手，并未深悉个中机密。鼎大镜小，此穴原藏宝鼎，纵不比前穴深大，也应同一深浅才是,怎会反浅了两尺？其中定有微妙。"

想到这里,绕向对面,向洞中四面仔细观察,仍无迹兆可寻。再一数那白黑点,共是三十二个,错落成半圆,向着对穴,暗藏乾、震、离、艮四卦之形,这才恍然大悟。忙命云凤、二小站得远些,以防不测。取出法华金轮,护身降下去,试照玄门八卦生克剥复之机,一一按那些黑白点子。按到艮卦上面,猛觉洞往上升,转瞬渐与地平。杨瑾见不是路,一阵乱按,无意中竟触动了枢纽,洞底又改升为降。杨瑾料知机密深藏穴底,法宝护身有恃无恐,便径直往下降去。这一降竟降有十来丈。正降之间,忽听地底隐隐有水火风雷之声,轰隆并作。同时眼前光华一亮,洞壁上现出一个深穴,形式与鼎一般无二,只面积要大出一倍。不特上次所失的几件法宝和二小失去的归元箭俱都在内,还有数十粒泛着暗紫光华的黑豆。这时洞底仍往下降,一晃眼降过鼎穴,耳听地底水火风雷轰隆之声,汇为繁喧,虽然听去甚远,势却惊人。杨瑾知道厉害,此穴通体俱是两仪妙用,必与地肺相通,除藏宝而外,说不定还是下通地肺的别窍。不敢大意,忙即改降为升。等升过鼎穴,俄顷之间,运用玄功,把手一招,连那四十九粒铁豆一齐收去,升达原处,方行按止。且喜宝物珠还,毫无变故。

当下将两仪推还了原位,又开镜穴。一看洞底黑白点,果是坤、巽、坎、兑四卦之形。奥妙识透,胸有成竹,如法施为,洞底便自降落,也是在十丈左近洞壁上,现出一个大镜穴。里面仅有一件和以前禁压杨瑾元神相同的古陶器,两个高几及人、形如木瓜的大葫芦,色俱深黑,乌光铮亮。此外别无宝物。料非凡品,不问青红皂白,一齐收取出来。

二女带了二小,赶往室外一看,神鸠已然擒住。二老身旁,站定一个红衣女子,神色仓皇,正向二老躬身回话。

二老见二女出来,略问觅取失宝之事。矮叟朱梅指着那红衣少女说道:"这是罗浮山香雪洞元元大师门下弟子红娘子余莹姑。前日奉元元道友之命,先期往峨眉敬候开府盛典,路过此地,被我暂留在此。这里的事,已为北邙山灵鬼冥圣徐完的同党乔乔窥知机密,并在上面留下阴敕禁令而去,被我和白道友遇见。因这类妖鬼来去飘忽,瞬息千里,幻化无方,不可轻视。圣陵二宝未夺回以前,如被徐完得信赶来,大费手脚。于是留下白道友,破了乔乔太阴禁法,来此相候。我和莹姑追上乔乔,暗用玄门九遁之法,将她困住。因此女曾从徐完学习太阴鬼箓,道行虽非徐完之比,当时要想消灭她的形神,也非易事,我又急于赶来助你二人成功,只得命莹姑代我主持遁法。原意是挨到我们功成而去,再行放走,省得惹厌,并无伤她之意。

"不料此女诡诈百出，我走不多一会，便觉出有人暗算，将她用法术困住。先是两次按着九宫部位，寻觅出路，俱被莹姑照我所说，颠倒门户，将她阻住。她见脱身不得，改用太阴幻形之法，身外化身，将真灵隐起。莹姑因是匆匆传授，只能依样葫芦，不能知机应变，竟中了诱敌之计，被她悟出门户方向，幻化逃走。她此时如就走，算时候，我们业已大功告成，将全墓洞地穴一齐行法倒转震塌，灭了行迹，任是何等能手，也难再查出底细。等她告知徐完，去而复转，不过徒劳往返，决不知是谁捷足先登。异日虽难免寻她除害，目前大家都在多事之秋，总可免却暂时的一场麻烦。偏生此女阴狠毒辣，已经一阵阴风遁出百里以外，因见自己脱身以后，敌人没有动静，猜到困她的不是有甚绝大道力之人，一起复仇之念，又赶将回来。莹姑还不知就里，见遁中鬼影由真而淡，逐渐消灭，心中奇怪。此女已去而复转，身在伏外，一见便知底细，顿生毒计，使用极恶毒的太阴吸魂之法，想将莹姑真灵摄回北邙山去，献与徐完享受。

"莹姑正危急间，恰巧遇见西海磨球岛离珠宫散仙少阳神君门下大弟子火行者，因乃师接了峨眉开府请柬，奉命先期前往通候送礼，路过那里，看出此女是徐完党羽。两家本是仇人，火行者生性又极刚烈，如何放得过去，便用纯阳真火将她困住。此女已得徐完嫡传，幻化灵妙，除了用能照形炼影之类的异宝尚能克制外，只有纯阳真火可以炼化；寻常法宝、飞剑，哪怕当时将她斩为万段，真灵未丧，仍能整体还原，散而复聚。此女知火行者正是自己的对头克星，只图逃走，不顾再摄莹姑真灵，使出全身本领、法宝抵御。终归无用，身已困入火内，大约只消三五个时辰，便被炼成轻烟而散。后来她见事急，万无活路，迫于无计，竟毁却了她三世真魂厉魄，欲炼就仙根，再去转劫修真，连与徐完相处多年都不肯失去的清操，从不肯用的下策，把所习太阴鬼箓中最淫贱的大销魂法使将出来。

"少阳神君为散仙别派，门下男女弟子均可自为婚嫁，一切委之前缘。乔乔前生，原是前明永乐宫女，生具绝世之姿。只缘红颜命薄，入宫见嫉，未承恩宠，即为妒妃谗杀。再世生自小家，貌更妖娆，前生怨气所钟，未免性情有些乖戾。嫁时嫌夫貌丑，不与同床，致遭辱骂，愤极撞死。三世生在山西乔姓富豪家中，美固逾恒，性尤暴烈，痛恨男人如仇。刚订婚姻，家便衰落籍没。正值流寇作乱，中途遇盗，不屈而死，命限未终。

"真魂厉魄正游荡间，巧遇冥圣徐完收留，带回北邙山去，教她炼形固魄以后，既爱她天生丽质，又喜她凤根深厚，本欲纳为妻妾，同兴鬼教，始终不以师位自居，置诸友列。乔乔偏是别有心机，一意推托，总打算先藉徐完传授法力，将根基炼固，再去转劫投生，修成正果，不愿永沦鬼籍。徐完虽然早已看穿她的心事，因为爱极，并不说破，一毫也不相强，仍然厚待逾格，想感她回心转意。经过多年，乔乔将一部太阴秘篆完全精习，差不多得了徐完所学十之七八。这才悟到所学尽是左道旁门，异途殊归，即便学到徐完地步，不过在鬼国独步，左道中称雄，要想修成正果，却是万难。无论投生转劫，或是另借他人的好庐舍，仍是左道邪教中人。年来心中虽然失望，但仍不肯失身徐完。

"这大销魂法，不使则已，使时如不能将敌人元阳收锁，使其引火自亡，便须嫁与敌人，方能保命。这次想系事迫惜命，又看中了火行者的仙骨英姿，所以她行法时，做得分外淫荡，叫人难以入目。后来她见火行者果为所动，偏碍着莹姑在侧，欲俟事完，上前相谢，没有走去。她着了急，竟老着羞脸，在火中哭唤：'我三世女贞，百年苦修，并非容易。我与你无冤无仇，素昧平生，无缘无故，凭空和我为难作对，害得我这般苦法。如今我要嫁他了，以后徐完决不饶我，不知多难。莫非你还不放我过去么？'莹姑方看出他二人情形不对，不愿再看下去，遥向火行者致了声谢，便即飞来。乔乔与火行者，必定成了夫妻，总算有了改邪归正之机。

"此事目前看似少缓，徐完不致就赶了来，我们行时，尽可从容。但是徐完这厮心狠意毒，乔乔是他膀臂，又是渴望中的爱妻；况且乔乔禁敕，原是他炼就之物，心灵相通，我们将它毁掉，必被觉察。再久候乔乔不归，难免四处寻踪，不久自然得知底细，势必上门寻仇。事原无妨，偏生峨眉开府期近，如在当时被他寻去，群仙盛会之际，突来鬼物纠缠，固然不堪齐道友一击，但未免有些煞风景。他如胆怯不去，知道他自己别无所忌，独惧纯阳真火，奈何少阳神君师徒不得，必去寻找妖尸谷辰，同流合污，为害正教不可。我们不能不作预防之计。

"这只神鸠，我怜它万年修炼，煞非容易，特意开恩降伏。但它恶骨尚存，凶顽之气未化，意欲有劳芬陀大师佛法，代为变化它的气质。此鸟大是妖尸恶鬼劲敌，因它误服毒草，昏迷了数千年，现尚未届复原之期，此时去它恶骨最易。我二人已用朱环将它制住，欲烦杨道友和云凤，将它带往仙山一行，等令师行法赐服灵丹以后，挨到开府前五日，带往峨眉后山二十六天梯悬崖之上，搭一茅棚，即命这两个小人在彼相伴防守，你们自去参与盛会。到日我二人还另有安排，以防徐完来犯，不惊动到会群仙，便将这厮驱除，岂非绝妙？"

杨、凌二女忙即躬身领命。矮叟朱梅嘱咐已毕，便同白谷逸，带了杨、凌、余三女及沙沙、咪咪和妖鸟神鸠,由圆井通路飞升上去。先移去两釜神油,连同适才所得金戈、金刀,准备由朱梅少时带往峨眉,赠与三仙应用。然后施展玄门妙法,禁闭了地底水火风雷要穴,将丹宝三鼎也移到上面,一同出了墓穴。再使移山之法,一声迅雷,将全墓穴倒转。大小七人,就在这山崩地震,万丈红尘蔽日冲霄声势中,各驾遁光,破空飞起,分途行事。